自　　残

魏润身　著

首都师范大学出版社
CAPITAL NORMAL UNIVERSITY PRESS

图书在版编目(CIP)数据

自残／魏润身著. —北京 ：首都师范大学出版社，
2014.12
ISBN 978-7-5656-2202-1

Ⅰ. ①自… Ⅱ. ①魏… Ⅲ. ①中篇小说－小说集－中
国－当代②短篇小说－小说集－中国－当代 Ⅳ. ①I247.7

中国版本图书馆 CIP 数据核字(2014)第 296637 号

自　　残
魏润身◎著

责任编辑	赵自然
发　　行	首都师范大学出版社发行
地　　址	北京西三环北路 105 号
邮　　编	100048
电　　话	68418523(总编室)68982468(发行部)
网　　址	www.cnupn.com.cn
印　　刷	湘潭市风帆印务有限公司
发　　行	全国新华书店
版　　次	2015 年 1 月第 1 版
印　　次	2015 年 1 月第 1 次印刷
开　　本	710mm×1000mm　1/16
印　　张	24
字　　数	480 千
定　　价	59.80 元

自　　序

文学到底是什么？恐怕就跟“美”一样，很难给出一个最最恰切的答案。但是总有一种感觉——真正的文学不是“作”出来的，而是流出来的。陈子昂的《登幽州台歌》，“前不见古人，后不见来者，念天地之悠悠，独怆然而涕下”是“作”不出来的。他之泣诉绝非在为柴米发愁，更非因利禄苦恼，而是作为宇宙人，为天宇发悲，为亘古、为荒老、为永恒、为无穷、为无限而喟叹。它是陈子昂内在的根本性的永远无法被常人破解的带有哲学深味的——“孤独”的外化，堪为绝唱当之无愧。沈从文的《边城》，是在乡思乡愁乡恋、亲情爱情友情的困扰惆怅中流泻出来的；钱钟书的《围城》是在人类永恒的被动与“无奈”中无奈出来的；鲁迅一生激愤苦闷，所以才彷徨出了《彷徨》，呐喊出了《呐喊》。故此，一切真正的文学作品，都是内在孤独的外化与叹喟。

不要以为如此一说，文学立马变得高不可攀，神圣岸然。文学之所以能够成为文学，文学之所以能受到人类的热爱、咀嚼与吟咏，关键是有它的自在真趣。北魏郦道元《水经注 · 江水二》曰：“绝巘多生柽柏，悬泉瀑布，飞漱其间，清荣峻茂，良多趣味。”宋代叶适也说：“怪伟伏平易之中，趣味在言语之外。”其实这也正是文学生生不息的真谛。

古往今来，人类在不断探索着人生的意义，生命的价值。在这个问题上，我始终找不着北。至于小说，我倒是极为认同英国小说家、戏剧家毛姆的观点：“阅读是一种愉悦，是生活所能供给的最大快乐之一。如果这里推荐给你的书不能引起你的兴趣，感觉愉悦，那你们就没有必要去读它。”也就是说，如果非要赋予小说意义，那么它的意义就在于能不能给予读者趣味与愉悦。

我为什么写小说？因为日子很无聊，不得不找些乐子解解闷儿，寻来觅去终于从阅读和写作之中找出点儿乐子来，所以在教书之余搂草打兔子——码了一点儿字。

我没有追求过什么意义不意义，也从来没有正襟危坐读过书，更不可能对着电脑读得下去什么鸿篇巨制。我是躺在床上卧读《聊斋志异》，才发现蒲松龄“操笔如在深山，居处如同野壑，松风在耳，林影弥窗”的创作幻觉与变态；才明白了一点儿小说应该怎么写；才吓得我晚上都不敢上厕所。但是过瘾，刺激，享受，那是精神的饕餮，真正的美味。

佳肴是坐着品出的美食，妙趣是被窝里读出的陶醉。人就是应该拿出些闲时，卧读些闲书，陶冶些闲情，玩味些闲趣，这样才能舒缓些生活的无聊与疲累 。

我拣选了一些小说，结成《素琴无弦》与《自残》两部闲书，被纳入“当代京味小说文库”。我是北京人，说的是北京话，写的是北京的事。但是到底什么才是原装的北京话，当代北京话又有什么样的发展与变化，只能由专家学者旁征博引探幽发微了。

有意思就有意义，没意思就没意义，阁下如果不似本人一般无聊又无意义，不屑一顾是理所当然的。

魏润身

2014 年 12 月

目　录

自　残

1

一到夏末，后孙公园就热闹起来。四城的玩主儿都到此地斗蛐蛐儿，有时候竟然人头攒动熙熙攘攘的。

后孙公园当年是清初学者孙承泽的私邸，后来又相继成为大学士翁方纲、藏书家刘位坦的府第。光绪年间，北洋大臣李鸿章捐资购得此处遗址，将其扩建为安徽会馆，总共占地竟达二十多亩，亭台馆舍假山池榭不亚于宏大的王爷府。一入民国会馆消亡，后孙胡同的住户把这方树木葱郁的园子叫成了后孙公园，谁来都成，乘凉、遛鸟儿、粘知了、斗蛐蛐儿。

今天，普道跟林同一块儿来到后孙公园，一人带了一只好蛐蛐儿。

斗场设在万卷楼后的松林内，一张青石矮几旁，已然围了不少人。林同挤到前边看了几眼，缩回身来对普道说："大哥，不成，两只都是松牙口儿，看着都替它们累。"

普道说："待会儿看咱们的。你想赌回多大的？"

"随对家儿，不在输赢就在一乐儿。"

自入民国，北京城那王爷、贝勒的日渐倾颓捉襟见肘，斗蛐蛐儿再无一掷千金的大赌注，顶多十块袁大头。不过之于民间亦属重金——十袋洋面，平头百姓一辈子没见过。

林同今儿个带了十块袁大头，玩儿大的。

嘟嘟儿声呜吟，人群唧唧喳喳泄开，一位瘦子赢家把两块袁大头捏到手中了。林同凑到石桌旁，将手中的澄泥罐儿轻轻撂到光光的几面上："一只红麻头，谁斗。"

瘦子赢家瞅瞅他，让他打开蛐蛐儿罐儿："我看看。"

林同一屁股坐在石几上，给他一个后背："你那只松牙口儿好好歇几天，别那么财迷心窍的。"

瘦子把腰抻了抻："嘿，敢下赌还用你操心，我这儿有的是蛐蛐儿。"他抬手，招呼伙计拎过一只屉盒来。

大清国的时候，王公贝勒出来斗蛐蛐儿，都有把式挑着笸箩装着蛐蛐儿罐儿。如今把式、担子都没了，有钱的主儿都让伙计拎一红屉盒，上下四层搁着几个罐儿，为的是取出提拿都方便。瘦子赢家来头不小，他让伙计打开屉盒，搁回刚才那只蛐蛐儿，又取出一个三角磨圆罐儿。

“先生您贵姓，我先相相您这只。”瘦子把罐子放上石儿，请林同把罐盖拿起来。

“我姓林，你把盖子也打开。”

二人同时掀盖，林同一下惊呆了。

三角磨圆罐儿内趴着一只小蛐蛐儿，它通体颜色尚浅，稚嫩的双腿内侧都看得清血脉。可是小蛐蛐儿的品相却好得不能再好：钳像蜈蚣，嘴如狮子，头似蜻蜓，腿若蚱蜢。林同不觉揉了揉眼，真不赖，它貌似蝴蜂腿脚纤，细腰项紧两头尖，遍身黄色金纹理，面口之中一把钳。难得的金蝴蜂，牙、头、项、腰、腿俱佳。再过半个月长足个儿，就是一只难寻难觅的好蛐蛐儿。

瘦子自报姓陈，也往林同那只罐儿里看。林同带来的是只形似蝼蝼蛄的壮土狗，头粗项阔肚皮拖地，头上有两道纵纹如油丝，刚一开罐儿它便嘟嘟嘟地叫起来。

“林先生，玩儿多大的？”陈瘦子根本没把林同的土狗放在眼中，搬过一只斗罐儿放在两只养罐中间了。

“你那只太小，再过半个月我们赌一局。”林同想不到对方养了这么只好蛐蛐儿，两只眼睛还盯着。

“还有嫌小的，我陈某掐蛐蛐儿，向来以小胜大。”

林同瞥瞥他，这不勾火吗？

普道在下边用脚磕磕林同，既然是赌，你还替他想什么，掐！

“别看你那只土狗虎势，其实糠得厉害。”

陈瘦子还激林同。

林同搓搓两只又粗又糙的大手：“我是怕伤了你这好蛐蛐儿，它还嫩。”

“又来了不是，您替我这蛐蛐儿操的哪门子心，我就问一句，敢不敢掐？”

“换大个儿的我才玩儿。”

“哎呀，他要赌这只你就跟他咬这只嘛！”普道再也憋不住了。

“不敢掐您躲离，哪有霸着地方不抬屁股的！”陈瘦子轰他。

众人跟着起哄，掐蛐蛐儿嫌人家那小，谁听着不邪性。

林同这才把眼睛抬起来：“这可是你逼的，赌多大的？”

“随你，你张口我接着。”

林同用又粗又糙的手摸出十块大洋来，一溜捻在石儿上。

众人吓一跳，老天爷，近二年没见过，二亩地也才十块大洋啊。刚才陈掌柜赢了两块大洋，就够让人吃惊的。

陈瘦子也不二糊，照样拍出十块大洋来。

还没比，气氛就先紧张了。

两只蛐蛐儿分别被放入斗罐儿里。全场再无一人喘大气。生死攸关，十块洋钱！

林同那只土狗竟比小蝴蜂宽一倍长一倍，土狗好像根本没有发现同在一个罐中的蝴蜂。它肚皮拖地稳稳地定在原地连须子都没捋一捋。小蝴蜂入罐却立刻拉出咄咄逼人的架势来，它前冲两步顿顿身子，嘟嘟叫了两声，迅疾地又把身子掉过来，刚刚向前晃了晃又一转身和土狗搭上了须子。

众人睁大双眼，小蝴蜂先叫阵，怪不得陈掌柜的非掐不成呢。

搭上须子的土狗还是一动不动，任凭对方细细的嫩须来扫它，仿佛它一撩须对手就会被拨拉一溜滚儿。

小蝴蜂却再也忍受不住对方的轻慢，张开钳牙猛地冲上前去，土狗这才开牙与它厮杀在一起了。

迅雷不及掩耳的撕咬，人们只能见到黑、褐、白三种体色的变幻与翻滚。小蝴蜂多少次被拧咬得一路翻旋，可它瞬时又站稳脚跟立即奔扑上去，紧紧钳住对方的一对紫牙，致使土狗也跟它齐翻齐拧齐旋齐滚……

看的人都喘不过气，小蝴蜂的每一次出击都勇猛迅疾，虽然老是被掀翻，可它却一劲振翅鸣吟以示胜利。土狗早被激怒了，它不等蝴蜂振翅便再次冲抵过来，有时四只牙钳刚对上，它的冲力就使对方立身，常常把蝴蜂直直地顶立在罐壁。小蝴蜂每次都用爪腿一蹬抽身闪开，反过身来又迎着土狗把一对嫩牙张开来。

“陈先生，不斗了。”林同突然冲出一只糙手，把斗罐儿捂住了。

“不斗？没门儿！”陈掌柜一手攥罐儿，一手把林同的手拿开。

“林弟！”普道紧紧捏住林同的肩膀，只有他清楚林同想的是什么。

两只蛐蛐儿还在罐儿中翻滚着。蝴蜂又被掀翻几次之后，背对着土狗嘟嘟振翅，土狗扑过来时它没掉头，而是收紧双腿猛地一踢，出其不意将土狗踢到罐儿西头，怒不可遏的土狗向后坐坐又前冲上去，将蝴蜂的一只钳牙咬住了，然后猛一左甩向前一抡，蝴蜂重重地掼在罐儿壁又摔下来，待到土狗再冲上去，蝴蜂纵身一跃跳到罐儿沿上，不动了。

土狗第一次鸣吟，它胜了。

“十块大洋！”

“十块！”

人们嚷嚷着直腰，小蝴蜂乍盆儿出逃，它输了。

林同用罩子一扣，将罐沿儿上的那只小蝴蜂拢到罩子里，并没伸手去拿钱，而是怜惜地看看那只小蛐蛐儿，转向它的主人说：“陈先生，十块洋钱我不要，这只蛐蛐儿归我成不成？”

陈掌柜看看林同那双糙手，再望望众人那惊疑的目光，一时竟然懵住了。北京是有卖蛐蛐儿的，尚好的一块洋钱也能买上俩，面前这臭苦力是要寒碜他，看看他那一双手！呸，不蒸馒头也要争口气，他陈某人是京城大名鼎鼎的恒昌当铺大掌柜，再熊也不能栽在后孙公园啊！

“败了的蛐蛐儿一文不值。”他先将十块大洋哗地推向林同，然后夺过蛐蛐儿罩子向下一甩，小蝴蜂“晕”在地上了。

“陈先生！”

林同蹲下身来刚要捧，不料对方上去一脚，蝴蜂消殒被搓成一片烂泥了。

“你！……”林同霍地站起来，一把薅住了陈掌柜的脖领子，“你……畜类！”

“你要……干什么？”陈掌柜的喉头被卡住，脸色儿都变了，“你松开！”

“林同，”普道双手一揽搂住了林同的胳膊，“你松手。”

“大哥，你别管！”林同两只钳子般的大手紧紧地锁住对方的脖子，“我掐死你！”

“哎哟……来人……呐……”陈掌柜喘气憋起来。

“林同，你再不松！”普道也急了。

“唉——，嘿！”林同后撤一步，猛地向前一搡，松手将陈掌柜搡在地上了，“你不是东西！”

陈掌柜仰在地上喘大气：“找巡警，你打人！”双手一撑又站起来，急急慌慌向后退，“我乐意，是我的蛐蛐儿！”

“我！……”林同胳膊一挣还要打，普道抄起石儿上十块大洋一拉他：“快走呗，何必跟他置气呢。”

“你小子别走，我他妈有的是好蛐蛐儿，一只不卖气死你！”陈掌柜气得跳脚。

林同一挣一挣还要回来，普道一手搂着蛐蛐罐儿，一手拽住他：“你要不依不饶我可撒手不管蛐蛐儿啦。”

他俩走了，陈掌柜的还在骂。

推了陈掌柜一个大跟头，外带赢了十块袁大头，可林同却气得呼呼的。回到家里他还用拳头砸桌子：“难得的好蛐蛐儿，让那小子给搓烂喽……”

2

林同爱玉，也爱不挠而折的蛐蛐儿。

玉有五德：润泽以温，仁之方也；䚡理自外，可以知中，义之方也；其声舒畅，专所远闻，智之方也；不挠而折，勇之方也；锐廉不忮，絜之方也。而小小的蛐蛐儿恰恰存智，兼勇而尚洁，正如明人顿锐所言：既却还直前，已困未甘踣，雄心期决胜，壮志冀必克。美玉之勇体现在不挠而折上，蛐蛐儿期必决、冀必克的秉赋品格该是多少俗人的楷模？可钦可敬。

林同是北京琢玉的高手，可是手艺人一年能挣几个钱？有点儿钱他便置罐子买蛐蛐儿赌蛐蛐儿，每年秋凉之后还把上百只好蛐蛐儿侍候到入冬，直到它们寿终正寝。蛐蛐儿天性期决不挠而折，因为蛐蛐儿有时误了工期被扣工钱，他竟心甘情愿，值得，喜欢。

昨天陈掌柜搓死的那只小蝴蜂，再好好调养两个礼拜就能成为一只大将军。当时不叫普道又捏又催让他赌，陈掌柜再激他也不会让土狗去掐小蝴蜂。好蛐蛐儿败不得，知廉忠勇一败就再也不掐了。多可惜的小蝴蜂，不忍在罐儿内被人急逐跳出来，站在罐沿儿寻其主，岂料陈瘦子一脚将它搓烂了，好攒心，他的肺管子都要气炸了。

一夜未眠，恍恍惚惚，眼前老是瘦光头两道乖戾的目光，还有肉泥肉浆粘团的泥土，没把那小子揍上两拳，好窝心。

这些天，他正给普道琢一对《藤萝阴勾龙凤呈祥》笔洗，本来出神入化已入佳境，那缠绕的藤萝枝叶与龙凤相谐相映隐起圆滑，如使龙凤游于云中雾中却又戏于碧叶蔓枝之间，隐隐约约轮廓已出，可是今天手中的刀、钻不听使唤，发颤，连一片叶脉的纹路都凸现不出，眼前浮现的还是蝴蟀惨死的瞬间，哪能静得下心来呢。

下午，普道又到玉器作内来找他。

“亏了是我的笔洗，要是给别人干又得扣工钱，昨天那一斗又窝你好几天。”普道在琉璃厂开家小本经营的古玩店，缘于让林同琢玉，他们拜了把子，成了好朋友好兄弟。

“我咽不下这口气，他他妈的忒损呐。”琢玉使林同的手好糙，十个指头都变了形，难舒展。

“你有些过分，一个玩儿你何必那么上心，十块大洋咱弄到手，这合你琢几件玉器的活儿？”

“别看蛐蛐儿小，却难用钱来合算，花他那钱我恶心！”

“你呀，就是太轴。”

“我窝得慌。”林同一双粗手把琢玉的铡铊晃得咔咔的。

普道看他老半天，眯着细细的长眼说：“听人说，姓陈的是东四牌楼恒昌当铺的掌柜的，财大气粗，怪不得脾气那么大。”

“他爱是什么是什么，可就是不能祸害蛐蛐儿。”林同脑门儿上的筋又暴起来。“美玉有君子五德，蛐蛐儿有玉之品质，我看着腌心欸！”

“你呀，再急再恨又能吃了他？”

“我他妈——”他咽唾沫，心里还窝着。

“你真想在那小子身上出口气？”

林同抬起厚眼皮，普道昨天死死抱住不让他打，今天还怎么出这口气？

“你不想出我都咽不下这口气。”

哦？林同更不明白了，刚才普道不还一直劝他吗。

“咱们坑他一头子。”普道坐到琢玉的铡铊前，小声儿地向林同咬起耳朵。

林同怔怔地听完说：“那成吗，看样子他可老谋深算呐。”

“试巴试巴，正好有这么个碴儿，万一呢。”

林同呆呆地看着普道，他可没想到这么个治法。

3

秋高气爽。东四牌楼恒昌当铺门前那面大铜“当”字闪亮闪亮。

一个留山羊胡子的人戴顶旧礼帽，身上的灰洋皱大褂也脏兮兮，此人右肩下挟一包袱，里面支支棱棱看不出是什么东西。待他缩缩叽叽走到恒昌当铺门口，步子涩涩地好半天才把门推开了。

恒昌当内，高大的柜台齐肩，凸起的柜沿包着耀眼的红铜，锃光瓦亮晃得人眼酸。山羊胡子用余光瞥瞥两侧，墙上贴满红字戒条："失票无中保不能赎取""虫咬雨淋各听天命""神袍戏衣一概不当"，他疑疑惑惑心神不定，正惴惴间，一个伙计高声喊道：

"王先生到——"

山羊胡子四下瞅瞅，只他一个人进来了，哪有什么"王先生"，怎么管他叫"王先生"？

柜台内戴大圆弯腿花镜的人正是陈掌柜，他低下头来看来人，口中又加上句："王先生请。"

原来，北京的大当铺全如此，只要发现进门的是那些家道中落者，伙计们都会喊"王先生到"，为的是给典当人留面子，至少让他在精神上先松弛下来，免得让你太栽了。

山羊胡子始终不敢抬头，压低的礼帽遮住了两道眉毛。他从肩下移出那个包袱，笨拙地举到柜台上。

"解开。"陈掌柜撑住双臂，居高临下。

山羊胡子举手，抖抖地把包袱解开，上边的人眼前一亮，唉！

柜台上现出一件耀目的插屏。它高不足二尺，宽一尺有余，檀木框架黑中透紫，四周镶满螺钿，闪着斑驳的莹光。陈掌柜目光再向中移，好鲜亮的珐琅彩插屏画——莹润如雪的瓷胎之上，是一幅引人入胜的山水画。画面背景是一片郁郁葱葱的山林，林中楼阁错落亭台掩映。在高山之巅有一飞瀑泻下，九曲回旋之后，在山下汇成一道滔滔江流。江水越流越宽，及至最宽处有数百条龙舟竞渡，每条船上有四名船夫，个个筋肉凸起百脉贲张，拼尽全力正在划桨。江两岸，男女老幼提襟把袂，兴致勃勃又说又笑地争看竞渡。好一幅栩栩如生的风俗图。山水楼台各尽其妙，人情物态惟妙惟肖。这件瓷插屏绘画之生动、色彩之艳丽、构图之奇巧、气氛之活泼、胎质之细腻、瓷釉之光润，无不令人叹为观止。太精绝了，身居斗室方寸之内，尽可一览山林江流野趣民俗民风民情之妙。

陈掌柜的看呆了。好漂亮的一件珐琅彩插屏。颜色、瓷釉、胎质、构图无可挑剔，这么好的东西，怎么拿到当铺来？

他小心翼翼地用手指弹弹瓷釉，立刻发出清脆的声音；再用指肚上下一捋，爽手冰凉。康熙御制珐琅彩，价值连城哦！

不由得，陈掌柜的手心上滑滑地出了汗，多少年来，恒昌当铺没少收古玩玉器，可这么贵重的东西还从来没见过，他掏出手绢在掌心上抹了两把，打开紫檀框架的插销，将插屏瓷片抽出来。先是模模糊糊，而后清清楚楚，他见到背面下角的淡蓝色款识:康熙年制。康熙珐琅彩,是真东西是好东西!

他小心翼翼地又将瓷片插好,心却不由得急跳:“先生,您贵姓?”眼下最重要的,是弄清对方的真实身份。

“我姓王……我不是姓王吗。”山羊胡子不敢把头抬起来。

“那是伙计客气呢,您要不说出真名实姓,当票写岔就麻烦了。”

“我姓……艾,不不不,我姓——罗。”

陈掌柜心中格登一下,爱新觉罗,非同一般的旗人,再编他也跳不出皇族去。

“您怎么二二乎乎的,您到底姓艾还是姓罗?”

“我……罗,我姓罗。”

“罗先生,我姓陈,这件插屏您拿回去,敝店实在搁不下它。”

“陈先生,家里几十口人,不不不,我有急用还是周转周转吧。”

“周转,当到敝店当然是周转。”

“当然,不然早就卖到古玩店。”

“您想当多少?”

“还是陈掌柜的给个价。”

“四千大洋。”

……

“四千?这可是康熙爷最最喜欢的东西哟!”山羊胡子这才把腰直起来。

“敝店当不二议,随您的便。”陈掌柜的一撑柜台,更加居高临下。

“四千大洋于我……”

没等山羊胡子往下说,陈掌柜把大圆花镜摘下来:“期限只能三个月。”

“陈掌柜,”山羊胡子红了脸,“您这墙上不是明明写着‘古玩玉器周年为满’吗?”

“罗先生,四千袁大头,这是一般的古玩玉器吗?碰了呢丢了呢?为它,我还得请上一保镖专门看着来,这是多大的开销,我还真不愿意留它呢。”

恒昌是北京的第一大当,陈掌柜就靠这虚虚实实有弛有张发了大财。凡是主人不愿脱手的古玩珍品大多会拿到当铺来周转,既是珍品他就敢出大价钱,利高,发就发在利息上。万一变成死当那就更赚,珍品揽至手中自然能卖大价钱。

今天,见到这么件绝代珍品他心中一直扑腾着,可是“冒”不得,要淡得不能再淡,买卖反而不做——生意却已然大功告成了。再则,陈掌柜早摸透了没落旗主儿的心理,夹着包袱进当铺就够丢人现眼的,谁好意思再灰溜溜地把东西抱出去,摸准这根脉,他的买卖没赔过。

“陈掌柜,再宽限三个月,半年成不成,啊?”

“罗先生,当不二议我已然说过,利钱是明三暗七,三个月您来赎当,得拿大洋五千八,如果您非要延长到半年,光利钱就是三千六了。”陈掌柜说得还是淡淡的。

“啊?”

“不然这么办,您先抱回去,合计合计琢磨琢磨再裁夺。”

“嗯——不用了，就按您说的，当三个月，三个月。”

……

从恒昌当铺出来，普道坐上洋车一拉帘儿，把山羊胡子揪下来。捏着四千大洋银票，他的耳膜都膨胀起来，听不清呼呼的风声，不单为林同出了一口恶气，还用一件光绪赝品赚来四千大洋，他小小的自得斋经营十来年，还从来没有做成过一笔大买卖。这回，他发喽！

4

普道绘声绘色把坑陈掌柜的这场戏说与林同，林同把大黑眼珠子都眯起来：“他竟然没把你认出来？”

他告诉林同，山羊胡子花白，礼帽都压到眉毛底下啦。

“赝品也愣没看出来？”

“看走了眼，北京多少古玩专家谁没走过眼，智者千虑还必有一失呢。”

“那也真巧了。”

“无巧不成书嘛。”

“大哥，有你的，”林同也解气，他恨透了陈掌柜，“只不过，原来我只是想揍他几拳出出气。”

“坑他比揍他不厉害？这才把他治苦了呢。”

林同呵呵地笑：“四千大洋不是小数，大哥这回还不好好把买卖扑腾起来？”

“二一填做五。”

林同一把掐住普道的手：“绝对不能，你这不是寒碜我吗？”他的脸都红了。

“好好好，”因为彼此无猜，普道也就不再坚持，“唉，古玩行买卖不好做，我想赌他几场赛马去。”

林同摇头，赛马可跟蛐蛐儿赌不一样，闹不好就倾家荡产呐。

“人生不就是一场赌博，林弟，我不想老是这么小打小闹的。”

“我还不明白大哥这是为什么。”

“为大发，人凭智谋、韬略要发大的。”

林同无言。像他这号匠人凭着一双手发不了大的，也从没想过发大的，普道就不同了，他的野心这么大。

普道知道林同想的是什么，他托起林同的一双手：“你有它们，旱涝保收啊。”

林同看着普道的双眼：“你的功夫在眼上，大哥的鉴赏造诣出类拔萃呀。”

普道没言声儿，林同这话有道理也没道理，唉，怎么说呢。

赛马场在紫竹院。普道三天两头往那儿跑。真有走运的，更有倒霉的，押准了的一次就能赚上两千，赌输了的还真弄得倾家荡产。普道还算有运气，先押两注赌都赢了，赛马场老板挺仗义，帮着他买号、下赌，半个月内四千大洋变成五千。林同劝他见好儿就收赶紧思谋买卖，他却说已然摸到一些路数，赢到一万保证洗手不干。谁想到接下来的六次赌注全押砸了，良驹不快驽马不慢，五千块钱打几个水漂儿就完了。

钱输光了他才彻悟，跑马的快慢不在马上而是在人，那骑马的、下赌的、马场老板全是一伙儿的，谁也赢不了，全是他们自己赚。竟然如同一场梦。用只赝品插屏活生生把四千大洋骗到手中来，可转脸又让赛马场一帮人眼睁睁地全诓走，人生无常太变幻莫测喽，你死我活好残酷。

本来，普道是林同的主心骨，他老把着林同少赌少喝少去八大胡同。谁知这回自己走火入魔，到手的大洋又飞了。

好窝心，四千大洋能买一所深宅大院哦！

……

红惠事后才知道，她心疼得十几天睡不着觉，自得斋的本钱才八百，普道怎能轻轻易易就把四千大洋扔到赛马场里去？他昏了。

林同三天两头到自得斋劝慰："谁都甭再急，那钱本来就不该咱们得，当初只当陈掌柜的没挨坑，这就什么都想开了。"

普道始终一言不发，一赢一输全是梦，他还没从梦里醒过来。

直到天气渐凉，普道仍然无精打采的。一天林同又过来，刚巧有人送来一张红字烫金大请帖：

北京古玩鉴赏同仁大鉴：兹订于民国四年十月二十三日午后四点，在同乐居饭庄举行文玩鉴赏联谊酒会，盛邀诸路名家屈尊莅临，敬请自得斋普道先生枉驾见教，助兴小酌。

普道扫了一眼便将它扔在八仙桌上，他是什么鉴赏名家，古玩铺哪有比自得斋更小的，有谁看得起他，再说哪有这番雅兴，四千大洋灰飞了，他窝心欧！

林同拿起帖子看看，抬起头来对普道说："过去你收到过这样的帖子？"

普道摇头，如是的鉴赏酒会常有，可是人家眼里从没夹过他。

"这回人家眼里有了咱们，那干吗不上高台呢？"

普道搓搓胡子拉碴的下巴。什么联谊酒会，什么鉴赏名家，有钱的在饭庄炫豪耀富，把你叫去不过是凑热闹。

"大哥，该出头的时候不能退，去去也换换心境，你不是正烦着？到时候我陪你。别的我不懂，玉器可是我的本行啊。"

三天之后，林同硬是把普道拉到同乐居。

同乐居饭庄内，二十四张圆桌周围坐了上百人，北京各大古玩玉器店的老板都来了。鉴赏联谊酒会，吃喝还在其次，主要是摆出一些奇珍异宝甄辨展示，鉴赏鉴赏，鉴赏珍品是赏心悦目的享受哦！

普道、林同找个把角的位置坐下了。确实，普道是不起眼的小买卖，林同不请自到是混进来的，只能远远地缩在一角静观，自有那财大气粗的会炫豪耀富。

果不其然，酒菜上来之后，一位又高又壮的白胖子从屏风后面端着酒杯款款而出，普道、林同认得，此人是古楼儒雅斋大掌柜孙国培，文玩鉴赏联谊会主委，古玩行大名鼎鼎的首富。孙国培从容大度地举杯，示意众人不要起来："诸位掌柜名家，今天不辞辛苦屈尊赴会实在赏了我大面子。在下孙国培专以鉴赏文玩交朋结友，今日借联谊之机，备下几杯水酒供大家品酌，诸位赏脸先干一杯。"

人们鼓掌，干杯，感谢孙国培的盛情与款待。

推杯换盏不大工夫，孙国培又从座中站了起来："哪位同仁有好东西携来甄辨，别候着，也望诸位慧眼识真，吹毛求疵。"

众人的目光都齐齐地转到前面，来的都是古玩行的朋友，谁无赏鉴珍玩的雅趣，这样的盛会准有好东西。

"孙先生，在下先奉上一件横轴献丑了。"一个四方大脸，肩膀宽宽的人站起来，双手托起一轴画，走到前面将它展开来。

好画，行家像能嗅出真伪的味道来。

这幅横轴宽不足一尺，长约三尺有余，画面上绘的是一位老者，长髯飘逸面目清癯，他斜衣披肩坐在一块大青石头上，膝间置一古琴，双手悠闲轻漫地弹抚着。与之相对而坐的还有一人，此人微收下颔双手张合，右腿置于左腿之上，脚腿似依琴声而击节。尤为传神的是，这个人听琴人境，连胡须也似依琴曲的抑扬而摇曳，静中寓动静动相谐。图中抚琴者的从容，听琴者的专注，惟妙惟肖地跃然纸上。此二人身后的三个童子更是神态各异，映衬其间更加突出了画卷传递出的婉转琴声，恬静气氛，琴友谊爱与主仆和谐。

无不称道，真绝。

"诸位高朋，请鉴此画画的是什么?"持画人浓眉一展问众人。

下边刚骚动，一个二十六七岁英俊倜傥的年轻人一撩长衫走上前，他在画前站定说："伯牙鼓琴，钟子期听，方鼓琴而志在高山矣……"

"好!"

"徐少东厉害!"

其实，古玩行的人谁不知道这是一幅《伯牙鼓琴图》，可是上来以《春秋》原句起兴鉴赏，没有点子文墨哪成？众人为暂露锋芒的徐少东叫好。

"此画为何人所绘?"持画人点了点头，接着开口再问。

徐少东上下用眼一过，然后转向众人："左下有元朝王振朋署款，款上有'孤云处士'印章一方，您还问我何人所画，这岂不是——"

"先生，这画要是被人仿制的赝品呢，在下就是不放心，才拿到酒会请名家赏鉴来。"

徐少东摇头："这幅《伯牙鼓琴图》上有元朝大长公主祥哥拉吉的收藏章'皇姊图书'印为佐证。"说着，他指了指那缺了一角的收藏章。

"徐先生，制赝者什么事情干不出来，这'皇姊图书'要是伪章呢?"持画人挑起眉毛乜着他。

“您再看这儿,”徐少东点点画左:“冯子振、赵岩的跋文堪为天下一绝,亘古未有,制赝者就是有天大的本事,也不会拟仿得出来它。”

“呵呵呵,如有高手笔下生辉以假乱真又怎么不可能?”方脸盘的持画人咄咄逼人。

“什么事情确实不可绝对,但此画要是赝品,”潇洒帅气的徐少东把拇指上的扳指摘下来,“这件东西我白送。”

别看离得远,众人一眼就都看出来,这只祖母绿扳指少说也值一万袁大头。

人人看着愣神,艺高人胆大,徐少东看不准哪有这般魄力。

“当然,我巴不得是真的,只是请先生点拨赐教罢了。”大方脸实则高兴,其实他本来就知这幅画是真的。

“画儿虽好,但是王振朋之作要比起八大来戴嵩来唐寅来,那又相去甚远了,价值不大。”

大方脸好尴尬,想不到徐少东话锋一转,把他精心炫耀的东西又贬了。

“嘿嘿,当然,小弟只是为了讨教,嘿嘿,嘿嘿……”他臊眉搭眼地卷画,下去了。

大厅之内掌声四起,赏鉴功力比画卷本身更有魅力,临流阁的徐少东年轻有为,将来肯定会鹏程万里大有作为。

林同琢玉也常练画,这幅《伯牙鼓琴图》还真把他看呆了,别看离得远,可有徐少东那炉火纯青的鉴赏竟使画中人物都动起来。这幅图景要是琢成一尊玉雕当是好题材,他的心中已然有数了。

普道从头至尾全神贯注。王振朋的画轴不错,徐少东的辨析也头头是道有根有据,今天第一回参加鉴赏酒会,没白来,是挺开眼的。

一片赞叹声中,大厅西南第二桌前站起一个人来,他边走边喊道:“孙掌柜,诸位高朋,小弟我呈上件东西献丑。”此人身后又跟上两个人,小心翼翼地抬着什么。

普道、林同不约而同抻长了脖子,好耳熟,再定睛一看,果然是那陈掌柜,他怎么也来了,这不是古玩玉器行的聚会吗?

全场又都安静下来。只见陈掌柜身后的两个伙计将抬着的东西往前面桌子上一放,孙掌柜抬手撩开上面的金丝绒,一件插屏亮出来,正是普道当在恒昌的瓷插屏。

普道使劲欠了欠身,原来陈掌柜一直蒙在鼓中,竟然拿着这么件赝品到行家云集的文玩鉴赏会上炫耀,这不找着丢人现眼吗!

所有人的目光,一齐聚到插屏上。

确实以假乱真,没有非凡功力哪知它是假的,色彩、构图太醒目了。

“诸位名家,承蒙孙掌柜垂爱,我才能登此大雅之堂滥竽充数。带来件插屏,为的是求教于大方,让我也长些辨识文玩的本事,隔行如隔山嘛,呵呵。”陈掌柜谦卑地欠身,向众人遥拜拱手。

孙国培以主人身份站了起来,摊开双手对大家说:“陈掌柜干典当,可谓京师博学广识的第一人。在鉴赏古玩珍宝上,照样是位行家里手,今日肯于赏光,我们古玩行的还得向您讨教呢!”

“哪里哪里。”

“既然插屏已然亮出,那么哪位先生不吝——”

“我来。”站起来的还是徐少东。他款步走到前边,向众人拱了拱手,又向陈掌柜的点了点头。

“徐先生,刚才早已领教,嘻嘻……小弟我三生有幸了。”

约摸五分钟,全场的人不吃不喝,看着徐少东的动静。只见徐少东反复轻摸细捋了半天,然后直起身来问陈掌柜:“陈先生,在下倒是先想问您一句,这是什么瓷的插屏?”徐少东高高挑挑的身量,两道眉毛又黑又直,微微吊起的凤眼炯炯有神。

陈掌柜推了推大圆花镜,咽了一口唾沫:“什么瓷?珐琅彩的啊。”

“不错,可它是什么朝代的?”徐少东用手轻轻一弹插屏。

“这……”陈掌柜两道稀疏的眉毛耸了耸,他嘴上谦卑,可实则是拿来这件插屏让人赏心悦目的,这位徐少东反而问开了他,这叫什么事情?他舔舔下嘴唇迎住徐少东:“兄弟我是来讨教的,可您却一劲儿问开了我,那我也不怕出丑——它是康熙的。”

“珐琅彩,康熙的?”徐少东呵呵呵地笑起来。

陈掌柜愣住,怎么啦?

“陈掌柜,珐琅彩至雍正、乾隆年间才变得彩绘精绝、工艺高超的程度,我想请教一句,”他双手背在后面,“质地之白,白如雪也,指的是什么?”

“嗯?”陈掌柜摸脑袋。

底下有人轻轻议论,这是《陶雅》中对雍正、乾隆朝珐琅彩的评价:一绝。

徐少东向众人点点头,他发现有人已然替对方答出这个问题,就接着说道:“薄如卵翼,口嘘之欲飞,此为二绝,陈掌柜以为如何?”

“哦……”陈掌柜来炫耀珍品请人辨析,没想到反被别人连连诘问,不知徐少东什么意思。

“以显微之镜窥之,花有露光,鲜艳纤细;蝶有茸毛,颈项竖起,此为三绝。”

“哦……对,对。”他全懵了,根本没听清对方说的是什么,可是又得佯装明白,这是什么滋味?

“小品而题极精之楷篆各款,细如蝇头,四绝,四绝也。”

“哦,嗯。”

满座啧啧连声,徐少东对《陶雅》倒背如流,引经据典辨析雍、乾珐琅彩特质,一般人哪有这般的文采、功力?北京古玩行都少有这样的才子。

稍有造诣的人早就明白了,依这《陶雅》上的四绝为依据,插屏瓷片如此厚重,它不会是雍、乾制品;而从胎体绘画的角度分析,它又绝不会出自康熙。既不是康熙的，又不是雍、乾的，那就价值顿消了。

“陈掌柜，康熙珐琅彩属初烧阶段，釉质不可能这般光滑，您说对吗？”

“哦……”陈掌柜变了脸色。

“康熙珐琅彩，多以简单的花鸟鱼虫为图案，可是您的这面插屏上，绘出了多少老弱妇孺、壮汉船夫？”

“嗯……”

“康熙珐琅彩，多以红、粉、蓝三色为地，这面插屏的底色，可是莹白如雪呵。”

“这个——”

在徐少东连珠炮般的诘问面前，陈掌柜的脸色由白变黄，又由黄变灰，丢人事小，这件插屏它原来……天呐。

二十四桌宾客无不被徐少东的辨析所倾倒，妙语连珠，太绝了。此人不但鉴赏造诣臻于绝境，还非同一般地满腹经纶、学富五车呢。

林同乘乱捅捅普道：“这就是你当的那架插屏？”

普道的心慌慌的：“是，就是那一架。”

突然，浑身哆嗦的陈掌柜扩了扩胸：“徐先生，插屏后面的款识你没见到？款识，它有‘康熙年制’的款识！”他如犹斗的困兽，打开柜架卡子抽出瓷片，翻转过来托到对方面前，“你看看，你看看！”他的嗓子都劈了。

徐少东提着长衫的手一松，接过瓷片移到眼前：“从绘画、胎质、色泽、光釉上既然已能断定它是赝品了，那还管它款识干什么？”

“不，你看看，鉴瓷就要以款识为证！”

徐少东低头，蓦地哈哈笑起来：“康熙年间烧制的珐琅彩瓷，款识都为双栏双框，而你这瓷片的戳子，怎么只有一道蓝杠？”

“啊？”

“凡是康熙彩瓷，款识只有‘康熙御制’一种戳式，这件瓷器的蓝框之内，怎么写着‘康熙年制’？”

一针见血，制赝者把不同朝代使用的“御制”“年制”闹混了，最大的马脚出在这儿！

陈掌柜呆呆的，他正是在这细微的差别上走了眼，谁在意单框、双框，御制、年制呢。

大厅之中好寂静，只有陈掌柜一人的喘息声。不知过了多半天，陈掌柜才呼嗤呼嗤抬起眼皮来：“照你这么说，它根本不是康熙朝的珐琅彩？”可怜巴巴，全然一副哭腔。

“它不过是光绪民窑中的一件瓷器。”

“光绪！赝……品！”陈掌柜不哆嗦了，一下子定在了原地。

“您还以为它是珍品？我只当您把它拿来是让人辨识真伪呢。”徐少东突然不安起来，“其实这——”他上前扶住他，不知如何安慰。

才气横溢便难免踌躇满志自鸣得意，刚才一番滔滔不绝不免有些卖弄之嫌，此时看着陈掌柜的神态，徐少东竟然责备起自己来，辨析归辨析，何必那么侃侃而谈咄咄逼人呢。

“我，我……不活喽……全完喽……”陈掌柜再也抑制不住，他号啕，前后摇晃站立不稳。

“陈掌柜，这是干什么，留得青山在，不至于嘛！”高大的孙国培也没有思想准备，多少次联谊鉴赏，从没出过这样的事情。

古玩行的谁不知道，一次看货走了眼，家就完了业就光了，面对着这突如其来的场面，听着这撕心裂肺的号啕，人人心中不是滋味，大老爷们儿少有这么掉泪的！

“真是假的？真是假的？”陈掌柜甩开徐少东的胳膊，向前走了两步摊开双手问众人，“你们也说说，你们说说啊？”

没人做声。

怎么回答？

不必回答。

突然，陈掌柜猛一回身，抄起桌上的插屏“啪”地向墙角掼去——嘭，粉碎，满座宾朋全呆呆地吓傻了。

“我瞎了眼，我瞎了眼欤……”哐当一声，陈掌柜身子一歪，一头磕在桌子犄角上，血流如注！

孙国培吓坏了，俯身去用袖子捂，回过头来大声喊：“快来人，叫大夫，拿白药……”

全乱了，这般鉴赏酒会还怎么开？

普道、林同最先溜出来。老天爷，谁想会生出这样的事情来。

没想到假插屏会被带到联谊酒会来炫耀。

没想到徐少东才气横溢把陈掌柜捅得这么栽。

没想到大庭广众之下陈掌柜痛哭失声，这般失态。

林同反而惴惴的，发端皆因蛐蛐儿，是不是把陈掌柜坑得太苦了？

“大哥，尽管陈掌柜不地道，可是今天这阵阵儿，让人心里不痛快。”

普道没言声儿，也是的，刚才还真怕陈掌柜号啕失声骂出他普道的名字来。

5

雪好大。

今天不会有人来逛琉璃厂。普道又上了林同的玉器作。最后的两只蛐蛐儿也僵死了，林同正在磕蛐蛐儿，刷罐子。

普道蹲在一边看，拿出一盒绿炮台。林同摆手，把烟袋锅子点上了。普道抽了两口烟卷，轻轻把淡蓝色的烟雾吁出来：“前两天我路过东四牌楼，没想到恒昌当铺油饰一新，还扩了门脸儿，姓陈的反而把买卖做大了。”

“哦？”

“百足之虫死而不僵，别看他那么嘬，架不住家底儿厚着呢。”

林同点头，如果又扩了门脸儿，当然是。

“我心里又窝，联谊会那么一闹，那不是在臭我？”

林同不同意，栽的现的是陈掌柜，怎么会是臭你普道呢。

“这也是命，赚了的又赔了，赔了的家底儿厚，我真窝。”想想四千大洋全部赔在赛马场，普道始终觉得窝。

“大哥，那钱本来就不是咱们的，你别不爱听，就算是找平儿了。”

“那他白气咱哥们儿了？”

“还是那话，两回事。再说同乐居他也栽得可以了。”

“他小子不是尿劲大吗，那咱们再扎他一锥子。”

林同不明白，还要干什么？

普道拿出那张当票，当票还在手中呢。

林同都忘了，一时不知普道又拿出当票干什么。

头些日子路过东四牌楼，油饰一新的恒昌当铺好扎眼，惊愕之余好颓丧，郁郁之中闭上眼，咦，当票不还攥在自己手中吗，对，这里头又能闹出文章来。

憋了好多天，这可又是一场赌博欤。

眼看当期临近，憋不住只能又找林同来，虽然是把兄弟，可他们亲如手足哦。

林同问他想干什么，他咬了一下指头说：“官司，咱们跟他打官司。”

林同很惊讶，这样是不是有些过分了？

“林弟，生意场上不是你死就是我活，我要先投石问路去。”

林同摇头，不能没完没了的。多少日子了，耳边萦绕的老是陈掌柜那号啕声。

普道见他跟自己想不到一块儿，就说自己也再琢磨琢磨去，只坐一小会儿便出来了。回到家中更坐不住，揣上当票出门雇车，鬼使神差又来到东四牌楼。

一天一夜的大雪不住，厚厚的雪片摇摇曳曳。恒昌当铺前的积雪最薄，已然被人扫过多次。普道在马路对面下车，瞭望片刻过了马路，走到恒昌门口把门一推，一个熟悉的人影往下一蹲，倏忽消逝在柜台后——陈掌柜，害怕见他藏了起来！

大模大样向里走去，几近柜台他站住了。里面的伙计好慌乱，愣了半天才开口：“唉，是罗先生……您请坐。”

柜台外面，确有一张八仙桌两把太师椅。他瞥也没瞥：“你们掌柜呢？”

“啊？”

“我问你们掌柜呢。”

“噢，大掌柜的出门儿啦。”

他从怀里摸出当票，在伙计面前晃了晃：“这是陈掌柜经手的东西，插屏。”

小伙计吐舌头，另一个年纪不小的大伙计满脸堆笑，接过当票扫了一眼，两只眼睛对上了：“罗先生，您取当不是？不过呀，您这东西，先别着急。”

普道拧眉，这叫什么道理！

“您听我说，是这么回事，最近小店正在，正在……”他慌乱地又把眼睛对上了。

“把你们掌柜的给我叫出来。”他不由得提高了嗓门儿，陈掌柜明明在柜台后边缩着呢。

“哎哟罗先生，您别急，我刚上趟茅房怠慢了。”

普道往里看，后边这女里女气的男人从高柜隔架间闪出，走道也一扭一扭的。

“罗先生，您跟他说，这是我们郝掌柜。”

说话间郝掌柜已从柜台之内出来了，他鼠步蛇行在普道面前站住，自称是当铺二掌柜，媚笑着请他坐下，有什么事情跟他说。

普道把当票在八仙桌上一推，瞅着这半男不女的二掌柜就难受，没有什么可说的。郝掌柜把当票拿起扫了一眼，一脸笑容地说：“唉，不就是取当吗，您别急，”他一转，“给罗先生沏茶来。”

普道收颔，扬手，不喝。

“罗先生，敝店近来确实有事，您看不刚油饰了门脸儿吗，柜内也全粉刷了，到处乱糟糟。上千件东西没有归好位，您再等上两天，稍微绷绷儿，啊？”郝掌柜白皙的脖子上堆着厚厚的肉，让人看了好腻味。

普道心中暗喜，可脸上却更加难看：“稍候？稍候几天日子就过了，你这是什么意思？”

里边已端出热茶，郝掌柜捧到八仙桌上：“您赏脸先喝上口茶，有什么事情好说。”

“你们陈掌柜的在哪儿呢？”不想与郝掌柜的周旋，他要做出誓不罢休的姿态。

“罗先生，大掌柜的确实出去了，他不在，一切事情您跟我说就齐了。”

“你主得了事不？”

“当然，可是……”

“我问你主得了事不？”普道嘭地一捶八仙桌，那盖碗的盖子竟然跳起来。

“这么办，我给您签上延期的字据，您再稍候几天，我们这儿正盘货呢。”

“一天也等不得，我要告你，告陈掌柜！”

郝掌柜脸上被溅了唾沫，他抹了把下巴再也挂不住：“嘿，你也太猖了你。”

“这是你说的？”

“怎么啦，你再有理也别上哂这撒泼呀。”

“少废话，我取当，拿插屏！”

郝掌柜又拿起当票看了看，伸手在柜台上取算盘，拨拉几下一回身：“五千八。你带着？”

普道一下愣住了。没想到，刚才他装腔作势太投入。岂料一下又过分了。

郝掌柜伸出白嫩的肥手，不言语。

“嗯……我没带，我是路过先问问。”

“啊——呸！”郝掌柜才像个泼妇，“你小子穷横半天原来没钱，那你吃饱了撑的上这儿捣乱来,啊!”

他噎住,说不出话。

郝掌柜如女人般把两只手背叉在腰间:“我们不盘点,你小子穷疯了上这儿诈货来,老子我天天候着你,瞅你小子那德行!”

“你骂人,成,你等着!”他的头嗡嗡的。

“骂你有什么新鲜的,你小子拿出钱来呀!”

他拿起当票返身出门,实在太丢面子了。

万也想不到,刚出门恒昌店内就吵起来:

“我他妈废了你,你小子给我惹下大祸喽……”

啪,啪,抡圆几个大嘴巴。

“大掌柜,他欺人太甚喽,谁也受不了这份挤对哟……”

……

哭,吵,骂。普道立在雪中都听到了,又消了气,活该。

深一脚浅一脚地走在雪中,他竟忘了雇车。本来是想诈出一场官司,岂料话赶话姓郝的要他一手交钱一手交货,怎么办?这是逼他孤注一掷了。

6

第二天来到玉器作,普道把前后经过跟林同都说了。林同搓着糙糙的手摇头,插屏之事已然闹哄得可以了,现在还搅和当票干什么,什么事情都如此,见好就收才是正招儿。

普道却不这么想,什么好儿也没落着,转脸又被跑马场的全坑了。林同还是那话,这是两回事,打根儿上赔钱的还是恒昌当。

普道似乎计议已决,他要林同帮着出主意,看看能否凑出五千八。林同张开巴掌打住,适可为止过之为灾,漫说是没钱,就是有钱也不能再到恒昌当去搅和,说实话,坑陈掌柜四千就可以了。

普道没跟林同借钱,他知道林同没有过一百块钱的积蓄。今天来找林同,只是请他帮着出主意,自己一个人上哪凑齐五千八百块大洋去?

“大哥,我认识的都是手艺人,古往今来哪个手艺人趁钱呢,就是有个三头五百的,又不是你我这等的交情,人家也不借呀。”

普道悻悻,他要的是林同的心意、主意,不想全是撤火的话,真扫兴。干嘛跟陈掌柜不了了之,林同那脾气哪去了。

“其实我比你的脾气暴多了,可是凭着一双手琢玉,多少年来还算平平安安的,无祸为福,大哥近来怎么变得这么躁?”

“你有手艺我凭什么平平安安旱涝保收呢。”

“大哥靠的是眼力。”

“我的眼力是不错,可我一辈子没富裕。”

“慢慢儿来，发财也要候时机。”

普道不爱听，林同这回不义气。

当票再有四天就要到期，普道突然坐卧不安了，只是暂借一小会儿，为的是引出一场官司来，索赔一万块，官窑康熙珐琅彩值一万。

红惠跟他闹，母亲劝他踏踏实实要安生。他却火烧火燎变“疯”了，就要闹出一场索赔官司来。自得斋连房带东西押给了天渊阁老板胡天柱，又从四叔的绸缎庄借了八百元，统共还差两千块。硬着头皮找到孙国培，这么大数只能找他来。孙国培知道他眼力好，笑眯眯地问他说：“又想囤下处门脸儿来？”他说是，后海三座桥有几间房，他想买下推出做门脸儿。孙国培说那也用不了两千块，他说要买点儿好东西，思谋着买卖做大点儿。

连利息都没谈，孙国培告诉他，只要为了买卖，他主张同业放手干。

说不出地感激，孙国培仿佛给他壮了胆，无论如何要把这场官司“惹”出来。怀揣五千八百块钱他又来到恒昌当，不找陈掌柜，他要姓郝的！

雪没化尽，恒昌当前湿湿的。

普道一脚迈进门，今天陈掌柜的再躲也晚了。陈掌柜半张着嘴愣了半天，动动嘴唇没有说出一句话。

“姓郝的呢，叫他出来。”视野中，僵在原地的不只陈掌柜。还有那天那俩伙计。

别看恒昌油饰了门脸儿，陈掌柜这仨月可是老了许多。面对面细看，陈掌柜两鬓成了灰色，脑袋更小了。可细细的脖子还是擎不住这巴掌大的小脑壳。普道都替他累，几日不见，怎么脑袋把背都坠驼了？倏忽，他心中颤悠了一下，却马上用指头抠住大腿，不，退不得，生意场上就是刀光剑影，就是你死我活。他恒昌当之所以“活”得好，皆因千百次地置人于死地，不然怎么会成为京城第一大当呢，不，软不得。

柜台内的三个人呆立，无声。

“姓郝的呢？”

伙计把目光投向陈掌柜，怎么应付只能靠掌柜的周旋了。

“我问第三遍姓郝的呢？”

“嗯……罗先生，”陈掌柜的再也拖不过去了，他看了眼普道马上又把目光移开，“您别急，您坐下。”

普道把当票和五千八百块钱的银票、大头往柜台上一推：“我找郝掌柜的。”

“您别急……”陈掌柜凄惶地把头抬起来，无奈地看看当票和钱款。

“不要你，我找姓郝的。”

“您稍候，这就来……”突然，陈掌柜的伸出双手向后一搂，哗地一声把当票、银元都搂到自己怀里，“你别急，啊。”

嗯？普道懵住了，这“突然”使他刹那之间战栗了。

“数钱，归当。”

两个伙计扑上来，咔咔咔地数着银元和银票："四千二，四千三，五千一……"

普道什么也听不见了，天呐，到底是怎么回事？

不知过了多久，一个伙计刚说完"五千八百元整"，柜台下突然冒出一个人来，郝掌柜，他就在柜台后边藏着呢。

郝掌柜把手中托着的东西往柜台上一撂，然后撩开一块蓝绸子亮出那架插屏来："普先生，哦，对了，您这当票上写的是罗先生，这回终于物归原主了，您看看有没有磕碰？"

普道愣愣地看着，这是怎么回事，这到底是怎么一回事情啊！

"损坏包赔，只不过，您这类臭了街的赝品到哪儿都能讨唤几个，不怕你挑刺儿。"

"这么办，嫌不好你挑一个。"陈掌柜一猫腰，从下边又拎起两个一模一样的插屏来，"罗先生你这姓儿也是赝的，本来你不姓罗，连姓儿一块儿懵，你姓普，自得斋的普道，对不对？"

——扑通，再也撑持不住，他眼前一黑栽倒在地上了。

……

醒来他已然在家里。陈掌柜的挺仗义，雇辆洋车连人带插屏，径直把他拉回琉璃厂内的自得斋，跟来的伙计二话没说又登上洋车回去了。

圈套。

联谊会、孙国培、徐少东、摔插屏、油门脸儿、郝掌柜，扑朔迷离的圈套珠联璧合，而他利令智昏，才眼花缭乱了……

陈掌柜的挖空了心思。

可他普道怎么办？自得斋已然抵押给了别人，还有跟孙国培、胡天柱借的几千块袁大头，怎么办，他的退路在入恒昌之前就被自己的孤注一掷堵死了。

胡天柱催他搬出自得斋，孙国培派人三天两头来讨债，母亲和红惠只是哭，他懵得默默无言好几天，一切都哭不回来磕不回来了。

林同天天来看他。相对无言。

没有怨普道，三个月来他也跟着做了一场梦。生意场上竟然这样血雨腥风的。只要见到普道，就会想到惊心动魄，血雨腥风。

普道天天不吃不喝，眼看着人就不行了。每次林同来，红惠和普道的母亲都泪眼涟涟地不让他走，怎么办，再耗下去人就完了。

林同也无言安慰两位女人，说什么？已然家破，随之而来的便是人亡啊。

直到第五天，林同来后抚着普道的手，半天才晃了晃他说："大哥，只要你肯吃肯喝，我就把五千八百大洋要回来。"

普道动动眼睛，眼皮却没抬起来，林同这是在哄他。

"真的，我说的是真的。"

普道睁睁眼，淡淡一笑又合上。

“你得信我的，我要你活！”突然，他一把揪住普道的脖领子。

红惠和老太太吓了一大跳，这哪成，普道虚得经不住揪拽哟。

普道这次睁开眼，和林同的眼神对上了，“真的？”

“你吃，你喝，说到做到，我救你！”他的声音都嘶哑了。

红惠、老太太好害怕，林同他又怎么啦？

普道五天来第一次说出话：“是……吗，你有——”

林同看着他喝下半碗粥，两眼凛凛地转身，出去了。

7

阳光惨淡，东四牌楼的店铺也显得无精打采。唯有恒昌新油饰的门脸儿透着新鲜、耀目，那面铜晃在微风中把“当”字荡活，两个铜铃的响动又唤出店内的许多生气。林同远远地立在街面看了看它，确实焕然一新，鹤立鸡群，才使普道得寸进尺折戟沉沙。

时近薄暮，林同推门进了恒昌，陈掌柜的一愣，这不那要打他的小子吗。

伙计刚喊“王先生到——”，陈掌柜的摆手：“别瞎喊，这位是北京琢玉高手林先生。”

林同点头。几个月来对方已比巡警局的还清楚，早把普道跟他的一切都摸透了，索性也不兜圈子，抬手将一个沉沉的小包袱放在高高的柜台上。

“林先生当什么？”陈掌柜满脸堆笑，这绝对是一场格杀。

“请问贵店不当什么？”

陈掌柜的一愣，知道对方是来找碴儿，便指指墙上张挂的戒条：“您看呐，神袍戏衣一概不当。”

“除此之外别的都当？”

“不不不，不能当的东西多了去啦。”陈掌柜当然不能让他钻空子。

林同点头，等着他说。

“活物不当。”

他点头。

“死物不当。”

他点头。

“凡能入口的东西不当。”

“还有吗？”

陈掌柜眨眼，林同绝对是挑衅。他不怕，前时那么大的一个跟头摔了，又杀回一个多么漂亮的回马枪，不怕，不当的东西当然有，我说不当便不当。

“您要非较真，不当的东西多了，砖瓦灰石、金木水火土这类笨重没用的玩意儿全不要。”

林同把脑袋歪起来:“我都听见了。”

陈掌柜低头再看看柜台上的包袱,又抻着脖子看看门外,又捏住下巴说:“您看看里边这些格架,搁不下的不当,比如那水缸、纺车、棺材什么的。”

“除此之外你都当?”

陈掌柜在镜片后面动动眼珠,活的死的吃的重的搁不下的,方方面面都已堵得严严实实了,除此之外你非要当那就少给钱,压得你垂头丧气当也没意思,怕什么,兵来将挡火来水淹,主动权操在我手里,今天倒要看看你小子当什么。

“别的都能当,只要您不怕价钱低。”

“这是你说的?”

“君子食言,我把恒昌当输给你。”陈掌柜说得轻轻松松的。

林同看看陈掌柜,转身出门把四个巡警叫进来。陈掌柜吃了一惊,他怎么把警察局的还勾了来?不过,他也有人怕什么,再说谁来了在恒昌当又能闹出什么花样来。

“陈掌柜当着这四位巡警的面,你再说一遍不当什么。”

陈掌柜嗽嗽嗓子:“不必要人证,该说的我早已说过了。”

四个巡警竟然异口同声说:“我们也在外边听见了。”

陈掌柜怔了刹那,搓着干瘦的下巴呵呵地笑起来,又能如何?我等着。

就在陈掌柜的讪笑中,林同把包袱解开了,斧子,亮出一把明晃晃的斧子来。陈掌柜不由向后缩了缩,这是干什么!

没容他再琢磨,林同左手五指叉开,右手已把斧子举起来——手起斧落,左手无名指咔地一声断开了,天呐,白生生的骨头碴,马上被鲜血浸润了。

陈掌柜大惊失色,万也想不到对方做出这种手段来。

林同脑门儿上沁出汗珠子,放下斧子拈起那节无名指:“多少钱?”

“林先生……”陈掌柜万也想不到林同面对面举着一个手指头,鲜血淋淋溅了满柜台,“你哪能……手指头哪能当在这里呢?”

“你没说,君子一言,你可用恒昌当铺打赌来。”

陈掌柜脸色灰黄了:“这……你可是,撒泼,你这不是撒泼吗!”

林同左手断指还涌着血:“这手指头归哪类,你说说。”

“你,你……”

没再多废话,林同和四个巡警一块儿翻进柜台来,他们把陈掌柜的掐在地上了:“是输恒昌当铺还是还出五千八百大洋来?”

“我……”

“要赖这就毙了你!”

没有官家陈掌柜的当然不会给,可这官匪结帮他怎能吃这眼前亏。

“松手松手,我憋死喽……”

陈掌柜的又输一回,为了保脑袋。

8

普道起死回生了。

林同告诉他,大哥已无退路,我也只好狗急跳墙,跟东二分局巡警局长勾搭上。

普道落泪,为了自己,林同缺了一个手指头。

林同宽慰普道,缘起还是为他,他跟陈掌柜的斗蛐蛐儿才招出大哥你的祸事来。

普道说不,是他太贪太得寸进尺了。

林同说本来他们无理,但跟大哥有情,有情便有理,情理情理就是这么由来的,不然为何不说“理情”呢?

普道说林弟你自残才救了我的命,我这一辈子都报答不完你。

林同说自残也得勾结官府,做买卖和地痞、无赖、土匪一个样,只有勾搭上官府喂饱了他们——不可思议的事情才能干出来。

普道潸然,自己得救了,林同残了,他还学了坏。

混　沌

1

三十多年如一日，只要没有大毛病，薛先生必练启明功。梨园行和武术界不一样，不兴练子午功，而是在启明星亮的时候练晨功。

当初，这齐齐整整的小院敞亮干净的时候，薛先生压腿下腰打飞脚拧旋子，高兴了还腾腾腾腾，走上一串铁门槛。现如今哪有这地界？家家户户的廊子檐子接出来，又比着赛地在门前圈出块地盖厨房。这二年更褶子，南屋临街开饭馆，又在院子正中垒了一间房。没了院子、夹道、胡同，通向各家的是几条曲曲折折的小胡同。

还拧什么旋子，甩腰的地方都没了。搂搂抱抱的厨房、小房把院子划出一道道沟，下雨存水不说，摸黑走道都玄乎。尤其是薛先生，学的是文武老生，举手投足更带着挺胸立腰梗脖梃迈八字的架势，常常因为炯炯双睛只顾了正视前方，忘了脚下的陈仓栈道。亏了他腿脚利落反应迅捷，多少次趔趄踉跄总算没有趴下过。

空间缩小了，世界都变得很拥挤。踢不开腿打不下飞脚，那就拿顶、压腿，筋总算能抻抻吧！再说要真想出透了汗，尽可上团里那宽敞的练功房撒欢儿去——憋屈的是心。中华人民共和国成立初当个京剧演员多神气。走到哪儿人家不挑大拇指："嘿，唱京剧的，搞文艺的！"轰轰烈烈的那阵子也满风光。"板儿团"的人哪个不羡慕。虽然没有领章帽徽，一色儿的"国绿"，再加上京剧演员独有的做派气质，街上人见了几近于妒忌："'板儿团'的来啦，'板儿团'的！"

当时，薛先生正值年富力强，演过《智取威虎山》中的孙达得，还是《沙家浜》里的"一棵松"。那是什么气候？电视电影大会堂中南海全上过。至少在那钱真是钱的年月，每天多一块五的伙食补助。别小看了这一块五的补助，加起来一个人的工资了，谁能说这不是得天独厚？

后来的一档子事让薛先生埋汰，砸在一张"伟大旗手"接见他们的照片上。您说怎么那么巧！那天，"旗手"在政协礼堂看完了他们的演出，走上台来与他们"亲切"握手。众多闪光灯急闪般晃得人睁不开眼，谁想第二天报纸一出来，正好是"旗手"跟他握手的那一幕，就这张照得最清楚。团里人向他祝贺，他自己也着实激动。历史的瞬间永恒的纪念，能不让人高兴吗！岂料后来"旗手"被押上了历史的审判台，"永恒的纪念"也出了毛病。某领导几次让他检查在"历史的瞬间"为什么那般亢奋那般激动,解释得清吗——认倒霉呗!

街坊四邻依然敬重薛先生。本来嘛,西屋邹家是修鞋的,东南房的老侯是板儿爷,门道西南史家在造纸厂,只有薛先生德高望重干的是文艺界。加上姒姒的妈妈又是中学老师,他家是全院的高层次。

不过,近几年的变化使他心里不是味儿。漫说是开了饭馆的侯家,就连钉鞋的老邹都叼开了肯特,喝上了头曲。尽管大伙儿还一口一个"薛先生"的敬他宾他,可他心里不踏实。自个儿抽的是威利登、嘉得乐,出门进门拿不出手,侯家小喜子还尽在院里穷嚷嚷:除了洋烟没法抽,连阿诗玛都是臭脚丫子味儿。

憋得慌,在这缩小了的世界里,他一天比一天憋得慌。

昨天晚上,侯家那佳乐餐馆折腾到十二点,两个喝醉了的在餐馆里头滚起来。整街筒子的人都来了,他们这本院的更没法睡觉。薛先生、白雪夕两口子没起,烦还烦不过来,哪有心思看热闹。迷迷瞪瞪,他不知醉汉什么时候让人抬走的,也不知自个儿什么时候睡着的。合着双眼只是累,脑袋里哗哗哗地过电影。一会儿是《海灯传奇》,一会儿是《武家坡》《凤还巢》《女起解》,虽然自个儿没上台,可浑身酸懒得比走下一趟"麦城"还要累。起,睡不好觉就上火,多少年的习惯,上火就拿顶,上火就剃头。团里的人最清楚,只要他脑壳连着刮,准是给自个儿败火呐。

极轻极轻,他蔫溜溜下床,灯笼裤练功鞋穿好,蹑手蹑脚来到院里。朦胧的月光下一看表,唉,才三点半。先拿顶,他双臂贴耳伸直,架在厨房东墙上压肩。膀子的筋脉松泛了,然后扩胸煞腰猫身蹬腿,一把顶拿起来。五分钟、十分钟,他不断展臂挺胸扬头担腰,死死地把弓直的双腿往下蹭。全身的骨节张开了,血脉舒活得他驱净了身心的乏倦与烦恼。当年练功凭的是心气儿,浑身总有使不完的力气;如今拿顶是驱除烦恼,头朝下的时候星星才是星星,月光才是月光。只要一立起身,一切都变形了扭曲了,就说那自行车的轱辘吧,怎么个个看着它不圆了?

约摸半个钟头,他松松爽爽地收顶,扬起左腿搭到墙上。靠肩立腰,把全身的重量都担到左腿上。压、撕、拉、颤,多少年的苦功,使他五十开外的人的这双腿,面条似的那么软和。左右朝天蹬都不用搬,抬腿齐眉,演《伐子都》他穿着四寸厚的靴子一步一个好儿。右腿也抻了二十分钟,重新站稳之后,好像全身的血液刹那注到双腿上。无论如何得踢踢,失眠腿沉,越是乏力越懒不得。

这二年踢腿他都回屋,"胡同"里边太玄了。今天太早实在不愿吵老伴,他定定双眼叉上了腰。蹭、蹭、蹭,在小厨房南侧踢开了腿。没治的两条好腿,只能照着下巴底下使劲,稍一松胯就会踢到鼻梁、眼眶、脑门儿上。蹭蹭蹭,他来来去去踢到第三趟,恍惚觉得带起阵阵热风,对,疏忽了,南边是侯家专煮酱肉的一个炉子,这要一脚踢过去——扑!哗啦!正思忖着没容收腿,右首两个涮肉锅子让他踢飞了:"哎哟……"他身子一歪,倒下了。

"薛先生,薛先生烫着啦!"西屋老邹第一个闻声冲出来。

全院的人都起来了,七手八脚把他架回北屋,薛先生果然脸色煞白。他紧皱眉头扒下鞋袜，冲不知所措的老伴说："烫倒没烫着，快，拿麝香止疼膏来，大拇趾头戳进去一截。"

佳乐的老侯上前捧着他的伤脚轻轻搓："薛先生，就赖……喜子这兔崽子，昨儿个……二点多才收摊，涮锅不灭……就杵院里！"老头子一急更结巴，他返身冲前边楼上喊："喜子，你还……死着不下来，给你薛——大叔叫车去！"

2

薛先生歇了，脚趾头肿得穿不上鞋。老侯、喜子天天过来赔不是，水果、点心的堆了一摞。有口难言，要多堵心有多堵心，有饭馆整宿开的吗，有火锅满院放的吗！其实，跌打损伤的事经着多了，戳个脚趾头是小磕碰。窝心的还是那两个字：憋屈。这日子越过越憋屈。四年前喜子从大狱出来，东求西找没事做。老侯缩缩叽叽把他领到自己屋里，吭哧半天要借三百块钱摆个煎饼摊。看着这爷儿俩艰难，他抬手拍出五百块，街里街坊的，喜子一有着落老侯还能松点儿心。谁料卖煎饼的发了家，老侯的三轮车也撂下了，爷儿俩一年之后修门脸开饭馆，前年在临街起了二层楼。虽然薛先生一辈子没把钱看重，可蹲大狱的玩上了摩托，当板儿爷的盖起了小楼，无论如何让人解不开疙瘩醒不过闷儿。

"做小买卖儿的发家，邪行。"他气不份儿。也是的，中华人民共和国成立前那针线铺油盐店羊肉杠里谁富过？更别提那挎篮子的推车子的挑担子的，一切的一切颠倒了个儿。

老伴雪夕倒是老劝他，别老邪行不邪行的，人活着图的是个踏实，不招灾不惹祸有吃有喝就得了。

他倒绝不是也要下水，为了图钱也去"搞活"，就是月月给他一万，他也不会去卖煎饼。文艺界他算一号，虽然比不上马长礼、谭元寿，大小他也是个角儿。绕来绕去还是那句话，就是有点儿气不份儿。

伤脚的第六天，万前晚上过来了。

"师傅，听说您戳了脚趾头，我进门就急着过来了。"说着，他把一对日本折扇和一个打火机捧到桌子上。

"听说你们这两天就要回来，"他看看万前送的东西，"你还为我破费。"

"拿不出手，师傅还跟我客气什么。"万前总是那么精神，天生的吊眉，一口白牙齐齐的。

"对我你没虚的，我收下。"

三十四岁的万前是薛先生的徒弟，当年薛先生见他勤奋好学身上有戏，把门道西史家的茵茵介绍给他。没过一年这二人登记结婚，史家老俩跟大小子搬到北三环，万前从团里搬到院里跟他又成了街坊。师徒芳邻同事，他们彼此无猜不分你我。

这二年也有变。万前自从调到四团三天两头不上班，言语间还说这辈子选错了职业。薛先生听了别扭，可不是吗，连唱戏的都褒贬自个儿的行当，京剧没个不危机。

也别说，坏也坏在剧团里边没规矩。每礼拜一、三、五上半天，哪有人管你练功还是吊嗓子。人人点一卯冒一泡儿走人，谁也没把上班当回事。自打万前调到四团，没听他说走过前扑、后提、小翻。他那话，二十出头的有的是，不都是戏曲学院毕业的高材生吗，凡是脖腔子冲下的活儿，看你们这一法儿的喽。

半年前听说四团的一些人要上趟日本，万前的精气神儿拾起来。把脑袋拽进裤腰带，八仙桌上一口气甩二十小翻儿，豁了，这回是奔着出国。

万前在争，他确实是块好坯子，入选了。这不，整整三个半月，上日本转了三个半月回来了。

"不错，在报上看见你们的演出盛况，享誉东京都，把日本人全震了。"

"把日本人？小日本把咱四团的都震傻啦！"

嗯？薛先生耸眉。

"人家日本人看京剧是图个乐儿，那钱多得烧得慌。"

他撇嘴，欣赏艺术怎么叫图乐儿！

"能蒙您吗，陪团的日本翻译第一天就问我们每月多少工资，姆都实说呗，有的三十美元，多的四十美元，谁想那翻译说中国人滑头，不可能，哪能不如我们日本工人一天挣的多！"

"他们一天挣多少？"

"洗碗工一小时五美元，八小时可不四十美元吗。"

"不过……他们的开销也大得多。"

"岂止是大得多，您要没有亲眼见，我越说您听着越玄乎！"

万前这趟日本之行既开了眼也受了罪，体重下去五斤多——

一开始，下榻的裕合饭店给他们包饭，每人每天的伙食标准八千日元。两天之后肖庆挑头，省着点儿，自愿把餐费开支减下三千。五千日元也吃着心疼啊，万前和哥们儿一合计，自己起伙剩余归己。谁不想弄台冰箱彩电的带回去。他们找日方一商量，日本人满随和，大大的自便，日本也有方便面，如果中国人消受得下，裕合的开水是免费的。自打那天开始，他们纠集十六个人退伙了。晚上演出，白天忙不迭地在东京、奈良的食品店比较取舍。普通方便面一百五十日元一袋，一天五袋，七百五十元对付了。每天干落七千多日元，三个月后攒多少！一咬牙，一百来天的方便面吃下来，大件小件的东西买下了。最让人哭笑不得的是胡伟还发现了"新大陆"，东京广场西边的一条小胡同有六十日元一袋的！打那儿，团里的演员都去买，买一次像过一回鬼门关，丢人呐，哪敢像在台上那般挺胸叠肚的，这不是给中国人活现眼吗。

"薛师傅，从牙缝里抠，我这趟什么东西都没买，加上出国补贴，手里落了两千美元。"万前不瞒师傅，眼神中酸甜苦辣俱全。

薛先生也一惊，自个儿这辈子没有过三千人民币，万前仨月就成了万元户，是听着眼馋。他伸手托住万前的腕子："我都有点嫉妒，可别像喜子似的胡糟乱反啊。"

"您放心，不过——"万前缓缓抽出手臂，又轻轻翻掌扣在桌子上，"师傅，中国人太栽太穷太现啦。"

他一愣，怎么回事万前。

"主意我已拿定，我万前再也待不下去，我也要赚钱赚钱赚钱！"

3

万前的主意一年前就打定了，这次出国是催化剂，撩拨得他刻不容缓干起来。

团里每星期那仨半天有谁去？多少人下海练上了摊。胡伟倒时装，肖庆卖大饼，有人往返广州深圳倒金银。饿死胆小的撑死胆大的，是练的全都活泛了。公平吗，同样是副好嗓子，歌星一首歌点一千，他们唱念做打一晚上——五块，气炸了肺。京剧运的是丹田的气，流行歌曲靠的不过是麦克风气托声。有什么辙，时髦时兴。不过万前自己也听腻了《二进宫》《锁五龙》，团里小年轻的谁不爱听黄土高坡，压着腿还哼呐：我家就在黄土高坡……

再往眼前看，隔着一个门道的喜子够什么材料，他老子是板儿爷，可他连板儿爷都当不成——没钱买车。现如今二层楼起来了，日本铃木骑上了，靠的什么？时势造英雄，时势造财东。自己要不趁着这股子活泛劲活泛去，那可时不待我喽。

他越来越觉着紧迫。

快刀斩乱麻，和薛先生谈了自己的打算之后，没几天便让史茵辞了工作上了广州，义无反顾。

他自己捧着铁饭碗，一礼拜上团里冒一泡儿，找人在家修门脸。

喜子一见沉不住气，第二天便抻着脖子摸过来："前哥，你也练饭馆？"别看喜子个头蹿到一米八，方盘大脸挺抬面儿，可那白多黑少的俩眼珠子离得远，配上老大的嘴叉子，油滑之中透着傻。平日里，他最佩服万前的礼儿面儿，分析个事理也句句落在点子上。三天两头，他遇事就来找万前，指点迷津，多少沟坎都是万前帮他闯过来。

"隔着一个门道，你想我能开饭馆吗？"

"我也说的是，前哥你要也练这玩艺，我的饭碗就砸啦。"他知道万前的能量，五体投地佩服他，"前哥到底练什么？"

万前把又密又厚的头发一甩，轻轻用手一拍："练它。"

"练发屋，太棒啦！嗨老爷子那话，饱洗澡饿剃头，冤大头们在前哥这儿拉一刀，接着上我那去挨宰，跟打乒乓球一样，你直接我间接了啊！"

万前耸耸吊眉，把手里的油刷子放下，用脚勾过俩板凳让喜子坐下："钱我是要赚，让我拉人宰人，喜子你可把我看错了。"

喜子闹了个大红脸，他嘻嘻两声掏出烟，塞到万前嘴里给点火："你甭动手，有漆，我那意思是，穿官衣儿的宰咱们，咱们可不得往下宰。"

"我正要跟你打听这事，办照都得找谁去？"

"找谁？工商、市容、税务、城建、联防、街道、整治、个协、行业办、防疫站、派出所……哪个婆婆你都得拜到了，谁想卡你谁卡你。"

"雇工呢？"

"谁知你练脑袋什么规矩，反正拿咱饭馆来说，雇人先上派出所办暂住证再上防疫站办健康证、培训证，还得让街道批个用工卡，最后上了保险才能使唤他。"

"我看这手续不繁杂，户口体检培训保险，缺了哪样也不成，合理。"

"合理？不把你折腾出屎来才怪呐，你等着！"他一抿大嘴叉子嘬口烟，扑地先吐出一个颤颤的烟圈，又忽地喷出一条直直的烟线，刚好追着烟圈穿过去，"他们这帮丫挺的，操！"

"掌柜的，老爷子叫您呐，来了几个上头的！"没容万前再问，佳乐的伙计小果子闯进来。

"工商还是税务的？"只要一听上边的，喜子的冲劲儿就没了。

"没制服，您快去吧！"

喜子出门，他爸爸正也出来叫他呢。

"人家……上了楼，饮——食的！"老侯在佳乐不顶事，结巴嘴拙，上下应酬都是喜子的。

腾腾腾腾，喜子堆着笑脸上了楼："二位辛苦，坐，怎么不坐下？"他回头，"沏茶，果子赶紧沏茶来。"

来人穿着白便衣，一看就是饮食公司的。其中一个红脸的指指凳子，没言声冲喜子摇头。他马上明白了，凳子太油。他赶紧从柜台里扯下一个大围裙，忽啦忽啦紧擦，皮笑肉不笑地"呵呵"，不知嘴里该说什么。

凳子干净了人家坐下，另一个大胡子十指一叉，把两条胳膊架在桌子上："盛过一碗炒肝来。"

"是咪。"他心里扑腾，早点刚加炒肝工商就跟他们通了气，下楼到灶间盛了满满两碗端上来："早上炒的，二位师傅尝尝，还温乎着呢。"

"再拿两个空碗来。"红脸胖子不抬眼皮，用小勺轻轻翻碗底。

两个空碗拿来了，那二人一人端着一份炒肝，一块儿慢慢儿向各自的空碗里边剥。怎么回事喜子最清楚，刚卖三天炒肝就出了事。

老半天，那两碗炒肝被细细滤过一遍，没等人家开口，喜子就笑着递烟："同志，师傅……大哥！"他拿不准管这些人称呼什么，尤其是那些穿官衣儿的，在他眼里都是"爷"。

"这是炒肝？"大胡子黑着眼珠子乜他，根本不瞅他递过来的希尔顿。

"今儿个……"

"叫熬大肠，没冤枉你吧？"

“确实，昨儿个……”

“确实是名不副实，再拿半斤包子来。”

“是咪，好，成。”他赶紧下楼，又端上一盘包子来。

“多少钱一斤？”

“二块六，二块六啊。”这回他更慌，端着包子不敢放。

“那怎么下边牌子上写着三块八？”大胡子眼睛好厉害。

“那个……”

“放下，”红脸胖子让他把包子放到桌上，捏起一个包子问，“一两湿面多大分量？”

“一两四，一两四啊。”

“加上馅呢？”

“二两四，馅是一两……”他紧张地叼烟又取下，不敢点。

大胡子淡淡地一笑：“熟了呢？”

“一样，熟了也是一两四啊……”

对方从兜里摸出一个弹簧秤，勾起两个包子一约，一两七。

“一两少七钱，一斤差七两，你就这么卖包子？”

“这个……”

红脸胖子又捏起一个包子一掰，瘪塌塌的包子里蹿出一股萝卜味儿。

“这馅你愣敢‘黑’吃主儿三块八？”

“这……”

“你说怎么办吧？”大胡子这才从兜里掏出自个儿的烟点上了。

他低头，让人家逮着啦。

“炒肝没肝包子没馅，外加缺斤短两，你说该不该罚？”

三天两头他挨罚，皮了，反正官家越罚他越宰吃主儿，怎么着挣的也比罚的多，只是挨斥挞受数落这滋味太难受。

“这回少罚你点儿，两千，拿钱去。”

“哎哟大哥，这回您也太……”这次实在罚多了。上礼拜工商、市容的刚罚了七百，这回包子炒肝才上三天就罚走一吨（二千），这俩小子真他妈黑！

没容把话说完，胖子嗤啦一声撕了票：“甭再狡了，你要觉着冤枉，我这单据再给你撕下两张来。”

“别介师傅，我知错，我认罚。”乖乖的，他拿出二千来认了罚。

临走，那俩人掏出饮食公司的证件给他看，他哪敢，滋扭不找着挨凿吗！

缩缩叽叽一肚子火，见那两人下楼出了大门口，他才一脚把只凳子踢躺下：“等着，我他妈比你们还黑！”

4

尽管脚丫子没烫着，侯家的火锅可把薛先生坑苦了，脚趾头至今还紫着。甭说练功，一个月了走道儿还是一瘸一拐的。老侯内愧不用说，连修鞋的老邹都接长不短来看他。德高望重，薛先生是院里的台柱子。经历、背景更是不一样，不然他怎么住着三间大北房，其他人家不是东西房就是临街房呢。

今天晚上，老邹又粘粘糊糊过来了。

当年，薛先生对他家也帮了大忙。老邹锥破鞋，他媳妇捡烂纸，养了个豆芽菜似的儿子还是个踮脚儿——有点瘸。薛先生常把多余的衣裳被子送他们，实在可怜，有什么比钉鞋捡纸的更可怜。

现如今邹家可发了，老婆子不再捡烂纸，小子春明也当上了市容警察。老邹一胖脸上的皱纹也撑开了，大变呐，现在钉个后掌就二三块，一天有二十个主顾五十块钱就赚下了。想得到吗，最得意的月份他一月能弄两千多，歇半个月也得闹个千儿八百——鸟枪换炮喽。

照样糟心。为了小子的对象。人就是受罪的命，不愁吃喝了又添了新矛盾。老俩为儿子攒了几万，可春明回来就闹气：谁让你们让我得了小儿麻痹！谁让你们一个捡烂纸一个锥破鞋！唉，老俩比吃窝头咸菜的时候还烦。最让老俩寒心的是，春明曾带回来过一个姑娘，转天吹了，春明跟他们窜秧子："人家说受不了，满屋全是臭鞋底子味儿，把人全都丢尽啦！"

怎么办？没脾气。

这会儿老邹过来搭讪几句，巴着两只红眼睛跟薛先生说："薛先生，不是我小心眼儿，没喜子那么办事的。说给呣春明说个对象，一拖仨月，这不拿呣涮着玩嘛！"

薛先生摸摸又宽又亮的脑门儿静听，确实知道老邹一直在为儿子着急。

"约好了让春明上前门楼子、北海、天坛西门去见面，三次去三次没见着人，他反说呣春明记差了日子和钟点，成心，就是拿春明涮着玩。"

"女方多大，干什么的？"他顺着老邹的话茬儿信口问。

"说出来您别笑话，喜子说工作差点儿，在火葬场。"

"那有什么笑话的，在火葬场就低人一等啦，跟春明一般大？"

"这是相片，"老邹说着一掏兜，从怀里扽出一张二寸的黑白照片来，"说是十九，看着也是挺年轻。"

他接过照片一看，那姑娘弯眉大眼，淡笑着两个酒窝就好深，真是又年轻又水灵。

"这不，春明急得直转磨，谁知喜子闹的是什么鬼画弧。"

正说着，白老师从厨房洗碗回来了。她用围裙擦擦手，接过照片戴上花镜推远了看："真不赖，怪不得春明着急呐，我这老婆子了见着都待见。"

"春明急，呣老俩也一惊一乍折腾了三个月，真怕是喜子拿人开涮呐。"

“不会，”白雪夕也五十出头了，许是跟学生们打了半辈子交道，她笑起来朗朗的，麻利爽快透着年轻，“抽空我问问喜子去，非让咱春明娶上这个俊媳妇不成。”

薛先生没言声，这事按说他们不该掺和，可是听着又确实不对劲。喜子自己都晃不成个媳妇，他肯把这么漂亮的姑娘介绍给春明？再说从没听喜子说跟火葬场的什么人认识，这不成心恶心春明吗。他心里这么咂摸着，最后跟白雪夕一样，也答应见着喜子给问问。

星期六，在联合大学上学的姒姒回来了。他跟女儿提起了这件事。姒姒咯咯咯地笑弯了腰：“喜子给春明介绍对象，他自个儿见着女的眼睛就不会打转啦！”

“你也别把人糟践得那么损，兴许喜子不待见她的工作，才给春明介绍呗。”

“爸，喜子什么坏事干不出来，姆那初中老师说他是造粪的机器加败类，我不信他能办出好事来。”薛姒和喜子一般大，小学、初中同了九年学。往人家书包里撒尿，用小刀专割电影院的椅子背，晚上到前门大街绷路灯，这都是喜子干的事。后来为什么劳教？是他和一个售票员打架，晚上扎坏了八条汽车带。薛姒最恨他，那蛛蛛爬的两笔字，初二时还给她写过情书呢，呸！

“你别把话说绝，劳教回来之后，喜子毕竟强多了。”白老师干了半辈子教育，总觉着喜子有变化。

“你们忘了他剪我的辫子啦，他这号人好不了。”亭亭玉立的姒姒噘起了嘴，扑腾一下坐在沙发上。姒姒在联合大学做校花是当之无愧的。她综合了父母的优点，高鼻深目像爸爸，黑头发白皮肤像她妈。打小儿，薛先生教她练功，挺胸立腰也成了她的习惯姿势，无论走到哪儿，旁人一瞅她那修长的两条腿，准得嘀咕她是“芭”团的，芭蕾舞演员。

“咸吃萝卜淡操心，咱们改个话题聊别的。”薛先生摆手，也是的，姒姒一礼拜回一次家，跟她扯喜子干什么。

话虽这么说，他心里反而更放不下了。戏文里老有父子有亲、君臣有义、夫妇有别、长幼有序、朋友有信这人伦之理，喜子再爱冒坏，给朋友说对象得讲信用，不成撂下句脆话，哪能耗人家仨月吊胃口？

这么嘀咕着，礼拜一早晨他在门道叫住了喜子：“听说你给春明介绍个对象，这个忙帮得不错。”

“啊？”喜子打了个愣儿，眨眨眼咧开大嘴叉子干笑，“对，是呀，人家工作忙，再说——春明好几回都失约啦。”

“照片我也亲见了，那个姑娘真俊，无论如何你再约一次，我也要帮助春明看看去，残废，春明那腿咱谁不惦记为他费心？”谁知怎么的，他逼着喜子弄个水落石出，连自己都不明白为什么。

“您也跟着看看去！成，成……”喜子心里咕咚一下，糟了，莫非薛先生发现了？这事只有他一人知道哇！

褶子了，喜子一宿没睡着。

打小，爹妈老师他都不怵，就是害怕薛先生。怵不在他一身的功夫，瞅人家走道那架势，听人家说话那膛音，最厉害的是那双眼，炯炯放光莫测高深。初二的时候他用剪子剪下薛姒的一绺头发，薛先生把他叫到当院，平平静静地看了他三分钟，只淡淡地说了一句话："头一回，可也是最后一次。"说完转身回屋了。嘿，比挨电棍还难受！那目光并不咄咄逼人，深得似无底洞，差点儿把他吸进去。真叫怵，他怵的就是薛先生。怵归怵，倒是一点儿也不恨，心眼里还格外感激敬重他。当初做买卖是人家先给垫上的钱，要不自己还没有今儿个呐。恩威并重，他在薛先生面前乖乖儿的。

这档子事情可瞎了，薛先生插进一杠子，老先生一较真就麻烦啦。

也是自个儿烧的，那天上八宝山干嘛去，谁知道，一阵风就兜去啦——

是烧的，喜子纯粹是烧的。自打起了二层楼，佳乐越干越红火。每天平均流水六百，打着对半赚，每天晚上点三棵（三百元）。一个月下来多少？差不多一方（一万）到手了。这么多钱怎么打发，音响地毯轻骑房子全置了，就差方便了再弄辆汽车。三天两头，他身着击剑服戴着头盔满城转。兜风呗糟践呗，人这辈子活着干嘛？别看在佳乐侍候人，出门他进大三元、吐鲁番、马克西姆和仿膳，丽都、建国是不让进，不然照样得开眼。有的是钱，拍！

一天，从莫斯科餐厅出来，他晕头转向往南再往西，谁想一猛子扎到八宝山。咦，北京的名胜哪没去过，还真没上这墓地陵园开开眼。就着一股子酒气，他下了摩托直奔那革命公墓东边的骨灰灵堂走过来。谁想在门口被人家拦下了，不让进，这里最低的灵骨也是司局级，一般人的灵堂在后头。嘿，人死了也得分个三六九等，他一赌气上了后山。

出了一身汗，爬了几十层高台阶才上了老山顶上的灵堂前。庙宇式的灵堂四门大开，他擦了擦汗进去了。好一处幽静的所在，凉快、痛快！进了第二座大厅，他半张着嘴看傻了。好家伙，一排排一层层的木格架，排着号的骨灰盒成千上万。骨灰盒的形状、质料、颜色各异，插在上边的相片竟也男女老少俱全。没见过，真没开过这份儿眼。他上上下下地瞧，一步一移一格一格捋着看。静悄悄的大厅空荡荡，嗖嗖的空调还真够吸人的。瘆得慌，鬼使神差，本想抽身离开这儿，脚下却还是往前走。来到第三个大厅的最后一排格架前，他双眼不由得平移向上向左，天，真可惜！这个姑娘"盘儿"真亮！喘气变粗了，这么漂亮的女人怎么会死呢？她还真够年轻的："1972—1988"，十六就变成一把灰，可惜，可怕！揉揉眼睛端详半天，伸手摸摸姑娘的脸，又过电一般抽回来。不，这也太……他蓦地转身刚要走，远远看见格架中间站着一个人，大壳帽，一身白，怎么市容警察也上这来看骨灰。咦，瞅瞅小子那德行！本能的反感使他刹那思绪飘忽，又矮又白又瘦，这小子多像春明啊！春明啊春明，瘸子你这一阵牛逼啦，披上张皮老上自己跟前拿劲儿，成，爷爷我今天——

就这么着，他侧身扬脖一抬手，抽下那张照片塞进了兜。前脚刚迈出灵堂门，扑脸的热风使他紧张的神经刹那之间松弛了。刚才在阴曹地府蹈了一阵子,思绪好像凝缩了,什么钱呐吃呀喝的全都离他而去,此刻倏忽他又来了想头有了生气。热闹,还是活人待的地方热热闹闹有意思。下山骑上摩托车,那叫顺,二十分钟就到前门楼子了。

当天晚上,他就来到春明家,当着他们老爷子老太太的面,郑重其事把相片递上去:"帮春明个忙,瞅这姑娘'盘儿'多亮,二十二,就是工作在火葬场,卖骨灰盒的,挣的工资还不少。"

接下来他抻着春明吊胃口,天坛、北海的胡约,谁叫春明干了市容,穿官衣儿的没有一个好东西!

……

怎么办?薛先生插进一杠子,他那两只眼能蒙的?可要照实说,薛先生那不得气疯喽!

一宿没睡,挖空心思没想出辙。

5

毛毛发屋开业了。

一切进行得有条不紊。史茵从广州学艺归来,万前刚好领下了照,两间临街房被装修得焕然一新。

一脚迈进毛毛发屋,不大的空间给人一种轻飘飘的舒适感。由于面积小,万前把发屋改建得低低的,淡绿色的贴塑天花板,配上牙黄色暗花壁纸,让人一看就松爽、恬淡。座椅、板格、橱柜,一应用具都轻巧玲珑线条简练。四周的镜子是围墙式,使局促的空间拓展得很宽很宽。壁灯、吊灯都扁扁地贴着墙,没有凸凹的花纹,没有金色银色的镶嵌,平朴中蕴藉着高雅、洒脱。每到夜晚,它不用串串彩灯与他人闪闪烁烁地争奇斗艳,只用一块板式地灯,鲜红地映出"毛毛发屋"四个字。播放的音乐也不是那些狂热的西班牙、吉普赛,而是一些轻柔舒缓的华尔兹。配上乐曲的红灯远远看去像只微吟着的大萤火虫,诱使人情不自禁向着它的神秘轻松和平静谧走过去。

娇小的史茵是那种不易老的女人,孩子都五岁了,可她脸上、肚子、大腿的皮肤还是那么光洁洁、紧绷绷。她的身材不高,可每一部分的比例都适中。当年的同学谁见了谁惊讶,茵茵还是那么"鞭实",跟做姑娘的时候一样,身上的曲线皮肤的弹性真让她们嫉妒呢。

和万前结婚以来,虽然两人都挣得不多,但她觉得丈夫靠得住,稳重之中有狡猾有魄力。这次万前让她辞职上广州,她巴不得当天晚上就开拔。厂子里只给百分之四十的基本工资,大部分工人闲散在家没事干。她和万前早就想到一块儿去,逮着机会自已干,这么活着太没意思了。

这回,她废寝忘食三个月,烫发理发的本事学来了。看着装饰一新的发屋,她第一次觉得找到了自己的位置,从小就爱给女同学梳头、剪发,这里才能体现她的价值。

是为了钱?是,也是为了舒心,愉快。在造纸厂干了十几年,纸价涨了多少倍,工资却越来越少了——倒腾,头头脑脑全拿产品做了交易,可不工人牢骚满腹干着没劲!

没有什么后顾之忧,干,反正丈夫还保着铁饭碗。挣多挣少在其次,在这方天地里他们自己是主人。

买卖兴隆。发屋开业的第一周,每天平均接待顾客二十个,一个顾客按十五块钱计算,流水就是三百块钱。除去税务和各种开销,纯利一天就二百元。虽然他俩都很累,可比开饭馆少了许多麻烦。听喜子念叨了多少回,买煤要证买面得批,更别提那污染费超电费超水费垃圾费,这一切在"毛毛"全免了。他们完全是凭劳动,没有采购制作售卖加工处理之繁,赚钱如同毛毛的装修布局——简练痛快。

发屋只雇了一个福建技师。他每天都要为"毛毛"的收费标准提出异议:"万老板,四十块钱的标准你只收十三元,三分之二的钱全让主顾便宜了吵!"

万前心里有算计,拉人宰人长不了,随随便便烫个蛇妆就一百,至于嘛,减价一半,他都替顾客心疼那钱。

所以,不管是蛇妆晚妆乱妆麦妆,还是瀑布喷泉旋风爆炸,价钱一律少收一多半。能不顾客盈门吗,绝不能把人都宰跑了。

第一个礼拜拿下来,史茵着实累瘦了一圈,可是看着那大团结挣了一千多,她心里真说不上到底什么滋味。一千多,比她一年的工资多得多。是高兴,可高兴之余心里又不免惴惴的。

"我说,我总觉得——这钱又挣得太容易了。"

人常常会如此,刹那之间的改变与原来的状况出现了鲜明的反差,他们往往会惊疑、惶惑,甚至怀疑这一切是否是真的。

"求好求富是人的本性,关键咱们不能像喜子那么黑,一旦追求变成了贪婪,事情就麻烦了。"上了回日本,万前思想更深刻了。

"别扯什么追求啦本性啦,掖着这钱我还真有点儿害怕呢。"她依偎在丈夫的怀抱里,多少天来没倦意。

万前侧身点上支烟,他也思绪万千难入睡。改变环境改变生活他俩琢磨几年了,如今破釜沉舟让史茵干,强烈的赚钱欲望确实是做出决断的原动力。可是,能说没有别的原因吗,堂堂的中国演员出国演出,太给咱炎黄列祖丢人喽……

眼前总晃着这一幕幕。

东京和奈良总下雨,他们到达驻地每人发了一把塑料伞。谁料第二天上街一看,楼房拐角处、花园树丛中、路边座椅下,到处都是玲珑别致的尼龙伞,日本的雨具是公用的。这可让几位没起色的抄上了,每天上街买完方便面,准拎回两把折叠伞。一天那翻译把胡伟截住了:"先生,贵国不是时兴五讲四美吗,日本雨具属公物,据为已有便算偷窃行为了。"多栽面儿,他们把中国人的面儿都栽尽了。

不觉寒碜！回国收拾行装，几位大爷又把日本人遗弃的电饭锅、录音机、微型电视敛进各自的提包里。宾馆小姐淡淡地笑窃窃地笑讪讪地笑，老天爷，真恨不能找个地缝钻进去。

憋着一肚子气，在回来的飞机上跟胡伟还是闹掰了，那天他俩坐在机尾左侧的一排里。

起飞没多会儿，小胡从兜里拿出六个板子，那上边有刀子剪子钢锉改锥，锃光瓦亮小巧别致："哥们儿挑一个，一模一样的，没用几次就让小日本更新啦。"

说不出的一股无名火，他一挡全都碰到地上了："我怕它沾上艾滋病，起罐头我用改锥撬，开啤酒我用槽牙咬！"

掰了，这句话小胡能跟他不掰？至今在团里照面不过话。

静下来，胸中漾起的是屈辱、自卑、羞愧，小日本为什么看不起中国人，自己不也吃了三个月的方便面！记得一位日本小姐还百思不解地问过他："不吃蔬菜没有维生素，你们怎么生存呢？"他扭脸闭眼没法答。生存，一个个大包小包拎回了"几件"，硬朗着呐，中国人一不怕苦二不怕死皮实着呐！自己也给国家丢了人现了眼，虽然没买"大件"，这钱不也是从牙缝里边抠出来的吗。

无可名状的心态，心态是无可名状的。迫不及待，他把二千美元全部投资到发屋上。要赚钱要富有，要为中国人争面子。哪天日本人来理发，一个子儿不要，免费，免费！

遗憾的是薛先生不理解。自己功夫再好有什么用，嚷嚷得再欢年轻人不看，京剧怎么能振兴！至今十来个团养着上千号人，一年演几场，不是个顶个儿地全待着。

他吹口烟，把史茵的鬓发往后拢："不偷税漏税，奉公守法做买卖，赚钱不黑，你有什么怕的呢。"

"每个礼拜才仨半天，你还是按时上班去，这样我心里才踏实。"

"我也这么想，"他看看小床上睡着的坚坚，"明年坚坚就上学了，他爹妈不能全是个体户。"这礼拜，他帮着茵茵和福建技师打下手，以后那三个半天要坚持去，稳妥，什么都是树大招风。

嘭嘭嘭，有人轻轻在敲门。他让史茵别动，自己披上件褂子来开门："谁？"

"我，喜子。"

他开门把喜子让进外屋，递上支烟叫他坐："有事？"看他那打扮神态，就知道又有了麻烦。

喜子戴着一顶油污的白帽，太阳穴一边贴着一块黄瓜片。这是他奶奶活着时候的"祖传秘方"，头疼了止疼，上火了败火，万前一见就明白了。他吹了两下烟灰，搓搓脖子说："前哥，这么晚了麻烦你，真有点儿事。"

万前轻轻地问："工商还是税务的？"

"不是上头。"

"底下个协，行业办的?"

"不是外头，后院的薛先生，你师傅!"他抓起碗凉茶，仰脖灌了一口。

"我师傅?薛先生怎么招你了?"万前还真有点儿奇怪，怎么又掺和上薛先生。

"不是，春明，全是春明挑唆的!"他一着急就高声。

万前指指里屋，话音压得更轻了："快说事儿，别拐弯抹角绕达了。"

"唉，也他妈赖我喝多了，那天晕到了八宝山。"他连着嘬了几口烟，把介绍对象的来龙去脉全说了。

万前一直没插话，屏气拧眉摇头，喜子干的这叫什么事!

"这不，你师傅非盯着也要见面，我钱再多也不能把死人变活啰。"他真犯了愁，到底怎么办?找不着退路了。

好半天，万前才把抽了一半的烟掐灭了。他长长地吁出口气，看着喜子的双眼说："薛先生的为人你知道，刚强耿直正派，宁肯自己吃亏，也要拔刀助人，你这回娄子捅大了。"

"我也这么寻思过，要不过来找你呐。"一想起薛先生那俩眼就可怕。

"没别的法儿，一五一十实说，当着薛先生的面给春明赔礼。"

"可我……"

"你还怵?这么着薛先生认可就不错，明天一早你就堵门去。"

喜子搓了半天脖子摇脑袋，给春明道歉倒没什么，跟薛先生开口……他实在胆战心惊。

"万前哥，要不然你替我……"他掏出二百块钱搁到桌上。

"喜子，你再有钱也不能糟践我呀，我就值这二百块钱?再说这也不是行贿受贿代人受过的事情!"

"别别别……"他赶紧把钱揣起来，搓搓巴掌握握拳，"前哥别急，老老实实交底儿，明天早晨我豁啦!"

6

初冬，云低低的，漫天是无际的铅灰色。午后，下起了细砂般的小雪渣，铺天盖地，刚一落下便融化了。八宝山、老山在雨雪中削弱了质感，松柏、墓碑、石碣都浑浑沌沌地连成一大片。尽管雪砂不时给它们披绸戴纱，昏暗的天际却使这里的一切变得呆板、凄凉、萧瑟。雪砂盖不住苍黑的松柏，天幕下的一切，都那么凝重、沉闷与压抑……

雨雪中，走来了薛先生和喜子。他们一层一层爬老山，上台阶。静谧寂寥，今天这里的人格外少。薛先生穿一件古铜色的烤花呢大衣，身上的雪砂即落即化，挂满一身晶晶莹莹的小水珠，米粒大。喜子穿件红蓝两色的羽绒服，两手紧紧插在口袋里。雨雪把他的衣服洇湿了，光光亮亮连成片。地滑，他们的步子显得更慢。好半天，他们才走到老山的最上边。

喜子停下来:“就是这儿。”他不抬头,看着自己的靴子尖。

薛先生点头,示意他在前头进灵堂。

喜子的心好凉!今天再进灵堂大厅,再不是清凉松爽的滋味——寒气袭人呐!厅内的每根柱子上都有灯,可那灯火昏黄、悠远。密实实的骨灰格架把灯光分割了封断了,每排格架的缝隙都似一条幽深的小巷,昏昏暗暗瘆得慌。走进一条条深巷,抬腿迈步好沉好沉。

迥然不同的心境。上次他是借着一股无聊猎奇新鲜开眼　腿迈进灵堂的;今天呢,打跟薛先生出门就心跳,莫测高深,他就怕薛先生莫测高深的两只眼。谁想这回跟薛先生和盘托出之后,莫测高深的薛先生让他跟着他一块儿来。一块儿来干什么?向灵堂管理处认错、检查还是交罚款?

跟万前商量的第二天,他便找到北屋把照片的来龙去脉全说了。顶多不就挨薛先生一顿数落吗,过得了初一拖不过十五,硬着头皮索性豁了。

没想到,薛先生只一惊,便轻轻皱眉把双眼合上了。出乎意料,他准备好了要迎接暴风骤雨。谁想薛先生好久好久不睁眼,竟然把他熬出了汗。实在耐不住,他怯怯地说:“薛叔,完了吧,我给春明道歉去。”

薛先生不言语,不知过了多一阵才把眼皮沉沉地撩开了:“你去吧。”话说得轻轻的,让他心里更扑腾。

谁知薛先生打的什么主意,不如臭捋臭骂自个儿一顿就完了,这么抻着受得了吗!

一个星期之后的今天,薛先生把那张照片从春明手中要过交给他,两人一块儿来到老山顶上的骨灰堂。

低云使天地贴近了,让人在都市听到了久违的回声。薛先生穿着千层底的舌头鞋,迈的步子极轻极轻,喜子的靴子硬碰硬,跨出一步就会泛起一片回声来。他挠着脚趾走,太响了,真揪心,全因为这里太静了。

不知走了多半天,第三个大厅走到了,他们轻轻地走到北边的最后一道板隔,喜子怯怯地在前边引路,远远地在那只乳白色的骨灰盒前停下来。他抬手向那里指了指,眼睛慌乱得不敢看。

薛先生缓缓地抬起头,欠着双脚慢慢移步,身子和那只骨灰盒处于一条直线上的时候,一点儿一点儿把目光上移,掏花镜的手不由得抖动着。

喜子在一旁全瞄见了,变了一个人,薛先生老了,这个打飞脚拧旋子的武把子,动作变得好迟缓!

薛先生把眼镜戴好了,目光凝聚到那只骨灰盒的铭文上——

林欢欢(1972—1988)

安息吧欢欢,车祸夺去了你的生命,

死神却不能使你和爸爸妈妈分开,爸爸妈妈与你同在。

安息吧欢欢，永远同在，一时一刻
也不分开！

爸爸林致文
妈妈郝吟诗

——潸然泪下，他扑簌簌溢出两行热泪，多可惜的孩子，铭文上都没有一句思念的话语，同在，同在，更让人悲的是可怜天下那父母的一颗心呐……

掏出手绢，轻轻地点点鼻子，摘下眼镜他又擦了擦眼角。稍稍平静下来，他轻轻地说："插上，把孩子的照片插回去。"他明显地有了鼻音。

喜子真的害怕了，在院里住了二十多年，哪见过薛先生掉眼泪，这样的人一动情让他心里发颤呀。

"哎，薛叔，我插上……"他笨拙地从怀里掏出照片，抖抖地上移，颤颤地把欢欢的照片插进骨灰盒的放相卡。手臂僵僵地放下，好半天才立正了。

"向后移，退。"薛先生让开身，垂下双眼不看他。

"啊？……"不知要他干什么，他蹭了半步，痴痴的。

"再往后。"

"唉，唉。"他僵着身子退步，贴到后排格架上。

"赎罪吧，你该知道怎么做……"他的呼吸又粗又重，太阳穴上的青筋凸起来，像无数条虫子在爬，又痒又胀还突突地蹦。多少天来他失眠了，这一法儿的人怎么变得这么坏！人伦无序道德败坏世风日下，干这事怎么想得出来呢！戏谑春明倒显得次要了，亵渎九泉之下无辜纯洁的亡灵，简直丧尽天良！心中包着一团火，这几天烧得他都没能吊嗓子——哑了；下不了腰——头晕，为自家的事都没这么气过，要炸，简直气得他要炸。

容不得多想，喜子惶惶地出了一身汗。再傻也明白薛先生要他干什么，他舔舔嘴唇，呼地一躬鞠下去。

"脱帽，你把帽子摘下来！"

哦，对了，人家鞠躬是要摘帽子，他一把抹下帽子又是一躬，想不到对方又命令他："慢！三次，三次。"

他慢下来，缓缓鞠了三个躬。呆了，还干嘛，薛先生还有吩咐吗。

"你转过来。"

他转身，腿好沉。面对薛先生什么滋味？他那俩眼吸人呐。

薛先生也热了，他缓缓地摘下头上的毛线帽，目光由迷惘变得犀利，死死地盯住他那分得开开的两只眼，突然，他抡起右手猛地一挥，刹那间肘弯又一扭，一掌拍在自己那溜青的光头上——啪！……

回音，大厅四处撞击回荡着这由脆响转换为嗡嗡的回音……

"薛叔，薛叔……"喜子刚才闭眼缩脖等着挨嘴巴，此刻真把他吓毛了。

“你滚,滚开——”老生的嗓子变了黑头,薛先生咆哮。他缓缓地转身,双腿铅一般重,在嗡重的回音中往外走,蹒蹒跚跚像个老人。

……

7

薛先生这巴掌喜子虽然没挨上,可他毕竟老实了好几天。是不对,那死于车祸的林欢欢本来就够惨的,自己哪能拿人家的照片闹着玩?自己琢磨着也是缺德,德还缺得不小呢。

回来他赶紧找春明赔了礼,别让薛先生再管了。薛先生那天青筋暴起眼珠子差点儿努出来,玄呐。这回自己争个主动,息事宁人小事一段就过去了。

还好,薛先生出来进去的跟往常一样,再也没提这件事。春明父子也还给面儿,没有跟他再纠缠。

一天,佳乐中午这阵忙过去,他懒懒地沿着前门大街往南走,不知不觉来到施家胡同把口上。

“嘿,大块儿,干吗去大块儿?”

他一回头,是中学的同学严广顺,便爱搭不理地一扬眉:“吃饱了撑的,遛弯儿。”他看不起广顺,没本事,整天蹬个板儿车换汽水,还不如板儿爷,现在一个板儿爷一天也得弄几张儿,他,嘁!再者,他最不愿意别人管他叫“大块儿”,这还是初二时的体育老师马庆宣给他起的外号,说他块头儿挺大反应迟钝,连三步上篮都学不会。从此同学管他叫开了大块儿。什么意思?这不笑话他傻他笨吗?少来这套,别跟我这“大块儿”“大块儿”的。

为了报复广顺,他成心也问他:“歪子,板儿车怎么没跟着你呀,今天换了多少瓶汽水?”就是为了叫他声“歪子”,广顺得此大号皆因他脖子是歪的。

“跟你说点儿正经的,这事你都不知道?”广顺歪着脖子好神秘,“瞅你那样儿就不知道!”

他晕了,歪子这几句话上不着天下不着地,他知道出了什么事?

“咱们班那小辣椒,跟你住一个院的薛姒,这阵子在打磨厂里的基基尼,那卡拉OK里卖唱呢。”

卡拉OK,薛姒卖唱?他抻抻脖子直觉得耳朵听错了。

“你不信?不信今儿晚上我带你瞧瞧去。”

他还真不敢信。薛姒是有副好嗓子,可她无论如何不会上卡拉OK当歌女,那性子,比她爸爸烈多了,要不人家都管她叫小辣椒。

打小儿,他和薛姒就是同学。初一全区搞歌咏比赛,本来他们是班主任黄老师指挥。没想到排练第一天,薛姒就给老师玩了一个大憋——

那天黄老师没挥几下指挥棒,薛姒在下边喊了声“停”,然后脆脆地问指挥:“《青春》是几分之几拍?有您这么光划三角的吗?”

黄老师脸绯红，薛姒上去拿过指挥棒："您当导演我指挥。"

全班同学都傻了，真是一个小辣椒，也得给老师留点儿面子啊！谁料她上去之后，落落大方从容潇洒，一根小小的指挥棒上下翻飞，把全班同学的情绪都调动起来，《青春》那热情奔放奋发蓬勃的内涵表现得淋漓尽致。特等奖，他们荣获了全区歌咏比赛的特等奖。自然，薛姒荣膺了最佳小指挥。

还就是因为那一阵子练歌，他的心潮出现了从未有过的涌动。奇怪，小辣椒一口一个"侯全喜"地叫他，一口一个"注意""看着我"，当他把目光集聚到她脸上的时候，她还满意地微笑、点头。那些日子他可好好端详了一阵子小时候撒尿都不避讳的小辣椒，真好看，肉皮儿白里透粉，头发跟黑漆似的，小鼻梁又窄又直又高。尤其是她双臂上下翻飞一指挥，胸前两个小豆包样的东西一缩一突一蹦一跳，震得他晚上睡不着觉！那时真爱练歌，站俩钟头不累，多大嗓门都忘了渴。

也有遗憾，一出校门小辣椒就全变了样，指挥时的点头示意微笑全没了。

谁知怎么想的，一次课间操他没上，溜到初三(1)班偷了一块电子表，回来写了一个纸条，裹好放在小辣椒的书包里。下操上课他紧张地抻着脖子看动静，成功了，只见小辣椒打开书包展开包表的纸条看了看，没言声又放起来。下课之后也没嚷，闹闹哄哄跟几个女生上了"1号"。成，小辣椒还挺通情理的。

谁料，当天晚上黄老师就找到家来了。问他爸爸是否给他买过一块女式电子表。老爷子哭丧着脸摇脑袋，喜子妈在农村，就指着他爸一个人蹬板儿车，过了今天没有明儿，哪有钱给他买电子表。经不住老师的敲打，偷表的来龙去脉他一五一十全说了。老爷子那份儿气，当着老师啪啪啪搧了他三个耳光子。更麻烦的是学校把偷表、写情书合在一块儿，给他记了一过，从此他"大块儿"的名声传出去，女生见了他就躲着走。

能不憋气吗，偷表不全为了你小辣椒！谁让你指挥的时候非让我看着你！把她恨透了。正好那个暑假前，学校组织他们看电影，也巧了，小辣椒坐在他的前一排。越想心里越有气，掏出书包里手工课用的剪子，上去把她的辫子剪下一半来。薛姒觉察一叫唤，整个电影院全乱了——轩然大波，又为那事记了第二过。

劳教回来之后，掏着老爷子跟薛家不错，他也不恨薛姒了。世事沧桑视同陌路，小辣椒成了大学生，属于第一世界的冷美人；自个儿呢，甭管多有钱，是第三世界的个体户。薛姒每个礼拜六都回来，他再也没用正眼看过她，一切都算过去了。

此刻，听歪子说薛姒上卡拉 OK 当歌女，刹那眼前又现出小辣椒当年的指挥棒，还有那一突一跳的俩玩意儿……再也不愿回忆这件事，可倏忽一下全都浮到眼前头。

说不上是股什么心气儿，当着歪子的面儿，他却成心拿劲："晚上我还有事，倒是……成，陪你看看去。"

"陪我？大块儿，是哥们儿我陪你看看去！"

晚上，他和歪子真去了，小辣椒确实在那里。

什么《亚洲雄风》，什么《篱笆女人和狗》，他腾云驾雾一句没听进去。在那五色缤纷的彩灯辉映下，穿一身黑绒长裙的薛姒比刘晓庆、成方圆还漂亮。团团烟雾缭绕在她的脚下，顾盼流芳，仙女般的薛姒把他带到一个若隐若现缥缈如幻的世界里。台下，一对对男女相拥着分散在一个个幽暗的屏风后、角落里。唯有他和小歪子缩在东南角的旮旯里，抻着脖子干坐着。

不可思议，小辣椒是大学生，薛先生又那么"八板儿"，她愣能跑到卡拉 OK 卖唱来，新鲜！不可思议！

事后，他跟这儿的老板打听了。一位歌手每晚的酬金是二十块钱，八点到十点，一个钟头十块，要谁唱谁得唱，薛姒一、三、五晚上都来，她是上星期自荐的。

为了一个星期这六张儿，天天从西郊来回跑三趟，明摆着是为钱，原来小辣椒也爱钱，世界上的所有人全爱钱。他也一、三、五一定来，鬼使神差。

这回可不能胡来啦。天壤之别，自己是个体户人家是大学生，再说刚让薛先生带着上了趟老山，根本不敢把自个儿跟薛姒联系上。干什么来？不知道。

可是，幽暗的屏风左右，高脚杯中的"人头马"使他自己提高了自己的档次。"人头马"多少钱一杯，六十！在这儿兴的是点歌，甩 T(钱)，谁敢拍钱谁是大爷，腰杆子硬的最活跃。瞧瞧"哦""噢"乱叫的这些玩主儿，十有八九是个体。宣泄价值位置，在"基基尼"才能体现得淋漓尽致。他也调整得气宇轩昂，他也陶陶然成了大爷。

胆子一回回壮起来，唱歌的是孙子，甩 T 的是爷爷，什么大学生个体户寒碜好看黑白高矮，瞅瞅西南角，陪着珠市口那俩练摊儿的姑娘一看就是大学生，怎么着，不是有钱就能又啃又咬吗。

第五次来"基基尼"，他没坐多会儿就上去在胖墩墩的老板面前拍出半棵(五十元)："请薛姒小姐再唱一首歌。"——铆足了劲，瞬间又变得慌慌的。

胖老板一眨眼，嗬！拍出半棵点支歌，洒脱！他举起两只大手片子拍几下："诸位，这位先生出五十请薛姒小姐唱支歌。"

"好！"

"份——大了嘿！"

稀稀啦啦人们鼓掌，点支歌一张儿，这哥们儿拍出五张儿来，敢豁。

薛姒款款地从幕布后面走出来，他赶紧闪在屏风后边坐下了。

星星还是那个星星，
月亮还是那个月亮，
山——也还是那座山，
河也还是那——道河，
……

平时，他最爱听这首歌，悲凉凄惨，却呼喊嗥叫着唱出来，唱得人心里痛快，一听他就想哭，想痛痛快快地跟着那歌声哭一顿。此刻他却一句没听见，耳膜鼓胀胀的似被膨起的气流堵住了。当年不可一世的小辣椒，现如今的大学生听开了倒儿爷的使唤，尽听人家说什么颠倒、错位、倒挂之类的牢骚，今晚可不真错了位。不可思议，薛姒应该知道自己为她拍了半棵，嗯，她知道。哎，看她此刻这表情，还格外动情卖力呢……

十点，他在门口等到了卸装出来的小辣椒。

"薛姒，我……"

"你都来了好几次，今天才舍得点我唱歌。"万也想不到，小辣椒嫌他点晚了，那声音喃喃的，娇嗔。

"不是，早先我不敢……"

"你不敢花钱，为我花钱舍不得，嗯？"她翻着长长的睫毛乜他，天，简直让人醉。

"怎么不敢，你要不嫌弃，我每次都拍五十点你唱歌。"他激越。

"真的？"

"驷马难追。"他挥拳，拽一句！

"那你每次甭点我的歌，点了那钱也归老板，十块才给姆提二块，给我，行吗？"

"成啊，现在就给你半棵！"伸手又掏五十递过去。

"那我就谢谢了，咯咯……"薛姒一笑，她的眼睛更黑更亮。

"欸，你回到学校得几点，"他看表，"十点十分了。"

"每次都赶末班车，校门关了就翻墙，"她摊开双臂，"没法子。"

"要不然……我送你！"咬着牙说，这事简直不敢想。

"谢谢，那就省得挨挤等车啦。"

老天爷，薛姒完全变了一个人，她是天上的星星，自己不过是一堆狗屎啊！

摩托车后边带着一颗星星，那是少年时的一个梦，对，"星星"还紧紧拽着自己的皮夹克，不是带着梦，他不是在做梦吧！

风驰电掣。在距联合大学二百米处的门东停下来，小辣椒竟然说好极了，希望每周一、三、五晚上他都能上这里来接他。

真是一颗遥远的星，千真万确是场梦，他捏自己的下巴，使劲吸薛姒呼出的哈气，真的，又他妈真的不是梦！

"成，保证，保证！"

回家的时候那摩托像变成一只鸟，要飞。

8

二十出头的春明没长开，又白又瘦又矮，左腿瘸点儿身子自然就要歪，立在那里像棵细细溜溜的豆芽菜。市容警察的衣服穿在他身上，肥肥大大显得很旷荡。尤其是戴上那顶大壳帽，小脸儿剩下一小条儿，小鼻子小眼让人辨不出他的模样。

薛先生知道喜子找他道了歉，特意把他叫到自己屋里来。

“春明啊，金无足赤人无完人，那档子事就算过去了。”

“跟您没关系，喜子我一辈子记着他。”春明打小就老挨欺侮，穿上官衣儿脾气大变了。当初他钻过喜子的裆，如今照面得喜子先跟他打招呼。也是的，穿上官衣儿就是国家机器，“机器”能低三下四的吗。前一阵跟喜子还行，那是因为相片吊着胃口呐。

“脾气不投少过话，以后我给你介绍一个漂亮的。”

“薛叔，您知过去喜子欺侮了我多少回，他老骂‘瘸子的屁眼是歪的’，这不侮辱我的人格吗，他干的事从来没有屁眼子！”

薛先生一惊，当初春明哪有这么溜嗖的嘴皮子，真没白当市容警察。他搓搓双手点点头：“咱们当的是警察，正儿八经的国家干部，能跟他一般见识？两好买一好，街里街坊成天还得磕头碰脑的，算啦。”

“既然薛叔这么说，我就把这口气咽下了。”他不好跟薛先生掰理，索性不再多说。

“脆声儿，你跟喜子那秉性就是不一样。这么着我就放心了。”他嘱咐春明，不外是怕记仇，说碴了再把喜子的野性勾起来。别看春明干了市容，喜子急了六亲不认谁不敢惹？

这件事后，白雪夕也反反复复跟薛先生掰扯过，管吧，八竿子打不着；不管吧，喜子这恶作剧又太损。干教育的雪夕最终还是跟薛先生一致了，可不是嘛，这事要发生在学生身上，不照样得管得教育，住街坊不更得主持个公道是非吗！

只不过，有时烦了她觉得毕竟还是太多事，自个儿的事还理不清，哪有闲心管别人。

一直没对丈夫说，她近来的心情郁郁的。

一年来，学校酝酿着结构工资，发给老师们多少页的条例方案措施规定。一天到晚忙学生，谁有闲工夫管那个，中国的事全是政策、方针、决定，你看半天还得上边“决定”。所以，没有几个老师真关心。

万也想不到，结构之后的工资一发，教员们一看全傻了。职员每月有八十、一百的岗位津贴，再加上工资基数拨拉脑袋就是二百多。教员的呢，甭管你原来是几级，结构之后差不离都是一百多。这下老师们才知道上了套，怪不得书记散了一年的风：“新中国成立前，职员是校长贴身的小棉袄，校长到哪儿他们到哪儿，教员都是到哪儿之后临时现雇的。”——蓄势铺垫，当初谁知道这是猫儿腻！

校长、书记自然最高，三百多，岗位津贴。

全校老师炸了窝，“结构”半天，教书的没有传达室的挣的多，谁服？

白雪夕心里也窝火，她担心，这么下去就坏了——

“于校长，绝不单单为个人，底下反应太坏了。”平时她很少找领导，她不是事儿妈，事不多。

"酝酿了一年,大家心里都有底啊。"

"有什么底,大伙儿都稀里糊涂。"

"职代会通过的,你也是一个举手的。"

"都懵着呐,谁知那零点七零点八是怎么算的!"

"低谷,低谷,中学生入学处于低谷,教员教的学生少班次少,当然挣的就少哇。"

"学生少对职员就不是低谷了?低谷时期的书记、校长反倒拿到三百多,老师们怎能没情绪?"

从没惹过娄子,一次娄子就惹得不小。几天之后学校又公布了一个文件:鉴于低谷时期僧多粥少,凡身体欠佳者,男五十五女五十,一律可以提前退休,一切福利不少的校内退休。

不是一级、高级的老师们嚷嚷"老少同堂""教员贬值"吗,那好,腾地儿。

不是白雪夕首当其冲吗,那好,校长对她格外关心允其做出各种选择:到资料室、图书馆、总务处,转为职员工资自然高得多;校内退休,工资照发福利全有一分也不少挣——驱客令,五十一岁的她被"结构"下来了。

一辈子勤勤恳恳,一辈子没惹过事,一辈子把心扑在学生身上,谁想到落得这般下场,赖着不退还有什么意思呢。

迫不得已,她才跟薛先生说。薛先生一惊,不还四年吗,从没听过"校内"退休这一说啊!京剧院十来个团养着那么多人都没来个"团内",教育界还真够有戏的。听老伴细说了因由始末,他皱了半天眉头倒乐了:"不是一个子儿不少给吗?咱公母俩练气功去,自个儿找乐儿。"

她拗不过劲儿,五十一岁愣不要了,窝心呐。

多少天调整不过来,冷寂、空虚、郁郁、失落。高一(2)班刚带了一学期,本来想送到他们高中毕业。

没了依托,和学生在一块儿她才年轻、快乐、活泼。一切都是相互的,从某种意义上说她更需要工作、学生赋予她紧张赋予她活力。苏霍姆林斯基说得多好,无意识的教育才是教育的最高层次,她正是在这种无意识中与学生融为了一体。痛苦不多,多少年来她觉得身心不属于自己,物我两忘了。可是,眼下活生生地开革,她才倏忽回到了现实。哦,空白、间歇,原来那么痛楚那么迷惘那么使人惶惶不可终日般地失落!

有什么办法呢,谁让自己多嘴多舌。

"什么多嘴多舌,再不让人说话就更得憋死了!"薛姒终于知道了这件事,一听她就炸了。

"人家有这样的政策、规定。"薛先生不愿让她掺和。

"全是土政策,一个单位一个政策,谁当头谁是政策,我找你们领导去。"

"姒姒……"女儿一搅,她更心烦。

“妈,他们这是摧残人,怎么当头的没有一个人提前退?就没了限制?咱平民百姓本来还没老,就先让他们弄老啦!”

“得得得你少说点儿,皇上宰相的戏袍还不一样,你那嘴上可得有个把门儿的。”

“一脉相承,也别说了,不亏您是唱戏的,接得要多合适有多合适。”

“唱戏的怎么啦,唱戏的给你丢人啦?”一句话,冲了他的肺管子。

外人不知道,“京剧”成了薛家的禁区,一提爷儿俩就崩——

打小儿,薛先生就教姒姒下腰劈叉吊嗓子,要不她如今身腰又好又会唱。谁料上了高中姒姒自己改了戏,“起霸”“云手”不拉了,变成了霹雳、蹋踏和恰恰。丹田使劲也变为气托声,一口一个京剧动作迟缓唱词艰深年轻人不听年轻人不唱。薛先生能不憋气!用姒姒的话说就是,观众是上帝,上长安、吉祥、广和几个戏园子闻闻去,全是臭脚丫子旱烟叶子味儿,低层次的观众,低层次的艺术,再振兴也没出路。

薛先生常为这种无谓的争辩别扭好几天,姒姒连他也糟践了,自个儿不也成了低层次!

此刻姒姒又戳了他的心窝子,不爱听,少在他面前褒贬京剧!

“我说,这心里本来就够烦的,你们干嘛又呛呛那个!”白雪夕掐着脑门儿拦他们。

“成成成,我不提那玩意儿了还不成,”姒姒过来坐到妈妈身边,“妈,多少人巴不得歇巴不得离,起照,我跟你一块儿练摊儿去。”

想不到女儿说出这样的话,妈妈的脸色沉下来,堂堂的大学生和当老师的母亲一块儿干个体,这不让人笑掉大牙吗!

“瞧您又奇怪了不是!”姒姒掰着指头给她数,他们班一共有几个人当家庭教师,几个人在菜站帮忙,几个人晚上去个体餐馆刷碗,不但不丢人,时兴得很。

“我是国家干部,没有你们大学生开通。”

“什么干部不干部,不一句话就让人开回来了,啧!”

“姒姒!……”

“你,你有这么跟我们说话的吗!”薛先生急了,她妈此时什么心境啊。

“妈,您老拉着架势做人,退休领照合法,丢什么人,搞活经济也是为四化增砖添瓦嘛!”

“我不钻到钱眼儿里去,都是我勾的,你别说了行不,啊?”白雪夕后悔,真不该让女儿掺和这些事,告诉她干吗?惹气。可她毕竟得知道,越大越和他们弄不到一块儿,人呐,有时越想越没意思。

“算我没说,妈,您别生气了,呣也是为您宽宽心。”姒姒听妈妈的腔调都变了,心里倏地动了一下,赶紧搂着妈妈的脖子撒娇,“明天咱上民族宫,那有池田大作的摄影展,棒极啦,爸也去,啊?”

薛先生和白雪夕无可奈何地摇头、点头、苦笑。没办法，姒姒有时不管不顾像机枪，撒起娇来又让老俩没脾气。过去吧，想开了，既然活着就好好活着，一家子有什么理可讲的，何必这么牛蹄子两半子呢。

9

万前三个半天照常上班，其他时间帮助史茵和那位福建技师打下手，毛毛发屋开得红红火火，钱不少赚，稳当。

既然早就瞄上了发屋，万前也早就琢磨开了这门手艺。当了那么多年演员，贴鬓、套头、勾眉、描眼、打底、涂彩，熟得不能再熟，这和那美容美发是触类旁通的。耳濡目染，他跟那位福建技师和史茵也学会了烫发、上卷、烘干、定型、去薄、削层。最让史茵惊讶的是，他拜四联发屋的一个华侨为师，学会了纹眉纹眼线。这活儿效益厉害，一个半小时纹眉工钱一百六，一个小时纹眼线收款一百。一天甭多了，来上两位这样的顾客，他一个半月的工资挣下来。不过，他还是半价，悠着赚。枪打出头鸟，奉公守法不出尖，保证削不到你头上。

也在钻。他和史茵越钻越觉着有意思。从那流行的乱妆晚妆蛇妆麦妆和瀑布奔驰爆炸，他们推出了从古罗马到迪斯尼，从白金汉宫到枫丹白露的贴图士，波瑟尼、庞巴杜尔和伊徊贝梭，因人的肤色、身高、脸形、发色推出了二十四种新发式。

一天，一位亭亭玉立的艺术体操运动员到他们这里做头发。万前、史茵一左一右一块儿端详拿主意。这位女士的脖子、肤色、五官都很美，一头蛇妆潇洒地披在肩上满飘逸。史茵问她怎么做，她说随便，她是慕名而来的。

万前从镜子里再看看女士的脸，挡住史茵他来做。不是随便吗，他要立异标新来绝的。

先洗头，他把一头蛇妆给洗了，复原吹直，多余的头发削掉，只把最长的发梢烫卷了烧焦了。那位小姐再也坐不住了：

“师傅，您这是——”

他安详地点头，嘱咐她放心，上手把所有头发向上梳，在右前头顶拧个结，那烧焦烫卷的发梢像蓬松的羽毛绽开在一团圆圆的发髻上。天，又便捷又利索又新奇，这位女士的雍荣华贵典雅活力被这超脱的发型淋漓尽致地托活了。

“太绝啦！”女士喜不自禁，每次比赛、表演的化妆都没在发式上找出这种效果来。

“您的头发偏油性，看这大衣领子全脏了，第一是为了利索、干净。”

“嗯，对。”

“二，您的脖子特别美，突出颈项，使您更加亭亭玉立。”

“嗯，好。”

“三，您的颧骨略高，突出头上崛起的发髻蓬松的发梢相对减弱了面部颧骨的质感，您说呢，恕我直言了。”

“上帝，您是搞美学的？会审美？”女士在镜中惊喜地看他。

“演员，尽化妆，知道一点儿皮毛。”他轻松地歪头，笑笑。

“我是搞艺术体操的，我们也算是同行了，您有艺术细胞，罗丹的眼力！”她转过身来一捂发髻，“对啦，我这叫什么式？”

“奥斯曼公主式，再看看，您多像一个奥匈帝国骄傲的公主！”

“谢谢，我不配，我哪配当公主！”骄傲的“公主”竟然蓦地一下脸红了。

令“公主”大吃一惊的是，主人只收了她二十块钱，平时每次做头发都要上百的。

万前并不觉得收得少，他满足，因为内心的充实与丰富。

心理的变化多奇妙，从迫不及待地赚钱，到稳稳当当地富有，及至在塑美过程中创造者自身境界得到了升华，使他觉得精神、物质兼而有之才是真正的富有，当初他是没想到也想不到的。

确实，万前和史茵赚开了钱，也塑造着美，不黑。

相形之下，佳乐三天两头有事，自从“毛毛”一开，喜子来得更勤了。

“万前哥，谁黑，穿官衣儿的最黑，他们上嘴唇一碰下嘴唇，想黑多少黑多少哇！”也怪，好事轮不到喜子，方方面面全贼着他。

“这得从自己身上找原因，悠着赚，你赚国家也得赚，懂吗？”万前两只吊眼把一切都看得清清楚楚。

“受多大委屈还不能言语，你开口他们就说你‘滋扭’，谁跟他们滋扭啦，我敢吗？就拿昨天那件事，我真想拿刀剁了他们丫挺的！”

昨天下午三点半，来了两个“整治”的。他见那俩人穿着半灰半蓝的税务服，赶紧把税单收据捧过来。心里有底，月初就把税交了。没想到人家不看税单，把他叫到门外头。出门一看他挺踏实，地上连半拉菜叶都没有，伙计扫得挺干净。谁想那位个儿高的乜乜他，问他自己知道不。知道什么？就知道你们鸡蛋里头挑骨头。他“呵呵”两声问怎么了，那小子一指台阶上的冰告诉他，这冰把人滑倒了谁负责。他抻抻脖子咽唾沫，泼点儿水又怎么了，天冷结冰，这不是他成心的。

这事没结，另一个人指指那“涮羊肉”的牌子问他应该放在哪儿，他赶紧往佳乐门口拉了拉，不就是放得太靠外，有什么？

前后两分钟，没说三句话，那俩人掏出收据来就要罚。他上去拦住叫“大哥”，不想那高个的一甩胳膊，他又傻了：

“你少跟这儿称兄道弟的，违反整治条例，罚六百。”

嘿，洒点儿水罚三百，牌子放得靠外点儿罚三百，这还让人活不活？上回“饮食”的罚他二千没话说，缺斤少两让人抓住了手腕子。今天这事忒不讲理，简直无中生有啊！

“我违反什么了？即使泼水立牌子真该罚，那也该市容管，这段儿你们管不着。”他急了，太撮火呀。

“你懂什么叫‘整治’吗?”

他不答,别这儿人五人六扯臊了。

“那好,”矮个儿的像头儿,他冲高个儿一挥手,“给公安局挂个电话去。”

嗯!一听公安局他双腿立刻打了软,三年大狱他可知道公安局的有多“火”,他赶紧“嘿嘿”又变了脸:“同志,进屋说,我认错。”

那俩人真的进来坐下了,那头儿一指自己的袖标说:“到底知道我们整治是干吗的?”

“知道,公安局,代表公安局。”

“糊——涂!”另一个把帽子摘下来,“综合整治综合整治,市容、公安、税务、工商、卫生、交通、市政、城建,我们什么都整什么都治。”

“是咪,我知道,我明白。”

“你不明白,你要明白刚才就不横楞着脖子乍刺儿啦。”

还有什么可说的,乖乖地又让人家罚了六百。

骂骂嗓嗓说完这件事,万前让他把罚款收据拿出来。他上下乱摸抓出一个小纸团,择弄半天才展开。万前平放在手心上看了看,又用两个指头把它捻起来:“这是撕本的还是单张的?”

他摇头,谁还顾得上瞅那个。

“一是油印,二这公章是画的,我看收据是假的。”

假的,骗子!他一把将上衣领子拽开了。过去也来过骗子,可没这么黑,一坑就是六百啊!他接过收据仔细看,两只圆圆的眼睛有些往下耷:“假的?画的!”

瞅他喘气一声粗似一声,万前一把按住了他的肩膀:“明天我早收,咱们哥儿俩喝点儿,你呀,傻呗你哟!”得掰开了揉碎了再跟他说,不明白,赖谁?全是他自己勾来的。

“等——着,哪天让我撞着,我拿砖头把俩丫挺脑浆子拍出来!”喜子的眼珠子都红了,假发票随手一攥,扔在地上哐哐儿脚搓没了。

10

这回万前比他急,真得掰开揉碎了跟这大晕头再说说。

真早收,他让史茵炒了四个菜,把喜子叫过来一块儿喝。是不易,喜子确实赚了钱,可他也实在挨了折腾受了罪。他们老爷子那话,挨宰的脑袋,天生一个摔盆打幡拔橛儿的货。

“喜子,不是我假正经,咱干个体得先端正态度,跟国家同心同德。”万前给喜子斟上杯酒,单刀直入侃正题。

“怎么没同心,他们丫挺见我就生气呀。”他咧咧嘴叉,甩脖子就干。

“这话就拧了不是,”万前咂了口酒,“公安、税务、市容、工商,人家都是干吗的?”

“宰人的。”

“歪理儿，人家是国家机器，是维护咱公民利益的。”

喜子不言语，维护他妈逼。

“所以，不能一见穿官衣儿的就来气，要没这些人，咱们这税收环境公共秩序不就全乱了。”

他眯眼，用鼻子出气。

“就拿交通警来说吧，风吹日晒八小时，一月挣不了你半天的，容易？得理解得同情。”

“理解他们？他们丫挺挤兑百姓当解闷儿。”为骑摩托他也受罚多少次。也怪，交通警好像也辨得出谁是个体户。个个儿眼珠子一立，逮着个碴儿就罚你。还不能还上一句嘴，还嘴就摘牌扣车罚款加倍。什么国家机器，操他姥姥个机器！

万前摇头，给他夹上几片竹笋，让他少说，听着。

“前哥你不知道，那些公安、交通、市容、税务，全是升不上学去的痞子，比我还坏一百倍！”

“个别的也有，毕竟是少数。”

他不服，少数？没有一个不黑的。

“毛毛几个月了，没有一个上我这儿挑刺儿的。”万前这话说着挺得意，其实想抓他的把柄也容易，他本身端着铁饭碗，成天在家干吗呢，嘁。

这话喜子听了又佩服又撮火。真是的，毛毛开业以来，穿官衣儿的们跟万前客气着呢，真油，万前哥油透了。

万前瞅他那眼神，就知道他琢磨的什么事。自个儿油？事情本来就得会办呐。

开业以来的前前后后，他确实在一些事情上动了脑子花了力气。首先是提供方便，人家工商税务的那么辛苦，连家属在内，理个发做个头的全免费。街道上那些老太太跑跑颠颠不容易，拿出五百来办了一个气功班，为大爷大妈延年益寿出把力。再说支持亚运会，他二话没说捐了七百，谁让国家有困难。每月交税他都提前，七百四的税他交一千，凑个整儿，愿意为国家做贡献。没出仨月，他在个协、行业办里出了名，奖状就弄了六七个。谁还上这儿找麻烦？奉公守法文明经商，“毛毛”立马成了一个点儿。

这些事喜子醒不过闷儿，干吗见着穿官衣儿的就有气，关系是维出来的，人心不都是肉长的？

“昨儿那俩丫挺是假的吧，谁知从哪儿顺来的官衣儿，让人真假难辨呐。”

“整治的根本不穿制服，”他又给喜子满上，掰着手指头问他，“税务的制服是蓝灰还是铁灰，工商帽子上的标志是什么，还有那卫生警察，冬天穿什么夏天穿什么，你不能跟民航局、列车员的衣服闹混了，”他脆脆地嚼了一粒花生米，“武警、民警、交通警的衣裳你也得认，人家保护咱们，咱们自然得熟悉人家啊。”

喜子全没记，瞅见就眼晕，恨还恨不过来呢。

“再者，工商税务市容整治派出所办事处都有哪些人管咱们？片儿警你肯定知道是那小方吧？”

更不知道，衙门太多都是婆婆，记谁，他们换得勤着呐。

“再勤也不能天天换，你们老爷子结巴糊涂，你这当家的得明白清楚，心里有数！听明白了没有？”

他不明白。

真的来了不敢惹，假的来了你敢要人拿证件？万一要是真的呢。来人全是真真假假，有时他真想关张不干，点把火把宝珠胡同全烧了。万前见他不言语，推开酒杯站起来，找根粉笔在地上画了一尺宽的两条线，然后挺胸立腰，要给喜子走虎跳。史茵在一旁可急了，四边都是镜子，哪有折跟头打把式的地界啊。万前冲她点头，别急，保证没事，他要给喜子现身说法。

喜子这才舒开点儿心，别提穿官衣儿的那帮了，折俩跟头倒能给情绪。万前让喜子注意，他倒退一步扬手甩臂侧腰蹬腿，蹭蹭蹭，三个虎跳翻下来。

喜子一见就撇了嘴：“这玩意儿叫虎跳，不就是人人会打的反车子！还当你旱地拔葱来俩吊毛呢！这，我也会。”他借着酒兴站起来。

万前上来挡住了他，问他刚才看见什么了。

看见了什么？是人就会的反车！他一抡胳膊绾袖子：“我来一个你就知道了。”他也退步对准地上的两条线，一甩腕子一蹬腿，侧侧歪歪来了一个反车子，身子斜着向东边的镜子栽过去，万前一把将他抱住了。

“我摔不着，砸不坏你们的玻璃。”他得意，这有什么新鲜的。

万前让他站定别动，看看歪出白线有多少，他低头，足足偏出二尺多。

不过他不服，歪点儿有什么，反正他也会折虎跳打反车。

见他还不明白，万前索性把外边两块乳白色的大窗板拿进来，沿着刚才那两条线，让喜子、史茵一人一边扶直它。自己拧腰又是一串虎跳，一道弧带起一阵风，像条线一样穿过去。

“你再来。”

“这……别介呀。”喜子熊了，漫说是歪出二尺，偏半寸也得把脚脖子磕折了啊。

万前二话没说，把窗板扛到外边又进来，两人洗洗手又坐下了。

“就是这么回事，虎跳虽然容易但是得讲规矩，偏差分毫就要伤筋动骨，做买卖要离谱，不照样得碰得头破血流吗。”

——唉，绕来绕去又回到这儿，没劲没劲太没劲——嘿！他挠着脑袋一抬头，天，墙旮旯那张相片，那不是薛姒吗！怎么原来没看见，她的照片什么时候挂上的？没等他开口，史茵挤眼笑笑对他说：“看傻啦，眼够尖的啊，下午刚挂上你就发现了。”她最清楚过去的事，喜子自打剪了姒姒的辫子，就再也不提她那人，再也不问她的事，不过看他今天这眼神，还真是旧情难忘呐。

他知道薛姒现在都上“毛毛”来做头，可一点儿没听说照相的事，按说这事薛姒应该告诉他，要能给他一张照片多好哇。

史茵见他都看呆了，索性给他往别处拽："喜子，老大不小的了，你也该张罗个对象啦。"

"对象？"喜子俩眼立马亮起来。喝了四杯老窖，他满脖子满脸全红了。他端起杯子又是一口，伸手夹了块松花塞进嘴，没嚼两下又咬上支烟，"嗤"地点上猛一吸，抬起油手一挡嘴，吹着满嘴酒气告诉史茵："我早有啦。"

他俩一愣，什么都憋不住的喜子哪来的心眼儿，这样的事情会不让人知道，邪了。

"喜子，好事你一人眯着，早有了吗连影儿都不知道，哪儿的？"

他神秘地一笑，用大拇哥挑挑北边，狠狠地吸了口烟，又舒舒缓缓地呼出来。

他俩更懵，谁知他指的是谁呀。

哪还再憋得住，他舔舔嘴唇上的一丝烟屑，轻轻一声"吹"出来："真笨，北边，"他索性一指墙上的相片，"她，小辣椒！"

史茵毫无反应地看着他，红头胀脸的真醉了，这不是胡说八道吗。

"还不相信，当我撒酒疯呐，没醉，她真跟我搞上啦。"

"醉不醉都别瞎说，万一薛先生听见了——"史茵绝对不信，这件事情不可能。

"我都跟她啃过啦，那叫什么来着，kiss，kiss 过啦！"他急了，本来就多的眼白全红红的。

这回连万前都呆了。喜子那神态、口气可不像吹，可又怎能让人真信，怪，简直让人回不过弯。

"告诉你们怎么回事！"

接下来听喜子咧着嘴叉绘声绘色地讲述他与薛姒的"殊胜因缘"，史茵半张着那鲜鲜的小嘴，简直变成了一个孩子，天！

11

他确实跟薛姒啃了一回，就那么一次。

自从在"基基尼"和薛姒搭勾上，不管佳乐多忙多乱出多少事，他心里有了光明希望和追求。别看他们这些个体户十万百万的趁，可要真正搞起对象，正儿八经的姑娘谁也不跟。他们这帮哥们儿全明白，人家认为缺乏安全感、不踏实。能不烦吗，男大当婚无的放矢呀。要不干个体的尽出事。

鲜鱼口那永亮练服装，搞不上媳妇跟雇来的一个熊县的弄上了。那丫头片子倒是挺"火"，仨月把永亮折腾得晕头转向。谁料一天她男人从老家找了来，满街打滚说永亮破坏军婚，这男人原来是地区武装部的现役军人。麻烦了，破坏军婚要判刑哦！只能"私了"，仨月让人要了五万去。事后才知道，这一男一女是骗子，熊县根本没有这俩人。

廊坊头条卖卤煮火烧的小水更绝，他跟一个安徽伙计搞上了，一心一意打着跟她结为秦晋,不料一天夜里打牌回来,他们老爷子正压在那丫头身上败火呢。那份儿气!他抄起只茶碗砍过去,把老爷子脑袋给花了。爷儿俩半夜三更滚起来,一块儿进了派出所。老流氓小流氓,“卤煮火烧”也封了。这样的事情喜子听多了,娶媳妇真成了老大难。有多少钱没用,正儿八经的不跟你。

万也想不到,薛姒跟他搞上了。说做梦这是真的,说真的还真又像场梦。他常对着镜子问自己:拿得住小辣椒吗,她会跟你结婚吗,她老子知道了怎么办?

风雨无阻,每周一、三、五他都按时接送薛姒,马路上多少人看他们,屁股后头坐着的是个仙女儿呀!

劳神耗油还得给报酬,每次五十,每礼拜得给薛姒一百五。有钱难买乐意,他觉得高兴痛快有奔头。每次小辣椒在后边搂着他的衣襟,他眼前都是水中月雾中花。女人,梦幻,时下他真的和天仙般的女人挨在一起啦!

又遗憾,挨得不紧。他们的体位、关系、感情都太松散了。二十大几的小伙子什么不懂,他渴望着电影电视和书中描写的镜头、场面、瞬间,薛姒应该跟他练点儿真格的啊。幻想、冲动都是空的,见面一次也没敢说出来。“啃”大学生,何况小辣椒迷人得超过巩俐、刘晓庆;不敢,只能眼巴巴地当“祥子”。

外号“祥子”又有出处。这件事不敢让院里知道,可几个知近的哥们儿他全说了。文京三天两头给他出主意:“管丫挺大学生太学生,铆上种上她再不撩蹦儿、拿劲儿,铆上她就再也不酸啦。”国立更拿他开涮:“当代祥子,从前祥子拉洋车,喜子如今驾铃木,贴的倒是近多了,就是一顺儿着不成啊!”

能不让人火急火燎吗,一阵儿一阵儿的。

接送都是离校门二百米的老地儿,小辣椒来去都冲他点头、摇手、微笑,就是不跟他“接火儿”。真想跟小辣椒 kiss 一下,就是死了,他这辈子也没白活。

后来真的 kiss 了一下,那驰魂荡魄的感觉却回味不出,只能跟文京、国立吹吹过瘾,太短了,也晕了,他就是追寻不到当时什么感觉什么劲儿——

那天,他从联合大学把薛姒接到打磨厂,没想到停电没法营业了。怎么办?他拐弯抹角地说冰雕,北海正办展览呐。

薛姒却拧着手套对他说:“白跑了一趟,真扫兴,我出来是为了赚钱的啊。”

他赶紧拿出半棵来,五十,本来他就打着给,就是她以后不来唱,他也要四个礼拜出六百。不是时下兴奉献吗,他心甘情愿为薛姒做奉献。

薛姒接过钱跟他上了北海,冰雕她还真的没看过。那天没风,月朗星稀下的湖水光洁如镜,白塔下的楼台亭阁隐映在松柏间,灯光点点,闪闪烁烁。站在一进门的桥头放眼望,坚冰、白塔、琼楼、松柏,这山水亭台在月光的沐浴中反倒像假的——放大了的盆景!

“你喜欢盆景吗?”

“啊?盆景,喜欢呐。”别看来去接送了这么多趟,他极少有和她聊天的机会。这回的空子多好,可从进门他就紧张。层次不同,咬不上口啊。薛姒冷不丢问他一句盆景,他竟然吓了一跳。盆景是什么来着？哦,对了,险些一懵全忘了。

“盆景确实有意思,件件缩龙造寸,巧夺天工,它是大自然的浓缩,在斗室方寸之间,能让人一饱山川野趣之乐呢。”

“嗯——对对对,我平生最喜欢盆景,”他记清楚了,盆景就是那些不丁点儿的假山假水小老树,花店里边尽摆着,“小巧玲珑,真地道,瞅那老大老粗的真树,趴着拉屎——没劲,有什么看头。”

“我可不喜欢盆景。”她看着远处的白塔尖。

“刚才你不是……”

“斗室知春是一方面,那是常人的眼光,从某种意义上讲,它又令人有万般感慨。”

这话深了一些,谁知小辣椒的感慨是什么。

“缩龙造寸的杨柳松柏,哪个不是怪胎畸形？有的露出根茎,有的像佝偻的老人,只有在刀剪和铁丝的缠绕下,它才能在芝麻大的叶子上展示青春。要是这么看,你说它们还美吗?”

他怔住了,似懂非懂,又觉着确实有些道理。可是,可是他从来没有琢磨过这玩意儿,谁看得出什么怪胎、畸形和老人,谁懂得芝麻上的青春不青春!

聊这些嘎七嘛八的玩意儿干吗,今天晚上来北海,是为了跟她 kiss 的啊!

看完冰雕出来,他说他累,邀她在五龙亭边的一条长椅上坐下了。并排和薛姒坐在一起,他幽幽地闻到了她的发香肤香,真想一把将她抱到怀里吻个够。可是——哪敢呢！尽管慷慨解囊那么多,可自己毕竟是个蹲过大狱的下九流。谁知怎么回事,见到她就结巴,双手插兜垂下抱拳倒背都不合适全不得体,心目中的女皇,只要薛姒爱他,他上刀山下火海赴汤蹈火在所不辞。

冥冥暮色中,他多少次决心过下一次的行动,可一到见面就没了词儿。怎么说呀,说亲个嘴儿,姒姒非搧他一个耳光子。今天能上北海来,已经是一个大突破大飞跃。看着冰面上隐约闪现的月光星光,他真怕她又扯什么“斗室知春”“缩龙造寸”,他不懂,没心思,眼下就是想跟她接吻哟!

“你会滑冰吗?”她也觉得别扭,看着银盘似的冰面,用手捻着头巾梢。

“我……会,会呀。”又像一次突然袭击。过去老爷子是板儿爷,买冰鞋？买条游泳裤衩都且得哭闹折腾呢。倒是拿块木板钉个铁条在护城河里打过冰出溜。看着人家滑冰他都奇怪,那么窄的两把刀,怎么会立在冰上愣不倒?

“我最喜欢跑刀,又稳又快又飘,你呢?”

“我喜欢……”他根本不懂什么“刀”,慌慌地答,“我滑跳刀,左跳右跳多花梢。”

“啊——哈哈哈……”薛姒笑得高耸的乳峰直颤,“跳刀,你还不如滑马刀战刀和刺刀呐!”

“哎,不是,对了我……”突然,他上来一把抱住了薛姒,“我,我爱……我爱你!”

尴尬、窘迫常使人难堪得扭曲,可扭曲又能使人迸发出一股意想不到的勇气和胆量——反弓,力学上的反弓不就是这么回事吗。

“不……”薛姒有些猝不及防,刚才她正要掏出手绢擦眼泪呢。

“不!”他紧紧地扳过她的头,上去一口吻住她。

不知过了多大工夫,她陡地从他怀里挣脱了:“够了吧,该走了。”

“不……”他还想继续,可薛姒已经站起来。

只这么一次,到底多长时间他也不知道。事后久久地捕捉回味那感觉,茫茫然,当时太激动太慌张,全身上下全木了,什么感觉都没了,只能依稀记起姒姒口中有点儿香香的橡皮味儿。

以后再没这样的机会,她不干了,老说学习紧张,除了去打磨厂的“基基尼”,再也不跟他去别的地儿。

不过,他还是陶陶地挺满足,把薛姒 kiss 了,就没白活这辈子。要不怎么一见“毛毛”挂了她的照片,他憋不住说出这件事。

万前史茵惊讶,他说完也有点儿打鼓。嘱咐他们千万别再传人,薛先生还不知道,他真怕薛先生知道哦!

12

白雪夕血压高了脾气躁了,校内退休两个月,如同老了五六岁。

能不老嘛,干得好好的硬把人家开下来,谁也咽不下这口气。中国人感情宣泄的渠道本来就少,多少人是通过工作这条渠道把自己的感情精力能量释放出去的。白雪夕正是这样,三十多年如一日,似春蚕吐丝,把热情、青春、活力、温暖奉献给了教育和孩子。嘎然阻断,能不气体违和,能不早衰生病吗。

多少同事、朋友为她鸣不平,撺掇她告到教育局,她不去,一辈子没为自己争过,再争回去还有什么意思?

可是,寂寞空虚委屈郁郁每时每刻骚扰她困顿她折磨她。怎么了?辛辛苦苦一辈子,凭什么一句话就不要了!自己是想多挣钱吗?是因为这样的“结构”不合理!

练气功得心静,她头晕脑胀静不下心。工作、家庭原来像生活的两支拐,失掉一支就不平衡。岂止是烦躁,有时她都变得很狂躁。听不进丈夫那淡泊明志宁静致远的套话,一辈子也没想当过官,她要求的只是应该属于自己的工作,工作!整天待在家里闷死啦!

倒是姒姒每个礼拜回来,她那话越听越入耳:

——教咱政经那副教授,没事上苇子坑捞鱼虫去,比在外头教课还挣得多,人家那话,商品经济商品社会,得自己把自己搞活。

——咱同学他爸,人艺演葛朗台的那个,退休在东单摆了一个烟摊,一月进两千,这也是体验生活,现在湖南又邀他拍《大亨》去了。

——姆那班主任,没事就往集邮公司跑,倒猴票、四联、首日封、小型张,摩托PP机全置上了,名利双收,集邮协会的理事也当上了。

每次回来没别的,她就是鼓动妈妈"搞活"。

开始她不听,后来她爱听,不是为了赚钱,既然生活失去了平衡,她真是迫不及待要找平哦。

"钱不钱的无所谓,倒真是……"

"无所谓?十七世纪英法资产阶级用金钱动摇了中世纪的封建主,他们登上历史舞台靠的就是钱,妈您没学过世界史?"

"你扯那么远干什么。"

"近了不更得要钱,现在上澳大利亚、新西兰就是花钱买护照,多少倒儿爷出国了,改换门庭,人家手里就是因为活泛,有钱。"

那天,她的心真活动了。

一次,史茵非把她拉到前边做头发,想不到史茵也劝她——

"白姨,人待闲了上火,您看那量身高体重的,弄个磅秤找个地界一坐,哪天不得弄十几块,这钱不是白来吗?"

她笑笑,真是。

"卖大碗茶的更厉害,一角一碗,不就是烧开水吗,前门大街一坐,那可就不是十块八块的了。"

她又轻轻拧起了眉,想起了朋友、同事和学生,要让他们看见——天呐……

"再不济天热了煮锅老玉米卖都能赚钱,五角一个,不查照也不用上税呢。"

真为难,她看看镜子中的自己,拉得下脸来吗?

最后还是万前把她说动了:"师母,我一礼拜仨半天烦不烦,闲得我抓心挠肠啊。干美发我有奔头,您就这么气一辈子待一辈子?您别不爱听,过些日子就不光是血压高点儿的问题喽。"

还真是,现在还常常前胸后背疼。对,应该拉下脸来干点儿什么,要不然就待坏喽!岂料,丈夫始终转不过弯:"君子固穷你比我懂,你是中学老师,我是搞文艺的,不要什么咱也得要这个!"他挺激动,用指头点点自己的脸。

谁想,半月后姒姒拉回家两个白瓷桶和一张营业照,并说一切都已经办好了,摊位在前门楼子底下。

她的心直跳,真去卖大碗茶,姒姒怎么也不跟她商量商量。

"妈,您不早就活动了,里根他儿子还领救济补助,您卖个大碗茶有什么寒碜的!"

不容分说,第二天一大早,姒姒烧了两桶开水,借了喜子一辆三轮拽着她来到箭楼。两块铺板一搭,铺块白布就算一个茶摊。姒姒大大方方地吆喝:"大碗茶大碗茶,清凉解渴的大碗茶味——"还真上座,马上过来五六个。

白雪夕羞红着脸不抬头，垂着双眼倒茶涮杯，一会儿竟出了一身汗。十点钟不到，一桶茶水卖完了。姒姒一看推起空桶就走，再烧去，要不然就脱销了。

“姒姒，你别走……”剩她一个人怎么办？实在拉不下这张脸。

姒姒理也不理，愣把她一人撇下了。恨不能像清洁工，戴上口罩墨镜才合适。四周多少双眼睛扫过她，真像一把把刀子！直到这桶茶水又卖完，她才稍稍放松了，全是外地人，北京人谁上前门楼子底下来。也是的，即便认识又怎么样，姒姒那样的姑娘都不害臊，她这个老婆子有什么。

真正摆起个茶摊也难呐。买煤烧水运水卖茶，姒姒走了哪成。她拉下脸来求助丈夫，谁想薛先生竟汆了：“本来我就不同意，上联合大学叫她去。”

一件事也不帮，薛先生那话，死都成，人活着就是不能栽了这个面儿！

她也不勉强，过去听他说过，戏园子那烧茶炉的，最最让人看不起。现如今自己卖开了茶，他心里怎么能痛快。索性找伴，她和街口一个退休的护士搭了伙，老姐儿俩每天八桶茶卖完，一人二十块钱赚下了。忙得累得她没了愁，痛快，不闲待着好痛快！

生闷气的是薛先生，本来看着侯家父子就眼晕，想不到万前史茵也干上了。眼下，自己家里也做开了小买卖。不至于啊，有吃有喝的齐了，无论如何不能“矮”了自己的身份。左邻右舍的是发了，可就他家出了大学生。人活着对得起祖宗的就一条：忠厚传家，诗书济世，金银钱财全是身外之物。谁不是光着身来的，到时个个得光着身走！

还练什么启明功，前边佳乐的火锅、汤锅满地，自家门口也坐开了大桶烧水。人全变了，过去是居家过日子，现在这院子满成了小器作！多少次想跟雪夕吵，还是压住了。一她心气不好，二她又得了高血压，老夫老妻的忍了吧。只能自己忍，把一团火气撒到团里的练功房。不是一礼拜要求去仨半天吗，他天天去，眼不见心不烦，毕竟团里真清静——也不顺心。那天团长跟他说，吉祥要演几出折子戏，他挑一出《伐子都》，报酬是一场二十元。他二话没说应下来，一分钱不给也爱演，这辈子不演戏就废啦。

万也想不到，头一晚临开演前三分钟，他拉开幕帘往外瞅，观众稀稀拉拉不到一百个。那晚上要演四出戏：《三岔口》《拾玉镯》《水漫金山》《伐子都》，等到他最后出台往底下一看，只剩了前两排，老头老太太不到七十个——唉，一点儿情绪都没了！漫说在团里彩排，就是响排也得有六七十观众啊！始终提不起精神。扎着护背旗，从三张桌子上往下翻，他真有点儿含糊了。没办法，只当是一千观众在底下，他提气拧腰一个蛮子翻下来。大汗淋漓，亏了有股子怨气催着他，不然非把脑袋戳到腔子里。第二天他推病告了假，不是成心撂，摔了自个儿事小，演砸了坏咱京剧的声誉，这损失他担不起。

这些天他心里常纳闷儿，老生出场都要来上句“混——沌”，这“混沌”到底是什么意思？怎么眼前越来越混沌了呢。

一家之主，院里德高望重的台柱子，一天天感到孤独冷寂混沌。难道是物竞天择，老天爷非要把他淘汰了不可？不，侯家、邹家、万前，包括姒姒和雪夕，他们不对，老天负他，那才是瞎了眼！

一天，他刚从团里回来，万前进来对他说："师傅，那档子火葬场的事您插了手，有事您接碴儿还得管呐。"

他扬眉，不知万前什么意思。

"您不嘱咐春明了吗，可佳乐的麻烦一天多似一天，我觉着跟春明有关系。"

他是嘱咐过春明，春明也答应不再记仇，佳乐三天两头有事他倒知道，难道这事跟春明有关系？

万前告诉他，昨天他在廊坊二条看见春明和一帮市容的嘀咕了会儿，那伙子人转脸儿就来了。

"就是昨天那起子？"昨天他也看见了，佳乐又被罚了款。

"喜子是有毛病，可春明这么下家伙可也实在——"

薛先生皱了皱眉，五十多岁的人双眉变得更浓更黑更粗了，一皱真像海螃蟹的俩钳子。还管吗，道了一辈子"混沌"，可至今也没闹明白这"混沌"的意思，何况他真是越来越觉着混沌喽！

13

没容他找春明说，今天早晨佳乐又来了好些人。二话没说，进门人家就叫侯全喜。

"掌柜的。"

侯老爷子遇事就吓得往后缩，见官更说不上句整话来。他弓着两条罗圈腿喊楼上："喜子，来……人，啦。"

喜子懒洋洋地下来，嘴里竟然叼着烟，皮了。真想关张，受不了这份挤对呀。

"把进货单拿出来。"这堆人里有"税务"。

他摘下一个油渍渍的夹子递过去，里面有四张进货单。

"一月进四回货，怎么进行成本核算？"

他不言声，无法回答。

"海参多少钱一斤进的货？"

"四块三。"

"看看你这价目单，红烧海参十二块七，权当你那是海参，半斤一盘，盈利超过多少，百分之三十啦？"

喜子一听他们门儿清，可问话的明明是税务的，咂摸半天歪起了脖子："你是工商还是税务，查账就查账，卖多少钱那归工商。"

"违法人人都管你。"五六个人异口同声，官衣儿什么样的都有。

管税务的一扬手，他本人倒一点儿没动气："成，我来管你的税，账本拿过来。"

他把账本呈上来，昨天流水一百元，前天流水一百三。

那人瞥瞥账本笑了笑，过去把两只冰柜都掀开："这两天你进鱼肉二百斤，还不算螃蟹和大虾，就按一斤三块钱算，两天你赔了二百五，是不？"

"没有啊。"

"冰柜空啦，你让大伙儿看。"

"这……"他把下巴撅起来，"哎，你们怎么知道我进了那么多货？"

"有底子，副食店、菜市场的发票底子在这儿呐。"那人掏出七张票，轻轻一捻，一顺儿排在桌子上。

好家伙，他们盯上了他贼上了他，能不噎吗，有口难辩呐。

"两天你少记了两千的账，每天你流水至少一千。"那人声儿不大，慢条斯理抖落他。

——生、熟案板怎么不分开？

——过水面为什么用凉水？

——刷黄瓜怎么不消毒？

——花生米怎么都粘了？

全是事儿。最后竟说灶间太脏，打扫卫生停止营业。

那人竟说搞卫生要三天停业，三天就是一千多！喜子再也捺不住，他"扑"地把烟头啐在地上："干吗，不就是一个关吗？你们要把我挤对没了路，我也不让你们好活着！"

"喜子……你……别浑，我……"侯老爷子有癫痫，一急了就口眼歪斜吐白沫，这一回又玄了，左腮帮子直突突。

薛先生再也坐不住，三两步从后院赶过来："大伙辛苦了，该罚款罚款，该停业停业，"转过身子说喜子，"哪有你这么不讲理的！"这种闲事从来没管过，昨天听了万前说，又看今天要出大事才赶过来。

"冲我的面子，今儿再原谅他一次，我和薛先生一定让他写了检查送上去，"万前紧跟着也进来了，"走，各位先上我那"毛毛"坐坐去。"

好说歹说七岔八岔，认罚认停总算把一场"厉害的"捂回去。侯老爷子拽住薛先生的胳膊不撒手："他薛叔，我还当我那板儿爷去。跟着他，我，我这心……死碎喽……"

喜子第一回发了蔫，不是隔三差五，成了三天两头。赚钱有什么用，他都快成了神经病。

中午，薛先生见春明回来，赶紧把他叫过来。

"春明，你和喜子磕头碰脑说话不？"

"说话？他还说要把我打扁了呢。"

他信，喜子心里不真服。

"不过，私仇可不能公报，嗯？"索性，他把事情挑明了。

“他违法就得有人管，薛叔，您说这话什么意思？”

“看你侯大爷也不易，老街老坊的，咱们都互相迁就着点呗。”他心中不快，春明这嘴大变了。

“那也不能纵容坏人坏事胡作非为损公肥私坑害百姓啊。”春明胖了，苍白了二十年的小脸儿有了血色。

“你说得不错，但对喜子不能有成见，捐弃前嫌以诚相待，你平时要多帮助他，他有什么不对，下边给他点出来啊。”眼前再不是那个可怜巴巴又瘸又小的春明了，像万前、喜子、姒姒一样，他们各有各的哲学，各有各的一套。唯独老一辈人的和睦、淡泊、恭谨、谦和，这最光洁最干净的东西，在这一法儿人身上全没了。万前还算有点儿的，也快磨光了，眼下这人心全变了。

“薛叔，不用我帮助，有薛姒这大学生帮助，比我不是强多了！”

“你！……”春明竟敢这样揶揄他，怎能拿薛姒跟喜子说着玩！自己这一片好心全是为了他们呐！

“薛叔您别急，我敢跟您开心吗？我说的是真的！”不容对方再开口，春明说下午还上班，“谢谢”两声出去了。

他眼前黑了好一阵，怎么回事，春明这话里有话啊！

没有不透风的墙，喜子和薛姒的事情春明看见了。打小儿，春明也愿意看薛姒，她真美。上了初中就再也没有多想过，他明白自己在别人眼里的位置。最坏的还是喜子，他把瘸子分成三类：画圈的，点点儿的，划道儿的。他说春明属于一歪一点地的第二种，从来不叫他的名字，中学叫了他三年“小点儿”。低人一等，从懂事以来他始终扮演着二等公民的角色，人生的舞台好冷漠。

羡慕正常人，也恨那些全须全尾的，尤其是喜子总爱在自己面前挥拳头，他怎么就不摔不磕不碰不撞也成个残废？

上个月初的一天晚上，他正在前门大街上值勤，一辆铃木突突突地从打磨厂里开出来。虽然将近十点了，可他一眼就认出那是喜子。新鲜的是他后边还有个女的，他使劲眨眼抻头，那摩托突然熄火了。啊！后座上下来的竟是薛姒！简直不敢相信，薛姒跟上了喜子。他屏住呼吸拉低帽沿绕近了看，薛姒可不是礼拜六回家的那身打扮，天呐，院里谁也不知道哦！没多大工夫，摩托又被打着了火，这二人一前一后骗腿上车开走了。

石破天惊的发现！事后他又跟踪了好几次，发现他们去的是“基基尼”卡拉OK，有钱能叫鬼推磨，喜子凭着钱，竟把薛姒搞上了！

生理心理上一块儿失去了平衡，喜子不是宰人坑人越来越发连薛姒都弄到手了吗，那好，绝不能让他踏实痛快了。

今天薛先生来劝他，他看着手心直想笑，还蒙在鼓里呢，要是薛叔明了戏，你比我还恨喜子，他把薛姒给勾上啦！

14

薛先生心里真毛了。

捂着心口细琢磨，薛姒是有些不对劲。过去一提喜子她就有火，现在她反而主动提“佳乐”，说喜子赚钱不易，他也为社会做了贡献。可不是嘛，这么大的变化他们竟然没发现！

哪还定得下心，他抬屁股又赶到“毛毛”来。乘着几位顾客戴着头套正在烘干，他凑到史茵身边把春明那话端给她。他知道，姒姒最跟茵茵好，肯定史茵全清楚。

史茵一怔，舔舔嘴唇看看他，麻烦，薛叔还是知道了！她撩撩发帘又笑了：“您听春明瞎说，捕风捉影您甭理他。”

他一听更急了：“那就是你也知道点儿风，看见点儿影啦？”

“薛叔，没事。”她为难了。薛姒几次嘱咐她，千万别告诉她爸妈。可有时她又为薛姒提拎心，跟喜子那么热乎，玄呐！

史茵比姒姒大十岁，打小就常帮她梳辫子。后来史茵工作了，姒姒还把心中的秘密对她说。姒姒第一回“倒霉”，吓得哭着来找她，她帮她洗裤擦身，点着她的脑门儿说：“都十五了，新中国成立前早当媳妇啦。”姒姒撒娇，反唇相讥：“那你的孩子也该十岁啦。”彼此无猜，眼看着姒姒超过了自己，如今都上了大学了。

自从喜子说了那事，史茵一宿都没睡着，得逮着姒姒问个水落石出哦！

一个星期六，她把姒姒找过来：“你怎么跟喜子混到了一块儿？”跟姒姒没必要拐弯抹角的。

姒姒摇头，不承认。

“你万前哥看见了！”她急，诈她，真怕姒姒跟喜子学坏了。再说他们俩，生扭也不该扭到一块儿啊！

“茵茵姐，他也在变，而且……”在茵茵那双明澈的杏子眼前，姒姒知道不能再瞒。

“喜子有长处，可你毕竟跟他不是一类人呐。”可不是嘛，无论如何他俩绝对不是一对。

“我到卡拉OK唱歌，坐坐他的车，不过是玩玩，方便。”她没提“钱”的事。

“反正——”她爱抚地捻着姒姒的长发，“这当然……可咱女人容易被人欺侮，你得，千万在意啊！”她不好意思直说，就是嘱咐她做个女人一定要自尊、自爱、自重。

姒姒点头，告诉她绝对放心。

就这样，后来姒姒又主动跟她谈了几次，说她知道做人的尊严，也知道对自己的把握。

此刻薛先生问起来，她真觉得为难了，尽管她还不放心，可姒姒嘱咐了不要对她爸妈说。

“茵茵,这事你无论如何告诉我,我和她妈,活着不全为了……”薛先生的声音竟然有些发颤。

共鸣,她的心弦也拨动了。可不是吗,她也做了母亲,天下的父母可不都是为了儿女奔,为了儿女活,薛叔他能不担心吗。

“这事确实没什么,大学生都搞勤工俭学,姒姒不过是到卡拉OK唱唱歌。”

“我问的是她跟喜子!”

“坐坐他的车,也就来去方便些。”

天,像多少摩托男女一样前边驾着后边搂着,想不到姒姒能干出这种事情来。人穷志短哦,再穷也不能扒着喜子那样的!变了,连自己的亲闺女都变喽!

打听清楚了“基基尼”在打磨厂,当天晚上就在打磨厂口憋他们。

初夏,七点了阳光还是灿灿的。他在日头底下盯着西边,他们得从前门楼子西边骑过来。车水马龙川流不息,夏日的北京不到深夜停不下车。摩托车过了多少辆,就是没有姒姒和喜子。回家去,对,怎么忘了看佳乐门前有没有摩托?不,已经等了俩钟头,兴许刚走他们就来了。出汗了,他还觉得口干舌燥,干吗呢,一辈子没截过人,可第一回截的竟是自己的女儿,头木木的,他紧张、忿忿。

霞光满天了,从浅黄、桔红、粉红、深红到玫瑰紫、葡萄紫,前门箭楼在悄无声息地变换着背景与剪影。像舞台上的幕布灯光,区别只在于那是人为的这是自然的。这一切他都看见了却没理会,急等的是姒姒,他要截住她问清楚。

真想到门洞里边喝口水,白雪夕还在那里忙乎呢。不,太丢人;不,一刻也别放松,今晚就要把事情弄清楚。

夜幕终于垂落了。他索性进口,看看那“基基尼”什么样。也许姒姒已经进去了。走了半条胡同才找到,一座白色的二层小楼就是“基基尼”。里边传出的乐曲一听就是踢踏、恰恰、太空步,姒姒喜欢的就是这玩意儿。说不上什么滋味儿,姒姒是个大学生,这孩子太不知自爱喽!

门口没有喜子那辆红摩托。那他也要进去看,看看卡拉OK到底是什么。想不到,把门的把他拦住了,二十!天,比吉祥、长安的门票贵四倍。那他也要进,豁!

二十块钱递上去,进去差点儿没有晕过去。幽暗的灯光、压抑的空间、刺耳的音乐、扭动的腰肢、呢喃的私语、俗媚的调笑,这一切都使他晕眩、恶心。姒姒到这里鬼混,把薛家的风水丢尽喽。

没待三分钟他就出来了。看门的还拿他打哈哈:“老同志,一人玩闷得慌吧,找伴儿去?”真想啐那小子一个满脸花,挑挑眉毛又压下了。世风日下,连自己的女儿都如此,这法子人没救啦……

第一次走路有些蹒跚,脚底下像踩着棉花。顺着胡同往西,突然一个骑车的在他身边停下了:“先生,到中国银行怎么走?”

懒懒地扭头,是个高鼻深目的外国人。他强耐着性子指路:“照直往前,出口就见到了前门，在前门楼子的右后方，有一座旧钟楼，到那儿你就看见了。”

“喔，什么？”那六十开外的老外汉语挺通，就是戴着助听器，耳背听不很清楚。

“出口向北，绕过前门，见到钟楼就是啦。”他亮开嗓门大声说，带手势。

“好，知道了，谢谢。”那人点头，骗腿上车往前骑。

邪行，哪有这么晚了老外骑车串胡同的！他刚一甩步忽见老外自行车后架上的皮包掉下车，情不自禁，他紧走几步捡起来：“哎——，先生，掉了东西——”

老外耳朵太聋了，他又腾腾往前追：“皮包，你的皮包掉下来啦！”

对方没下车，在夜幕之中消失了。

薛先生的几嗓子招来一帮人。有人说他抄上了，有人说帮他保密哥儿几个一人点几张洋票子。他气哼哼地让人闪道，一肚子火气正没撒出来呢。

“愿意分点儿的跟我走，我正要上派出所点点数儿！”

其实心里更烦，这不是添乱吗，这老外还麻烦自个儿跑趟派出所，嘁！

15

没容他第二天再去截姒姒，佳乐一大早晨就出事了。

一个星期前，市容的就通知喜子说，佳乐的门脸占了胡同一尺二，限他在四天之内把违章的部分全拆了。喜子早窝了一肚子火，门脸翻建半年了，怎么当初不言语？不管万前怎么劝，他这回钻了牛犄角，不拆，看他们能把佳乐怎么着。谁想今天早晨市容的来了十几个，手里还拿着铁锨、洋镐这些家伙。喜子半张着嘴叉愣了半天，突然一屁股坐在台阶上：“要拆先把我脑袋剁下来，不剁都不是人养的！”

这不是拿着鸡蛋碰石头！侯老头子上前抹鼻涕：“行行好吧，修这门脸花了四千多……”老爷子一边拽喜子，转过身来要给人家下跪。

万前赶紧过来了，一把抓住喜子的胳膊：“你这建筑是不是违章，违章就得老老实实听人家政府的！”

喜子抬头，一眼瞄上了人群后面的春明，全是他，全是这小子搧忽的！他猛一纵身蹿过去，一把攥住了春明的脖领子：“我操你姥姥，全是你丫挺撺掇的！”

五六个市容警察一拥而上，从左右擒住了他的胳膊：“敢打人？你松手！”

不知哪来的一股劲，他猛一甩手打掉了春明的大壳帽，疯了似地用脚踩：“你这丫挺的当警察，我劈了你这小杂种！”说着飞起一脚踹在春明的肚子上。

“你打人，抓住！”五六个人跟他撕扭在一处。

“喜子，你疯了，你疯了！”万前拨开众人上去拦腰抱住他，侯老爷子跪在地上用头撞得台阶梆梆响：“这挨千刀的……找，死哟……”

乱作一团，后面一个挂着对讲机的早报了匪警。喜子咧着嘴叉还正骂着，一阵尖厉的警笛声传过来，没容他听分明，一辆呜哇叫的警车进了胡同口，及至停在门前跳下带家伙的警察，喜子这才消了火气。

“我，你们……他们……我拆……”

晚了,一个警察上来将他铐住,塞到警车里开走了。

拆!剩下的市容警察哪个不气,叮叮哐哐把佳乐的门脸全花了。

侯老头子先是跪在门内发愣,突然嘴角一抽身子歪倒了。人们围上一看全懵了,这回不是犯了癫痫,老爷子哈喇子流了满身,左半拉身子绵绵地弹了弦子!

“急救车,快叫车……”

……

喜子两次没接姒姒,姒姒星期五就回来了。走到佳乐一看那断壁残垣的德性,心里一下就明白了:怎么闹成这样?哪回也没这次的娄子大。当然得跟史茵问问怎么回事,想不到史茵没说两句,就让她回家留神,她和喜子的事老爷子已经知道啦。

她先是一愣,蹙蹙两条黑细的眉毛凝思片刻决定马上回家,既然已经捂不住,那就爱怎么着怎么着吧。

果不其然,进门妈妈就急火火地迎住了她:“看见了吧,佳乐让人家全拆了,喜子也让公安局的抓了。”

“怪不得他误了接我呢!”

一句话冲了薛先生的肺管子,憋了好几天的他突然从椅子上跳起来!

“亏你说得出口,你,你竟跟这种人混上了!”

“你做事这么不慎重,妈妈也实在没想到,想不到哇……”

“什么慎重不慎重,气味相投,人活着怎么就……”薛先生急得用手在空中抓。

“我和你爸活着为谁?不全是为你,可你,和爸爸妈妈隔心喽。”白雪夕头上只出现了几根白发,因为她的皮肤好、头发黑,几根也看得很清楚。

“你变了,近朱者赤近墨者黑,我这才知道你为什么成了这个样!”

姒姒淡笑,摇头,朦胧着双眼不言语。

姒姒竟然这神态!薛先生两颧都红了,第一次跟女儿大声吼,第一次就把他双手都气麻了:“你就没坐过摩托车,坐在那种人身后你也不害臊!”

“凡事要多多动脑子,姒姒,你不是孩子了,办事轻率要犯大错。”白雪夕尽量平缓口气,她觉得丈夫的话太重了。

“她有什么脑子可动?不要脸,新中国成立前梨园行里就有……”他把举起的双掌猛地握紧,突然捶到桌子上,“唉!——”

“爸!”姒姒也嘭地一掌捶在沙发桌上,“你不尊重我的人格!”倏忽,两串泪花飞溅到地上,妩媚的姒姒脸像石雕,青白得冷峻。

“姒姒……”白雪夕过来抚住她的胳膊。

“我恨喜子,他戏弄活人亵渎死人,这样的男人我恨,我恨!”她秀秀的目光由冷峻变得冷厉。

薛先生和白雪夕怔住了,姒姒的目光从来没有这样过,凛凛的寒气袭人呐。

“我恨,我恨喜子这一类人,如今社会上什么样的真富了?地痞流氓劳改犯!

价值价值价值,我们女大学生毕业没人要,上哪去体现我们的价值!”

她的声音好大,薛先生老俩插不上话。

“我跟喜子之间什么也没有,我要了他的钱,分给那些福建、安徽、山西、甘肃没钱买书的同学们。无能为力,我不能去偷去抢去出卖,我只能骗喜子这样的白痴无赖暴发户!”

简直不可思议,姒姒的想法难以理解,这样做本身也不光明不道德不磊落。

“姒姒,”薛先生的调子平缓了,“我并不认为你这样做——”

“我又能怎样做?凭什么大学生要给个体老板刷盘洗碗当孙子?我恨我恨我恨!”

事后薛先生才知道,把喜子引到“基基尼”是姒姒的一个小圈套,是她让卖汽水的歪子把喜子“赚”去的。

他相信了,姒姒不会在喜子那里失去什么,先把是非撇开,姒姒确实比喜子聪明理智多少倍,况且她也不会看上喜子那样的。

平静下来之后,他面前的一切都变得愈加模糊了。

姒姒欺骗诱惑喜子,春明暗里明里给他使绊,形式迥异,光是个人的那点儿恩恩怨怨?不,辨不明说不清地混沌。

三伏天,既无灼人的骄阳,也没痛痛快快下过几回大雨,灰蒙蒙的天气浊浊的,怎么老是那么混沌?

16

薛先生自己也没想到,信手捡了个皮包,那里竟有十二万美元、六千荷兰盾,还有中荷联合生产雅荷华化妆品的两份协议书。那天晚上他送到横巷四条派出所,留下姓名撂下皮包就走了,哪有工夫顾那包,正为姒姒急着呐。

谁想,几天之后失主登门找了来。他先是一愣,后来才认出是那个灰头发、灰眼睛的外国人。

此公竟然是荷兰菲比利日化公司的副总裁麦凯勒,因为汉语造诣极佳,还兼着鹿特丹诺威汉语学校的客座教授。因其祖上在乾隆朝做过紫禁城内的宫廷画师,所以麦凯勒先生对中国人民与文化有种非同寻常的特殊感情。这次来华,荷方与日化九厂合资生产雅荷华化妆系列,麦凯勒先生是菲比利的全权代表。他上哪儿都爱骑车去,用他的话说就是,北京的胡同似诸葛亮的迷宫八卦阵,文化、风俗、历史、艺术、建筑,诸多瑰宝从小胡同中流出来。那天疏忽丢了包,没容着急公安局的电话打来了。无论如何要重谢拾主,十几万美金事小,协议书丢了会因渎职罪住进鹿特丹西郊监狱的!

今天见到薛先生,他郑重感激地把一万美元恭恭敬敬呈上来。

薛先生奇怪,会意之后淡淡一笑拒绝了,他做的是“本份”之事,怎能受人家的厚谢,他想起句戏词,真真的“折煞”!

“薛先生，我已致电鹿特丹，这是我全公司对您崇高品格的一点谢意。”

他还是摆手，中国人擎受不起，一万美金就合六七万人民币，眨眼自己趁六七万，拿着这钱不气势，那不也成了一个烧包啦！

“薛先生，我们西方人也不取不义之财，但接受他人真心的酬谢，这也是一种友好、尊重、友谊的表示。”麦凯勒还举了荷兰一个小镇拾十谢一的习俗，这种习俗甚至列入了当地的法律条例。

他坚辞不要，中国也有中国的习俗，路不拾遗夜不闭户，他干的事情是应当应份的。

银灰头发的麦凯勒捏起了自己的腮帮子。面前的这位中国人好固执。就他个人来讲，不酬谢薛先生难让人甘心，感情收支不平衡，他心里如何能踏实。

无可奈何地吸烟，他把目光从对方青亮的头皮移到满屋挂的脸谱上。哦，似乎——他发现了什么。

“薛先生，您是京剧演员，对吗？”西方人向来不问客人的单位、年龄，这回他破例了。

“对，本人是唱京剧的。”

“什么行当？”他不愧是个中国通，生旦净末丑他全懂。

“我工的是文武老生。”

“哦——太好了！草珊瑚草珊瑚，先生不喜欢草珊瑚？”

他懵了，草珊瑚是什么东西？

“牙膏，草珊瑚牙膏就是由贵国的京剧演员做的广告，”麦凯勒兴奋得灰眼睛都红了，“您执意不要这笔钱，可以为雅荷华做一节广告，那样您会心安理得的！”

万也想不到，薛先生一听脸就涨红了，两道粗黑的蟹眉一挑，两只又黑又亮的眼珠子立起来：“京剧不是商品，本人从没用艺术作为手段进行过这种交换，我拒绝，我拒绝与您合作。”

麦凯勒讪讪的，他留下名片说改日再拜访，干笑几声告辞了。

白雪夕始终没插话，丈夫这样做有点儿太绝。不要谢金她赞成，以广告的形式换取劳动所得有什么？过去她也从没把钱看重了，可现在一件衬衫、裙子就好几百，没钱成吗？姒姒一学期的书费就二百多。多少冠冕堂皇的正人君子不也觉得有钱多好，如今他们能用劳动光明磊落地换来，这是送上门来的好事哟！

“你不一直反对我去卖茶水吗？你要真为姒姒挣下笔钱，我索性就收摊不干了。”这是真心话，每天确实能赚二十，可风吹日晒的也不容易。

扑朔迷离，至今他还扑朔迷离，一年来妻子、女儿的变化太大了，钱钱钱，为钱什么都不要了，人活着不能钻到钱眼里啊！白雪夕仍然说不动他。卖茶水才多少人看见，他要一上电视广告，那就家喻户晓啦，一辈子落下这么个名，不，穷死也不拿自己当广告！

白雪夕把万前搬过来，千载难逢的良机，不是自己钻营的，人家这不找上门来的吗?

“师傅,连里根、卡特、黑格都在电视荧幕上做广告,您有什么丢人的?”万前第一次用这种口吻和他说话。

“他们是美国人,我是中国人,我是一生追求艺术的演员!”

“电视您没看,多少演员都做了广告。”

“乌合之众,他们都是见钱眼开唯利是图的乌合之众!”

“师傅,人各有志见仁见智,来段精彩表演,您既为雅荷华扬了名,不也照样为宏扬、振兴京剧做了贡献?”

“贡献,谁不知道做广告是为了钱!”

“您就不是为了钱,咱师徒来段《三岔口》,为艺术精益求精,同台录段像多好,您想想,这辈子还有人专门为师傅您录像吗?”

“那……”他的心怦然一动,是啊,难得录像的机会,“一棵松”之后就再没录过啊,“那我分文不取,算是留纪念、尽义务。”

“那都好说,我这就把您的意思转告麦凯勒,他那名片呢?”万前比薛先生还急,机不可失,该让薛先生这样的人富起来,太傻了,如今社会上像他这样的有几个!

万前出门薛先生又犹豫了,录像,广告,谁知道自己不要钱,谁知道自己不是商业性地做广告? 错了,刚才怎么让万前几句话就绕住了,嘁! 唉……

17

薛先生和万前都不知道,别看一段十秒钟的广告,也要把他们选定的《三岔口》练上多少遍。角本、镜头、色彩、灯光、片断、瞬间,广告导演要反复选择拆取组合其间的一小段。

师徒的合作珠联璧合,一个武生,一个武丑,尽管任堂惠、刘利华二人有环环紧扣险象迭生的劈杀打斗,可薛先生老当益壮,万前血气方刚,二人你来我往天衣无缝,排练进行得很顺利。

麦凯勒先生满意,他从烘托雅荷华的角度出发,和导演设计了这样几个瞬间:任堂惠与刘利华徒手对打,二人各有一串旋子一串小翻,任堂惠腾身上桌,捡起朴刀向刘利华平削,刘的帽子被削落,在任堂惠亮相的一刹那,一瓶乳白色雅荷华奇效生发液滴到刘利华的光头上,下面一个镜头剪接,刘利华做鬼脸,一头浓密的黑发滋出来……

整整一星期,每次排练下来两人的衣服都湿透了。漫说是穿着行头扑翻滚打,就是光着膀子还热呢。

一切准备就绪。导演、美工、音乐、摄像、录音齐聚在日化九厂的小礼堂,不少看热闹的挤了来,拍广告也相当有意思。

一阵“急急风”响过,披挂整齐的薛先生(饰任堂惠)、万前(饰刘利华)在一张八仙桌旁交上手。二人徒手摸黑对打，旋子、小翻把小小的礼堂兜出了风。跟着，急急的一阵单皮响，万前吸气提身向后一蹿一缩，身子到了桌子的另一侧，薛先生一个箭步赶过去，腾身收腿向上一跃——扑！他脚下一滑掉下来。

“停!”导演立刻叫停止。平常排练没出过大闪失，正式开拍薛先生反倒失误了，紧张了，这么好的武把子也紧张。另一侧的万前伸手摸桌面，湿湿的淋下一把汗，这份儿热，那是他刚才跃桌后蹿时洒下的。

“滑的，师傅，你被汗水滑下来，”他绕过桌子扶师傅，“不碍事吧?”他一惊，没摔着没碰着，双脚四平八稳地落了地，可薛先生这是怎么啦?

没有一点儿动静，薛先生静静地斜倚在桌边，右腹紧紧挤在桌子犄角上。没有太多的痛苦状，脸色煞白，眼睛微微闭上了。

“师傅!”

“薛先生!”

人们呼啦一下围过来。太奇怪了，他只是滑下来双腿还稳稳着了地，怎么倚在这里不动了?

还是麦凯勒先生有经验，他从上衣兜里拿出一个小瓶子，迅速倒出两粒白药片，扒开薛先生的嘴角塞到舌根下，张开两臂拦众人:“不要动，不要碰，薛先生这病别乱动!”

万前一听吓傻了，从来没听说师傅有过心脏病啊。他大声嚷着叫人去唤急救车，自己轻轻对着师傅喊:“师傅，薛师傅您哪点儿不舒服?”

薛先生倚在那里不做声，脸色由白变黄由黄变青了。天，万前突然觉出了什么，一把将薛先生抱起来:“师傅，师傅你怎么啦?”他疯了一样往外冲，“闪开，急救车、急救车！……”

……

一切都迟了，急救车刚开来，薛先生已经咽气了。

根本不是冠心病，谁也想不到，薛先生肝上有个血管瘤，这次刚巧挤到桌子角上硌破了。

病理医生把解剖报告做出来，不无遗憾地向家属摇摇头:薛先生的肝脏血管瘤是先天的，不用治，干活练功都没事。只是注意不要硌在尖硬的物器上，破了自然要导致大出血。按说早该照个 B 超，知道了自己在意就什么事情也不会出。

他自己不知道，家里人更不知道，谁知道呢? 谁也不知道谁也不知道哟!

至少他该再活二十年，多好的身子骨，三十年四十年他也能活哟……

白雪夕和姒姒没怎么哭，太突然，突然得让人不相信——反应不出。

……

18

暴风雨把军博附近的大树掀倒了十二棵。尽管不是冬秋，满地残落的是风雨洗劫后的残枝与败叶。空濛冷寂，三伏里老天爷收人少，八宝山火葬场显得很萧条。

火化工知道薛先生是唱戏的，捋起袖口对白雪夕和姒姒说："今天我为京剧界的老艺术家卖点儿力气，一定把骨灰烧得白白儿的，漂亮点儿！"

她们二人点头致谢，实则根本没有听明白他说的是什么。

万前心中却酸酸的，他清楚这"白白儿的""漂亮"是什么意思，不外是烧得透，时间长，这更让人煎心哦……

焚尸炉后面就是焚烧纸钱的烧祭场。全院的街坊都来了，刚放回来的喜子也赶了来。人人燃起一摞纸钱，纷纷扬扬地洒向那热风扑面的烧祭口。

白雪夕和姒姒站在最中间，她俩谁也没有放声，几天来只是无言地惊疑，无声地落泪。白雪夕从提包中取出麦凯勒送来的一万美元，分开一半给了姒姒。不约而同，她俩谁也没看，便一叠一叠地向跃动着的篝火挥洒。它们比纸钱重得多，却由于面积大也照样纷纷扬扬地飘，摇摇曳曳地落，眼前的一切好似虚幻，坚实挺括的美元在倔强地触燃、卷边、燃烧、变形、透红、成灰，又化做蓝烟白烟升腾起来。

万前、史茵、春明、喜子透过泪水涟涟的双眼见到了，可是谁也没有惊疑没有移动，美元烧完了，他们继续挥洒着手中的纸钱，木然地看着炽热的篝火，觉得眼前的一切都那般虚无那般缥缈那般悠远又那般贴近……

所有人最后看清了什么？哦，看来看去，不外还是那混沌、混沌、混沌……

牛　厄

“四百六?”

“还少?”

“买它花了四千多!”

“去皮去骨,净肉顶多三百斤,四百六就撑死了。”

“再添点儿吧,半月前在乡里过的秤,九百斤,远近没有这大的牛。”

“九百斤? 肋叉子根根支出来,九百斤的牛这孬样!”

“现今那肉不是六块多钱一斤了?”

“运费呐屠宰呐加工呐税钱呐,我们贩的是好牲口,买了宰肉这是头一份,觉着不值就吵啦。”

“这……”

“爹,不卖,黄黄不卖!”胜从院外冲进来,一滑,扑在牛身侧,“我要养好黄黄,不卖不卖你们走!”

牛木然地委在圈里,低垂的头微微动了动,反而更向左侧偏斜了。胜伸手抚住它的头,脸儿轻轻贴上去:“黄黄你快些好,好了快些站起来,啊?”

牛的眼睛闭着,眼珠在眼皮下无力地游移。平日里,黄黄的眼睛是粉的,圆圆的鸡蛋大。那里有倒立着的缓坡花草湖水树林庄稼村舍还有胜。在那粉红色的晶体中,胜沐浴春夏,胜浏览秋冬。粉色的晶体浓缩了世界,胜也浓缩到世界里,徜徉到轻盈飘逸中。

如今,牛的眼睛黑紫了,眼圈是深深的青绿色。黑紫的眼睛混浊了难睁了,胜的世界模糊了。

哦,才半个月,半个月黄黄竟然变成这样子,谁想得到呢,黄黄!

刚进胜家的时候,黄黄不过是只大牛犊。每叫一声都柔弱成一个细嫩。那天牛贩子刚出门,爹那嘴叉子咧得好开:有牛啦,我们有了大牲口!

娘也捌着碎步搓手:“焦黄焦黄的毛色,干脆叫它——”

“黄黄!”胜抢娘的话。

“好,就叫它黄黄。”爹点头,多响的名字,多俊的黄黄。

黄黄在胜家住下来,多少有些想娘。大牛犊毕竟还是牛犊子。爹出出进进坐不住,碾盐粒掰料饼,有时半夜三更还起来,拿把蒲扇赶牛蝇。

爹告诉胜,牲口也都通人性,尤其是牝牛,只要你善待它,绝不会对主人犯犟性。

黄黄不犟。没几天,它那淡粉色的世界中消尽了疑怯与陌生。它不常叫,只是在海子边上吃草的时候,远远看见大牡牛,才会摇着尾巴柔出一声“哞”。像呼唤同类,也似叫上一声爹娘。不过,别家的牛真的凑过来,它总是怯怯地闪在一边,好静,静静地静出一方天地,那是它自己的世界。

爹一步一步让它适应负重。拉过干草和秫秸,后来才让它拖干粪。黄黄很飘逸,拉起车来既稳当又轻巧。

每天放学,胜牵出黄黄去啃青。海子边上的草茸茸的,尽是牛爱吃的碎米草。春天夏天秋天,坡上坡下一层层一片片,放多少牛羊也吃不尽。嚓嚓扑扑咔嚓咔嚓,随着黄黄嘴唇的翕动,碎米草有的被切断,有的被连根拔下来。黄黄常常吃一阵,停下来匀匀地呼吸,凝视着远方的空寂。这时候,胜便陶醉在那粉色的晶莹里,世界被晶莹出剔透与别致。

海子是元朝的飞放泊,几缕四季不涸的清泉汩汩地润泽成海子。海子边上还有晾鹰台,明清时正式辟为皇家猎苑,连最不好动的光绪都到这里打过猎。如镜的碧波,蔽日的林木,茵茵的绿草,至今还召唤着野兔飞鸟的汇聚。海子人为海子叫好,春如花,夏如滴,秋如妆,冬如睡,只有海子人最能品尝海子的鲜艳与韵味。

黄黄在海子的氤氲中长起来。后胯宽宽地上撅;肩脊的腱肉凸鼓着,撑绷出毛皮的亮泽。海子人见了都捺不住自己的羡慕:好牝牛,浑身透着好力气。

第二年三夏,爹捏着下巴问娘,割完麦插稻,让黄黄耕吗耙吗耖吗?胜先摆手:不耕不耙不耖,黄黄还嫩!娘却主张黄黄下到大田去,买它不就为了用?爹用烟雾淘洗心中的犹豫,直到麦子割净的那一天,他才定夺胸中的沉重:试试看,耕耕再说。

黄黄不嫩。

在满是麦茬的大田里,它稳稳地拉犁,蹄痕后的黑土翻起来,吞噬掉麦茬的黄灿。爹的犁柄压得不深,不让黄黄下大田的胜反倒赶上去使劲捺低犁柄,黄黄干得漂亮,漂亮出一片肥沃。

耙平麦地放水,爹还是决定让黄黄耖,虽然胜又碰触到了爹的怜惜。

黄黄耖得也很轻松。哗、哗、哗,稻池溅起浪花,浪花繁衍成连绵的水纹,水纹不停地连缀,抚平了起伏的肥沃;把夏也连缀到金色的秋天里。

灌了水的麦茬地一天便被耖平了,十八亩。胜拍手,明天就要栽晚稻,又耕又耙又耖,全是黄黄的功劳。

当天晚上,爹给黄黄多添了料饼、盐粒,担了四桶水为它洗泥。黄黄半眯着眼舒坦,它被清水冲出夕阳下的黄澄澄、亮闪闪。黄黄舔舔爹的手,用两团淡粉看胜,没有丝毫倦意。

第二天,秦呵呵一瘸一拐地进了院,呵呵着哑嗓求爹:他大叔,我也种茬晚稻,可我,呵呵,呵呵……

秦呵呵借牛,尴尬着对方的窘迫。爹看看胜看看娘,从来没有小气过,可是借黄黄,让人窘迫着无奈的窘迫。

秦呵呵还呵呵:俗话说,上山擒虎易,开口告人难,我那鸟儿不孝,我这拐腿又瘸,呵呵,呵呵,呵呵。

爹把黄黄借给了他,谁叫他让人无奈,只是临走把重重的无奈甩给他:千万悠着使,赶着点儿牛蝇子,你那田里灌水有没混进蚂蝗啊?

秦呵呵摆手,呵呵着牵起黄黄逃遁。当天晚上黄黄被送回,浑身溅满泥砣砣,还被汗渍网络着。胜赶紧把一桶拌好的料粉端过去,它看看胜,用厚厚的嘴唇拱拱,没有往日吃得香。爹走到近前解牛轭,埋怨他不解牛轭就喂牛。

哞——爹伸手的一刹那,黄黄哞出一声疼痛。

脖子破了,爹一惊,这个该死的秦呵呵!

胜扒过来,黄黄的右颈磨下核桃大的一块皮,鲜鲜的红肉翻出来。爹卸轭时它不得不哞。秦呵呵真狠,往死里用黄黄。娘不干,立马要找来秦呵呵。爹把怨怒怜惜一同锁进眉皱里:先上卫生院,你能把他吃到肚里去!

胜跑到卫生院,抱回一瓶紫药水。爹轻轻用湿毛巾把黄黄伤口四周醮干净,然后才上紫药水。过了个把钟头,黄黄又香香地吃料,再也没有叫一声。

第二天一大早,黄黄的伤口肿起来,流黄水。爹挠头:“牛蝇叮了破处,我怎么就忘了,忘了给它包上呢。”

兽医站早没了,干那行当不赚钱。爹从卫生院买来消炎药、黄药膏,不顶用,黄黄痒蹭圈栏,伤处溃烂化脓了。爹把卫生院的大夫请到家,大夫用镊子夹着棉花为黄黄擦脓血。黄黄的颈项常会突突跳几下。敷好药,大夫说还免不了更大的溃烂,感染了。

大夫不再来,说他不是医兽的。

爹闭眼,看不得黄黄身上的溃烂。照着大夫的样子为牛擦脓血,换药膏,只能由胜跟娘担下来。爹却出出进进埋不起焦灼:脓净了?手轻点儿!药膏全都抹匀了?

黄黄的伤口愈合了。爹娘的双眼焦灼出青青的晕圈。待到它再能套牛轭,爹如释重负地甩下新生的吝啬,再也不借人,谁也甭想借黄黄。

那一年,麦子亩产过千,晚稻亩产一千四百斤,爹搂着黄黄亲出肺腑的感激:多亏了你啾,黄黄!

一年又一年,黄黄成了海子边上的第一头大牝牛,体重足有上千斤。好几伙牛贩贼上了它。最高出价到七千五,爹摇头娘不干,胜更是一个舍不得。

今年三夏,割过麦的田里一放水,爹的两道眉毛就麻烦地团蹙。稻池里灌进那么多蚂蝗,人惯了——黄黄它哪受得了啊。

耖稻池的那一天,爹不让胜下水,他扬起鞭子吆喝下黄黄。黄黄如履平地,负重反而使它释放出欢快的宣泄来。

黄黄耖过的稻田,不待水纹展整就覆盖下一方平坦。胜在田埂上捏汗,爹也捺着犁把忐忑,谁知蚂蝗叮没叮黄黄?

耖了约摸个把钟头,黄黄轻巧地耖出一个又一个舒展,蹚出一阵又一阵欢快,胜心里这才踏实下来。又过了一会儿,爹吆喝声"打歇儿",他们才一块儿拢到池边来。胜把黄黄牵到垄沟上,上上下下看它的腿——没叮一只蚂蝗,他刚要惊喜地大声喊,只听垄沟下的"啪""啪"声不间断。

胜抻头,爹正坐在低处田埂拍双腿,胜一猫腰赶过去,怎么那么多!爹的两只脚腕上叮满了,麻麻约约几十只!

鲜血一道道流下来。脚上的泥污都润红了。

"爹!"胜扑下身来替爹拍:啪、啪、啪……

爹不疼,脸上甜起两个笑涡来。见胜为他拍得欢,把特为带来的烟锅点起来。

胜拍得狠拍得急,一个个蚂蝗掉下来,双腿的蚂蝗都拍净,他才发现有毛病:"爹,你这腿——"分明,脚腕处划破两道圈,齐刷刷明显是故意的。

"拣块玻璃碴儿,划了两道圈儿。"

真是的,怪不得黄黄没挨叮,蚂蝗循着血腥全宗到爹的腿上来。

"爹不疼?"胜的鼻子酸。爹的双腿还在淌血呢。

"三夏里日头毒,放点儿血败火,凉快。"烟雾缭绕着爹的欣慰,香香地咽到肚里去。

"爹瞎说!"

爹不驳,笑着把欣慰掷给他:"还不快翻个儿,不然全跑了。"

对,翻个儿,胜把从爹腿上拍下的二十四个蚂蝗拣在手心发力搓,蚂蝗缩成黄豆粒儿,牛蝗团成栗子砣儿。比着它们的大小,胜用粗细不等的枯草秫秸对准吸盘,穿进去后用手捋,一个个蚂蝗腔子翻出来,血涔涔一大串,并在地上全是爹的血。

爹掖来了爷爷的烟锅,就是为了眼下的用饷。他早磕出一锅烟,用根细长的铁丝通烟杆,一砣砣烟油带出来,胜接在手,宣泄在一具具蝗腔上。爹长长地吁气:"想挣蹦都动不得。"

那天黄黄没挨叮,爹也败了火,胜也有了一次淋漓的宣泄。

当年被八国联军抢光的四不像早已返乡了。随着麋鹿园内的一代又一代繁衍,也繁衍走了海子的静谧。一向幽静的海子热闹起来,别墅式的庭院内,洋楼欢欢地腆起形态各异的腰身来。不知谁批的地,更不知这斑驳林立的庭院属于谁。海子是谁的?打早是皇上的,如今呢现在呢,海子人又迷惑了。

——县里搞的房地产,也有几位县长的!

——县里只闹了一丢点儿,一大半是市里的!

——带鱼池的院子不归市,看那开道车的架势味,来头又要大多咧!

涟漪荡漾着猜测。海子的浓荫掩映着五色的斑驳。红顶子、绿顶子、白顶子、蓝顶子,每块斑驳都斑驳为一个谜,悄寂的海子热闹了,热闹却包裹着一个又一个猜测与神秘。

紧紧挨着胜的家,卸下了光溜溜的大理石、晃人眼目的白瓷砖、藕荷色的石棉瓦。娘好一肚子不痛快:干吗挨着咱家堆料,看见我就堵得慌。爹却无所谓:又不挨着咱家盖,堆就让人先堆吧。胜却人小看得真致:白瓷砖没码齐,靠着咱牛圈,往外闪出三寸来!

一句话把爹吓个踉跄,绕到牛圈后面看究竟,可不是,这是怎么码的砖,好玄!

找不到料主,村里乡里都说不知道。乡里的治保告诉爹,不必到县里,县里那头儿们也晕着呢。

每天爹都一惊一乍的,那砖是忽悠忽悠的。

入伏第三天,晌午还晴着,刷碗的工夫北边天道上来了。几阵狂风卷过,铜钱般的雨点摔下来,接着变成了滋和泄,瞬间世界都被雨水洗涮着。爹把黄黄牵进圈,自己却里屋外屋转腰子:要不把黄黄牵到堂屋来?

娘点头,她也正想到这上头。

胜光着双脚跳下炕,对,牵进屋,把黄黄牵到屋里来。

万也想不到,黄黄身子太宽了,只差一点儿进不来。

“他爹,不行就顺在房檐下,浇半拉也比圈里强。”娘见雨急催着把牛倒出来。

又是一个没想到,黄黄刚刚侧立在房檐下,蚕豆大的雹子砸下来。爹一个箭步蹿出门,赶紧把它牵到圈里头。

雹子砸不落悬起的心,他们诅咒着突然、憎恨起天道,伸出双手要把惊惧搂灭在怀里。

亮闪牵来一声巨响,雷炸开了,炸得玻璃要跃出窗框,又是轰的一声动摇,爹从条凳上边跳下来。

哞——

哞——

哞——

是黄黄,它哞出了痛楚的异样!

胜和爹一起冲进雹雾里。不测没有被接住,料堆真塌了,黄黄被压在料堆下。

竟然久久地相视,胜和爹一块儿愣然在不知所措里。直到娘又冲过来,他们才从愣然之中醒明白:快,快!

抛砖刨挖拉拽,大雨稀薄之后黄黄的身体升出来。竟然没有外伤,连块皮也没擦破。爹轻轻地牵鼻绳:黄黄,黄黄。

它慢慢地眨眼,使劲撑起前腿,一只后蹄蹬了半天,刚刚擎住一个片刻,躯体轰然一歪,哐地一声倒下来。

爹绕到它的身后,触摸到一条伤腿,烧烧的地方肿起来。

大牲口就怕伤筋骨,爹的眉头再难把惴惴缝锁住,怎么办?眼下急的是它疼,伤处眼望着肿高了。

哞——

轰然的歪倒粉碎了黄黄的刚毅。无论爹怎样牵怎么引，它的前腿软软地不再跪。

找料主去找乡里去找治保去！娘急得流不出一滴泪。

——事先不已找过了？

——县里不都不知是谁的？

爹蹲在无言里，任凭无言啃噬他。

三天里，黄黄卧在原处只喝了几口水，吃了没有五斤料。它的伤腿肿得奇高，人一轻触就哞哞叫。胜还是捋开牛皮细看它的腿，厚厚的牛皮泛着青紫，里面鼓出一个大血泡，骨关节支出来，老高。他再耐不住爹的无言，快点呀，到底把黄黄怎么着？

爹四乡跑，甭管伤残能不能好，先得止住黄黄那疼，谁能抗住它哞哞的煎熬。

直到第四天，一个堡上的兽医被请了来。他俯身看看黄黄的腿，说是骨关节被砸断，得接上。

爹揖着两手赶紧问："接上它就不疼了？"

"说不准。"

一条麻袋把黄黄的伤腿先裹住，然后在腿下垫上几块砖，兽医举起块碗大的卵石，几次向高高支出的骨节砸下去。

黄黄凄厉地哞叫，汗湿蒸腾出云雾，哪里团得住撕心裂肺，勾胆摄魂的颤栗！

黄黄无力再哞了，湿湿地委在地上抬不起头，它呜咽。

兽医接过五百块钱说明天见，爹摇头，不必了，如果还像这般治就算了。

胜轻轻移步到圈边，支出的伤骨根本没有砸下去，麻袋却被腻腻的鲜血洇得红红的重重的。不敢掀麻袋，就这么覆盖着，也许明天会揭出奇迹来。

第二天第三天，黄黄非但不抬头，连眼睛都懒得再睁开。从黄黄呻吟出第一声，它便把哞叫遗忘了。胜不懂，爹娘心里最明白，哞叫怎能遗忘呢。

滴水不进。

黄黄嶙峋的骨架一天天地支起来。

黄黄的无声把一切凝聚在悄寂里，胜呆呆地，爹呆呆地，娘也悄寂得呆呆地。

左邻右舍都来出主意，趁还喘气赶紧宰，死了不能放出活血来。

爹悄寂，娘悄寂，胜却再也悄寂不住了，正在试着给它喂水喝，无论如何不能宰！

胜从门外扑进来，果然发现来的正是那帮牛贩子：就是不能卖就是不能宰！

娘点着眼角走过来，轻轻拉起他的手："你愿意，眼见它疼死饿死在家里？"

"它能好，不会死。"

"到底卖不卖，不卖我们紧走了啊。"

爹沉沉地拢到胜跟前，一只手捻在他耳朵上："你起来，我再不愿意见黄黄。"

胜愣了，愣愣地从地上站起来。

爹转脸对牛贩子："甭再争竞爱给多少就多少，你们快抬啊。"

为首的塞过四百六十块钱来，另几人呼啦一下围上了牛。不能让牛断了气，再瘦也是头大巨牛，少说能出四百斤肉。

真的动手装车，牛贩子们犯了难。有的牵鼻绳，有的拽牛尾，想不到捆不起一滩泥。还是牵棕绳！为首的牛贩子一声唤，四个人一块儿拽紧了三股拧在一起的牛牵绳——

一二三来……

胜闭眼，却瞥见黄黄鼻孔在滴血，没容他转身，嘭的一声牛贩子们全仰倒，黄黄的鼻子拉豁了！

胜惊恐地膨大了瞳孔，黄黄不只鼻子在流血，口中还泛出粉色的泡沫来。

重被缚住头，黄黄终被拖到院子中间了。可是怎么让它上板车？贩子们先把它的两条前腿捆住，然后一撩它的两条后腿——哞……黄黄出人意外地哞出声音来。

斜支着骨叉的伤腿连牛毛都成了黑色。从被撅捆伤腿的刹那，黄黄如泥的筋肉又抽紧了。哞哞着不断，但像刚刚临世的小猫，哞哞的是哑涩的喵喵。

爹蹲着，蹲在轰赶不走的煎熬里。

黄黄喵喵着被捆实。贩子们用大杠穿住绳子往车上抬。根本上不去，黄黄把抽紧的筋肉又懈开。板车的把手翘起来，两个轱辘已被打上"眼儿"，他们要撬，只能把牛撬到车上去。

娘早已躲进屋，胜惊愕着爹的木然。爹已站起来，木然在痴呆里。

撬扛下垫砖，一块，两块，三块，四条汉子左右撬。牛的身子倒悬着扭歪着。就在撬上板车的一瞬间，西边的撬杠一滑绷出来，黄黄委在泥地上。

为首的斥挞滑杠的：还不快，这么它就吣死啦！

四条汉子重插杠，板车再一次打上了"眼儿"。

黄黄的眼睛又睁开，紫蓝色，是倒窝的脖子把眼皮撑开的。

"歇手，停下！"爹从屋里出来了，手里握着一把铳。

胜又惊，爹什么时候进的屋，拿出火铳干什么？几年爹没动火铳了！

火铳，前几年还经常用。

冬闲了，爹带上他，拎着火铳上海子。

海子里有鹧鸪、野鸭，林子里有山鸡、野兔。爹用火铳打鹧鸪打野兔，胜把愉快欢欣扛回来。这几年火铳闲置了，斑驳使野鸭野兔没了家。可此刻，爹又拎它干什么？

牛贩子们也懵了。爹的吼声、目光突如其来地把他们懵住了。

爹的脸依然木木地，沉沉地木到牛旁边，没容任何人有反应，举铳朝黄黄的耳根——砰、砰——

黄黄刚刚睁开的一双眼睛闭上了。

回音抚出死样的静，火药的烟雾把为首的牛贩子撞醒："你赔钱，四百六买的是活牛，牛血控不出来了！"

爹把四百六十块钱掏给他："这牛送给你们了。"

牛贩子们怔住，还有这样的卖主？

爹轻松地走到胜前面："走，看看海子去。"

海子不再纯粹了。

苍翠掩映着躁动的斑驳，白屋顶红屋顶蓝屋顶，每一片斑驳都斑驳出一个神秘，神秘得——人晕眩——海子跟着也晕眩了。

爹把手抚在胜的肩上说："回去吧，我晕眩。"

风　骨

1

乱乱糟糟的百合胡同里边，唯有甲四十七号闹中取静。它正好窝在刀把形的胡同拐弯处，临街一座不大的小红门携一间灰色的车库，朴素的门板上是几个干净清楚的白漆字：此处禁止停车。门外微坡的水泥地光滑整洁，很少有果皮纸屑丢到这方地界儿。漫说是左近的老街坊，就是卖菜的打金戒指的途经此地也不再高声，轻言慢步肃然起敬，不用点拨也都明白，这等格局的宅院之主绝非等闲之辈，绝不是那满街都是的司局级。

每天早上七点二十，汽车房的灰色门板准时向外张开，扬到一人多高，一辆三排座大黑奔驰徐徐向外开出，因为挂着车帘，谁也看不见里边那首长什么模样。落晚时分，大奔驰又开回来，驶进车库，院内院外便又一片悄寂。

每到五一、十一，居委会还派一老太太坐在车库门口值班，这是上边的安排，加强保卫。至于保卫的是谁，不知道，派出所的也不说，中央领导就住在北京各个胡同里，普通人都摸清了哪是哪谁是谁行吗？坏人一钻空子我们党就要受损失。

三天两头，小红门内都有两三个穿军装的勤务兵出入，无非是买菜、倒土、拉煤。有时候撞上，他们也和街坊们打招呼，和蔼可亲，纪律严明。可老百姓从来不问院里住的是谁，却专好在背后瞎嘀咕。

家住四十八号的耗子有时借着上房轰鸽子，偷偷往那边瞥几眼，也是鬼鬼祟祟的。居委会嘱咐了多少次，谁也不准轻易上房。所以每回耗子都挺惊心动魄：

——我见着了，一头白发，将军肚儿，还坐在藤椅上喝茶呢。

——嘿，今儿个穿着军装，仨星没杠儿，那叫什么来着？上将！

——俩勤务兵搀着老爷子散步，满面红光，迈着四方步，穿一双圆口布鞋，那派。

——人那院，月亮门，假山，中间还有金鱼池，里边那鱼一尺多长呢。

反正别人不敢上房，只能任凭耗子刵划。而且，每回他都能刵划出新内容，街坊四邻的只能又惊疑又惊羡：是吗？真的？

有车库的官宅大多在东、西城，地处南城的宣武区少有这样的住户，再加上耗子一刵划，百合胡同的平头百姓自觉上了一个档次，不少人在单位吹过，有个三星上将就住在姆百合，不信你看看去，那小红门、灰车库、方烟囱，跟东、西内城住那大头儿差不多。

这两年,老百姓日子越好牢骚越多,皆因眼界越开胃口越大越不知足。“无商不奸无官不贪”,人们开口闭口就是这句话,以致有人也恨起身边的三星上将来,没好的,每天奔驰直进院子里,不定卷回多少东西呢。

只是眼晕,仍然什么也不清楚,谜,秘。

倏忽,人们突然发现了什么。

都第五天了,没见奔驰出车库,将军病了?这样的时候反正不多。又过了十几天,车库的灰门还紧闭着。有人说,老爷子根本没在家,奔驰就没在车库里,人家那天早上出去不是上班,直奔机场出了国,去考察去访问,还在这儿瞎胡猜什么!有道理,是这么回事。可是一个月后仍然没动静,大伙儿又开始议论起来,出访也没这么长日子的,到底怎么个碴儿,是不出了什么事情啦?

正当人们议论纷纷疑疑惑惑的时候,小红门打开了。一位满头白发中等个头的老人第一次从门内走出来。根本不像耗子说的什么四方步,将军肚儿,老首长精神矍铄目光炯炯,一身灰色中山装普通得不能再普通。老爷子来到斜对面居委会,笑呵呵地跟那一屋子主任、副主任们说:“我退下来了,从今往后我也参加些街道工作跟大伙儿一块儿干。”

老太太们全都不知所措,这么大的首长干居委会,也太大材小用啦,不可思议。

“老首长,您……”刘大妈先开了口。

“退下来就不再是首长,我姓李,以后大家就叫我老李,谁也不许叫别的。”将军的精神全在一双眼睛上,不大,却灼灼,犀利。想象得出,他穿上将军制服会有多威武多严厉。

“可是……”身为主任的刘大妈真不愿意让他来,首长地位太高,而她们大多不识字,即便是自己,钢笔字也还写得歪歪扭扭的。差距太大,怎么可能坐在一块儿工作?

“就这么定了,明天我就来做事。”

老李自己把这件事情定下来,刘大妈抓耳挠腮哭笑不得。别看一小小居委会,管的事情比派出所还多。现如今老百姓哪里还见得到走门串户的片儿警,居委会把方方面面的工作全接过来。治安、宣传、电话、调解、书信、防疫、卫生,还有那婚姻介绍、弱智教育、计划生育、服务公司、老年保健、第三产业,杂七杂八数不胜数,铺开的摊子老大。主任、副主任的编制统统纳入正规,谁也不白干,老太太们一月也都拿四五百,李将军说来就来怎么编制?怎么待遇?再说也得上边批准呐。

老李刚出屋,刘大妈就上了派出所跟地区党委汇报。上边听了也一愣,尤其是派出所的着了急,李将军确实是将军,他要出来做事,派出所还要加强警卫,这不是添乱吗?老人家不是一辈子没起来的那种老红军,深居简出才对呢。

想不到事情一点儿也不复杂,他们跟刘大妈一同找到将军家,没劝两句就被老李顶回来:“什么李首长李将军,今天我是老李,中国叫老李的有多少,你们保卫得过来吗?”

至于待遇,老李说谁要再提,就是成心挖苦他,他要做些事,不是为了丰衣足食,更不是为维持生计。

众人无言,老李把话说绝了。

自打第二天起,小红门大敞遥开了。多少年来神秘兮兮的大人物,原来是这么朴实平易的一个老李。

2

每天,老李都准时来到居委会,虽然他只是个名誉主任,但他认真参与大小杂事,积极主动承担责任,把一帮老太太们调理得精精神神的。

往日,老太太们在居委会也如坐机关,聊着笑着就把哪家女人上环、哪家男人用套的计划生育工作全摸清了。可是老李来了之后,看不惯她们嘻嘻哈哈散散漫漫的作风,工作时间就要严肃认真有秩序。他先是建议后来规定,上下午都做工间操。他站在前边喊口令,底下跟着做动作。百合胡同街道窄,他把老太太们召到自己院子里,还买了一个麦克风,路人一劲儿往里瞧,简直像座小学校,又有生气又热闹。

整街筒子的人们都来看,老李一板一眼地给大家纠正动作,那“稍息”“立正”“向右看齐”的口令短促有力,比百合小学那体育王老师的嗓门还豁亮。

门户一打开,百合胡同小学、幼儿园都来请老李作报告。老李不推脱,不但去给孩子们讲平型关大捷、瓦窑堡会议,还不辞辛苦地代老师训练正步走、齐步走,加强培养孩子们的军事意识。

消息不胫而走。左近的中小学校都来请。老李越来越忙,上午到居委会下午去作报告,三天两头两边跑。

老李的一双儿女一个在兰州军区,一个在沈阳军区,平日家中只有他和老伴两个人。老伴是山西人,还是一双小脚,对入院做操的老太太们又热情又客气,谈起老李来,她撇着两只小脚一摊手:“没邦(办)法,他一辈子都先(闲)不句(住)。”她那山西话还很拗口的。

最受教育的是耗子。工厂倒闭,他每月领一百五十块钱生活补贴在家赋闲,只能倒腾鱼儿鸽子贴补家用。这两年一天到晚骂大街:“无官不贪,敢情他们丫挺全发了,咱老百姓还怎么活,逼急了我他妈也豁!”

为这话,刘大妈和派出所的找过他,要他积极自谋出路,不能脑瓜子一热惹事。国家也有困难,认清形势要充满信心——豁什么?

耗子心话说,充满他娘的腿,一百五没温饱,再有信心饿着也充不起来呀。不过,他眼下没想真闹事,自个儿在花鸟鱼虫的道儿上蹦得还可以,每月能闹个千儿八百的,比上不足比下有余。骂咧子是起哄,搅和搅和水儿,现如今骂谁都成不了反革命,骂骂还败火呢。

时下老李从小红门堂堂皇皇走出来，耗子都不相信自己的眼睛，是那三星上将吗？当初明明瞅见他有将军肚儿，哪儿去啦？

确信老李就是他偷看过的老爷子，耗子也趁做操的当口溜进将军的宅邸探虚实。房子确实轩敞，院子确实干净，至于屋里那些家具、摆设，却是要多普通有多普通。沙发、写字台、书柜、窗帘，样样东西不外乎大一点儿，而且上边还有公家的标志，朴素大方，一点儿不像他原来所想的。又开一回眼，真是冤枉了人家老将军，老骂"无官不贪"，如今几个院子全转了，什么也没有，清官，大清官就住他们百合里。

耗子成了最好的宣传员：哰界并儿那三星上将，艰苦朴素一文不贪，白在街道干，人家为什么？现在哪有这样的？

其实，左近邻居都明白，世风日下实在难得，谁没看在眼里，没挑儿，老李是我们党久经考验的革命家，响当当的好干部。

百合胡同之内，只有一个人不这么看，老白。老白是卖骨灰盒的，早把一切都看透了：人为财死也不全对，不为财的他准为名，要不活着干什么？老李风风火火不外沽名钓誉，吃着香的喝着辣的再向民间捞把"名"，那才不枉活一辈子，要不谁冒这傻气？

实则老白以小人之心度君子之腹了。自打老李在街道上干到第三个月，地区党委就敲锣打鼓给他送来"爱民将军""军民一家""老有所为"的奖状跟锦旗。想不到老李严肃地批评了向他送锦旗的地区党委书记老齐："弄这形式的东西干什么？拿回去，浪费，纯粹是浪费！"

白白胖胖的齐书记说："李……老李同志，向您颁发锦旗，是经党委讨论决定的，您当之无愧。"

"还花工夫讨论我，那就更是多余，我不要，拿回去！"

老齐带一帮人蔫头耷脑回去了。

后来，区里、市里都给老李送来了奖状、锦旗，他也一概拒绝，老齐只好把这些"荣誉"暂存在地区党委，作为资料妥善保存着。

耗子全都看在眼里，老白纯粹糟践人家李将军。拒绝一切表彰，沽什么名钓什么誉，人家是不折不扣的老革命，不为名利全心全意！

"白大爷，您别老接着门缝看人，市里、区里的荣誉人全不要，您还有什么可说的？"

老白摇头，搓着脖子闭眼："你呀，嘁。"

"您'嘁'什么，真正的老革命就是没丢本色，早先我骂他们丫挺全腐败了，原来没有，老李就是周恩来那样的！"

"你懂什么叫倒挂吗？"

"您甭跟我这儿捅词儿，是人就明白。"

"三星上将稀罕你这区里、市里的奖状？老齐糊涂，地区党委讨论人家，不撒泡尿照照。"

“照您这意思，非得中央军委颁发的锦旗他才要？”

“你呀，嫩。”老白不跟耗子辩，说归齐他还是一个“嫩”。

刘大妈一帮老太太也纳闷儿。老李拒绝一切待遇、荣誉，风风火火这是干吗？现在是少见这样的，实则根本没有哇。

三天两头，刘大妈在居委会磨叽：“老李呀，你们部队上不专门讲究军功章，你光荣我们脸上也挣面儿，干吗那么谦虚呀。”百合居委会的墙上才有“绿化先进”“节育标兵”“模范支部”三个镜框，老李得了那么多区里、市里的锦旗，他不要可以挂在居委会，居委会也沾光露脸呐。

“本来就没有必要，”每回，老李都拧起眉毛，“工作时间不准说话！”

刘大妈只能冲大伙儿吐吐舌头，干居委会靠的就是一张嘴，老李把军人作风带了来，老太太们钦敬之余也受罪，又是出操又得练队，都六七十了谁还那么麻利？加上积极分子，出操练队先是四十多人，后来变成三十三，最近又有闪腰的崴脚的，总共才剩二十七个人。经不住老李那霹雳闪电一丝不苟的折腾，她们不是接受军训的学生。连老李那小脚夫人都说：“谁也比不了他那精神今（劲）儿，谁也比不锅（过）他。”

正当老太太们有些吃不住劲儿的时候，老李辞了居委会的差事。他手持一面小红旗，上菜市口指挥交通去了。老太太们虽然惋惜但也长舒了一口气。老李又廉洁又正派又耿直，就是脾气太倔要求太严，他去当义务交通员也好，让老姐妹们的精神也放松放松。

百合胡同的人们并不奇怪，早晚有这一步，不是一个层次。三星上将能跟那些腻腻歪歪的老娘们儿干到一块儿？老李就够有涵养了，他都忍了一年了。

又成一大景观。百合的老街坊都到菜市口观望老李。他扬手挥旗的动作简明有力，腰板笔直步态稳健，人流车流在他的指挥下井然有序。人们更加肃然起敬，虽然老人家把自己融于千百万普通的人流车流之中，可他举手投足真是威严潇洒、从容若定，看着就让人长精神。

3

一天晚上八点多钟，一位挎着相机的男青年来到老李的住处，他掏出证件自报家门，《青年报》的记者小丁，专程拜访李将军。

“请坐请坐，”老李让小丁在客厅坐下，又用手捏住了下巴，“你怎么知道我住这儿？”

“早就听市里、区里的同志介绍过您身为高级将领，离休不下岗的精神和事迹，我听了特别受感动。”他不提采访，事先摸了底细。

“那你要我做什么？”

“我想给您拍摄两张生活照。”

“不必要，我向来讨厌照相。”

虽然被拒绝，小丁却更觉将军品质闪光。他摇摇脑袋说："我的爸爸妈妈也是离休干部，他们一个爱钓鱼，一个爱跳老年迪斯科，都没像您这样老有所为，全身心地把余光余热奉献给社会。"

"人各有志，我干点儿事谈不到奉献社会。"

"您太谦虚了，现在社会风气这么坏，我们太需要榜样、楷模跟光明美好的东西了。"

"我同意，可我不是，小丁啊，你找到我到底要干什么？"

"老将军，聊天，随便聊聊啊。"

老李垂下眼皮："聊天可以，但是话题不能是我。"

"当然，可是……我特别想知道，您为什么先上居委会，后又不畏酷暑严寒走上街头呢？"

"我已经说过了，话题不要涉及我。"老李手扶沙发扶手，随时想要站起来。

"我明白，有些事情不光关乎某个人，而是涉及全社会，比如……"

"对不起，我疏导一天交通很累了，想休息。"

"肯定是，您都早过古稀之年了，我就是想了解，为什么——"

"你到底要干什么？"老李突然站起来，两道目光冷冷的。

"您别急，我不刚才早说了，"小丁没起来，突然端起胸前的相机，咔地给将军照了一张相，"留个影，啊？"

"不，我不同意！"老李忿忿地岔开手，好生气。

不料，小丁向后退着，又连亮几次闪光灯，才挤到门口退出去。

"你……你站住！"

小丁慌忙跑出院门，掏出钥匙随手开车，不料肩膀被一只大手抓住了："你往哪儿跑！"

他回头，对方比他高半头，也就二十多岁，好痞。

老李也从院内赶出来："对，抓住他，扣相机，你把底片交出来！"

抓小丁的是耗子。他出来买烟正好赶上老李在院里喊"抓人"。眼下听见老李又说胶卷又喊相机，什么都明白了。他一手薅住小丁的相机："你小子老老实实摘下来，不然我给你碎在这儿。"

"你……干什么！"小丁双手紧护相机。

"你们都松手，把胶卷给我留下来。"老李不准打架，用双手把他俩隔开了。

耗子一屁股坐在小丁的山地车后架上："甭想跑，把胶卷给首长掏出来。"他看出这小子是记者，记者不干好事，今儿要帮着老李治治他。

小丁又狼狈又气恼，李将军也太不尽情理了。这叫什么事？他不情愿地打开相机，嗤嗤几下把底片抻出，杵到将军手中："给您，完事了吧？"

老李从兜里掏出四十块钱，递到小丁面前说："这浪费的胶片我赔偿。"

"没必要，"他转过身来要耗子躲开，"我开车了啊。"

耗子慢慢悠悠起身:“脾气还不小,私自拍照违法,瞅你丫挺那操相。”

“你! ……”

“不许骂人。”老李上前拽住耗子,小丁乘势上车,在人们的哄笑中走了。

老李转过身来握握耗子的手:“谢谢你了小伙子。”

“没的说,我就住您界并儿,有事您就招呼,我叫耗子。”

“我知道。”

打那之后,老李跟耗子成了忘年交。耗子逢人便说:“三星上将经常跟我握手,㟃们是铁哥们儿。”

不过,人们关注的还是胶片曝光这件事情本身,老李太正了,不为宣传不上报纸,如今上哪儿去找这样的人?

唯有老白还是摇头,不光耗子嫩,百合胡同的人都嫩,《青年报》算个蛋,那也叫报纸,嘁!

4

每天交通紧张的高峰是上下班,高峰过后老李仍然不闲着。他在南来顺门口还负责卫生,谁要随地吐痰乱扔果皮就罚谁。

天气好凉。

今天中午一点多钟,老白从萃华楼红头胀脸地出来,刚刚走到南来顺门口,“咳——咔”一声,一口黏痰啐在地上。迎面上来个人将他拉住:“同志,随地吐痰罚款五块。”

老白醉熏熏地睁眼,吓! 老李,他不指挥交通,怎么又当上卫生监督啦? 他抹抹下巴上的油说:“老李呀,咱是一条胡同的,我是老白。”

“我知道,不管是谁,随地吐痰罚款五块。”

老白心里咯噔一下,顿时觉得心口烧:“认识我……也罚五块?”

“那是两回事。”

“多少钱来着?”

“五块。”

“原来一口五角,现在一口五块,黏痰也涨行市了哈!”老白心里挺明白,可是眼前的老李真可恨,晃晃悠悠成了双影,头好晕。

老李冷冷地看着他,翻开一本罚款单。

“呸,”老白一手摸兜一手捂胸,低头又是一口,“成,你……罚。”

“你!”老李惊愕地看着他,“你还吐,再加五块!”

啪! 老白一嗽嗓子又是一口,目光悠长地看着对方。

“你,你成心!”

“不是五——块钱,一口吗? 只当我吹大——烟泡儿,你罚。”老白慢慢眨眼,舌头沉沉地拉不开。

"你再有钱,也不能破坏环境。"

四下里围了一圈人。热闹,把老爷子气得直哆嗦,喝多了的这主儿真够坏。

"嘿,爷们儿,有你的,敢招豁!"还有添油加醋的。

人们一起哄,爱撒酒疯的老白更来了精神,他"吭——咔"又是一口,成心让大伙瞅乐子。

老李突然挥起了拳头:"你,太不像话了,二十五块钱,一共是五口!"

"二十五,二……十五还少点儿,凑——个整儿,"老白咳不出痰啐唾沫,"阿——呸!"

"三十块钱,三十!"老李气得嘴唇都青了。

老白早捏好一张五十的票子扽出来:"给……你。"他眯着醉眼,舌头更不利落了。

老李接钱,撕票,找钱,想不到老白踉踉跄跄冲开人群往前走:"不……要票,甭——找钱,给你了。"

"你站住,你站住!"老李举着钱和收据大声喊,可是老白愣是连头也没回一下,远去了。

老李僵僵地站在原地,眼前突然冒出又红又绿的金星来。

三天之后,老李病倒了。不是血压高也没犯心脏病,受了点儿凉着了点儿急,感冒,咳嗽。耗子沉不住气过来看,心里不由自主空了一下,几天没见老李真是瘦了一圈呢。

"您甭跟他治气,老白就爱撒酒疯儿,他不是成心,昨儿个我把他一通骂,白活了那么大岁数。"

老李淡淡地笑:"我知道,他喝多了。"他有点儿烧,眼睛微陷两颧还微微有点儿红。

"这回您多歇些日子,彻底好了再出去。"

"没关系,头疼感冒一半天的就能好。"

想不到老李又待了四五天也没好,待到耗子、刘大妈再过来,他老伴说可能是肺炎,昨天夜里住进北京医院了。

耗子回来又数落老白,全是让你给气的,夹气伤寒,老李由感冒转成肺炎啦!

老白这才真害怕,可也不全赖他呀,谁让老李多管闲事沽名钓誉呢。他正琢磨着跟耗子一块儿上北京医院去向老李道歉,刘大妈告诉大家一个意想不到的消息,老李积劳成疾,他低烧十来天原来得的是肺癌。

肺癌?百合胡同的人们全懵了,老将军是累的,他操心操得太多喽。

因为老李不是一般人,而百合的街坊四邻又太一般了,谁也没能获准到北京医院去探望,人人提拎心,老李的病情怎样了?

老李那老伴什么也说不上来了。她只告诉大伙儿老李做了手术,可一直没从床上走下来。

静静地过了四个月，地区党委的申请才被批下来，允许几名代表去看老李，将军已然病危了。

怎么这么突然这么快？人人心中沉沉的。除了齐书记、刘大妈，耗子成了当仁不让的群众代表，他和老李是忘年交，无论如何得去看望老“哥们儿”。

老白请假也非要去，尽管仍然觉得老李积劳成疾是自找的，可是心中总归欠着点儿什么，老爷子也不易，再沽名钓誉也比那贪污腐败的强多啦。

架不住他的坚决，齐书记真答应老白也是一名群众代表。他去也好，这个时刻赔礼道歉，该是对老李多大的慰抚哇。

一行人来到北京医院特护病房，老李面色青白好瘦弱。他平躺在床上目光枯涩，眼中那灼灼、凛凛的精神早已蚀尽了。老白第一个走过去，猫下腰来对老李说：“老李同志，我……向你赔礼来了。”

老李全明白，他摇摇头：“都过去了。”

齐书记、刘大妈打开一个大包袱，里面全是锦旗和奖状，他俩小心翼翼地把它们一件件平摊在地毯上，红红艳艳几十张。老李侧过头来看，很奇怪，他没想到这么多。

“老李同志您看，”齐书记指着一地的“爱民将军”“模范党员”“老有所为”“无私奉献”对他说，“地区党委一直为您保存着，您是我们全地区的光荣与骄傲。”

老李艰难地移动着目光，然后抬起双眼说：“这不是我，我不是这样子……”声音好微弱。

“您谦虚了一生，永远是榜样是楷模。”齐书记深深感动着。就拿机关里的干部来说，哪个不为名谁又不为利，包括他自己，不可能达到老李这觉悟跟境界，差老鼻子喽。

“不，”老李突然又扭过脸去，“你们不理解我，你们不明白！”

“老李同志……”刘大妈不敢上前，老李怎么只剩一把骨头了？

“老李，您别着急，小声说话。”看着老李直喘，耗子心中好酸，多好的老干部，别再费神伤气喽。

“老李同志，我们太理解您了。”齐书记刚要继续说，老李猛地又把细细的脖子拧过来：“你们不理解！”

谁也不再言声，老李你别急哟。

“奖状，锦旗，都是虚的，假的，”老李吃力地抽出一只瘦骨嶙峋的手，颤颤巍巍攥住拳，“我为什么先上居委会，又去管交通？”

他像问大家，也像问自己。人们看着他，再也不插话。

“不过瘾。”

不过瘾？——不明白。

“一辈子，成千上万的队伍听我指挥，由我调配，我惯了，习惯了。”

还是不明白，将军可不指挥千军万马吗，怎么啦？

"冷不丁地退下来,我憋得慌,我闹心,我就是要……指挥,想指挥!"他吓人地摇了摇拳头,"别的什么都不为……"

天呐,憋得慌,他闹心,想指挥,老李他原来为这个!

"老李!……"老齐反而两耳烧烧的,多少年没听过这样的话,只有真正的将军才敢说出来,好惭愧,自己哪有这样的胆量与气魄?

刘大妈愣怔着,怪不得老李后来离开了居委会,噢,她明白了。

耗子一个劲儿眨眼睛,老爷子为这个才出来,烟酒上瘾——还有不指挥别人闹心的?真叫邪,三星上将有稀的。

唯有老白紧紧地咬住了嘴唇,半天他才走上去,把老李那只瘦骨嶙峋的手捧住了:"老李啊,我对不起你哦……"

好害怕,老白脖子上那凸凸的大嗉子咕隆咕隆的。

……

5

将军去了。

小红门重又悄寂地闭合起来。

百合胡同的老街坊们心中空空落落丝丝拉拉的,将军与他们好亲,老李走得好快哟!

老白的城府还是比别人深,可是谈起将军来,他撒着酒疯儿也不会改口:谁糟践这样的老干部我跟谁拼,人家这辈子活的,嘁!

只要在场,耗子必然跟着附和。

太阳不那么刺目了,每一天的都新。耗子自己也奇怪,怎么生出了新感觉,而且多少天来不泯灭。

毖　画

1

秋成擅画，也爱逛琉璃厂。瞅冷子就到专销软片（字画）的铺子冒一泡儿，赏画儿的时候多，买画的时候少。

腊月里的一天下午，他一人在三眼井的小南屋里冻得直得得，又懒得把死眉塌秧的火炉子搬到外边加劈柴，便出门溜溜达达上了尔雅斋。尔雅斋专销字画，既有八大山人、沈舟、艾宣、刘松年的珍品，又有吴昌硕、任伯年、黄宾虹这些近代名家的手迹，是东琉璃厂最大的软片铺。它的六间铺面被层层悬挂的字画辟成四五道隔断，满满当当，跟别的古玩字画店不一样，从不显得冷清空荡。

夹在大师们的彩绘工笔与泼墨写意之间，秋成常会忘乎所以。看那吴镇的《雾霭峡江图》，双峰对峙缭绕烟云，滔滔江水随着滩头怪石百般曲折，急流中点缀着数叶扁舟，乘风鼓浪一簸三颠，大有千里兴涛、劈湍日归之势。再看艾宣的《荷塘初夏轴》，垂柳婀娜蔓草凄凄，绿荷舒脉红莲初绽，含苞的花蕾亭亭玉立，又如浮于碧水的倒悬朱笔。莲荷之侧，几对鸳鸯或凝神或捋羽，或潜水或嬉戏，尤为添趣的是一片如盖的绿荷之下，两只相互依偎的鸳鸯交颈合目似睡非睡。温馨氤氲如醉如痴。每每徜徉在这丹青水墨皴染勾勒的王国里，秋成必然痴痴呆呆，悠哉悠哉，忘乎所以。

不知不觉，转到西侧第三道画栅，他远远顿身向后闪了闪，咦，一股清新扑面的气流先涌过来。他情不自禁地睐眼，而后极轻极慢地移步，上上下下逡巡那幅新挂出的中堂——赏心悦目，好一幅《报春俏梅图》。

拓展的中堂上，绽开着一树报春的梅花。画面截取一段老枝，枝干虬曲古朴苍劲，点点铜钱大的梅瓣如雪片纷扬，错落有致地缀满枝头，整枝梅花雍容繁茂密密匝匝，正反转侧形神兼俱。人伫画前，顿觉缕缕暗香穿透纸背，幽幽地向你的面前袭来，不仅是梅香，还夹着春的气息。

秋成不由得深深吸气，又徐徐把梅香墨馥呼出来。圣手丹青，扑面而来的气息先把他攫住了。他定在原地瞄瞄中堂的右上角，只见梅枝虬曲的凹空处，题写着金冬心隶楷相谐的“八分书”诗一首：

一枝两枝复横斜，
林下水边香正奢。

我亦骑驴孟夫子，
不辞风雪为梅花。

他的目光向左下游移，尾处的落款、印章、题识，均为扬州八怪之一的金冬心真迹。

好画儿，漫说是香，闻着就沁人心脾！他迅疾地再瞥轴侧的价签：银元二十。不算贵，勒勒裤腰带还买得起。信手摸摸棉袍内的四块大洋，刚一移步想先定下，画栅后转出一个围长围巾的高个儿男人：“这幅画儿实在是——”他轻轻一咳顿住了。

秋成一愣，这不一丹阁那英掌柜的吗？但因从没打过交道，又见对方一双目光并未投向自己，便怔在一侧立住了。难道姓英的也想要这画儿，吆喝一嗓子要截他？

英掌柜的一句话，果然把早在画栅后猫着的尔雅斋刘掌柜的招过来：“二位先生，我知道二位都……嘿嘿，嘿嘿。”刘掌柜小个儿，光头，在秋成和英掌柜面前矮下一大截，他摸着长下巴瞥瞥“俏梅图”，后悔价钱标低了，一下招来俩买主。

“刘掌柜，这真是一幅难得的《报春雪梅图》。”

英掌柜把“俏梅”说成“雪梅”又让秋成一惊，他赶紧再细端详，是呀，这梅朵茸茸的很厚重，细看真是镶着一层薄雪呢。

“噢……对对对，是雪梅图，没有您这功夫，常人从白地儿上当然看不出雪来。”刘掌柜光头正中只有百十根合纵的一绺头发，唯其珍贵，更舍不得将它们剃掉。

“画儿是真好，二十大头嘛，价儿标得略高。”英掌柜淡淡一笑，俯视着刘掌柜长长的下巴。

秋成心里一揪，金冬心的中堂二十大洋会高？英掌柜的真会“春秋”笔法。

“呜呵呵呵……”刘掌柜的转向秋成，“侯先生，高吗？”

秋成不言声儿。怕的就是英掌柜的与自己争画儿，既然他认为高，自己认可这价儿不就到手了？

刘掌柜见秋成不言语，又颤着头上那绺稀毛问英掌柜：“只当您是卖主儿，您要卖它标多少？”没什么，金冬心的梅图哪家掌柜的也不能离大谱儿。

英掌柜的不言语，只是深深地吸气，又微微启齿把它呼出来。

“您给个价儿，只要低于十八块大洋，贵店的‘八怪’之作我刘某全包。”见对方不言语，刘掌柜成心当着秋成，跟英掌柜的叫起板来。

“本店若有这画儿，敝人统统付之一炬。”

“你！……”不单刘掌柜的脑门儿红了，秋成心里的火苗子也蹿起来，小小的一丹阁英掌柜也太盛气凌人了。

“欺世盗名，本店从不收进也不卖出这欺世盗名的赝品。”

“你……你才欺世盗名!”刘掌柜气得左腮帮子直突突。

英掌柜的始终没高声,他提提袍襟跨前一步,抬手指着中堂说:“其实,这画儿比金冬心的东西还好呐。”

——嗯?它本来就是金冬心的手迹,英掌柜弯来绕去干什么?秋成不公,这不成心耍人吗。

“英掌柜,本人今天倒是想驱尽百虑静下心来领教高明。”刘掌柜双手搭肩,非让对方说出个一二三。

英掌柜摸摸凸起的眉骨,轻点印章又指指落款和那“八分书”说:“这幅梅图印章刻工精细,题诗题字隽永,绝对是八怪之一的冬心手迹。可是,辨画首要依其神韵,冬心作画惯以大干树梅白粉写花,笔走金石古朴雄浑。两峰师承冬心,但在金农的基础之上,却更得梅花神韵,画风虽也雄浑遒劲,唯尤飘逸深幽秀丽潇洒又是其师所不及,所以这画儿嘛——”他顿住了。

刘掌柜一直闭目“聆教”,此时眼皮一跳睁开了,秋成也把叉在腰上的双手不动声色地滑下来。

“刘掌柜,看右下角这三朵梅花,润墨、皴染、点蕊、圈花之势,不正是两峰之作吗?”

——嗯!刘掌柜抻着脖子凑到前面,摸摸索索掏出花镜戴上近看,又摘下镜子伸手去摸,疑疑惑惑地歪过脑袋:“我没看出这三朵梅花有什么差异。”不过,声音虽大却减了刚才搭肩时的气势。

秋成眼前果然一亮,那三朵梅花嘛,是走了金农的神韵与风骨。

“罗两峰师承金冬心,唯其形似,金冬心才常常自题款识。命得意弟子罗聘代笔。但两峰画梅另辟蹊径,这三朵梅花正是他的闪神之笔。”英掌柜还是不高声,但句句话让刘掌柜好激灵。

“英先生,这幅画嘛……兴许,可能……”在英掌柜一针见血的辨析面前,刘掌柜也看出那三朵梅花是有点儿不对劲儿,可是当着秋成他栽了大面儿,尔雅斋是琉璃厂首屈一指的软片铺,毛病让小小的一丹阁英掌柜挑出来,这不往他脸上抹黑吗!——却无奈,秋成会意地连连点头,面前这两位都不是利巴哟。

“刘掌柜,画儿是真好,要是换了罗两峰的款识,那就该翻上几倍的价钱。小弟在刘先生面前放肆冒昧了。”英掌柜拱手,退后一步转身,一撩前襟出去了。

秋成“嗯”“啊”地向刘掌柜道别,急匆匆地追出来。刚到东南园,他一步绕到英掌柜前边说:“英先生,亏了您,不然我……”他心里感激,造诣高深的英先生为什么在他刚要给定钱的时候插上一杠子?怕他买了赝品,人家理论辨析全是为了自己哟!

“侯先生,我也久仰您的大名,常赏您的大作。”英先生其实也知秋成其人,尽管秋成极少光顾一丹阁。

秋成讪讪。虽然他的画儿还不能堂而皇之地挂到软片铺,可平日他确实不曾把一丹阁放在眼里。铺面太小,漫说比尔雅斋,比任何一家软片铺都狭窄。

“英先生,今儿个不叫您,我可真干出一档子母猪眼的事情来。”

“还是那句话,画儿是真好,可它赝了。赝了就一个大子儿都不值。”英先生站定了跟他聊,刚才真是怕他走了眼,才一嗓子把刘掌柜招过来。

秋成打心眼儿里感激,素不相识,英先生待他那份儿真,能不让人热乎吗?他拍拍口袋邀对方到丰泽园小聚,英先生反把他请到一丹阁,备下酒菜对饮,聊起丹青水墨当然有扯不尽的东西。

当初真小瞧了英先生,想不到人家真不愧为一名家,画理画论甄别辨析融会贯通;什么山有三远:高远、深远、平远;水有四时:春水微碧、夏水微绿、秋水微清、冬水微惨;还有那画之气、韵、思、景、笔、墨六要,都被他阐释得明晰、深刻、透辟。连秋成这个画画儿的都不谙这么多画论画理。憋不住,他问英先生:“您一定也会丹青皴染吧?”

英先生连连摆手:“兴之所致信口雌黄,皆因甄辨才扯到画论勾勒上。”

从一丹阁出来,天道已经落晚儿。秋成戴上耳罩回三眼井,打着酒嗝陶陶的。英先生不但造诣高深,从里到外透出一个“真”字,难得,难得交上一个这样的朋友。

2

英正的一丹阁是不起眼儿,但他从来不收赝品,自然也不销欺世之作。秋成自打结识了英先生,接长不短到一丹阁,论画儿聊画儿休憩小坐。想不到二人都爱摆弄火铳,逮空子正好就伴到西郊打野物。

香山虽然是当年大清皇帝的御苑,山上山下建了不少亭台轩榭,可它那密密的林子里狐狸、山鸡、野兔仍很多。秋成眼疾,英正手稳,打窜出的兔子秋成占先;瞄灌木丛中的山鸡英正一枪一准儿。清明过后他俩又来到樱桃沟,泉水淙淙叶方吐碧,追一阵兔子打几只野鸡,歪在路隘林深的“水流云在之居”,凉爽宜人要多惬意有多惬意。

秋成眺望着视野中那鹅黄嫩绿的峰峦说:“其实山除高、平、深这三远之外,还有阔远、迷远、幽远的差别。”

英先生侧过身来仔细听。

秋成解释说,近岸广水旷阔遥山者,谓之阔远;野霞暝漠野水相隔而漾漾不见者,谓之迷远;景物至绝而微茫缥缈者,谓之幽远。他就常兼这高远、平远、深远、阔远、迷远、幽远间涂抹勾勒。

英先生蹙起眉毛摇头:“前三远有法度可循,后三远凭的全是感觉,画论上虽有阔、迷的名目,实则并无太大的分别。”

“英哥,可我画出的迷、幽山色,确比远、平山景更有韵致。”

“当然什么物事都可见仁见智。”虽然他们已是兄弟相称,可英先生从不恭维秋成的大作。确实,秋成的画儿倒是透出点儿才气虎气,可功夫火候离名家还有老大距离。

秋成并不跟英先生争辩，对长他十几岁的英正他很服气。他掐下身侧的一朵山桃说："春山艳冶方宜游，咱哥儿俩与其说是打猎，还真不如说是逛景呢。"还真是，漫步在这艳冶如笑的樱桃沟里，他们只顾了看树拨水赏山，连只兔子都没顾得打它一只呢。

英先生点头："夏山宜看，秋山宜登，冬山宜居，春山当然宜游了。"

"您真不愧为鉴赏名家，说山道水都有板有眼的。"

英先生不语，悠悠地挑起两道黑直的眉毛注目远山。

秋成看着他那隆鼻深目的脸庞，思绪倏忽拽到另外一件事情上——毓娴，糟践了英先生，俩人也太不般配啦！

毓娴人性虽好，可是太矮太丑了：方方正正的上身比双腿长一块，脸色黄白黄白，鼻子眼儿的看不出凸凹感，从脸模儿到身材，肉肉乎乎一囫囵个儿。

每次他去一丹阁，毓娴都出溜出溜里外忙，漫说是与人正视，即便是同桌吃饭她那一张平脸也不抬起来，几口扒完匆匆忙忙赶紧避开。模样囫囵动态动作也囫囵，这位嫂子叽哩咕噜地躲闪人。

英先生向不避讳，在毓娴面前从不颐指气使的。言谈话语间还总觉着对不住女人，高攀了——人家正黄旗是上三旗中的头旗哟。

秋成后来才明白，正蓝、镶蓝、正红、镶红、镶白是下五旗；正黄、镶黄、正白是上三旗，隶属正蓝旗的英先生娶了正黄旗人家的大千金，英家可不是高攀了，英先生心里一直谦谦怯怯很那个。

一直耍单儿的秋成替英先生窝囊，女人嘛先得瞅着熨帖，什么旗不旗，毓娴那样的一瞅就饱了。

有时他也纳闷儿，兴许英先生待毓娴是装的，要不怎么结婚那么多年，两口子连个孩子都没生出来？不过这话绝不能问，自个儿不还耍单儿呢吗。

这么半天了，英正见秋成瞅着自个儿打愣儿，刚要问他在琢磨什么，忽见山泉东侧的山林里，一窜一跳冒出只小松鼠，他单肘撑地刚一坐，秋成已经瞥到了，绰起火铳刚要瞄，英正用手一挡说："逮只活的多有趣儿，这性命可比兔子金贵。"

说着，俩人麻利儿地站起来，穿过山泉直向那片林子赶过来。

真好看，那只松鼠灰身子黑条条，尾巴比身子大得多，毛茸茸红彤彤，好似点起一把火炬来。

谁承想，虽然他俩玩火铳还凑合，逮活物立马儿成了笨鸭子。那红尾巴的小松鼠像跟他们闹着玩儿，并不一下跑得很远。它轻轻捷捷从这杈松枝跃到那杈松枝，又从从容容从一棵松树跃到另一棵松树。常常它还可爱地回头蹲坐，捧起个松塔拜上两拜，看上他俩一阵才再跳再跃再跑。

正因为始终没有拉开距离，秋成、英正才亦步亦趋紧追不舍。他俩沿着山麓先向上，翻过一座迤逦的山峰又沿着松林往下来。大红尾巴的小东西像是跟他们开玩笑,跳跳停停停停跳跳,不慌不忙轻轻巧巧。这二位的汗都几起几落了,兴许是近在咫尺的诱惑,他俩或攀援或跃坡全神贯注竟然忘了累,直到那松林九曲十旋从山东麓又绕到山北麓,眼见着茸尾似火的小东西又沿着林子轻轻爽爽往上跃,他俩才突然发现再往上追绝对不成,大汗淋漓,嗓子眼儿都着了火。

澥啦咣当地钻出林子,正是香山东麓的山脚了。沿着嫩绿色的园子地往东走,漫说是火铳,搭在臂弯上的夹袍都坠得慌,亏了一只兔子、山鸡也没打,打了谁也不会再拎它。遇到口井又没辘辘,绕着井台转磨更觉渴。谁都懒得再说句话,舌头涩得拉不开栓,嘴唇都粘到一块儿了。

谁知刚才怎么鬼迷心窍的?俩大活人愣让一只小松鼠给涮了。追出几身白毛汗来干吗?即便追上也上不去树,也没家伙儿把它扣住逮住哇。

不知出去多老远,眼见前边有了人家。直到懒洋洋地临近了,英先生俩大眼眨了眨,他一绾袖子舔舔干涩的嘴唇说:“西三旗,秋成,咱稀里糊涂绕到了西三旗!”

秋成也眏眼,不是上三旗吗?怎么又蹦出个西三旗,西三旗又怎么啦?

——西三旗住着英正的老丈人。

当年,八旗丁勇跟着大清皇帝来到北京,香山、八大处一带都成了屯住八旗兵勇的地界。世代沿革,什么西三旗、北五旗的地名村落便生出来。毓娴家虽然在城里有宅院,可他父亲在西三旗买了几间房子,春夏两季常在这里落脚。

英先生当然来过这儿,只是今儿个从后山绕到前边他糊涂了,直到跟前才认清这儿是西三旗丈人家。秋成又发现村口有一眼井,一个孩子正往井中下吊桶,他举步就要往前蹿,英先生把他拦住了:“家门口了你还急什么?马上有碧螺春等着你。”

没拐一个街口,两人来到毓娴家。英先生的老泰山已是耄耋之年,见到女婿带着朋友来了心里痛快,赶紧叫小女毓敏打酒备菜,英正连连摇手:“您别忙,先坐上汆水,喒俩嗓子眼儿都冒烟儿啦。”

真是碧螺春,一壶香茶沏上来,英正、秋成哪顾得说话,又吹又抿又哈脑门子上的汗珠子立马儿又沁出一层来。直到续上第三壶,秋成才双手抚膝逡巡开了这方小院。四四方方的院内两棵桃树两棵柿树两棵海棠。桃花虽谢仍见满地落英,干净整齐的院内像铺着一层嵌粉的红毡子。湛蓝的天空之下,白色的海棠花有的含苞有的吐蕊有的初绽,把这方天地点缀得鲜鲜亮亮的。分明是乡野,又分明不是农家。凉快下来的秋成沐浴清风品咂着香茶心中好舒坦。英正的老丈人耳朵聋,乘着这位老先生跟女婿比手划脚又“嗯”又“啊”的工夫,他一双眼睛又被毓敏引了去。

实在想不到,这哪像姐儿俩,囫囵个儿的毓娴像个高桩柿饼,而她这妹子看一眼就能把人醉晕了。

毓敏身腰好肉皮儿细。粉白的脸蛋似刚落的桃花,又像正开的海棠。五官的轮廓要多清楚有多清楚,要多秀巧有多秀巧。看着她,秋成不禁想起画论上那“远山无纹，远水无波，远人无目，远树无枝”——非，离多远也辨得清毓敏那黑得泛蓝的眼睛，还微微地凹进去一点儿呢。他甚至怀疑，毓敏那一头乌发是假的，肉皮儿那么白皙，怎么头发竟然黑得发绿黑得出奇呢。

他没敢想得太深，太远。毓娴这位妹子虽然身腰挺括，但一身稚气一身浪漫藏不住——忒嫩，不过是个孩子，雏儿。

吃完饭从毓敏家出来，俩人叫了辆双人洋车刚坐上，英正的困劲儿就来了。也是的，哪次打猎也没这么折腾过，别看两手空空的。

秋成不，他乜乜英先生，用胳膊肘轻轻杵他：“英哥，您这小姨子，今年她……欸，您醒醒啊。”

英先生被车一颠，浑身上下都散了：“你问谁？毓敏啊……”

“啊，就是那个小丫头。”

“十……三，十四。”英先生喝得有点儿迷瞪，“兴许是虚岁。”

“她是嫂子的亲妹子？”

“啊，是喏……老闺女，她阿玛七十了才有的她。”

确实，毓娴的阿玛松志当年是光绪的翰林，更早还做过内廷侍读，老爷子六十岁之前只有毓娴一个女儿，后来娶了第五位福晋，年近古稀才又得了毓敏。为了松家香火不断，老人家还想在五福晋身上再耕耘出一个儿子，谁想只比毓娴大四岁的五福晋生下毓敏后的第三年就死了。护国寺卦摊上的一位神算子看过松志的手相之后，在他脸上又端详一阵劝他切莫再娶，女人右眼之下有痦妨夫，老先生右眼下的那颗大泪痦妨妇，要不怎能娶了五位福晋全死了？妨妇。

老先生信命，把耄耋爱心全部倾注到小女毓敏身上，教她识文断字诵读诗书，自己蜗居乡野，也使爱女绕膝寸步不离。

“英哥，这毓敏她……有了人家没有呐？”秋成比英正喝得多，但他心中极明白，心思全贼在人家十三四的那个丫头上。

“啊？什么……唉，”英先生一撑身子激灵起来，“你打听这个干什么？”

“嘁，不是……我是随便，见着就……嘿嘿，嘿嘿。”秋成挤挤小眼睛，汗津津的手往夹袍上搓。

“人家儿倒是没定谁，不过志老先生便宜我一人就够可以，这老闺女呀，再也不能嫁下五旗。”一句话撂下，英正把礼帽往下一拉，轻轻一哼又把眼睛闭上了。

秋成咽了两口唾沫，没脾气。可心里那份儿堵，什么上三旗下五旗，当年乾隆爷娶汉人，娶那回子香妃有旗吗？一旗不旗，什么这个旗那个旗，别这儿云山雾罩啦。

不过，洋车进了西直门，眯了一觉的英先生又拱拱秋成打圆场，说什么满汉也有通婚的，但人家都“在”旗，那是满八旗、蒙八旗、汉八旗。秋成捏着鼻子耐心听。等到对方把三八二十四旗都抖落清楚了，他才轻抚着英正的大腿说：“英哥，有人说香妃是回族，有人说她是维吾尔族，那我倒要请教请教了，有回八旗吗？有维吾尔八旗吗?”

英先生抻脖,咽了好几口唾沫,一句话都没说出来。

3

秋成、英正从香山回来的第四天,天色灰蒙蒙地发暗。下午五点多钟,尔雅斋刘掌柜出门向西,直奔一丹阁走过来。

刘掌柜第一次光临一丹阁,英先生赶紧命人沏茶招待。新鲜,英正自己倒是常去尔雅斋赏画,可对方却从来不肯枉驾屈尊啊。

刘掌柜寒暄几句,开门见山把手里的布包打开,一幅长三尺半、宽一尺六的大条幅在长长的条案上展平了。

循着画幅景物的浮现,英先生的上牙轻轻咬住了下唇,心跳也突突地加快了,这是什么?黄公望,面前呈现的竟然是一代画杰黄公望的东西——《九峰雪霁图》:皑皑白雪笼罩下的九峰山峻秀峭拔。岩壑奇特幽深,枯木寒柯却又劲挺疏落。观者视线向下平移,又见崖畔溪边山村草堂荒寒寂寥,整幅画面意态萧然凝重郁结,目刚接视便倏然有凛凛寒意袭来,犹如身移冰川雪谷之中,令人痴迷入境。

英先生屏气,他掏出手绢刚要轻抚画面,又钝钝地把胳膊收回来。“借地为雪”,黄公望就是取“借地为雪”创作的这神幻画面。缓缓地,他的目光又落在素绢的白处、亮处,非凡的功夫!画家是以素绢洁白的质地,通过精妙的构思,用墨笔轻轻勾出景物的轮廓,山石的坡角及凹处,再以螺青浑染天空、溪水,于是没着墨色的山石突兀及山峰、屋顶、树梢都保留下原绢的素白,不施铅粉仍现出晶莹玉洁的皑皑雪景。

“刘掌柜,小弟我……挂起来,挂起来,啊?”英先生顾不得问明对方拿来这幅画干什么,此时完全陶醉在黄公望超绝的艺术氛围之中,他要看要赏要鉴,刚才只是个轮廓,有的是东西值得品味咂摸呢。

一根红木画竿将这幅大中堂小心翼翼地挂到墙钉上,英先生双手撑住八仙桌,定定地又在它面前站住了。

好严谨的章法,只见《九峰雪霁图》构图匀称,险中出稳,虚实相生,结构密缜。从画论上看,黄公望采用了高远与深远相合的构图,凸现了九峰的挺峭、岩谷的深奇。他大胆地将主峰居中正呈,左右的断岩岗阜,与后面错落层叠的群峰相揖让,主次分明脉络清楚。山下溪涧的自然延伸,山顶天空的阴霾缈溟,相映相衬地增强了画面的空间感。山下蜿蜒的小径,水边寂寥的草舍都给画面平添了可游可居的气息,而山间疏落的寒柯冻树,更增强了萧瑟苍穆的大雪寒气。

英先生痴痴地看了老半天,又背起手来向后退了一步,使劲眨眨眼睛再看画家的用墨,只见树木房屋用的是篆籀笔法,线条圆健而挺劲;山石多用行草笔法,疏秀清润中饱含浑厚苍茫之古味。在用墨上,可见其随物绘形,施用干、湿、浓、淡不同墨色,达到了水晕墨瘴、五色兼俱的至臻境界。

毓娴避在里间偷偷地听看，今儿个这是怎么啦？来者没说什么便展开轴卷，英正也痴痴呆呆了这老半天，怎么竟跟懵了傻了似的呢？

极慢极缓，英先生把目光又举到"雪霁图"的右上角，只见那是黄公望的自题：

至正九年春正月为彦功作雪山。次春雪大作，凡两三次，直至毕工方止，亦奇事也。大痴道人时年八十有一，书此以记岁月云。

好一幅雪霁图，几次瑞雪纷飞中绘成，花费了公望多少心血啊。

"英掌柜，这幅画儿还算凑合吧？"早已伫候许久的刘掌柜一捋头顶正中的那绺头发，打破了这漫长的死寂。

"岂止是不赖，好，令人如醉如痴啊。"英先生看了看对方，好不容易才使自己从画境中跳出来。

"一友代我购得，敝人也觉珍品难觅，售出嘛……"刘掌柜搓搓长长的光下巴，"我还真拿不出个准价儿呢。"

"您的意思是——"英先生愣怔着不明白对方什么意思。

"上次您辨析罗两峰代笔金冬心，敝人对先生的造诣佩服得五体投地。"刘掌柜情不自禁地缩头，垂手。

"过誉过誉，"英先生这才一抬手，请刘掌柜又在八仙桌旁坐下来，"小弟我还是不甚明白……"他确实没转过磨，刘掌柜标价儿与自己又有什么关系？

"明说吧，敝人想把它卖了，您帮我定夺出个好价儿来。"

还有这样的事？堂堂尔雅斋刘掌柜何时曾把他英正放在眼里？今天不期而至突然让自己帮尔雅斋定价售画，这事情实在蹊跷得厉害。可是听着对方恳切的言辞，再看看他那虔诚的目光，心里还挺热乎，虽然同行是冤家，可心眼也不能太多太小啊。

"依小弟之见，这件东西是难得的珍品，贵店资财雄厚，刘掌柜何不留下它，自娱自赏呢。"

"英掌柜，您一点儿不门儿清，不成喽空架子啦，近来好几档子买卖都赔啦。"刘掌柜从腰里抽出一支镶着羊脂玉嘴子的长烟袋，梆梆在鞋底上磕两下，捻上袋烟接着说，"卖，就算小弟我跟您学艺，您帮我定夺个好价儿，小弟我最急的是缓上口气。"

英先生也掏出烟袋点上锅烟，边抽边把目光又移到黄公望的《九峰雪霁图》上，腌臜了，这么好的东西非要定价真是把它腌臜了。烟雾腾绕间他又站起来，虚幻间观者又进入黄公望创造的万千气象——萧然意态更进一层，他甚至窥见到画外之意：飞沉涩放的线条，枯湿浓淡的点画，纵横疏密的变化，虚实映衬的烘托，此为作画人的心绪。这不正是元代四杰之冠的黄公望隐居不仕，闲适无奈，哀愁淡淡，地老天荒的寂寞心绪吗？它岂止是画儿，是动人幽思感慨万千的诗歌辞曲哦。

——难用银元为其定价！

又无奈，画儿是人家的，刘掌柜要卖它，面子堆到这儿，无须举手投足之事，自己怎么好推呢。

“刘掌柜，我看这画——”刚一开口，他汗涔涔的两手一抠桌角又打住了，哪能干这种事？多了少了赔了赚了到时出岔自己何苦担这罪名？不，别犯傻，很可能刘掌柜设下一个圈套要坑他。

洞察幽微的刘掌柜立马儿明白他为什么话刚出口又打住，上前一手抚住他的腕子说：“英掌柜，小弟若是信不过您，我就不这么开诚布公地放炮啦。”

“不过……”

“敝人如果来找后账，那这么办，”刘掌柜信手从笔筒中抽出一支毛笔来，“不才如若来找后账，此刻立下字据一张，您在东、西琉璃厂古玩字画店随便张扬，让我刘某人臭得不能再臭喽！”

“不必不必不必……”英先生反倒慌了，他赶紧再看那画儿，黄公望的雪霁图，八百、一千都不多，只不过刘掌柜的为人嘛，财大气粗尖酸刻薄，既然事情已经挤在这里，那么就——他双手把烟袋在腹前攥住了，“依小弟之见，那就标它五百大洋合适。”瞬间，他想索性便宜一位幸运买主。

“五百？”刘掌柜扬着脖子看英正，“那可是蝎子拉屎喽！”他用目光告诉对方，够价儿，空前绝后独一份儿。

“五百差不厘儿，货真价实的传世精品呐。”他心中好笑，刘掌柜是差一截，这画本来上限可以无价，世上总共还有多少黄公望的手迹、真品？

“那就一锤定音儿听您的，真卖出去我就赚大啦。”

下画，卷轴，告辞，看看天已落晚儿，刘掌柜一再称谢告辞出了一丹阁。

英先生却一宿没合眼。黄公望的真迹，饱饱眼福也让人心旷神怡。与王蒙、吴镇、倪瓒并称元季四大家，他们在广收五代、北宋水墨山水的基础上，把书法韵味在绘画中的作用提高到前所未有的高度与领域，开一代画风，独领“文人画”之风骚，黄公望又为四家之首，他的真迹千载难得哟。

辗转反侧。掂掂自己的财力，一次实难拿出五百大洋。更何况，自己专攻鉴赏只为维持生计，不具万贯家财，岂能藏珍储宝自娱赏玩？干了十几年软片，也确实没有落下几张好画儿呀。

可是，五百块袁大头实在便宜。

这画儿让利巴头买去就糟践啦。

即便是落入懂行的大藏家之手，谁知他那儿女是些什么东西，八旗阔主儿们哪一个不败了家？

要是让洋人把它买去，那就漂洋过海成了人家的！

一夜“折饼”，英先生眼泡子都微微隆起来。早上起来把所有现钱凑到一块儿，急匆匆地赶到尔雅斋。右脚刚一迈门槛，俩耳朵微微烧起来。合适吗？人家怎么看自己？——不，豁，买卖不做也要把这件东西弄过来。喜欢，丢人现眼砸锅卖铁买喜欢,光明正大并没坑蒙拐骗啊。

“哎哟,英掌柜您今儿……”刘掌柜一怔,从柜台后边迎出来。

英先生拱拱双手,瞥瞥四下的画栅,吞吞吐吐开口:“刘掌柜,昨天那幅画儿……”再“豁”也难开口,价钱是自己定的啊。

刘掌柜莫名其妙地看着他:“干吗?您又裁断出新价钱?”

“没没没,小弟是想……”他轻轻在夹袍两侧抹手心,汗涔涔。

“您是想让兄弟我再慎慎?”

“不,我是想……”他行乞般微微伸出两只大手。

“噢——”刘掌柜恍然大悟,“我知道了,英掌柜您本人,看中了它。”

“是……说起来嘛……”他脑门儿上的大汗珠子竟然顺着鼻翼流下来,他一攥袖口上去抹了一把,“刘掌柜,昨儿晚上我一宿没睡,眼前总跳着那幅画儿……”

“嘿嘿,怪不得大清早您就赶过来,”刘掌柜退后一步盯着他,“昨儿个,您那价儿可压得够狠的。”

“您误会了,定价儿的时候,小弟我实在没想着自己买。”他冤枉,定价时他真没想到自己要,压价儿也是出于另外的一种心态,可是这一切哪说得清,刘掌柜怎么想也是顺理成章的。

刘掌柜的眼皮又耷拉下来:“跟您说实话,画儿我没标价儿,根本不打着卖,”他慢慢地把眼皮翻上来,“我自己找上门去戴了套,您也太不仗义啦。”

“刘掌柜您别急,小弟我实在是……夜里折腾才想自己买下它。”有口难辩,换谁也得琢磨他居心叵测哟。

“既然您非要,街里街坊我也不驳您面子,”刘掌柜一手捏住头顶上的那绺头发,“五百五,我是卖主我定价。”

“刘掌柜,成!”他一解腰包把所有大洋摊出来,“还差五十……待会儿我马上就送来。”一是买画儿心切,二是受不了这种煎熬,五十大洋算什么,再多一百、二百他也会一口答应买下来。

刘掌柜也算给面儿,带他到后面验看那画儿,取下之后让他拿走了。回家赶紧翻箱倒柜又凑出五十大洋,送去返回来后背湿湿地早已溻透了。终于到手了,一丹阁多少年,哪桩买卖也没这般惊心动魄过。

进店奔到里间,颤颤巍巍地拿画竿挑画,小心翼翼地举高,抖抖地刚挂到一颗画钉上,试试落实再抬手,画竿刚一抽松——哗啦,糟啦!钉子松脱画儿哗啦一声坠下来!他扔下画竿没捞住,嘴里喃喃地惊叫着:“哎哟哟,天爷吔……”

——怎能不惊出一身冷汗,或扯或皱就褶子啦。

4

天助英正。

待他抖抖落落把委落在地的“雪霁图”拾起来,一颗心突突突地狂跳到嗓子眼儿。上上下下慌乱逡巡,竟然喜不自禁地吁出一口气。万幸,不但没撕没扯,连褶子都没窝出一条来,苍天助他,这传世精品完好无损哟。

不知过了多半天,他才重把“雪霁图”放上条案,极轻极轻将其拉平,再上上下下左右查看,一点儿没坏一点儿没残苍天助他老天有眼,唉,一颗心虚虚地沉下,又悠悠冉冉地悬起来——

按说绫绢会变脆,按说绫绢会变脆,按说这绫绢——突然,他的心跳又骤然变急,不对呀,历经六百多年,这绫绢怎么这般柔韧,刚才摔得多重啊!

九峰山顿时模糊了,这两天甄辨画卷完全凭借视觉,绝妙的构图精湛的构思超拔的技法令他心逸神驰忘情忘我,正是由于画幅本身刹那之间将他的心神死死攫住,所以他忽略了绫绢,倒是像元代的独绫绢,可它竟然那么多年不变脆,它的质地又——怪了,他抬手抚住画面,用拇指轻轻一捋,天呐,双绫,这是清代的双绫绢哟……

瞬间,他双腿突突着变软,赶紧用手抠住条案边缘,目光向下一顺又落到轴上:乌木、枣木全不是,他俯下身子闻了闻,分明有淡淡的几缕清香,檀香轴。这么大的气味竟然没在意,元代画轴从来不用檀香木欤……

他抖抖地捧起画轴掂了掂,更不对,元代画轴讲究的就是又小又重啊。

也许轴是后换的,也许绢就是独绫的,他忙不迭地推翻自己,关键还要看画儿,画儿是真迹别的都会成为悖理,他哆哆嗦嗦又捡起画竿,挑住挂线举到窗前,迎住灿灿的阳光一照,咦,款识处分明深了一块,天,挖补过,掏补过,这赝品是板上钉钉的喽!

天旋地转,他两腿战战地身子一歪,早在一旁静观多时的毓娴扑上来一手抓住画竿,一手把他挡住了:“你……你这是……怎么啦?”

英先生脸色煞白,歪在椅子上微喘。从来没有栽过,这一栽煞尽了自己的元气,与其说栽在刘掌柜手中,不如说自己栽了自己,圈套,一时疏忽令他栽进的圈套勒得他窒息。

大病一场,五百五十块大洋儿近令他囊空如洗,更肚疼的是他恨自己,白干了软片,都对不住自己多年的心血、工夫,自己是个笨蛋傻子哟……

极少出门的毓娴来到三眼井,把一切告诉给秋成,英正最知心的就算秋成了,兴许他劝劝能管用。

这几天,秋成正忙着给青山居摊子上一个画贩子画牡丹,销路还成,两块大头一张,他一天就能赚上三四块,这进项比英先生的买卖都不赖。谁想几天没来一丹阁,英先生闹出这么大的事情来。

来到一丹阁,秋成一见英先生那模样儿,大脸盘子小了一圈,本来炯炯有神的一双眼暗蒙蒙地没了神采,心里还真酸不溜的不是滋味。可不是嘛,五百五十块大洋,自个儿这辈子也没有过这数哇。可是,古玩字画软片硬片的买卖就是你欺我骗尔虞我诈,何况又是英先生自己鉴定辨析连价钱都是他定的,再恨再气这是自找哇。

秋成打开画儿看，虽然没英先生那本事把赝处说出个一二三，可笔墨绝对是神来之笔，绝对是高人手下的东西。干脆再把它卖出去，连英先生这般造诣的人都看走了眼，寻常俗手能辨出什么跟什么呀。

“英哥，何苦呢，咱把它送到鼓楼，要不拿到廊房二条，再不济我跑趟洛阳，保本儿就出手，没有过不去的鬼门关，干吗自个儿挤对自个儿呢。”

几天吃不进饭的英先生两颧虚红，他的右眉突突跳了两下，第一次向秋成投过一束凛冽的目光。

秋成心中一颤，英先生干吗这般盯着自己呢。

英先生敛回目光的同时，无奈地又把脑袋摇了摇：“姓刘的坑了我，你的意思是让我再坑下一个？”

“英哥，这做买卖的事嘛，”秋成反倒把心放宽了，“谁做买卖不是为了自个儿赚，要不做买卖干什么！”

“那得走正道儿，不能拽别人再当一个替死鬼。”

见英先生斩钉截铁，秋成琢磨琢磨也是。上回那“雪梅图”谁知刘掌柜是真明白还是假糊涂，不叫英先生自己不就崴泥啦？这次老家伙登门入室设圈套，是损，有刘掌柜这么损的吗？找他去，这回非得跟他较出个“真章儿”来。

“英哥，既然如此，那您赶早儿打起精神来，咱找姓刘的算账去。”

英正不言语，缓缓地抬起眼，又把目光放得远远的。

“甭犹豫，找回几百是几百，没有姓刘的这么黑人的。”

英正淡淡地冲上弯弯嘴角，说他一个子儿也不想争回来。赖自个儿，是他“央哥”刘掌柜非要买。

秋成的大嘴岔冲下绷起来。既不想把这画儿再倒出去，做君子，又不跟刘掌柜理论个一二三，那就别病歪歪地自个儿糟践自个儿啦！撒起欢儿来接着干，胜败乃兵家常事，做买卖本来就有赔有赚嘛。

秋成不明白，英先生扣儿不在钱上，在真赝。

又过了四五天，英先生终于起来了。秋成再劝他的时候，他两眼灼灼地有了神采：“秋成弟，你为哥哥我辛苦辛苦，”说着，他拿出十几张大红帖子，“琉璃厂、鼓楼、青山居、廊房二条，这些地界儿软片铺的掌柜你都给我请到店里来。”

秋成一怔，接过那些帖子细看，只见第一张是给秀水堂齐潜舟的请帖：

秀水堂经理齐潜舟先生钧鉴：

兹定于六月初七日午后两点，一丹阁举办珍品字画联谊赏鉴，敬祈拨冗屈尊，不胜企望是所至盼。

恭请

时安

一丹阁英正顿首

秋成一张张地翻看，抬头各异内容全是一模一样的。他耸眉，微微眯起一双总也开不大的小眼儿，古玩玉器行的鉴赏联谊会他知道，可那是荣宝斋、汲古阁、四知堂、尔雅斋那些大店铺大东家操持主办的。那些东家不过是炫豪耀富卖弄风雅，甭管是茶会、酒会，被邀的小门小户大多受宠若惊，趋之若鹜。现如今小小的一丹阁也要充大户，请得动那些豪门巨富吗！

再说，英先生这口窝囊气还没出，办的哪门子鉴赏、联谊、茶会，难道他手里另藏着好东西，成心气气刘掌柜？

英先生见他捏着那些请帖打愣儿，又在桌上捻出一摞大头："来去车马资费我出，不信各家掌柜不给我这点儿面子。"

秋成见英先生还管给赴约者雇车，心还只是放下一半："英哥，这两天您又进了几张好东西？"他得明白为什么，是不是英先生栽了一个大跟头，突然时来运转到手了稀世珍品，想在古玩字画界的同行面前露一露。一来消消那桩"晦气"，二来也长长威风，给自己争回点儿面子呢？

英先生淡笑不语，只求秋成帮他下帖，根本不露自己得到了什么东西。

秋成知道对方的脾气，索性也不再问，将那请帖分送到荣宝斋、汲古阁、四知堂这些颇有名气的铺子里。

到尔雅斋的时候他不动声色，一点儿没露英先生咽下的这口窝囊气。他不傻，不管英先生弄出什么名堂，绝对跟"雪霁图"有关系，做兄弟的他，明戏。

兴许是猎奇，六月初七那天，各大字画店的掌柜都坐着洋车来了，把个小小的一丹阁挤得满满当当的。

病愈后的英先生瘦了一圈，但凹在眉骨下的两只眼更加精神。待众人到齐各自品了几口香茗之后，英先生拱拳向四面揖谢："承蒙不弃，各位先生屈尊光临，实令小店蓬荜生辉，敝人三生有幸了。"

各位掌柜淡笑摇手，一片谦辞却没有一人站起来答谢几句。确实，刚一进门有人就后悔了，屁股大的地界儿举办鉴赏茶会，没坐下浑身就溻透啦。

"诸位先生，小弟今儿个劳动大家，不过是请高手名家赏鉴一件东西。"

他的话音刚落，一个伙计从屏风后面走出来，打开一幅中堂，然后用画竿挑住，高高地挂到北墙上。众人刹那一惊，子久的画儿，《九峰雪霁图》，怪不得英正花这么大本钱办联谊，原来他攥到了这东西！

立在一旁的秋成把两道又短又黑的眉毛皱起来，又把这"走麦城"的玩艺挂出来干什么，寒碜刘掌柜？这是文物鉴赏联谊会，露假货只能栽自己。

刘掌柜心中暗喜，傻呗姓英的，还把全北平的软片高手都请来，嘿嘿，自己辨析自己定价自己抢购，不管你今天想干吗，都与我姓刘的没关系。

原来，尔雅斋刘掌柜就是要坑英正一家伙，一报还一报嘛。

自打那天英正挡了秋成，刘掌柜要多熬啕有多熬啕，恰在事后一个多月，手下的伙计从德胜门外的鬼市上花两块大洋买回一轴中堂。他不经意地打开一看，咦，上属元季四家之首黄子久款识，他一手攥在贼烫的烟锅上愣不觉，事后才发现两个大泡鼓出来。

好画，两块钱买张黄公望黄子久的真迹，这要不是赝品，那可一回就发个大的。为了稳妥，他反复验看了笔墨、手法、款识、绫绢、托裱，毛病一样也没挑出来。只是心中总疑歪——鬼市上卖不出这么好的东西，这好东西到不了鬼市啊。不过，兴许是不识货的淆里（贼）急于销赃，鬼市上也冒出过好东西。好东西赝东西，赝东西好东西，闹得他多少日子不踏实。

为它，刘掌柜脑瓜顶上那绺头发少说又脱了一半。只当它是真的，标多少？尔雅斋还从没卖过这么好的东西呢。

一天早上起来，他又挑着这幅画儿从北墙移到东墙，从东墙移到西墙，待他转到南窗划过初升的那道朝阳——嗯？他的心"扑塌"沉了一下子，眼花了？怎么右上角款识处暗了一小块儿，赶紧颤颤巍巍移过画儿来对正太阳仔细照，妈爷子，款识被人挖补过，假的，它真是一幅假画儿。

心中又是一空，白欢喜这么多日子了。

确实，这是清人仿写的黄公望"雪霁图"。它被晚清或民国制赝者将款识挖补之后，做伪重新装裱了。不经意的谁在太阳底下照画？惟妙惟肖鬼斧神工，光看画幅谁也会被萧然肃穆的九峰雪霁所吸引所陶醉所慑服，何况款识也确是黄公望"手迹"，自然观者常常顾及不到什么挖补不挖补了。

愣愣地挑着这幅画儿待了半天，刘掌柜像被烫着一样赶紧把"雪霁图"收下来。既然是赝品，那就别紧着在大太阳底下抖落啦。他卷起画来握在手中，心中郁郁地又像压上块大石头。虽然花两块钱一点儿不亏，可这多少日子的心气腌臜了，冤枉，窝囊，越想心里越堵得慌。

其实，刘掌柜心里明镜似的，如此逼真的赝品，愣标上几十、上百大洋，来个冤大头准能卖出去。可是，多少钱也抵不了自个儿要弄自个儿耗费的这点儿气血，想掉泪，想起鼻子就酸酸的。

他正郁郁地心中发堵，那天一眼瞥见英正打门口过去了，欸？他一手抚住头顶上的那绺头发，游戏人生人生游戏，英正的鉴赏功力不是炉火纯青吗？那就让他慧眼"识真"去。候着两天之后天阴了，他薄暮来到一丹阁。事后的一切不出所料，要不岂能演变出今儿个这鉴赏茶会来。

……

人人不再出声，大家的目光都汇聚到这幅《九峰雪霁图》上来，谁也没有怀疑它是赝品，一来笔力用墨神韵俱佳，二来字画儿鉴赏岂有挂赝品的，那不自己砸自己的牌子吗。谁也没往"赝"里想，人人在冰清玉洁中品味着夏日尺幅间溢出的静谧、荒老与爽怡。

“诸位先生,小弟今日挂出这幅东西,实在是在名家高手面前献丑了。”

英先生话音刚落,四下里嘁嘁喳喳叫起好来:

“这话说到哪儿去啦,子久佳作,传世珍品呐!”

“妙极妙极,玉洁冰清生爽气,元季大家开先河!”

“敝人立于画前,顿觉地老天荒,深悟怆然涕下何伤何感。”

“人生天地间,忽如远行客,九峰雪霁如一逆旅,令人流连忘返哦!”

秋成立在一边嘬牙花子,英先生干吗?邪啦,这帮古玩字画界的鉴赏高手也稀了。不辨即信,也好,谁放不下谁把它拿走,那才叫一热闹呐。

刘掌柜听着众人的赞誉,嘴上“嗯”“啊”附会,心里要多痛快有多痛快,英正言之“献丑”,可不“现”得厉害嘛。

“诸位先生,小弟言之献丑,皆因它是一幅赝品。”

——嗯?赝品!厅内的气氛陡然一变,大伙儿的目光一下移到英正的脸上,这小子是不是有病?哪有拿赝品供人赏鉴的?思忖间,人们的目光又落到那幅画儿上。

“请看,”英先生见众人一双双惊疑的目光,便拿起一把鸡毛掸子指着画绢说:“宋、元作画用独绫绢,可这画儿的绫绢是双绫的。”他从兜里掏出几只布眼(放大镜),让人们上前细看。

几个腿脚麻利的赶紧凑上来,不过端详半天疑疑惑惑谁也没说话,独绫、双绫的区别本来就不那么严格,宋、元之后照样可以伪造独绫绢,再说元代粗丝也有双绫的,不足为据不足为证。

见那几人不置可否地退回身来入座,英先生双手抓起画儿来一窝,然后哗哗在手中搓起来,这时几个岁数大的掌柜再也坐不住:“甭管真假,假的也是件东西啊。”

英正不听,哗哗几下把手收回来:“诸位请看,漫说是元代的东西,就是吴湖帆的手迹也没这么皮实。”

果然,“雪霁图”虽然被搓,那绫绢画面舒展柔韧仍然完好无损的。人们这才捏下巴挠脑袋,是有毛病,可气人的是一丹阁英掌柜,他颠来绕去要干什么?

秋成也照样没纳过闷儿,不过他暗暗扽了扽掩衣襟,兴许是把刘掌柜点出来“臭”,那自己当然得帮着英先生使把劲儿。

尔雅斋刘掌柜早已发现劲头儿不对,可是他内心坦然,辨析定价抢购全是英正,“现”的是他自己啊。

英正从容地拿起画竿,挑起挂绳走到窗下,六月的骄阳灿灿地一照,满座哗然这才惊叫起来:

“挖补啦!”

“不地道!”

“画儿骗子!”

“诸位,”英先生转身走到北墙,重把“雪霁图”挂在原处,“此画的主人也在座,但它是我非要买下的。”

全场一片肃静，这是谁的画儿英正到底要干什么？

面面相觑之中，只见刘掌柜一摸顶发，轻轻嗽嗽嗓子，不慌不忙轻声说：“英掌柜不必再弄春秋笔法，”他转而面向众人，“诸位，这画儿当初是我刘某的，本人不打自招，免得英掌柜点我了。”

秋成的心悬起来，直到现在，他仍不知英先生到底要干什么。

英正果然平平静静：“画儿是刘掌柜的没错，但甄辨、定价、执意要买确是我英正所为，咎由自取的是我自己。”

众人跟着纳闷儿，英正“肉”到现在干吗，谁都觉着蹊跷。

“诸位先生，小弟才疏学浅，拿不准真赝，那天把这幅画儿拿到一丹阁请教英掌柜……”刘掌柜赶紧接过话茬儿，把这件事的来龙去脉一五一十地亮给大家，不亏心，心中坦坦荡荡的。

众人纷纷点头，在理儿，英正贪心、疏忽可不咎由自取吗。

“英先生，小人可有半句不实之词？”刘掌柜见众人点头颔首纷纷称是，转而又向英正盯了一句。

“句句为实，千真万确。”

咦，众人更是摸不着头脑，英正真是吃多撑着了，嘁。

秋成最替英正着急，他都怀疑英先生神思恍惚了，臭自个儿现自个儿，人家姓刘的毫末未损呐。

“诸位，正因为错在敝人一身，所以——”突然，英先生啪啪一甩双袖，转身走到屏风之后，蹭地绰起一把双筒猎枪，“咔咔”把火药推到枪膛，款步又走到屋子正中来，“我请大家看看，谁也别怕谁也别动！”

谁知他要干吗？几个胆小的早两股战战挤到门口，这小子要跟谁玩命啊，刘掌柜更吓得钻到众人背后，嘴里不禁嚷出声来：“叫巡警，杀人偿命……”

秋成想不到英先生突然把猎枪绰出来，他上前一把抓住了他的胳膊：“英哥，你这是……干什么！”

英先生猛地一搡，秋成往前一栽差点儿栽到地上，英先生趁势一转身：呼呼……

一阵硝烟过后，人们捂着脑袋抬头，只见英正侧歪着身子“哐当”一声，连人带枪都栽在地上，而墙上的那张“雪霁图”，早被火铳的散弹打出十来个麻洞——毙画，英正其人真邪，竟然把这幅画儿给毙了。

不知众人怎么离开的一丹阁，似嘁嘁喳喳，又极静极静。

英正委在地上像摊稀泥，毓娴哭叫着竟然拽不动他。

秋成始终叉着腿发愣，真人，英先生是真人！英先生是真人呐……

5

秋成更加钦敬英先生:不愧为北平首屈一指的软片名家,眼里揉不得一粒沙子,旗门儿里有几条这样的汉子?

五百五十块大洋没白糟践,英先生心里痛快了。破财买痛快,他痛痛快快甩开膀子接着做买卖。

北平古玩字画界的财东好几天才品出真味儿:一丹阁不但没有砸牌子,英正其人的名字反而传开了。他这个跟头栽得重,可一个吊毛戳起来更闹出一个满堂彩,当众。

不过,一丹阁也并没因此轰轰烈烈,一来本钱蚀尽,二来铺面狭窄,英先生干了两三年,才把伤的这点儿元气补回来。

谁料,一丹阁刚缓上点儿来,松志老先生仙逝了。英正把小姨子接到家,待字闺中,毓敏这笔嫁妆在他头上落下来。

原来,正黄旗的松志家也已坐吃山空。虽说东四牌楼和香山脚下还有两处房产,其他漫说是细软,家具也典当得差不多都没了。英先生本来也没打那个“单儿”,现在琢磨的是毓敏该找人家了,自个儿怎么把小姨子的事情“搭张”得漂亮点儿。甭管现今什么世道,人家毕竟是侍读之后的——上三旗。

毓敏出落得更似一朵桃花了,亭亭玉立,弹指欲破,她的到来一改了一丹阁的沉闷,静谧,咯咯咯咯……前店后院总是她那银铃般的咯咯声。

毓娴鼓着两个眼泡琢磨不透妹妹,虚岁十七了,什么都新鲜什么都稀奇,自己十四上就——她怎么从不想想自个儿的大事呢。

毓敏确实跟父亲学了不少东西。虽然大多是四书五经,可识文断字的她毕竟不会像姐姐那般闭塞与板滞。她跟姐姐说她想上女师,瞧瞧人家女师那些学生,齐齐的短发青鞋白袜,精神利索那才叫新女性。可瞧瞧自己跟姐姐,忽搭忽搭还穿着旗人的袍子和大褂呢。

整日里她磨着姐夫要上女师,可英正琢磨的不是这个。十六七的大闺女当务之急是找人家,没上过女中怎么可能进女师,正黄旗的格格上的哪门子女师呀。

秋成趁机插上一杠子。

自从毓敏来到一丹阁,他找英先生的时候勤多了。看着毓敏就痛快,可着北平找不出一个比她标致的闺女来。

秋成心里有小九九,前几年英先生说她还是一个小姑娘,这几年大了吧,大闺女没的说,是找人家的时候了。可是他忘了,一晃他也长了三岁,今年正经三十有二了。

他撺掇毓敏上学去,如花似玉的闺女困一辈子糟践了。三眼井就住着一个《晨报》的女记者,瞧人家那摩登,出门进门骑辆女车,那溜那帅。

英先生提防着秋成这手,醉翁之意不在酒。这些日子秋成一到他就先挡驾:

"我说兄弟,你别瞎搅和了成不成,男女授受不亲,我知道你撺掇这鼓捣那的干什么。"

自打小姨子住到一丹阁,他从不跟毓敏单独在一个屋里待片刻,得立"正"了,姐夫跟小姨子的事听多了,腻味。

"英哥,毓敏要是我的人,我保证让她骑辆自行车到外边上学去,做事去。"秋成总是闭着眼睛想,毓敏要是也能骑上车,嘿,比梨园行舞枪弄棒那刀马旦还帅气。

"我就知道你憋着这心思,我说兄弟,不是做哥哥的我不仗义,更不是我看不起兄弟你,这事本来就不成啊。"

英先生咬住两件事不松口:一是秋成不在"旗";二是差着十几岁,毓敏真要嫁给他,那不成了小婆儿啦?

软磨硬泡,秋成也犯起魔怔来。一甭扯什么旗不旗,二孙夫人比国父小三十多岁谁说半个"孬"字啦,嘁。

毓敏倒是愿意让秋成来,他一来满屋满院都是乐儿。秋成虽然小眼儿大嘴重胡子,可是满嘴笑话满嘴俏皮。

他净跟毓敏讲禅语。什么"心有却无""觉而不闻""俱胝断指""寸丝不挂",有的可笑有的荒唐有的羞人,可是,笑过羞过之后却于宗宗禅悟中都能让人品出机锋咂出哲理。有意思,跟英正姐夫比起来,秋成随随便便又好玩又滑稽。

三十多的秋成身上还挺溜,鸡毛毽子在他脚上不兴落地,什么盘马弯弓、双绽荷花、倒踢紫金、回头望月,反正那毽子在他足、膝、胸、肩、腹、头、背、肘上左右翻飞,让你看个眼花缭乱晕头转向的。

秋成老大人了还买个空竹跟毓敏一块儿抖。他教她猴爬杆、张飞骗马、扔高儿、撒地轴,把一丹阁后的小院闹得沸沸扬扬的。

英先生心里有数,朋友归朋友交情是交情,甭管你秋成变出多大捻儿,别想在毓敏身上打主意。非旗汉满不通婚,再说岁数也不能差出这么大。

毓敏最爱猫,从香山西三旗带来一只狮子猫。猫毛蓬蓬松松光光润润,主色是杏黄的,四只爪子白生生,脑门儿一块黑毛像顶着一方青缎子——四蹄踏雪黑缎顶,名贵猫,眼睛碧蓝碧蓝是个缅甸种儿。不管毓敏到哪儿,黑缎顶总跟在她脚底下。即便离开片刻,毓敏一声"花花花",黑缎顶立刻会回来。

黑缎顶是只母猫,总也长不大。连毓娴都知道,妹妹十岁上家里就有了它,可它娇滴滴地玲珑娇小,从没怀过一回胎,所以总觉着它忒小。

毓敏喜欢它,毓娴也说这猫好。谁不知母猫讨人嫌,年年血渍忽啦下两窝,肚子儿鼓儿落就松巴塌啦。去年隔壁沁芳斋的那只母猫把一窝小猫下在马掌柜的被窝里,老爷子一翻身竟把一只黑白花的压死了,第二天早上才知道,那叫熬喻那叫腻味。

自打来到一丹阁,毓敏隔三差五带黑缎顶上菜市买一个大子儿的猫鱼,拌在米饭、饼子里猫儿吃得满香。她喜欢黑缎顶长不大,看看有人家那肥猫二十来斤,两眼凶光熠熠像头真狮子、小老虎,抱它费劲不说,还挺吓人的呢。

不过,每到春秋缎子顶在家也不安稳,到外边闹上几天才踏实。这二年毓敏大了才明白,叫春呢,缎子顶有时也爱跟公猫在一起。凡是这时候她不叫它,野几天回来这小东西又跟她寸步不离了。

秋成也爱猫,他每次来哄着毓敏玩一阵,然后铺上宣纸拿起笔来画狮子猫。噌噌噌几墩几抹缎子顶那形那神就出来了。开始毓敏看不惯,什么呀,黑疙瘩黑疙瘩黑疙瘩,人家画的那猫根根细毛无比纤巧,那才叫毫厘不爽呢。可是,长了看看秋成画的也像了,得离远点儿得咂摸得闭眼得寻思,得从最初那浑浑沌沌疙疙瘩瘩那一片中细揣摩,越品那猫神猫韵猫味儿就出来了,神韵出则形毕肖,比那工笔细描的画法也差不到哪去呢。

秋成那双不大的眼睛令毓敏惊奇。它们像猫逮老鼠一样会捕捉。看他信手点染的这些"猫",或扑或蹲或腾或滚或窜或卧,全部那么活灵活现的。缎子顶还真似那些画儿,跟照相般"咔哒"一声瞬间形态出来了。待她体味出秋成的"猫"有嚼头儿,反过来更留心秋成了。他从没经意地观察狮子猫,甭管是抱它搂它捋它还是耍它,他都如醉如痴地陶然化入,根本不像姐夫那样凝神思伫细琢磨——英正也画画儿,秋成不知道,姐夫多少次,郑重其事要她一定保住密。

每次秋成走后,她总要拿着他的"猫图"让姐夫赏鉴,她知道,姐夫是北京首屈一指的鉴赏名家,画画儿的功夫虽然不露,出类拔萃是绝对的。但是姐夫对秋成的画儿不大待见,只承认秋成有才气,就是画不入流,犹如一座宫殿的地基没打好,上边不管多精妙,懂行的一眼便知太虚欠火候。

理论这些的时候毓娴只是在一旁半张着厚嘴唇听。她不懂男人跟妹妹叨叨的那些"写真秘诀""传神秘要""形神形意""精简心法"都是什么。她唯一明白的是秋成的画儿还没入正道儿,要不这么多年涂涂抹抹,他的那些东西还只能在地摊儿上挑着呢。

毓敏当然信服姐夫,每每她把英正这些画论偷偷转述给秋成的时候,他常常不屑一顾:我自师承造化!

不过,秋成跟英先生之间绝无什么龃龉,春上二人还燃香三炷拜了把子,英先生即席赋诗五律赠给秋成——

聚首千余日,相交心一颗。
论才君为长,叙齿我是哥。
有事同商议,无话不可说。
染点寻芳境,联袂共蹉跎。

彼此无猜没的说,就是一满一汉在旗非旗英先生看得太过了。秋成喝多了真跟英先生争得脸红脖子粗,什么满啦汉啦回啦旗的,长的模样全差不离儿,拉屎鸟动——多事！

转眼又入金秋，秋成又来到一丹阁后院找毓敏，云山雾罩一通之后，突然觉出狮子猫不见了。

他刚一问，毓敏"嗯""啊"半天说不知道，粉白的脸蛋绯红了。

秋成一双小眼睛微微一动，倏忽把话题又扯到画儿上："你都不知道，我岂止会画猫，老虎、狮子、金钱豹、孔雀、老鹰，天上飞的地上跑的我都画。"

毓敏翻着长长的眼睫，真是吹得邪乎，老鹰、孔雀的还能看见，那狮子、老虎的上哪儿寻摸。

"一瞅就知道你信不过，西直门外有个万牲园，当年的西太后，还常到那园子赏看狮子老虎呢。"

她想起来，父亲是跟她说过这万牲园，听说当年叫什么三贝子花园，里头是养着各种野兽。万牲园，三贝子，对了，既然是万牲之园，干吗又叫三贝子？

秋成的小眼睛把毓敏的一颦一笑猜个底吊儿，他听毓敏嘴里念出个"三"字，立马儿故作高深地说："万牲园又叫三贝子花园，你知道为什么这么叫？"

她摇头，只影影绰绰知道众人这么叫。

秋成给她刬划，大清皇帝分封王公，五等爵位分别是亲王、郡王、贝勒、贝子、公。贝子也算个小王爷，当初的万牲园就是一位贝子的小花园。讲到此处他摇头闭眼："现如今那园子里到处是飞禽走兽，我兜一圈想画什么画什么。"

"那你到底都画了什么飞禽走兽呢？"

"百兽图、百禽图，只要万牲园里有，没有不能画的。"

毓敏惊喜地把一双黑蓝的眼睛睁得大大的，求他把"百兽""百鸟"拿到一丹阁这儿来。

"我抱得动？多啦！"他双手一摊又搭在肩上了，"你上我那儿看看去，满屋满墙的准保你喜欢。"

她微微把细长的眉毛蹙起来，没上过秋成家，谁知他家什么样，倒是想看看，英正姐夫答应吗？

6

第三天大清早，秋成知道英先生到鼓楼去看货，逮空子来到一丹阁把毓敏拽到一边说："就说去买猫食，到我家里看画儿去。"

毓敏吸溜牙花子，这成吗，买猫食说话就能回来呀。

"三眼井就拐两个弯，比上菜市来去还快呢。"他信手把又要往外钻的狮子猫抱起来，"让它保驾，你总算放心了吧？"

毓敏摸摸口袋真跟秋成出来了。敏娴追出来问她干吗去，她指指秋成怀里的猫，说买了猫食就回来。

一丹阁离三眼井真是几分钟的道儿，俩人没走多会儿就到了。入口进了一个清清静静的四合院，原来秋成住在只有一间南屋的跨院里。跨院小小的极静，秋成开院门开屋门毓敏一进就傻了。砚台笔墨宣纸画轴满桌满炕，好端端一间屋子怎么乱成这样？她抬眼环视四壁，哪有什么狮子、老虎、百禽百兽，全是花鸟、山水、人物，秋成瞎吹，除了一张画儿上有两只燕子，根本不见飞禽走兽哇。

秋成把狮子猫放到炕上，转脸嘻嘻地冲她说："别噘嘴别着急，这就上那边拿去，你等片刻。"

没容她开口，他出去了。她纳闷儿，这跨院里就一间房，他跑到哪儿去拿画儿？抬头再看四壁的画儿，她的心倒静下来。甭管是山川岚霭，还是虾蟹藕荷，尽管姐夫说他不入流——可特别，秋成的画儿让人看着各色。不由自主，她的双眼被西墙那四景图吸引住了：那山桃灿烂的春山，热热闹闹直像个小姑娘在笑；瞅瞅郁郁苍苍的夏山，饮绿滴绿真是葱茏欲滴呢；第三幅秋山果实累累，五色缤纷一派粉黛如妆；再品那水瘦崖寒的冬山，真真的凄然静谧宛似西子入睡，俏皮，各色，秋成的画儿像他那人，耐下性儿来细咂摸，准能品出些怪味儿来。

就是缎子顶烦人，这几天它又不安稳，在家时就闹着出去，今儿个秋成把它抱来，它蹿上跳下不老实。看画儿都不得安宁，早先就不该带它出来。见它跳到门边差点儿碰翻痰盂，她猫腰把它抱到怀里，轻轻点着它的鼻子说："闹，闹，一锤子买卖，赶明儿看还抱你出来。"

不料狮子猫不听，用小白爪子抓她的夹裤，爪尖竟然划到她的肉皮了。她"哎哟"一声打了缎子顶一巴掌，野了好几天，出来怎么更是变疯了？

一急心中更烦，刚才秋成出了跨院，这半天怎么还不把"狮子""老虎"拿回来？一是狮子猫折腾，二是回去晚了姐姐会说，真让人等得心中冒火——噌，刚刚老实了片刻的狮子猫突然一蹿跳到西墙的红木画案上，"砰"的一声把只紫砂茶杯碰翻了，亏了剩茶不多，她手疾眼快用夹袄袖子蘸住，好悬，差一点儿就洇着秋成的几轴字画呢。

气死人，她湿淋淋地紧抹几把，眼泪差点掉出来。干什么来？秋成死到哪儿去了，缎子顶今天把人气疯了！

狮子猫知道捅了娄子，早蹿到被垛子上头缩起脖子。毓敏忿忿地转身，吱扭一声门开了。秋成抱着一只老大老大的白猫，体壮足高胡子蓬蓬地在脸上绽开，它一只眼睛是蓝的，一只眼睛是绿的，大白猫喵喵两声，秋成一松手它就跳到炕上了。

毓敏又急又懵瞅眼睛，秋成不是去拿画？他抱只猫来干什么？没容开口，炕上的两只猫嗷嗷地叫上了：

嗷嗷，嗷嗷——

啊喔，啊喔——

呜哇，呜哇——

她被眼前这一幕惊住了，大白猫上身压得低低的，屁股高高撅起来，一蓝一绿的两只眼翻起来看着被垛子上的缎子顶，边叫边吹胡子，发出嘶嘶的呼噜声。

突然发现了大白猫的缎子顶也进入了另一种状态,它蓬松的黄毛打架一般乍起来,娇小的狮子猫胀成一个小圆球,它眯着双眼“啊喔”“啊喔”地叫唤,像小孩哭,凄凄厉厉瘆得慌。

“秋成哥,你不是……画儿哪,你不是拿画去啦?”好半天她才醒过来,这到底是怎么回事啊?

秋成挤挤左眼,嘬嘬腮帮子冲她做了个鬼脸,信手扽出根“绿炮台”点上:“波斯猫,俩眼的颜色都不一样,这么大个儿不顶一小老虎?比画上那假的给劲得多。”

啊喔,啊喔……

呜哇,呜哇……

嗷咿,嗷咿……

哦呃,哦呃……

你来我往一递一声,毓敏情不自禁地移步,猫叫春她当然听过,可眼睁睁地瞅着两只猫面面相视这么“啊喔”,谁见过这场面,闺女家家哪看得下去呢。

一只胳膊架住了她,她耳朵嗡嗡地全身发木发麻,竟痴痴地任秋成挎住了她。心怦怦地乱跳,七窍似乎都有热气喷出来,眼花了,怎么眼前一片花?

突然,缎子顶一点儿一点儿向下移,终于从被垛子上边下来了。像大白猫一样,它也压低前身撅起屁股,与对方你来我往地叫——“啊呜”“嗷咿”……

毓敏再也坚持不住,她激灵一下抽出胳膊,转过身子就要出去,秋成不慌不忙地退后一步把门倚住了:“你要一人先走了,狮子猫我可不管抱回去。”

“你!……”她刚想骂他,身后的猫一阵急促的狂叫,她惊异地转身,只见白、黄两团东西一阵翻滚抖动,大白猫一下子占尽优势,把缎子顶压在身下了……

她抬起双手捂住脸,俯在画案前把头低下了。一切仿佛都凝结住,凝滞中她只听到自己的心跳,还有周身血液的回响声。生命,她第一次感到心的撞击血的沸腾,长到十好几,她第一次被生命的回响所震动,震动得她浑身颤栗哟……

不知过了多半天,耳畔感到异性鼻息的温热,她腾棱一下刚要躲,却反而一弹撞到秋成怀里了,委屈撒娇嗔怨害怕激越,她紧紧搂住他的脖子不撒手:“秋成哥,秋成哥!……”

……

从秋成那小跨院出来她不敢抬头,想象不出自己刚才简直不再是她毓敏,怎么可能呢,刚才她晕了傻了还是疯了?

更奇的是接下来的半个月,她以买猫食的借口又主动几次跑到三眼井,秋成没叫她,是她自己跑来的。

等到毓娴发现将此事告诉英正,姐姐、姐夫一块儿向她晓之以理的时候,想不到她一言不发三天没出门,第四天早上两眼红红地告诉他们,这辈子要么不嫁,要嫁只嫁秋成。

什么?英先生如五雷轰顶,这话竟由毓敏自己说出,不可思议,她痴了疯了鬼迷心窍啦！

连英先生自己也懵了。他“嗯”“嗯”了几声，不知是“嗯”给毓敏，还是“嗯、嗯”地觉得耳朵听差，出了毛病。

7

毓娴劝不住自己的妹子，英先生也愣没说服小姨子。秋成硬是吹吹打打把小他十几岁的大闺女娶走了。

这之前，英先生也正襟危坐跟秋成正颜厉色谈了几次。秋成一反过去那套软磨硬泡死乞白赖，凛凛然然要多大度有多大度，怎么着都成，打了三十多年光棍不也过得蛮滋润。一切由英先生做主，嫂子做主。

秋成心里有底儿，毓敏铁定了心，谁也做不了她的主。

英先生惊诧慨叹百感交集，想不到真做不了小姨子的主。

圆房半个月，秋成才告诉毓敏，他一直憋着秋里闹猫，把狮子猫抱到家里让毓敏瞅着猫们配对儿是他蓄谋已久的。毓敏扎在怀里掐他，世上哪还有比他再坏的男人。

秋成肉皮黑黑的出油，掐不住也掐不疼，男人哪有不坏的。不坏怎能传宗接代呢。

还真是看对了眼，毓敏在秋成这屁股大的地界儿过得挺自在。当初跟阿玛（父亲）在一块儿冷清，后来在一丹阁拘束，如今伴着秋成净是乐儿。

秋成不是名画家大画家，可喝上三两信手一挥，山水花鸟皴皴染染就出来了。虽然价儿不高，可五六块大洋能标出去。钱不富裕也不愁，日子比姐姐姐夫那精打细算也不赖。秋成不是带她上大观楼看电影，就是陪她去长安大戏院听《女起解》。她开眼，尤其那电影邪乎，普普通通一块白布帐子上，怎么人呀马的全能在上边悬着呢？接下来秋成还为她买了辆自行车，他在后边把着让她练，惊险、上瘾、好玩，摇摇晃晃刚会骑，她瘾得都顾不上吃饭了。

能随心所欲上街了，路人的目光全是惊羡，陶陶的，从来没有这么开心过。

后来秋成自己也买了一辆，他俩一块儿骑车逛了一趟颐和园，来去百十里地，又爬山又逛景，晚上两人骑到西单进了峨嵋酒家，舒舒服服吃了一顿，回家竟然一点儿不累。

半年之后秋成有天对她说：“当初你不老嚷嚷着要入女师吗？”

她挑着细长的眉毛点头，当初是，可如今当了媳妇还上什么女师啊。

秋成告诉她，眼下进女师确实不易，有个小学教员的位置她倒可以去试试。她乐得一下勾住了丈夫的脖子，上女师不就为了教书去，能直接当教员简直太美啦。

她真的当成了。梁家园小学的校长经过认真考核果然把她录用了。每天，她骑着那辆三枪女车到梁家园小学校去上课，整天和天真烂漫的孩子在一起，她觉得自己又由媳妇变成一个小姑娘，真快活。

有了家的秋成还跟原来一样，喝酒，皴染，卖画，邋邋遢遢晃晃荡荡既疏懒又散漫。见他每次作画前大多喝得迷迷瞪瞪半醉半醒，毓敏心中纳闷儿，姐夫可不这样，要不姐夫说秋成那画儿不登大雅之堂入不了正流呢。她问他干吗非得晕晕乎乎才画，他说不少名士都是如此，要不杜甫有“张旭三杯草圣传，挥毫落纸如云烟”的佳句呢？他给她讲唐代大书法家张旭“嗜酒，每大醉，呼叫狂走乃下笔，既醒自视为神，不可复得”的故事。她先认为他模仿古人附庸风雅，过起小日子细细观察，他那画儿确实借着酒劲才更飘逸更传神更洒脱。最初她受不了他那烟味酒气，长了竟然一点儿也不腻味，真是嫁鸡随鸡嫁狗随狗。秋成那话，烟是工笔酒是写意，要真是没烟没酒，他那泼墨写意还真不那么虎气习习腾云驾雾了呢。

知道毓敏快活自在没受委屈，英先生心里也就不堵了。前一阵他一直转不过磨，毓敏看上秋成哪点儿了？这么漂亮的大家闺秀怎么就魔怔了鬼迷心窍了？后来见她骑着深蓝色的三枪女车快快活活地来，高高兴兴地去，自己心里也就踏实了。各有所好各得其所，正应了那句“情人眼里出西施”的常例。人家快活摩登，自个儿还“杞人忧天”干什么。

看着妹子这般快活，平日从不多言的毓娴都有些忌妒，胡子拉碴的秋成好在哪儿，怎么就能把妹妹哄得颠三倒四呢。

妹妹来到一丹阁，她常眼巴巴地情不自禁：“自行车那么窄的俩轱辘，它怎么硬是不倒能立住？”

毓敏朗朗地笑，她给姐姐讲，那叫摩擦、平衡、受力，平衡的关键在车把，车把的转动使只有两个轱辘的自行车不会倒下来。不过，这是梁家园小学校一位同仁告诉她的，更深的道理她也不清楚。

“骑得那么快，你不瘆得慌？”

“瘆得慌？好玩着呐，嗖嗖嗖地一过风，要多痛快有多痛快。”

“要是骑着半截下不来，那不一下就褶子啦？”

毓敏咯咯地轻声笑：“活人能让尿憋死？别蹬了，滑轮呀，减慢速度自然就停下来。”

“要想快停呢，比方前边突然要撞人什么的？”

“捏闸，跳下，”她索性一拉姐姐的手把她牵起来，“走，我教你骑会了，一上马路你什么都明白了。”

毓娴抽回手来红了脸，不可能，这辈子根本没想骑过车，就是猴年马月突然想骑了，英正也不会让她骑车上大街。

英正不为别的，而是认为女人就该持家，能少出去就少出去。自从毓敏当了小学教员，他还真又担起心来。秋成也不上心，时下世道多乱，毓敏独来独往上班多悬，北平行凶劫盗的屡见不鲜呐。

一天秋成来到一丹阁，他拉他坐下小声说：“这是什么世道，你就大撒巴掌大松心，出事你哭就晚了。”

秋成递他一支“绿炮台”,自个儿也划根烟火点上了。生死有命富贵在天,让女人出去闯练争自由,跟那做买卖一个样,撑死胆大的饿死胆小的,即便在家待着,顶棚上掉下块砖头兴许还砸着脑袋呢。

“当初我是向着毓敏,如今可全是为了咱兄弟,”英先生那意思又进了一层,“女人老撒着不成。”他指指外边飞着的鸽子,老撒老撒就野了。

秋成点头,他相信英先生绝对出自真心。可是,他琢磨的跟英先生不对路。世间万物皆源造化,物既天造那就要顺其天性。自己打心眼儿里喜欢毓敏,人家屈尊委身那就得让她由着点儿性,她快活了他便快活,人活一世不就为图个乐子?点染是乐儿烟酒是乐儿女人是乐儿交谊是乐儿鉴赏是乐儿,酒色才气俱全,当个这样的男人才没白活一辈子。可是,这话跟英先生说不通,英先生是真人。真人认认真真一丝不苟,自己比不了,这样活起来太板了太累了。

平日里除了论画,他们哥儿俩扯人之根本。英先生认为人之初就是性本善,秋成却认为人之初有恶有善,更让英先生接受不了的是,秋成认为人之初性本惰,人的最大天性是懒惰,你说谁不懒,谁不贪图安逸呢。

英先生用孔孟圣贤与之争辩,用头悬梁锥刺股为佐证,秋成自有他的理儿,为什么头要悬梁锥要刺股,这是在消懒抗惰呀。辩不清,谁也难把谁说服了。

这次英先生一心为秋成想,怕毓敏在外边出点儿事,可是他听不进,没辙。不叫又是哥们儿又是担儿挑,他才不闲吃萝卜淡操心呐,嘁。

今儿个秋成来,还带来自己的一张画儿。英先生打开一看,原来是一幅泼墨写意——《暮秋寒鸦图》:

疏疏落落的几杈古枝枯丫上,画着两只乌鸦,一只扬翅啄羽,一只侧目凝视。古槐下一丛荒草两方异石,整幅画面留白许多,却给人一种凄婉疏落的幽幽感觉。

“不错不错,画得落拓。”英先生由衷地感叹,这些年秋成的画儿渐趋老辣,尤其在笔力韵致上有长进。

“英哥,此画算得上我的拳头之作。”他似乎对英先生的“不错”颇不解渴,“今儿个我来,是想让您给个价儿。”

英正一怔,怎么?秋成想到一丹阁卖画儿?

“别怕,只是让您给个价儿。”

怎么给价儿?撇开这哥们儿、担儿挑不提,一丹阁虽小,至少也得卖任伯年、程瑶笙的画儿,秋成的东西只能上地摊儿,哥们儿再好也不能砸了一丹阁的牌子啊。

秋成乜着他微微颤腿,非让对方给出个价儿。

“秋成弟……”

他点头。

“这一丹阁……”

“青山居四知堂给我十块袁大头,兄弟我舍不得把肥水流在外头,所以才拿到一丹阁让您给个价儿。”

"十块？……"英先生闪开他的目光，疑疑惑惑再看那画儿。

秋成却摇摇头伸手把画儿卷起来。别难为英哥了，本来就是逗逗闷子，自己的画儿并没想在一丹阁占地盘。不过，英先生眼太高，四知堂真给他标十块大头的价儿，英先生一见自己的东西怎么总是肉肉叽叽吞吞吐吐哇。

昨天晚上毓敏告诉他一件事，他听天书般觉着奇。她说英先生也画画儿，得暇便在东夹道小北屋里画。

"你怎么知道的？"太邪了，这么多年的交情，英先生从没露过一句呀。

"眼见的，我姐带我上那小屋去过好几趟。"

他有些恼，有谁比两口子还亲，她怎么早不告诉他！

"姐夫绝对不让露，第一次我姐带我去，他急赤白脸还恼了呢。"

奇怪，这些年他跟英先生交往的话题不外是画谱、画论、鉴赏、辨析，英先生也好皴染干吗瞒着他？

他没再问英先生画画儿到底为什么，装裱不，画得好不好？一来毓敏不懂，二来英先生秘不示人他又何必打听呢。不过，独具慧眼的英先生绝对画得不赖，这一点他是深信不疑的。

今儿个的事让人不大痛快，甭拿自个儿当拜了把子的兄弟，也甭考虑什么"担儿挑"不"担儿挑"，买主来了怎么着也得给个价儿，忒死性，一丹阁就不能卖他秋成的画儿？

晚上跟毓敏说起这事，她倒是挺看得开，不是青山居好卖吗，那就上青山居卖去。连亲哥们儿都不过财，当然人家姐夫这么避讳对。

秋成想想也是，英先生这么着好，在买卖生意上一牵扯反倒容易生分了。

8

日本人一进城，北平气候大变。

古玩玉器软片硬片都麻烦了。国难当头命都难保，谁还有那么多闲情逸致鉴古玩藏字画儿？

琉璃厂变得冷冷清清，常光顾的大多是日本人。他们脱下军装换上便装，叽哩哇啦地指这个点那个，明说是买其实是拿，敢要钱吗？他们不是华北派遣军，就是日本宪兵队，要钱不是自讨苦吃吗？

其实知根底的更清楚，搜罗文物的人属东亚文化事务委员会。这伙人皆为日本文物鉴赏专家，甄辨能力不亚于北平文物界的高手。这些人来琉璃厂，陪着的都是军界便衣，见着好东西便"买"，你若将珍品入库，他们还会到库房亲自翻拣去。

英先生最倒霉，一天来了个懂画儿的，在一丹阁内拿眼一溜，便命人将八大、沈舟、郑板桥、李方膺的真迹都敛上车，连后院库房中的书画都运走了。一位翻译说好第二天送钱来，英先生一听就傻了。多少张多少钱不算账，明天怎么可能送钱来？

果然第二天没人来，第三天伪税务局的稽查倒来了，照常缴税。英先生这回再也忍不住，四壁空空荡荡什么都没了，一丹阁还缴的什么税？收税的稽查也有理，没画儿了怎么一丹阁的牌子还挂着，摘！

虽然没缴税，英先生眼珠子都红了。多少年的苦心，日本人一趟把小小的一丹阁洗劫一空了。完啦，一生经营毁于一旦，他能上哪儿去告日本人？

不过，也有几家铺子原封没动。像尔雅斋刘掌柜那画儿就没让日本人“买”走。谁不明戏，伪治安里头有人，有人买卖就保住了。

祸不单行，毓娴家东四牌楼的房子也让日本人的一支巡逻队给占了。一败涂地，英先生突然间连混合面儿都吃不起。

秋成和毓敏的日子还混得下去。

日本人来后吃的用的穿的戴的全缺，鬼市小市的买卖倒热闹起来，谁不鼓捣点儿旧货倒腾去，不然这日子怎么过？

秋成钻了这空子。他的画儿在熙熙攘攘的旧货摊上一亮，虎气生生悦人眼目，连东亚事务委员会的人都贼上了，破烂市也有好东西，琉璃厂有的画儿还带着匠气，秋成的画儿不，不拘一格才气横溢。

毓敏虽然不敢再到梁家园去教书，但有秋成卖画日子还能过得去。她也觉得怪，秋成那画儿得细咂摸，咂摸到心领神会，还真觉他笔下的东西出神入化呢。

眼见英先生揭不开锅，秋成一百、二百的票子送过来。英先生不要，这辈子没受过别人的施舍哟！秋成只得让毓敏送给毓娴，英先生竟然气得满脸煞白：“八旗八旗，我听够了世人笑话八旗，我这旗主儿穷死也要靠自立，靠本事！”

秋成醒不过闷儿，人是铁饭是钢，先吃饱了咱再想辙，谁认为你英先生人不真吃白食不自立？

“英哥，自家人您着的哪门子急？不是来了日本人，日本人不把一丹阁给毁了吗！”

“那我也不受——”英先生把“嗟来之食”又咽回去。

“英哥，您这话可太不够意思了。”

秋成要多火有多火，可毓敏在旁边扽扽他的衣襟他立刻明白英先生这是成心堵他们不要再接济。既然如此，他给毓敏使个眼色两人只好退出来。可到家之后又怎能待踏实，英先生跟毓娴就是揭不开锅，不受人帮那就该赶紧干点儿什么呀。

唉，秋成突然想起毓敏告诉他的那个秘密，英先生不是会画画儿，而且比自己画得还好吗？那就跟自己一样，皴擦点染——卖画！青山居地摊儿上卖点儿画儿，那日子还能有急吗。

想不到跟毓敏一商量，她急得伸手捂住他的大嘴岔，千万别，姐夫叮嘱多少次，千万不能告诉外人，绝对不能让人知道他练画。

秋成别扭，事到如今还分什么内人外人，他秋成也不是外人呐。

两口子为英先生着急的当口，英先生早上京西煤栈拉了一趟骆驼。英先生那话,都说旗人死要面儿,他英正干什么都拉得下脸,只要正。没想到第二天回家就趴下了。别看他当年跟秋成射鸡打兔又追又跑,两功劲儿,拉一天煤右脚脖子就肿了。找了个中医大夫一揉疼得他撕心裂肺,伤处鼓出一个核桃大小的紫血泡。秋成叫辆洋车把他送到协和,让洋大夫一诊断——骨折,疲劳性骨折,累的。秋成一听不相信,再累也不能把骨头给累折了啊。他不懂,真是这么回事,英先生一趟骆驼脚,真把脚腕子走折了。

毓娴只会哭,一哭五官更难让人分清楚。怎么办,英正这杆大旗一倒就全完喽!

卧床的英正不睁眼,叹气,双手把床单都抠破了。下不了地又不能眼看着毓娴挨饿,便托付秋成把一丹阁的硬木家具——八仙桌、太师椅、百宝格、博物柜、架儿、条案拉到小市上去卖了。秋成再也耐不住,他用拳头嘭嘭捶着条案说:

“英哥,这点儿家具卖完你再把锅盆碗灶折腾喽?完了再卖一丹阁?”

英先生不言语,第一次,两颗晶莹的泪花顺着鼻翼流下来。

“天无绝人之路,您就非在一棵树上吊死,咱干点儿力所能及的呀。”

“我学的是鉴赏字画儿,日本人把我的家抄了,把我的饭碗给砸喽!”

“那就改戏,您不也会画画儿吗?”

“你?你怎么……”英先生的两颧微红了,“那是自娱,功夫火候差远啦……”

“既然您口口声声谈自立,那就先自立了再自娱,变自娱为自立!”第一次,秋成用这种口气跟英先生说话。——木,英先生怎么木到这份儿上。

“可是……”

“可是什么,您既鉴赏又练画肯定比我这不入流的俗手强得多。”

“不不不……”

“那成,您一旦下地就拿起笔来做画,我代您拿到小市上卖钱去。”不管英先生干不干,反正事情已经捅破了,秋成这次决心给他拿主意。卖家具不是又回到旗主儿们坐吃山空的老路上去?有能耐得会变通,没有过不去的火焰山。

一个月后英先生真能下地了,秋成找上门来立时让他画画儿去。艺多不压身,这不正好用上啦。

捏着鼻子又让秋成接济了这些日子,英先生只得把他带到夹道内的那间小画屋。秋成从没进来过,刚迈进门槛他就惊住了——精品,怎么还藏着这么多精品呐。

正对屋门的是一轴文征明的《绿阴清话图》。只见窄长的条幅之上,山岭巍峨岩崖险峻,长松挺秀翠柏森森,飞瀑倒泻叠泉涌流;在山石之间,沿着盘桓的山径,草堂茅舍错落,古刹寺观隐隐,并为松柏流云环绕,使人觉得异常神秘。画面充溢着宁静清幽的气息。山村中共有三个人物:一位童子携琴过桥,池畔平坡对坐着两位文人,一人握轴一人展卷,似在吟咏卷中诗文。作者采用散点透视高远构图,前后景物叠叠次次尽收尺幅,但又不使观者一览无余。画家巧妙地利用山势的延伸,树石、崖坡、曲径、屋舍的掩映，把观者视线逐步引入幽境，时如置身峡谷，时如登临高峰，时如漫游池畔，时如亲抚古松。

这幅佳作笔墨精细皴擦劲健，山石多用枯笔平擦，柏叶又施工笔精点，勾勒点染交互运用，精细而不板弱，繁密而不杂乱，绝臻笔不妄发而五色俱佳的艺术境界。

惊叹之余秋成再自条幅左上留空处瞥一眼，那里还有作者自题的一首七绝：

碧梧凤鸣涧草香，
绿阴满地话偏长。
长安车马风吹面，
谁识空山五月凉。

好画儿，英先生竟然还藏着这样的好东西！

目不暇接，他的目光马上又移到一幅唐寅的《事茗图》上。在那宽三尺有余，高不到一尺的横幅上，画面近处山崖陡立，巨石箕踞杂树浓密。山崖巨石之间，溪泉曲折细浪潆洄；溪岸之侧有茅舍数间，庭前双松挺立苍翠凌云，屋后绿竹成荫回环掩映，远处濛濛烟霭之中峰峦秀起，山涧飞瀑鸣溅，山下溪泉潺潺。整幅画面清幽舒畅静雅宜人，真可谓"无丝竹之乱耳，无案牍之劳形"，推给观赏者的是一幅神仙佳境。

这幅《事茗图》用笔沉着而又活泼，工细之间藏寓着老辣与狂放，令人一睹唐伯虎清新秀逸、风流倜傥的洒脱风格。

在这幅画儿上，秋成也见到一首五绝行书：

日长何所事，茗碗自赍持。
料得南窗下，清风满鬓丝。

字迹也秀逸潇洒，可是诗后空了一些——欸，他再侧着看文征明的条幅，诗后也无款识。他急急地四处逡巡，那沈舟、扬州八怪、八大山人的画幅都无落款——天！都是英先生画的，英先生的功夫以假乱真哪！

不知过了多半天，他才转过脸来敢看英先生。岂止是北平首屈一指的软片鉴赏家，英先生的画艺已臻绝境，怪不得他看不上自己，怪不得自己的画儿上不了一丹阁的台面儿呢。

英先生反而有点儿不好意思，他两手在腰臀处抹着衣襟："临得不好，你别见怪，瞒着是因为……怕人笑话哟。"

"英哥，它们绝对以假乱真哪，"他上前一把抓住英先生的手，"填上款识，不但您衣食不愁，一丹阁马上又能赚回来！"他绝对相信这些名画儿都是真品。

"造款儿？"本来讷讷的英先生瞬间把两道眉立起来，自己毙的就是假画儿，秋成怎么想到让他也造成假来？

秋成一下打了个冷战，真是的，只痴迷在画儿"真"上，怎么忘了英先生乃世间难得的"真人"，饿死他也不会制赝，自己刚才真是利令智昏。

"英哥，"他抓着脑瓜顶讪笑，"说走了嘴，您别生气，我是说咱造个款儿……蒙那帮小日本儿呀……"

英先生凛凛地盯着他，哆嗦了半天嘴唇没言语。自己一辈子就是图个"真"，想不到亲睹自己毙画儿的秋成又说出这样的话，相濡以沫的秋成竟然还不理解他！

"英哥，您别急，刚才我不是人，就算胡吣了几句还不成？"秋成真怕了，他怎么把英先生那"真"那"正"给忘了？嘻嘻讪笑着，他把袖子挽起来，"这回您随便画，署您真正的大名，保准比我那东西见好价儿。"

英先生半天才吁出口长气。当然得这样，不叫迫不得已，这样他也绝对不干呐。

秋成赶紧铺开宣纸滴水研墨，亲见英先生作画，自己肯定会大受裨益。

一切准备就绪，英先生无奈地摇头，伸手把画笔拿起来，熟练地在宣纸上皴擦点染，梅花的疏枝先勾出来，主干向下倒悬，两脉分枝一高一低，其间错综几枝细杈，寥寥几笔大致轮廓就先勾出来。

神来之笔，秋成"啧""啧"连声，比自己的梅枝老辣得多，英先生怎么练就得这功夫，邪。

接下来，英先生再圈花点苔使那枝梅花隐隐成形的时候，秋成两只眼睛越瞪越圆了。只见嵌上花朵的梅干令他顿生更为精妙的感觉：有的笔柔墨润，有的笔墨苍劲，有的老干与青枝互生，有的青枝嫩杈上反有苍浓小点。这不求划一，力表神韵的"没骨"画梅正是扬州八怪之一的李方膺的《墨梅图》，英先生烂熟于心地画的是李方膺的东西，和临出来的丝毫不差。

秋成愣愣地看了半天，轻轻用手指向宣纸左上角的留白处："英哥，此处空的太多。"说着，从笔筒中拿出一枝中楷，醮了醮墨在那里写下四句诗题：

十日厨烟断未炊，
古梅几笔便舒眉。
冰花雪蕊家常饭，
满肚春风总不饥。

"秋成……"英先生尴尬地满脸通红，掂着画笔垂下脑袋。

"英哥，您临画儿的功夫炉火纯青，所以仿都仿不出变化，李方膺，我在画谱上见过李方膺这幅《墨梅图》。"

"秋成……"

"画，师造化不师古人，画张你自己的东西！"他把这张《墨梅图》抻开，又掩过一张宣纸来。

“我……”

“画，画呀！”

英先生拿笔的手哆嗦起来，他的头竟然也不由自主地微微晃动，两只深凹的眼睛做贼般瞟瞟四壁，又慌乱地移到面前的宣纸上，几次刚欲抖抖地落笔，又触电一般抽回来：“秋成，我……画谁的？”

“画你的，画你的。”

英先生怯怯地再抬手，一笔在宣纸上落下，抖抖落落的一排竹节刚现，秋成脱口在一旁大声吼：

“深山绝壁见幽兰，竹影萧萧几片寒！”

英先生只得停笔，郑板桥的这幅竹图秋成熟悉！

秋成把一双小小的眼睛挑圆，伸手抻出这张竹图一撇，又垫上一张新纸：“重来，再画，画您自己的。”

英先生惶惶地四顾，他那喉节上下移动几次，费力地咽下两口唾沫，神思恍惚地再醮墨，颤颤巍巍在宣纸上刚刚皴点一下，秋成一把攥住了他的腕子：“衙斋卧听萧萧竹，疑是民间疾苦声，拾人牙慧，英哥，一笔我就看出又是板桥的。”

秋成刚刚松手，英先生把笔一搁颓然坐下了。张张是画谱，抬手就是名家的，画不出，他画不出一张自己的山水自己的梅竹。

秋成苦楚地摇摇头，他比英先生还肚痛，英先生绝没制赝品，他“真”得失去了自己，是“真人”而不为英正，这还有什么意思呢。

“英哥，日本人是坑了您，可您又被一个‘真’字困死喽！”言毕，他挥笔在一张宣纸上写下郑板桥的一首诗：

画竹插天盖地来，
翻风覆雨笔头栽。
我今不肯从人法，
写出龙须凤尾排。

龙飞凤舞铁划银钩，不是颜柳欧赵任何一体，只是他秋成那笔豪放落拓的狂草。书毕他将笔一丢，不屑地看着英先生：“板桥人、画我皆崇拜，可他的诗、画我只学了这博采众长，以己为主的傲骨与风范。”

英先生抬不起头，只想钻地缝。

“英哥，你不是英正；英正，你看看我，看看我这活生生的秋成！”他从没这么暴怒过，攥紧两个拳头向英先生狂吼。

不知过了多半天，脸色灰黄的英先生缓缓地抬起头来，好一会儿才把重重的眼皮撩起来：“秋成弟，让我清静会儿，明天……我一定，给你画出我的画。”

“真的?”看着微喘的英先生,秋成的心突然酸起来,真是不留情面,他的咆哮对英先生刺激、震动得太大了。

“真的,你先去,啊? ……”

他退出来,也是的,瞅英先生那脸色儿,够哭的过儿。

9

第二天早上他又匆匆赶到一丹阁。还是急,他急着要见英先生自己的画儿,哪怕一枝一叶一苔一圈,只要是自己的——也好哇。

令他万万料不到的是,被英先生领入东夹道的那间画室,他一个愣怔惊呆了,天! 那些临、仿的“名画”全部叠挂在一溜儿南墙上——弹洞,每一叠画幅上都散布着密密麻麻的弹洞!

许久许久,他才从愣怔中苏醒过来:“英先生,英哥……”

英先生动动嘴唇,半天也没说出一句话,只是抓起他的右手,紧紧扣在自己的掌心中……

10

当天晚上秋成回家,毓敏问他英先生画没画出自己的画儿。秋成说没呐,不过很快就能画出来,一旦画出肯定比他秋成的东西还要好。

她娇嗔地乜他,嗬,这回没吹,谁知他又闹的什么猫腻儿,先绷绷儿,待会儿钻进被窝再好好掐他一阵,看他还弄不弄这“春秋笔法”。

苦涩缤纷

1

晓雨和亚男虽然都很漂亮，是外语系难分伯仲的两朵系花，众人瞩目，可她俩还都比较严肃。如今漫说是艺术院校的学生、教师，就连他们这相对土气的师范院校也放得很开。校方对学生的管理抓得还是挺紧，学生部的团委会的保卫处的总查宿舍，男生女生只要不检点就要杀一儆百治一家伙，不刹不行。麻烦的是年轻教师。未婚同居者司空见惯，其实他们的观念也未尝没有道理，志趣爱好生活习惯脾气秉性生理心理，都不妨互相熟悉适应一阵子，为的是将来的婚姻家庭基础牢固些。让领导侧目的是少许全新观念的先生女士，每至夜幕降临，教师单身楼内的气氛不再像过去那般空寂与冷漠。男人女人小有串换，为数不多却影响极坏，头疼。

不好管只能睁只眼闭只眼。高等院校讲究的是科研成果和创收，一位离退部长的公子为学校引进了外资，每年效益三百多万，两千多教职员工人人受益个个分红，再苛责贵公子在生活上不够严肃，老利用住单身楼的便利愉悦身心，那就太不识时务不近人情不通情达理了。

晓雨、亚男独立寒秋。追她俩的男士很多，但她们能洁身自好。女人毕竟要自尊自重，要不人类造词中有处女无处男。连美国都又兴起了处女协会，他们开放得轰轰烈烈昏天黑地死去活来之后，女孩儿们终于意识到童贞的宝贵——返璞归真了。晓雨亚男不约而同地想跳跃一下，跃过那段“开放”，多持续一段各自的童贞。

并不拒绝恋爱，并不崇尚独身，她俩是并蒂的两朵系花，回头率都绝对地百分之百。

亚男心目中有了一位白马王子，政教系的何为。一米八五的何为风度翩翩，在每周六的全校舞会上鹤立鸡群。他的国标跳得飞转流旋，挺腰、甩头、弓腿、屈步的潇洒流畅令所有男士黯然失色相形见绌自惭形秽。不过，是何为主动邀请两位系花的，他不殷勤，亚男晓雨也不会那么痛快地老陪他在舞池里兜圈子。

后来亚男有了跟何为的第一次约会。因为何为悄悄告诉她，他更喜欢的是她，她的眼睛如大海一般澄澈，她的唇线更清楚风姿更绰约气派更高雅仪容更优美。

亚男以有何为这样的崇拜者而荡漾着一种公主式的欢欣，但是也有令人颇不遂意的遗憾。何为在政教系，教的是政治经济学，纯粹瞎掰。那一套是怎么说怎么有理。从计划经济到以计划经济为主市场经济为辅到今天的全面放开市场经济，按说这些理论发展是顺应发展潮流的，可是教政经的那些先生们在不同的阶段既批判超前的也抨击滞后的，永远立于与时代默契配合的不败之地，甚或刵划得面红耳赤激昂慷慨唾星飞溅——无聊得不能再无聊乏味得不能再乏味可怜得不能再可怜——当然，有人是真心有人是聪明有人是无奈，何为就属于无奈吧，可无奈的出路和发展在哪里？何为何为，何为你得有点儿作为啊。

晓雨一点儿都不忌妒亚男，还帮亚男做了侦察与了解，何为在舞场潇洒倜傥在单身楼却是严肃的。但如果让她做选择，何为确实还远远不够。白马王子首先得富，富在精神上富在物质上。否则王子便徒有虚名，连唐·吉诃德都不如，吉诃德最起码还有中世纪欧洲骑士的精神，还趁一匹瘦马呐。

她跟亚男坦诚地交换了看法，并且告诉亚男系里系外的人说何为不过是个衣裳架子，到了北美、西欧，百分之五十的男人都一米八以上，你与何为如何缔造生活，何为的发展在哪里？那些优势都是面儿上的。现在多少博士硕士抑或在学术上大出风头抑或下了海发财，看样子何为成不了于光远、厉以宁那样的理论家；下海呢，下海得成浪里白条，要光卖卖馅饼还不够丢人现眼呐。

亚男陷入了情网。她完全赞同晓雨的见解，何为的家庭背景不顶，学无所长，在精神上物质上都属于老少边穷。但年轻同性投来的目光是那般地忌妒，难得的无马穷王子，屈就吧奋斗吧。

调动求变思维求异思维，奋斗就得思变。

何为没有下海他出洋了。东摘西借凑了四万亚男跟爸妈要了两万帮助他交了去悉尼菲斯大学的学费，还有办护照、签证、机票的花销，破釜沉舟义无反顾，何为挥泪告别了亚男，成为一名自费勇赴澳大利亚的淘金者。

何为走了亚男并不孤寂。她与何为商量好了。何为淘到金子她也上悉尼；即便混得不好几年英语学下来回英语系也戳得住，要不到外企谋个差事告别老少边穷是不成问题的。

系里也没人再踩咕何为是衣裳架子了，出了国气候当然不一样，郎才女貌比翼齐飞，挺般配。

亚男对晓雨的动向反而大惑不解，她和艺术系的老勾搭勾上了。老勾实在上不了台面儿，而晓雨被多少男士瞩目在遴选异性的圈子里，居高临下纵横捭阖呀。

可是晓雨对亚男说，每个人都是一个世界，勾划涂涂抹抹挺有意思的。

2

勾划在艺术系邋邋遢遢也挺有名。他见过不少靓女，但阴错阳差没受到一位淑媛的垂顾。加之是少白头，未至不惑便两鬓添霜，所以见过报办过画展的勾划——挺帅气的一个名字被邋遢老相腌臜了。连那些比他大二三十岁的教授们也都称其为老勾，既然成了老勾，他的这方天地也便没了风流甚或被年轻漂亮的女士遗忘了。老勾无所谓，整天闭门造车，兴致都在勾勾划划上。

晓雨知道勾划其人但从没正眼看过他。印象中的老勾常常穿着和尚衫大裤衩子拖鞋就到饭厅去打饭。不打不相识，是一次非常事件使她跟老勾碰撞认识的。

一天晓雨刚下楼，201 窗户内抛出一团油画布，刚巧落在她的裙子上。吓一跳，那红色的油墨把她月白色的连衣裙下摆盖上一个大圆戳，她抬起头来大声嚷：

“干吗呢？上边的！”

上边的没吭声，竟然把窗户关上了。她气冲冲地上楼，嘭嘭嘭地敲 201，老勾半天才探出脑袋来：“谁呀？”

“你看看。”她气喘吁吁，两手把裙摆撑得高高的。

“哎哟，对不起对不起，”老勾两眼瞪得大大的，“要不然……你脱下来我给你洗一洗。”

什么洗一洗洗一洗，晓雨瞥一眼他那脏兮兮的衣服，还怕衣服到他手里反而越洗越花越洗越脏呢。再说令人生气的是赶紧关窗迟迟开门明知故问，老勾这人不仅邋遢还很滑头很恶劣，不看他那满头灰发怪可怜的真想损他几句才解气。她气嘟嘟地甩下几句“注意小节”“不必了”扭头而去。为这事跟这人争竞没意思。

回去正为洗不掉那块红戳印别扭着，老勾第二天找到宿舍里。送来一块布，蜡染印花的。她很惊奇同室的女友们更是个个惊喜。那抽象那印象那别致那新颖那色彩没治，别提。那块浅灰为衬的布料上由红黑蓝组成了长不长圆不圆方不方扁不扁的奇异图案。老勾把它抖开，有的地方像眼睛有的图案如远山有的勾划似蕉叶有的形状同湍泉，莫名其妙，是令人咂摸不透回味无穷的一幅画。晓雨闹了一个大红脸，这不是布料是老勾的一件作品呐。她坚决谢绝不收，生气归生气可怎能让人赔这么一块好料子？僵持半天又觉得这样撅老勾又有点太让人尴尬了，便红着脸把布收下说：“你要非这么客气我就留下，可我要回敬你一样东西，”她抄起桌上的一听雀巢，“你也不能缩缩叽叽，我们交换。”

老勾伸出两只满是油墨的手急急地摆，不要不要就是不要，边说边闪边开门慌慌张张逃走了。

同室的女友对这块蜡染布赞不绝口，亚男见到它也惊叹不已，市面上到处都有蜡染布，可是图案差多了。老勾会做蜡染布？他进过作坊学过蜡染有这么一专多能吗？大伙儿只知道他会雕塑会油画。

晓雨第二天又去送雀巢。醉翁之意不在酒，她急需知道蜡染布的出处与来历。进到老勾屋里她生出许许多多的惊奇。大白天窗帘捂得严严的，吸顶灯桔黄色，光线柔和却暗暗的。他独居一室的单身宿舍竟然没有床，一桌一椅其他台台架架上零乱堆放的全是书啦画的跟雕塑。老勾请她坐到那把椅子上，自己咕咚一声坐在屋中一块地毯上。她不好意思居高临下送雀巢，逡巡左右也出溜下来了。

“勾老师，”她第一次称呼他为“老师”，“您晚上在哪儿——”

老勾拍拍地毯：“这儿，多功能，有它什么都齐了。”他马上反应出她置疑的是什么。

她咯咯地笑,不禁又把身子缩了缩,地毯上边撒了颜料油墨,坑洼的地方是烟头烫的,这不跟地一样吗。

她首先从还雀巢别介意礼尚往来没关系谈起,想不到老勾还挺幽默,全是毛主席革命路线三大纪律八项注意损坏东西要赔偿不拿群众一针一线。她咯咯,老勾真逗真够好玩儿的。

半天扯到那块蜡染布,老勾告诉她那确是他画的,用熔化的黄蜡在白布上勾划图案,上色之后煮去蜡质其实很简单。她这才闻到蜡味,这才发现墙角有一个电炉子,上面还有一只比脸盆略大的红铜盆。真是作坊,老勾不是画画儿的吗?她发自真心地赞美,老勾又从桌下抽出好几块蜡染布,色彩图案各异,她面前呈现的竟是色彩斑斓的狂鏊晴岚、天都松泉、金鸡破晓、秋山万木、落叶铺金、归舟唱晚、江流月涌、飞瀑湍泉,如醉如痴的诗情画意,却又并不荒老,幽远的意境间浸透着的内涵全是新潮、印象、现代。

真喜欢,要是这些东西做成衣服穿在身上多美呀,可是块块是人家的作品哪好意思商量价钱买下来。聊了半天她耐不住还是问老勾:“您的这些蜡染布每块多少钱?”

老勾诡谲地笑笑:“想要了解价钱你得答应一个条件。”

她眏着黑得发蓝的眼睛点头,这还讲什么条件?

“不能反悔,还你的那块蜡染布已经算是你的了。”

“可以,谢谢啦,”她指指那听一百二十八块钱的大雀巢,“这个您也不能客气呀。”

老勾把那听雀巢抱在双腿盘坐的凹凹里,伸出脏兮兮的右手来:“搭钩。”

咯咯咯真好玩,没想到老勾这么有意思。她伸出右手食指和老勾的指头搭在一处,两个人喊了声一二三齐声说:“搭钩搭架一百年不许要。”

她又笑,咯咯咯。

万也想不到,老勾松手之后告诉她,每块蜡染布一千美元,美国、西欧的商人通过华瑞集团收购他的蜡染作品,有多少要多少,皮尔·卡丹公司、克利夫兰公司已经用他的蜡染布为模特做了新潮时装,甚至觉得可惜,他们正准备将其作为一种更高档的室内装饰幕、装饰画,在西方推广呢。

晓雨愣在那儿,再也没咯咯,有点儿傻。

之后她三天两头上 201,现在美元与人民币的比值差距越来越大,黑市上 1∶10,有些地方都 1∶12,哪能要老勾这么贵重的东西,它不是布是价值昂贵的作品呐。

老勾只回她一句话,咱们不是搭钩搭架了?而且每回来都让她看雀巢,听内的咖啡眼见着少,真喝,干吗那么小里小气的?

蜡染布价值 1 千美元她没跟亚男说,可老勾的地毯泥巴颜料窗帘幽默她没保密。亚男也陪她上 201 来过两趟之后劝她以后别再去,邋邋遢遢脏脏兮兮,别听老勾瞎侃什么杂乱美褴褛美残缺美，白天都拉窗帘你待在他那儿不压抑？纯粹一旧社会一阴暗角落。再说也寒碜呀，瞅瞅老勾那个头儿那头发那皱纹那肤色，有这样的爸爸都不光彩，成天跟那儿泡什么？

晓雨听不进。老勾不仅好玩还很独特。头一回去那屋是昏昏暗暗很压抑，但那吸顶灯是变色的，当室内变换为藕荷色的暗光时，她感受到一种温馨一种静谧，好像远离了世俗喧嚣与社会。她问老勾为什么白天也要创造一种暗室的条件进行创作，老勾说那样会烘托出一种氛围，会把世界缩小，会让自己孤独起来，会在一种内在的孤独中进入只属于个人的艺术天地，那样才会激发灵感沉湎于迷狂。那样才会如醉如痴地献身于自己热爱的事业与艺术。

晓雨点头又摇头。她倒是知道什么悲愤出诗人国家不幸诗家幸什么的，可孤独怎么还有内在的外在的？人人有过孤独感她也常孤独人们不是害怕孤独——怎么还要孤独内在一番那不更加孤独了？

想不到老勾知道得那么多。他告诉晓雨人类有两种孤独感。常人中老处女的落寞心境、亲朋离散的凄凉、遭人遗弃的失落、沦落异乡的愁苦，还有鲁滨逊那般身陷孤岛与世隔绝的无奈，这些孤独都是外在环境造成的。具有机缘性很具体，是浮在表层次的一种心理意识，环境改变即可改变，它是外在的。而内在的孤独是一种深层次的心理意识，常常是朦胧的无可名状的难以言喻的。正因为说不清道不明，这种孤独感才有种根本的亘古的原始的永恒的无法驱散的哲学深意在里头。

晓雨听到此处更呆了，老勾岂止邋遢有趣还如此的深沉厚重呢。

"那您也具有根本的内在的孤独感觉吗？"自从进入老勾的这方天地，她不由自主地把"你"的称谓变成了"您"。

"根本性的孤独与生俱来，爱因斯坦、梵高都是如此。"

"我问的是您。"

"它也能通过情境呼唤出来，我这不是在创造氛围吗？"

她明白了，怪不得老勾的画室这么昏暗："您是为创作而进入孤独的世界，还是本来就喜欢孤独呢？"

老勾告诉她，两方面的因素都存在。一切艺术创造都源于这种孤独感，而这种孤独伴随着根本性的怅惘和忧郁，企图抗衡这种孤独感，便成了人类文化创造的最顽强的定力与内驱力。

好新鲜，既呼唤又抗衡，她从没听到过这么奇特而又令人叹服的理论。再细咂摸老勾，那灰白的长发极有特色，艺术家才能生出这样的头发，有味道很筋道，绝不是第一面时的好玩挺逗了。

她越来越觉得自己这系花的光彩有点儿黯淡，都说女人是一本书，其实男人更是，老勾更是一本大书欸。

可不是嘛，艺术家的气质兼有哲学的味道，她不但从老勾这儿了解了梵高、莫奈、高更、塞尚、毕加索的作品与风格，还通过康德、培根、萨特、卢梭的思想丰富了自己——可不是浅薄吗，自从学了外语教了外语而且不亚于外教的水平以来一直洋洋得意，能流畅地与老外侃侃而谈，这是社会上多少人羡慕钦敬的本事与位置？其实呢，它只不过是一种交流感情传递思想的表达工具，就如学会了使锹又练就了抡镐，西方人云游世界谁不会好几门外国语，在中国不过物以稀为贵，就像会开车的司机吃了大香，外国人人会开车那还叫本事？说真的，越跟老勾接触越觉自己孤陋寡闻好浅薄。

憋不住，她愿意把丰富到自己身上的东西与亚男分享，亚男却不屑一顾。

“你别听他那通胡刞划，故作高深，留神，其实他在你身上打主意。”

“看你把人想到哪去了。”她不相信老勾别有用心，反而遗憾相交晚了，老勾这本书读起来深入浅出妙趣横生使她觉得生活变得充实了厚重了。

“想到哪去了？就跟何为邀请咱俩跳舞一样，老勾别有用心才对你那么殷勤的。”

晓雨也赌气：“即便他真的打我的主意又怎么样？”

“你当办过画展就成名人了？三流画家，他那画多少钱一张，有人要？你不还跟我分析过何为的老少边穷问题吗？”

晓雨把一千美元一块蜡染布的事情告诉了亚男，老勾可不属于老少边穷地区的。

惊诧之余亚男说怪不得，金钱万能它能填平一切沟壑把毫无关系不可思议的两个方面恰到好处地璧合，她明白了怪不得。晓雨不想多分辩，更吸引她的是“书”，亚男不理解不认识不承认老勾是本大书，遗憾。

不过亚男提醒她，搞绘画的招术之一就是勾引女人做模特，你可别越陷越深难以自拔中圈套。

晓雨心中倒是动了一动。听老勾讲了不少米开朗基罗跟罗丹，现在正读着他借给自己的丹纳的书——《艺术哲学》。作为当代女性她并不认为这有什么肮脏罪恶与龌龊。如果老勾真的向她提出这样的要求，她会从人体美的角度去理解，但还不至于真为老勾当模特。她跟亚男比起现代派的俊男俏女们本来就严肃一些，守身如玉的提防不会被轻易冲垮的。

当时，她愣了片刻回答亚男：“不至于，你放心吧。”

亚男仍然不放心。她闹不清晓雨的“不至于”是老勾不至于图谋不轨，还是晓雨不至于被一千美元一块蜡染布及深奥的艺术哲学弄晕了绕进去。本来她想第二天再敲打嘱咐晓雨几句，一件意想不到的事情先让她措手不及，简直要崩溃。

3

何为两手空空从悉尼回来了。

漫说是淘金，差点儿连返程机票钱都没凑齐，亚男惊得脸色煞白，何为变成一个霜打的茄子，青呀灰哇紫的都涵盖不出他的心绪与脸色，一言难尽。

在亚男的撺掇下，何为是孤注一掷破釜沉舟远渡重洋的。为了亚男为了爱情，遥远的澳洲有一个瑰丽的梦。谁想刚下飞机那梦就让他一激灵——

接他的一个音乐学院毕业生，见面的第一句话竟然是："哥们儿，你来赔了。"

他的心一"扔"。最高标准是淘金最低标准是精通英语，这哥们儿搂头盖顶先闷他一杠子真够让人寒心的。

岂止是寒心，一到菲斯大学就更凉了。根本不是想象中的危楼高耸绿草如茵的什么学府，只有二层四间教室的一个小楼。不能住宿自己找地方。私人办学，不宰人让你上澳大利亚享福来？校长教师工友，教职员工总共才六个人。接他的那哥们儿也是国内转了八道弯介绍的。人家给他介绍到一个地方落脚就拜拜了。他更傻，两间屋子加他六个人住在一起，三男三女住一单元比国内条件差多了。来之前他做好准备一边念书一边淘金，没想到那五位男女告诉他，漫说是淘金，泥瓦匠筛沙子的活儿都找着费劲。移民局有规定，每周自费留学的华人打工不得超过二十小时，否则查抄罚款雇佣双方都违法。先来的人们一拨拨回去了不少，上学别打工，打工的华人太滥了，不打工光上学吃喝住宿的开销哪找去？人人鬼鬼祟祟，个个举步维艰，人生地不熟没有几人混得好。何为一听介绍，心更吊起来，怎么办？沦落他乡温饱无着他哪还学得进去英语啊。

根本没上学，在东悉尼西悉尼南悉尼北悉尼四个街区整整转悠了三天，一位建筑工人收下他干小工。和泥筛土扛洋灰搭跳板，敢情跟中国一样的砖瓦灰石手工操作。不是早就听说外国楼房一天六层摩天大楼三四百层两三个月的工夫就起来？

谁受得了这样的军事化。那位大胡子如猛虎下山带头片刻不停分秒必争，何为哪适应过这强度？罪孽。大汗淋漓手忙脚乱，每天四十澳元折腾得他晕头转向两眼昏黑。从小没干过这么累的活儿，这回痛彻心扉地品尝出什么叫受"洋"罪。第三天他迟到了十分钟，领工的告诉他扣掉工资的一半。还用一半英语一半汉语骂他是猪，说西方人的8小时就是480分钟就是28800秒，每一秒钟都是钱，中国人的时间观念太差了。

忍气吞声任人斥挞，他晕倒两回又两次硬挺着站起来。浑身如同散架但他槽牙都咬松了，六万块钱花出去怎么着也得再赚回来，不，咬牙得再赚十万八万才能衣锦还乡呢。

更加受不住的是心理上精神上的压力与刺激。洋人看他们的目光除了不屑一顾轻蔑藐视还掺杂着厌恶。不管在商店在地铁在街上，那灰眼睛蓝眼睛黄眼睛投来的目光都令他芒刺在背。实在不堪忍受，连条狗都比打工的华人强得多。

更令人不可思议的是，老乡见老乡，谈何两眼泪汪汪！

按说在异国他乡的炎黄打工仔们该互相体恤患难与共同舟共济有福同享有难同当吧，岂料个个青面獠牙剑拔弩张斤斤计较六亲不认。第一天晚上看电视，同室的老K就跟他说："这电视是大伙儿凑钱买来的，你是把钱摊在房租里，还是看一天交一天费?”

他懵得不能再懵。这又不是电影院,几个人看也是看增加一个人看电视谈何按天计价要收费?他告诉老K,不明白他说的什么规矩和意思。

老K对他说:“按天算只要你看一眼就得半澳元,纳入房钱可以天天看,你每月的二十澳元房租就要增加到二十四。”

“这是怎么个算法?”

“还是看一个月值,要不你看八天就够四澳元那多出的房费了。”

他好凄惶,同在异乡何必这样呢?后来他才知道,用谁的锅你得交锅钱,用谁的壶你得交壶钱,人人都在为生存而斗争着。中国那套你我不分哥们儿义气在西方世界使不得。人家父子之间都分得一清二楚的,我们也得适应环境这么做。干吗来了?不就是为了抠钱掏金吗?

说实话,他一直向往资本主义,这时才把资本主义金钱拜物铜臭剥削的本质看透了。那天同屋的钩子要回国,其他账目都结清,大伙儿要他把房门钥匙留下来。钩子说配时三澳元你们若要出两块,再来新人卖给他。老K不干说太贵,说自己配的这把钥匙才一澳元。双方争执不下最后钩子把自己那把钥匙当众用钳子拧断算完事。他不能白给五个人留,留下人们又会卖给再来入伙的。

何为成天嘬牙花子,中国人沦落他乡怎么都变成这样了?

如果不是一次意外的工伤他再忍辱负重也会熬下去,六万元不能白花了,更重要的是身后还有亚男呢。那天又跟那工头一块儿搞室内装修,往顶棚上一块一块吊石膏板。多少次上下高凳他双腿打软,再一次下来取改锥他往下一跳,踩在锤子把上他“哎哟”一声蹲下了。钻心地疼,站不起来。工头还算发善心,把他抬到附近一家慈善医院脱下鞋,脚脖子竟然崴出一个青紫青紫的大血泡,撕脱性骨折,踝骨当即复位固定了。虽然慈善医院没跟他要钱,可是那位工人老大哥跟他拜拜了。

一天也耗不起,同屋的几位炎黄兄弟谁也为他使不上劲儿。一个叫袁音的女士对他还不错,早回来几次为他做饭熬粥,别人各忙各的哪为他耽误得起。

怎么办?医生说这种撕脱性骨折恢复得慢,断骨愈合之后不得负重,再过力再负重筋腱抻了还要出问题。至于这次工伤,他至少要休息两个月。

叫天天不应叫地地不灵。两个月挣来的一千多澳元只够一张机票钱,要耗在此地养伤六十天弹尽粮绝可就坐以待毙了。他拄着双拐到“菲斯大学”去退学费,谁想那里就是没有一点儿人性味儿。校方给他一百五十澳元说已与他没有任何关系了——人家也有人家的理,你只顾打工不来上学违反移民法,再纠缠我们就要把你送到警察局,旷课两个月你已经被取缔除名了。万般无奈,步了多少泪洒悉尼的打工仔之后尘,再丢面子也得回去,不能在资本主义屋檐下活活饿死呀。

其实做出这种选择岂止是痛苦简直是残酷。他踌躇满志地辞了工作告别亲友走得那叫轰轰烈烈,如此回去怎么见人?坐上飞机他几次想从窗口一跃而下,可那飞机的窗户全是封闭的,即便能打开也容不得一个人的身子钻出去。到了北京哪还有脸见亚男，埋葬掉过去的一切，可是不容埋葬他就又后了悔。怎么还有脸回来？悉尼三面临海，当初和蔚蓝永恒在一起不就什么都解脱了！

拄着双拐当时真走不到海滩，可瘸着个腿怎么上的飞机登的梯子？不，懦夫胆小怕死丑恶，自己也太没皮没脸了啊。

是亚男重新鼓起了他爬起来、勇敢地面对生活的勇气——

亚男一句也没埋怨他。

亚男还愿跟他做朋友。

亚男答应跟他一起想办法。

亚男是他回来一周后，找到家中送来这慰藉与清凉的。

——亚男又何尝不心碎。

当初她与何为要好系里风言风雨说他不过是个衣裳架子，如今败落还乡丢了工作人们没踩咕但心中谁不明镜儿，他连架子都不架子了，整个儿一块废物点心。一切都破灭了，在学校脸上无光回家爸妈也嗔怨她："还没怎么着就凑两万块钱帮他交学费，我们当时就反对。"是这么回事。谁让坠入情网利令智昏一心想让白马王子远离老少边穷呢。女人爱哭，可这回哭不出眼泪，何为现眼她更丢人，他败落还乡早在全校传得沸沸扬扬了。

权衡一下自己和晓雨，何为跟老勾，当然他俩远远不如人家了。

万般苦楚只能跟晓雨说。何为不仅是衣裳架子还是废物点心。进退维谷。跟他吹系里会说自己无情无义落井下石；不吹自己跟衣裳架子过一辈子在老少边穷里混什么，白马王子的形象早在心中轰毁了。

晓雨思忖好几天对她说，恋爱不等于婚姻，朋友也不见得非成伴侣，即便是夫妻不也常有分手的？眼下何为最最需要的是温馨体贴与帮助，自费留学的打工仔泪洒东洋泪洒西洋的报道有多少？何为不叫工伤不叫万般无奈不会轻易回来的，你说呢？

亚男也心疼何为。她相信何为在她面前信誓旦旦的爱情绝不是虚伪的。其实她也真爱何为哟！再者周围那些幸灾乐祸的目光反而使她在严峻残酷中变得更加忠贞与坚定，你们越是看我的笑话我就越跟何为一条道走到黑，破瓦寒窑还能暂避风雨呢。

既无挖苦嘲讽更无暴风骤雨般的宣泄与奚落。亚男还告诉何为，说明天那个叫勾划的也要上家来看他。

老勾？何为认识老勾。政教系艺术系去年一块儿带毕业生到西安实习过，那次他跟老勾住同一宿舍熟悉的。但他回来就没再跟老勾有过什么联系，老勾这时找他干什么，他不愿多见学校的一个熟人哦。

第二天，老勾真的跟晓雨一块儿来看他。老勾告诉他，自己的蜡染制作有一个供销点，何为如果暂时没有更好的位置可以到那里先帮忙，每月工资八百元。何为没想到老勾竟然还有什么代销点，他感谢老勾的关心和体恤，但是不能去，混到这步田地还顾什么面子不面子，在国外靠人施舍在国内不能再靠旁人施舍了，再脏再累再丢面子的事情得自己干，他得自己重新打出一方天地来。

亚男也拿不定主意。也是的，出出进进都在海淀这科技文化的中心，多少人在电子一条街上大展风采，何为寄人篱下算什么？

天无绝人之路，正在一筹莫展焦思苦虑之际，何为的爸爸联系了一家化工原料厂，只要何为舍下脸来前景还是可观的。

既然能赚钱，何为根本不再考虑什么脸面不脸面。在悉尼时那洋工头成天骂：你们中国人干起活来是人，生活起来不如一条狗；我们西方人干活是狗，生活起来才是真正的人，人，人！

他对这话刻骨铭心。甭管多脏多累多现，干活像条狗丢掉面子腰里有了钱才能活得像个真正的人，干！

亚男听何为老爸备细说明工作内容和性质，叹惋半天最后也只得顺水推舟——干，不这么着哪成呢。

4

老勾根本没让晓雨做模特，亚男想得太多，晓雨也挺不好意思的，多心，把人琢磨到哪儿去了。

尽管老勾肚里装了那么多西洋哲学西洋美学西洋艺术西洋技法，但他崇尚的是民族的国粹的。

晓雨慢慢才知道，老勾毕业于中央工艺美院油画系。油画在国内的装饰装璜上还是比较幼稚的。因素有多方面：油画、雕塑是西方美术的灵魂与根本，漫说是达·芬奇、拉斐尔那样的文艺复兴时期空前绝后的大师，我们连列宾、苏利科夫的艺术高度都难以企及。人文、信仰、传统、历史、风俗、地域，甚至人种，每种艺术形式都植根于特定的土壤中才独领风骚奇葩独绽的。人家油画讲究的是人物是个性是内在的精神世界，我们这块儒道佛三位一体的土壤上常常把人家强调重视的东西给淹没，这如云岗石窟乐山大佛再神奇也没有残缺的维纳斯雕像更辉煌更不朽。反之西方的油画又创造不出我国水墨画表现出的深远与意境。地域使然人文使然，郎世宁这位意大利画师效力清宫五十年，把焦点透视、油画技法融于中国水墨画得再好，也比不了八大山人沈舟石涛郑板桥。道理简单得不能再简单，各自的国粹变成了杂烩。

晓雨叹服得五体投地，怪不得老勾的着眼点在民族在国粹。别看老勾邋邋遢遢其实超前得不能再超前。在国外的同学几次邀他到国外卖画儿去，说那差事比在饭馆打工油水大得多。他不去，一来街头卖画只能赚小钱，二来出国就得当贵族，他要让老外哈他来，做人干吗摇尾乞怜的。

那天他和晓雨去了一趟王府井，在麦当劳花六十元买了两份快餐和饮料。他没吃两口便扔了，问晓雨味道怎么样。晓雨说吃过两回还可以，老勾说这三明治中的起司简直把他气死了,是臭的。这是头一回也是末一回,再也不让起司“气”他了。

晓雨脸上热热的,老勾在麦当劳一气多露怯,旁边好多人看着呐。可是细一咂摸也是的,自己爱吃那鱼的虾的鸡的面包加起司吗?起司是有股国人不易接受的味道——味同嚼蜡啊。可是为什么捏着鼻子还能吃?扪心自问并不复杂:新潮快餐、风光气派、沙龙氛围、附庸风雅,曾经吃过——最重要的是不喜欢还爱来,适应,既然新潮就要适应,连西方的饮食习惯与口味都要去适应,到底要干吗?说得清又说不清。其实起司真是臭哄哄的让人反胃。

回来之后她还放不下这件事,看来在“起司”问题上心理倾斜比生理上的味觉嗅觉还厉害,老勾是实实在在的,自己还真有点儿虚荣,不,是虚伪。

竟然没害怕,她跟老勾来往密切在全校传开了。亚男传递给她的综合反馈可比何为的衣裳架子沉重得多:鬼迷心窍形同父女定有蹊跷不可思议。她一笑置之。本来她跟老勾之间什么都不是什么都没有。中国人从上幼儿园就为老师表现为家长表现为别人活着,今天她从老勾这里得到充实得到丰富感受到了幸福与美好,别人爱说什么便说什么无所谓。

老勾的世界是幽远的静谧的而又斑斓夺目的。他把雕塑、油画的本事用在捏泥人上蜡染布上服装设计与剪裁上。别看他眯着不大的眼睛老是傻兮兮,绝对大智若愚大巧若拙呢。信手便能剪出一个公鸡、山羊、梅花,几捏几攥一块胶泥就成了一尊小娃娃。这里到处是山花到处是生命哪里有亚男感受到的那沉闷那杂乱那压抑?其实,老勾最得意的创造在蜡染。云贵少数民族的蜡染是一绝。他在融化的黄蜡涂满的粗布上用油画技法绘图着色,使其出现明显的凸凹、明暗、变化、质感、联系,怪不得每块布料都是作品,怪不得西洋人喜欢出高价。

岂止是熏陶,晓雨在这里得到了极大的满足与快感。老勾告诉她,每个女人都是一道风景,是风景就要漂漂亮亮千姿百态地展览给异性。

——吓她一跳。

其实呢,老勾说的是另外一回事情。一块蜡染布,他三裁两剪就为她设计好一件别致新奇的服装。不用缝纫机,他让她一块儿动手缝,常常是粗针大线,那色彩那款式那简练,她穿在身上的件件时装,都是巧夺天工的勾划专利勾划精品。

一个惊奇接着一个惊喜。老勾还把一块布或剪一刀或一刀不裁地在她身上左一搭右一缠上一披下一绕,枫丹白露式威斯康星式迪特纳姆式的效果各异,真想不到,老勾简直是一个魔术师。

竟然煞住了全校的风言风语。那些色彩明快构图精巧款式简练的时装穿在晓雨身上的效果绝不亚于风靡巴黎的时装模特。太精彩了,老勾是有两下子。

“你干吗总爱红黑搭配呢?”谁知怎么回事,她把“您”字又回归到“你”。

“红色热烈黑色深沉,它们的融和能生出铁与火。”

“你干吗偏爱蓝色呢?”她发现,勾划在涂抹蜡染的时候,常常使用蓝色。

“蓝色表示成熟与稳重，其实我在冬季才更多地使用蓝色。”

还真是。天气渐凉的时候，老勾涂抹出的蓝色披风中有点点绛紫红，给人的感觉偏暖；而深宝蓝与宝石绿搭配让她立刻觉出一种华贵与庄重；蓝与灰蓝与白蓝与黑又显得协调简练。而老勾告诉她，蓝色要和桔黄、大黄、鹅黄拼接在一起，那给人的感觉就呆板，甚至傻兮兮不伦不类了。

能没意思吗？好有意思哟。

亚男却顾不得晓雨的服饰还有她跟老勾的关系到底发展成什么样子了。她全力以赴投入了另外一场战斗，拉下脸来跟何为甩开膀子干，看来确实大有可为呢。

5

何为的爸爸能在化工厂联系到旧漆桶，两块钱一只。如果能烧掉漆疤加工整形重新油饰每只能卖到九块钱。外地化工厂愿意要，新漆桶的价格每只要二十元。

两块钱进货卖到九块升值的七块是力气钱血汗钱。何为什么都不顾了。每天烧漆桶砸漆桶刷漆桶拉漆桶送漆桶，只有丢掉一切面子穿行于当代文明的标志——海淀电子一条街，骑着板儿车往返于四季青乡与各个需要的厂家，才能一只桶一只桶地把钱挣出来。

满手的油漆洗不掉，一张奶油小生的脸在烟熏火燎风吹日晒下变糙了。他一往无前不叫一声苦不喊一声累，干起活儿来像狗，只有具备西方人的现代观念，才能过上西方“人”的日子呐。

在租借的离玉泉山不远的两间民房里，他一个人叮叮当当修修补补涂涂抹抹，一头扎进去丝毫不觉累。

亚男也跟着受了罪。亏了在大学教书有时间，眼看着何为近于疯狂地玩儿命，她哪还待得下去呢。真是应了伟大领袖那句话：雄关漫道真如铁，而今迈步从头越。要紧的是抓住机会，机不可失时不再来哟。

又实在接受不了那烟熏火燎，还有那令人恶心的油漆味。更别提这活儿多难下手，帮忙油漆洗不掉，怎么回到教室双手捧书讲课去？还脏衣服呢，现在有多少工种还需要穿工作服？最难堪的是她骑着车尾随在何为的板儿车后边运漆桶，道道目光像蝎子蜇。那天她刚跟何为取桶进入电子街，一帮92级英本的学生呼啦一下围上来：“韦老师吉祥，您跟这板儿车后头干吗呢？”

郑少秋正在北影摄制棚拍《戏说乾隆》的续集，“皇上”成为男女大学生崇拜的偶像，那“吉祥”用语竟然“潮”过了OK、哈喽、好都由都，“吉祥”风靡北京城的大街小巷。

她让这“吉祥”尴尬得语无伦次：“哦……我……帮忙呢。”

帮什么忙，全系师生都知道她跟何为在玉泉山脚下鼓捣旧桶呢。一个叫卢晶的女孩子说：

“韦老师，你干产业比卖馅饼强，产业工人现在已由蓝领白领进入铁领时代了！”

“对，卖馅饼是伺候人，掉价儿！”

……

她的脸红一阵白一阵，这就不掉价儿，把人丢尽喽。

一月下来两人却意想不到，纯收入三千，供销畅通只要扩大加工难说效益会是什么样！

干，大干，既然已经舍下脸来那还怕什么，只要有钱，来钱，还有什么可顾的。

亚男都跟着全身心地投入了。化工厂的旧漆桶是何为爸爸联系的，亚男听社会上多少人讲过，私对公最好办，只要通过私对私的渠道变成私对公其实是私对私——听着乱，其实道理极简单，那公家的旧桶全凭管事的一张嘴，那桶的价钱可以随意变，关键看你能不能把管事的攻下来。亚男打听到主管物资的副厂长私宅，送去一台平面直角27遥大彩电。果然两块钱一只的旧桶变成一块。效益大增，第二个月的纯收入变成六千。当然这其间有她跟何为更多的汗水跟通宵达旦。

这起步这抬头晓雨老勾都知道了。亚男也不再让晓雨防着老勾了。说起送彩电增效益的事情晓雨不明白。

“光天化日之下不一下就让人家发现了？”

“你真木，晚上啊。”

“她知道。”老勾最明白晓雨的光天化日并不单单指白天。

“你们真木，”亚男也马上反应过来了，“有发票，找张发票写上五百块钱的内部处理价，让他交钱。”

“亚男你真行。”老勾呵呵。

“我是木，你还真有两下子。”晓雨映着长长的眼睫，她真没想到亚男真行这么会攻关。

“什么时候糖衣炮弹都不能赤裸裸，咱们给他们发射严肃包装的糖衣炮弹，得给他们留退身步，这么吃着才踏实。”亚男又给他们讲了好多名正言顺冠冕堂皇的黑吃黑，晓雨觉得亚男这才跟着何为刚干俩月，竟然有些陌生了。

亚男虽然摽着膀子扶助何为抡圆了干，她觉得何为也有些陌生了。

他怎么变得那么细？

自从“卖”给管事的副厂长一台27遥，何为对一块钱一只的处理桶进货更严，有的磕瘪变形的侃到八角，露出砂眼的磨到六角，再有那踩得不成样子的白拉自给。人家全都答应了。何为细细地在厂里分类，一只一只地讲价钱。亚男都有些挂不住，一角两角地计较争竞，耽搁时间累心呐，再说人家知道咱们的身份，也不能这么掉价儿没起色啊。

何为不干。他说他一无牵挂什么身份都没了。臭苦力装卸工油漆匠小器作流氓无产者什么都是什么都不是。能光着膀子穿行在堂堂海淀电子一条街，还有什么放不下的呢？

回到作坊他更劳神。经过敲打整形修补烘烤刷洗油漆之后，他把产品分成六级：一级15块，二级13块，三级11块，四级5块，五级3块，六级论个卖废铁，想不到这么一归类，那河北、山西的乡镇企业更欢迎。一级的比国家出厂价便宜3块，四级的5块钱一只也凑合使，只要装进油漆重新卖出砂眼漏了反正不是自己的，买卖兴隆。何为好细致，3块钱的桶什么都不能装他当炉桶卖，专有农民买去做炉子。心计用到这份儿上，效益能不大增吗。

亚男既心疼他太累，又觉得他不再是那跳国标的何为——怎么那么陌生了？

扩大生产就得加人。人手从两个添至六个。专找那十六七岁的山西河北的大姑娘小伙子。这些人大多第一次来北京。何为一天到晚蹬车拉桶长了不少见识，江浙人聪明能干但是滑头，北方人懒散呆笨却很实诚。那些开饭馆的掌柜的告诉他，还是雇北方的工好，督紧了奖勤罚懒，至少这些人不敢把你一辆三轮骑跑了。即使犯事也好追查，安徽的江浙的坑你一头子南下了，你鞭长莫及哭去呗。何为心中更有底，雇来的工人不计件，每月一人一百还管饭吃。他与被雇佣者实行"三同"，一切都是军事化，睡在作坊吃在作坊干在作坊。一分钟不能耽搁，一分钟不能偷懒。现在近郊取送漆桶他派伙计承运，来去严格掐算时间，疏懒怠工一定扣除工资，按分钟加倍扣，连亚男看着都过意不去了。

"这些孩子从没来过北京，可不看哪儿都眼花缭乱的，你至于吗？"

"西方就这样，悉尼就这样，资本主义有产阶级的财富就是这么争分夺秒创造出来的。"

"他们毕竟是孩子。改革才十四，最大的粉碎也才十七呀。"毕竟是女人，亚男心疼，不能把孩子用得太苦，他们也是人，农村来的孩子也是人呀。

"对呀，他们得名副其实，改革再小也要适应改革形势下的节奏，粉碎就该彻底粉碎中国人的劣根，鲁迅深恶痛绝的就是国人那哀其不幸、怒其不争，还有那肉肉孬孬的慵懒惰性。"

她不舒服，何为冷峻得近于残酷。

那天叫春荣的姑娘倒霉了，鼻子流了好几次血。亚男听系里老师说过，青春期有的女孩子爱犯这种病，倒出血。最容易疲劳和乏力。她见春荣脸色黄白还肚子疼，就让她到床上躺一会儿，何为竟像冲了肺管子一样吼起来："让她晚上加班，你不能这么纵容她，口子一撒就全散了。"

她把他拽到一边小声说："嚷什么，人家倒出血，你呀什么都不懂！"

"什么倒出血正出血，她不就是鼻子破了吗。"

"那是因为女孩子那个了！"

"没有的事，鼻子流血是上火，上火多干活儿就全好了。"他竟然凶凶的，还继续叨叨着出汗败火。

亚男第一次因为干活跟他急："不成，今天就得听我的。"

他听了她的她还是气。可是晚上两人漫步在四季青乡田埂上的时候气也就消多了。第二个月盈利六千，第三个月一万，照这样下去不但扔在悉尼那六万块钱马上就能补回来，他们发财致富兴旺发达步入小康指日可待呀！

“那你也别太那个呀。”

“还不全是为了你，我这一切全是为你弥补为你奋斗为你不顾一切呀。”发自内心，没有困厄中亚男的温馨与慰藉，他也不可能扑腾到今天。

“可是你也太——”

“道德标准不一样，神探亨特和麦考尔你不是最崇拜最喜欢？”

她点头，郁郁的目光又添进迷惘，怎么又扯到那儿去了？

“可是我们中国要出这么一对孤胆英雄，那不整个是俩流氓了？”

暮霭中她一扭脖子红了脸，说的是什么，何为怎么这般锋芒赤裸了？

“西方资产阶级怎么登上历史舞台的？金钱动摇了中世纪封建主的权力，根基。”

她淡淡地笑，看来何为还有点儿东西，不全是个衣裳架子，出国一趟资本主义理论也学了一点儿来。

“疯狂地聚敛，他们才登上历史舞台，如今他们才高度发达把我们甩下多少倍。”

“那你也疯狂着聚敛，要走资本主义喽。”她觉得挺好玩，何为留洋没镀上一层金，但这被剥削的切身感受上升到理论，不但有趣儿还挺咄咄逼人的。

“多研究些问题，少谈些主义，世纪之初这样的高论就有了。”

“留神自由化，你可别信口开河啊！”这话她马上予以制止，别以为成了流氓无产者就能肆无忌惮的。

“本来就是这么回事。”

她马上把话又截住：“哪么回事？我倒是想起伟大领袖一句话。”

“什么话？”

“残酷的经济剥削，你比地主阶级还厉害，”她笑呵呵地接着说，“可别再加上政治压迫哟！”

“按劳取酬，我这套用工制度就是文明的科学的合理的。”

“还要加上疯狂的缺少人性的。”

难得徜徉在晚霞中，尽管想法认识不大一致但何为那“一切为她”的真情最有说服力，是种效力极强的中和剂。她相信他全身心地一切为她。看看他那蓬头垢面满手洗不掉的油漆又好酸楚，她对自己的选择无悔，生活很苦涩但何为的一腔真情也算使她平衡了。世界变得多污秽，真情毕竟是动人的。

当然还有憧憬，那是另一根支柱，憧憬是触手可及的，眼见着月月效益翻番，陌生被中和冲淡了。

入冬的一天傍晚，晓雨老勾骑车来到他俩的作坊。何为满手油漆，亚男正在和面，晓雨大吃一惊。

“亚男，你这是干吗呢？”

“和面烙饼啊。”

“给谁烙饼？”

“我们八个呀。”亚男伸着满是面疙疤的手划了一个半圆。

“干吗不去买，这不到处有卖烙饼跟切面的？”

“晓雨你太不现代了，没看报纸上介绍，《北京人在纽约》剧组，在美国拍片多艰苦多奋斗，那些大腕儿都自己做饭，咱们怎么就不行？”

“可……”

“烙饼一块多一个，自己一天烙八个就算一个钟头，不就省出五块来。”亚男竟然给她算开了账，说火多少钱面多少钱油多少钱，烙饼中放的那包儿盐倒可以忽略不计了。

“这环境使我想起《英雄儿女》，小何，”老勾转过身对何为点点头，拉开架势唱起来，“风烟滚滚唱英雄，四面青山侧耳听，侧耳听……”

“哎哟老勾，你真是搞艺术的，说唱就唱想象力真够丰富！”亚男麻利地搓着手上的面疙疤，朗朗地笑起来。

浓烟滚滚。

何为的作坊院里还没停工，伙计们正在烧烤着漆桶。不协调不舒服，海淀的绿地已被拔地而起的高楼侵蚀得越来越少，这滚滚的浓烟更把田园的清新乡野的味道破坏了。

“我说老勾，这么严肃的歌曲你可别把它唱得那么凄惋哀凉的。”何为更不舒服，这调侃这戏谑谁听不出来，别自命不凡，他何为前三脚至少蹚开了。

“小何跟你说实话，这场景确实把我带到血肉横飞的战火硝烟里，”老勾搓搓手，“我们帮你们做饭。”

“别介别介快坐下，”何为也觉得那句话说得欠礼貌，赶紧绰过一条板凳来，“骑到这儿用了一刻钟？”

“二十多分钟，”晓雨看看那满是油漆的板凳，把袖口也绾起来，“坐什么，亚男我帮你烙饼，保你外焦里嫩呢。”

“别别别，”亚男看来已有了一段时间的和面经验，又拍又揣很有劲，“这段距离我骑一刻钟就到了，不一样就是不一样，二位是消遣，我们是战斗。”她不像何为想得那么多，高高兴兴很亲切。

“看你说的，不用帮忙咱们索性就坐会儿。”晓雨拉老勾在油漆凳子上一块儿坐下了，不然何为又多心。

没坐多一会儿，看着人家在硝烟中战斗实在不踏实，俩人借口回去有事告辞了。

何为亚男也没挽留，烙饼熬白菜，晓雨他们看着是不带劲儿。

回来的路上好长时间都无话，晓雨说不出有种什么感觉，其实本来就不是一种,所以也就说不清。直到临近后门的时候,她才郁郁地对他说:“真是你说的血肉横飞,还有血迹斑斑血盆大口,刚才我觉得星星都变成一个一个的血珠了。”

“那是视觉的变形,扭曲。”

“我不明白。”

“真是应了古人那句话:天下熙熙皆为利来,天下攘攘皆为利往。精神的道德的什么都丢掉了,可不,世象本身就变形扭曲了。”

还真是,何为还有情可缘,亚男怎么变成这样了?自己跟亚男多好哇。

不过回来躺下也就平静了,世象如此亚男怎能不变化。不过她为自己一再默祷,千万别在熙熙攘攘之中,也混迹其间只为利来只为利往。明天再问问老勾那句话是谁说的,记住它。

6

六七个月后何为的积累已经接近了六位数,实在想不到。亚男除了庆幸自己的选择既大义凛然又充满女性的善良美好之外,还悟出了一些人生的哲理。正如老祖宗说的那样:祸兮福所倚,福兮祸所伏;塞翁失马焉知非福。历史得反观,人生的轨迹也同理,倘若何为不上悉尼,他肯于毅然辞职沾一身油漆滚一身臭泥?即便他在澳大利亚站得住脚,半年之内能有眼下这作坊的效益?倘若他不山穷水尽能像今天这般卧薪尝胆义无反顾背水一战吗?创业,不跌跟头没有挫折他们何尝能杀出这条前景灿烂的血路来?

她竟然也不累了。浑身像上了发条,不知疲倦地焕发出活力战斗力。

叶方吐碧的时候,她在垫漆桶的报纸上发现了一则消息,一口气把它读下来,然后拽住正在装车的何为让他看。

何为匆匆扫她一眼:“我哪有工夫看报,什么事情你说。”

“九二青春选美大赛,选美!”

他的手一直没闲着:“选美怎么了,你也想试试?”

“啊。”她突然之间动心了。国外选了多少年美,这于她一直挺诱惑,听说南方一些城市前年就已经选开了。

“选不选你都最美,冠军。”他一刻不停地往拖拉机上放漆桶。

“那是两回事。”

“多少奖金?”

“这上没写,倒贴钱多少人也愿意参加啊。”

“关键是时间,你可不是半劳力了啊。”何为毫无兴趣,亚男全身心地帮他并且投入了,这钱是实实在在的。

“何为,我已经为你全部投入了。”

“我知道我知道,脚丫子朝天,我现在开着车,你知道精神上有多累。”嘟嘟嘟,他把拖拉机的火打着了。

上个月何为花三千块钱买了一辆拖拉机，效率高多了。虽然不再费大力气蹬三轮，可精神紧张更加累心了。

早就听人说，他也摸透了，警察不罚黑牌车、清洁车跟公共汽车，专截出租车、个体货车违章的，个别警察更黑，要不国家机器上哪提成去？所以何为没买130。再说也不合算，买车不过六七千养它一年得好几万。听人劝吃饱饭，买了一辆河北牌照的拖拉机。

警察照样找碴儿：开大灯开小灯开方向灯开刹车灯开雾灯，灯亮慢了罚车脏了罚开快了罚慢了碍事也罚你。有原因也没原因，高兴了不罚警察烦了也罚你。

他花一千块钱买了一个廊坊执照，留一平头戴一墨镜反正在郊区跑整个儿一村儿里的。只要警察截住他真一副村儿里的面貌：老婆在农村倒点儿破铁桶家里没饭吃身上就剩十块了。穿官衣的看他满身油漆一车破桶确实有碍观瞻，知道榨不出油水也就不愿跟他费唾沫。这招儿真灵，那天还跟老勾、晓雨津津乐道："你们不知道，这我才知道黑吃黑，那帮穿官衣儿的丫挺最黑了。"

"是吗？"何为这一口一个"丫挺"的变化，常给他俩一个又一个扑朔迷离的惊奇和不好意思的尴尬。

"你知他们丫挺想罚你找不着碴儿怎么着，那天打开我这廊坊执照问，上边写着蓝色儿怎么变成蓝黑了？"

"问你这拖拉机的色儿？"晓雨觉得很好玩。

"是呀，这不鸡蛋里头挑骨头吗，我说风吹日晒车子一旧不就变黑了。"

"对呀。"老勾也觉挺新鲜。

"这不抬杠吗，丫挺说我态度不好罚态度，你说孙子不孙子。"

"你老装廊坊的人家逮你几次不就露馅了？"晓雨很替他担心。

"摸敌情啊，迂回作战，哪个口松哪个口紧，心里有底才能钻空子。"

让晓雨惊奇的是，最近他们来，全是何为谈他与警察周旋的惊险与故事。因为何为说天天历险，天天都在打游击。

亚男完全理解这故事的背后何为累心，开着一辆河北省的拖拉机在海淀转悠能不累心吗。

可是，北京首届新春选美她动了心，选美跟歌曲大奖赛一个样，哪有标明奖金多少的？只要你成功了，那点儿奖金算什么？不用说那些"美国小姐""世界小姐"，一旦折桂便财源不尽，中国这些大腕歌星不也是如此，何为对付警察那么油，怎么在文化活动面前就木了？

先不谈能不能当"小姐"，至少选美是艺术，其实何为也应当去竞争"先生"呢，怎么一跟漆桶干上就什么都不顾了？

亚男拽住他继续说，他伸出两只手让她看，两个月都洗不出来，咱们还是脚踏实地，我是农民不奢望也不可能当"先生"。他瞥瞥亚男欲言又止，真想跟她说她也难夺冠，美是相对的，强中自有强中手，你还是老老实实帮我和面、刷桶吧。

亚男不甘心，何为是太农民了，毕竟自己还是一个风姿绰约楚楚动人的大学英语教师呀。

她找晓雨去商量，就个伴儿也壮胆，她俩难分伯仲都不该放弃这次机会的。

老勾竟比晓雨还激动，他支持亚男去，撺掇晓雨也别放弃机会。这活动本身就是锻炼和陶冶，干吗不去竞争呢。老勾热心地帮助她俩分析，身材、容貌都好，再加上外语是本行，尤其是亚男教口语更棒些，都是优势。但是，老勾又告诉她俩，选美又绝不局限在外表上，文化、修养、气质、风度、人体，这一切是综合的立体的全方位的，审美取向层次很高，她俩既要参加就要全面准备，光凭着装亮相、舞蹈两下是不成的。

亚男心中又没了底，最初跟晓雨一块儿听老勾侃过几回什么卢梭、叔本华、康德，一点儿也听不进，故作高深。现在想想多知道些东西答起问题会有用。她急着问老勾，那萨达特的存在主义到底是怎么回事。老勾眯着小眼笑起来，告诉她提出存在主义理论的是法国的萨特而不是已被刺杀的埃及总统萨达特，选美不问这些问题不如抓紧看看《读者文摘》《青年文摘》最实惠。当晚亚男真上阅览室借了一摞这个文摘那个文萃，原来她倒是一直喜欢读这类隽永的短文章，可是人家会问这里的问题吗？这里什么文章跟选美有关系？后来晓雨告诉她，主要是让你抓紧时间看点儿书，这里绝对没题目。亚男又不踏实了，真跟晓雨一块儿报完名，心中空空地一劲儿犯嘀咕。

初选开始之前，老勾要她俩穿上泳装到201让他过过目。他满意，都很颀长匀称又不失丰满，选美的人体得分是很有分量的。亚男问他泳装出场这么重要？他说不管是谁，如果有一罗圈腿那就干脆退出去。她俩笑，两人的腿都很美。老勾也指出了缺陷，她俩该去各买两副厚厚的海绵乳罩，乳峰咄咄逼人才能弥补东方女性胸部平板的不足呢。

亚男这回没说老勾别有用心，反而打心眼儿里感激他。

斩关夺隘。上千人报名的北京之春选美大赛，前两轮淘汰之后还剩五十名，晓雨亚男双双进入了复赛。

何为心中不痛快。好容易扑腾出一个眉目来，此时此刻哪能松懈？亚男来得少了还练什么时装步舞台步，不抓挠着干活看的哪门子《读者文摘》！其实什么泳装啦人体啦他都想得开，要紧的是时间，这阵子又跳开了舞，舞蹈表演要花多少心思跟工夫？他这当年的国际舞星想想那玩意儿就反胃，来钱？解饱？亚男倒好，琢磨开了“担鲜藕”，那也得俩人演，眼下她怎么可能生出这般闲情逸致来？也难说，位置不同，当然她没有自己这番紧迫、争分夺秒的拼劲与感受。

那天，亚男下午过来不帮着做饭，竟然要把复赛中的“担鲜藕”要“担”给他看，他双手一摊耸肩：“亚男，我又不是杨丽萍、戴爱莲，你自己看着练吧。”

“你这舞星好大的架子啊！”她惊奇地瞪大了眼。

“我是什么舞星，我跳的那是交际舞，”他嘿嘿，“流氓无产者，农民，我还有什么架子?”

“什么不是舞,是舞都触类旁通的。”

“我不通,我要全通就不干这个了。”他的腔调都变了。

“好,这是你说的!”

那天,亚男本是来帮着干活的,何为这话真气人,她骑上车子走了。农民!就是农民!

刚出村子她又回来了。何为是累,最困难的时候自己都没这样过,何必呢,他拼死拼活都是为她,她绝对相信这是千真万确的。

何为也转忧为喜,跳吧,爱怎么跳就怎么跳,他还从节奏、连接、起伏、舒展上指点了她半天,尽管不是一种舞,好赖协调轻快优美都是一回事,他明白。可是当晚亚男回去之后他又埋汰起来,哪有这闲心,亚男太不理解他的疾苦与负荷了!

每晚都能跟伙计一屋睡死过去,嗔着怨着一会儿便鼾声大作,连自己都心悦诚服,农民便农民,农民睡觉才香呢。岂料第二天早上天才蒙蒙亮,外边有个女人轻轻地叩门:“何为是在这里吗?”

他迷迷瞪瞪被伙计推醒,谁找他?这声音怎么好像在哪儿听过呢。

7

开了门他像是在做梦——嗯,袁音,这不是同在悉尼的袁音吗?!

“小——袁!”

“小何,我一下就把你找到了。”

袁音本来白白的瘦瘦的,现在眼皮微微有些浮肿,怎么好像身子也——

“你……什么时候回来的?”他奇怪,袁音不是在悉尼,怎么她也回来了,上这儿找他干什么。

“实在混不下去,我也早就回来了。”她的身体变得笨重了。

“唉,进屋进屋。”他趿拉着鞋措手不及,不知把袁音往哪儿引。

袁音见那作坊兼卧室又矮又黑,里边的被子还没叠,便转过身来给他说:“外边空气好,我们到那边聊聊去。”

他答应。骨折时只有袁音向他伸出温暖的手,要不是她天天早回来为她熬粥,那几天连饭都吃不上呢。

两人向西走,坐在一片桃林的垄沟上。袁音忧郁地看着远方的地平线:“想不到我来找你吧?”

“哪里话,你给我的印象最深了,很高兴能见到你。”

“你们男人都走了麦城,我们女人就更难了。”

他点头:“老K他们呢?”

“全军覆没,就剩下小季在那儿孤军奋战呢。”

小季?就是那又瘦又小的上海姑娘?每天打完工累了就会哭鼻子,她怎么倒在悉尼坚守开了阵地。

“小季找到好事了?”

“跳脱衣舞,每天能挣一百澳元呐。”

他一愣,小季怎么干了那事情!

“看来你混得还可以,伙计就雇了好几个。”袁音把目光收回来。

“原始作坊,算是赶上了一点机遇,六个月干下来,我已经盈利十万了。”也说不上是吹,他摆的都是实际,比在悉尼强多了,相信回来的人谁都没他这么幸运。

“真为你高兴,我呢,一点儿着落都没了。”袁音走前是一所中学的音乐教师,回来自然无法再回去。

“你不会……”他想说去当家教,可当家教又能挣多少。

“我想让你帮我拿主意。”

“让我?”他转不过磨,自己能帮她拿出什么主意来。

“帮你干点儿事,不好吗?”

“帮我?”他瞥瞥不远处的作坊,袁音能帮他干什么。

“你也应当帮我,也得考虑了。”她垂下眼皮拍拍自己的肚子。

嗯?绕来绕去是这么回事,他愣了一分多钟一捺双膝站起来,无赖,讹诈,想不到袁音这么丑恶!

“原来你找我来是敲诈!”蓦地,他的目光好冷厉。

袁音一点儿也没动感情:“本来我不想来找你,找你来也绝不是要敲诈,”她看着自己的布鞋,双脚,“既成事实迫不得已,真是的。”她沉重地把头摇了摇。

倒使他的心又一沉。袁音的体形是变多了,肚子虽然没有凸挺,但她确是浮肿笨重了。她的言辞一点儿也不激烈,不激烈倒沉重,竟把他蹿起的火气扼制住。

“你想怎么样?”

“只是想找你商量。”

“咱俩有什么关系,你凭什么找我来商量?”

“你和他有关系啊。”她还是不急,轻轻弹着布鞋上的一块黄泥巴。

“袁音你这就无赖了,还有钩子跟老K,他们之前还有男人呢!”

“是你的,你走后我就搬到地下室一人住,再也没和男人睡。”

“不,你讹诈!”

“我是找你商量的,你不认账有DNA,亲子鉴定到那儿一下就水落石出了。”

天!他先是慢慢往下蹲,哐哨一屁股坐在地上了,怎么办?谁料到又蹦出这么档子事,袁音不紧不急使他轰一家伙眼前冒出金花来。

——其实,他跟亚男、晓雨一个样,都很严肃真很严肃呢。

想不到自费留学打工是那么个住法。悉尼的第一个夜晚吓他一大跳。晚上洗漱的时候男男女女进出卫生间都不插门,洗澡更大方,男的在里边女的给擦背,女人在里头老K、钩子又揪又掐逗闷子。他目不斜视看电视,想不到老K跟他讲完怎么算账换上一盘毛带子，没有情节全是赤身裸体的那玩意儿；他脸热心跳缩缩叽叽不敢看，钩子搂着小季过来在他身边坐下了："何为，我不信你在国内没看过。"

"我……看过，可是……"他是上的中文系，跟哥们儿看过一回，片子又污又花瞅着好费劲。再说都没结婚哥们儿坐一块儿都讷讷地有些不好意思，此刻男人女人一同欣赏实在更是别扭不自在。

"国内是偷偷摸摸鬼鬼祟祟，人家这儿公开出租一澳元一天，没人管放开了，公安局的管不着这一段儿。"

晚上睡觉更新鲜，自由组合交叉捉对。

他听不了那喘息那呻吟那席梦思的弹簧声，夜，白夜，心狂跳，青春，男女，难道国人出洋，刹那之间就变了洋人？

第二个夜晚他闭上眼也如同大睁着。别人尽情地宣泄之后酣酣地睡得好香，他眼前还在过电影。这是一种什么样的刺激！东方的传统道德是那么悠远而又古老，他第一次觉出它的厚重与温馨。太突然了来不及反应，自己毕竟是中国人，他们毕竟是素不相识萍水相逢的异性，异性，中国的异性！

第三天他搬到盥洗间独自睡。倒下就着了。其实外面声响的交合照样听得很清，但是门板使他将自己封闭在另一个世界。只要见不到就全清静了。睡吧，整整四十八个小时，他的眼睛都熬红了。

他奇怪，晚上这些人醉生梦死昏天黑地恣肆颠狂之后，白天谁与谁之间任何关系都没了——寸利必争。电话单送来了，一百五十澳元的国际长途两个人承认打过两分钟其他人都说没打过。通话时间对不上，大伙儿怎么摊钱呢。一阵相互攻讦之后老K提议互相给每家打电话，彼此查询问问家人马上就什么都清楚了。花子跟钩子只得耸耸肩膀承认，他们各往家中打了一次，别再让家里虚惊一场了。

老勾指着花子说："你已经瞒过好几次，再瞒我们罚你三倍！"

何为惊讶得不行，晚上他俩那热烈那疯狂那天翻地覆那死去活来，太阳一出形同陌路，争得骂得面红耳赤好像谁也不认识谁。

老K有时跟他聊："你适应得忒慢，其实我刚来了也别扭，只不过比你适应能力强一些。"

他不言声儿。

"你知道法律建筑在什么基础上？"老K是政法大学毕业的，也是北京人，从法院辞了职跑到悉尼来。

"道德呗。"

"你到悉尼要遵守中国法律还是悉尼的移民法治安法？"

他闭眼，自己又不是小孩子。

"咱们受人家法律的保护，不违反人家的道德规范什么事情干不得？"

"可中国——"

"你老死摽着中国中国，那你上澳大利亚干吗来？"

无法碰撞，中国传统悉尼道德碰撞不出水落石出来。

封闭在盥洗间他也觉得自己是一尊佛龛上的泥塑了，青春、生命、本能，又如何不令他躁动，拉开门便是悉尼的世界，何必在灵魂身心上受煎熬受折磨。多少次他想走下佛龛，可亚男那大海一样的眼睛在望着他，自己怎么来的悉尼，不能辜负亚男的深情与仗义！

宣泄宣泄宣泄，白天当架子工他拼命地宣泄，憧憬着未来向往着亚男他才休克两次又挣扎着站起来。晚上进入盥洗间他麻木自己欺骗自己，把它当做神殿当做净土，成心累自己累成一滩泥，在净土中不是用理智而是用疲惫麻木去涣散自我，用失去亚男的恐惧恫吓自我，有谁知道在盥洗间中成为佛，趔趄踉跄好蹒跚。

哪里有晨钟暮鼓，他又何能参禅打坐，一天天，他强制自己麻木，用麻木压抑自我。

一天下班后，那位叫杰克的工头对他说，一块儿娱乐一次，请他去看脱衣舞。

他倒是想看一看。脱衣舞在悉尼好流行，漫说是老K、钩子，连同屋的几个女的都看过。但是又舍不得十澳元，每一澳元都是血汗换来的。他没推辞说请杰克喝一杯啤酒，杰克也爽快地答应了。

想不到一杯啤酒十四澳元，南非的，好心疼，他赔了。

来到脱衣舞厅他喘气都不均匀了。录像毕竟是在屏幕中，此时眼睁睁活生生，脱衣舞女竟下台，贴近，调动观众的视觉触觉嗅觉与味觉，天！他躲闪他闭眼，一直想看当初还以为这脱衣舞是西方独特的新潮而开放的艺术形式，谁想到台上台下肆无忌惮成这样！

晕头转向出来杰克又把他拉到酒吧喝了几杯。杰克这些年专门雇佣华人做工，汉语也说得半生不熟了："你们中国人活起来很可怜，不像一个真正的人。"

他苦笑，是可怜，你一天挣四百澳元而自己的工资不足对方的十分之一当然可怜了。

"你们干活又很懒，我们干活是狗，我们像狗一样疯狂地干。"

这倒也是，悉尼工人不但催促华人干，他们自己也片刻不休息，不像中国人上班打牌、聊天、织毛衣——何等地悠闲。

"生活起来你们又像狗，其实还不如我们这里狗的生活好，要多吃一些蔬菜。"

他苦笑，在这儿吃的并不像国内传说的那么贵，但是什么都得抠着花，来不就是为了淘金的？

"晚上有女人陪你吗？"

他摇头，没撒谎，始终把自己关在盥洗间。

"那性的问题怎么解决呢？"

嗯！看来杰克用过不少华工了，他侉腔掖调怎么越问越深入，什么叫解决性的问题？这个问题他怎么回答啊。

"我没有……"

“没有性,你怎么生活呢?”

“不是,我……不需要,不需要……”

杰克哈哈哈地大笑起来:“我的妈妈就有四分之一中国血统,中国人承认七情六欲,可是又很虚伪,不敢公开谈论性,更不敢承认需要性,哈哈哈……”

他苦笑都苦笑不出来。

“食欲性欲,都很正常,是人的本能,不需要的人不是虚伪就是有病。”

杰克开车把他送回来,他喝得有点儿迷瞪,却并不糊涂。他不虚伪也没病,不是心中装着亚男吗,他不能干出对不起亚男的事情啊。

临睡之前他刚要关上盥洗间,擦地,铺垫子,袁音笑嘻嘻地对他说:“小何先等等,我还没洗呢。”

迷迷瞪瞪。他出来之后又进去了,袁音已经把身子浸泡在浴盆里,她也吃了一惊,这位正人君子怎么进来了?

他竟然关上门,目光变得呆呆的。

“我还没完呢,你再稍等五分钟。”因为面对的是他,袁音的两颊反而潮红了。

“不,我是人,我不虚伪我没病,你懂吗我没——病!”

……

事后老 K 当着大伙儿拿他开涮:

“其实何先生最浪漫,在七色皂泡中完成生命运动,要多浪漫有多浪漫!”

“鸳鸯戏水嘛!”

他追悔莫及甚而惊恐万状,可是一切都已经做出了。

还是比较严肃,他不待见花子跟小季,只跟袁音一个人,不虚伪没有病但又不能太乱了。

骨折之后袁音帮他煮过几回粥,袁音对他也挺那个。

今天袁音找了来,万也没想到为这事。悉尼的人本行为拿到北京郊区重新裁定是与非,怎么能够说得清?

袁音始终平平静静的。她只是请他回顾,第一次是她在浴洗他中途闯入没有出来的。事情就这么简单,后来她没再跟别人睡,现在她有了孩子回到北京,何为有责任,他怎能没有责任呢。

突然之间他怕了,亚男要知道这一切怎么办,他拼死拼活全是为了亚男呐。

“袁音,就算孩子是我的,我给你一万,咱们私了,私了成不成?”刹那间他觉得心空了,怎么会闹出这样的事情呢。

“你也想一想,我也想一想,我们谁也别着急,再说,嗯?”袁音一点儿也没要蛮,样子始终淡淡的。

“我有女朋友,千万别声张,你到底想要干什么,啊?”

“我也不知道,先想想,我也不知道怎么办,要不找你来商量?”她吃力地站起来,眼睛湿润了可眼神却木木的。

老天爷，他凄惶地叫苦不迭，两腿软软的简直撑不住，怎么回事怎么回事，这到底是怎么一回事情啊。

8

袁音找到作坊来，是晓雨告诉她地址的，很巧。

前天，晓雨在图书馆大楼前散步正好碰到袁音来。那位面庞微微有些浮肿的年轻姑娘客气地问她说：

"请问政教系在哪楼？"

晓雨也想到艺术系找老勾，就同问路的袁音一块儿走。袁音问她是有个叫何为的曾是政教系的老师吗。她告诉她是，自己跟何为还很熟。袁音怔怔地愣住了，问她何为现在在哪儿。晓雨问她什么事，袁音沉思片刻说没事，他们曾经很熟悉。晓雨以女人特有的敏感觉得对方的神色不大对，再看看她笨重的身子心中竟然生出一些不安来——不，何为一直很严肃，眼下的何为更是什么都顾不得。她又觉得自己怎么突然联想过于丰富了，瞎操心。

"你们什么时候认识的？"

"半年前，在悉尼。"

她又有些情不自禁地惶恐了。支支吾吾说何为已经不在本校了。

对方看看她，步子缓缓的沉沉的："系里能打听到他的地址吗？"

"别……"不能上系里，她格外警惕地问，"你找他到底有什么事？"

"你和他到底是什么关系？"袁音也上上下下打量她。

"好朋友。"

"女朋友？"

"绝不是，好同事。"

袁音若有所思地吁出口气："我要找到他，有事情。"

她不能再瞒她，可是心中惴惴的。那女人脸色不好心情也忧郁，事情好像不是一般的。既然学校都找到了，瞒地址恐怕不容易。

她把何为的作坊地址告诉给对方，回去赶紧把这件事情告诉老勾了。老勾正忙着筹备系里的一次绘画展，听她说完只匆匆地让她别太上心，女人就是沉不住气。

"明天晚上咱俩去一趟，一切你就踏实了。"

她却依然不踏实。晚上跟亚男一块儿在体操房练舞蹈时，亚男都觉出她心神不定：

"怎么啦晓雨，勾划招你生气了？"

"没有哇。"她掩饰，可心里总觉早上的事情很蹊跷。

第二天晚上她托辞肚子疼，让亚男一个人先练着，自己跟老勾骑上车子一块儿找到作坊来。

果不其然,今天早上那个叫袁音的女人已经找过何为了。

何为的脸色灰灰的。

晓雨开门见山,说地址是她告诉袁音的。

“她跟你们说过了?”何为惶惶的。

“说过什么了? 正因为不放心,才匆匆跑来问你。”

“亚男知道她来吗?”

“不知道,昨天碰到她很巧。”

何为用满是油漆的手把头抱住了:“她讹我,和她睡过的不是我一个。”

晓雨怔住,真是有事情。

“到底怎么回事?”老勾碰碰他,把一支烟扦过去。

“三男三女住一屋,我没办法,我没办法。”没法瞒,现在什么也瞒不住。

“她要怎么办?”

“她没说,我给她一万她不干,看来她是想敲我。”

何为承认事实却无法细说,再掰扯什么都没用。老勾、晓雨也不打着细问,现在的问题是怎么办,不能让亚男知道了。

“你怎么回答袁音的?”

“给她钱不能私了我还说什么,她让我想想,我还有什么可想的?”

——看来问题搁置着。

“不管她讹诈还是敲诈,现在的问题是找到你头上,你就有责任。”老勾还挺细致的,“你跟她还吵来着?”

他摇头。袁音一点儿不急,怎么吵得起来呢。

最麻烦的还在亚男这儿,亚男知道一切事情就不单单是复杂不复杂的问题了。

“我们也替你想想,你自己可要沉住气。”出于可怜,晓雨临走这么嘱咐他。可是她为亚男委屈为亚男忿忿,何为怎能干出这种事,他对得起亚男吗? 亚男为他付出了多少歇。

可是老勾回来却不这么看:“在西方自费留学有的干活是狗生活起来也是狗。公狗母狗住一窝这事发生是正常的。”

她脸都气红了,老勾都陌生了,什么公狗母狗老勾怎能说出这么不文明的话!

“你觉着这话下流了,其实不,”老勾一脸沉重,“即便像老外说的,我们中国人活得像狗干活像人,我也心甘情愿一半像人一半像狗,至少比寄人篱下从里到外全是狗强多了。”

这话倒还中听,当初老勾说过,他不会到国外打地摊卖画儿去,看来前后又不矛盾了。

“条件再差也应当有理智有追求把握自己能克制。”

“既然已成事实了,我们回顾分析不是多余吗?”

“你说何为怎么办?”

老勾的烟抽得倍儿狠，嘬一口全吸进去，还用舌头挡住，好半天才吁出来。新变化中的新问题，这事在悉尼合情在中国不合情也不合理。比涉外婚姻还麻烦，国情相悖道德法律的背景有距离，距离之大整整隔了一个太平洋，他有什么好办法？

只能再进一步把事情弄清楚，孩子到底是不是何为的，如果是还要尽快问清袁音怎么办，她到底要干什么。

晓雨好心酸。何为可恨亚男怎么那么倒霉？不想再参加什么选美了。袁音的事保得住密？但愿这事本来就没有但愿亚男永远不知道。可是，现在瞒着亚男还跟她嘻嘻哈哈地练舞练答题，这不也是在愚弄自己的朋友吗？真像一位作家说的，生活就像剥洋葱，不知剥到哪一片就会辣出人的眼泪来。好残酷。

老勾虽然也挠头但他鼓励晓雨不要影响情绪不能放弃。参加了就是先行者，冲击旧观念是多少人梦寐以求甚至终生为之奋斗的，干吗轻易放弃这样的机会呢。

晓雨更为亚男担心。她深信自己在气质上是高出亚男一筹的。当初还有那样一种心理，跟亚男一比高低，因为亚男也有些“农民”了。时下的心气大变了，亚男比自己强她才高兴，生活对亚男太不公平了。

老勾提出为亚男选择一块最最漂亮的蜡染布，从服饰上让她光彩照人比她还美。她这才稍稍平衡了，真是的，她愿意亚男胜过自己千百倍。

马上就要决赛了，她不得不把心思收回来。对，紧紧地把握住这次机会，最好她跟亚男都能争到好成绩，她相信，亚男是个好女孩，生活也该使她得到应有的报偿的。

万也想不到，决赛的前两天袁音又到学校找晓雨，她赶紧把她带到老勾那屋插上门，千万别声张，别让亚男在关键时刻知道这件事。

“我来麻烦你，因为你人好。”袁音那目光很纯，并没有淫邪与敲诈。

“非常欢迎，只不过——”晓雨倒是也非常愿意和她谈一谈，但又闹不清对方为什么又主动来找她。

“一切凭直觉，我从何为那里证实你们之间确是要好的同事，所以才来麻烦你。”

“别客气，我们也非常关心这件事。”老勾也诚恳地欢迎她。

“何为也同意让我找你们，他说你们之间很了解。”

晓雨、老勾点头，是这样。

袁音说得千真万确。这两次她找何为谈，谁都想不好谁都不知怎么办。何为只是害怕女友知道，袁音也绝不想以伤害他人的关系相要挟。可是怎么办？直觉上晓雨给她的印象好极了，她想向女人诉说向同性诉说，想让晓雨帮她拿主意。何为没反对，因为晓雨是他跟亚男都绝对信赖的。

“我也不知道，干吗特别想找你。”

“你说吧，啊。”

袁音的嘴唇哆嗦了，真要说又为难，鼻翼早滚下两串泪，自己还算什么女人呢，早已没了廉耻哦——

她比何为早去悉尼四个月,想不到空间那么狭小男人女人挤做一处开放得不能再开放。用老K的话说就是一切都是新陈代谢的需要。

她不同意她受不了。第三天到康诺酒家刷盘子,晚上到老板房间去结账,想不到老板正和一个女招待在写字台上做爱呢。她脸红心跳跑出来,只听那位老板叫喊她:

"回来,自己来取,工资袋在桌上呢。"

"不!……"她头也不回跑掉了。

第二天干完活她想一块儿要,老板问她昨天为什么不取走,华人打工每天一结账,过时不候人家这儿不兴给留着。

上帝,还有这样的事,她怎么可能大摇大摆眼睁睁地进入昨天那情境,对于一个姑娘简直太不可思议了。

司空见惯之后这"不可思议"简直又幼稚可笑了。漫说没有独居条件,即使有,身心的堤防也会被冲垮,不适应人家的道德规范心灵永远是扭曲的,性是中国人最大的隐私,可是性在西方堂而皇之甚至属于艺术殿堂的精品被炫耀。她还避讳什么呢!

根本不是花天酒地,是被剥削被役使被侮辱之后的无奈的宣泄与昏天黑地的挣扎。澳大利亚是每周五下午结账,当晚便去度周末乘飞机住宾馆,玩个天翻地覆星期一又来上班了。吃喝享乐愉悦身心人间的一切乐趣争分夺秒地体验,好像明天世界的末日就到了。

他们白天在淘金,从牙缝里边剔金子,晚上拥在床上立刻觉出"世纪末",既然明天世界就毁灭,那还顾什么东方西方伦理道德与贞操?人生,悉尼的人生就是世纪末。

何为来了她早已炉火纯青觉得他好奇怪,英俊潇洒的缠足女人,多可怜,竟然把自己像鸵鸟一样闭锁在盥洗间,她时时为自己难过也为他伤心,都是年轻人他们之间的距离好大好大哟。

那天是何为把她堵在盥洗间,就在澡盆内,名副其实地"下水"。她还真泛出一种得天独厚独秀一枝的感觉。从那以后真的没再跟老K他们睡过一回。也巧房主腾出半间地下室她去了。

接踵而来的是移民局控制留学打工更严了。二十小时便是二十小时,只能打工两天半。违反规定罚款,驱逐,警察盯得严严的。他们找到学校跟何为一样要求退学费,当然一无所获,他们旷课的时间当然更多了。

跟谁去讲理,他们本来就不该来,理亏你还跟人家讲什么?一位澳大利亚人在街上公开对他们说:"回到你们国家去,我们不欢迎那么多黄种人移居到澳洲来。"

多难堪又无奈,早知如此真是不该来。每一个坚守不归的都是因为无奈,无奈,退路已经没有了。

这时，倒是女性们又来了一个意外的机会，每天一百澳元——刷碗的两倍半工钱去表演脱衣舞，演够两年还可以得到绿卡。小季去了她拒绝了，和越南、老挝、柬埔寨女人同台裸体去卖身，无法甘于这羞辱。中国女子毕竟比那被海盗奸淫劫掠的难民强多了！

——回国。

回来并没遭受父母的白眼，尽管他们当初就反对她出去。麻烦的是生理上的反应胴体上的变化使母亲一天到晚掉眼泪，不能生个黑孩子，孩子是谁的也得有个着落啊！

她找到何为就是为这事。工作吃饭生活都在其次，一天天笨重的身子使她清秀的面庞浮肿了，怎么办？她上哪里为孩子赶紧去抓一个爸爸吔。

"何为答应给你一万块钱了？"晓雨相信对方说的是真话。心理惯性，她相信内心的美丑善恶会通过心理惯性表现在脸上，还有她的一切言谈举止中。

"给我十万又有什么用？"

老勾发现，袁音浮肿的眼睛忧怨得很有特色，当初她一定很青春很妩媚。

"你想让他做你的丈夫？"

"我不想破坏别人的幸福，他早就告诉我国内有朋友，"她苍白的脸上泛起淡淡的潮红，"再说嘛——二位不已经了解到我有多么坏？我不配。"

"那你到底要干吗？"

"我也不知道，只是孩子没着落。"她苦苦地摇摇头，又把鬓发向后理了理。

"早先你为什么不去做手术？"老勾又把一支烟点起来。

"去了多次，医院不给做，我有先天性二尖瓣缺损，每次心电图都很不好。"

怪不得，怪不得她的脸色这么苍白。

"那……正常分娩会不会更麻烦？"晓雨的心更加沉重起来了。

"人家说剖腹产的时候全麻，危险系数反而要小些。"

——怎么办？

"我们能怎么帮助你？"

"不知道，只是想跟你谈谈。"

晓雨、老勾只能跟着一块儿迷惘一块儿惆怅一块儿彷徨。原来觉得事情棘手只是怕亚男知道起波澜涌狂涛，现在看来情况越来越不简单了。寻求出路，这出路似乎不是个人的，他们个人解决不了这时空交错下的复杂与迷幻。感情的社会的心理的道德的义务的，多少情结背景必然偶然纠集在一起的疙瘩，剪不断，理还乱。

袁音走后晓雨突然觉得心中空空的从没这么惶惑过。真的不想参加选美了，不知为什么。从感情上她绝对站在亚男一边，可今天与袁音的一席交流她又陷入了道义与道德的纠缠与困惑，假如自己是亚男怎么办？她要是袁音是何为又怎么办？现在，她当然是客体是旁观者，不是旁观者清，那她又能为亚男为袁音为何为做出什么样的选择与裁断？

——好苦涩好困惑好艰难!

老勾不愿在这个肯节上她的情绪如此低落,拿出那件为亚男绘画设计的参赛裙衣,这倒让她眼前一亮,真是的,比自己的衣服还漂亮,老勾竟然一直保密,没让她看见过。

“快去,拿给亚男去试装。”

“不,这么好看我先试。”她惊喜地站起来,把那件裙衣抖开了。

9

北京之春的选美决赛拉开了,十位参赛的小姐个个楚楚动人,风姿绰约。

亚男身着苗族蜡染大褶衣裙,黑灰红三色反差鲜明却不刺目,圈、点、条、纹悠远神秘又不失活泼——当代图腾,比起那些西式洋装的靓女们,从服饰上就先声夺人了。

她一出场,人们就鼓起了掌声。亚男的上衣无领,更显出颈项修长,而那宽大的袖子松松散散,加上她挺身立腰两臂微张,服饰与步态合谐统一脱尽俗套,光彩照人是当之无愧的。

晓雨当然也不逊色。她只是随意地把两片淡淡的蓝绿色蜡染布披落在肩上,头发高高地束起来又垂下,两眉间鲜鲜地圈了一个小红点,别具一格。像西方人,也有些印巴的特色。虽然没有亚男出场造成的强烈效果,但台下的勾划却依然觉得晓雨不差,这种服饰简练明快也有韵味。

第二项舞蹈比赛她俩都不如那位舞蹈学院的女学生。毕竟是业余的。人家那鲜藕担得比何为那国标又要厉害多少倍,满台生风飞转流旋。但是亚男、晓雨的服饰还是增了色,担出苗族印巴西方炎黄的杂烩味儿,也蛮有意思的。

泳装亮相十位小姐都修长而不失丰满。可是老勾那海绵乳罩的点子为亚男和晓雨双双赢来了更多的掌声。咄咄逼人地凸起,卓尔不群地挺拔,不亚于舞蹈学院女士的身材,台下的人们惊羡。

外语表述争办奥运的意义,亚男绝对第一,她的英语流畅娴熟,比起那八位小姐的中国式英语确实要技高数筹,比晓雨的也好,晓雨教的是写作。老勾平常就跟晓雨说过,她的“哦”“哦”的卷舌重了些,有点儿美音。

最后一项比赛最关键,每个人要回答主持人的若干问题,参赛选手紧张,台下的观众也紧张,即兴回答不是体貌形容的外在自然条件,要考的是学识、修养、智慧、才思、品位的深度、表达与反应。

前两组选手的即兴回答使最后一组的亚男稍稍有些紧张。题目摸不着边际,嘘声、掌声、沉默、哄笑,选手们的回答竟是观众迥异的反应——

“1 号选手,你认为当代青年应该具备什么样子的特征?”

“想干什么就干什么。”

“想偷钱包就去偷吗?”

1 号愣了半天:“嗯——,如果他急需用偷来的钱去帮助人,该偷的时候也不妨偷一下,当然,去偷坏人的钱包最好。”

——惊诧无声的定格,观众莫名其妙地沉默。

“4 号选手,你为什么要来参加北京首次选美比赛?”

“我是大学四年级的学生,多少用人单位至今歧视女性,利用这次机会,我是来向社会推销自己的!”

热烈的掌声,这个女孩子答得脆。

“7 号小姐,你来参赛,想给观众留下一个什么印象呢?”

“当然是……好的印象,美的印象啦。”

“那你怎样才能实现自己的目的呢?”

“嗯——让大家看我的脸,我的服装,我的身体,印象不都摆着吗。”

一片嘘声,7 号的回答实在难以令人满意。

轮到 8、9、10 号选手了。亚男的心通通直跳,晓雨的手心也有些滑,真是的,这项内容才是深层次的考验,还有一个竞技状态临场发挥的问题呢——

连台下的老勾也都跟着紧张起来了。

“8 号选手,你认为现在什么东西对你最重要?”

亚男的脑袋轰的一家伙,问题一到她这儿怎么难度突然变得这么大! 什么东西最重要,说真话还是编假话? 不,不能空谈什么理想价值人生,这些统统虚伪人家也不信,她回答出《编辑部的故事》中一位演员的一句话:“金钱不是万能的,没有钱又是不行的。”没骗自己也没骗观众,钱对她和何为最重要,她巧妙地把它表述出来了。

“请你正面回答这个问题,什么于你最重要。”

她是聪明的,只能机敏地回避:“人要活得超脱些,其实什么对我都重要,什么也都不重要。”

台下反应不一,8 号很聪明,但就这个问题而言她的回答是温温吞吞的。

“9 号选手,有人反对选美,你怎么看待这个问题?”

晓雨淡淡一笑:“全力以赴争取到进入决赛本身,就足以说明我的态度了,您说呢?”

全场停顿了半拍才响起掌声,9 号的不回答却是再好不过的回答了。

“好,你用行动表明了自己的态度,但你为什么非要参加这次选美呢?”

晓雨垂下长长的眼睫又把它撩起来:“多少年来,人们评价中国妇女的形象时,常常冠以勤劳、温柔、勇敢、智慧,这种种道德秉性的光环是不够的,因为他们忽略了华夏女子最最重要的一个特质,那就是美丽!”

狂热的掌声打断了她的话,有人甚至在下面呼喊起来:

“妙,地道!”

“如果我能折桂,我还想参加亚洲小姐、环球小姐的竞争,我要勇敢地向世界展示中国女子的翩翩风度非凡气质，中国女子最美丽！”

人们想不到窈窕秀气的9号选手把选美提高到民族精神中国风采世界高度去认识，思维见地真独特。

掌声背后确实触动了人们的深思，我们的体育健儿既然可以勇夺世界冠军争破世界纪录，中华民族的美神为什么就不能问鼎环球小姐呢？中国女子最美丽，这难道不是我们华夏子孙的骄傲吗！

会场的热烈气氛竟然久久没能平息。人们情不自禁地议论，都有一种美丽属于我们的感觉。9号的回答并不单单凸现了她个人，而是多少年来人们重温了这样一种感受，长了中国人的志气。可不是吗，如果国人都有9号这样的风采与风度，谁还敢说我们中国人是丑陋的！更重要的是气魄，气魄使人们觉得做个中国人伟大了高大了了不起不平凡。

“好，下面我请10号选手回答问题，请问，你最喜欢的男子汉应该什么样？”

舞蹈学院的小姐常常登台毕竟不那么怯场：“他应当胸怀开阔勇于进取，我向往海明威笔下的那种硬汉子，硬汉子并不是胡子拉渣大大咧咧满嘴脏话，硬汉子应该最有人情味儿。”

答得精彩，台下也报以热烈的掌声，是赞许是钦敬。

“10号小姐，你认为当代妇女的道德追求应该是什么？”

10号沉吟片刻答：“自尊，自爱，自信，自重，自珍。”

掌声，热烈的掌声。

“8号小姐，你同意10号的见解吗？”主持人又回过身来问亚男。

“我以为，还应当加强自我保护意识和自理能力。”

掌声，亚男清楚的回答确实把10号的见解更加丰富了。

“9号小姐，你在这个问题上还有什么补充吗？”主持人很睿智，他转过身来对晓雨又来了一次突然袭击。

“我以为，当代女子最最重要的就是要自强不息，只有在世界上出现一个男人节与妇女节分庭抗礼，或者妇女节被永远取缔遗忘的时候，我们女子才真正得到解放，真正争得了与男子平起平坐的权力与地位。”

尽管偏颇一些，但9号的回答掷地有声铿锵有力思维独特，妙语，犀利，人们叹服它石破天惊……

……

晓雨摘取了北京小姐的桂冠，当之无愧。她使参赛者和评委、观众振奋不已。美感、享受都在其次，多少人油然生出一种感觉，做个中国人本身，就不白活一回，堂堂正正地活着，我们何必自惭形秽！

舞蹈学院的女孩子获得了亚军，亚男和另外三名小姐共同获得优胜奖。晓雨从竞争的状态中游离出来，才后悔应该让亚男的名次在前头，发自内心，亚男倒霉亚男不幸，她应该从另一方面得到平衡和弥补。

一切又由不得她。

回答问题的时候她壮着胆子成了另一个“我”，一切都是从心中流出的，想不到掌声那么热烈想不到自己妙语连珠，她都记不起自己到底说了些什么。

更想不到亚男由衷地祝贺她：

“晓雨，你当之无愧，当时我那么紧张，都被你那惊人的妙语震憾了！”

她不好意思，谢谢，谢谢，自己跟亚男确实难分高下，她们是两朵系花欸。

“美在气质上风度上修养上，晓雨，我真觉得老勾牵着你的手，把我落下一大截。”

“看你说的，让人多不好意思啊。”她的脸红了。前一段真有些看不惯亚男的风尘仆仆满手面疤，今天却觉得亚男确实比她美，那眼睛，就像何为说的是平静深沉的大海呀。嫉妒是女人的天性，可亚男这发自肺腑的话一点儿也不造作，她仿佛第一次发现何为的发现是那么伟大，亚男的眼睛美得就像两片澄澈的大海。

走下台来亚男抢先拉住老勾的手：“还是晓雨有眼力，要是我跟你搭伙，北京小姐没准就是我的了。”

这话虽然又有些自负可晓雨觉得亚男又是“心”的流淌。可不是嘛，自己之所以问鼎折桂，正因为背后有老勾，勾划把她再塑勾划得这么美。

老勾呵呵地一劲儿谦虚，他遗憾何为没能来助兴，一睹亚男的苗家风采。亚男却没有太在意，她理解何为顾不上。她竟然顾不得赛后的疲劳提议三人打的到作坊去，接上何为去竹林酒家喝个通宵，醉一回。他们四人还没在一起醉过呢。

晚上十点了，他们真的去找何为，他没在，伙计说他回家了。他们又上他家找，没有，家里说他半个月都没回来过。亚男扫兴地对他俩说：“这家伙上了哪儿，咱们去，谁叫他自己落空的。”

晓雨、老勾本来就没有那么大兴致，他们跟亚男说要不就暂缓，干吗非得今晚呢？

亚男固执己见就要今晚醉，她为晓雨高兴真为晓雨高兴呀。

真醉了，第二天早上他们三人才从竹林酒家醉回来。晓雨成为第一位北京小姐的消息早已传遍学校，系总支书记第一个把晓雨迎进系里说：

“我准备在全系为你开一个庆功会，你为我们全系，不，为全校赢得了荣誉！”

晓雨迷迷瞪瞪还没醒透，她好像不认识这位书记了：

“给我开庆功会，您不说宁夏、陕西还有百分之三十的人没有解决温饱问题，选美与经济选美对扶贫没有任何价值和意义？”

“哎呀呀……”总支书记假嗔，“看看看，晓雨呀晓雨，折桂问鼎嘴皮子也跟着厉害了。就兴你们变化，也得允许我这个老头子紧跟形势欸！”

当晚晓雨跟老勾说起这件事，老勾说她是醉了，本来就是醉话嘛。

晓雨说没醉。总支书记吃了一辈子的形势饭，现在也跟她形势起来了，很恶心。老勾说不然。没有大气候哪有小气候，没有大形势谈何小形势，社会国家单位家庭个人都被形形色色的伦理道德思想观念支撑着平衡着，生活只有充满色彩旋律节奏凸凹的众多差异，才会出现变化美，干吗要求划一绝对呢。

这话让晓雨好琢磨，潜心艺术的勾划生活起来也有一套“艺术哲学”，够油的。

10

亚男很奇怪，何为对她的优胜奖及晓雨的北京小姐毫无反应。第二天晚上找到他，告诉他这消息之后他好像没有听明白：

“是吗？好啊。”

她问他昨晚上哪去了他还是愣愣磕磕，说是去找同学；问他哪个同学他说是大学的；问他大学的谁他老半天才蹦出一个李京，什么李京王京天京的，何为简直有点儿神经了！

她的心倏忽一沉。这一阵一直忙于准备、练习、比赛，忽略了何为的变化，他心事重重变化好大，怎么回事？她把他拽到外边问他到底怎么了。

什么事都没有。这月盈利两万供销畅通买卖越做越红火。怎么也没怎么的。她恨她急不相信，何为有心事，心事埋得深深的。她气得一屁股坐在田埂上，何为不说清一切今天她就不回去。很奇怪，何为就是不说，他陪她默默地坐在绿草茵茵的田野里，无话。

春风柔柔的，可它吹进心中幻化出的情绪却是不安惶惑与躁动，亚男的心怦怦的。

夜幕沉沉的，低低的，好压抑。她终于耗不住了走回作坊去骑车，不睬他不理他，当然更不要他送。

何为真没送。她回来之后三天也没去找他，心像一片无依无托的浮云，何为到底怎么了？他们已是这种关系应该毫无保留彼此无猜啊。

她把何为的变化告诉给老勾和晓雨，他们好像了解一些蛛丝马迹却不告诉她。她突然脸儿急得红红的：

“你们知道，知道，你们一块儿在瞒我！”

老勾甩甩灰白的头发对她说，什么也没发生什么也不知道，真的，亚男你倒有些神经质了呢。

不，她更惶恐了，晓雨、老勾知道，尤其是晓雨，晓雨那眼神告诉她，她知道。

……

好长一段时间袁音没再来，何为反倒一直焦灼地等待她。生活多么不可思议！在悉尼同住时六个人把半澳元的酱油钱都分得那么细，现在他答应给她四万元袁音却不要。她说不要钱，只希望他跟她一道再想想，他有什么可想的？

最后的那次谈话他火起来，再也经不住这种没有企盼与希望的煎熬了。袁音就是想讹诈。他已经从道德、道义双方面大度到付出四万元的代价息事宁人，使悉尼的那段岁月永远成为陈迹历史过去被埋葬。袁音干吗还要没完没了呢，既然如此他也只能横下一条心,进行亲子鉴定,一切得到证实他再任罚任宰任其天翻地覆——听天由命。

“这孩子到底是谁的,我还不知道。”

“我不想再提什么DNA,你觉得我还在讹诈你,是吗?”

“经过科学的证实,我应该承担的我会负起全部责任。”

“这种鉴定是要通过法律程序进行的。”

“那我就恭候着你的起诉,等待着法院来传讯。”

这就是最后的那次谈话,谈话就是这么结束的。袁音不再来亚男最起码暂时不会发现了,过一天算一天。可是袁音真的不再来那方真的没了音信他的一颗心反而悬得更厉害。诉诸法律的结局会是怎么样?亲子鉴定DNA会不会把海淀都闹腾一个沸沸扬扬?那天袁音的身子更沉重步履更蹒跚,她的心脏还不好至今情况怎么样?

天!我,我,月底结账他拿着两万多块钱突然沉甸甸地坠得腕子疼,全是因为它,不然到澳大利亚干吗去?巨富常常被金钱的负累拖垮;他去悉尼手无分文抓钱的时候,折腰屈臂还没捞到钱——即被这利器钝伤了,伤口至今才溃破,它在滴脓淌血欸……

五百,五百,五百,他红着眼珠子每个伙计给了五百;花,花,花,钱有什么好,当初的工作,单位,国标,舞会,有潇洒有风光有消遣有节奏,不就是清贫了一些?那淡淡的苦涩像咖啡,耐人寻味没有铜臭不沉重——多么松爽而又无牵无挂呀。

一切都过去了,他突然记起了鲁迅先生的百草园,他的青春的百草园,已经永远地逝去了。

忘掉吧,埋葬回忆,忘掉过去!

第二天,他早早地起来又到南苑去送桶。拖拉机开到丰台一条土路上的时候,路沟内突然跑出一条小狗窜到轮子前,他一转方向盘——糟了,碰倒一个骑车的男孩子,天,血从男孩的耳孔前额流下来,他跳下去抱起孩子拦下一辆面包车:

“快,上医院!”

汽车开到丰台铁路医院那里只给孩子包扎伤口输了血,凹陷性颅骨骨折要马上转到城里做手术。一辆救护车载着他和孩子风驰电掣开到“友谊”,开颅抢救输血输液,当天晚上值班的护士告诉他,手术成功,孩子总算转危为安了,关键是别落下后遗症。

他这才像一摊泥颓倒在悄寂无人的走廊长椅上,再也撑不住,手术室外的煎熬简直使他崩溃了……

……

朦朦胧胧,他进入了另一个世界,那是东悉尼。大海的碧蓝和天宇的蔚蓝自然地衔接在一起。不知白色的海鸟翱翔在碧蓝中还是蔚蓝上,又不是翱翔,碧蓝中白色的浪花和海鸟仿佛都是静止的,是嵌入蓝色中的星星和点点。四下里静悄悄,悄寂使他进入碧蓝融于蔚蓝，蓝色凝固了，他听到了天籁的声音。上学时他印象最深的就是古代汉语教师讲述的老子那两句话：大音稀声，大象无形。大海蓝天毕竟是有形有色的碧蓝与蔚蓝，他见到了形色——当然称不上大象，那么大音稀声呢，天籁的声音我们听不到，可为什么他听到了天籁的声音呢——

"妇产科那6号真不害臊，生个儿子没爸爸，跟齐大夫说自个儿是流氓，自个儿也不知这孩子是谁的。"

"是吗？"

"她说自己跟四个男人睡过觉，确实认不准孩子他爸爸。"

"怎么不做个DNA？"

"她说没必要，是她自己主动跟人家干那事，不想再跟任何男人找后账。"

"真奇妙，我要是作家，那就写一篇小说，叫做——'淫荡女人的忏悔'，或是叫——'浪女良心大发现'！"

哦呵呵……

……

他从蔚蓝碧蓝之中返回来，静静地听，眨眼，真是的，天籁的声音是从服务台传来的，两位护士小姐正在唧唧咯咯呢。

"你说有这么流氓的吗？"

"有的女人就那样，性机能亢进，跟妓女一样，上瘾！"

他一撑椅子坐起来，缓缓走到服务台前问："你们说的那位产妇叫什么？"

高挑的护士脸红了："你都听见了！"

"我问那产妇叫什么？"

"袁音，袁音在我们医院已经闻名遐迩啦！"

"不！"他突然双手重捶台面，"别说了，闭嘴，她不是流氓，她是一个好女人！……"

——扑通，他身子一滑栽倒了。两位护士惊诧莫名地跑出服务台来搀他，麻烦，他突然休克把头都磕破了！

"徐大夫，快来啊！……"

第二天清晨，亚男、晓雨、老勾一同赶到医院来看他。告诉他被拖拉机撞倒的那个孩子不但彻底脱离危险而且清醒得不能再清醒，不会再有后遗症。他舔舔焦干的嘴唇却淌出两行泪花来。

亚男好伤心，她抚抚他那"农民"的小平头，用手绢在他眼角轻轻点了点，还没见过何为哭，何为好不容易哟……

她突然扑到他身上："我不该跟你赌气，你出事……也赖我哦！"

出国回国作坊，何为整整老了十岁，他真的变得老多了！

老勾、晓雨对视了一下，轻轻退到病房外，何为艰难地捧住亚男的头，轻轻地说:“怎么能赖你,亚男,你不一直在问我到底有什么事情吗?”

亚男缓缓地抬起头,是噫,至今还不知道,你到底怎么了。

“亚男,我爱你。”

她点头,别说了,他怎么会不爱自己呢。

“可是……”何为的右腮突突地跳,“我已经做了父亲了。”

什么?她不相信自己的耳朵:“何为,你说什么?”

“我已经做了父亲——”

天——呐!

11

作为北京小姐,晓雨突然成了新闻热点。她坦然地向采访者表白,她的成功一多半要归功于勾划,是勾划把她勾划成北京小姐的。其实好玄,毕竟时间太短,粗糙,她越来越觉得自己很粗糙很肤浅。人真怪,结识老勾之前还满以为自己好高雅好深沉,经过打磨勾划之后方知当初的我现在的我竟然那么粗糙与肤浅。

采访、广告、邀请不断。她大大方方地接受,展示美丽展示风采她的初衷就是为这个。但是,不断充实不断塑造才能使自己更完美。完美的过程是相对的,无限的。明天就要去桂林录像了,她来到老勾的房里聊了好久。亚男、何为、袁音、孩子,这一切乱糟糟的还是像麻,连老勾都愁得又添了几许白发,变革,生活,好多东西不是法律、道德、道义、感情、背景、伦理、冲动、宽容、忏悔、谅解这些单一的或汇总在一起的任何标准、原则能够剖析清楚的。他俩什么都能理解,可是,理解了就能化解生活中的苦果苦涩?理解而不能化解,难道这就是生活本身的复杂所在吗?

竟然夜深了。老勾催她快回去,她羞赧地摇摇头,不走了。她需要勾划,愿意为他勇敢地献出自己美丽的一切,一切的美丽。

熹微。

她轻抚着老勾两鬓的灰发,口气娇娇的:“其实你不老,就是有点儿少白头。”

他幸福地微笑,本来他就不很老,因为还没到四十岁。

“人真是怪,那天要不叫丢出油画布砸到我,我怎么会成为北京小姐,也不会跟你这样啊。”她垂下双眼,好羞。

“从人体艺术和生理解剖的角度反思,我还一直为这件事情小有遗憾。”

“我不懂,你说的什么意思?”

“那天我没投准,本想打到你的胸部,那才是敏感部位。”

上帝!坏死了坏死了!原来是预谋好的陷阱与圈套,她用拳头急急地捶打他的前胸,又把头深深地埋进他的怀抱——好青春的怀抱!

12

老勾有课不能送她,只有亚男陪她同到机场。登机前,她紧紧地拥着亚男,轻轻地跟她说:“等我几天,马上就会回来的。”

起飞了。霞光是七色的,很缤纷。平稳地穿行在缤纷的七色里,心中却发酵着苦涩。缤纷的苦涩。她莫名其妙地向自己发问:苦涩竟然有颜色?还是缤纷本来就与苦涩相依相伴着?

蓦地,她迷惘激动地沁出两滴大大的泪花,透过泪花霞光依然很缤纷,更灿烂,可是滚落到唇边舔一舔,好苦涩,真苦涩。她紧紧地咬住嘴唇,缤纷的苦涩也许就是这样一种味道吧。兴许就是,缤纷的苦涩,苦涩的缤纷。更糊涂了,这到底是一种什么味道?

天　阶

1

暮春，南苑被葱茏、苍翠弥漫着、笼罩着，团河行宫外的九门域内，一望无际的皇家猎苑沐浴在晨雾中。纱般的薄雾裹藏不住春的壮阔、春的涌动，随着晨曦的展露，葱郁的猎苑渐渐清晰地出现在人们的视野中。

一只黄色的野兔窜出草丛，两只麇鹿眨着胆怯的眼睛来到海子边，它们静静地环顾，小心翼翼地低头，饮水，然后抬头四望，时刻处于小心、警惕中。

棕色的狐狸、金色的鹦鹉、灰色的刺猬、红色的松鼠都出来了。白昼使它们的胆子大起来，霞光使它们更加清楚地看到了春光世界，皇家猎苑的春天，当是一切生灵的节日。

年逾花甲的弘历皇帝来到了这里。既然每年都要去承德进行木兰秋狝，那么春天何不到南苑来？这里有三海子、四海子、飞放泊、晾鹰台……不亚于木兰围场的好去处。

实则，元朝的忽必烈、成吉思汗就喜欢上了这里。飞放泊的每个海子均由一眼洌洌清泉汇成，因其四时不冻，自然周垣万木成林，水足草丰。密林、花草、湖泊，使皇苑成为万兽出没鹰鹤群栖的万牲园。波光潋滟，波光潋滟是南苑在诸多围场中独具的。

六十五岁的弘历硬朗矫健。沐浴在南苑的葱茏中，他常常勒马驻足，远眺、环视、端看，碧波荡漾，野花烂漫，万木苍翠，春色盎然。岂止是万木万牲在春的季节里充满生机，人也如是，他也如是：阳和启蛰，品物皆春。身上好舒展，他欣欣然觉得自己好年轻。

正是因为一冬蓄养，体力强健，他才让豹房太监把两只老虎也运到南苑来。南苑的唯一缺憾是离城太近，没有虎豹豺狼这些猛兽。谁知怎么了，年过花甲反而锐气不减，反想更加刺激些，在哨围中放上几只老虎，亲自射杀只猛虎才开心呢。

在木兰、马兰峪、南苑、西苑，他禀承祖制年年田狩，不知猎获了多少只山鸡、野兔、梅花鹿，毕竟没有亲手射杀过虎豹熊罴。今春想尝试，所以把豹房的老虎带了来。

随侍左右的文武官员一个个提心吊胆。皇帝这是怎么了？那两只斑斓猛虎已然饿了好几天，这要是打开笼子猛地窜出，天呐，皇帝已然早过花甲啦。

弘历毫不畏惧,大清国以弓矢定天下,如今中原升平和乐了多少年,包括他这个皇上在内,怎不应该历惊蹈险呢。八旗丁勇入关之后已成颓势,这一点他已经略见苗头,其意不单在射虎,要让朝廷上下居安思危,大智大勇,一往无前。

飞放泊之西,是一片如毡的草坪。围哨们已把几只四不像轰赶到这片草坪中。鹿角牛蹄马身驴尾的四不像最主要的属性还是鹿,轻捷、灵敏、胆小、温顺,它们时而四下逡巡,时而跃出几步又退至原地。围猎的士兵林立,早已形成了一个巨大的人栅,它们极难冲出去。

两只老虎也被两辆木轮车推至海子边,它们始终没咆哮,惊天动地的围猎声把它们吓呆了,此刻虽然静下来,它们好像仍然没有醒过闷儿。平日在豹房悠悠闲闲养尊处优,有的是活鸡活兔供它们消受。平日来赏看的人并不多,来了也是安安静静的。不知这些天为什么挨饿,不知为什么把它们运到这万林丛中却又如此喧闹的自然中来。不过,它们看见了猎物,可口的麋鹿,它俩在木笼中站了起来。

御前大臣们更加不安起来。破天荒的射虎,真怕出个闪失!尤其皇子、皇孙们也都同列,跑不及呢,就天子一族无论谁受到一次惊吓,臣子们也担当不起啊!

事已至此,没有人在此时此地再向皇上进言,人们了解乾隆的脾气。

小麋鹿见到老虎再也站不住,它们向四下跳跃奔突,没冲几步就被人们吓回来。一方是虎,一方是人,它们只好在原地兜圈子。

狩猎官兵也比每一次围剿都紧张,不得出事故,不能伤皇帝,御前大臣、统领都统已然千叮咛万嘱咐,可是——近在咫尺,斑斓猛虎,近在咫尺,即将发生的一切都——实难预测。

弘历骑在一匹黑白花的长颈马上,轩昂的气宇、挺括的腰板、舒展的肩臂、自信的神情倒是起了些安定人心的效用,一切都在帷幄之中,早就期待着这一幕,人人手中不都握着剑戟弓矢吗,怕什么。他微微地抬手,豹房太监马上会意,这就要开笼,皇上马上就要射虎了。

全场肃静下来,连那鹿,那虎。

哗楞楞一声铁链响,左侧笼中的虎栏开启了,一只八尺有余的老虎轻轻悄悄走出来,它看看草坪上的四只麋鹿,没有如人们预料般地猛扑上去,而是凝眸远望,然后俯下了上肢。

飞放泊上下,一片悄寂与肃然,漫说是人语,连水禽飞鸟也刹住了声音,好静,行云遏步,流光、空气也一时凝住。

老虎的屁股高高地翘起来。慢慢地,它开始向前挪步。四只麋鹿已然看见老虎向它们逼来,可是没有动,它们不知向哪里跑,又好似被远方天敌的气味所攫住,动不得。

突然,老虎的上身扬起来,急速地向前猛跑,这时麋鹿才慌乱地奔逃。

四不像没有向人墙逃逸,它们围着海子奔跑,然后又上了那方巨大的草坪。老虎的步幅要大得多,它距麋鹿越来越近了,但是麋鹿们却不散开,而是并排一起向前逃。弘历骑在马上静观，早已握在手中的箭矢没有射出去，俟候时机，他要射得精彩些。

斑斓猛虎终于把四只麋鹿冲散了，它径直逼向稍嫌瘦弱的一只。晃动，视野中，人们只能分辨出两片褐、黄色的物体在晃动。弘历屏住呼吸了，一刹那，他要捕捉的就是一刹那，一瞬间。

别抓上，别扑上，他突然焦灼地为被死追的那只麋鹿忧惧起来，太远了，它们奔突得太远了，手持的这把八力弓够不着。

真想松弦拿起胸前当年那只洋教士送他的望远镜看一看，又张弛不得，迅跑，瞬间，箭在弦上哪能松弦！

蓦地，老虎飞身一跃薅到了麋鹿的后臀，这是多好的瞬间，此时要是一箭射去正中猛虎要害——太远了，矢力所不及，只好眼睁睁地惋惜。

咦，几个飞旋，只见被掀翻的四不像连着在草坪上翻滚了十几次身，老虎竟也跟着打了两个滚儿，那麋鹿一个停顿一个返身，又迅疾地朝正北方向跑过来。好，这次机会真来了。

掉转过身来的老虎又急追，翠绿草坪上的两片异色越贴越近了，弘历早已拉满了弓，再近一些，再近一些，扑，扑，老虎怎么显得迟钝笨拙呢。

老虎并不笨拙，是弘历的心情太迫切。只见老虎奋起一步猛地一蹿，用前爪一扇，被追的麋鹿横向翻了两翻，没容它又站起来，虎已一口衔住了它细长的脖颈——嗖，弘历松手放出一箭，已中老虎左肩，那畜生大吼一声松开麋鹿，肩插利箭向弘历这方扑过来。

弘历早有准备，他又跟着一箭，射中老虎前胸，老虎依然不倒，他又连放两箭，一箭中左颊，一箭中咽喉，老虎终于扑倒在地上。

掌声四起，海子边响起“皇上万岁”“所向无敌”的喝彩声。是厉害是精彩，乾隆皇帝独具空前绝后的文治武功。

龙心大悦，弘历把手一挥，率领众人围拢上来，看看这致命的几箭，看看他何等的弓矢神威。

跟随他走上前去的只是近侍与皇子，他们来到老虎面前，见它的身体一起一伏，还在大口地喘息，弘历坐在马上俯视一眼又让众人散开：“你们小心，它还没有断气。”

众人小心地刚刚退后几步，突然那只身中四箭的猛虎一个豹子翻身蹿了起来，直扑射杀它的弘历。猝不及防的弘历哪里想到奄奄一息的老虎会向他垂死突袭，用弓背一抡，自己却一个侧歪落下马来。岂料那只老虎也从马背上跃过，一下落到弘历的身后。天呐！

危在旦夕之际，人会迸发出意想不到的潜能。落在地上的他一骨碌起得身来，飞身向南跑去，那虎掉过屁股又一跃，六十五岁的弘历一个踉跄栽倒了，老虎披着四支箭矢大吼一声，身体腾起一丈多高又向弘历扑去——刷，只见一道乌亮的蓝光闪过——扑！一只长矛远远飞来直入虎口穿肠而过，定定地穿住！老虎喷出一腔热血直挺挺地僵在地上了。

千钧一发，老虎就挺在弘历的脚下。

近侍和远方所有的人都一直惊呆在原地。谁想到这奄奄一息的老虎瞬间把皇帝扑下马来，谁敢在皇上身边挥刀舞剑？

不知谁突然投出手中的长矛，那长矛就是从皇上仆地的正上方瞬息穿过的，更为令人惊叹的是不偏不倚入口穿肠，穿住老虎的本事谁人能不钦敬叹绝呢，神了！

还是十五皇子颙琰最先从惊痴中明白过来，他急趋几步单膝跪地，一手扎起了弘历的肩膀："皇阿玛，您……"

弘历跌得不轻，但是不觉疼，刚才的危急凶险是把他吓懵了。太突然，这一切来得太突然太迅猛。他就势坐起来，看看满地的鲜血和那只被穿在地上的老虎，恍然悟出栽倒之后侧身一滚，头上一阵光闪风过，老虎并未扑到自己身上来。千钧一发是谁投的枪？好准好狠穿肠而过！

"你躲开，不要紧。"

他双手撑地站起来，趋前一步再猫腰，那只虎口角涌出的鲜血把矛柄已然浸得通红。他瞠圆双眼细看矛柄，不偏不倚刚巧卡在虎口的獠牙间，叹为观止的精绝，这是谁的神功？

如茵的草坪上，一片静谧。他掸掸两袖转过身体，"这是谁投的枪？"

远远，跑过一个人来，临近皇上的时候，他的步子一下又慢下来，轻轻地跪在地上："皇上，奴才实是冒昧……"

弘历看那人，白白净净身材高挑，眉宇上吊透着一股英气，秀气，灵气，便自我解嘲般先呵呵笑了起来："你救了朕，这番话又是从何说起呢？"

"奴才急中……不不不，奴才害怕皇上被恶虎所伤，才冒死孤注一掷的。"

"孤注一掷？"弘历刻意缓解化释自己的紧张，"什么意思？"

"其实，皇上身边有多少人……"那年轻侍卫怯怯地抬了一下头，又赶忙低下脑袋，"手中都有利器，他们是害怕伤了皇上……才没有放出手中的家伙。"

众人无不为此言感动，真是如此，他们是怕伤了皇上，当然，刹那之间全懵了，这名侍卫心真好！他在为所有人解脱。

弘历点头，又抬手摸摸腮间："那你就不怕伤到朕的身体了！"

"情急之中……奴才什么也……奴才也不知为何把手中的矛枪投出去。"

弘历长长地吁出一口气，世间唯有"真"字难得，这个侍卫之言不掺些许谄媚，舒服，此言说得他好舒服。

"你叫什么名字？"

"奴才和珅，祖姓钮祜禄氏。"

"现在何处司职？"

"奴才在尚仪备用处任三等侍卫。"和珅始终不抬头，万人瞩目之下，他确实不知面临的是祸是福。

“祖上何人?”

“高祖尼牙哈那巴图鲁蒙受龙恩,以军功被授三等轻车都尉,阿玛常保袭职,曾领福建副都统。”

弘历点点头,知道,知道尼牙哈那巴图鲁,还见过和珅的父亲常保,三年前病亡的那位副都统,但是印象不深,哪及面前跪着的这位年轻侍卫这般精神。

“和珅,今日之事足见你临危不惧,处乱不惊,朕封你为乾清门御前侍卫。

“谢皇上。”和珅拄地的双手这才觉出麻。从决定投枪的瞬间,到刚才与皇上的对答他都是孤注一掷,不知投得对不对,因为皇上身边的近侍都没上手;不知投得准不准,他确是于千钧一发间举臂挥枪,眼见那枪是擦着皇上天灵盖飞过去的——根本没想到能一枪投入虎口,天助我也,不是天助才叫邪呢。

“和珅,你平身。”

“奴才……”他怯怯地站起来,平日多想贴近皇上,今日真的受封了就站在御前,身上却万般地不自在。

弘历爱怜地看着他,平日怎么没发现,粘竿处内还有这么英俊勇武的一名侍卫呢。

“你的功夫堪为一绝。”他看看直挺在地上的老虎。

“皇上,奴才也是瞎蒙,这实在是天助,是天助奴才,把枪刹那投入虎口之中。”君威面前,和珅确实尚不老辣,他的武功一般,刚才那一掷是情急所致,其实他真没这般精绝的功夫,不敢在皇上面前胡吹乱捧,尤其是对自己,皇威震慑得他来不得虚言,他心中一直在战战兢兢哦。

“依你之言,真可谓‘人则鬼神所附者也’。”弘历益加赏识,和珅的言辞,心态好平朴。

“奴才刚才那瞬间,如同作诗一样,嘉言丽句,音韵天成,非徙积学所能,盖有神助者也。”

弘历点头,既谦逊又有学识,和珅借用了徐铉那为诗的神助之说。

“嗯,神理凑和时,嘉言丽句,辞采华章,浑然天成妙手偶得。”

“诗之至精者,盖天机自动,天籁自鸣也,奴才孤注一掷,当是天机自动。”

颙琰及众皇子皇孙、王公大臣静静地听着和珅与皇上的对答,真新鲜,皇上再感激此人的救命之恩,也不至于在这飞放泊之畔,只与和珅一人这般问答呀。非同一般,救君之命先放在一边,皇上还从没对臣下有过这么大兴致,更兼一个粘竿处三等侍卫,新鲜。

这时,不远处那只被咬伤颈项的麋鹿又扑扑地在草地上挣扎——将众人的视线吸引过去。

弘历也看到了,他跨前一步牵起和珅的手向那只四不像走来:“虎你杀得好,我们再去看看它。”

众人尾随着他俩又围上了受伤的麋鹿。麋鹿的腿折了,颈项被虎牙掀开一块皮,白骨浸着血丝裸露着。它已不再怕人,眼神痛苦且无奈,三番五次在草坪上一挣一挣地要起。可是,刚才老虎最后的一搧使它的一条后腿折断了,透过皮毛,能看到它的伤腿骨节支起,吓人地凸支着,哪里还站得起,求生的欲望使它一次又一次地往起站,它好疼。

正是因为它不断地站起挣扎,又颤颤巍巍地一头歪倒,才把人们的目光又都拢聚到这里来。

弘历近前端看片刻,若有所思地说:“弱肉强食,猛兽于它是多么强悍。”他意味深长地扫扫众人,又看了和珅一眼,言外之意好像在说,比起凶残的猛虎,和珅却又多么骁勇多么强健。

众人点头,谁也不好在这个时候插话。

“把这只麋鹿捆缚起来,回去宰杀分赏六宫,鹿脯鹿唇敬奉太后。”

“嗻。”

两名御前太监拎过绳子上来捆绑,不料和珅上前一步将他们拦住了:“且慢,呦呦鹿鸣皇上不觉心躁吗?”

弘历和众人又是一怔,和珅这话什么意思?

弘历没及开口,和珅又向他转过身来禀道:“皇上,这麋鹿之血能补精补神补血补气,奴才为皇上献上一碗鹿血,以报皇上封赏之恩吧。”

弘历看看这位俊秀的侍卫,不知为什么欣然答应了:“那好,朕还真有些饥渴,朕喝,你去取血,朕喝。”

两名御前侍卫抽出腰刀,和珅上去接过一把挡住他们:“我来。”

弘历笑笑:“你投枪刺虎已然很累,还是让他们宰杀,控出血后你呈献上来就成了。”

“不,我来。”他没遵君命,上去一步,单腿倚在鹿身上,麻利地用绳子三缠两绕,将呦呦的麋鹿捆缚住它的四条腿,然后用手捺头,接过太监递上的一只青花瓷碗,放在鹿颈下面,接着挺刀直向鹿喉刺去,麋鹿呦呦几声便闭上了眼。

一碗粘稠的鹿血端上来,灿灿的春阳之下,依稀看得见碗中的热气在升腾。弘历欣然地看看和珅,突然又把眉头皱起来。真是兴之所致,自己年轻时喝过鹿血,可是五十之后益发觉得生血很腥,这些年再也没有生喝过,一时糊涂一时糊涂,怎么刚才答应得那么痛快?

“朕……”他抬起双手,轻轻摇摆,“俗话说,宝剑赠予壮士,红粉献给佳人,今日你好智勇好豪杰,朕将它赐予你喝吧。”

和珅上挑的眉毛微微耸动了一下,双膝一屈跪在地上,“奴才再谢皇恩。”抬手举碗开口微仰,一口气把那碗鲜红的鹿血喝下去。

“好,启驾回銮。”

像是一场仰敬天神的祭祀,第二只老虎也不放了,今天的狩猎到此为止。

回返团河行宫驻跸，弘历又把和珅叫到自己的御前："鹿血腥膻，你刚才干吗又想敬奉朕一碗鹿血?"

"一为皇上健血大补，二也要尽早让麋鹿断气死绝。"

"哦?"这下一重意思弘历确实没有想到。

"奴才听闻皇上要回宫之后分赐鹿肉，何必让那生灵呦呦地活受？奴才一心要尽快尽早地杀死它。"

"哦……"弘历定定地看着和珅，实出意料，勇、武之余，他还有一副菩萨心肠。可不是，看那呦呦伤鹿，它确是钻心地疼痛，既然定要宰杀，何必让它受罪，它也是性命，它也是生灵欤!

他命和珅退下，心中油然生出一股融融暖意，今天的历险令人想不到，发现如是的一个和珅，也真令他大出意料。不单是精忠智勇，此人还仁慈悯阔，已经袭了常保三年的轻车侍卫，一天到晚为自己准备仪仗銮驾，怎么当初就从来没有注意过他？好生的怪事。可惜，竟还有些相识恨晚呢。

2

朦胧的月光之下，和珅久久难以安眠。完全是突如其来，他是灵机一动，千钧一发，孤注一掷，因为自己的武艺平平，真不知一枪投去刺中的到底是老虎还是皇帝。刹那之间他已控制不住自己的神智，半月之后的今天，想起当时的场景还惊悸。可他成了宠侍成了英雄，紫禁城内外上下传颂，和珅力挽狂澜千钧一发救了皇帝。

他信命，这是命？要不他坦诚地给皇上背那"天机自动""天籁自鸣"呢。又不然，机遇永远赐福、降临于有备者的面前，自己不搜索枯肠卧薪尝胆处心积虑想取信于皇上吗。

当然是这样，虽然娶了大学士英廉的孙女做妻子，但他不过是个三等侍卫，不过隶属下五旗中的正红旗，瞅瞅住的这方区域，西直门，豪族显宦哪有一个住在这里的?

当年，"随龙入关"的旗人在北京城内的居住宅第是严格按照八旗驻地划分的：

正黄旗　德胜门内

镶黄旗　安定门内

正白旗　东直门内(以上为上三旗)

镶白旗　朝阳门内

正红旗　西直门内

镶红旗　阜成门内

正蓝旗　崇文门内

镶蓝旗　宣武门内(以上为下五旗)

他家住在西直门内的驴肉胡同，低人一等，心中始终郁郁的。轻车都尉轻车都

尉轻车都尉，祖宗几代都没能跃上都统一职，父亲不过闹了个副差，不甘心不服气，他处心积虑要崛起。

崛起之后干什么？他没有想得太遥远，不过是抬成上三旗，不过是扬眉吐气不再受人鄙夷歧视，不过是要更好地效忠皇上，为江山社稷略尽匹夫之力。时时有着这样的念想儿，终于在飞放泊一鸣惊人得信于皇帝。兴奋之余，好后怕，后怕过后又是一阵侥幸与窃喜，绝不是歪打正着，功夫不负有心人，自己确是经年伺机，只是这一次才得以初试锋芒而崭露头角嘛。

第一次，见到了面前是坦途，有阶梯。皇上对他的厚爱溢于言表。那天刺虎之后，他当众被封乾清门一等侍卫，实则回到紫禁城的这几天，皇上几次将他叫至养心殿中来，与他谈论诗书与词赋。今天上午，皇上还溜达到养心门外对他说：

"那天依你之言，朕之作诗，也'非徙积学所能，盖有神助'喽？"

"嗯……"他沉吟片刻，这个问题太突然，他恭谨地搓搓两手说，"皇上当然勤勉为先，自然神后有助，不过更重要的一点于皇上，又使得这二者微不足道了。"

"哦？"弘历又觉很新鲜。

"生而知之，先知先觉，孔丘、孟子早已论及天才超人之卓异，何况皇上为旷世之明君，当然皇上的文才武略超凡脱俗，出类拔萃的喽。"

"也不尽然，也不尽然。"弘历向他瞥瞥，摇了摇脑袋。

"奴才不明白。"他的胆子比在飞放泊大了些，故作迷惘状。

"李白、杜甫、自居易，未居高官出身平平，遗下脍炙人口的好诗千百篇。"

"皇上的诗赋哪一首比他们差？经年经代才得以流传。"他极为认真地反驳。

"是吗？"

"当然了。"

"朕的哪首诗好？"

"篇篇为不朽之作。"说着，他朗朗地背诵起了乾隆的《午门受俘诗》：

雷霆申宿令，阊阖受新俘。
讵乃恩全背，安能诛竟逋？
缉凶新附奋，宥命旧奸瞿。
白练陈班末，双颁肆市衢。
快情天意顺，大礼众情愉。
益切钦心镜，永怀巩帝图。

弘历真的一怔，使劲眨了眨眼。这真是二十年前准噶尔部发生叛乱，他派班第和永常为大将，率兵五万西征，将不肯投降的巴朗生擒回京之后所做的"受俘诗"。不知和珅怎么知道，背得滚瓜烂熟，还吟得绘声绘色。

"你怎么——"

"皇上的御制诗篇，出口落墨便会不胫而走，奴才因为喜欢，才搜集背诵了许多。"

"记得午门之诗朕不只作了这一首。"

"奴才当然知道,这第一首受俘诗皇上作于六月庚申,十月戊午,皇上又作了一首。"他顺口又背出了"鸳瓦缤纷积瑞银,受俘军礼举重新……"那第二首律诗。

"嗯,你的记性真好,连我自己都模糊了词句。"弘历惬意地颔首,想不到自己的诗如此脍炙人口,想不到和珅背得滚瓜烂熟。

……

看着跃动的火焰,他两道清秀的眉毛微微蹙了蹙。如果投枪刺虎是出于情急,在养心门外咏诵御诗却是早有准备的。几年来他求英廉搜集了不少,得空便在家中背诵,虽然枯燥乏味,但它们是御诗,乾隆御诗胜于唐诗宋词千百倍。

果然飞放泊之行后刚回宫就用上了,袖手于前疾书于后,厚积薄发,古人所言极是,一番苦心总算派上了用场。

又不完全出于谄媚委琐别有用心,普天之下莫非王土,率土之滨莫非王臣,身在天子脚下,谁不愿意取悦——不,取信于皇上?他是为了精忠卫君才临危不惧,为忠君效国才背了那么多御制诗的啊。

难以入眠。世间有什么比受到皇上的赏识、青睐更荣幸!三等侍卫,一等侍卫,一步上了两个台阶。怎么才能更让皇帝垂爱?思索得好累,升官晋爵如同人生驿站,一旦上了快行的车驾,车马奔驰起来心旌也要跟着摇曳,一切都是同步的,想停止也难停下来。

冯氏见他一人在灯下兀坐,也披上衣服走到他的身边来:"老爷,该睡了。"她把一双纤手轻轻搭在他肩上。

他侧头,向她深情地瞥瞥,灯前的妻子好俊秀,虽然已经生下了一个儿子,但她的身材还是那般窈窕,在他面前依然是羞羞嗔嗔的。论家世,冯氏为英廉孙女,比他的门庭要显赫;论品貌,冯氏在汉军女儿中也是出类拔萃的。恩爱体贴,联姻七年他们从没吵过嘴。有时他为仕宦苦闷心情烦躁,还是冯氏常为他吟唱曲牌为他消愁。婚后五年她才生下爱子丰绅殷德,这期间她真怕自己不能为夫家生子嗣。多少次她劝他娶二房,他坚辞,冯氏是结发妻,他相信妻子最终能为他生出嫡亲来。不能轻易娶小,冯氏在他的侍卫生涯中为他分忧解愁,他不能轻易让她伤心呦。

"你醒了?"他抬起双手扣住冯氏的纤指。

"始终就没有睡着,"她前移坐在他身侧的一只绣墩上,"这些天你怎么觉更少了?"

"我也不知道,连饭都一吃就饱。"

人生累,愁苦会让人不思饮食睡不着觉,亢奋也是如此,多少天来他还一直亢奋着。

"我知道,你可是……"她明白,意外的升迁使丈夫一直很激越,可是毕竟不能老是平静不下来,更超然些才能再图远谋。

“约儿，你去点燃一支香。”

“干什么？”屋内既无观音又无释祖，他要为谁烧香供奉？她不解地看着他。

“点支粗些的香来，啊？”他冲她神秘地笑笑，“我要做件事情。”

冯氏还是依他的话点了一支香，粗粗的，捧到他的面前来：“给，最粗的。”

和珅接过香，两眼定定地看着香烟在灯烛旁袅袅地升旋，轻轻地缭绕。

看他那微痴的神态，冯氏更加疑惑，他怎么了，丈夫从来没有这样过。她娇嗔地晃晃他的胳膊：“老爷，你别这么呆呆地，你到底要干什么？”

“要出家。”

“啊？”

“要信佛。”

“信佛？”

她最清楚，丈夫是从不供奉释祖、观音的。

“我要做一个俗家弟子。”

“当然好，可我从来没听你念叨过。”冯氏还是奇怪，信佛不是坏事，她娘家就一直供奉释祖，只是丈夫的变化和此时的神态很反常。

“我在大内值守，紫禁城中处处供奉着佛祖、菩萨、观音，皇上与佛祖同辉同德同位，忠君必得信佛，所以我也想皈依佛门。”

冯氏点头，这话当然不无道理，只是——，他的神情还是太异样。

和珅把香又递给冯氏，自己绾起左臂的袖子，向上捋了捋，捋到肘弯处。伸手把小臂在桌上放平了。“在家和尚也要受戒。”

“受戒？”

他点头。

她真糊涂了。在家时听父亲说过，受戒须为出家人修行到一定阶段由师父施行的一种仪式，绝不是信佛即可受戒，何况丈夫“出半天家”不过是要做个俗家弟子，那还谈何受戒？

扑嗤一声她又笑了，纯粹是戏言是玩笑。受戒可爇顶可不爇顶，丈夫梳着大长辫子绾着袖子要受戒，这可不是在开玩笑吗。

“往哪爇？”她索性再不慌张。

“往这儿。”和珅指指小臂正中。

“哪一个和尚不爇顶而烫在胳膊上去受戒？”

“这你就不知道了，胳膊、腿上都可以爇，不信你问清源寺方丈去。”

他说得正经认真，她又糊涂了。

“你做一回我的师父，来，就是这儿。”他指着左臂内侧正中的地方。

“不，你这是……”她真懵了，结婚七年来，他从来没有过这么古怪的行为，丈夫到底要干什么？

“那好，我只是与你玩笑。”他爱怜地揽过她的腰，将她抚坐在自己身边，又把那支香接到手中去，“看把你吓的，你还当真呢，闻这加艾的香好香呢。”

她倚到丈夫胸侧，万也想不到，和珅单手迅疾地把香火头掉过，紧握下端，猛地往左臂正中一按——嗤啦……

一缕浓浓的蓝烟蹿起，一股皮肉焦糊的气味也弥散开来。冯氏怔怔地看了半天，一下把那支香撅断又扒开了他的手：“你……你这是干什么！”

豆粒大的一个焦坑，四周粘着血丝裹缠的烂肉，好吓人，这是为什么！

和珅虽然强做笑脸，可是左腮还是突突跳了几下。这点皮肉伤痛算不得什么，但是自己亲手去烫，烫出一个深深的焦坑也确实需要一股韧劲忍劲与狠劲。他咬牙犟住了，不疼，这点儿疼算什么。

冯氏急得流出泪花，她跑到橱前拿来了獾油，哆嗦着两手用棉花蘸，可是和珅却将她挡住了：“不用那个，我有药。”说着，他从抽屉中拿出一个方方的小药盒。

药盒被打开了，里面有两个小瓶子，瓶内是红药末，银药水。他先把一些银药水点在焦坑处，然后又撒上一些鲜红的药面填实了。冯氏更加莫名其妙，受戒、爇臂，药面儿，丈夫到底要干什么？

和珅看妻子焦急心痛的神情，轻轻抚着她的肩膀说：“约儿，刚才是和你开玩笑，你没见街上那卖艺的，浑身上下刺的那龙啊凤的飞禽走兽？文身，我这是文身，在胳膊上文出一颗宝石红来，福星高照，我就能平步青云。”

冯氏怔怔地看着他，文身都是绿色，再说那是用针刺，皮肤完好光光溜溜的，丈夫用香焚肉叫什么文身，不明白，还是不明白。

和珅见她依然痴痴的，便把袖子向下一捋站起来：“你也甭再琢磨了，反正一点儿也不疼，不叫受戒不是文身就算我给自己身上弄一个记号，成不成？走，去睡吧。”

当下，他挽了冯氏的胳膊一同就寝，还饶有兴致地欢娱一阵，再也没提爇臂之事。待他朦胧睡去，冯氏却久久合不上双眼：受戒、文身、记号，丈夫的举动好不寻常，自残一下好惨烈，他到底要干什么呢？

3

以一等侍卫之职供奉于御前，和珅对朝政了解得越来越多。户部、礼部、兵部、工部有奏不完的上疏，皇上大多亲躬浏览，一一批复。日理万机，皇上身为天子，千真万确日理万机。

为了乾坤社稷，皇上真的不累，早朝之后，他一直在一件一件御批奏章，有时在一份奏疏之后要密密麻麻写上好几页。直到御前太监催促，皇上才停下笔来进膳。这期间他虽然喜怨怒忿常常溢于神色形容，可是一旦停下来却并无倦色，而是把朱笔置于龙案长长地吁出一口气来，以君临一切之势起身，潇洒地踱到外间。君临天宇，运筹帷幄，此时再见皇上，他充溢于身心的是满足，潇洒，快慰……折服九域，万民臣服，一锤定音，至高无上，权力的巅峰带给人的到底是什么，和珅又觉那“满足”“潇洒”“快慰”几个字苍白得不能再苍白了。

亲睹天子之怒之威，权力巅峰的枢密对人永远是诱惑。

近来，他已深深悟到另一种东西，令他酥酥的，陶陶的。一等侍卫的职能不过是更接近了皇上一步，可是了不得，连王公、大臣都对他另眼相待了。

飞放泊刺虎之前，六部公卿上朝谁把他们这些侍卫放在眼里，可是从南苑回来之后，不少王公廷臣从他面前走过都要报以颔首，微笑，示意，虽然他在职守上不能说话，但是善意、友情的一瞥令人心中时时生出暖意，他油然觉得自己的血脉舒展体躯膨大了，看重，尊重，每每握起拳头来，他自己都奇怪，紧紧的胀胀的，力量怎么那般大。

军机处、内务府的那些章京、行走们看他的目光更是另一番情景：羡慕、阿谀、奉承。也是的，哪一位章京、行走得以一睹天颜；而他，随侍左右天天能够见到皇帝，这风光这荣耀他是时有感悟的。“身随翡翠从中列，队入鹅黄者里行”，虽然谈不上位显荣极，至少引得众人瞩目，当也是人生之大幸万幸了。

仲夏，清漪园内的荷花开得连云成片。听到太监奏报，弘历要过去住两天。御辇一出神武门，他就让人垂下纱帘，坐在车内看奏疏，邸报。翻阅了几折奏章，他见到顺天知府关于昌平牢内逃逸一名流刑案犯的邸报。原来，昌平境内小刘庄人刘二虎与邻人之妻王氏通奸，王氏之夫发现之后，逼索刘二虎以四两银子抵罪，并签字画押从今之后相安无事永不纠缠。不料王氏之夫王贵见刘二虎家资殷富，便又多次向刘二虎索要钱财以行敲诈。刘二虎前后被勒索十六两白银之后忍无可忍，持斧将王贵之子王盛砍死，并将王贵左眼砍伤。此案由昌平县报经顺天府、刑部议决，将通奸杀人犯刘二虎立斩，淫妇王氏秋后斩，敲诈勒索钱财的王贵流刑黑龙江。岂料，流刑之前三日，案犯王贵越狱逃至口外，至今没有下落。

弘历读到此处，不由得怒火中烧，啪的一声将邸报掷出帘外：“哼，虎兕出于柙，龟玉毁于椟中，是谁之过欤？”

车前车后的人不由得停下来，皇上很少在车轿上发火，今天怎么啦？一名御前太监赶紧捡起邸报呈送到弘历座前：

“皇上……”

“虎兕出于柙，龟玉毁于椟中，是谁之过欤？我问你们呢，懂不懂，你们懂不懂！回答朕，答呀，答呀！”不知他因为什么一下子蹿出这么大的火气。

太监肃立。

侍卫颤栗。

都不知道怎么回事，答什么？

“典守者不得辞其责。皇上，就像我们这些侍从，无论皇上的安全出了什么问题，责任都在我们这些下人身上。”

答话的是和珅，众人松了一口气，这要是谁也答不上来——麻烦呐！

原来，弘历忿忿诵出的是一句论语，不少人都丈二和尚摸不着头脑，亏了和珅解围，不然漫说是众人过不了这一关，连弘历本身也冷不丢地“扔”出一句典，无人对答好尴尬。

弘历把眼皮抬起来，又是和珅，透着一脸英气、才气的和珅。倏忽，他的火气一下子消去了大半：“嗯，看来你还是谙熟《论语》的。”

“奴才自幼便就读于咸安宫官学，学的就是四书五经，这一句刚好记住，皇上吟咏得巧，正好让奴才给撞上了。”其实，他刚才也是壮着胆子答对的，想不到又令皇上一阵欢喜，那么就切忌狂傲，在皇上面前流露出半点儿骄矜都是愚蠢之极的。

“你几岁入的咸安宫官学？”

“八岁。”

“业师是谁？”

“吴省兰师傅。”

“哦，是他，怪不得，怪不得。”弘历突然瞥到长长的御列停滞在西直门内的街道上，胡同里的人们都在探头探脑，这才悟到此处不是说话的地界儿，便向和珅挥了挥手说了一声“起驾”，队伍又浩浩荡荡前行了。

和珅走在龙辇前，心情很是愉悦，又是一次机会，恰恰旁人谁也答对不上来，命，这难道不是命？命好便有好机会。

今年夏天暑气早至，刚进六月清漪园内就莲香四溢了。当天来到清漪园，弘历见到昆明湖内那“接天莲叶无穷碧，映日荷花别样红”的清丽景色，心中顿时豁朗起来。晚膳后他带领和珅等几名侍从顺着北岸向西游走，左侧是莲荷满地的昆明湖，右侧是曲折如画的长廊逶迤舒展，便信口吟出他几年前在园内作的一首律诗来：

金山竹影几千秋，云锁高飞水自流。
万里长江飘玉带，一轮明月滚金球。
远至湖北三千里，朕到江南十六州。
美景一时观不尽，天缘有份画中游。

一名侍从听完弘历吟诗，马上接口说道：“清漪园内碧波荡漾，绿阴拂地，湖光山色，风景宜人，奴才们也沾了皇上的光，真如云游画中啊。”

弘历瞥了瞥他，淡淡一笑，只管信步继续前行，双眼向西北方望了一望，不由得又斜行几步上了长廊。

和珅尾随其后笑吟吟地说：“皇上，去画中游还要走上一会儿，奴才命人备轿？”

“不必了，”弘历顿住脚步，“欸，你怎么知道朕要去画中游赏玩？”

“皇上，清漪园内处处景致俱佳，可您最喜欢的几处景致之一，便有画中游。刚才皇上吟咏的这首诗即为画中游所作，奴才琢磨着，皇上当是又想去那里消闲散心了。”

“朕这首诗的出处你也知道?”

“不但知道,奴才还会背呢。”说着,和珅从头至尾又背诵了一遍。

弘历不住颌首,想不到,自己梦中所得的一景刻骨铭心,和珅也把其诗记得这般真切,欣慰,着实的令人欣慰。

画中游是乾隆梦中所得,这能不让他刻骨铭心吗。

二十四年前即乾隆十六年,弘历的母亲钮祜禄氏皇太后六十寿诞,为了给生母祝寿,弘历在瓮山上修了大报恩延寿寺一座,将瓮山更名万寿山,并仿照汉武帝在长安昆明湖上训练水师的故事,将西湖改为昆明湖,将园名也改为“三山五园”之一的清漪园了。

为了扩建清漪园,弘历传旨将昆明湖蓄水量增加,使原为东岸的龙王庙被围于湖心,成为一座小岛,使其和十七孔桥、八方廓如亭连成一体,远望成为伏卧于湖心的一只巨龟。万寿山上下,弘历也对多处地方进行改建修葺,增加了多处景观,令母亲钮祜禄氏赏心悦目。

可是,万寿山前的听鹂馆一景之后,有一片地域显得空旷。弘历端详数日不知在此处点缀上一处什么景致好。由于工部呈上的几幅烫样都不甚合其心意,他便把在如意馆供奉的意大利画师郎世宁找了来:“郎供奉,你拟在圆明园内设计西洋楼,看这听鹂馆后又能建些什么景致?”

郎世宁看看山脚下这处地方不甚开阔,又在听鹂馆之后有些憋屈,即使建一座西洋楼也会显得局促,便对他说:“皇上,圆明园内拟建规模宏大的一组西洋建筑,此处地方莫若造一秀巧景观,和雄峙的万寿山、华美的听鹂馆前后搭配起来更协调。”

他沉吟半晌,挥手让郎世宁退下。郎世宁退走前又找补了一句说:“皇上,不管此处落成何等景观,微臣都可以在墙壁、回廊上画些立体通景之画,以增加静谧幽深的庭院之感。”

“好。”

当晚,他在乐寿堂内久久难以入眠。跳跃的灯烛下,他看着云贵总督献呈的大理石挂屏,山岚雾障烟云缭绕,他一步一步向前走,轻飘飘地云游雾中了。

云雾之中,迎面一长髯老者悠悠而至,仙翁左右各有一名朱唇皓齿的俊秀女子,女子手中各捧一帧画轴,来到他的面前笑盈盈地站住了,恭敬地向他请安问好,仙翁只是微笑着用拂尘扫了一下。

他使劲眨了眨眼,咦,飘然而至的仙翁仙女来这干什么,怎么回事?

“你们——”

不待他把下面的言语说出,两名女子轻轻把手中的画幅展开了,一幅是灵秀的江南亭台,一幅是几块嶙峋怪异的太湖石。仙翁这时又用拂尘指指画,然后向他摆摆手,他身不由己地往前走,一步进入画中了。真有意思,这处灵秀的庭院全依苏杭样式营造,花草树木、亭台廊轩小巧玲珑别致明快,高低错落均不对称,它前凭听鹂馆,后倚万寿山,此处是什么地方?

再看院中点缀着的那一方方太湖石,瘦、漏、透、皱怪异丑陋,可是丑陋间却另有一番风景、韵味,把人牢牢地攫住了。

形制、布局、规模,太湖石分亭院,亭院与前后景致的依山傍水的搭配都恰到好处,完全与苏杭园林无异,就建这么一处小院落,不用再找工匠设计了。

他刚想对仙翁称誉致谢,那老者又把拂尘一甩转身同两名女子飘然逝去,他轻唤一声:"等一等!"睁眼原来是场梦。

"快,快召如意馆画师来。"

当晚,他召如意馆丁观鹏、王幼学,依他梦中所见口述,让两位画师依样画了下来。第二天要工部烫样,画中游就这么定下来。

三个月后,灵秀别致的画中游落成,他让郎世宁在廊上、壁上画了许多立体通景图画,每每人们来到此处,谁都会顿生盎然情趣,小巧的回廊曲折幽深,一方方太湖石栩栩如生,它们林林总总十二块,正好是十二生肖齐聚,要多生动有多生动。

当即,他挥毫写下了"美景一时观不尽,天缘有份画中游"这首诗。以志"画中游"落成之喜。

今天,他一吟诗马上又被和珅领悟,惊疑过后竟然欣喜地拍了拍和珅的肩膀:"心有灵犀,走,快陪朕一同去画中——一游。"

画中游在排云门之西,听鹂馆之后,弘历竟然从乐寿堂一直走了来。进入画中游后,首先映入眼帘的还是那天然浑成的十二生肖,坐卧爬蹲形态各异,高低错落妙趣横生。

总管太监王福从廊下搬过一只凉墩给皇上坐,弘历摆摆手,问他说:"王福哇,这十二生肖为何以鼠、牛、虎、兔、龙、蛇、马、羊、猴、鸡、狗、猪为序?"

王福摸摸后脑勺:"这个嘛,因为人们都说子鼠、丑牛、寅虎、、卯兔、辰龙、巳蛇、午马、未羊、申猴、酉鸡、戌狗、亥猪,所以嘛……嘿嘿,嘿嘿。"

"朕问的就是缘何为这等顺序,你绕哄半天也没答出个所以来!"弘历低头看了看,还是在那只凉墩上坐下了,"和珅,你可知道?"说不出地喜欢,他的目光又落在猿臂蜂腰的和珅身上。

"皇上……"

和珅刚叫了一声"皇上",王福又插了上来:"皇上,奴才知道。"

"哦?"弘历一手捻住胡子。

"据奴才所知,自从盘古开天地,太古黄帝见到茫茫天宇无边无沿,这情形白天还好办,有什么事谁看见谁禀报,可是到了晚上人们全睡了觉,那就麻烦了,出点什么事,谁也不知道,干脆让这鼠哇蛇呀狗的也干点儿事,一排班它们就都有了时辰啦。"

"噢?"弘历冲着他笑,示意他往下说。

"十二属相一人值更一个时辰,这是黄帝安排的!"王福瞅见弘历笑了,胆子一大嘴皮子也就溜起来,“为什么叫子鼠,耗子夜里闹得最欢,先让它值守。”

“嗯。”弘历点头。

“黄牛勤快,半夜就醒了准备下地,所以让它去接耗子的班。老虎呢,天蒙蒙亮的时候专爱外出觅食,精气神最大,待到清晨,太阳还没出来,兔子就上了月宫,您说这么排班不是正合理?”

弘历呵呵地笑,众人也都跟着笑起来。

“上午辰时,正是群龙行雨的时刻,巳时之后,蛇就出洞巡游了。中午阳气最盛,马是属阴的,马跑蹄不离地,这个时候归它。”

“说下去。”弘历竟然饶有兴致。

“未时草长得最盛,羊这个时候吃得最欢,申时猴儿们吃饱喝足该上窜下跳折腾了,它们欢实这个时辰归它们;日薄西山的时候,鸡就开始上窝了,闲下来正好让它接班。”

“嗯,有意思。”弘历戏谑地看着王福。

王福两个红红的眼圈微向外翻,嘴角的唾沫都溅出来:“天黑之后狗最警觉,有一点儿动静它就叫唤,戌时当然它管;猪呢,夜深人静全踏实了,该它也值上一回班。”

“王福,这时辰于十二生肖的值守,是你编排的还是黄帝他安排的?”弘历笑吟吟地问他。

“当然……是黄帝安排的啦。”

“黄帝也真糊涂,申时鸡正上窝,亥时猪正昏睡,它们在这个时候能够克尽职守吗?”

“嗯……这个——”

“未时草正打蔫,羊食未时之草可也忒傻了,再说羊在未时是吃草还是值班?”

“那个……”

“哗众取宠!一派胡言,拉下去,责打二十竹竿!”

“皇上饶命,皇上饶命!”王福虽然口中求饶,可已然转过身去趴在地上。

竹竿打了十二三下弘历就命人停下来,只是象征性地打一打,以示薄惩。

人就是常常处在进退维谷的矛盾中。

王福是幼时便追随皇上的老太监。平时,他专爱给皇上说故事,编笑话,弘历无聊时也听他胡聊八扯解闷儿,有时烦了也冲他撒气,只不过打上十几竹竿就算了。

弘历爱听王福的奉承阿谀,听腻了又觉他的嘴脸可憎,多少年来王福就是在他真真假假的嘻笑怒骂中伴他过来的。虽然王福与他最亲近,但是他不让太监参政,这是因为顺治“铁牌”的原因,他要恪守祖训。

和珅把这一切看在眼中,发自心底地挺感激王福,刚才皇上问到他的头上,他还真的不明白生肖们缘何按这个顺序排列。答不上来不好,要是硬挤也不见得比王福说得好到哪里去。俗,他听着王福那生安硬扯跟皇上一样觉得好笑。俗,笑——笑料,王福连同故事一块儿成了笑料,所以皇上才半真半假地打了他十几竹竿。

侍卫、宦官,身份不一样,地位也不同,按说太监可以出入内宫,比侍卫接近后妃、皇上的机会多得多,但是"言之无文,行而不远",在文韬武略的弘历面前,他们不过是十足的奴才、下人。他则不然,以高雅应和于皇上,要博得天子的喜欢,即使坦言不知也当不得笑料。可亲,可敬,如果皇上都能以这种心态看他,他的形象才真正有分量地立了起来。

知之为知之,不知为不知,是知也。弘历虽然好大喜功,习尚浮华,但仆从在他面前却又要有质朴的一面,不然长久不得,要记住。王福哭丧着脸站起来的时候,和珅自己又这般嘱咐着自己。

薄惩王福似乎是皇上信口与他开了一个小玩笑,听王福瞎编排是个乐儿,吓他一吓也是个乐儿。弘历早把这一切丢到脑后,他起身又端详开了新换的一块太湖石:狗。

原来,这天然浑成的十二生肖错落有致地搭配得惟妙惟肖,只是前年仲夏一阵狂风之后下起了鸡蛋大的冰雹,那只"狗"的耳朵被砸碎了一只,左颊之后秃秃的,顿时戌狗的生气少了许多。弘历传旨,再从苏州启运一些太湖石,挑出一条更好的戌狗补在这里。

前后逾时近两年,今春一尊玲珑秀逸的小叭儿狗被运到画中游。它高不足五尺长不过七尺,歪头,翘尾、举足、乜物的神态如同烫样出来人捏的。其实真是太湖石。漏、透之处蓬蓬勃勃,好似毛绒绒的卷毛旋成了窝。最可爱的是它的两只耳朵向前扇,俏皮地总是在听着什么。弘历这是第二次看,真如一只天狗落地,憨顽之态好喜幸。

他贴近这只叭儿狗左右看,见它四只膝下正好有四个空窟窿。这四足之"透"刚好从这面穿到对面,似把叭儿狗悬起来,又似蹄子踏在雪里头。

王福见皇上来来回回绕着叭儿狗的四腿看,便又凑上前来说:"皇上,又漏又透,四蹄踏雪,所以它叫四蹄踏雪叭儿狗。"

弘历指指后面的左腿:"这孔石罅透得不够,怎么有一块胶泥堵在窟窿里?"

众人围过来看,果然另三蹄透得豁亮,唯有这一处只露出指头粗的一个小洞,透不出光来,这只蹄子是显得黯淡了许多。

"来人,把洞中胶泥抠去,那是名副其实的四蹄踏雪。"

弘历知道,这太湖石从苏杭运来,因其嶙峋透漏,薄处极易磕碰,故民工启运之前都要将石眼、缝隙中糊满胶泥,用来抵御途中颠簸破裂。运到京城后,先要将这些太湖石放在水中浸泡,将石眼中的胶泥泡软,然后匠人们再清洗抠净,使其再出现"石上有眼,四面玲珑,嶙峋壁立,千疮百孔"的风采来。这只叭儿狗栩栩如生,就是匠人粗心,那至关重要的一孔胶泥没有掏尽,所以只透出一线亮光来。当时便可以抠掉,这事没有什么难的。

两名小太监绾起袖子一人一头,用手指去抠洞中的泥巴。好硬,两人咬牙拧眉地抠了半天,那胶泥还粘得死死的。

"皇上,不妨打盆水来,先把石孔洇湿,胶泥变软才容易抠下来。"刹那之间,和珅想到了水,他的心竟不由得怦怦怦地跳了起来。

"好,打水来。"

一名太监早端来一盆水,放在地上刚要绾袖,和珅却挡在他面前:"我来。"

四周的人们都奇怪,杂活杂事都是太监、宫女的,侍卫不干这类活儿,何况还是一等侍卫和珅,竟然也在皇上面前捋胳膊绾袖子的当匠人,新鲜。

就在和珅绾起两袖伸手向清水盆中一捧的瞬间,弘历一下子变得痴呆了。他的目光随着和珅捧水的双臂一上一下,天呐,怎么……这和珅他……到底是谁呢——

雍正元年,当时的他才十一岁。每天在阿哥所玩耍,游戏,在弘德殿、毓庆宫读书之余,他还到内宫各处去游走。本来,父皇雍正是绝不允许阿哥们在东、西六宫瞎转的,可是胤禛独爱他——宝王爷弘历,所以也就睁一只眼闭一只眼,对他在内宫的游走假装看不见。确实,他还小,才十一岁。

谁知怎么回事,开始他在东、西六宫瞎转悠,只是因那长街、横街、院落纵横交织很神秘,后来转着转着蓦地发现了,发现了一个不入册的妃子——如妃,她真美。

如妃是父皇没继位时从杭州买来的一个小格格。至今也不合祖制所以始终没入册。父皇从雍王府搬入紫禁城,如妃便被安排在景阳宫。如妃已经十七了,她一头乌发衬出的脸颊、脖颈像是透明的,弹指欲破。如妃的嘴唇鲜鲜的,轮廓好分明,一口晶亮的皓齿,偏偏右侧龇出一个小小的虎牙来,一笑,她便侧着身子一低头,真让人驰魂荡魄、如醉如痴啊!

如妃比他大,如妃是父皇虽未入册但最为钟爱的一个妃子,他绝没有胡思乱想,绝无亵渎父权皇威的任何下流与龌龊。可是只想每天能看到如妃,看她那一颦一笑都有快乐。

如妃也知道了。开始,他一到景阳宫,如妃就笑盈盈地请他进来,喝茶、下棋、踢毽子。他爱听她那喃喃吴音,爱看她那颗小虎牙一闪一闪露出来;他爱看她那纤弱的腰肢活动起来飘飘地好轻巧;他爱看她的手,十指尖尖如葱根,每一条青色的红色的血脉都见得清清楚楚的。如妃也爱跟他调笑,常常摸着他的宽脑门儿说:"宝王爷将来一定能承继大统,这么阔的脑门儿还不是天子之相!"

他索性撒娇,把嘴噘起来:"什么呀,额娘说我是锛儿头,前锛儿喽后勺子。"

"那好,既然是前锛儿喽后勺子,那我就给你弹进去点儿,来,疼不疼?"

说着,她就用手弹,他便成心嚷,娇娇地总爱倚到如妃的身上去。

说不上什么原因,说不上怎么回事,十一岁,是儿童是少年,他全然在混沌之中。三宫六院中多少女人——宫女就有好几千,可唯一令他销魂的就是她,弹指欲破的如妃。每次闭着双眼让如妃弹脑崩儿，循着指间的微响好像有种无形的传递与灌输，令他痴迷，妄想，颤栗，冲动……

不知是谁告的密，一天他正在景阳宫暖阁内和如妃下棋，乌喇那拉氏皇后悄寂无声地从外面进来了。

“宝王爷，我到处找你呢！”

他和如妃一抬头，咦，皇后怎么跑到这里来，而且还无声无息的！

“皇后……”如妃脸上红一阵白一阵地赶紧请安，她那鲜鲜的嘴唇颤动着。

“皇后……您找我有什么事？”

他也很难堪，皇后那目光神情中有着更多的余味，虽然是个孩子，但他已能体味与发现。

“宝王爷，你待的地方，只有阿哥所、毓庆宫、弘德殿，你出去。”皇后的语音不重，令人不舒服的是她那目光，腔调，神态。

他不敢分辩，只能讪讪地退至堂屋。

乌喇那拉氏酸不溜丢地训斥如妃，虽然是说给她，也是让他听。

“如妃，你一未入册的女人也太张狂了，你嫌皇上老了，是不是？”

“奴婢……”如妃吓得跪在地上，这突如其来的诘问实在令她反应不及。

“宝王爷春秋渐盛，你老把他招到景阳宫内干什么，嗯？”皇后乜着如妃。

“奴婢……”如妃没有分辩，她噙着泪水咽下一口唾液，唉，真吓人。

“宝王爷被你勾得颠三倒四，紫禁城中都传遍了，你就不怕皇上知道？”

“皇后……”

刷地帘子一撩，他从外面闯进来：“皇后，根本不是这么回事，我自己要来的！”

“你出去，”皇后淡淡地看他一眼，“来人，把宝王爷送回阿哥所。”

几个太监进门，把他哄出景阳宫，又一直护送到阿哥所。

他没敢大闹，乌喇那拉氏是父皇做雍王时，祖父康熙册封的嫡福晋，极受父皇宠爱。雍正元年二月，即谕旨礼部：“朕承皇太后懿旨，嫡妃那拉氏，令范性成，徽音早著，孝敬惠慈，宜光宸极，显号中宫，以宣壸教。朕祗遵慈训，立妃为皇后。”别看那拉氏一脸菜色，可是刚被晋为皇后气势正盛，他明白吵闹大发了只能惹出娄子来。

惴惴的，景阳宫内，那拉氏还和如妃说了些什么，不知道，皇后是怎么走的呢，如妃会不会龇着那颗亮亮的小虎牙在伤心，在垂泪？

第二天从毓庆宫学习出来他就直奔了景阳宫。想不到宫内总管太监刘和先把他拦住了：“宝王爷，如主子病了，御医让她好好休息。如主子自己也吩咐了，什么人来也不能进去。”

“不嘛，我要进去。”他耍赖。

“宝王爷，皇后留下话，不让您再进景阳宫，她说过两天她还要打问来。”

“不嘛，我就去一次。”

一推刘和，他还是进来了。

景阳宫正殿东暖阁内静悄悄，如妃正在床帷之后发呆。昨天无端受了那拉氏一顿臭骂，心中要多委屈有多委屈。自己是苏州街内一平民女儿，五年之前被雍王爷强虏囚禁在雍王府，后来遭他欺凌却做不了侧福晋，如今进宫也入不了妃嫔正册，她的命好苦。唯一的希冀、安慰是皇上待她始终不错，答应过两年将她正式册封为如贵妃。事已至此只能这么活着，不然又能怎么样？她还年轻才十七岁，暂时还没想到死。

宝王爷不过是个小孩子，十一岁的孩子又有什么呢。只是一个消愁，解闷儿，宝王爷愿意来，下棋，踢毽，好玩，别的什么都没有。昨天那拉氏说的什么！狐狸精、妖媚子、勾引宝王爷，天呐，这都哪跟哪儿！

落下两行泪，她便没再哭，气都气不过来，恨都恨不过来呢。

此时，他蹑手蹑脚进入暖阁，轻轻向床帷瞄了一眼，小心翼翼地过去，伸手——咦，如妃没躺着，她正坐在床边呢。

"如妃姐姐……"

"混说，我怎么——你怎么能叫我姐姐呢！"第一次，她目光中闪烁出冷光，"你出去，是谁放你进来的？"

"我要告诉你一句话，我上这儿来怎么啦！"他噘起嘴来撒娇。

"出来，你我别在这床帷之后腻味着。"如妃信手拉开床帷，和他一起到西侧的条案前坐下。

"说，你有什么话要告诉我？"如妃一改先前那温存孱弱的神情，冷冷的根本不看他。

"我要……我要……"他抬眼看看屋内侍立的两名宫女，"你们都出去。"

"干什么，好话不背人，背人没好话。"如妃不让她们走。

"出去，我让你们两个人走！"他瞪圆眼睛赶她们。

两名宫女出了暖阁，如妃冷冷地问他说："快点儿说，你要跟我说什么？"

"如妃姐姐……"

"我是你的长辈，不是你姐姐！"她一下子从绣墩上站起来。

"不，让我叫你一声姐姐，因为我……喜欢你啊！"

"什么？"如妃的瞳孔在刹那之间放大了，她惊恐地看着他，忽而目光中又闪出一股郁郁悲凉，她刚要伸手去拉他，却一下重重地甩下胳臂，"你胡说，去你的，什么宝王爷，你走开！"

"如妃……真的，真的啊！"他可怜巴巴地望着她。

她一下子瘫坐在绣墩上。喜欢，什么叫喜欢？阿哥能够喜欢皇上之妃吗？不，绝不能。可是，宝王爷那目光中流露的是多么天真、稚气的真情，他真的喜欢自己，把自己当做一个姐姐去喜欢！

眼前一片金星过后，她又站起身，走到他的面前，扶正他的帽子说："宝王爷，以后可切记别这么瞎说，赶紧回阿哥所，下午不还要去弘德殿听学吗。”

“不，你相信吗，我喜欢，我就喜欢你一个！”他痴痴地望着她。

她突然惊惧地打了一个冷战，天呐，虽然内心涌起刹那的爱意与温馨，但这件事情太可怕了，要打住，危险，传出去性命攸关呐！

“宝王爷，去，皇后已然颁我慈训，不要我在景阳宫内答理你，你出去。”

“我出去？”他茫然地看着她，她怎么不相信自己说的是真心话？

“对，你出去！”

“不，我不——”

“刘和，把宝王爷给我拖出去！”

同昨天的遭遇一样，他竟被拖出了景阳宫，可是这吩咐却是如妃发出的，好伤心。

三天之后，他还是控制不住，又偷溜到西路来。来到景阳宫的横街上，他老远就冲门口肃立的太监摆手，不要出声音，谁也不要说他来了。

门口太监不敢动，他走到面前对他说：“你要多事我就报告父皇裁撤你！”

那太监刚要答话，刘和从配殿走出来：“宝王爷，您怎么又来了？”

他生气地拧眉，摆手，不让对方高声说话：“我找你们主子有事，片刻工夫就出来。”

刘和见他直入正殿，赶紧追上几步小声说：“宝王爷，如主子在后院佛堂焚香呢。”

他点头，轻手轻脚绕到后院，来到西配殿小佛堂前，只是佛堂门洞开，如妃正默默地跪在释祖前，口中还念叨着什么。

一头秀发，两把头高高地盘起，他见到了她的玉颈，润如凝脂的肌肤，他不要亵渎父皇也绝无非分之想，只是喜欢如妃，愿意见她窈窕的身子娉娉婷婷，愿意看她那纤纤玉手夹棋子，怎么啦，他只是愿意管她叫姐姐，她才大他几岁，本来她就是他的姐姐嘛！

两次被拖走的情形全忘了，他轻巧地走到她身后，双手一捧她的腮：“如妃姐姐……”不知怎么回事，他还在她的耳唇上亲了一口。

“你躲开！”她抬手向后一搡，他几个踉跄没有站住，一下歪倒在东边的香案旁。

“哎哟！……”——好疼，他的胳膊肘一撑地，啪地响了一声还挺疼。

如妃见他一哎哟，这才回过身来扑到地上：“宝王爷，你……摔疼了？”

他的汗珠子从脑门儿上淌下来，就是一个屁股墩儿，用胳膊一撑怎么这么疼。

“哎哟……”再用手一撑地想起来，想不到右肘再也吃不住劲，老天爷，怎么啦！

如妃急得脸色苍白，赶忙把他的袖子绾起来，坏了，肘弯支起一块骨头，周围青紫青紫的，是不是摔断了骨头？她再也顾不得什么，一下子冲出门外：“刘和，快来人，宝王爷把胳膊摔坏啦……”

还算万幸，只是脱臼。御医院的正骨大夫端着他的肘弯一把就复了位。可是万也想不到这事当天就传到坤宁宫，乌喇那拉氏当即就赶到东路。

她二话不说就着人打，坤宁宫过来的太监手真黑，他们打如妃的腰、背、胸，当时如妃身下就洇出一摊血迹来。事后有人传出内情，如妃当场受了内伤，肾脏打破那是尿的血！

他是第二天才知道的这一切，装裹前他疯狂地跑向景阳宫，见如妃一脸平和地躺在床榻上，他扑上去搂住了她的脖子："如妃姐姐，是我把你害死喽……"

他不敢嚎啕大哭，咬破手指在如妃的肘弯上做了一个小红点，记号，告诉她那个血做的红痣是一颗心，他的。如若真有轮回，他一定还能见到她。只要他在世，他就一定要见她。

一晃五十多年过去了，如妃倒是老入梦，那颗鲜红的血痣也在他的梦中晃动过多少回，可是仍然离不开梦，他那般虔诚地敬佛信佛——佛也没应如妃再轮回，只是依稀梦中，那颗红痣永远在萦回。

今天，他见到和珅左肘弯上的那颗小红点，老天爷，这……他再看看和珅，真的，和珅的面目也似如妃，欸，和珅怎么也有一颗虎牙呢？禁不住，他早把太湖石叭儿狗的事情给忘了。

"和珅……"他上前托起了和珅的胳膊。

"皇上！"和珅谦卑略带羞怯地垂下头。

"你……"他颤颤地刚要再问，蓦地瞥见四围的太监、侍卫，"朕累了，你们把画中游玲珑阁打开，朕要进去歇一歇。"

太监、侍卫们按他的吩咐开阁，他只携和珅一人进入内室，然后让和珅再绾袖子，仔细端详他那颗红痣："你这颗红痣它……"

"皇上，母亲说我这颗痣是胎里带来的。"

他点头，又看和珅的相貌，不，和珅没有虎牙，刚才是看花了。可是和珅臂弯上这颗痣，那么圆那么正，分明是他给如妃做的那个记号，虽然五十多年了，可它时时在梦中浮动。

"你的父亲是谁？"

"三等轻车侍卫常保，皇上，飞放泊射虎那天您已经问过了。"

"你的祖上呢？"

"高祖尼牙哈那巴图鲁，以平西军功被授三等轻车都尉职。"

"旗属呢？"

"满洲正红旗。"

弘历情不自禁地摸了摸和珅肘弯上的小红点儿，轻吁口气合上了眼睛。

"皇上，您困了？"

"没有，你出去告诉他们，谁也别吵朕，朕要歇息一小会儿。"

"奴才知道了。"

……

从清漪园回来的第四天，弘历颁下圣旨，钦命和珅为副都统，户部侍郎。这才是官，和珅到家之后握着约儿的手对她说："这才算真正做上了官，连我自己都没想到，爇臂这招那么快就用上了！"

冯氏捶他的胳膊："到底怎么回事，至今你也没有告诉我那到底是怎么一回事情啊！"

他又绾起袖口："我这是做了一颗痣，内宫老太监告诉我，皇上最喜欢雍正皇帝的一名爱妃，死后皇上点痣为她做了记号。"

"这与你有什么关系？"

"睹物思情，古来多少人传诵'移情'一说，我卧薪尝胆才几个月，果然就被皇上发现了！"

"我还是不明白，你快细细告诉我。"

他一口吹熄了灯，将冯氏拉到炕边上："你别急，躺下之后我把来龙去脉全部告诉你。"

4

这次和珅没想到，爇臂之事用得那么快那么巧。其实又是机遇，臂弯之中的那颗"红痣"再醒目若无绾袖的机会，恐怕它什么时候都不会见到天日。也很侥幸，因为它刚长好，这才几个月？

瞬间做了户部侍郎，还真让他眼花缭乱目不暇接的。

户部为六部之第二部，设尚书、侍郎、郎中、员外郎等官职。所辖四司：本司、度支、金部、仓部，掌管土地、户口、农垦、钞币、租税、漕运、救荒、官俸兵饷多项，并且直接负责造币、运输、仓储。哪里都是银子，无一处不与白花花的银子相关。

时任户部尚书的福康安，是大学士傅恒之子，乾隆孝贤纯皇后的侄子。此人行伍出身，把户部管理得乱七八糟，一笔糊涂账。和珅知道福康安有来头，自称小侄毕恭毕敬。福康安深知和珅将来必受重用，也另眼看待他。

"和大人，你我差不了几岁，我们是兄弟，你自称小侄不羞煞卑职？"

和珅早有准备："福大人，令尊与我内人祖父同朝共事，可不小子是侄辈。"

"可别介，可别介，和大人，你年轻有为鹏程万里呀！"

"还望福大人多栽培。"

通过在皇上御前的侍卫体验，他深知邀宠取悦是立身的绝招。什么良药苦口利于病，什么忠言逆耳利于行，没有一个上司喜欢刺儿头的。忠谏，哪一个忠谏的有好结果？乾隆三十年上，皇上的第二位皇后被从南巡路上押送回京，第二年那拉皇后就不明不白地死去了。皇上因嫌那拉皇后多事早欲废她，今见她死正好遂了心愿，颁旨皇后葬礼"可照贵妃例行，交内务府大臣承办"，此事引起朝野一片喧哗。可是有几个敢仗义执言的？唯有御史李玉鸣上疏为那拉氏分辩，谏应以皇后之礼举丧。结果又如何？不仅皇上未采纳，还将李玉鸣流刑新疆，最后死在了那里。

在人檐下，仰承鼻息。和珅认准了这一条绝不忤逆上边，这就需要一个“忍”字，几年的侍卫生涯忍了过来，自己不已出人头地了吗。

福康安一点儿也不难为他。他告诉和珅，户部年年管财赋，人口渐多亏空越来越大，连库兵都往外偷银子，咱们当官的能不搂点儿吗。

他只是淡淡一笑，哪能来了就营私，他要干出个样子来。可是，租税、漕运、兵饷、钞币的账目一通细翻，笔笔都是糊涂账，上边户部尚书都不管，他干这等缺德损人的事情干什么？

万也想不到，在户部上任没三天，他所在的驴肉胡同热闹了。户部所辖的浙江、江西、湖广、陕西、广东、山东、福建、河南、山西等十四个清吏司，下边都有人送帖子，各省漕运、盐铁官吏往上递银子，回扣，只要督管各司的他能抬手在赋税上不往紧里卡，银子白花花地就会滚到他怀里。

这又是一个意外，大清国体导致了自下而上的舞弊；自上而下的营私，不是他和珅想要欸！

一个月内，他收受了各司贿赂的银子八万两，看着一摞银票都有些吓得慌。这玩意儿，祖上也没有过八万两银子啊。

又涌起一阵阵窃喜，没去偷鸡摸狗更无明抢豪夺，下边愿意送，不是他伸手要来的。

何乐而不为的好差事。福康安告诉他，哪一任崇文门监督没有捞够了？财赋、关税都从那门走，肥门肥差自然肥人，中国的官差只要能应付得了上边，你就一辈子不用着大急。

也是的，现在皇上垂爱他，福康安也没跟他隔着心，那就甩开膀子往前走——不，还是应该小心翼翼的。

他除了出入养心殿，还常奔走于慈宁宫，几个月来，他已经去了三次慈宁宫。

崇庆太后住在慈宁宫。

今天，太后已然八十四岁了。崇庆太后是弘历皇帝的生母，多次南巡出游，弘历都要把母亲带上。乾隆十六年、二十六年、三十六年弘历皇帝都举行了隆重的圣寿大诞，为母亲祝福华诞之喜。弘历至孝，满朝文武都知道。

可是，崇庆皇太后仍然觉得闷。虽然荣华至尊富贵至极，世间最好的锦衣美食她都享用过，仍然觉得没意思。皇上日理万机顾不上她，怎么打发日子？只能打麻将、推牌九，参禅焚香也是无可奈何的。

飞放泊刺虎的事情当天她就知道了，当时她在团河行宫里。回到大内的第四天，慈宁门总管送进一只火红火红的松鼠来。她一见真高兴，它红得像是假的，染的，浑身上下如同燃着一团火。

“这么稀罕人，哪儿来的？”

总管告诉她：“老太后，这是刺虎的那个和珅送来的，他把松鼠撂在门口就走了，说怕太后闷得慌。”说着，他还拎起一个篮子，“您看想得多周到，还送来一篮子松塔儿呢。”

“赶明儿你把他找了来，我问问他这么红的松鼠是天生的还是上的色儿。”她呵呵地笑，这么红的松鼠，好喜幸。

果然，三天之后和珅被召到慈宁宫。崇庆太后端详着他的模样好喜欢：“你就是那个刺虎的和珅？”

“正是奴才。”

“你干吗想起给我送这么只红松鼠来？”

“奴才怕太后闷得慌。”

“看你嘴真甜。”

“奴才发现了，以太后之八旬高龄，还追随皇上四处出巡，一为太后体康身健，二则太后也闷得慌。”

“你倒挺会孝敬我。”太后笑眯眯地望着他。

“老吾老以及人之老，太后母仪天下，谁都应该孝敬您。”他清纯，不油滑。

一席话，说得太后喜上眉梢。多少人到她这儿来献殷勤，送吃的，送穿的，送玩的，送戴的，全都不稀罕，她什么没吃过没穿过没见过！倒是这位俊秀的侍卫谙熟她的心路，她喜欢那些可人的小动物，猫哇狗的通人性，这火红的松鼠真悦目。

确实，这两天红松鼠还真给她带来乐儿。它用两只前爪捧着松塔儿嗑，会剥壳会吐皮，那灵性比只猴子也不差。你若胡噜它，它轻轻地眯眼不动弹。她还捋着它的大红尾巴玩，扫在她面颊、脖颈上边好痒痒。

“成，以后有什么稀罕玩意儿给我拿过来，可不要那金呀银呀吃的喝的，就像这个小东西。”

“奴才明白了。”

他跪拜之后退出慈宁宫，觉得太后太和蔼可亲了，又把住了太后的脉，眼前更加亮堂了。这只红松鼠是家奴刘全养的。刘全专爱结交市井艺人，什么有灵性的猴、狗、猫、鼠的他都弄回来。他倒是不反感，这只红松鼠是刘全跟人家要的，送到太后手中讨她一个大喜欢。

那天回到家后他对刘全说：“再弄些稀罕物儿，得让老太后一见而惊而叹而喜，到时候我赏你。”

“是咪。”刘全答应得好痛快。

今天，已升任户部侍郎的他又来了。太监通报之后他顺利地进了慈宁宫。约莫一刻钟，崇庆太后做完佛事回到正殿内。他上去请安说：“老太后安好，奴才给您送来一对小玩艺。”

崇庆笑盈盈地说：“好，你送来的东西我喜欢，”她看看他，“哪儿呢？”

“您猜是什么东西？”他现出少年般的天真，歪着脑袋问崇庆。

崇庆觉得好玩，皇孙、曾孙们来了才常让她猜这猜那，好一个俊秀的和珅，也跟他开起了玩笑。

“你两手空空，我猜准是个小玩意儿，是不是怀里揣着葫芦，弄个蛐蛐儿、蝈蝈的让我听叫？”

“太后眼微花，那东西又太小，只能叫唤那就给您添不了什么大乐儿了。”

崇庆纳闷儿：“那是八哥？可八哥也不好带在身上呀，”她招手，“你坐下。”

他不坐：“您这宫檐之下，不有好儿对八哥了？大同小异，八哥都是那一套。”

“那我可真不知道了，快拿出来让我瞧瞧。”胃口被吊起的她好心焦。

和坤趋前儿步，走到太后身边，左手袖子一抬，轻轻喊了一声：“出来。”

袖口中，轻轻钻出一只拇指大的小猴子，它黑脸黄颈灰身，好漂亮。

崇庆惊异之余，和珅右手也抬了起来，钻出的是只一模一样的小猴。

实在可爱，谁见过这么小的猴子！虽然小，但它毛绒绒地又光又圆，三色皮毛亮亮的。

崇庆又把眼睛眯起来：“这是小猴崽儿？什么猴生下来这么小？”

“太后，它叫墨猴，这一公一母已然长成了。”和珅用手托着，举到崇庆面前。

“再也长不大？它叫什么猴来着？”她欣喜地用手捧起一只来回看。

“这是云贵产的墨猴，平日藏在笔筒中，一俟主人书、画之后搁下笔，它就从笔筒跳出来，舔净砚台里的墨。”

“怪不得脸是黑的，它还吃什么？”

“什么都吃。”

“除了舔干净砚台，它还于人有什么益处？”崇庆上下忽悠两手，小墨猴向她眯眼。

“它们还叫如意猴，您不知道如意最初就是挠痒痒的老头乐吗，这墨猴还会挠痒痒。”

“哦——，那可好。”崇庆年纪大了浑身上下老搔痒，一天到晚离不了那痒痒挠。

和珅把袖口绾起来，冲胳膊肘处一点，一只墨猴就跳过来，用前爪轻轻挠，挠得好舒坦。

“您试试。”

崇庆犹豫了一下，还是往脖子上的一块老斑点了点。一只小猴果然轻巧地上身，在她点的地方搔起来。不轻不重，松爽怡人，她侧过头来瞅瞅，毛绒绒的还真好玩儿。

“下来。”

和珅一声招呼，两只墨猴一块儿跳到他手上，又窜到太后面前的茶几上。

“掏掏耳朵给太后看。”

两只墨猴通人性，这个扒着那边的左耳，那个扒着这边的右耳，亲亲热热地瞪着蓝色的眼睛往对方耳廓里看，然后各自一伸手，每人掏出一张红豆粒大小的小纸团。

"去,递到太后手中去。"

两只墨猴先上膝,缘着衣襟三跳两跳就落入崇庆皇太后的掌心中,把两粒小纸团放到手上就又一蹦一跳回到茶几上。

"这是两个什么,我这瞎眼可是一点儿也看不见。"其实她的眼睛不太花,用手掂掂又极轻,不知小猴放在她手中的是什么。

和珅拈起一个展开,只是半个指甲大的小纸片。这回太后还真没看出什么来。

他从怀中掏出一个传教士送给他的放大镜,送到崇庆手里边:"您照照。"

崇庆举起放大镜在手心上一照,欺,真叫邪,红纸片上是细若蚊足的屈原的《涉江》一语:"与天地兮同寿,与日月兮同光。"

真叫好,至雅吉祥,比那"福如东海,寿比南山"的强百倍。

她移开放大镜,那红红的纸片上什么也没有,凑到眼前细看,照样是空的。咦,又拿回放大镜罩在手上,《涉江》一句又映出来。

她刚要开口,和珅把一只手伸到纸片上:"您看,这么多字都不及一个芝麻粒大,当然移开布眼(放大镜)您就什么也看不出来了。"

"十二个字不如一个芝麻粒大?"

"对,这是找来微刻微雕匠人给您书写在纸上的。"

她吁气,没见过,和珅的墨猴、微雕都太新鲜了,有意思,她待见。

和珅又把另一张纸片展开,崇庆在放大镜下马上看清了,那是王安石《孤桐》中的两句诗:"岁老根弥壮,骄阳叶更阴。"

奇佳奇绝,微写在小小的纸片上,充满了对她的敬意与爱戴,关键是颂得高雅,没有些许俗媚之气。

"和珅,赶明儿将那微刻艺人给我召来,再雕些山水花卉之类的东西我赏看。"

"太后放心,奴才一定办到。"

崇庆将纸片轻轻拈到几上,又端详起那两只墨猴,造化真神奇,怎么繁衍出这么小巧的猴子来。她伸出手,两只墨猴一块儿上了她的掌心:"欸,把这两个小东西养在什么地界儿?"

和珅从怀里又摸出一个拳头大的小笼子,打开铜丝编织的笼门说:"进来。"两只墨猴进了笼,他关上笼门又递给太后,"跟蝈蝈一样随身带着它,带上又不吵,还能跟您一块儿睡觉呢。"

"好,这回我就不闷啦。"

从慈宁宫出来,和珅的脚步越走越轻快。养心殿、户部、慈宁宫,这大清要枢他都可以随便出入,虽然还不是什么军机、御前、内务府大臣,实则不比那些人差。有几人像他这般备受皇帝垂爱,有谁能出入慈宁宫,讨母仪天下的崇庆太后如此的——欢心?什么为受宠,受宠即为仗恃,有了仗恃人就有胆,胆子大了什么事情干不出来呢。

虽然在户部任差,弘历经常把他叫到养心殿去议事。名为议事,实为议诗,弘历自己写的多少诗都忘了，和珅却能一首一首背下来，当然那是赏心之事。和珅写得一手秀丽潇洒的楷书、行书，模仿的也是弘历的笔迹。弘历自然高兴。多少臣下再奉承也无用。问起和珅的字为什么这样，他回答得轻轻松松："皇上的书法博采百家之长，实则自成一体，奴才从小模仿皇上圣旨笔迹，自然就练成这个样子。"

此事当归功于其父常保。乾隆笔迹确实清丽流畅，常保做轻车都尉的时候，觅得弘历笔迹便视为珍宝，回家让和珅仿写，和珅也就真写得和弘历书法大同小异。时间长了，弘历有时竟让和珅代笔，皇上吟诗臣下记写，皇上口谕和珅笔杆一摇就成了圣旨。满朝文武都轻声叹吁，天呐，飞放泊刺虎，至于使皇上这般喜欢和珅吗？

弘历真的喜欢他，见到和珅左臂上的那颗红痣之后愈来愈甚。

多少人都不知道，如妃是少年弘历爱上的第一个女人，梦绕魂牵，刻骨铭心。尽管内宫有那么多在册与不在册的妃嫔供他临幸，可人生中最初萌动的爱的记忆永远无法磨灭。尤其是他亲手为如妃点上了那颗红痣，祈祝着几十年后的轮回与相逢。万也没想到，五十多年来他查遍了每一个被他临幸过的女人的身子，——却意外地在和珅的左臂上发现了它。他一下子懵住了，怎么如妃托生了一个男人！

和珅多么像如妃！

其实和珅绝对不是如妃托生的！

就在这矛盾、困惑中，他益发地喜欢这位俊秀的侍卫了。如妃托生也不会是个男人，可是，既然和珅像如妃，至少也是他与和珅有缘分。不是吗，若无缘，和珅怎能刺虎救驾呢。

人生中，心理、生理的执迷是言语难尽的。这和个人的隐私、经历、性格、气质有着盘根错节的联系。所以，痴爱、偏私、变态、畸变以至疯狂，常为局外人无法接受难以理解。

除了一两个老太监，谁也不知弘历的心曲。

和珅自己再清楚不过，略施小计，他歪打正着了。

今天，他又应召来到养心殿，背诵了几首御制诗后，弘历对他说："和珅，你博学诗书，为朕作上几首诗歌朕看。"弘历想起来，和珅他还没在自己面前作过诗，想看看，要知道。

"皇上，唐诗、宋词已至诗文之巅顶，当世又有皇上豪诗大词，奴才只给皇上吟诗取乐吧。"

"那也好，给朕吟些好诗。"

"奴才写在纸笺上。"

当即，他录下沈炯的一首《八音诗》：

金屋藏阿娇，楼阁起迢迢。
石头足少年，大道跨河桥。
丝桐无缓节，罗绮自飘飘。

竹烟生薄晚，花色乱春朝。
匏瓜讵无匹，神女嫁苏韶。
土地多妍冶，乡里足尘嚣。
革年未相识，声论动风飙。
木挑堪底用，寄以答琼瑶。

字迹清秀洒脱，抄得工工整整。写完之后他朗朗为皇上诵读一遍，虽然上口但并没多大意思，弘历便歪着脑袋问他说：“你觉得这首诗好？”

“皇上觉得无趣？”

“就算一般吧。”弘历也不好说这诗孬。

“皇上，您竖着看。”

弘历再看这诗，金屋，楼阁，石头，大道，丝桐，罗绮，他摇头，竖着又有什么意思？

“皇上，您看一、三、五、七，几句的开头一个字。”他上手在诗上一一点下。

弘历一个一个往下看：金、石、丝、竹、匏、土、革、木——欸，这不是律吕上那八音吗？将八音巧妙地嵌入诗内，好有情趣。

“镶嵌巧妙，赏心悦目，朕喜欢。”

和珅见弘历高兴，挥毫又抄一首：

鼠迹生尘案，牛羊暮下来。
虎啸坐空谷，兔月向窗开。
龙隰远青翠，蛇柳近徘徊。
马兰方远摘，羊负始春栽。
猴栗羞芳果，鸡跖引清怀。
狗其怀物外，猪蠡窗悠哉。

弘历一见马上一目了然，句首嵌入了十二生肖，他就喜欢这种别具一格的文字游戏。

“这首诗当录于画中游内那太湖石之侧，那才是诗入画中，诗石相谐。”他情不自禁地管自吟咏，“鼠迹生尘案，牛羊暮下来，对了，这是谁写的诗？”

“皇上，这是南朝诗人沈炯作的，他和鲍照、范云等人作了不少四气诗、六府诗、四时诗、六甲诗，奴才刚才给皇上书写的这两首，分别为《八音诗》和《十二属相诗》。”

“你这么一说朕倒记起来了，元人贯云石写过一首《清江引》。”说着，他拿笔又将《清江引》写了下来：

金钗影摇春燕斜，
木杪生春叶；
水塘春始波，
火候春初蒸；
土牛儿载将春到也。

“皇上，真是妙极了，金、木、水、火、土，都绕着一个春。”

弘历点头，跟和珅论诗也能谈到一块儿去，投契，怎么就那么投契呢。

蓦地，殿后隐隐传来婴儿的啼哭，和珅不觉一怔，弘历也隐隐听到，他看看墙上的西洋挂钟，对和珅说：“哪天我们再一起联句，你先去吧，我那小格格又吵开喽！”言毕，他起身，从养心殿出来，绕到后院中去。

和珅一愣，天呐，知道正月里惇妃又生了一个小公主，也听说皇上六十五岁得女格外钟爱，可是没想到搁在养心殿院内，破了先例，太破先例啦！

5

弘历被十公主的哭声引到后院来。三天了，他把这最小的女儿放在燕禧堂。

不到一岁的和孝公主是正月十六降生的。弘历高兴得胡子直抖。六十五岁高龄得女，老疙瘩，不折不扣的老疙瘩，能不喜欢吗！

在前九个公主中，早殇的竟有五个，这最小的一个公主出生三天之后抱来给他视看，他竟然愣住了，小妞妞弯弯的两道淡眉，鼓鼓的鼻梁，上大下小的两只扇风耳真像自己。一个月后再看，她细长的眼睛、薄薄的嘴唇更是像他。他亲亲地将十公主抱起来，用稀疏的胡子扎她，小格格竟然会摇头，缩头，还眯着两只细长的眼睛微笑。他喜欢，过去的九个公主中，不管长得丑俊，竟然没有一个像他的。而这十公主，连那高高的发际都随他，真是心肝肉，疼死喽。

平时，皇子、公主们都要住在南三所的阿哥所。十公主生下来破了例，她被钦准留在翊坤宫的配殿内，由阿哥所的奶妈去哺乳。这样方便，惇妃汪氏照看起来方便，他时不时也可以单独过去逗她玩。

半岁的时候，十公主已然会咯咯咯地笑，每次来到翊坤宫，他便用手轻轻点她的腋窝，稍一碰，十公主就咯咯地笑，一笑那小脸就红扑扑地像是上了一层胭脂霜。想想他的第一个阿哥，兄妹之间差了将近五十岁，多奇怪，如果长子永璜活着，也早该有了孙子，十公主一出生就是奶奶辈儿，多好玩儿，辈分大有福气，他真希望这娇娇的十公主，一辈子吉星高照着。

看着小格格的眼皮越来越双，双眸越来越亮，他禁不住又跟她说起话来：“妞妞哇，你，你……怎么就那么像我？叫父皇，叫一声，你知道叫朕什么吗？”

惇妃用手指逗逗公主的嫩脸蛋，张大嘴巴教她说：“叫阿——玛，阿玛。”

十公主看看惇妃，竟然把眼珠又移向了皇上，她蹬了几下小腿把小嘴张开咿咿呀呀地“嗯”“阿”，果然“阿玛”“啊——玛”地叫了两声！

“好格格，还不到一岁，你真的会叫父皇啦！”弘历喜不自禁，众人也惊喜地齐声道贺，十公主太不同寻常了，怪不得皇上这么喜欢她。

弘历又欣喜地看了半天女儿，喃喃地对她说：“可惜你是个格格，你要是位阿哥啊，朕要立你为储君，将来大清天下就是你的啦！”

惇妃和众人都惊异地看着皇上，不是玩笑话，皇上真的疼死了十公主。

弘历并未觉得自己说话出格。可不是吗，至今生了十七个阿哥，幼年殇逝的就有七个。立储都伤透了脑筋。长子永璜一直觊觎着储位，他予以揭露后于乾隆十五年亡故；二子永琏聪明贵秀，器宇不凡，第一次秘密建储的就是他，可是刚满九岁就因病而死；三子永璋他不待见，多次惹是生非之后于十五年前暴死，剩下的头大者即为颟顸了，颟顸之下者又死了好几个。无可奈何，他确实早又秘立了储君，可是毕竟不尽如意，要说喜欢，这小小的十公主，胜于子女中的任何人。并不全是因为她长得像自己，到底为什么，他也说不清。

惇妃搀扶着送他出了燕禧堂，他淡淡地对她说：“你回去吧，服侍好了小格格。”

惇妃答应一声回来了，她重又抱起不哭也不闹了的十公主，一颗心反倒跳得快起来，荣辱尊卑全系于十公主，你千万要壮壮地长，别出痘别闹病，额娘的一切都寄托在你的身上喽！

女人不幸，皇上的妃嫔哪里是人！

她本名汪氏，是都统四格的独生女。十八岁之前，她的童年是幸福的欢快的，都统家的格格能少荣华富贵吗？十几岁上她开始“入梦”，梦是瑰丽的多彩的，少女的激情、羞涩常常令她难以安眠，她长大了，她的归宿在哪里？想不到，乾隆二十八年十月十八日，她别离父母入了宫，那年她才十八岁，受封永常在。她比皇上小三十六岁，比哲悯皇贵妃所生的皇长子永璜还小十七岁。好羞好羞哇，她惊惧地守护着自己的身子，皇上已然如她祖父般的年纪！这难道就是自己多年梦幻中憧憬的东西？

万也想不到，她这般惊惧着、守护着一晃儿就是四年，漫说是不入册的，光是那入册的女人，皇上都光顾不过来，她笑自己痴，太傻太呆喽……

变成了朝思暮想，梦寐以求的渴望与期待，因为她都二十多岁入宫一千多天啦！好不容易翻到一次她的绿头牌，她的天水又来了，没容看清皇上面孔，没容说上一句话，她又被人抬回了翊坤宫。又是那遥遥无期的等待，眼角出现了细密的皱纹，二十六岁上她还没破女儿身！

妃嫔是人吗？不是人。

麻木之后的她迎来了皇上的又一次临幸。既然麻木了还谈何羞涩、惊惧、快慰与愉悦？浑然不觉，浑浑噩噩，她在没有知觉的感受下成了一名妇人。

皇上又来过两次，还算喜欢她，于乾隆三十六年正月二十七将她晋为永贵人，同年十月初十日封惇嫔，第二年九月晋惇妃。这一切于她激不起些许兴奋与刺激，孤独、寂寞的每一个后妃都将老死在大内，人生无期冀无寄托，她活着到底为什么？

百无聊赖绝望之中她发现，自己在皇上一次偶然临幸之后没有来天水。天呐，她有喜了，她有了活头有了寄托！

虽然没想到母仪什么天下，因为皇上早已秘立储君了，这是祖宗传下的老规矩，但是依然想生一个阿哥，这才算真的有了子嗣，有了自己的儿子！遗憾的是生了个公主。又是一个想不到，六十五岁的皇上竟视十公主如掌上明珠，比哪一个皇子都有过之。因为十公主，她也身价陡增了。燕禧堂在养心殿院内，是皇后住的地方，多少年来皇上不再立后，哪一位妃嫔有幸能住燕禧堂？她，惇妃，因为十公主而住进来。好幸福好陶醉，听刚才皇上说的那句话：可惜你是个格格，你要是位阿哥啊，朕要立你为储君，将来大清天下就是你的啦！

情之所至的肺腑之言，皇上简直把十公主爱疯啦！可不是吗，因为十公主，皇上又和她在燕禧堂同住好几宿，她中年得宠了。

……

弘历回到养心殿三希堂，静静地在炕桌前闭上了眼睛。十公主，第二十七个孩子，多子多福他的福气是不小，可是夭折早逝的又去了一大半，所以才格外珍爱。六十五岁得女，说明他的体魄还年轻还强健，想想登基四十年，全在倏忽间，人生天地间，忽如远行客，眨眼两鬓斑白了，再年轻再强健也挡不住光阴挽不住年华。圣祖执政六十一年，不早长眠地宫悠然远去了？想到此，竟然簌簌地有些凄然。

皇后已然去了两个，妃嫔死了多少他也记不清楚了。现在还有多少？颖贵妃、婉贵妃、循妃、惇妃、芳妃、恭嫔、鄂贵人……也记不太清了。一生当中，除了印象最深的如妃，真正爱过的只有那位香妃，世居叶尔羌的和卓氏。为了她，自己在新华门内外还真下了大功夫。可是，性子太暴，没过几年就被太后赐死在慈宁宫。终生憾事，再也没有寻觅到第二位那般的如水女人。除了这位回回妃，没有一个后妃不献媚不邀宠不取悦。

对女人也有些麻木了，没有了个性与独特，艾艾怨怨地全是女人。所以一见和珅他就不由一震，他是一个颇似女人的男人，不同寻常的男人，不刺虎不吟诗不有红痣他已然大大地与众不同了。

竟然有些恋着和珅，弘历多少天来常自问，这到底是怎么了，怎么了？

其实，他知道不少皇帝与臣下的轶事：汉高祖的籍孺，汉惠帝的闳孺，汉文帝的邓通，汉武帝的韩嫣，汉哀帝的董贤，这些人都是天子的宠臣，可他们都和皇上有同榻的关系。尤其是汉朝第九代皇帝成帝刘骜，他与宠臣张放常常于卧榻之上昼夜不起，互为梳头着衣，引得后宫丽质群起诟骂张放。以至太后知道此事，责他面容枯槁，强迫他将张放遣回到所在封地，永远离开长安。

他了解前朝皇帝之劣迹，确实于后人所不齿。身为一个男人，缘何与同性同榻，缘何搞那些同性间之鸡鸣狗盗的事情呢！

蔑视他们！

他从来没有一闪念，当然更不会步其龌龊的后尘。

可是，今天于蔑视之余他倒是理解了他们一些，物癖物恋同性之恋，世间真有这样的事情，人之情性，原来情性好恶是变幻莫测的！

绝无什么同榻的肮脏的念头，但是喜欢和珅，甚至有些恋念，这倒是千真万确的。

何时也跟和珅来几次联句，刚才他录的那两首嵌字诗就很有意思。汉字是神奇，诗词歌赋意境味道，回声平仄律吕八音，每一首诗文都是画，想想那一年在老龙头，他与侍臣张照、梁诗正那诗句联得——真叫天衣无缝呢！

机敏，才思，睿智，他惊奇自己文思泉涌即兴应和，也喜欢张照、梁诗正的渊博与从容。宣泄，那才是一种登楼远望，把酒临风，雪霁千峰，波明万顷，天容海色，奇秀万千的即景抒情，痛快淋漓回味无穷。刚才和珅怎么说他只会吟诗不会作诗，不，何时闲暇一定要抓住不放考考他。

弘历放下在炕桌上写的联诗，刚一抬头只见总管太监王福呈上一本奏章，原来是两广总督李侍尧的奏折。他知道，又是关于澹归和尚与他那《遍行堂集》的案子，不知进展如何，他正等着要严惩所有案犯呢。

这澹归和尚原名金堡，是明朝末年的进士，曾经做过两任知县。清军入关之后，明神宗的孙子栓王朱由榔以两广地区为基地建立政权反抗大清，自定年号为永历，是前些年大清入关的一大隐患。金堡其人在永历政权中担任给事中的官职，因为勇烈激昂，被誉为当时的“永历五虎”之一虎。永历抗清失败后，金堡削发为僧入了佛门，自号澹归和尚，在广东韶州府创建了丹霞寺，著有《遍行堂集》《遍行堂续集》和《岭海焚余录》。

乾隆四十年春，广东巡抚在查缴应毁书籍时，查出澹归和尚的《遍行堂集》有多处悖逆之言论。样书送抵京师，弘历一看怒不可遏，命两广总督李侍尧率巡抚、布政使一干人等全力搜缴，竟在广东一带查获上千余册。可是，澹归和尚此时已死，也无子孙兄弟，弘历对此十分恼火。前些日子还谕旨李侍尧等人，在收缴《遍行堂集》之时，严查澹归有无叔侄兄嫂一类亲戚，一旦发现立即抓获。这次李侍尧又上折具奏，在不同版本的刊刻之中，有的还有八旗大臣子弟、前广东韶州知府高纲做的序，而且出资刊刻的也是高纲。看到此处他长长地吁出一口气，万也想不到，大清入关汉人谋反，而八旗子弟也有与之沆瀣一气的，罪该万死，十恶不赦！

当即，他传谕户部、刑部，查询高纲住处，户部回报，高纲已死数年，现在京师的有他的儿子高秉、高積、住在天津的其子高栅、高稷，还有他的孙子高效墀等一干人。

其实，户部管的是人口、财赋，刑部才司搜缴，抓人。不知为什么，兴许和珅是副都统，或许弘历是为了用亲信，第二天清晨，他又召和珅入宫，将缉拿搜剿高纲后人的事情交给了和珅。和珅心中好暖，真是皇上倚重，这本不是他份内的事情哦！

和珅带人先到了居住在地安门内宫监胡同的高秉家，时任翰林院编修的高秉还不知怎么回事,听说官府来人缉拿,早吓得面如土色。和珅一入高秉之家,心中一重醋妒便油然生了出来。三进的院落竟有六个套院和跨院,花坛池榭庭院深深,绿阴匝地回廊曲折。还是安定门内的旗地好,高纲当年不过是个韶州知府,高秉也不过是个穷翰林,他们凭什么能住这么好的院落!搜!

手下人将高秉家掀了一个底儿吊,原来只为搜缴《遍行堂集》,岂料意外地又查出两本"逆书",一为《皇明通记》,一为《喜逢春传奇》,两书均有"悖逆"字句。和珅如获至宝,不负皇上厚望倚重,他又挖出了新东西。

其实,广东东莞人陈建所著的《皇明通记》,记的是元末至明朝天启年间的一部史书;而署名清笑生的《喜逢春传奇》,不过是民间流行的曲本。陈建与清笑生都是明末人,距乾隆四十年已有一百多年,和珅却发现有大毛病。

他把高秉带至高宅的一得堂当即提审:

"《遍行堂集》自不必说,陈建所著《皇明通记》谈明一朝历久不衰,凯歌百代,若此,怎还有我大清国世袭罔替?"

"谬毒语误,陈建罪该万死。"

"既然陈建罪该万死,你为何还贵为重宝窝藏这等为前朝歌功颂德之悖书?"

"下官不是刻意,皆因家父喜欢经史,所以才搁置书房,实则并无人读。"

"并无人读怎么我拈出一句你就知道?"

"这个……"高秉头上的汗珠已然滚流下来。

"再看这逆反之书《喜逢春传奇》,清不清来明不明,浑浑噩噩不清明,这不肆意栽赃诬陷我大清吗?"

"大人……"

高秉有口难辩,谁不知道和珅以文武之材被皇上垂爱,可查稽这所谓的逆书实在粗俗浅陋,哪像一个饱学之士的言语,古来欲加其罪何患无词,而和珅之语亦是牵强附会没碴儿找碴儿,这不鸡蛋里边挑开了骨头?

可是,事已至此长出八张嘴来也无法辩驳,实则越辩驳罪越重,只能恳请和珅开脱:"和大人高抬贵手,这两册书下官正要着人烧毁呢。"

"有无谋反忤逆之图只能由皇上裁定,你家房产、店铺、田庙共有多少,从实招来。"从没办过案子的他竟然审起了案犯。

"和大人,下官家在京共有店铺三个,分别为德记当铺、一品绸庄、三栊烟铺,大兴之南,还有三顷大田和十亩园子。"

"这是高纲产业,由你家兄弟分属,还是你一人管理继承?"

"只是下官一个……"

和珅大吃一惊,想不到光是高秉一人就有这么多产业,相形之下,自己赤条条简直一无所有了。刚才进门时见那深宅大院就一直醋妒,眼下高秉又供出这么多祖产,竟然让他忌恨羡慕得有些须臾难耐了。

"将高秉缉拿刑部,家产宅院,立即查封。"

连着半个多月，他又带人查封了菜市口米市胡同内的高栅家，五显庙内居住的高效墀，及其在市郊的店铺与田产。

第一次做这样的事，前呼后拥好威风。搜出银票总共三十六万两，登记造册时他自己眯了二十万，还将高家在三河的两顷田庄据为己有了。差役们东一处西一处地四处奔跑顾不上，他居高临下一收总，下边丁勇的眼睛哪一个敢盯他？

一个月后向弘历汇报抄检缉拿始末，皇上对他办事的精细、效率格外赏识，尤其是又查出了《皇明通记》等两册逆书，当即又谕令两广总督李侍尧在陈建家一带继续搜缴。

溯本求源，李侍尧在广东遍布人力，除在省城市肆中细加查访之外，特派官员到东莞陈建曾孙陈与屏家搜缴书籍和板片。陈与屏交出陈建的著述有：《原板明通纪》七本，《翻刻明通纪》九本，《增补评断明通纪》六本，《续刻明通纪辑要》五本，《治安要义》三十部，《治安要议》三十部……

非同小可的收获，李侍尧上报朝廷，统统付之一炬。

弘历甚是欣喜。不叫和珅查出一部《皇明通记》，哪里又连带搜缴出那么多部逆书？更重要的是《治安要议》与《学部通辨》的板片还在，若不一次焚毁，不定何时就要泛滥漫延，它会时时危及大清社稷！

和珅功不可没，绝非因为偏私。当即，他又颁旨，擢升和珅军机大臣，兼内务府大臣。

和珅自己都有些不可思议了。户部侍郎、军机大臣、内务府大臣，还有一个副都统，做不过来的官，忙不过来的衙门，受封那天他使劲跪着用指甲抠地，感觉一下到底疼不疼，不然真没底，这不会是做梦？

证实这一切是真的，他没刺虎之后擢升那般雀跃不已了，又好可笑，笑自己笑皇上笑上上下下一干人，人生原来是这样，他如梦初醒第一次悟出了“至理”。

——《遍行堂集》本无什么指责朝政、有伤教化、含沙射影、旁敲侧击的忤逆之意，不过是广东官吏李侍尧等人无事生非邀功媚上，人为制造出的焚书与祸端，当事者受害者全是无辜的。

——《皇明通记》《喜逢春传奇》更是他身负皇命触景生情心生醋妒吹毛求疵，两书作者本无谋反之心，更是牵强附会强加于人的。

——高纲一家虽然祸从天降甚是冤枉，可是一个小小的知府、小小的翰林竟有那么多产业那许多家私，足见其为官之人大多又贪又占没有几个好东西。

——弘历是最大的昏君。自己明明在本案中截取银票二十万，还在三河白落一所三顷多地的大庄园，反被擢升军机处，内务府，皇上昏庸糊涂最好骗。

——打着官家的旗号执法获利最便宜。一手邀功请赏，一手捞财取利，名利双收一举两得，道貌岸然煞有介事地平步青云，为官就得这般如是地去进取。

感慨颇多，教益甚大，他似乎什么事情都看透，道貌岸然地供奉朝廷履行皇命，何必那么谨小慎微瞻前顾后呢。大清国体就是如此，皇上是那般昏愦，臣下个个如是贪婪，他做侍卫六七年，还真不知朝廷上下这般腐朽腐败呢。

6

一年之内几经荣擢，妻子冯氏也反应不及。丈夫苦闷了多少年，这一出头竟然接二连三如浪逐叶催，高兴是高兴，可是也让人不踏实。

银票、珍玩、珠玉源源不断流入私宅，这些东西来得太快，慢一点儿少一点儿，她的爷爷当年身为一品大学士，家业是多少年才积累起来的啊。

和珅并不跟她多说，有人愿意送，他从外面搂回的钱财也是冠冕堂皇的。每每她问及大宗进项的来路，和珅不是说皇上赏的，就说是挣来的官俸。当然她也高兴，就是让人担心，每天到院门觑看，总有排队求见的人。哪一个怀中都有东西，时间长了难说不出大毛病。

冯氏名为约儿，就因自幼平和，性格温婉。她爱丈夫爱孩子，平生所托不外是丈夫和儿子。当闺女时英廉爷爷常对她说“淡泊明志”，“无祸为福”。本来她尚知足，只是丈夫时常郁郁。如今丈夫腾达，她倒忐忑惴惴了。不是无福消受，皆因这一切来得太迅疾太猛烈。

“老爷，我常常替你担心，整日价门庭若市，这要是皇上知道了——”

“你家爷爷身为一品大学士，每天不也这个样子吗？”

“倒是也有人，毕竟比这少得多。”

“那是咱们家门槛儿低，什么时候我也有了宏门深院，门口也就清静了。”

这是和珅的宿愿，虽然屡受荣迁却仍然住在西直门内的驴肉胡同，好憋屈，自打看了高秉家都那般好，他更急着搬到东城去。

“咱们只能住在西直门，这是圣祖入关的时候安排的。”

“咱们不会在这儿住上一辈子。”

“怎么才能换到好地界？”

“抬旗，终究我要抬入正黄旗！”

冯氏愣愣地看着他，丈夫再不唉声叹气了，他的口气好大，一年之中他变化好大。

和珅并非口出狂言，日后没有多少天他家真由正红旗抬为正黄旗。

春又来了。

筒子河水碧绿碧绿，夹岸杨柳吐翠披拂。

乾隆四十一年四月初四，西华门外走来一个旗下包衣打扮的年轻人。他高挑的身材乍膀细腰，两只眼睛不大，却灼灼地很有神采。此人大步走到城门，冲守门护军点了点头便走到里边。护军们愣了愣，一名军校还是冲他喊了一声：“干什么去，站住。”

那人站住，从从容容地说：“我去侍候金大人。”说着又向里边走。

“你找金大人干什么?”护军们明白,此人说的是在户部做官的金简。

“我是他的随侍,金大人今早入内,我去为他家阿哥买药,所以来晚了。”

护军们不便再问,一侧身让他进去了。

每天早晨,都有入朝当值的文武官员的下人一同跟进紫禁城,落晚的时候再出来。因为入宫的人们不光走西华门,东华门、神武门也能走。文武百官、跟班轿夫、苏拉杂役不下上千人,宫门护军确实辨不清。

此人从容进入西华门,溜溜达达往东走。经过武英殿,沿着内河上了金水桥。举目四望,太和门内的广场悄寂无人,偌大的外宫好空旷。他没敢往太和殿殿基上走,一路经内阁、文华殿、绕过了三座门。站在乾清门广场上,他发现马上就是后宫了,西面是隆余门,前面一左一右分别是军机处、和卿房,稍许顾盼还是向东,他走进景运门内王公廷臣的侍漏庐舍。谁也没注意,他是坦坦然然入院的。

巧得很,侍漏庐舍院内空无一人,此人进院一看也悄悄寂寂的。他走近西厢房,里面黑洞洞什么也看不见,窗纸糊得死死的。他扒东厢房,一个窗洞透进光亮去,还是看不见有什么。这时他才稍稍紧张了一些,急忙拧门锁,那锁锈得死死的。他回头看到院中有一块小石锁,拎起来走近门前用力砸,“哐”“哐”两下门锁果然砸开了。他扔下石锁进屋,一股霉味扑面而来。定下心来仔细看,积满尘垢的八仙桌、长条案上不过放着些香墨、纸笔、幅架、笔洗、锡盒什么的。既然已经进了这屋,他就扯下一只椅垫当包袱,匆匆抓了一只小铜镜、一个印色盒、一支铜帽架、一个青花笔洗。又抓起一块布挖单裹上一层又把两把水烟枪塞到包袱里,匆匆忙忙出门。他侧耳听听窗外,走到西墙甩手一扔,包袱先越墙出去了,转过身来往外走,刚好看庐舍的高四回来了。

四目相视,久久没有出声。

年轻人两眼直直地开始横着移步,矮胖的高四突然大喝一声:“贼,你想跑!谁让你把门锁撬开的!”他看到贼人身后的屋门大开着。

“我是……苏拉房内的木匠。”那人边说,步子横移着要往外走。

“你胡说,你站住!”高四上前一步,早把两只粗粗的胳膊伸展开。

“你听我说……我不跑。”那人一下放松了,他撣撣两手趋前几步,突然一脚踹在高四的肚子上,高四“哎哟”一声被踹倒,一个侧手又站起来:“来人呐,抓贼啊,快来人……”

那人早抽身跑出去,拎起墙外的包袱往南跑。高四捂着肚子追出来,尖着嗓子大声喊:“来人呐!抓贼啊……”

那人顾不得抬头看,脱缰一般向前跑。这时候,高四的呼叫声早把景运门、南群房、箭亭、御茶房的护军、侍卫惊动了,人们从四下堵上来。

岂料,贼人箭步如飞跑得飞快,迎面的两名侍卫夹堵他,他一甩手中的包袱“哐”“哐”两下挡开了,继续跑,后面的人们追不上他。

天呐,前边就是南三所,皇子、公主们就在里边,要是此人真豁命,进去砸伤一个就出了大娄子！

“抓住他！”

“抓贼啊……”

后面赶追的护军、太监急急地喊。

从箭亭方面走来的三名太监迎面看见贼人跑过来，一齐拥上去截他，贼人用装着铜器的包袱左右上下一通乱抡，三人竟有两个“嗷”“嗷”地被抡倒了。天呐，他的包袱不但没成累赘，反而成了武器，太突然了，谁也挡不住他。

贼人疾步如飞跑至箭亭，想从文渊阁、文华殿侧穿过窜向东华门，岂料身子没过箭亭，突然亭后伸出一条腿，猛地一扫将那人腾空弹起来，贼人“啊”的一声在空中就势一翻，落在地上又向前边跑起来。

箭亭后扫腿的人箭步追去，猛地一蹿身子高高地跃起，两腿叉开身子悬空，箭一般向贼人头上飞去，四下的人都呆了，这是云里翻腾浮云驾雾的功夫！

只见后面那人双腿正在贼人头上，然后猛地一夹，骑在贼人肩上顺势一坐，贼人“扑”的一声跪在地上了。

抓住了，众人远远地呆看着。

岂料，贼人双手一攥擒拿者的双脚，扬臂一托猛一甩头，上面的人一个后空翻又被搁下来。没等擒拿者双脚坠地，贼人站起身来又向前边窜去。

天呐，这是什么功夫！

擒拿者虽然没想到自己被腾空搁了起来，但他双膝一抢身子一团，轻捷落地抄起贼人丢弃的包袱，急步赶去撒手一掷。那包袱不偏不倚击在贼人的右脚踝骨上，贼人“哎哟”一声踉跄了四五步，终于身子一软倒在地上。

擒拿者大步流星赶过去，不想贼人仆地之后的包袱也滚落在自己身子旁，他抓住包袱也是一甩，嗖的一声直冲来者头上飞过来。来人猛地一缩颈，扬起后腿一个倒踢紫金冠，踢起那只包袱足有三丈高，然后原地不动扬手一接，包袱稳稳落到手中了。

精彩绝伦，杂耍一样的功夫！

众人呼啦一下围上来，擒住贼人才顾得看这位武士，没想到，擒拿贼人的竟然是和珅和大人！

远远地，弘历在御茶房前的轿外从头至尾看到了这一幕。不亚于刺虎，矫健如猿，轻捷如燕，亏了和珅一身好功夫！

今天早晨，和珅陪皇上到南三所看阿哥，最主要的是来看看十公主。这些天，惇妃出宫去省亲，十公主被送到阿哥所。几天看不见十公主，弘历心中就空落落。所以一早他就叫和珅跟了他，只带几名侍从绕到这里来。弘历和十公主游戏一阵，便同和珅一同往回走。谁料轿子刚刚绕到御茶房，前面乱乱哄哄地喊起了“抓贼人”。弘历在轿中看见了，贼人打倒护军又掀翻了太监，他的一颗心早悬起来。那高大的贼人正向这边跑，自己身边又没几个人，好悬呐。这时，和珅说了句“皇上放心”，大步流星藏到箭亭后，刚才那惊心动魄的一幕继而发生了。

弘历由太监搀扶着来到人丛中，众人又吃了一惊：

“皇上！”

“皇上也看见了？”

“皇上您受惊了！”

弘历没有睬众人，他深情地看着和珅，上去挽住了他的胳膊：“多亏你，多亏了你呀。”

“谢谢皇上褒奖。”

突然，弘历蓦地把脸一沉，脑门儿上的几道老筋都崩起来：“你们，吃货，废物！”

人们怯怯地后退，回身，可是，弘历还在气急败坏地大声喊：“废物，废物！”

……

弘历颁旨：四月初四潜入西华门之窃贼立交内务府慎刑司，严加审讯，时限三日，水落石出。

慎刑司内如临大敌，五花大绑还将案犯戴上了死枷。岂料连夜审讯的结果实出预料，此人名为“大小儿”，以前跟凌志进宫多次，这次即兴入宫偶然起意，根本不是惯偷，也不是什么江洋大盗。

两年前凌志已然亡故，凌志又无后嗣，大小儿孤身一人，不过是个无家丧主的奴才。

内务府，各大臣会同共议：逆贼大小儿，系正黄旗满洲魁明佐领下已故亲军凌志家人，向随凌志进内当差，禁城内路径素所熟悉，因路过西华门，偶然起意混入，于待漏庐舍之内，窃得小铜镜一个，小锡盒一个，铜帽架一个，小细褥一个，布挖单一块。若仅照盗窃计赃，拟以杖责，无足示惩，应将大小儿刺字发往黑龙江赏给索伦为奴！……该犯之主凌志已故去，且无后嗣，其失查家奴之咎应免置议……西华门是日值现失查之章京、护军校、护军等，交部议处，责惩应听兵部查取职名照例查办……

内务府呈报到养心殿，弘历的火气才稍稍消了些。太不像话，西华门章京、护军是如何职守的门禁！兵部定要严加查办，他在内务府呈报上御批“依议，钦此”之后，又责成兵部从严，正在身侧的和珅附和道：“皇上所言极是，亏了只是一个大小儿，若是飞檐走壁之悍贼潜入内宫，闹出的事情就危及社稷了。”

“连同景运门、三座门护军、侍卫一同共议严惩！”

“皇上，禁城之内太监、苏拉、工匠、杂役那么多人，内宫护军恐难分得那么仔细吧。”

“废物，那日擒拿大小儿，那么多人手持兵器都围捕不到，难道不该责罚他们！”

“大多数人都在后面，何况一时慌乱，心中无底临事则迷吧。”

“正面的也没拦住大小儿，笨拙愚钝，不堪一击，连赤手空拳的歹人都抓不住，还谈何护驾，谈何禁卫宫闱？”

“大小儿不是赤手空拳,他手持一只包袱,内中铜器、锡盒不亚于一只大锤,皇上还是息怒吧。”

和珅一力为内宫禁军开脱,收到了意想不到的效果,弘历爱怜深情地看着他,平和谦恭艺高胆大,近侍出身的大臣,几十年来何人能及和珅这般文武全才的?不由得,他问起了和珅的家事。

“和珅,每日里,你走东华门还是西华门入宫任差当值来?”

“奴才也走西华门。”

“你家宅院在何处?”

“西直门内驴肉胡同里。”

“嗯……”弘历沉吟片刻,“那你所在旗属当是正红了。”

“奴才祖是满州正红旗。”

“那么,朕封你为镶黄旗副都统,全家抬入上三旗。”

天呐,抬旗,他匍匐在地上双手微微有些颤栗,终于抬入上三旗。

7

三天两头,和珅老跑什刹海。皇上将他全家抬入镶黄旗,他要尽快搬到西苑后边来。

确实,南海、中海、北海这两苑之后即为什刹海,上三旗的王公都在什刹海畔建了豪华宅邸,他也要跻身于这湖光柳岸之地,府宅门第,他要轰轰烈烈地光宗耀祖了。

今天,下朝之后不当值,他又乘着一顶八人抬的轿子来到什刹海。时值盛夏,他把轿帘微微撩开,穿行在微风拂起的柳浪之中,一阵阵荷香藕香扑面而来。看看不远的湖心岛,绿阴匝地古木苍郁,他不由得让人把轿子放下来:“停下来,停下来。”

他下轿,推推头上的顶戴,再看什刹海中的半池莲荷与水中倒映出的一座王公宅院,他倏忽闪出一个念头来:这座湖心岛屿是谁的?与其迁到湖畔来,缘何不把和府建在岛上头,四面环水,整座和府就是一个水榭,一泓湖水永远烘托着和珅私宅,何其我心悠悠哉!

他为自己的念头叫好,百官居于湖畔,他于湖心建宅,这不如万国朝圣皇帝一样吗?皇上在内,他是在后海一前一后一内一外,他飘飘然简直手舞足蹈起来了。

“好,水不在深,有龙嘛——”他自言自语跨前一步,顿觉这话犯了大忌,亏了下人们不知他这般兴奋什么意思。

“老爷,春来江水绿如蓝呐,真叫美!”管家刘全抻着脖子凑上来。

他摆手,正值盛夏,怎么会是“春来”,再说这也不是江水啊!驴唇不对马嘴。他背起手来向前溜达,全神贯注端详着碧波荡漾中的湖心岛:要是真建和府,这湖心岛又嫌小了些,得填土,再向四围扩充出一倍的面积来;另外从岸边修几座桥通向湖心岛？四座，东南西北四通八达；四座桥修成四道飞虹式？不，两次随皇上南巡，见那苏杭园林玲珑秀巧皆不对称，这四座轿也修成不同形状的，宽窄，高矮，曲直，木石，应该千姿百态——欸，前边扑通扑通是干吗呐？

不知不觉，他构想得逸兴遄飞，扑通扑通的打水声，扰了他的雅兴！

向水中一望，只见莲荷之中有一个又黑又胖的汉子在凫水，口中“扑”“扑”地呸着，像一头负重的水牛大喘粗气。

真讨厌，伤风败俗的蠢东西！

他回身向坡上走来，对上边的刘全吩咐一声：“看见那刁民了没有？将他擒拿上来见我！”言毕，急匆匆向西头走去，坐进轿中等着。

刘全早已挽上了袖子，带着四个家人冲到岸边，见到那个大黑胖子还乐呵呵地一下一下扎猛子，刘全捡起一块砖头冲他砍去——砰！一砖正好打在胖子的眼前头，浪花飞溅胖子呛了一口水。

“什么人？干吗呀！”胖子吓了一跳，转过身来立在水中了。

刘全开口骂：“什么人？爷爷我问你呢！”猫腰又捡起一块砖，嗖的一声砍过去。

胖子没动窝，砖头又砍在他身侧，涌起一大片水波涟漪来。

“别砍别砍，有话好说。”胖子在水中害了怕，他抱着脑袋早软了。

四位家奴又要捡砖，刘全抬手将他们拦下来：“老爷要拿他，你们别砍了，”他一勾手，“老杂种你快上来。”

胖子乖乖地往前走：“别再砍，我就来。”

因为水中是荷花，越到岸边莲荷越密水越浅。胖子只能在齐腰深的水中走过来。

胖子走到岸边抬了抬头，双手撑岸一跳一跳往上蹿，身子太重怎么使劲也上不去，他哭丧着脸哀求道：“不拉我哪儿上得去啊！”

“整个一只臭猪，”刘全照他脸上又啐了一口，粘痰正好挂在对方的眉毛上，刘全扑嗤一笑，冲一名家奴摆摆手，“拉他一把，瞅丫挺那德行！”

一名仆人伸手去拉，粘了泥水的手好滑，三番五次拽不住，拽不动，刘全上去嚷嚷一声：“废物，伸出那只手！”

胖子又把左手一伸，握紧刘全和那个仆人的手，蓦地用脚一蹬池壁，奋力向后一仰，刘全二人不及“哎呀”就被胖子带入水中。

“你们几个坏小子，我让你们喝饱了！”

胖子反过身来，呜哈哈大笑一阵，肥胖的胸腹震得水面都颤动，他一手掐着一人的脖子，一扬一捺，刘全二人如同两只小水鸡，一声喊不出来地被人家撅弄着。

岸上三人吓得似被钉在地上，好半天一个人才掉头猛跑：“快，快去报告老爷！”

“大人……不好啦……歹人把……大管家拽到水中……正吣水呢！”

什么？他一扯轿帘骗步下得轿来，让家人引路直向东边跑去，须臾来到刚才的地方，只见那里胖子掐住刘全二人的脖子捺在水中，刘全和赵冬吣在湖中，正在咕咚咕咚灌水呢！

怒火中烧，这个刁民竟然欺侮到他头上，他大喝一声："住手，刁民住手！"

胖子根本不理，把头向水中一蘸，抬起来扑楞扑楞甩甩水："好痛快，好痛快！"

"住手，刁民住手！"和珅不敢下水，不会凫水他是下去不得的。

"你管不着！"那人抬头，一下子愣住了，"你是……"

和珅也使劲眨了眨眼，真邪门儿，这水中的大黑胖子竟然是金简！

"金大人！"

"和大人！"

"金大人您怎么——"

"和大人，"胖金简把刘全和赵冬撒开了，"这两个人，他们是……"

"哎呀，误会，误会，金大人您快上来！"

金简乃是满洲正黄旗人，赐姓金佳氏。其父三保曾在武备院任职。金简比和珅出山要早初任内务府笔帖式，继任奉宸院卿，于乾隆三十七年授总管内务府大臣，两年后又任户部侍郎兼镶黄旗汉军副都统。他与和珅同在户部、内务府供职，一天到晚磕头碰脑，想不到遭遇在什刹海，可不是一场误会吗。

原来，金简为人粗鲁，性格豪放，三十多岁的人早早地发开了福，那一天天胀大的肚腹越来越收束不住。漫说是夏天，冬天他都不穿棉衣，从里到外老是火烧火燎的。每至入夏至秋初，他都一人溜达到什刹海，跳下去洗澡凫水凉快凉快。

今天，他又从府中出来下了什刹海，岂料遭遇刘全一帮奴仆谩骂劫打火气不打一处来。

哪里想得到，这是和珅的大管家，无巧不成书，那就干脆把和珅一行请到府里来。

和珅等刘全二人被金简府中医生救过来，拱拱手对金简说："金大人，改日吧，家奴冒犯我还要回家严厉管束，冲撞大人哪里还有到府上叨扰的道理呢。"

"和大人这话见外了，下官失手打了罚了贵府管家，心中愧悔不及让你们去，就是聊备薄酒以致谢意，再说也给大人压惊了。"

"哪里话哪里话，愧煞疚惭的应该是我，哪有家奴那般放肆的，奴不教主之过，我早该代他向大人谢罪呢。"

"和大人不去也就算了，其实今儿个的事情，挑衅的还真是贵管家。"金简平日素与和珅不睦，他倒是想跟对方把来龙去脉说清楚。和珅其人巧舌如簧，要不在皇上面前那般得宠。今天的事情本来如此，刘全等人狗仗人势，和珅不来非得把他们灌死不成。

"下官知道，下官知道。"

"和大人，您知道，就是那个刘全，二话不说就砍了我两砖头！"

"恶劣，恶劣！"他好忿忿。

"您猜怎么着，我来到岸边的时候，他还将两口黏痰啐到我的脸上。"

“歹毒,歹毒。”

不知为什么,金简越想越气,哪有这样鹰犬不如的家奴！本来他一人在池中游泳,没招谁没惹谁凭什么刘全非让他上来？

“和大人,他们干什么非让我上来?”

“嗯……下官实是不知。”

和珅脸上再也挂不住。醒过闷儿来的金简把刘全二人呛得奄奄一息,现在又把责任完全搁过来,好憋气。又没辙,理把子在人家手里呢。现在金简哪里是在说刘全,这不是骂刘全的主子和珅吗！这叫什么事！

还是怨刘全没本事,他脸上一阵红白将正在湖边躺着的刘全又拎起来,上去就是两个嘴巴,又“哐”的一声搡在地上了:“押回去,给我打,打,打死这个奴才!”

……

回到驴肉胡同,他没让人再打刘全,恨的是金简,打狗还得看主人,金简把刘全灌得半死,这不明明是在打他吗!

平日里,两个人就不和契,虽无大隙总是不那么投脾气。金简太粗,嗓门一高唾沫星子就喷出来。金简也看不上他,他知道。

——女人细皮嫩肉的招人爱,男子汉女里女气的算什么东西!

——人不信命不成,有人就会孤注一掷,关门还能掩着屌,巧劲儿。

——谁逮不着个小偷小摸的,又让巧言令色的主儿一屁股蹲到屎上拉!

——高纲、高秉查抄账目不清,至少有三成银子让人拐了去。

——出身微贱老想往上挤,这回成了,镶黄旗都统一当也抬了旗。

虽然这话都是背着说的,可是和珅都知道了。金简事事看不上他。为什么?皆因他后来居上了。

他不在意,道还长着呢,天时地利人和,不管是在户部、兵部、内务府,他都谦恭小心地夹着尾巴做人。跟金简倒谈不上卧薪尝胆,更不至于同室操戈,因为皇上也很器重他。只不过要看准时机敲打一下子,不然太张狂了。

自从在什刹海发生不睦之后,不管在内务府还是在户部,和珅与金简倒好起来。不打不成交,两人过去不甚投契,风波过后和珅恭谨尊重——金简反倒歉疚起来。当初在背后糟践和珅确实不地道。他金简堂堂正正是条汉子,何必肚量那么小,和为贵,皇上对自己也够器重了,勾心斗角没意思。

和珅过去也确实忽略了,金简年龄比他长,人家出仕也是早得多,怎么就没把让路、让轿、让坐、让茶的事情格外放在心上头?明白过来他再聊那事口气都变了。

“金大人,刘全那奴才一直不是好东西,那天呛他活该,他欠。”

“不不不。”金简连忙摇厚手。

“怎么不,您知道,看门护院之人才欺上瞒下,他对下人狠着呢。”

“嗯,”金简舔舔厚嘴唇,“看得出来,那天他照我脑袋就是两砖头。”

“悬呐!”

“可不是，要不叫我躲得快，我这前后脑门子，一边一窟窿，早开啦。”

“所以得打，得吣。”

“打我倒一下没打他，只是掐着脖子吣了他一个水饱儿，忒可恨。”

“金大人，您身上的功夫非同一般呐，其实，刘全那家奴也挺有本事。”

“是吗？”

“当然，他联络街头艺人折跟头打把式，身上的功夫也一套一套的。要不下官让他看门护院，一般的人还真对付不了他那两下子。”

“嘿嘿，也可能旱地上他比我厉害。”

“不不不，他是直隶白洋淀边上来的，自己还吹呢，赛过浪里白条的好水性，想不到这回遇上大人，他竟然性命屃成那样子！”

“真的他是好水性？”

“下官能蒙大人吗，他说一个猛子能潜五十丈，在护城河我见过他凫水。”

“那他在我这儿没容施展，兴许我突然一掀他不知所措全懵了。”

“断断不是，他的功夫要和大人比起来，不及十之一二，差远了。”

“那倒不至于，反正我掐住他二人的脖子，他们始终挣蹦不开。”

“力如千钧，看看您这通关手，这不像是大钳子，一下就把他们掐死啦！”

“不瞒和大人说，通关手跟常人就是不一样，抡起拳头来收不住，我这铁砂掌剁起铁砣子来也不疼。”

“力拔山兮气盖世，什么人在您面前都会变得弱不禁风，力消神溃。”

和珅由衷地赞誉，那天全身裸露的金简他见到了，不是单纯的肥胖，还结实。

金简也就心安理得地接受了。

天长日久，和珅还常和金简一同来一同走，交情日臻，连福康安都有些纳闷儿，过去和、金二人一直貌合神离，如今怎么这般热乎？私下里边问和珅，和珅两手一摊说：“抬头不见低头见，金简比我年长，相敬如宾有什么大不了的事情呢，鞠躬尽瘁不都是为皇上。”

福康安不再多问，自己是尚书他们是侍郎，相安无事才通通方便呢。

一天早朝之后，和珅把金简邀至内务府值房内，从腰间抽出一块小方巾，打开方巾之后托出一块补子来：“金大人，您看看。”

金简上下一看，原来是块补子，那件补子之上，绣了一只狮子，侧过去一看，又是一只锦鸡，要多新鲜有多新鲜，这是文补子还是武补子，怎么还能变换图案呢？

“和大人，这是……”他莫名其妙，低头看看自己身上的补子，正是这只威武雄壮的猛狮，与和珅举着的狮子一模一样，可是变成锦鸡算是哪类呢？

“金大人，这是文补子加武补子，文武大臣的双料补子。”和珅不无得意地把补子展平在桌子上。

金简再看，第一次见到这样的补子，新鲜。

原来，补子是绣有一定图案的丝织品，缀在官服之上用以徽帜，它是在区别官位高低的九品官制的基础上产生的:按成周之命数,自魏以后始有九品之刺。

明代初年,官员的品级只能从服饰的颜色及图案花纹上去区别。至明洪武二十四年(1391 年),始定补子制度。公、侯、伯、驸马的补子绣麒麟白泽,官员是文禽武兽。文官:一品仙鹤,二品锦鸡,三品孔雀,四品云雁,五品白鹇,六品鹭鸶,七品鸿鹈,八品黄鹂,九品鹌鹑。武官:一二品狮子,三四品虎豹,六七品彪,八品犀牛,九品海马。

清沿明制,而且进一步完善了补服。

清朝君臣的补服,上至皇帝下至九品杂职,皆用石青色,没有花纹,所有品级均由缀上的补子来区别。

清代文官一至七品补子图案与明代相同,八品则改明代黄鹂为鹌鹑,九品及未入流者绣丝雀。武官补子图案区别较明代为细:一品麒麟,二品狮子,三品豹,四品虎,五品熊,六七品彪,八品犀牛,九品海马。

大清皇家宗室的补服和补子,均是由南京、苏州、杭州即江南三织造定做进贡的。

清代官员的补子,由本人按典章制度自备。清代各都市均有卖补子的店铺,所以,不同地方不同店铺做出的补子就不尽一样,但是颜色、图案是法定的。

如今,和珅与金简都一样,均为武二品兼文二品的户部侍郎。他们或用二品狮子武补,或用二品锦鸡文补,反正都是二品的标识。

今天,和珅拿出狮变幻锦鸡的文武补子来,金简当然没见过。他愣愣地问和珅:“哪做的,让我看它干什么?”

和珅恭敬地对他说:“金大人,您既是文官又为武将,这方补子于您是当之无愧的。”

“和大人,你不也是文二品兼武二品?”

“下官实在惭愧,宣武门外一家补子店非给我织了这样的两方补子,标示着下官既是文二品又是武二品,好虽然好,只是绣在补服上……不过,明天我们不是上宝源局去审看制币吗,下官就想戴上这文武补。”

“大人这是——”金简的脑袋歪起来,他又拎起那方补子,真叫绝,迎光的时候是二品雄狮,背光的时候为二品锦鸡,可不是文武补!做工精细织造巧妙,把饰服者双重的身分独出心裁又恰到好处地表现出来,好让人羡慕。他本想打听这是哪家补子铺给做的,瞬间又打住了,那不成了小孩子!他嘻嘻地笑,“真妙,真妙。”

“今天我让大人看,是先打个招呼,觉得明天下官冷不丢地穿出来,那不就——”

“那有什么,和大人一枝独秀,独领风骚嘛!”金简搓着那块补子,竟然有些爱不释手。

“岂敢岂敢,只不过这就跟瓷器的款识一样,有个更好的标志。”

“正是,正是。”

第二天，二人一同去宝源局视看制币，和珅真穿上了这件文武兼示的狮子锦鸡补子服，金简几次想问哪做的，还是没有开口，不过心中又变得郁郁。这些日子二人相当投契，缘何他穿出这样的补服却不告诉自己是哪做的？成心在二人一同出去的时候穿上这种补子，标示他既为文大臣又是武都统，原来是怀着旧怨，在大庭广众之下压他一头子。嘁！

当天下午，金简便去了专为他做补子的恒泰补子铺，说明来意。掌柜的挠了头，变色丝线，迎光是狮子逆光是锦鸡，打死他也织不出这样的补子呀。他请金简到别的店铺再看看，金简又去了两家，掌柜的没人敢应，从来没听说，这又不是变戏法，哪里做得出这种补子来。

金简回家心中郁郁，不好四下再打听。其实，他有两方补子就是家中齐妈妈手绣的，干脆问问齐妈妈应该怎么办。

齐妈妈一听咯咯地笑起来："老爷，奴婢没有听说过，要不借来我看看。"

"那怎么借？反光的背光的，其实全在手艺上。"他挺恼，和珅上哪儿找的人，怎么自己问到的全都这么笨！

"老爷，要不奴婢试试看。"

这两天去兵仗局、惜薪司，和珅又穿出变幻图案的补服来，只是再也不提，他还细细观察到，这文武二品兼示的补服唯独跟他一起办事的时候才穿出去，就是给他看跟他比，心胸好狭隘，和珅为什么这样子？

一个月了也没弄出和珅那样的补服来。再也沉不住气，一天回家的路上听到路边吵吵，撩起轿帘一看，耍猴的——欸，一只大猴驮着一只小猴正跳呢，对！有了。

回府之后他急急火火叫来齐妈妈："快，快把针线笸箩拿过来！"

……

8

乾隆四十一年九月初九日，皇上又要登高了。

自从圣祖入关以来，只要没在外面巡游，皇上都要在御花园内祭祀牛郎、织女，七月七牛郎、织女要相会。八月中秋，祭月盛典也是在这里。九九重阳更重要，因为皇上要在御花园内的堆秀山上登高，今年弘历还摆下五十桌席，赐宴群臣以示体恤。

天气真好，镜天澄澈，秋风微拂。别看弘历已是六十六岁年纪，可他登起堆秀山来不用人搀，自己轻捷地往上走。

堆秀山是紫禁城的至高点，山前有门，门内有一山洞，洞壑玲珑，峰峦积秀。弘历由妃嫔、太监相陪登上堆秀山，来到山上的御景亭。他向西远眺，西山蜿蜒起伏历历在目，今天看得格外清楚，皆因天高气爽，真是应了那句：南山与秋色，气势两相高。北面是葱郁的景山，挡住了他的视野，俯瞰正南方，禁城九千九百九十九间半殿宇,金光灿灿辉煌一片。东南是炊烟袅袅的市景,蓝白色的雾气升腾着,消释在蔚蓝色的天际里,太平,和乐,繁荣,他伸手接过太监呈上的酒杯,呡了一口轻轻倾洒在御景亭的石阶上,山下王公廷臣三呼万岁,齐刷刷地向他跪拜,他扬起手来,向众人示意,然后让他们入座。

御花园内只有窸窸窣窣的衣服声,唯有浮碧亭侧发出一些笑声语声嘈杂些。他向左侧头,原来是阿桂、福康安、和珅、金简几人所在的那一桌,他们指指点点正说什么。

因为是最最亲近的枢密宠臣,刚刚浮上的一丝不悦马上消释了。那边发生了什么事,怎么叽叽嘎嘎越笑越厉害?

他顺着石蹬下山,来到东面阿桂这一桌。十几位王公廷臣马上肃立,皇上怎么没落御座先上了这边?

"刚才众卿缘何发笑,今天高兴,是吗?"弘历绝无嗔怪,兴之所致他来凑趣。

"嗯……没有什么,皇上。"首辅大臣阿桂定了定神,拱起手来让皇上回去。

"没有什么怎么唧唧喳喳一个劲儿笑?"他温和地扫视着每一个人,他们似乎在瞒着什么。

"皇上,奴才们高兴,高兴。"福康安抹抹刚才笑出的眼泪。

弘历再审视,和珅、松年、金简,金简早就发了福,他的胸脯厚厚的,肚子也挺得老大——欸,一双目光落到金简的补服上,怎么回事?怎么出了这样的补子?

众人的目光也都移向了金简,刚才乐的就是他的补子,这回皇上发现了。

"金简,这是哪家店铺做的补子?"弘历终于向微笑着的金简问。

"哪家都不是,是敝宅内的老妈子。"

"你穿几天了?"

"今天刚穿上。"

"是你家佣人自己的主意绣织的,还是你要她做成这样子。"

"是奴才自己设计的。"

"为什么穿到朝中来?"

"普天同庆,参加皇上亲赐的大宴,为皇上登高助兴啊。"他说着,还把肚子腆了腆。

"你设计成这样的补子做什么?"弘历始终语音不高,他奇怪,金简突发奇想,简直是异想天开独出心裁。

原来,金简做不出变幻图案的文武补子,索性在二品武官补子的雄狮尾巴上,又织上了一只锦鸡,那只锦鸡比文官二品的锦鸡要小一些,轻灵地站在雄狮尾上还正叫唤呢。

"皇上,奴才为镶黄旗汉军副都统,这是武二品,户部侍郎、内务府大臣又是文二品,文职武衔同尊,所以奴才就让人一块儿绣上了。"

"哗众取宠!"突然,弘历两道稀疏的淡眉立起来,反了,金简反了。

“皇上，奴才……”这时候，金简才觉出事情不好，“以为从其尊者……”

“住口！大清典章早有明定，你怎敢独出心裁擅加改动，嗯？”

“奴才觉得，这样以彰皇上恩荣……”他大亮脑门儿上早冒出汗来。

“好高骛远，好大喜功，习尚浮华，不知自爱！”弘历的火气大得让众王公大臣都惊呆了，谁也不敢动，御花园内连喘吁之声都听得出来。

“奴才知过，奴才知罪……”

“前事不忘，后事之师，前年范清济之事，看来你是忘得一干二净！”

金简眼前一黑，差点儿歪在桌前。是呀，前年刚出了范清济一事，自己怎么一点儿不长记性，真糊涂，他忘了，他忘喽……

乾隆三十九年十一月二十五日，紫禁城内装扮得光彩耀目。慈宁宫内外，更是花团锦簇。

这一天是崇庆皇太后八十三岁华诞，弘历在慈宁宫内为母后祝福万寿大礼。在中和韶乐的曲声中，崇庆太后升座了。弘历、妃嫔、皇子、王公，依次向皇太后跪拜，最后，该是文武百官恭行寿礼。

就在这时，嘉淑皇贵妃金佳氏的长兄金辉副都统，礼毕之后退出慈宁门，步出永康左门，蓦地看到一个人，好眼熟，似乎在哪儿见过。

此人身穿貂皮朝衣，五品水晶顶戴，正僵僵地立在隆宗门外。金辉眨了眨眼，向前急趋几步，咦，这不是那世代皇商、长芦盐商范清济吗！

这个范清济，于乾隆二十九年开始接升其叔范毓馪、堂兄范清注、范清洪遗下的长芦副监及办买倭铜的皇商事务。人人知道他发了大财。

久在内务府任职的金辉，早就认识这名世代皇商。不过在今日这般盛大的场合见到此人，他万万也料不到。刹那，金辉又把眼睛揉了揉，不对呀，不对！

谁不知道，这盐贩铜商范清济不过捐了个五品虚衔，以前在保案上也只得过一个候选员外郎，从来没有放过实缺。今天崇庆太后万寿大典之际，他胆大包天混入大内，而且穿起了貂褂，这不在大庭广众之下，明目张胆地僭越违制吗！

根据大清舆服规定，一二品官员才可以穿貂褂，三品可以用猞猁皮与貂皮间做，至四品、五品，就只能穿红豹皮、黄狐皮了。范清济以捐班五品虚衔竟然胆敢如此僭越，还大摇大摆地站在隆宗门外炫耀，实在是忘乎所以，为所欲为。

好小子，正要逮你呢！金辉咽下一口唾沫去。他正憋着一口怨气呢。

上个月，他曾找到范清济，绕哄半天开口说到正题上：“范大人，本官近来修葺宅府出了点亏空，能否先腾挪五万两银子拆兑拆兑？”

范清济呵呵地满脸陪笑：“金大人，府上有急卑职当尽绵薄之力，可是我干的是皇差，吃的是皇粮，买卖又不是我个人的，我哪拿得出五万两银子啊。”他知道，金辉红口白牙讨要，只要给一回，就是填不满的深窟窿。多少王公从他身上榨银子，因为自己是块肥肉，金辉闻着腥味也来了。

金辉闹一大红脸，他本想以贵妃之兄兼副都统的身份压他一头子，没想到老范不吃这一套,好尴尬,他呵呵地笑:“没关系没关系,只是一时拮据,我再另想辙去。”

恨透了范清济,谁不知道,满蒙王公、头品廷臣都不及老范趁银子,至少他趁几百万。

千载良机,今天真让他候着了。

一直盯着范清济,他后来还到慈宁宫门口转了一圈才回去,还满春风得意的。

当天晚上,金辉到家急就一纸奏折,参劾范清济越制违章,有意破坏大清祖规典章。

两天之后,弘历果然见到了金辉的参折,不禁心头火起,五品虚衔也混至慈宁宫,还穿起了一二品要员的貂褂,区区一个盐贩子也太肆无忌惮了,立即严查,内务府缉办!

内务府缮折上奏弘历,首先援引了大清的律例,照不应为律笞四十。系官,罚俸一个月。

“照依现在品级俸银,交纳户储司银库。”另外,还将范清济“饬交长芦盐政,严加管教”。

范清济倒霉,金辉大大舒了一口恶气。

那时金简也在内务府,事情的来龙去脉都清楚。

岂料,金简他忘得一干二净的。怨谁?和珅穿出了变色文武补,不叫和珅他能在狮子尾巴上边绣上一只锦鸡吗?和珅,全是和珅勾的他。眼下皇上震怒,他垂下眼来扫扫和珅前胸上的那块补子,看不出来,只是武二品一只大狮子。

“朕问你呢,是不是范清济之事你忘了!”弘历见他目光向斜下溜,心中火气更大了。

“皇上……”他情急之中只有把和珅捅出来,“皇上,和大人那补子也……”

弘历一惊,怎么了?

众王公也不由自主地把目光侧过来,没在意啊,和珅也闹出花样来?

和珅静静地站着不动,坦坦然然的。

弘历眨了半天眼睛看和珅的补服,武二品的狮子,怎么啦?

“和珅怎么啦?”

“他那补子一会儿是狮子,一会儿是锦鸡,一移一动就能变出两种图案来。”尽管没看清,他却要拉出一个垫背的,破釜沉舟呗。

弘历再细看,根本不像金简说的那样子,他问和珅:“和珅,你的补子怎么了?”

“皇上,奴才怎么啦?”

“金简说你的补子一移一动就能变出两种图案来。”

“是吗?”和珅从容出列,走到皇上面前,张开双臂,左右旋动身子:“皇上,奴才不知金大人他说的到底是什么意思。”

众人同弘历一起看,和珅的补子平平常常的,一点儿不奇怪,怎么啦?

金简走过来,左看右看还把和珅的补服撩了撩:“今天他没穿,我见他穿过两种图案的补子服。”

弘历看着和珅把眉毛挑了挑:“是吗?”

“皇上,奴才不知金大人说的到底是什么。”

“你! ……”金简气得梗脖子。

众人全愣着,不知这两人之间到底发生了什么事。

“皇上,奴才入列了,我不知金大人说的到底是什么。”他退一步回去,轻轻走回刚才的位置。

“你反正穿过!”金简大声喊着。

“你们谁见过?”弘历问众人。

众人摇头,真的谁也不知道。

“金简,你凭空诬赖!”弘历忿忿地看着金简,想不到他还不改口:

“他穿过,就是我一人看见过。”

和珅淡笑而不答,他恭敬地看着皇上。

弘历突然大吼一声:“轰出去,把他给我赶出去,阿桂,将金简交刑部议处,章服乃国家大典,岂容如此儿戏!”

鸦雀无声,御花园内一片死寂。

……

内务府会同刑部议决,将金简罚俸一年,调离户部,充任《四库全书》副编总。弘历御批“知道了”,这件事情才算了结。

事后,金简还病了半个多月,满朝文武都说他嫁祸于人,他长出多少嘴来也分辩不清。真痛悔那天太鲁莽,没有抓住把柄怎能那样咬和珅? 城府太浅白活了。

什么也甭说,一年俸禄买一教训。

和珅也没想到金简的补子会做成那个样,自己到底要干什么,他也不知道。倒是想诱惑金简出丑出洋相,因为刘全之事心中憋得慌。和珅想不到一步迈得这么远,当然大喜过望。

他的那方补子确实是独一无二的。前些天江南织造来了几名苏州绣女,她们在家中绣出的被面、枕头能变色,能闪光。他见到之后眼睛一亮,文武二品的补子能不能一块绣上去? 还真成,一是她们带来了特制的荧光线,二是凸凹隐起阴阳要加大反差,果然一绣成二块反光补,他都觉得新鲜呢。

当然不能穿到朝中去,那会捅娄子。只是去宝源局、兵仗局、惜薪司三处跟金简单独一起公出的三次他穿了,就是为了挑唆他。

事后皇上还真单独问过他:“和珅,那天金简为什么当众诬谄你?”

“他一时焦躁,皇上就不要再追究了吧。”

他说得极轻巧,神情坦然自若的,弘历看看他,好大度,好儒雅。

第二天,弘历又把他召到养心殿,刚要问他户部四司的事情,突然外边奏事太监跑进来:“皇上,不好了,皇太后她今晨……跌倒了!”

“什么?”

弘历腾地一下站起来。太后今冬住在圆明园,赶紧去,她已八十有六高龄了。

“皇上,奴才也想去。”和珅闪在一边怯怯地,也好急。

“走,随驾。”

9

圆明园内好肃静。

福海结了厚厚的冰,光闪闪,亮晶晶。

本来,冬天太后应该住在慈宁宫,圆明园地处西郊毕竟冷一些。可是太后嫌慈宁宫里乱,也是的,漫说是雍正、圣祖康熙遗下的妃嫔还有多少呢,成天和那些寡妇们混在一起,慈宁宫再大也磕头碰脑的。连那宝像楼都不清静。

入冬,她非要住到圆明园。什么地界儿也没那里好,甭说那西洋楼、大水法,光一个百花深处就让人看不够,四季如春的花坞,永远是香气芳馥,花团锦簇。皇上说冬日园里冷,最好还是回到大内住。她不回来,圆明园内虽有琼楼玉宇但是一天到晚能着地气,人通地气就去火。多少年来为什么硬朗?着地气心肠宽,很少感冒风寒过。多少御医都说过,没有内热便无外感,她到圆明园去心中透风才痛快。

当然,两只墨猴、红松鼠也带去了,老有乐儿,它们也爱在园子里边呆着呢。

长春仙馆内一点儿也不冷,火道烧得热热的。再不济也还有手炉,捧着手炉,搂着红松鼠比养多少猫还暖和。

红松鼠、墨猴们跟她早熟了,还离不开,她这里有的是好东西。什么荤食素食的,栗子羹、蟹黄、银耳汤它们吃得欢着呢。更有意思的是两只墨猴与红松鼠也成了好朋友。每天在长春馆内暖阁中,两只小墨猴都跟红松鼠闹着玩,一个叼住它的大红尾巴,一个蹲到它的头顶上。不管红松鼠怎么跳,两只小猴就是不松手不撒嘴,始终缠着松鼠闹。

和珅经常到慈宁宫、圆明园里来看她。一来他就教给她驯猴,驯松鼠。那只松鼠也有了灵性,叫它趴下、起立、爬行它都明白。她问他是跟谁学的,他告诉她,府内有个管家叫刘全,刘全会驯动物曾经学过艺,现在正跟家驯着一条小叭儿狗,会术算,几个指头伸出来,它就会汪汪几声。再过些日子就给太后抱了来,眼下怕这叭儿狗、松鼠、墨猴的搅在一块儿互相掐,再驯服些让刘全亲自抱来当面跟这几个活玩意儿交代嘱咐一番就会更好玩。

她说好,那就更有意思了。

和珅肚里真有货,他教她怎么驯松鼠,驯墨猴,嘴里那说辞总是一套一套的,比如他让松鼠卧下来,一只墨猴骑到它的后背上,一只墨猴在前边引路牵绣绳,他说这叫“马上封侯”,松鼠为马,墨猴做侯,看那小墨猴在“马”背上得意洋洋神采奕奕的样子,可不马上就要封侯了!谐音妙极,喜庆如意。

要不他就让红松鼠团团地卧下不动,两只小墨猴并排站到它的后背上一动不动,笔挺笔挺然后他问太后说:“您看这像样什么?”

她寻思半天不知道:“我这脑瓜子都木了,猜猜猜的你当我还是小孩呐。”

“太平有象。”

老太后拍着双手呵呵笑,可不是,连长春仙馆里都有那珐琅做的吉祥物。松鼠团团地卧着不动多像一头大象,两只小墨猴一动不动立在背上是一对胆瓶,四平八稳岿然不动,可不太平有象吗!

万也想不到,老了老了和珅给她带来这么大乐儿,她若不是皇太后,真想认他做个干孙子,一次跟皇上说起这件事,皇上思忖半天说:“确实不合礼制,母后稀罕他,就让他常来,认干亲不过都是面上的事。”

也是的,和珅还为她梳过头,比亲孙子还亲呢。

半个月前,她又在长春仙馆内和宫女、太监们逗着松鼠、墨猴玩。两只小墨猴在红松鼠的肩上、头上跳来跳去,看着松鼠刚刚剥好一粒松仁,上去一手抢过来。

她呵呵地笑,别看两只墨猴才有拇指大,可是欺侮红松鼠,也是大伙儿把它俩宠坏了。红松鼠也仁义,急了就用尾巴拂两下,都不叫抽,更别提用爪子扇它们。

那天,她把三个小东西放在条炕上,三个小东西在炕桌旁来来去去跳着玩。一只小墨猴又上到松鼠头上去,它见松鼠捧起一块芝麻糖,伸手一打没打着,再要抓时只见松鼠尾巴又向上边拂过来,它本想一下窜到松鼠尾巴梢,没想到松鼠一颠头,身子掉了一个过儿,小墨猴从半空落下去,不偏不倚正好落到炕桌上的盖碗上,茶盖一翻它掉在盖碗内,刚刚闷上的一杯茶!

“坏啦!”一名宫女手疾眼快把小墨猴捞出来,可怜的小东西已然奄奄一息了,茶水是滚开的!

崇庆太后根本没有反应过来,她焦急地伸过头去问:“怎么啦?”

“太后……”宫女捧着小墨猴,它身子正在一抽一抽的,“它掉在茶碗里边了!”

她赶紧接过小墨猴,一双眼睛已然烫瞎了。连叫都不能,身子只是抽。

“快,快上药,快把獾油拿过来!”

拿来獾油小墨猴已然气息全无了。她的心咯噔一下子,心疼死喽……

更麻烦的事在后头,另一只小墨猴再也不吃不喝了,成天吱吱地叫,六天之后它在太后手中眯了一会儿眼,再也没起来。

自从第一只墨猴烫死她心中“空”了一下,好像那脉就再也不匀了。自己用手摸,跳跳停停,停停跳跳。很少头疼脑热过,可这一回她的头就空了半截,晕得站不住,眼前恍恍惚惚全是黑云彩。

御医开来方子都没用,吃不下饭去只是晕。

今天早上起来要解手,宫女搀她到屏风后,松手自己刚一解裤带,咕咚一声她就什么都不知道了,也不疼,直到皇上来了也没觉出哪疼来。

“母后……”弘历和和珅赶到圆明园,崇庆摔倒之后正躺在病榻上。

御医早已诊视过,脉相沉细,急火攻心,气血两亏,中焦梗塞,太后这一病好重,摔得很厉害。

崇庆太后把眼睛睁开了，她还挣着要起来，可是身上像是一摊泥，绵绵地酥软着："皇上，你怎么赶到园里来？"

"母后，您疼不疼？"

"疼什么，我怎么了？"她不知道，只是刚才眼一黑，就什么也都不知道了。

"刚才您不是……"

"刚才怎么了？都什么时辰了我还躺着呢。"她要起，恍惚觉得是昨晚睡下的。

"母后，您别动，吃药吧，药来了。"

弘历来后验过方子才给太后熬的药，药端来了弘历把碗接过来，他要亲手喂，大清和乐与他的一切都是母亲给他带来的。

母后有后福，可是母后当初那叫不容易！

钮祜禄氏生于康熙三十年，她是满洲镶黄旗旗人四品典仪官凌柱的女儿。十三岁的时候入侍雍和官邸，为雍王胤禛之侧福晋。可是少年时的钮祜禄氏胖胖的，鼻子眼儿的好像没展开，团团地挤在了一块儿。胤禛不喜欢，肉墩墩地像个白馒头，实在惹不起人的兴致来。所以，做了多少年侧福晋，从来没与她同床过。直到康熙四十七年冬天上，胤禛突然患了一场水泻症，整整两个月来拉得提不起裤子来。漫说是福晋们，就是侍女、嬷嬷们也腻味了，拉得满床满身都是屎，什么药也止不住。唯有钮祜禄氏不嫌弃，每天跟着一块儿在床上滚。春节过后形销骨立的胤禛大难不死好起来，他好感激，亏了这个胖丫头，心眼儿好得他心酥，能不着人疼，能不着人爱？

一个月后他完全康复了，第一次把钮祜禄氏叫到房中来。钮祜禄氏嘤嘤地哭起来，十三岁入雍邸，整整六年之后她才破了女儿身，好难熬、好无奈。

康熙五十年八月十三日，她将四阿哥弘历生下来。因为失血过多她昏厥了七天才醒过来，再多耗一天她就命归黄泉了。为了哺育好四阿哥，她坚持不用奶妈的奶。她没有，天天喝一碗白油汤，多少天恶心得刚吃完饭就吐出来。她人瘦了，可两个妈妈胀胀的，胀得每天滋奶水。弘历吃得香香的，两个月上就长到九斤多。自打生下四阿哥，钮祜禄氏形容枯槁了三十年，虽然没闹什么病，可她分娩时失血过多伤得太重，再也难以缓过来。

直到六十岁上太后才又有了肉，月子里边亏一回，年过花甲才补上。

养育之恩，弘历深深感悟到，母后全是为了他，母后为他操尽了心。

直到如今落了枕，他不用御医按摩而到慈宁宫去找母亲。尽管她已耄耋之年，可母亲的手永远是温柔、温馨的，抚摸他的时候就像流云晚雾在摩擦、在流动，阴阴柔柔沁到他的肌肤、血脉、骨髓中。母爱，母爱伴他年近古稀，母爱使他又永远年轻，永远进取，永远是一个孩子。

他用汤匙一勺一勺地给太后喂药，禁不住落下两滴老泪。自己都已然六十七岁了，母亲该是来日无多了，不管她这次能不能痊愈。离不开她，有母亲在，自己总被荫护着，做起什么事情来心中都有底。万一母亲离开了他，天呐，不知道，那他再不年轻立刻就会老态龙钟了！

泪眼模糊了，崇庆太后却没有注意到，目光下移，看见了和珅。

她咽下一口药：“那是——”

“太后，奴才跟您请安了！”

和珅这才第一次开口。他看到了弘历的泪眼，第一次见到皇上落泪，他都酸酸的。

“和珅？”太后倏忽闪出一重忧郁，不再恍惚恢复了记忆，“多可怜，那对小墨猴……”

“太后，奴才再给您淘唤，那还不好办，春暖花开的时候我送来一对更好的。”

太后会摇头了：“别再拿了，多好的让我一见，就又想起那俩来……”她闭眼，想起小墨猴烫死的那一幕，心里就哆嗦地打颤。绝不同于死个鸡、鸭、虫子，那东西通人性，这几天老梦见墨猴哭，要不怎么眼前发花头晕呢。

“太后，奴才不说好了送来会术算的叭儿狗吗？还有矮种马，”他用手比出二尺高，“才这么大。”

“哦……”

“还没大狗重，太后要骑这种马呀，不用人拥不用马蹬马鞍子。”

“那可好……”崇庆呆滞的目光中，又有了一丝欣喜。

弘历把药碗移开，母亲眼中又有了生气，和珅真有人缘，母后也喜欢他，母后原来这么爱跟他说话。心中宽解了许多，母后的愉悦就是他的愉悦，和珅真是孝敬得体贴入微啊！

“欸，你们两人怎么一起来看我？我是什么时候生病的，我病了？”还是记不起跌倒的那一跤，她又有些朦朦胧胧了。

“母后，朕让和珅陪朕一起来看您，您没病，您要困，就再睡一会，啊？”

崇庆真又闭上了眼，因为心里空空的。

弘历又叮嘱御医随时监护，便同和珅从长春仙馆出来了。拿不准太后的病情，从来都很机敏，清醒，怎么一下子迟钝呆滞了？

“皇上，您日理万机分不开身，奴才接长不短到圆明园探视太后，您也省得提拎心。”

“好，你去吧。”

和珅没去两三次，崇庆却一日不如一日了。

恍惚，昏睡，左侧偏瘫话也说不利落了。弘历又到园中来了两趟，心中惶惶地预感到不妙，母亲的抬头纹都舒开了。

没受什么罪，十四天后，乾隆四十二年正月二十六，崇庆太后仙逝大行了。

弘历泣不成声，这回他真老了，永远地没有了母亲，他也就再也没有了年轻！

入殓，停灵，祭祀，慈宁宫内哀声四起，弘历在棺椁前整整跪守了三天。朝野举哀四十日,崇庆即将要安眠于泰陵园寝了。梓宫前,殷奠礼在哀乐声中开始了。太后的绣黄宁绸袍、绣蓝宁绸袍、画绸金凤袍、石青缎棉褂、鱼白绸丝袄、蓝色春绸衣带随着燎燎的烟火焚烧了。接着,将皇太后的祖母绿帽花、红蓝宝石戒指、珍珠玛瑙手串、翡翠珊瑚簪子及一应生前用具、饰物、分赠给皇子、皇孙、公主、妃嫔们。弘历见到他自己非常熟悉的这些东西——母亲的爱物、饰物烧的烧,散的散,这才觉得母亲此刻才是真正的"大行",身边就是母亲的梓宫,大行一去就是永别,怎么盖上了棺材?他要再见一见母亲,他要再摸摸母亲的手,不,开开,开开!

不是真要开棺,他悲痛欲绝。前时入殓他悲昏了头,怎么没有保存下母亲身上的东西念想儿?棺材绝对不能再开,可是,他大错特错喽……

"母后,朕对不起您哟……"六十七岁的弘历抱住梓宫,他好伤痛,嘶嘶地泣而无声。

四阿哥颙琰走上前来:"父皇,您拿着这两枚核桃,就好像天天抚着祖母的手。"他搀扶着皇上,塞到他手中两只乌黑紫亮的核桃球。

弘历摇摇头,他不要,核桃球够不到母亲,他要保存母亲的身体,他不要母亲走!

这时,和珅走到他面前,打开手中的一块黑绢子:"皇上,这个您该最喜欢。"

他眯眼:"什么?"

"头发,太后的头发。"

"头发?"他怔怔地不信。

"您看。"和珅把黑绢布又推近。

弘历伸手拾起绢布上的一绺白发,软软地有些卷曲,真是母亲的白发,带弯的。

"你是怎么弄来的。"

"奴才常去慈宁宫,太后常常掉头发,奴才帮她从身上择,捡的。"

天呐,古来盖棺便不能再开,除了戗尸。他刚才痛悔的就是忘了留下母亲的一绺头发,万也想不到,有人把它留下了!

"和珅!……"他木木地看着这位臣下。

"皇上,该出殡啦。"

……

乾隆四十二年二月二十五日,弘历发出谕旨:现今大行皇太后御发,着做金塔一座供奉,塔内供无量佛一尊。

由于和珅的仔细,弘历才万幸地留住了母亲的头发。扶棺欲哭无泪之时,他痛恨自己昏愦不孝。保存、供奉先人头发,是表达哀思的最好寄托。当年,天竺弟子为尊释迦牟尼的遗物,曾经建塔十座,其中之一即为发塔。弘历于痛悔之中得到了母亲的头发,如获千金之方,如得传世之宝,他的孝心有了寄托啦!

弘历没想到,国库空虚大内之中也没有多少金子了。内务府统计,用来造金发塔的金子只有一份金册、一颗金印乃畅春园存金和寿康宫茶膳房金器,共一千三百两。依此金数,造办处用楠木胎制高二尺一寸六分的塔样一件。想不到,塔内需供奉的无量佛法身大,塔内根本放不下。弘历得知之后再颁谕,“塔样再往高大里做,”这回麻烦了,弘历根本不知要用去多少金子才能放下无量佛。

其实,大内一直有金塔。重华宫两佛堂有两座,中正殿香云亭有一座大金塔。弘历这时才想起它们——到底是多少金子做成的?

于是,弘历当即下令,着内务府总管大臣福康安和副都统金辉一同查明每座金塔的用金数目。两天之后这二人奏报:重华宫两佛堂供奉的两座小金塔,各高四尺六寸,共用金四千九百六十两七分;中正殿内大金塔,通高一丈六尺,用金一万一千一百一十九两九钱。即使是重华宫内的小金塔,一座用金也要两千五百两,怎么办?

和珅这几天也在各宫转。想不到节骨眼儿上没金子,这是皇上最最看重的金发塔,到处熔金也要把它们化出来。他也去了寿康宫,那么多明朝遗下的金盆、金匙、金筷子留着干什么?不如通通将其化了金。奏报皇上立批:准交造办处造塔。

这样凑起来才只两千三百两,还不够。和珅又出了一个好主意,寿康宫有一批大明景泰蓝金胎珐琅,连一只金胎珐琅鼎都化了。

总共得金二千三百零九两。古董房、如意馆的供奉们知道了暗暗吐舌头,金胎大明景泰蓝,多少钱都换不来的至宝哦!

又添白银七百两,总共用金、银三千零九两造发塔,才能装下一尊无量佛。四月初二日,弘历在圆明园奉三无私殿最后审定高四尺六寸的金发塔式样,当即谕令:塔,照样准做。

十一月初三日,金发塔内安放着发盒、无量佛,正式被安放置寿康宫内东佛堂。弘历一颗心才算安定下来。他抚着深表爱心的金发塔,心中一股暖流升上来,没有和珅哪里留得下母亲的头发,也不可能有这座金发塔,封和珅赏和珅,不单是垂爱,和珅于他有恩呐!

挠　攮

1

腰里掖着百十来万，光荣突然挠攮了。

挠攮是活了九十六岁的奶奶常叨咕的一句话。小时候奶奶常领他上劝业场听蹭儿戏，来去的路上奶奶总是这么句话：豁（活）着哈——嘛吔，闹（挠）攮的慌。徐水老家味儿，拖着长腔不像是说好像在唱。如今四十多岁的光荣也挠攮了，谁知怎么回事。

肝火也不禁不由大起来。和乐的灶间吧唧吧唧粘脚不说，尤其闻不了那笼屉味儿。其实他最清楚不过，自个儿在不在柜台钉着，里外一天差四五张儿。可四五张儿就像过去的四五角，小时候的四五分，提不起兴致。和乐刚开的那两年，他哈工商哈税务哈市容哈市政哈城建哈街道哈整治哈检疫哈交通哈派出所哈纠察队哈饮食公司，十几个婆婆都哈到了，这心理定势移到伙计身上也没变，对那些安徽的山西的河南的河北的大闺女小伙计都挺客气。如今磕磕绊绊苦熬苦拽挣蹦出来，却瞅着什么都别扭了，挠攮的慌。

什么XO人头马，酸的苦的；什么螃蟹大虾田鸡腿，一个味儿；什么云烟肯特万宝路，燎嗓子。其实这些玩意儿全不如二锅头关东烟贴饼子。挠攮厉害了他真闹瓶二锅头就着花生米"滋儿"几口，也变了味儿。再也找不着那晕乎热乎过瘾解馋解气的感觉，越喝反而越挠攮。

把三口子的户口从内蒙折腾回北京，他当过泥瓦匠装卸工，还跟安徽来的一个小伙子学过弹棉花。那时候被重新成为北京人而激越着亢奋着侥幸着感激涕零着，什么苦哇累呀丢人呐现眼的全没在乎过。后来开了和乐那叫不易。今天工商的来了明天市容的来了，对付的好嘛事没有，打点不周一个苍蝇罚五百，没辙，稍微滋扭两句穿官衣儿的把你的营业执照摘下来，那话说得还满和气："没关系，想不通搞搞卫生再开张，过几天我们验收来。"崴泥，晾你俩礼拜那半个月就算白干了。最添堵的是沉渣浮泛鱼龙混杂真假难辨。那回来了个市容的，进门从提包里掏出架显微镜，放到灶间面案菜案上一照，说大肠杆菌超标百分之四十，罚款两千。他疑疑惑惑刚想分辨，人家伸手要把他那执照摘下来。他赶紧敬烟敬茶老实认罚，来人不吃这套从容点钱，出门时告诉他下午两点到市容办公室取收据。下午去了一打听，人那儿的又把他好一顿编派，根本没这人。坑他两千的是个骗子，这叫什么事。

没过两天又来了两个穿官衣儿的卫生警察，说和乐的菜案生熟不分罚四百，他长了心眼儿，满脸陪笑请对方先拿出工作证。那两位同志一抬屁股走了。第二天没收执照不算，和乐还被贴了封条。原因极简单，卫生脏差还对国家工作人员态度不好。检查态度的问题持续了一个月，光荣反而振作顿悟了。理解，只有相互理解了才能使世界充满爱。人家工作人员都是死工资，风里雨里多不易，该意思的时候就得及时意思一下表心意。最重要的是他悟到了致富不忘国家，居委会翻建，捐；支援亚运会，给；争办奥运会，献——为社会为国家做奉献义不容辞，发自真心。比比插队跟弹棉花那阵子，如今这日子不是神仙？凭着拼搏与悟性，他连续四年被评为先进个体卫生标兵守法模范并荣膺区个体经营协会的主任委员。绝对的成功，由经营米饭炒菜火锅涮肉到今天只卖包子馄饨，简化了多少啰嗦与麻烦。绕来绕去他才明白，老河沿儿来来往往的不是平头百姓就是外地人，根本用不着哪宗菜系、生猛海鲜。包子馄饨热热乎乎经济实惠物美价廉，一天流水不下一千，对半儿赚这钱来得多简单？不然怎能越赚越多腰里有了上百万。

从沟沟坎坎的磕绊中扑腾到今天，其实比在乌拉特前旗战天斗地轰轰烈烈一往无前披荆斩棘的时候难。那时候只要能立场坚定旗帜鲜明，一不怕苦二不怕死，斗私批修就成了，开和乐累的是心，这些年心的劳累使他不但两鬓添霜而且歇了顶。用一位在报社当编辑的兵团战友那话说，就是我也挣了灵魂也熬得疲惫了。可不是，累心比卖膀子力气难熬多少倍。

万也想不到，如今这挠攮比灵魂疲惫还罪孽。从没吃过安眠药，不管在内蒙还是开和乐，什么时候不累一贼死，站着都想眯一觉。现如今心里挠攮还不算，晚上睡觉腿没地儿搁脚没地儿放，从膝盖的骨头缝里上上下下串着酸，骨头挠攮。气得他砸腿捶腿恨不能敲开膝盖把里边的酸水挤出来。前些日子还跟小真惹了顿气，挠攮之余又添了腻味，这几天又腻味又挠攮。

自打小真上了初中，他就再也给儿子补不了功课。当年他这师大附中毕业的高材生数理化在班里没下过前六名。一搁二十多年全忘了。连那最简单的角边角、边角边全稀里糊涂闹不清是三角形的相似还是全等。儿子还算争气，在班上始终居于上中等。头些日子期中总结班主任一表扬倒坏了醋："瞧瞧人家吕真，他爸他妈开饭馆，吕真在这样的家庭环境里总分还排在第二十一名，徐京京、尹文东你们呐，父母都是有文化有教养的却考成这样，难道你们不寒碜不脸红？"

徐京京没脸红，尹文东也没寒碜，吕真这回麻烦了：

开饭馆的全是大款，真子，得让你爸给咱学校捐点儿钱。

吕真，你妈练的是不是生猛海鲜？让呣撮一顿去尝尝鲜。

去去去，人他爸开的是包子铺，狗不理包子馄饨炒肝。

哟，我说怎么咱班老有包子味儿，真腥真膻。

最让吕真受不住的是全班最后一名山里红的那句话：开饭馆的才有优越条件，有的是钱请家庭教师呗，我要也能吃小灶儿前十名手拿把儿攥。

委屈,寒碜,小真回家就跟他们闹开了:“谁让你们干个体,我没脸再去上学喽……”他哭得哇哇的。

光荣哄他劝他说爸爸我勤劳致富,致富光荣,你要再接再厉争强赌气独拔头筹,全没用。真窝心,当年师大附中出来的高材生成了不折不扣的下九流暴发户,不但自己被人瞧不起,连儿子都跟着吃挂落儿受挤对,你趁金山银山管什么?

——这口气还是赌定了。听小真转述了山里红那话倒是给他提了醒儿。你们不是说他请着家庭教师吃小灶儿,对,请。智力投资文化投资教育投资,花多少钱咱也请家教。小真就差在外语上,不光是争第一,外语是桥梁,外语是工具,自个儿耽误了如今花多少钱也要培养小真,将来出国留学去。

挠攘着琢磨上哪儿请老师怎么个请法儿,光宗拽给他一句话:“现成的,就在眼皮底下呐。”

他眨眼,谁?光宗把他说懵了。

“哥,小玥呀,小玥那外语多厉害。”

小玥?小玥是什么人家,人嫌前边乱都垒上道墙开了旁门,别看他们家挣钱不多,可与前院界限分明是另一个世界,高层次。

“何老师跟咱家没的说,你请不来我请去,街里街坊的有什么。”

“那——”他拿支烟叼上了。

这几年如鱼得水买卖越做越顺,谁料跟何老师家反而生分了。不知为什么,总觉着人家看自己的眼神不对,其实也不是,而是自己在人家面前变得叽叽缩缩了。

何家三口人都是中学教师。老两口一个教语文一个教数学,女儿小玥师大毕业也当了中学老师,教英语。本来他家跟光荣、四爷、靴子住在前后院,头几年何家垒上道墙开一旁门,跟他们前边一分为二了。也难说,他自己开饭馆,四爷养鸟养虫子,靴子的门脸儿房鼓捣了一个小卖部,何家出出进进油渍麻花毛毛哄哄是添堵。不过前后院关系还不赖,毕竟是多少年的老街坊。

光宗提起小玥他先是没想到后来又觉着不可能,再琢磨也不妨去试试。不是非想让小真有大出息将来留学吗,他犹豫着还是绕到了后院。也是的,何老师一家知根知底,小玥那水平他知道,外语说得比国语还溜,索性硬着头皮撞撞去。

2

绝对没想到,要多痛快有多痛快。光荣绕到后院敲开何家院门,就小玥一人在家看电视,何老师于老师上晚自习还没回来。他东拉西扯兜了老大一圈儿,最后才绕出想请小玥给小真补功课的事情来。想不到小玥二话没说就答应下,每个星期补三次总共六课时,一课时的报酬二十块。他一听那叫乐,只要人家看得起,漫说二十,四十六十他也不在乎。

他不在乎何方正、于南美在乎了。老两口十点多了才从学校赶回来。听小玥把刚才跟光荣定好的事情一说,老何急得直拍脑门:“小玥,小玥,亏你说得出来,人家光荣多好的人,你真把人气死喽。"

老何真急了。本来砌上道墙这事办得就有点儿太那个,如今小真补补外语至于跟人家要那么多钱,不尽情理也让人瞧不起啊。

老何是看着光荣长大的。那孩子从小就聪明好学,师大附中的前几名不是等闲之辈。那时候数学比赛之前光荣老找他问问题,他发现光荣有非同一般的逻辑数理能力。谁想他刚念完高二就闹开了,轰轰烈烈,家破人亡——老吕解放前开过杂货铺,小业主,七斗八斗鼓捣死了。光荣插队他妈带着几个月的光宗被轰回徐水老家。光荣重新成为北京人之后妈也没了,他当着小工养家还得供弟弟上学。这些年怎么过来的?光荣在为人处事上是油了滑了,这是迫不得已的,比起社会上那些个体户,他童叟无欺奉公守法打着灯笼难找这样的。不成,小玥不能这么坑人家。

"爸,我给小真补课是不是付出了劳动?"小玥好像早有准备,"您先别火儿。"

"是劳动,亏你要人家那么多。"

"那我要多少?"

"我和你妈一节晚自习才多少钱?三块,每班的学生都五十多。"

小玥咯咯地笑:"这叫什么账,给一个人讲课跟给五十五百五千人讲有什么区别?我认为付出同样的时间劳动和心血,"她舔舔下唇看着他,"既然您觉得三块钱才合适干嘛天天回家叨咕不公平不合理知识贬值脑体倒挂的全是牢骚?"

"小玥,别气你爸爸了行不,"老于坐在沙发上闭眼摇头摆手,"牢骚我们是常发,可干起事情来我们无怨无悔,凭的是一颗良心。"

"你妈说得对,我们是常发牢骚,但我们心甘情愿不黑心。"老何这话发自肺腑凛凛然浩气长存。

"你们义无反顾太好啦,那就别发牢骚哇。"

"牢骚还要发,工作事业照样干,还是那句话,良心,良心,良心。"

"干呗,发呗,干着发着,发着干着再让您来回永世不得翻身就好了。"

"呸"!

"小玥!……"

这样的唇枪舌剑早是家常便饭。最初小玥总是热血沸腾慷慨激昂寸土不让地跟老爷子剑拔弩张,因为爸有血压高妈那枯瘦的身子越缩越小简直成了个老太婆。她也就不再跟他们直面惨淡面红耳赤了,何必呢,每礼拜半天的政治学习已经够她饱的了。娓娓道来,各持己见干嘛不能和颜悦色呢。

"妈,您怎么也越来越糊涂?我还不是为你们好。一心干社会主义的人忧国忧民抱怨这儿牢骚那儿,不定什么时候就惹娄子;看人家雇着多少工有着多少资产的人觉悟多高,一句牢骚不发,一门心思致富,报纸广播电视你们又不是没听没看,人家那才叫真有觉悟,全是改革开放好、四项基本原则好、社会主义好,你们比人家那觉悟差远了。"

"你闭嘴,你闭上!"

"小玥,你这不是成心气我们?"

老何气得手直颤,老于缩在沙发内捶腿。搅不清,他们常常感叹双双不是成功的教育者,甭怪多少学生什么都不听什么都不信,连自己的女儿都说不服辩不过,教育起那么多背景不同思维活跃的孩子来,确实力不从心了。

小玥真把嘴闭上了。没辙。她爱爸妈也深知爸妈疼她可就是什么事也闹不到一块儿去。哪还谈得下去,老头儿老太太一天到晚腰酸腿疼精疲力竭不计报酬不讲代价鞠躬尽瘁地无私奉献,那就别指戳世相痛斥腐败感叹人生忿忿不公啦,这不才是傻冒儿呐。瞅人家那些款哥款姐这个董事那个经理的,一口一个社会主义好社会主义的道路走定了,人家半句牢骚也没有既不指点江山更不激扬文字,名正言顺轰轰烈烈堂而皇之地发到上百万上千万,爸妈怎么就不明白这个理转不开这盘磨?其实,她也没想转变爸妈的脑筋,死也变不了。只是你们要干就别回来发牢骚,什么物价啦治安啦分房啦特权啦职称啦——任劳任怨才真正有觉悟,不然不找着犯错误?

她更可怜妈。爸当右派那是五七年,一场运动折进去一拨人,几百万,倒霉的不是爸一个。妈受挤对那叫窝囊,就在八八年中学老师第一次评职称。那是暑假过后开学第二天,康校长把一个啤酒厂经理的儿子领到妈那高一(2)班教室门口指了指那学生,又把妈请到一边说:"于老师,这关系户咱可得收,他爸答应了,教师节每位教师发一箱啤酒,人家等于赞助了一万多。"妈问那孩子多少分,康校长说二百五,妈皱眉,二百五十分的学生她收不了,这些年一些款爷经理们倒是凭着赞助塞进自己的子女上了这所区重点,可分数不能低于四百五,这是康校长自己规定的。如今把差着二百分的学生插进来,拉下全班升学率找谁去?妈没答应,说高一(2)班五十六个学生实在一个也塞不进去了。

康校长窝着一大口气把那个学生又领到(1)班去。这位二百五倒是踏实了一个礼拜,等到教师节每位老师抱回家一箱过期听装啤酒之后就折腾开了。往学校里带猫,牵狗,还给仨女生送戒指约去卡拉 OK。(1)班班主任文老师苦不堪言:"于老师你把这包袱甩给我,五十多同学跟着倒霉,我没本事实在带不下去了。"

"责任在康校长,是他带头破坏制度的。"

这话三传两传当天下午康校长就知道了。

妈麻烦了。评职称的时候被人家找借口给否了。

这事窝囊不?误了两年妈才评上高级。妈还干得倍儿欢,不理解,她不理解爸妈怎么想的,他们到底要干什么。

屋子里静静地半天没声儿,老何最先打破了这难耐的沉寂:"小玥听爸的,我找你光荣哥去打圆场,就说你刚才是开玩笑。"

"开玩笑?按劳取酬是开玩笑?我瞅您这话才是开玩笑。"

"这事由不得你,我这就找光荣去。"老何呼的一声站起来。

"您去,您只要去了我就撤,小真的英语一次甭想让我补。"

"你说的?"

她点头。

"唉——!"老何咕咚一声又泄在沙发上,"全坏喽,全坏喽,全坏喽……"

小玥没敢马上揭根子,改革开放社会主义谁全坏了哪全坏了?这不又在发牢骚说怪话这也不是那也不是找着犯错误?永远跟不上形势,顽固得不能再顽固。

3

小玥刚给小真补了三次外语,这事靴子就知道了。令靴子惊喜的是小玥跟他照面竟然没闪身没扭脸,多少年没有这样过。

自打搬到这院来,靴子就被小玥迷上了。参加过舞蹈班的小玥是怎么长的,修长的腿修长的腰修长的眼修长的眉,细咂摸她像公园里的一座雕塑,美得出奇而又令人亲近不得。也邪了,一般人那外八字一撇一撇多寒碜,可这毛病安在小玥身上却变成一种勾魄儿的美,两只脚尖微微有些向外撇,走起路来挺胸立腰活脱一只小天鹅。万也想不到搬到这院正巧跟小玥还转到一个学校一个班,全在六(2)班。刚开始他人模狗样还真坐住了几天,可是四则运算他全不会便露了馅。折腾呗,上课打匪哨;装傻充愣逗同学笑;拿弹弓子往前绷;把蛐蛐儿带到位子嘟嘟叫——哗众取宠。老师来来去去给他调位子,到哪儿人家都捂鼻子。头年偷了人家一双高勒鹿皮鞋,无冬历夏都穿着。那叫臭。小玥和同学三天两头找班主任诉苦:"嗨哪儿受得了,您要在他旁边坐一节,保证熏得晕过去不成。"班主任急的是纪律哪还顾得上靴子臭,几次把他妈请到学校来。老太太一点儿不护犊子:"怎么严您怎么管,我说一句他跟牲口似的有八句等着呐。"配合没用,靴子就是一折腾。

其实靴子打心眼里不想折腾。要是学习跟得上,他也要争先进做好事当标兵。小玥是三好当然她喜欢佩服的是比她还棒的三好生。麻烦的是自个儿一好也不好,大靴子一穿上体育都跑不快——迫不得已折腾。闹一天翻地覆不过是引起异性注意不要忽视了他的存在,这种表现极为正常完全符合少年心理学。看看小玥无动于衷,他上学下学跟在小玥后边唱"一条大河",后来竟写了封我爱你的信塞到人家位子里。小玥看后哭哭啼啼把信交给老师,班主任这回可逮着重磅炸弹回击靴子:天下奇闻独一无二,六年级的孩子要流氓写情书,成,非把你送到工读去。这招杀手锏还真灵,他怕进工读一下闷回去。

没想到半个月后上手工课,老师正讲着怎么利用啤酒罐做猴脸,靴子用剪子咔叭咔叭剪开了指甲,手工老师制止几次他反而脱下靴子又剪开了脚趾甲,老师再也忍不住:"刘胜利你成心是怎么着?同学干嘛管你叫靴子?臭,在国外早对你罚款了,污染空气污染环境。"轰……全班同学前仰后合从没这么酣畅淋漓过。谁也没有注意到,靴子那脸一阵红一阵白最后又由黄变绿了。多少老师再批再骂也没这么挖苦过,完了,这回他在班里臭不可闻栽得不能再栽了。他抠着桌沿正运气,手工老师得寸进尺走到跟前把脱下的那只靴子哐地踢到后墙："既然你不穿上，那就让它上一边散味儿去。"

这口气还能咽得下！豁，你不让我好死我也不让你好活着。他突然呜呜大哭冲到后面拣起靴子冲着李大胖子一拽——嘭，哗啦啦……那只靴子从老师耳边擦过打着转儿地向前方飞去刹那之间半块玻璃黑板粉碎落地了。全蒙，漫说是同学跟靴子，连李大胖子都缩着脖子不知所措。这瞬间的惊险不亚于瓦尔特保卫萨拉热窝。

他懵着被送到工读，又懵着跑回来拣了破烂儿眼巴巴看小玥上了初中高中和大学，自个儿后来兴旺发达成了大款可见着小玥还懵着。谁知怎么回事，小玥更像天鹅更像雕塑神圣不可侵犯，只要一见她，自个儿就蒙了。

这回的事也巧了。很少光顾前院的小玥隔三差五就到光荣家，而且几次在门道正好都跟他碰上了。只是垂下眼皮并没像过去那样横眉冷对的，有变化。后来通过小真知道她是被光荣请来的家庭教师，他冥思苦想几天终于也摸到光荣家。

"光荣哥，小玥好像经常来?"

"一礼拜三回，给小真补外语。"光荣看不上靴子，可在买卖处事上又常帮他。孤儿寡母的不容易。可是今天靴子来，他心里别扭，还贼着人家小玥呐，你再款大也瞎掰。该上哪儿凉快上哪儿凉快去，小玥来是给小真补外语，传道授业解惑，事关重大，你靴子别在这个时候瞎搅和。

"小玥的外语是地道，在哞班时就嘀哩嘟噜说得最溜。"

瞎话溜丢，光荣平常不好意思今天却有点儿憋不住："你不跟她是小学同学?那时候你们就有外语了?"

"噢——对对对糊涂了，我在院门口听见过，她暑假当导游不还往家领过老外，骨朵白说的那叫溜。"

"唉，什么骨朵白骨朵黑的，这玩意儿对你对我都没用。"

"哟，光荣哥，您不一直敲打我要学知识学文化，今儿这话可不像您嘴里出来的。"

正挠攘的光荣一下噎住了。是这么回事。多少年来他一直嘱咐靴子不能无头懵似的尽往钱眼里扎，趁着年轻可得看书看报的多学学，什么事要看得远，不然拉家带口的那就更晚了。可是今天心里硌硬靴子顺口就撩出"都没用"，可不像他的话。他愣了会儿咽口唾沫赶紧往回遮："我不是说知识没用文化没用，只是这外语离咱们远了点儿。"

"您打住您打住，光荣哥，外语对我用处大啦，英语那骨朵白、扑利兹、好阿油我常用，别看哞那旅馆小，现在也来外国人，我这当头儿的不会外语还成?"

光荣拧着脖子看他，小玥刚来四五回，怎么靴子也跟外语粘上了？添堵。

"嘿，瞅您那眼神儿，蒙您我是这个，"靴子伸出仨手指头冲下，"光英语还不够使，我还会哈拉朔跟杀鸡切丝呐。"

这是真的。靴子承包的向阳旅馆倒用不着英语，近来东欧俄罗斯倒爷还真来过两回。他们还跟靴子打听行情问生意，靴子学了几句达斯维达尼亚什么的俄罗斯语。

“我说靴子，到底干嘛你明说，咱别兜圈子了行不行？”

“光荣哥，您跟小玥说说，也让她帮我补补外语。”

嗯？光荣两只眼睛都直了，靴子起什么腻，他冒出来补的哪门子外语？

“唉呀靴子，这两天小真刚踏实下来，你光荣哥也老是气儿不顺，你又包旅馆又开小铺哪有工夫学外语？”

“静红嫂，您这话更让我懵，我学外语这不是好事吗？”

“唉。”

静红搓搓手上的面疙瘩把眼睛顺下来。好事？烧的。这时候靴子插一杠子不是更勾光荣的火儿？光荣这阵子可把她祸害得口干舌燥。没钱的时候那苦那累是什么心气，现在挣下够吃一辈子的钱光荣挠攘开了。挠攘你外头挠攘去，他摔盆摔碗摔家伙。搞饮食雇一个人多难？派出所办暂住证，防疫站办健康证，饮食公司办培训证，办事处办用工卡，先不说要交多少钱，谁搭得起这工夫？可光荣动不动就呲打这个嘿唬那个，你当你是解放前的资本家？谁知他是怎么想的。最让人生气的是春节前那个叫建国的伙计回老家，腊月二十八上火车站去买票，谁想三天没把车票买回来。光荣跟她那份儿急，工钱衣物都在和乐搁着，不会是偷偷溜跑了。难道出了车祸？整整急了三天想不到大年初一早上建国回来了。光荣急得直跺脚，气哼哼问他哪去了。建国吭吭哧哧不敢说。光荣说你不老实我把你送到联防派出所。建国又吭哧半天才告诉他：“我刚从哈（那）里头处（出）来。”她跟光荣大吃一惊，票没买成敢情他让联防的逮走啦。

原来，建国那天上火车站去买票，出门见汽车站人多就到马路对过推了一辆没锁的破自行车打着骑骑再送回来。他鬼鬼祟祟嘎悠着这辆破车刚到十字路口正好头上的红灯亮起来。他捏闸闸没有，索性紧蹬几下冲过去。谁料身后几个人一块喊：“站住，截住他。”他哪儿停得住，再快骑后边那喊声更大了：“抓住他，别让他跑喽！”他毛了，把一打晃儿车倒了，他爬起来惊惶失措往前跑。麻烦了，其实他不跑什么事情也没有，当时后边追前边堵他一下被擒在地上了。那帮管交通的本是各单位出来的闲散人员，这回逮一仓皇逃窜的主儿立马把他押到警察亭子附近的联防办公室。建国哪儿见过这阵阵，进门先给人跪下了。人联防的不打不骂连他姓氏名谁都不问，一当头儿的和颜悦色看着他：“哪来的？”“河北安新。”“哪偷的车？”“红四（市）口。”“偷过几回啦？”他说偷过三回都是骑完又扔到马路边上了。“上北京干嘛呢？”“在饭馆尼（里）帮忙呢。”“那正好，你先上唡联防帮帮忙。”

人家联防的春节之前正好分鸡分带鱼，他把几百只鸡几千斤带鱼砸冰裂坨开膛破肚洗涮干净分段包装按份过秤，从腊月二十八被捕一直干到三十晚上，没受罪没挨骂，天天的饭食比和乐那包子还花哨，都是人联防给买的。初一早晨那值班的俩人还送他四个苹果:“走人,以后再小偷小摸就没这么便宜了。”

心里那个乐。本以为偷三回车不得判几年,没想到人家没动他一指头,好吃好喝一直跟他和和气气的。光荣听着烟抽得一口接着一口:“没问你叫什么?”“木(没)有。”“没问你在哪个饭馆当伙计?”“人家就让我干活,别的什么都木(没)问。”

“你他妈混蛋!”——扑,光荣拿起只玻璃杯冲他脚下猛一摔——他自个儿惹了大娄子。那飞溅的玻璃碎碴儿有一块崩到建国眼睛里,建国“哎哟”一声把眼睛捂上了。血,顺着手指缝那血眼见流下来。顿时光荣静红都呆了,是光宗过来叫急救车上同仁挂急诊。好悬,建国的白眼球扎破了差三毫米就划着了瞳仁!

——这个年还怎么过?

亏了建国那孩子实落,戴着眼罩还说“白不怎么的”。光荣吓得掖人五百建国不要,说掌柜的只要还留他干就心满意足了,本来就是他捅的娄子他惹的祸。静红心里那叫别扭,跟了光荣这么多年,别说骂人摔碗了,嘴里从来不带一个脏字。今儿个这是怎么了?建国偷车被抓是气人,可你至于那么大肝火?人家联防的都说服教育不打不骂,谁该受你这又砸又摔的。多少年来他们没红过脸,那回她跟他吵了个热闹的。想不到一天天他肝火更盛,谁知他这是怎么了?

这不,小真不闹了他也稍微踏实了几天,靴子你又来裹什么乱?从来也没听说你还要学外语呀。

靴子一见光荣静红这神气,右手一抠腮帮子:“你们是怕我搅了小真对不?我不在这儿学,我也请家庭教师,把小玥请到呣家去。”

光荣两口子都愣了,把小玥请到他家去,谁不知小玥最恨靴子,这不异想天开吗?

靴子猛嘬几口烟又长长地把浓浓的烟雾吁出来,不知哪儿来的这股子鬼使神差,想试试。他之所以决心一试,就因为这两回在门道邂逅小玥那眼神儿变了。那是谁说的来着,爱情的微妙只有那心心相印的男女能察觉。这回靴子察觉了,虽然绝不是心心相印。

令光荣吃惊静红惊诧连靴子自己都难以相信的是,小玥竟然答应了,不可思议。

那是第二个礼拜五小玥给小真补完课刚要走,靴子一腿迈进来:“光荣哥静红嫂,嘻嘻……小玥,哦不是何老师……”

一屋子人接不上话,小玥乜他半天展展两条修长的眉毛说:“干嘛啊?”

“我也想找你……补英语。”

小玥把展开的眉毛又蹙起来,视线缓缓地从他头上往下游移,靴子情不自禁往后缩脚,不臭了,他现在穿的是两千块钱一双的驼鸟皮鞋。

“你找我补外语?”小玥又觉得可笑,靴子人五人六不傻了,还有病呐是怎么着。

“是噫……”他挠脑袋,“呣那旅馆尽来老外,我不是经理嘛……”他强调自己是头儿,唯恐小玥不知道。

“尽去老外,几星的?”小玥听说他那二十间客房的旅馆不过是一煤铺改成的客栈,好玩儿,靴子涮人她也跟他开涮。

“哞那儿倒谈不上星儿不星儿,不过真去老外不蒙你。”

“我说靴子,人家小玥工夫多紧,再说你又干旅馆又开买卖,都忙都累,要我说这事儿先绷绷儿,嗯?”光荣插进来解围,小玥一撅他闹崩了闹蹭了都不好,靴子那脾气狗屎,磕头碰脑小玥还怎么给小真补课来。

“你真需要我给你补外语?”想不到,小玥一歪脑袋挺耐心。

“啊,真的。”靴子俩眼立马儿亮起来,有缓儿。

“也跟小真一样,每个礼拜补三天?”

“成啊,只要你有工夫,补的越多不越好吗?”

“教你这样连 ABC 都不认识的可难可费事。”

“老师费心我多点 T(钱)呀。”靴子眉飞色舞了。

“一课时一百,一礼拜六百。”

“成,小菜儿!”靴子乐得一把拽住了头发,“一言为定了啊。”

光荣静红都傻了:疯了,小玥疯了,靴子疯了,现在这人都疯了是怎么的?

4

光荣静红想不通,光宗却不这么看。这社会主义初级阶段既然走上市场经济的道路,那么价值观念计酬意识就得变。可不是嘛,人小玥寒暑假上旅行社当导游,吃了喝了玩了逛了还得闹几千。即便是上外边讲课,只要您讲得好,汽车接送不说,半天哪儿不得给几百。跟靴子要的不多,靴子长了知识小玥也跟着活泛,这叫共同富裕——两便。

光宗至今还跟着光荣。哥哥嫂子都好,自己之所以有今天亏了嫂子和哥哥。为报答哥哥嫂子他发奋考上了第二医学院,谁想毕业方案下来他傻了,分到化工技校当了校医。人家那有关系的全上了协和、友谊、阜外、北大;差点儿的上居民医院混两年也能当上主治医。最不济的当然是上中学上技校,先不说挣钱多少待遇如何——使不上劲儿。校医的主要业务还不是给学生上二百二,一天到晚跟总务的后勤的搞卫生恭候上级领导查卫生,连第一线的教师都让人瞧不起,更别提他这后勤了。每次跟同学聚会都窝一肚子气。那些分在大医院的同学最实惠,现在连做一阑尾手术都得递红包,你不要人家千方百计打听住址送到你家去。用周胖子那话说,甭听广播报纸上说的这措施那规定还有举报查处什么的,全瞎扯掰。哞那儿全是明的,操刀的主治的麻醉的不提,连小护士那脾气都大着呐。只要推病人的车底下不搁两箱健力宝,她先在手术室外边甩咧子:这是谁介绍来的病人呐,啊?周胖子这帮干着火的还不知足,人家那话也不无道理,手术十二个小时做到夜里两点国家就给补助四个鸡蛋,公平吗合理吗?拿手术刀岂止不如剃头刀的,宰只鸡也不只就值这俩钱。多少红包我们都接,患者觉悟过来医生的价值高到什么程度,人家献上一片真情咱能不领吗?

分到居民医院的同学接不着红包但烟酒不急挂历不急,多开点儿药开张假条这些玩意儿就全齐了。

聚会一回受一回刺激。回来跟光荣念叨哥哥比他有觉悟,说咱不贪不沾只当没有没听见,哥哥我这儿有上百万,我的就是你的,咱比他们趁活得还踏实。

他只能摇头苦笑。哥哥绝没跟他玩虚的,他窝囊在干后勤查卫生,窝囊在不碰手术刀指头都僵了都木了,窝囊在四年大学白上他年轻轻的使不上劲儿。活得比人家还踏实?再踏实他就要炸了。

这次谈起靴子学外语,他觉得小玥不过分没坑人,知识文化也得商品化,不进入市场科技文化谈何生产力与价值?

"小玥也太敢开牙了,再怎么着也不能那么黑靴子。"虽然光荣不愿靴子搀和进来学外语,可小玥要这价码也太有点那个了。

"谁黑谁,小玥这价儿我看还水呐。"光宗绝不这么看。

"街里街坊兔子还不吃窝边草,"静红也对小玥这一礼拜六百接受不了,"你没听小真说,他们班主任干一个月的工资才二百多?"

"这就是分配不公啊。"光宗一谈这个就来情绪,"名歌星出场费就一万二,更甭提他们那磁带赚多少,作词作曲的怎么着,听说一首歌不是十五了,长到一百二。"

"可人是歌唱家,艺术家,现在不是时兴吗?"静红也知道点儿,听说一演伟大领袖的出场费也要一万二,这些星们是够敢开牙的。

"艺术家歌星就那么值钱,文学家作曲家就是臭狗屎,机制有病,《祝你生日快乐》唱了一百年至今在全世界还有版权呐。"

光荣静红不好言语,谈论起这些事来他们没有光宗知道的多。

"事情明白的不能再明白,磁带歌星进入了市场,作词的作曲的挤都挤不进去,文化知识就是贬值,你说这心理能平衡?"

下边的话甭再继续,光宗认为小玥跟靴子要得好要得对这才能体现知识的重要知识的分量知识的价值。

光荣想想也是的,连靴子自己都心甘情愿一个愿打一个愿挨,他跟静红这不咸吃萝卜淡操心?嘁!

近来还有一件硌硬事。光宗晚上回来就往四爷屋里去,名为看鸟实则跟老丫头腻糊在一块儿。按说老丫头人好长得也挺稀罕人,可大姑娘家家的不在外边做事囚在家里跟她爸玩鸟儿。光宗可是个大学毕业的外科大夫,高不成咱也别低就。四爷解放前走街串巷是打鼓儿的,解放后掏过粪扫过街,现如今弄老丫头在家里鼓捣鸟儿玩,再怎么着也不能找这人家啊。多硌硬,谁知光宗他怎么想的?

真为光宗上心,又怕何家看不起,其实光宗小玥这是多好的一对。真可能他愿意拍出五十万成全兄弟的好事。

多少次往这上引，光宗不卑不亢有自己的理儿："我配得上小玥，其实我继根儿就喜欢小玥。"光宗心里清楚，般配喜欢情趣爱好品位修养这些东西固然重要。但在商品社会的大氛围中他没能力创造出与之适应的小环境。

"那就挑明了，咱有钱，她要房要钱我都给。"

"哥你真是的，一她不是那种人，二这辈子我要靠自己。"

"你们俩都是大学毕业，一个大夫一个老师，郎才女貌揉在一块儿搞事业。"虽然光荣自己在何家面前有点儿缩缩叽叽了，可光宗完全能跟他家人平起平坐。

"现在女人买件最便宜的衬衫都一百多，我这查卫生的伺候得起人家小玥穿衣裳？"

"有我呐。"

"我不要我不要，哥你待我好我知道，可我靠的是自个儿。"光宗又急了。跟哥差着二十来岁，感情虽好可思辨观念上像隔了朝代。校医算什么大夫？文凭眼下也过时了。连中学教师都搞不上对象，如今哪位姑娘愿意找他这后勤的？他们一帮同学早就取得了共识，爱情不是花前月下罗曼蒂克窃窃私语缠绵悱恻，更主要的是柴米油盐锅盆碗灶煤笼炭火还有那最时髦的点T跟最实际的睡觉。先甭说点T，房子先没有，至今他跟小真住一屋跟小玥结婚他们上哪去睡觉？光荣绝对会给他买单元买家具心甘情愿欢天喜地，可他自己长大成人是条汉子，哥哥的血汗钱他绝对地不要。

一次意外，老丫头闯入了他的视野。

老丫头比他小六岁。小时候都对她没什么印象，有印象也是一囫囵个儿：圆头圆眼圆脸冬天穿那毛窝也圆圆的像俩搁酱豆腐的小篓子，囫囵个儿，老丫头整一圆囵个儿。有了老丫头那年月北京就不兴背粪桶了，四爷扫街回来就剩下长吁短叹，脏的累的穷的。唯独老丫头有时候能让他露出笑脸："就瞅着呣老丫头熨贴，窝头咸菜越揣越胖，宋美龄还他妈每天用牛奶洗澡，呣老丫头都没尝过什么味儿，肉皮儿比宋美龄白一百倍！"还真是，老丫头胖胖乎乎白里透粉粉里透白，比她四个姐姐全白嫩。而大丫头二丫头三丫头四丫头又黄又瘦蔫不塌秧整个四棵没发起来的豆芽菜。

老丫头就是一小圆球，光宗没注意小圆球怎么滚打到这么大，都穷都忙都乱，他从没顾得上多瞅一眼老丫头。

他和哥本来只住着临街的两间筒子房，前几年开和乐前推后展变成两间大筒子。俩大筒子一隔都派上了用场，一灶间一餐厅开和乐，哥嫂一间他跟小真一间凑合着。家家圈地时下哪还有院子，四爷光给鸟儿就又盖出四间房，没院子了，进大门全是小胡同。

四爷养鸟儿他烦，学医的，这鸟毛鸟粪多脏多味儿。最近国外的研究资料还证明鸽鸟毛屑形成飞屑吸入人体致癌，腻味。尽管自己这间屋跟老丫头那小房间距不足四尺，从不瞅那边，唧唧喳喳眼花缭乱闹心得慌。事情也凑巧，那天下午政治学习他溜回来，趁小真没放学赶紧躺下眯一觉，突然一只小黄鸟从敞开的窗户飞进来——

“光宗哥，关窗户！”只听外边一声喊，老丫头嘭一撞门已经进屋了。她回手摘钩把窗户关上，冲迷迷瞪瞪的他大声嚷：“帮我逮，抓住它！”

鸟进人进自己关窗，他睁开两眼拧起眉毛运气，老丫头你怎么这样？你当这是你们家那鸟舍呐，有你这么鲁的这么肆无忌惮的吗？

“光宗哥你还愣着！”谁想老丫头这时已经上了沙发，又甩掉拖鞋上了写字台。

那只小黄鸟也怪，它没扑棱扑棱乱飞，而是好奇地从写字台飞到墙上的镜框，左看看右瞧瞧，又一跳跳到衣架上，从这个挂钩蹦到那个挂钩，轻轻啄两下光宗的太阳帽，又环视全屋上到电视上。

“光宗哥，捧住它！”老丫头全神贯注，根本没在意没想到他皱起了眉头子。

他四仰巴叉不动不行了。那小黄鸟的神态也着实逗人，两只眼睛是蓝的，一闪一闪好奇稚气好像跟你闹着玩。还真紧张，小黄鸟不怕人沉稳得不能再沉稳，他刚走近刚缩脖刚伸手小黄鸟倏地一下跳开了。老丫头在这边堵，他在那边截，堵来截去两人换了位置还是逮不着。它从从容容不急不慌跳来跳去，毛绒绒的一团线球般跟人逗闷子。

谁知逮了多半天，俩人张着双臂蹑手蹑脚。老丫头上沙发下桌子踩凳子又上床，多少次上下就是逮不着。他灵机一动摘下衣架上的太阳帽。对，这是逮它的好家伙儿。他扬手几次小黄鸟又跳开，老丫头才发现他手里已经抄起了家伙儿：“光宗哥，慢，慢点儿。”

他知道，要胡抡胡抽小黄鸟早下来了。眼看小鸟又落到电视上，他轻轻移近踮起脚尖缩回脖子扬起右手——呼，一下将它扣住了：“逮住啦。”他惊喜地大叫。

老丫头赶紧拥上来，咦，里边怎么没动静，她轻轻撩开帽子傻了眼，小黄鸟微微喘息半睁着眼，躺在电视上没动没叫，嘴里流出血来把颌下的绒毛洇红了。

老丫头轻轻把那只太阳帽拿到眼前，用手一捋它的后沿，两片塑料扣条棒硬棒硬的，这东西怎么能扣鸟儿哇？

“全怨你全赖你就是你！”她猛一挥手把帽子拽到地上两串泪珠子噼喳叭喳落下来。

“小丽……”

老丫头伸手轻轻去捧小黄鸟：“你哪儿疼？说说呐……”

小黄鸟慢慢闭上眼，一动不动一声没吭面糊了。

他拍着脑瓜子嗡嗡撞着响，一点儿没使劲儿，就是稍微“突然”了，不突然怎能把小黄鸟扣住呢？多可爱的一个小绒团，他真恨自己干嘛那么突然，小黄鸟死在突然上。

不敢看小黄鸟，他低下头，呀！老丫头甩掉拖鞋竟然再没穿，刚才满屋跑满世界上上下下一直光着脚,那双脚——白得嫩得让他看得清一条条青的紫的红的小血管,天!他赶紧又把脑袋抬起来。

"小丽……真对不起,我不是成心真没使劲儿我没想到……没理会帽子后头那塑料条还挺硬呐……"连他自己都莫名其妙,使劲在帽子上碾了两脚。

"呜呜呜……呜呜呜……"谁想老丫头不经劝,一劝抽搭得更厉害。她咧着鲜鲜的小嘴轻轻把小鸟放到书桌上,伏着桌沿哭开了。

"多少钱,我赔你,啊?"他半天才反应过来,老丫头跟她爸玩鸟是为了卖,这小黄鸟值钱呐。

"谁要你的钱……呜呜,这鸟儿才两块钱,"她满脸泪痕又看看小鸟儿,"它不值钱,可它死得惨,呜呜……"

真伤心,就是因为可怜。她一抽一抽地呜咽,震他的心,一颤一颤。

"小丽,我……"他俯下身来哄他,眼睛突然又被什么攫住了。浑圆白皙的后脖颈,是一层又黑又软的小绒毛,天呐,眼前还是那个老丫头小圆球吗?鲜活的女人那叫丰腴那叫细腻那叫青春。

"小丽……"他收回手来轻轻叫,突然觉得自己很猥琐。学外科的什么都懂什么都见什么都摸,可此时两只眼睛竟然那么贪婪地盯着老丫头后脖颈上的小绒毛,简直让他晕令他醉却又——自己觉得自己挺龌龊。

"老丫头,老丫头哪儿去啦?"

四爷外边一嗓子把他惊醒了。他慌乱地移步开窗户:"四爷……鸟儿跑到呣家,小丽在这儿呐。"

四爷打着饱嗝过来了,两手摩挲着眼角看看小丽,再瞅瞅桌上那只小黄鸟全明白了:"唉,至于嘛,瞧把人光宗都吓闷了,"他伸手胡捋老丫头那脑袋,"起来呗吔老丫头,得——唻。"那"得"字拐着弯儿地哼出来,说不尽的疼跟爱。

瞬时光宗把两手紧紧扣在一块儿——顿生醋妒,当然,这是事后分析自己当时的爱心才发现并认同的。

老丫头倒不拧,扬头捧起小鸟儿慢慢儿起来转身一步一步慢慢儿抽搭着出去了。光宗的心也跟着抽。老丫头的伤心悲痛真投入,要不胸脯上两个直凸凸冲前撅着的大久保也跳跶得那么有劲儿那么厉害?

鲜活丰腴的老丫头,她不青春谁青春?哪个女人的脖子那么浑圆长着那么柔密的小绒毛。哪个女人有老丫头那么俩结实坚挺的大久保跳跶起来突突的腾腾的?

那天晚上他忌妒开了四爷,还把植物生物动物全搅和到一块儿了。一宿没合眼,眼前是一幅画,还应是毕加索笔下的——

画布好白,光洁莹润。上面纵横交织着蓝色的紫色的溪流,还有一头团团卷毛的小黑羊羔在吃草,小羊左右是两座峰峦一般的大久保,在地质学上分类属于青年山,突突跳跃着往上长。

这就是老丫头，他喜欢毕加索需要老丫头，他翻来覆去问自己，这幅动人心魄的风景过去怎么就从没发现不知道？

真是应了哪位哲人其实是俗人的话：爱情是谜，爱情是梦，爱情是稀里糊涂是莫名其妙。

真的进入了老丫头的鸟屋，他惊异地发现不光有爱，这里是另一个世界。大有可为，鸟屋虽小但天地广阔，这里阳光明媚，他发现了一扇开启的门，里边可是亮亮堂堂的。

哥哥对他这阵儿老奔老丫头那儿扎不理解，不过暂时他不想跟哥说，哥理解不了就先搁置，心里搁置着一个秘密他快乐。

5

靴子没上过中学，现学 ABC 能不罪孽？本来越到晚上他越忙，这是旅馆的特点，现在二、四、六都在小玥面前老老实实学英语，那叫累。常常，学不到九点的规定时间旅馆的丫头片子们就找到家来：刘经理您快去，又有敌情啦。

靴子告假小玥更高兴，钱反正不能少给，越早下课当然越好。

不过从来不屑多瞅靴子一眼的小玥确实注意靴子了，只是注意。一来靴子真承包了旅馆真当了经理，当初他满院嚷嚷还以为是吹呐；二来他还挺主事儿，要不那服务员们一口一"刘经理"的叫得又自然又亲切；其三最让小玥解不开扣的是旅馆老出什么敌情，而且这敌情跟真的似的还好神秘，靴子也变得神秘了，小玥怎能不注意。

一天晚上靴子被服务员叫走她出门进了四爷屋，问四爷靴子那敌情是怎么回事。四爷抠抠眼屎看看她又瞅瞅老丫头，也学着年轻人用牙"咬"上一支万宝路嘿嘿两声："乱世英雄起四方，你们姑娘家家的甭打听。"玩一深沉，不告诉。

她拽老丫头上里屋说了半天悄悄话儿，出门又进了光宗屋。光荣、光宗、小真正看《综艺大观》，见她进屋赶紧给她腾地儿。她笑着摆手说这就走，光荣递过一苹果来："你坐下，"他看看钟，"今儿个靴子又提前了？"他知道，这种情况不是一次两次了。

"光荣哥，"她接过苹果在就近的椅子上坐下了，"您瞧我给小真也补课，绝没对付凑合提前过，靴子老这么着您和光宗哥可都看见了，是他走的可不是我成心坑他啊。"又给小真补课又给靴子补课，她得让街坊四邻都明白，要不自己成什么了？再宰靴子也不能这么黑。

"小玥，这话不像从你嘴里出来的。"光宗摇摇脑袋乜着她。

"不是，本来我爸我妈那儿就不依不饶，我是让大伙儿明白。"

"你瞧你瞧，越说这话越没水平了。"光宗比小玥才大两岁，从小俩人就在一块儿玩，现在更能慷慨激昂到一块儿，投脾气，对什么事不用磨合就能取得共识，说起话来极随便。

“唉呀,他当一破旅店的经理老跟敌情有什么关系?鬼鬼祟祟的吓人玩,你当是中央情报局的呐。”

光宗呵呵地笑,不再言声儿了。

“小玥,靴子忙不赖你,你有什么不踏实?人家那是维持社会治安呐。”光荣吭哧咬了口苹果,口气正儿八经却又有点儿发酸。

“他这样的渣子维持治安?那不越治越乱啦?”

“又错了不是,人家要学英语这不是进步?得用发展的眼光看靴子,靴子不但不是渣子,人还是治安模范呐。”

“光荣哥您也拿我开涮?”小玥削着半截儿苹果停下来,光荣这话也是损她呐。

“看你想到哪儿去了,我是那种人吗?”光荣一副黑脸膛,一乐露出口牙来倍儿白,“靴子真是治安模范,不信你上向阳旅馆看看去,大门里头挂着锦旗呐。”

小玥倒不好意思了,光荣哥是从没跟她开过玩笑。可靴子会成治安模范?新鲜。她问清那向阳旅馆的方位,跟他们说明天真的看看去,开眼嘛。

“小玥姨,我也去。”小真听着好玩,干脆他也跟着看看去。

“成,明天一早咱俩一块儿肃然起敬去。”她出来了,心里竟然憋足一股劲儿。

第二天是礼拜,大中午的靴子又跟一伙计在他那小卖部进货售货的忙活上了。小玥带着小真上了大拐棒胡同靴子经营着的向阳旅馆。走近一看,向阳的二层小楼虽是简易的,可干干净净又朴素又雅气。他俩隔着玻璃就望见小小门厅内挂着一溜三面锦旗:治安标兵治安模范文明旅馆,绝不是伪造,伪造的靴子也不敢堂堂正正挂在那儿。见这阵势小玥更懵,既然治安好就该挺安定,安定怎么能三天两头老有敌情呐。

她蹊跷得不能再蹊跷,等到礼拜二给靴子讲完两个钟头的ABC,她没跟往常一样抬屁股出门,而是用眼睛瞟靴子:“我说刘经理,你晚上那么忙,责任有那么重大吗?”

靴子眼前一忽闪。每回晚巴晌儿这俩钟头又过瘾又罪孽。过瘾是终于能跟朝思暮想的小玥坐在一块儿来,从同学那会儿就闻到她身上有股特殊的香味儿,任何女人都没有的一种香味儿,这回他能近在咫尺地闻个够。受罪的是紧张不自在身上发皱。越紧张越不自在越发皱越记不住那ABC拼到一块儿到底念什么。好难受,其实他不笨,只是从身上皱到脑瓜仁,皱着脑瓜子他怎么使劲也记不住。

每次,小玥就管他叫A,今儿个开口叫他刘经理,怎么回事?他一激灵。

“啊?你说什么?”

“我说你肩上那担子还挺重。”

“哦,是呀,社会上乱,旅馆这角落阴暗尽藏污纳垢。”

嗯?她情不自禁歪过头来像是看画。这话虽然半通不通,可从靴子嘴里出来还真挺清新的,有意思。

“你们那儿还有阶级斗争是怎么着?”这“藏污纳垢”在轰轰烈烈那阵子挺时

兴，小玥自然跟阶级斗争连上了。

"现在倒不谈什么阶级不阶级了，可有坏人，也有斗争。"

"那些女服务员几次叫你去旅馆说发现了敌情，就是来了坏人了？"

"啊……是呀……"他挠脑袋，吭吭哧哧不往下说了。

"什么坏人，哪有那么多坏人？"小玥兴致勃勃，突然觉得挺有意思的。

"嗯，是有坏人，只不过……"

靴子跟四爷说过跟光荣说过跟光宗说过，露脸，本事，光荣。可这事没法跟小玥说，他喜欢小玥，崇拜小玥，自己干的事业光明磊落立功受奖，可就是没法跟小玥说——

小学被送到工读跑回来捡了几年破烂儿，靴子求爷爷告奶奶四处托人，他终于被区服务公司分配到向阳旅社当了个扫地的。捡破烂儿的当了旅馆服务员，靴子高兴得尥了几天蹦儿。每天，他把一身白工作服穿回家来气四爷："你扫街就发俩套袖，风吹日晒爆土扬场，嗬那儿仨月一身工作服，拾掇的是楼道屋子不兴笤帚用墩布。"

四爷红着小眼予以回击："扯你奶奶的臊！别说你用墩布了，你小子要丈八蛇矛青龙偃月也是扫地的。"

这爷儿俩净逗闷子，不急。

靴子刚去那会儿才十六岁。猛吃猛干猛长有把子力气。向阳上上下下一共只有二十间客房，他昼夜值班不知道累。白天那女服务员一激他：还是刘胜利块儿足，干活儿顶仨壮劳力——斗志倍增，他浑身上下顿生出使不完的力气。那时候还不兴什么奖金，二十间客房外加楼道楼梯的扫地拖地擦桌子倒痰盂还有刷厕所的事情他全包了。每天干一大汗淋漓完事就和女服务员坐在一堆儿争上游敲三家。要多幸福有多幸福。一天早晨他打扫房间，从床底下扫出一又薄又长的塑料套，拿起来一吹还挺费劲儿，这长筒气球的口儿开得比充气的地界儿还要大。费了九牛二虎之力把它吹起来，打扫完卫生捧着它又跟女服务员们幸福来。几个女的一劲儿埋怨他："今儿可得罚你钻桌子，谁让你迟到这么半天。"

他这才从背后拿出那只吹成胡萝卜大小的气球来："拣一长气球，吹丫挺的那叫费劲儿，才这么丁点儿。"

女服务员们一个个瞅着都愣了，十几只眼睛越睁越大越瞪越圆，突然月亮尖叫一声嘎嘎嘎地笑起来。其他那些老娘们儿小媳妇大闺女的也叽叽嘎嘎跟着笑，这玩意儿竟让刘胜利同志用嘴吹起来，老天爷，今儿这快乐比争上游敲三家儿幸福一百倍。

靴子瞅把大伙儿逗乐了，快活得也跟着乐。老娘们儿小媳妇大闺女们幸福快乐自然他也快乐幸福呗。

不胫而走。这件事东传西传被服务公司的书记知道了。出于好奇当然主要还是深入基层，书记来到向阳一看靴子的表现再跟经理打听究竟，经理汇报刘胜利同志一个顶八个工作努力作风顽强，吹那玩意儿只不过是有点儿缺心眼儿。书记一听当时就严肃批评了向阳经理："要是八十年代的青年全对那玩意儿门儿清，我们的社会不就成了美国了？心灵美很纯洁，这正表现了刘胜利同志又正派又单纯，当代青年急需的失掉的缺少的正是刘胜利的作风与品格，我看要树嘛。"

1985年底，靴子荣膺了向阳旅店先进个人的光荣称号，原因极简单：一个顶八个外加单纯纯洁心灵美——这样的青年哪儿找去？

是四十多的徐桂香把单纯的靴子给引到邪道儿上的。那老娘们儿什么都敢抡，气球事件过后没几大，晚上值夜班的时候她把靴子叫到跟前说："整个儿一傻逼，还咬着拿嘴吹呢，你们家管那叫气球，上药房看看去，白给。我爷们儿一要就是四五打。"

其实那天大伙儿一乐靴子就咂摸出怎么回事来了。十六七的大小伙子哪能那么傻？当时他嘿嘿是就坡下驴图个乐儿。不过，既然公司书记都说他单纯耶他能不单纯吗？索性也继续努力单纯下去："徐姐您别说啦，姆哪儿懂那是啥玩意儿。"

谁料徐姐抡着过瘾接碴儿给他往荤里抡："傻逼都高抬了你，你整个儿一傻逼，青年大傻逼。"这女人就是嘴上荤，其实心直口快仗义直言打抱不平最讲至理，连上边的头头都怵她。

"人怎么傻逼了？"靴子低头，撒娇，跟他妈都没有过这腔调。就爱听徐姐抡，这么着夜班不困。

"这会儿夜深人静你贴门缝听听去，还不明白床板吱吱扭扭响什么，要不你嘴里能叼上那玩意儿。"

"可我……"他一脸单纯地看着徐姐。

"听去呀傻逼。"

这一去还真在202号房间外听到了里边的动静。心惊肉跳。刺激得他一宿没合眼第二天早上又干一大汗淋漓。

谁承想这玩意儿上瘾。吱吱扭扭吱吱扭扭让他手心脚心都刺痒，跟小时候听电影一个样。小时候他就爱看电影，什么《绝裂》啦《青松岭》的那叫来劲。虽然学生场才一角可就是没这一角钱买票。下了学他常在电影院太平门贴着门缝往里听，回来晚了街坊四邻都知道他妈又在为这事跟他嚷："挨刀的你又死哪去了？""听电影来着。""胡扯，没听说电影有听的！""你不给钱买票人可不扒着门缝听呗……"靴子听电影，全院都知道这是他的一大喜好。现如今听吱吱扭扭比听电影过瘾得多，白天跟老娘们儿大闺女小媳妇打牌都减了精神，没劲。

第二年清明节之后向阳住进两位解放军，女中尉男上尉。靴子立马儿一激灵，长得还真帅，军装笔挺巍然正气真不愧是钢铁长城坚不可摧。钢铁长城干那事儿不？靴子琢磨的是这个。

靴子从小就崇拜国家领导人和解放军。之所以偷双靴子无冬历夏不下脚，就是看人解放军穿着大皮靴咔咔咔走道儿那叫精神。谈起领导人来他肃然起敬不许任何人随便攻击。捡破烂儿的时候就曾多次为领导人问题跟歪子争论过——

“人家首长大官从来不啐黏痰不长眼屎不打饱嗝不放臭屁。”

“不对,我爷爷说的,屁是人生之气哪有不放之理,是人都得打嗝放屁。”歪子个头儿小一号虽然在靴子面前是碎催是催辈儿,可他知道的不少张口就是他爷爷。

“胡扯,高级首长文明人家没嗝没屁,老跟咱们似的不噜不噜一串一串的放屁还怎么出国访问参加宴会?”

“不对,我爷说吃五谷杂粮清气上升浊气下降,屁放得噔噔的身子骨儿才硬朗呐。”

“混蛋,那是因为咱吃窝头吃白薯,大官尽吃鸡鸭鱼肉人家就是不放屁,你再吣一句?”他没歪子那样的爷爷所以说不出四、六句儿只能把一只黑兮兮的爪子扬起来,“小丫挺的我勺你。”歪子不再言语。

做了旅馆服务员他照样向往梦寐以求还是想当解放军。让班主任手工老师小玥他们看看,他是人他争气他也是人民军队钢铁长城了。只是没当成,那会儿参军报名的人太踊跃。

这回女中尉男上尉勾起他要多大有多大的好奇心。这钢铁长城坚强后盾床板吱扭不?听听去。谁想一听他大吃一惊手指头都木了,照样吱扭,而且那声音持续的还长还响一宿没断,一阵一阵竟然肆无忌惮轰轰烈烈的。

第二天早上天才朦朦亮靴子又蹑手蹑脚走到女中尉男上尉的房间门口,耳听为虚眼见为实他想趁着晨曦的光亮从钥匙孔中看看钢铁长城坚不可摧是不是还在干那事到底怎么个吱扭法,谁想双腿一屈刚一猫腰门猛一推砰的一声撞他一个大仰磕:“哎哟,妈爷子!……”

门把手正磕在他的眉骨上,整个闹一乌眼儿青。原来人家女中尉男上尉早在里边憋着他。男上尉一拎脖领子把他揪起来:“走,道德败坏下流无耻找你们领导去。”

娄子大了。人这女中尉男上尉是沈阳军区六拐洞四洞拐部队新婚的两口子,到北京蜜月旅行不愿住军区招待所嫌受拘束又讲究艰苦朴素所以就住到向阳来。堂堂正正光明磊落的蜜月新婚谁想碰到旅馆服务员这般道德败坏窸窸窣窣在门外听了一宿?向阳经理息事宁人一再道歉点头哈腰满脸赔笑并当着人家的面痛斥靴子。不成,女中尉男上尉义正辞严巍然正气坚持原则说这件事情绝非偶然绝不能掩盖肮脏与龌龊,最后闹到上边服务公司的书记都知道了。没办法,只能取消先进荣誉还给靴子记了一大过。

事后,公司书记喜欢他干活不惜力原来还挺单纯的,把他招到公司书记办公室语重心长地做思想工作:

“刘胜利同志,你怎么就不长点儿脑子?好人坏人你分不出来?哪有趴人解放军门口听房的,这不找着让人抓住吗?你要认准是坏人作风不好,那抓住他们还是好事,糊涂。不过你也别气馁,摔倒一次要勇敢地爬起来,不到二十,你那人生的道路还长呐。改过自新立功赎罪将来还能当先进。你们向阳经理应该能够正确对待你,你放心有我呐。"

他垂头丧气回到向阳埋怨徐姐,没想到徐桂香扑地啐他一脸瓜子皮:"磕一乌眼青上我这儿撒气来,你小子照样傻,还是一傻逼,青年大傻逼。"

徐姐敢抡敢骂心眼可是好得不能再好了。帮同志看孩子打毛衣托人情走后门,全向阳没人不怕她不靠她不服她不宾她不敬她。最可人疼的是她敢骂经理敢骂书记概儿不论。靴子在她跟前儿服服贴贴唯唯诺诺五体投地俯首称臣。把脸上的瓜子皮摩挲下来他还耷拉着脑袋不走,徐姐又登他一脚把他踹在椅子上:"书记那老白毛跟你怎么说的?"

他一五一十把书记对他的批评教育老老实实说给徐姐,徐姐过来用手指头拃他那窄脑门儿:"你说你爸爸怎么操的你,这话多有琢磨头儿,琢磨透了你小子就不再是傻逼青年大傻逼。"

两个月后徐姐退休了,靴子不再挨骂晚上值班闷得慌一人总憋在屋里反躬自省咀嚼书记的批评,咂摸徐桂香干嘛老管他叫傻逼青年大傻逼。突然一天晚上他一个鲤鱼打挺从硬板凳上跳起来,看着那面方方的整容镜颇有城府地点着里边的自个儿说:"靴子呀靴子,徐姐说你说得多对,你不折不扣百分之九百真是他妈一个傻逼青年大傻逼。"

打那儿一顿悟,他不但不再是傻逼,越干越火奖金有了着落,先进又夺到手而且受到向阳职工上上下下的一致拥护与赞誉。

静下心来一想当初可不是傻逼吗?

明摆着,好人坏人他挂像。向阳离繁华大街不远又挨着火车站,来来往往都是外地人。改革开放以来每天进出北京的客流有上百万,而上老河沿儿这一带来的大多是从永定门火车站下车的河北人河南人山西人陕西人,侉声嗑调不是帮工的就是土倒儿爷。这些人到向阳住店价钱便宜交通方便服务水平低,有时拿来假结婚证明,他们也辨不出真假来。所以那些少数作风不好的男女到向阳吱扭两天没事儿过两三个月又投机取巧上这寻欢作乐来。靴子醒过闷儿来追悔莫及,几年来光顾了听声儿忘了维持秩序,不能老听着吱扭任其自由化的行为泛滥发展呐。坚持原则义不容辞立功赎罪大智大勇一往无前,书记不都说要真抓住坏人那不还是好事呐,对,只要鉴别分辨出那吱扭不受法律保护坏事于他就变成好事了。

因为发现了贼人胆虚坏人挂像儿这条颠扑不破的判定定理,他初战告捷把一对用假结婚证到向阳非法同居的平遥男女一举擒获。他连夜率领两个服务员将其双双押送派出所。所长一审这俩人果然战战兢兢交代出各自都已成家,这次利用一块儿出差的机会伪造证明确属非法同居寻欢作乐的。最最重要的是这俩铁路职工借工作之便一块儿到上海广州哈尔滨用这种手段已然苟且了多少次。拘留教育通知单位之后所长表扬了靴子:"干得好。现在一些坏人利用改革开放之机浑水摸鱼违法乱纪坑蒙拐骗乱伦奸淫杀人越货,你身为服务员敢于斗争警惕性高,今后要严加防范再接再厉。”

靴子那叫亢奋那叫激动那叫大义凛然回肠荡气,回来虎视眈眈百般警惕严密查防争取再立新功坚决要把在生活上搞腐败自由化的人一一抓获。又打了三场这么漂亮的战役,联防知道了街道知道了地区知道了上边开会表彰授予他一面治安标兵的大绒锦旗。

连靴子自个儿都没想到,一屁股蹲屎上的好事还在后头。一天落晚儿向阳来了一个四十多岁的卷毛男人和一个二十不到的年轻闺女。那男的东北口音女的却操着一口四川话。虽然也有夫妻证明但靴子已成老侦察员立刻进入一级战备。当夜果然去门外偷听那女的轻轻呻吟苦苦哀求呜咽饮泣,死老虎没问题!靴子用钥匙突然拧开房门突然一步闯进突然把灯拽开,那卷毛原来是戴的假发这会儿光着没毛的脑袋一丝不挂正蹂躏那个哭哭啼啼的闺女呢。

“不许动!”靴子早准备了一把从白沟买来的乌黑锃亮的短柄火枪,见那秃子翻身下床要从枕头底下掏什么,他上去一脚正好踹在对方裆上,那小子“哦”地一捂肚子蹲下了。几位协同执行任务的女服务员一拥而上把秃子捆了又给那被蹂躏的闺女穿上衣服,靴子信手一摸枕下竟然掏出一把五四式双筒枪,嘿,这回逮一持枪的。

送到派出所一审竟是辽宁省追捕三年的拐卖妇女儿童持枪杀人罪恶累累的越狱通缉犯,一条大鱼让靴子给抓住了。

立一大功。靴子受奖提级不算,压根儿就青睐他的服务公司书记一直不待见向阳经理,就劲儿换人把靴子推到领导岗位上。书记有胆识敢用人力排众议不拘一格任命靴子当了经理。干部四化靴子三条都占了,差一条知识化没关系,他年轻有的是机会继续深造加强学习。其实书记在那么早就对改革开放的理解认识有独到见地,服务公司管辖的客栈饭铺澡堂子理发馆有效益就是成功就叫搞活,不见得非得大专本科电大业大什么的,没用。

靴子临危受命废寝忘食不负领导重托一个战役接着一个战役节节胜利却又——过之为灾了。远近一出名那些腐败分子再也不到向阳来泛滥资产阶级。从此抓不到自由化鸟男鸟女,靴子期期艾艾忧忧怨怨好不冷寂,经营亏损发不出奖金下边那些丫头片子们再也不拥戴他这个模范经理:极左思潮极左路线,不搞活经济发展企业一心沽名钓誉,你刘胜利是向阳放开搞活的最大阻力!

靴子迷惘苦闷冥思苦想就在丫头片子们义愤填膺正准备联合起来踢开他这块绊脚石之前的一天晚上,愁眉不展的靴子灵感忽至又豁然开朗了,跑到那块整容镜面前好一阵端详里面的尊容,一字一顿意味深长地说:“是呀是呀刘胜利刘靴子,你还是一个傻逼青年大傻逼。”

这次茅塞顿开才是他人生道路上发生的真正转机。靴子采取了一系列崭新的经营措施——

先是在门脸儿上拉起一排网状彩灯,跳着亮转着闪,用他那话说就是见着这明灭闪烁的灯光再加上“黄土高坡”什么的让人一看先迷迷瞪瞪的。接下来是登记制度上的改革：按上边的要求是住宿必须有介绍信工作证什么的，男女同居一室更得有证明。靴子的改革是让负责登记的丫头只问不查，尤其是对男女要求共宿的睁一只眼闭一只眼，尽量创造宽松环境。这样一来上向阳的人又多起来。第三项措施最关键，他用锤子把每张床的床架床屉都打松，只要床上一有动作立马儿就能发出吱扭声。

尤其是创造宽松这条措施一落实，到向阳来的自由化分子又多起来。三天两头抓获来此寻欢作乐的腐败男女，靴子再也不往联防公安局派出所里送，到那儿也是没收赃物罚款教育，远不如在向阳就地处理当场解决。所以抓一对自由化男女靴子就将其关到新辟出的保卫处，手持一电池玩具大哥大，边审理边联系，一句话，要么罚款要么立马扭送公安局。没有一对鸟男女不甘愿受罚的。靴子视其财产的多少分罚一千至五千不等，那些腐败分子磕头作揖还落一欢天喜地。这些罚款靴子绝不独吞，用来发放奖金鼓励手下的丫头片子们再接再厉发扬成绩。越搞越活，向阳再也不爆出火药味儿，外边那些匆匆过客哪知道里边怎么回事。当然，隔三五个月靴子也送俩上向阳来偷情的外地民工和小保姆什么的，这样的扒一光腚也搜不出二百来，索性甭废话扭送公安局。当初几次受奖人家就让他继续作战不骄不躁，他当然要适时地以实际行动表示自己的执法护法行为一直在坚持一直在继续。

不过这么积极的措施也不是每天都有战利品有收获，自由化分子毕竟是少数。靴子进一步的措施又跟上来。因为他在公司是先进是标兵是模范，自然跟上边说话腰杆子也硬起来。向阳搞的这么好得给他这当经理的更多的自主权。换点儿血，饭店旅行社什么的用女招待女导游都得挑样儿挑个儿，他这向阳也不能全是歪瓜裂枣让人一瞅就饱就够的，得给他换点儿顺溜的。始终稳坐头把交椅的书记听着有理，刘胜利这几年成绩显著一次又一次给服务公司争了荣誉，应该，人事权应该分一些给向阳经理。靴子有了人事上的自主权，招来的小姑娘有的肉肉乎乎有的白白净净最起码让人看着不堵得慌。他让这些招人待见的丫头片子们微笑服务热情主动，尤其瞄准那些单身款爷要嗲声嗲气娇娇滴滴酸酸溜溜搅得他们心旌摇曳动手动脚就算成功。提成儿，谁恰到好处的反间谍成功谁能提到一大笔。丫头们全都被调动起积极性。每天晚上先跟那些一瞅款就大又色迷瞪眼的柔情似水，等到那位款爷以为这小妞想“傍大款”刚一肉酥骨软的伸出手，那丫头“哦”地一喊靴子带人刹那之间闯进来——强奸女招待，走吧您呐咱先上公安局后上法院一定要把你押上审判台。有的款爷玩多了女人世面也见得大，说服务员设套靴子敲诈上哪去都没关系他不怕。靴子立马儿拿出一次成相的照片来：“走就走人证物证俱在这官司跟你打定了。”靴子想得周到，他把各房间的门都换了大钥匙孔的锁，他置办了架一次成相的大照相机，屋内全换上雪亮的管灯也是为了抢拍大款们行将“动物”的一刹那。外地款爷再滑也闹不过靴子的大义凛然与法律的威严，尤其向阳的丫头片子受人凌辱之后，表现得一脸深仇大恨无论如何也要弄一鱼死网破，傍大款等于绑一大款,有时黑傻小子三万他也没辙。

不过,靴子身为经理对自己严格要求也不允许丫头片子们越过雷池一步。向阳是旅馆不是妓院,绝对不允许内部营垒泛滥资产阶级搞腐败。他要求服务员礼貌待人含情脉脉柔情蜜意却要头脑清醒情操高尚时刻不忘自己在执法护法是责任重大的,谁要不自尊不自重不自珍不自爱恬不知耻可别怪他刘胜利不客气。也别说,还真有太投入搂不住进入状态难以自拔的。出事的就是头些年第一个乐他吹长气球的那位齐月亮。之所以没把齐月亮优化下去皆因月亮一白遮九丑还算看得下去。谁想毛病就出在孩子都上一年级了的月亮身上了。那天西安来了一个倒文物的款爷,上服务台一存现金就是四十万。小伙子风流倜傥不怯不侉,高鼻梁大眼睛整个一奶油小生电影明星。本来傍这位不该是月亮的活儿,可月亮自报奋勇抢挑重担非要亲自把这位款爷傍下来。靴子看她请战的心情这么迫切,索性就答应下来,素常每次战役月亮倒是费时最少又极会掌握火候。谁想这回月亮一接触那位奶油小生竟然难以自拔双双坠入了爱河。哪舍得再设套黑他宰他甚而置于死地把他扭送到派出所,白天跟人遛大街,晚上囚在那屋里关灯不让靴子偷拍,最后越陷越深还心悦诚服地跟人做起那令床板吱扭的事情来。事后靴子严厉批评月亮居然无所谓,靴子急了说要把她的行为上报公司该怎么处理就怎么处理,不承认错误绝不允许月亮继续利用工作之便违法乱纪。岂料月亮一叉腰一瞪眼指着他的鼻子说:"刘胜利你少拿这套吓唬我,我早就打着告你呐!"

月亮这几年经的见的多了也越学越油越学越泼,她恶人先告状真把靴子这些年的所作所为报告给服务公司的书记。书记一听大吃一惊,也是呀,刘胜利用这种手段提高经济效益是不合适。月亮走后他一个电话把靴子招了来:"小刘哇,这几年的工作你是取得不小成绩,也给我们服务公司赢来了荣誉,不过有些事情嘛又做法欠妥,比如让一些女服务员做那种事——"他把月亮揭发的情况都摆出来,摆的过程越来神态越严肃。没想到靴子早已有了充分的思想准备一点儿不害怕不尴尬:"书记的批评教育我坚决接受,但是我们的做法没有触犯任何法律,这样做可以对那些自由化泛滥者在行将犯罪的时刻敲一警钟击一猛掌,不但无害反而会使其刻骨铭心记取教训降低社会上的做案率犯罪率。"

书记眨半天眼睛摇脑袋:"谬矣谬矣,你们这样做在客观上是引诱别人在犯罪。"

靴子一听更有话:"您怎把呣这好心当成驴肝肺?过去枪林弹雨阶级斗争的各个历史时期老讲究对干部群众的考查跟考验,现在改革开放更迫切更需要提高全民族的觉悟与素质,书记您怎么把这么重要的一个问题给忽略了?来向阳接受一次道德考验思想检验是我们两个文明一起抓的具体措施和贡献。"

书记半张着嘴抽凉气,多少次召集基层店经理开会刘胜利可从来没有这样的理论水平和深刻认识,再说这语言之流畅答对之得体简直根本就不是一个月前的刘胜利。

"不过,你老让服务员那么做,毕竟他们素质不高齐月亮同志不就弄假成真啦?"月亮上公司找书记汇报之前,跟靴子一条心的服务员早先于月亮给书记打一电话参她一本,说她道德败坏跟大款干出有损于向阳声誉的坏事来。

靴子更踏实了。他没再分辩请书记到向阳蹲点调查三头对案,看看他刘胜利是不是三令五申地进行守法护法执法教育?如果有第二个齐月亮那样知法犯法不知自爱真跟旅客做出那等动物之事的人,他立即引咎辞职请组织上严肃处理。书记真调查了那些女服务员,果然个个洁身自好块块是自强不息奉公守法的"试金石",一咂摸还是月亮恶人先告状她理亏。有孩子有丈夫哪能喜新厌旧见异思迁见钱眼开恬不知耻出卖肉体?道德败坏是她触犯了法律。刘胜利怎么了?现如今这么兢兢业业忠于职守正而八经干工作的年轻人有几个?

月亮被优化下来向阳的事业继续兴旺发达更红火。靴子外边当着经理,自己把家中的门脸儿房一翻修开了一个小卖部。公私兼顾双管齐下生活充实得哗哗的。随着那钱论方(万)的进,他还置办了一辆白夏利。要不他敢请小玥教英语,钱比光荣多。花两碗茶水钱能随小玥坐上一会儿,值。只是今天她揪住"敌情"不放问他怎么回事,没法说不能说,小玥跟她不磁再说也一言难尽呐。

到了儿他也没说。对于他俩来说,这事儿就如中国日本关于钓鱼岛的争端问题,既然棘手那就先搁置,又岂止是搁置,小玥要知道内中的来龙去脉就麻烦了。永远不能让她知道,一辈子。

6

自从小玥当了小真的家庭教师,小真的英语大有起色连带着其他功课也都提高了成绩。小真踏实了光荣还继续挠攘着。每天包子馄饨的流水一千多,对半赚怎么着也点七八棵(百),腻了,点钱点得腻得慌。

他最烦上大街。老河沿儿挨着火车站,从永定门往北看一眼能望到箭楼的是北京最最热闹的前门大街。人粥人海万头攒动他一出门就心乱就头疼。怎么就那么多人,北京有什么好玩的好逛的好看的,你是看人来还是瞧景儿来?谁知这些外地人是怎么想的。一跟四爷聊起这些"人",四爷把小眼儿一闭跟他看法不一致:"又糊涂了不是,外地人不来你赚谁去?来的越多不是你这赚头儿越大?"也是的,上和乐吃包子的全是外地人。可赚归赚烦归烦,宁肯北京大街小巷清清静静的,和乐不赚都认了。当然这是气话,可说实在的谁知时下挠攘得他怎么这么烦"人"。

上公园?陶然亭天坛北海?乌洋乌洋更进不去。报纸上登过这么一篇调查,说北京各公园各景点早晨属于老头老太太,延年益寿练气功;白天游逛占有它们的是外地人;晚上外地人回旅馆全歇了,一片无言的热血沸腾,俊男俏女们在那儿恋着正带劲儿。他光荣归不了类入不了流,什么时候去上那儿去干吗?

最近几个月才有工夫坐下来看会儿电视。中国的假惺惺,日本的全得白血病,西洋的汽车追汽车,港台的不是同父异母就是同母异父,没意思,一个味儿,一看人家那卿卿我我的更挠攘。也怪了,小时候看那《大墙后面》《罗马十一点钟》《斯大林格勒保卫战》,仨月看不着一回电影,看一个片子激动多少天。现在这玩意儿都什么跟什么,挠攘。如今当了记者的兵团战友劝他烦了还是看看书,并给他拿来一本著名学者吕俊华的《论尊严》。看不进去,眼先花了。他为小学老师教他们的一幅对联感叹不已:好(hǎo)读书不好(hào)读书,好(hào)读书不好(hǎo)读书。至理名言。可是他当年是好学生,好读书的时候他没有不好好读书,只是后来读不成,轰轰烈烈了。现在烦了拿起本书来看,四十大几的人眼花了,配一花镜看账本都费劲,实在是不好读书了。再说一臭个体还谈何尊严,虽然赚钱但在穿官衣儿的面前像条狗,伺候吃包子的也得点头哈腰,尊严早与他无缘。

自从砌上道墙前院儿家走得是更近了点儿。有个什么事他都去找四爷,长辈嘛,再说四爷见多识广是看着自个儿长大的。只是近来光宗常往老丫头屋里钻,他才对四爷有点儿那个了。四爷对光宗那份儿热乎,还不是为了他那老丫头。这事儿不成,老丫头连靴子都不如,靴子在家练摊儿可外边有工作有单位,老丫头一闺女家家在家养鸟儿算什么?其实老丫头单纯幼稚没心眼儿,她并没有勾光宗,这套儿是四爷设下的,真是的,四爷不该鼓捣撺掇这种事儿,太不门当户对了。

不过,今天他还是上了四爷那屋,挠攘得厉害。

四爷原来只住两间小南房,如今连院子当中那两间加上南屋接出的总共多了四间鸟屋。哪间鸟屋都比两间小南房现代。四爷那话,有的鸟儿比人金贵,瞧瞧胡同那些鸡骨头烂鱼刺的们,不是人,整个儿一造粪的机器。

四爷这鸟屋是比人住的条件好,水泥地灰顶子,四白落地还安着空调。光荣认不清这上百只大小鸟笼里养的都是什么鸟儿。红的绿的蓝的白的黄的黑的花的,五色缤纷英英艳艳。每回他去四爷都爱给他上课:"养的鸟儿分两种,一种是哨鸟(听叫的),一种是观赏鸟(好看的),"接着准又带你认,"这是珍珠,那是蓝靛颏儿,后脑勺有撮毛的是太平鸟儿……"

光荣听了多少回,就认得准记得住鹦鹉跟黄鹂,甭管哪种鹦鹉一看那嘴那神态就错不了,再有那黄鹂是黄的也没跑儿。别的他再听也记不住。四爷告诉他北京地区的鸟总共有 264 种,鸟儿市上见的着的 64 种鸟儿他全有。他闹不清,只是走马看花瞅两眼。

今天四爷刚要接碴儿给他刮划鸟儿,他立在一只交子跟前不动了。这种鸟儿是个人就认得,比麻雀稀罕不了多少。别看它土里吧唧不好看也不会叫,可挺逗,叼个钱绕个圈的满滑稽。四爷见他直不愣怔一劲儿看交子,上前伸手开笼把它叫出来:"待见它正好,这一阵儿它又长本事了。"说着,他手托交子把光荣从鸟屋带到院子里。

光荣心里直犯玄,四爷别逞能,大街上玩交子的多了,都拿一小棍用绳拴着,他这么着也不怕这只交子腾棱一下飞了?

交子没跑,歪着脑袋看四爷。

四爷从兜里掏出一个五分硬币，搁在交子的爪底下。“叼上它，送到电线杆子顶上去。”他点点交子的头，一指大门外高耸直立的洋灰电线杆。那只胖乎乎的交子马上一低头，叼起钢铺儿嗖的一声飞起来，果然在电线杆子上落下了，撂下钢镚抻头看，看四爷。

有意思！光荣跟着扬脑袋，四爷这交子是又出息了。

“回来。”四爷一摆手，那只交子向下一滑下来了，又站到主人的手心上。四爷从兜里摸出几粒苏子往大光脑袋上一撒，又掂掂掌上的交子说；

“上去给我吃干净，可别使劲儿啄，弄疼了脑瓜皮我可不饶你。”

那交子老老实实听完训导才跳到他的脑袋上，一粒一粒啄，轻轻的。

四爷掏出红塔山跟光荣一人点上一支，每嘬一口那叫过瘾：“它这一啄我从脑瓜顶痒痒到脚后跟儿，要多舒坦有多舒坦。”

光荣倒是没讨厌，可无论如何也体会不出交子这一啄四爷便从脑瓜顶痒痒到脚后跟的那种舒坦。怎么会舒坦？

交子把四爷脑瓜顶上的苏子吃完了，又回到主人掌心上。四爷长长地吁出一口红塔山，歪着脑袋问交子：“全吃干净了？我要胡捋下一粒儿来可打你。”

交子也冲他歪脑袋，那意思像是说没错儿，干净了。

四爷把烟一掐扔在地上，腾出手来在光光的脑袋上一捋，果然干干净净没剩一粒儿。他又眯着小眼儿掂交子：“去，把那钢镚再给我叼回来。”

那交子一耸翅膀飞上去叼回钱来四爷不张手，它只好绕前绕后来回飞，四爷一托光荣的腕子说：“你把手伸出来。”

光荣赶紧伸出一只手，四爷用手一指交子果然落下把那钢镚搁在光荣手心里。

掂不出轻重，只觉手心挺痒痒。四爷挽起他的胳膊：“走，你把它托到屋里去。”

光荣进屋亲手把那只交子搁回笼子里，他这才转过身来问四爷：“人家那交子都拴着，您这只不拴也不飞。”

“好吃好喝有玩有乐它还飞什么？”

“不是说翱翔在天空最自由，连人都羡慕鸟儿会飞？”这话从光荣嘴里出来幼稚了点儿，可他挠攘得是有点儿返璞归真了。

“在我这儿吃喝不愁，最主要的是别让它没乐儿。”四爷捅捅他胳膊带他来到自己住的那间小南屋，“今儿你过来像是有事？”

“没没没，闹得慌来看看您。”他自个儿最明白，自打挠攘他才来得勤，过去哪有闲工夫。

四爷引他在屋里坐下冲他挤挤眼努努嘴，他立刻明白外屋说话不方便，进来是防老丫头。

“禽鸟畜牲跟人一个样，光有吃喝拢得住嘴关不住心，得给它配对儿，有吃有喝有玩有乐有夫妻恩爱能享受天伦之乐，你就是轰它赶它它也不飞。”

他点头，是这么个理儿。可细一咂摸又不对劲，人跟畜牲还不一样，这人有吃有喝有夫妻恩爱有天伦之乐怎么倒挠攘了？过去他吃不上喝不上没白日没黑界地在内蒙放羊在北京当泥瓦匠弹棉花开饭馆根本不知道什么叫苦什么是累，现如今什么条件了？反倒挠攘。四爷这话不对。

“嘿嘿，”四爷乐，“是这么个理儿，可又不全是，是不？”

四爷看得透他看得透靴子看得透一切可他看不透四爷。四爷拢着老丫头又玩儿鸟儿又倒鸟儿确实也一天天富裕了。可这玩儿鸟儿能玩儿出多少钱来，院里没有一家知道。迷魂药，四爷整个儿一付迷魂药。

记得小时候四爷掏粪回来在院里接盆凉水冲身子，洗痛快了还捂着一只耳朵遛两嗓儿：“有破烂儿——窝（我）买。”梆梆，用趿拉板儿当小鼓儿，还在地上呱嗒几下子。他印象极深，那“烂”字拐弯带颤音儿，“我”唱成“窝”还要在“买”字上陡地一顿，真好听，不亚于《龙须沟》里于是之演的程疯子那两口儿：“有打（大）笑（小）——哎笑（小）进（金）鱼儿来——”那弯儿那音儿那味儿，不相上下。那时候四爷家过的什么日子，现如今他老人家不但穿西服而且系领带，七十的人了让老丫头买双盖儿鞋在脚上一穿，红棕色儿，走大街上那叫美，竟然觉不出寒碜来。

四爷最遗憾的是这辈子没留过分头没留过背头。他跟光荣念叨过，不叫解放那年得了鬼剃头再也没治好，今天他也得抹点儿发胶用点儿发乳风光一阵子。过去提笼架鸟的都是八旗门儿里的阔主儿，现如今咱们给他西服革履的穿着玩儿鸟儿，比当初的八旗不火不潮！托谁的福，社会主义好，改革开放好，四项基本原则好，党中央领导全国人民又抓经济又抓精神文明让大伙儿过上幸福生活就是好。

谁也甭瞧不起四爷，新名词大道理一套一套的，不亚于当经理的靴子，从前在清洁队的时候人上过扫盲班，现在天天看《南方周末》跟《北京晚报》。

只不过，光荣摸不准的是四爷到底趁多少。他问过四爷玩出了多少，四爷早不哭穷了，穷不光荣能挣才叫有本事，但他给你来弯弯绕：“唉，弄下点儿。”再问他这“点儿”是多少，他不再往细里说：“多少才叫多？没谱儿，我没指着鸟儿赚不过是一玩儿，图个乐儿。”

也是的，四爷轻轻松松溜溜达达是玩儿呐。再厉害能玩儿出十万来？到底多少还是摸不透。这会儿四爷好像又看透了他心里想的是什么，要不怎么撩出“可又不全是”，自个儿还真是这么琢磨的。

“有时候还真是，谁知人都怎么了，挠攘得慌。”四爷问他“是不”，他躲不过四爷那目光，第一次泄露天机——兜出挠攘。

“光荣，其实我早就觉出你挠攘来。”

他吓一跳，自个儿才挠攘了多少日子，四爷竟然早就觉出来他的挠攘。

他服气，等着四爷往下说。

“要掰扯起‘挠攘’这俩字，就是一个‘腻’。”四爷用目光问他“是不”。

他点头，虽然“挠攘”这俩字不知道字典上有没有，即便真有写出来四爷也不见得认得准，但一个“腻”字诠译得挺恰当，这“腻”的内涵外延感觉体验只可意会难以言传，他连敛钱花钱都腻了可不挠攘。

“一年之前你腻过？”四爷如今这脑袋怎么这么大，俩小眼儿挤一堆儿高深莫测，“上内蒙时你腻过？”

他摇头。原来只知道四爷穷四爷累四爷油，可随着日子渐好想不到四爷越来越莫测高深了。其实开和乐他自己对付方方面面的衙门也周旋得够油的，他恨自个儿油，油得早已不是上学插队时的那个光荣了……可跟四爷没法比，四爷如今简直成了厨房里的抹布——油透了。

“你别不爱听啊，说句糙话这叫吃饱了撑的，你得找地界儿消消食。”

他愣愣地听。这话不糙也挺在理儿，可四爷您成天玩儿鸟儿遛鸟儿有地儿消食，他吕光荣没这份儿闲情逸致哟。

“有吃有喝有钱乐子有的是。”

他点头，苦苦寻觅就是没乐子，四爷既然把他看一底儿吊，那就赶紧不吝赐教指点迷津吧。

“你没放过风筝？天安门广场那儿有多大地界儿。”

他愣着。小时候当然放过风筝，可如今四十大儿的扛一风筝那不成了耍猴的。

“一瞅那神态就知你怵，没见外国人老的小的男的女的划船爬山冒险旅行就图一乐啊？放风筝是咱们老祖宗发明的，可人老外学了去在全世界放着玩儿，还年年上潍坊比赛来，什么岁数的没有？”

他苦笑，那不是老外吗？自个儿这头发不是黑的肉皮不是黄的吗？

“斗蛐蛐儿不是一个乐儿？你就不想再斗斗蛐蛐儿了？”

斗蛐蛐儿比放风筝还熟悉还有意思。记得小学时上天坛往蛐蛐儿洞里滋尿还滋出一条小青蛇，他回身一跑把一颗门牙摔掉了。澄泥罐青麻头，夏末初秋斗蛐蛐儿不回家还挨过他爸儿顿揍。印象深刻得不能再深刻。可是话又说回来，时过境迁了，现在捧俩蛐蛐儿罐找谁去斗，不让人笑掉大牙才怪呐。

“商品社会信息不灵你都白做买卖了，”四爷成天逛鸟市比他那信息灵得多，“你就知道包子馄饨。上外边看看去，鸟市鱼市冬虫市蛐蛐儿市全开了，买蛐蛐儿卖蛐蛐儿养蛐蛐儿斗蛐蛐儿赌蛐蛐儿那热闹劲儿就别提了。”

“是吗？”

“是嘛，当铺咱北京都有了，不是解放前那坑人当，是咱社会主义的当铺专为人民服务救急的。”

又开了当铺他知道，报纸广播电视上都说了。可是开了蛐蛐儿市冬虫市他也没心思逛去。怎能撂下和乐大撒巴掌上那些地界去游荡？每天还得在和乐泡，习惯了，再挠攘也得这么挠攘着，他不是四爷那号溜溜达达的玩主儿啊。

四爷又看出他在想什么：“北京城发了的有两种人，”他指指顶棚，“大发的是上边那个别的。”四爷炉火纯青了，他把“个别的”又强调了两遍，然后点烟，先把没完的话撂下。

光荣"嗯嗯"让他说,您都古稀之人了还这么严密干什么,不强调个别的他吕光荣也照样认为是个别的,本来就是个别的嘛。

"再一种人就是最底层这下九流。"

他还"嗯",可不是? 靴子是下九流四爷是下九流,自个儿虽然是师大附中的高材生如今卖开了包子馄饨照样是不折不扣地地道道的下九流,没错儿。

"下九流中发家的又分三等儿。"

"哦?"这回光荣不"嗯"了,下九流中还分出三等来,没听过。

"靴子那号是豁命的,甭管在旅馆还是做买卖都在走钢丝。"四爷说这话时冲外瞄了瞄,让人靴子他妈听见不合适。

他点头。对,旅馆的事情先甭说,小卖部的底细他全知道。

"你这样的是拼命的,左右周旋上下应付起早贪黑死拼活拽才把买卖搞活了。"

他服气,千真万确。

"那歌星啦影星啦主持人啦现如今跟你们这些大款款爷款哥款姐的又不一样了,叫大腕儿,你知那大腕儿是怎么个意思?"

他明白,大腕不光是钱多,还有点儿影响有点儿名气在某一领域有点儿权势更有一种说不清道不明的意思在里头,讲层次不管大款趁多少都比不过大腕儿去。

"大腕儿们那钱唱着跳着吃着喝着玩着赚,名利双收跟你和靴子这两种赚法当然全不一样了。"

也有理。人家出场费打一照面儿就万儿八千,可不大腕那钱是玩儿着赚。只不过把人那大腕归到下九流不合适。大歌星大影星们属下九流? 四爷分类有误把人给糟践了。

四爷早看出他又琢磨什么:"归不到上边那个别的去,跟上边那个别的一比他们不过是小打小闹儿。"他又把"个别的"突出强调之后接着说,"演员在解放前全叫戏子,戏子不是下九流是什么?"

他想想也是的,有些歌星演员的不是爹妈给条好嗓子,就是凭油腔滑调嘴皮子溜。层次高到哪儿去,扭肩膀摆屁股练贫嘴卖关子他们有什么? 四爷分得对,他们也是下九流。

"那您呐?"他看着红光满面的四爷突然冒出这么一句,四爷比过去也发了,成天喝汾酒抽红塔山连行头都换成西服革履——不大发也小发了。

四爷打一小愣儿,没想到光荣问到他头上。他深深地嘬了口烟瞅对方:"你说呢?"又把球给踢回来。

光荣反又噎住了。四爷发的不大绝不同于靴子那号的大晕头更没像他这样玩命苦曳,当然更不能把他归到歌星演员那类大腕儿去。入得了流归不了类,即便真发得像他跟靴子似的四爷又算哪档的?

"四爷,您玩鸟儿……也得喂食也尽受累,那鸟儿一窝一窝地下多分心,您发跟我一样,也属于勤劳致富。"他玩儿开了虚的,本来就没法给四爷归类。

“四十几啦光荣你?”四爷嘿嘿一乐把话题又转了。

“四十六。”他知道四爷又“绕”上了,明知故问。

“嫩。”

“您说什么?”

“老丫头,那趴窝的文鸟吃没吃食呐?”四爷拍拍屁股起来了,冲那边屋的老丫头嚷了一嗓子,回过头来又冲他一点大脑袋,“我说你忒嫩。”

老丫头在那屋脆脆地答应了一声,光荣心里更糊涂了。四爷从给下九流归类到问他多大了,问出岁数来又说他“嫩”,不明白,他够油的怎么会嫩呐?

7

四爷也是大腕儿,人家玩儿着赚大了,绝对跟歌星影星一个档次。光荣有眼不识泰山,可不是嫩?

只不过,跟四爷比起来,嫩的绝不是光荣这样的一个两个了。

时下那些记者们俩眼都贼着练摊儿的开饭馆的倒邮票的切外汇的,以为大发的都是这些人,傻冒儿了。他们遗忘了那鱼市鸟市鸽子市这方不起眼的角落。其实,在这儿玩好了那才叫高档次的“闷得儿蜜”——玩儿着赚您能把它归到低档次?

四爷掏了那么多年的粪扫了那么多年的街一辈子有点子什么乐儿?不外是戳着扫帚把涎皮涎脸看看人家遛鸟儿的。有时臊眉搭眼还壮着胆子才敢问一句:“老同志,这是什么鸟儿?”人家见他可怜兮兮尖嘴猴腮倒也不挤对,给他刮划,天长日久他长了见识,不但区分得出什么是哨鸟什么是观赏鸟,让鸟儿叫干嘛非得遮上鸟笼子闷着它,还懂得了红靛颏蓝靛颏这类鸟光吃苏子不成,得喂牛羊肉。会养鸟的倍儿清楚,什么鸟喂什么食,什么节令该给鸟儿换食了。而且喂多喂少必须干净原来鸟儿比人还金贵。比如鸟儿吃的那鸡蛋米,就是一斤鸡蛋加二斤米,先把米淘干净,再和鸡蛋搅拌在一堆儿上锅蒸,熟了放在荫凉地方晾凉了,然后掰开用手轻轻搓,捂了霉了全不成,鸟儿吃发霉的鸡蛋米一拉稀就糟践了。有一回他扫街饿得两眼冒金星,趁遛鸟儿的胖老头上茅房去撒尿,伸手从挂在树杈上的鸟笼子里捏出一撮鸡蛋米,那香！这辈子没吃过那么香的东西。当时他无论如何琢磨不透,鸡蛋七角五一斤,大米一角四分八一斤,那老爷子说他这只鹦鹉一月要吃一斤鸡蛋二斤大米做成的鸡蛋米——不可思议,这只鹦鹉一月的吃食整整一块零四分还有六厘,十斤棒子面钱,整是他这七口之家两天的嚼裹儿。更奇的是这哥们夏天还要洗回澡。怎么比?他一年也舍不得两角六上一回澡堂子。

对鸟儿越熟他越恨鸟儿,全是他妈娇生惯养的资产阶级,公的是公子哥,母的是臭小姐。

星转斗移。

万也想不到,改革开放党中央制定了好政策,他玩起了当年深恶痛绝的公子哥和臭小姐。其实人哪资产阶级了?是自个儿老以城市贫民自居犯了极左。看了几十年听了几十年架不住“熟”，公子哥臭小姐一配对儿下出小公子哥小臭小姐再让它们接着配，一窝一窝子又有子孙又生孙不断繁衍他四爷越玩儿越火那叫“闷得儿蜜”。甭说靴子，就连光荣那样的都差远了，现如今都兴说什么层次，四爷心里闷得儿蜜儿：你们跟我差得不是一点儿半点儿的层次。

不明戏的谁知玩儿鸟儿能玩出多少钱？多少人不往这儿瞅也没打着往细里琢磨。就拿那鹦鹉来说吧，一对最好的牡丹鹦鹉两千四，除了最热的八月份不能交配，其余的时候四十天一窝，一窝六到八个蛋，一对离窝的小牡丹就是六百。一对牡丹鹦鹉一年多少窝多少蛋？再说那五彩文鸟，一对刚出窝的幼鸟卖四百，俩月的成鸟就值一千。现如今四爷养着几千只鸟，到底一年玩儿出多少钱来谁知道，怎么算？

自然，四爷跟老丫头玩儿不过来几千只鸟，可有六间屋子的地界儿能雇人。三年了，俩安徽的丫头白天帮着伺候鸟，一月四百块钱不管吃不管住。俩丫头乐得屁颠屁颠，连着几个春节不回家，全勤，在四爷这儿节假日不歇还给双工资。

四爷对俩丫头还真好。不但从不斥挞还老哄着她们倒腾鸟笼子食罐苏子谷子鸡蛋米蝲蝲蛄油葫芦玉米虫大蜘蛛，就连鸟笼子上的罩布苫布跟给鸟儿打扫卫生的小勺小铲小刷子小铁钩都捎带手鼓捣，全是玩儿着倒。俩丫头烦了累了还接长不短有奖金。四爷那话说，闺女家家离乡背井大老远的来帮着咱们玩儿鸟儿，咱不能像解放前那穷凶极恶的资本家，包（剥）削人家，咱没那包（剥）削本性干不出那包（剥）削人的事情来。

还真是，去年四爷腾出半间屋子进了套繁殖面包虫的设备，让俩丫头兼管生产面包虫，每人又长一百块钱工资。当时光荣过来吓一大跳，好家伙，肉肉哄哄让人起一身鸡皮疙瘩，这不养大肉蛆呐。四爷冲他一乐，给鸟儿鼓捣点儿吃食，人讲究生猛海鲜，鸟也越来越馋得来点儿荤的。

四爷玩儿着算计。现如今都兴这工程那工程，连希望都能叫出工程来，玩儿鸟儿也得玩儿出工程那才叫真玩呐。打头年开始，一切笼子罐子铲子蝲蝲蛄全都从他这玩儿中淘汰出去，这项工程中一是玩儿鸟儿，二是集中精力以最先进最现代化的措施手段设备繁殖面包虫。就拿这面包虫来说，一斤面包虫四角五，放在繁殖设备中喂不了多少麸子一个月就能生产两吨面包虫，虫子再繁殖还不更快，当然更是子子孙孙无穷尽了。到底多大赚儿？还是一说不清。反正俩安徽丫头弄一三轮天天往鸟儿市上运面包虫。四爷不干这力气活，只是甩甩悠悠鸟笼子。

谁也没在意，一个鸟儿啦虫子的怎么可能有大赚头？其实他们都低估了四爷。

四爷是大腕儿，哼着不成调的《武家坡》出去，遛，玩儿，现如今多少人能玩儿着赚？

四爷会玩儿。大丫头二丫头三丫头四丫头谁缺钱他就给几万，当然给老丫头留着的最多，不是十几万也不是几十万。四爷的钱没地儿打发其实也挠攘，怎么办？人家会玩儿。上广济寺法源寺白云观雍和宫，虽然佛道喇嘛全不信，去那些地界是玩儿是找乐儿。连嘉兴寺那会三国外语的住持僧都对他另眼看待,一口一个“大施主”。每次去那位长老都把他单独请到住持刹小院尊为上上客,什么劲头儿?四爷有名片,爱鸟协会副会长信鸽协会董事长,有知名度有影响,不然四爷怎能归入大腕儿。

四爷常常几百几百地孝敬释祖,自然连佛协的人都认识了他。前年佛协陪同香港佛协到八达岭去放生,四爷做为中方虔诚信徒也被邀请去。那天,香港佛协带来放生的是二十只红松鼠二十只白狐狸。谁料此事保秘工作做得不好,中国佛协、香港佛协的诸位法师上到一处烽火台,沿长城外沿观看放生的人比松鼠狐狸多几百倍。在如此热闹壮观的气氛中香港佛协的终宜长老兴冲冲亲手打开松鼠笼狐狸笼,想不到长城脚下立马儿乱了套,围追堵截猎枪声响,当时便有四只松鼠六只狐狸被棍棒火枪打死了。余下的跑入树林,后边的追捕者蜂拥蹈藉,不少人还大声呼喊:“那只白狐狸往西跑了,追,一万二,一万二!”

香港佛协的法师们又惊又气,这哪里是放生简直是杀生!做为中方特邀施主,四爷摸摸大光脑袋咳嗽两声,轻轻一撩苫布打开他带来的四只鸟笼子,里边扑棱扑棱飞出六十只老西子六十只老家贼,刹那间在蔚蓝色的天空中自由自在翱翔起来,一只也没让人逮了去。一片掌声,终宜长老正气着也感激万般地向四爷合十施礼,然后看着满天的飞鸟鼓起掌来。当下,四爷上去牵住终宜长老的手说:“高僧,咱们虽是一国但为两制,你身在香港那资本主义灯红酒绿之中不实事求是不调查研究犯了主观盲动主义,这哪里是放生,您这不是涂炭生灵吗?”

终宜一时哽咽竟然说不出话:“罪煞,不慧罪煞呀……”

四爷更加语重心长:“你我同祖同宗,当知我燕赵民风古朴刚烈侠义勇为。只是最近一些见利忘义丧尽天良之徒趁改革之机破坏精神文明,盗卖珍贵文物偷猎珍稀动物大逆不道死有余辜诸多恶行实在令人忍无可忍。今后您来内地切切记住一条,我大陆繁荣昌盛地大物博人口尤为众多,再放生宜去人迹罕至之深山老林断断不可沽名钓誉搞得轰轰烈烈,即便在深山老林也要放生那些带翅膀的会飞的,”说着四爷双手捧住终宜的手,“记住了没有?”

终宜久久地望着四爷,使劲咬住嘴唇还是没止住泪珠簌簌地滚落下来:“听君一席话胜读十年书。贫僧久居香港弹丸之地孤陋寡闻井底之蛙忘记了空门宜静一沙一世界一花一天堂淡泊明志宁静致远实在是疏于晨钟暮鼓参禅打坐未达觉而不闻之真佛境界,亟需再接再厉锤炼佛心羞煞愧煞罪孽深重,今日承蒙不弃令不慧幡然醒悟茅塞顿开日后万望不吝赐教抽暇拨冗切切要——”终宜掏出绢帕擦试满面泪痕,然后又抓住四爷的手,“切切要加强联系!”

什么劲头,老家贼三角一只,老西子五角一个,花壶醋钱四爷找回多少风光多少乐儿?这么活着能挠攘?连他自己也咂摸不透当时那话怎么说得那么满腹经纶妙语连珠学富五车竟把香港禅林大法师大长老给镇住了。

四爷更大的乐儿在比赛上。他养的那只花花公子连续三年在北国之秋的哨鸟比赛中荣登冠军宝座，全北京养鸟儿的没有不知四爷和他那花花公子的。“北京老年报”还专门写了篇报告文学:《花花公子——歌王和它的主人》。光玩儿着赚钱不叫明星不叫大腕儿，还得有社会影响有知名度，四爷这条不是光凭印张名片就占上的。遗憾的是光荣一家小玥一家靴子一家都没理会，玩儿能玩儿出什么名堂来？

四爷真能玩出名堂来。

本来，百灵鸟讲究的是十三套，就是一种鸟能学十三种不同鸟儿和动物的叫声。到这程度，百灵鸟的技艺也就算攀上了艺术的顶峰。这十三套中有喜鹊叫黄鹂叫家猫叫老鹰叫麻雀叫等十三种动物鸟禽的叫声。解放前八旗子弟养百灵十三啭都讲求顺序不能颠倒，不能搀杂音儿，猫叫就是猫叫，喜鹊叫就是喜鹊叫。谁想四爷养的那只百灵天生的有灵气，比学话的八哥不差气。什么鸡叫狗叫老鸹叫麻雀叫，你只要给它放儿回录音它就跟着叫，打破了百灵自古以来的十三啭，它能二十六啭，三十九啭，要多神奇有多神奇，连夜猫子叫它都学会了。用四爷那话说，什么叫改革开放求新创新，解放前定百灵十三啭现如今还是这十三套，那世界就甭发展进步了。慈禧太后那会子哪国的猩猩会骑自行车开汽车开摩托？现在猩猩都会使唤电脑了，社会进步带动着这些飞禽走兽的们也得跟着变化。所以九二年第一次花花公子参赛的时候花花公子又学狗熊叫又学老虎叫，台上台下一片惊奇赞叹之余评委之间出现了分歧。花花公子本事虽大可它违背了十三套，算犯规。四爷当场据理力争:过去唱歌老百姓就知有一郭兰英，不分唱法也不懂什么分类，现在怎么又分出什么美声的民族的通俗的，这不是发展变化是什么？如果诸位评委不把一碗水端平，那我倒要问问你们:今天参赛的鸟主有人可是动物园鸣禽馆里的饲养员，他养鸟儿可是专业的，我们大伙儿可是业余的，专业跟业余的混在一堆儿比赛到底对不对？

闷了，语惊四座，那帮评委面面相觑顿时语塞全闷了，最后只得暂不公布成绩日后评委们开会反复研讨这一改变十三啭历史进程的新事物新问题，终因意见相左只得请来动物研究所著名鸟禽专家反复论证做出了权威性的裁决，确认花花公子不但没犯规，而且确实对鸣禽的啼唤发展做出了创造性的贡献，当之无愧地折桂。

当然，胜利喜悦的背后也充满了四爷的心血与劳动。为了使花花公子能学会二十六套三十九套五十二套绝活儿，四爷还带它上动物园熊山虎山孔雀馆。每回他还提一录音机，边玩边遛边逛边录，回来给花花公子反复放，举一反三它才能会。要不它怎么连猫头鹰叫都学会了，皆因四爷都给录下来了。

四爷对花花公子要求很严，动物园那喜鹊的叫声发哑，他一手挟录音机一手拎鸟笼子上龙门涧，百花山那边的灰喜鹊叫声脆带水音儿，花花公子学唱出来人们分不出它是百灵鸟还是灰喜鹊。上趟百花山龙门涧打一“面的”耽搁一天司机要六百，四爷下的是多大的本儿？玩了乐了痛快，跟放生供奉香火一个样，四爷唯物主义不信神佛只是调节放松图一乐儿。

四爷不光严格要求花花公子该宠的时候宠着该惯着的时候也惯着。干嘛管它叫花花公子？皆因其天赋聪颖自然也就自高自大自命不凡喜新厌旧颐指气使的。除了吃食得好经常洗澡之外，对配偶的要求也跟一般百灵鸟不一样自视清高。最突出的毛病就是见异思迁，比陈世美还陈世美，对那娇滴滴窈窕窕的母百灵合笼几天就腻就啄杀妻灭子，不换新的就跟四爷吊腰子不唱不叫——整个儿一花花公子纨绔子弟。因为生活在四爷这制造哨鸟观赏鸟的工厂之中满足花花公子的不道德要求不费吹灰之力，越给它换娇妻它学得越灵叫得越欢。索性四爷就三宫六院七十二嫔妃一天一个轮着班地让它尝鲜儿，大节是好的，花花公子埋葬了大清国传下来的百灵十三套开辟了哨鸟学音儿的新纪元，这是北京养鸟事业的科研成果并使得学术界对百灵鸟的智商进行了深入研究和重新认定，贡献成就这么大在生活小节上自由化一点儿也就无足轻重了。

要不四爷管它叫花花公子，多少人出到十二万要买这只三连冠，四爷不卖。还听它叫唤解闷儿呢。他每每见到它闹着换妻的骄逸劲儿，总要意味深长地亲亲地骂上一句："谁也没你福大，好一个花花公子。"赞许忌妒得意嗔怨疼爱，余味无尽。

四爷也有烦心事儿——老丫头。

哪个当老家儿的不疼老疙瘩？老丫头来到人世那会儿正赶上林彪从温都尔罕掉下来的第二年。生下来多重？二斤九两。比只小猫还可怜。那时大丫头在东北二丫头在内蒙战天斗地连过春节都寄不起钱让她们回来。至今大丫头还耿耿于怀："春节人家都回家过年，爸不让呣回家把钱都给老丫头买糕干粉吃了。"也是的，丫头她妈没奶他是心疼老丫头，没给她调浆子而是接常不短花二角五买一袋糕干粉，谁让老丫头小，谁让她才二斤九两呐。当时，他扫着街掉过多少回泪，哪个不是心头肉，不是穷不是他没本事吗？

没想到二斤九两的老丫头喝凉水都长肉。跟气吹的似的往胖里长。没出仨月，跟正常孩子一样了，一周岁上比邻院一岁半的贵生那脑袋还圆还胖。最稀罕人儿的是老丫头肉皮儿那细头发那强，没治。上边那四个丫头在老丫头跟前一戳没人了。那叫疼。三岁之前老丫头一生气，他就用胡子扎她脚心嘬她脚趾头。痒痒得老丫头咯咯咯笑得喘不上气流出眼泪来。记得老丫头四岁那年上非要买块烤白薯，一角钱一斤，他没答应。粮店里那时候供应生白薯。二分钱一斤，一角钱五斤白薯够全家一顿饭吃了，给她买块烤白薯让人家赚多少？再说买回生的回家搁炉台上一烤更热乎。岂料那天老丫头又哭又闹非说家里烤的白薯不好吃，一路上哭哭涟涟一晃胳膊袖子嗤的一声在送煤车的劈柴筐上剐了一个大口子。他急了，心疼啊。叭叭照老丫头屁股上给了两巴掌。老丫头从没挨过打。这两巴掌让她傻了，半天半张着嘴抽嗒回家把小手憋得咬出八个牙印子。四爷再也看不下去："老丫头你别抽嗒了，爸买去，你打爸俩耳光子还不成？"说着他攥起老丫头的小胖腕子照着自个儿脸上使劲儿打。老丫头吓得大哭，她妈飞起锥子似的小脚正中他的后腰眼："老不死的你疯了？你皮厚孩子那手多疼啊。"他这才满脸泪痕站起来，跑出去花一角五给老丫头买了块一斤半重的烤白薯。

就打过那一回,让他心疼一辈子。

上边那四个丫头都耽误了没多大出息。粉碎“四人帮”之后他下定决心要培养出老丫头。谁想老丫头上了中学那语文外语政治的都不错,就是数学物理化学的转不过磨。初三毕业考了一所非重点,老丫头不爱去,正好赶上她妈中风她索性在家伺候她妈打着过年再考一次。谁料她妈越病越重整天打屎腻还神神叨叨胡言乱语,老丫头第二年再考还是没上成重点学校。四爷劝她先上着,老丫头说这口气没争上再去普通校还哪有脸?干脆在家伺候老太太。第二年开春她妈死了,四爷让她铆把劲儿全力以赴再考一回,老丫头说本来就晚上了一年学,现在十八了再去上高一,不念了,功课搁了两年她全忘了。四爷惯着老丫头四处托人找工作,给地区街道捐了四千块钱扶助第三产业,果然区里下来一干部指标让老丫头在老河沿儿居委会管理计划生育。又是一个没想到,十八的大姑娘一不好意思成天造表统计育龄夫妇分别使用的哪类避孕工具;二那居委会里全是一帮五六十甚至上七十侉腔噎调的老太太,每天早起上班她们至少要做半个钟头的健美操韵律操,接着唱半个钟头的《亚洲雄风》和《北京的桥》,临汾味儿保定味儿三河味儿商丘味儿,她抓心闹心适应不了诸位大妈的第二青春活跃期里的精神焕发,无论如何不干了,干脆回家去养鸟儿。

为这四爷还跟她争竞过,先跟那些老娘们儿对付着多好,大小是个干部,他们老王家还从没出过一个干部呐。当两年干部组织上就会安排你上电大上业大,拿着文凭咱们再托门子往区里调。有的是钱,这会儿那干部专门爱吃糖衣炮弹,好办。老丫头拧,坚持不让四爷腐蚀干部,更主要的是她受不了南腔北调花甲之年的大妈唱通俗歌曲,再让她听两天保准精神分裂。

只能依着老丫头,反正钱越来越多,他给老丫头攒下的能开银行了。麻烦的是一晃儿老丫头二十大几了,女大当婚的问题再也不能回避。靴子那样的阔成刘文彩也不能找。一得人可靠,二不图钱不愁房唯一想让老丫头找个多喝了些个墨水的。四爷知道提高层次改换门庭为老丫头抬面儿谋幸福还得要文化。

他一直就挺稀罕光宗的。本分正派又是医学院毕业的,小伙子一表人材就是比老丫头大出七岁,这还时兴呐,现在那男女差个十岁二十岁的不有的是。麻烦的是甭管光宗还是光荣从来不抻碴儿,差在哪儿?不就是老丫头初中毕业没有工作在家养鸟儿吗?

谁料那天死只小鸟儿老丫头一哭光宗对她产生爱情了。还爱得如醉如痴你死我活,一想就让他这古稀的老爷们儿脸红心跳。光宗这些日子三天两头装模作样来看鸟儿,看一会儿就扎老丫头那屋不出来。那天晚上他偷偷假装给鸟喂食竖着耳朵往屋里听,那叫酸,他又惊又喜酸得他两边槽牙都倒了——

“你大学哞初中,哪跟哞这没文化养鸟儿的有共同语言呐。”

“没文凭不等于没文化,其实你内心比好多受过高等教育的还充实还丰富。”

“人家不懂你说的那是什么。”

“比如那天你哭小鸟儿,把我的心都哭碎了。”

“是吗……”

“那是人类最美好最纯真的同情心的流露,苏联呐也就是现在那俄罗斯,有一大教育家叫苏霍姆林斯基的,他说儿童为小草小动物受到伤害而哭泣伤心难过,那正是他最最难能可贵的纯真善良天性的宣泄。”

“那姆也不是儿童小孩啦。”

“正因为你不是小孩却有一颗孩子的童心,那才更让人喜欢呐。”

“姆比你小七岁你不嫌姆不懂事儿?”

“我还怕你嫌我老了呐。”

“别瞎说谁嫌你,你到底爱姆哪儿呀?”

“爱你撒娇,掉金豆儿。”

“就光这?”

“还爱……你脖子上那小绒毛,还有——”

“坏死了坏死了!”

嘭嘭嘭,老丫头先捶光宗的腿,后来屋里没声儿了。

哎哟妈爷子,四爷心慌意乱腿肚子都转筋了。还有爱晦老丫头脖梗子上那头发碴子的,如今这帮年轻人喜欢女人的地界儿都邪性,简直酸得他槽牙都倒了。

能不乐?光宗那叫什么来着,落入老丫头这爱河都快淹死了。本来怕人家瞧不起,现如今光宗紧追不舍那天他还偷听到光宗跟老丫头说“如果世界上没有你那我立刻也死掉”,到了同归于尽的份儿上那不板上钉钉啦?

今天光荣来,四爷绝不把这事儿先捅破,他知道光荣不同意也瞧不起他们王家。但事实是光宗死磨活缠老丫头,主动权在他们手里呐。着什么急,甭捅破先抻着,省得让他觉着咱上赶着。

8

光宗还真以势不可挡的速度坠入爱河,爱得翻来覆去如火如荼的。

老丫头那小绒毛大久保鲜嘴唇,尤其是她那孩子般的抽泣对光宗来得都突然得不能再突然,新鲜得不能再新鲜,活生生地着人爱怜。

别看他是学医的,但他心目中最崇尚苏霍姆林斯基的教育心理学。医生救死扶伤妙手回春终生恪守的信条首先就该是人道。而苏霍姆林斯基的人道主义正是从童稚童心入手发掘的。

在同老丫头的接触中,他一天天强化着“圣洁”的印象。老丫头爱每一只小鸟,给它们洗澡刷毛喂食换水,对那两个安徽来的姑娘向来亲亲热热不欺侮。他问她为只小鸟那天干嘛哭得像个小可怜儿,她的眼圈又红了:“惨呗,毛绒绒的多好玩,那天早上它还找它妈妈呐。”苏霍姆林斯基那话说得多好:“爱全世界爱全人类容易，爱一件事物爱一个人难。去帮助一个人比宣称‘我爱人民’要困难得多。如果没有对于人海中每一个具体的人，具体的一草一木出自内心的忘我的爱，那他就不可能成为爱祖国，忠于全人类的人。”——多么深刻！如今社会上唱主义颂原则的人有多少，但他们损公肥私弄虚做假坑蒙拐骗干的都是些什么？多少人不爱亲人爱人民，不讲人性讲党性，气不过来，他只能闭上眼睛不听不看，清静。懒得思考，这几年他麻木了。

老丫头的呜咽意外地拨动了他的心弦。纯情善良美好，久违啦，他如坐春风。他甚至恼恨起了自己的消极与麻木，不然鼻子底下的美丽他怎么会视而不见呐。

进入了老丫头的鸟屋，这世界又给了他一个惊奇。另一番天地，这里的世界五色斑斓真奇妙。数不尽的千姿百态，令人眼花缭乱的色彩缤纷。老丫头对鸟儿们耐心周到仿佛它们个个是小孩儿，这里有好几千鸟宝宝。

就说那百灵。有一只大方笼子里装着上百只百灵鸟。为了让小鸟儿长得快，得像填鸭一样给它们填食。那些天老丫头把搅拌好的饲料得一只一只地喂。只见她一手抓起只小鸟，一手把饲料搓成一条条，掰开鸟嘴把食喂进去。一手抓一手捻一手掰一手填，放下一只又拿起另一只，速度那么快，两只小手十个指头上下翻飞让他日瞪口呆：

“慢点儿呀，噎死一只你又该掉金豆了。”

“傻冒儿，还从没噎死过一只呐。”

确实，那几天喂百灵鸟，两个钟头就得填一次食，老丫头不烦不累还常把小鸟儿贴到自个桃红色的脸蛋蛋亲亲呐。

他开眼，只知北京填鸭有名还真不知北京还兴填百灵。

“这种百灵可不是北京的，跟北京填鸭不是一个产地。”干起活儿来的老丫头更是鲜鲜的。

“那是哪儿的？”

“内蒙大草原，唉，伊金霍洛旗那叫一望无际。”

“你去过？”

“当然啦，这百灵就是那儿的，前年我爸带我上那儿买过一回百灵鸟。”

他越听越新鲜，四爷是到外地买过鸟，可从没注意过老丫头也上过内蒙古那伊金霍洛旗呀。

“那儿的百灵好？”

“叫的声儿脆还机灵。”

“可是……”他看着隐在衣服下的两个大久保想起了桃树，从老丫头那一脸桃红又想起曾经听过的《刘巧儿》，内蒙古草原一望无际，人家不是唱“树上的小鸟儿唧唧喳喳”吗？

“瞅你那样儿，可是什么可是？”

“伊金霍洛旗有森林？树多吗？”

“不告你一望无际了吗。”

“一望无际有几棵树，那这百灵鸟怎么在树上唱歌呐？”老丫头的纯情也使他不由自主地天真起来，兴许是爱河陶染的缘故。

她咯咯地笑：“你这傻冒儿，百灵鸟根本就上不了树，怎么会在树上唱歌。”

他又捧了一个惊奇：“有翅膀的东西不会上树不能飞？”

“唉，那我倒要问问你了，鸭子有没有翅膀，鸭子会不会飞？”

“这……可鸭子不是百灵鸟，百灵鸟是鸟啊？”

“噢，照你这么说叫鸟是鸟就都得会飞，傻冒儿，驼鸟呢，驼鸟也会飞？《动物世界》里那驼鸟就会跑。”

“这——”

“百灵鸟啊，就能扑腾扑腾张着翅膀跳，在草棵子里边做窝，站在草窝子里唱歌。”

真长见识，万也想不到百灵鸟竟然站在草窝子里边唱歌。老丫头把他带到花花公子待的像宫殿般精致的鸟笼子跟前让他看，告诉他百灵鸟跟鸭子一样不能上架，所以它那笼子中间是一个圆圆的小平台。

“你再看那鹦鹉啊黄鹂的，它们那笼子里都有架子。”

真是的，过去从没细看没琢磨过。越琢磨越好玩儿，老丫头还准备了红药水紫药水止疼膏药棉花创可贴，最有意思的是她还为鸟儿们买了红霉素黄连素麦迪霉素和康泰克。

老丫头告诉他，画眉黄鹂最爱动，上蹿下跳左飞右扑闹不好翅膀会断，脚趾也能碰折了。要是给它们上点儿红药水紫药水就好得快不疼了，骨折的包上伤湿止疼膏，半个月后一瘸一拐的腿就又能复原了。有一种碧痕鹦鹉公的特别坏，欺侮人，常把母的啄得头破血流的，有时毛都掉好多。你要不把它护理好，那毛再生出来也坑坑洼洼长不齐。跟人一样，鸟儿们哪儿不得劲也疼也难受啊。

“那麦迪也是喂鸟儿的？”

“啊，鸟儿也拉稀也感冒，”老丫头不好意思了，“你这当大夫的可别笑话呣，鸟儿一拉稀就给它吃点儿黄连素，一打蔫儿哆嗦就喂点儿感冒通，大多时候都能好。”

“喂多少？”

“一抠抠儿一丢丢儿啊。”

“你怎么知道能喂药？”特惊奇，他当然知道一切生物都会生病，对症下药才能见效，可老丫头怎么知道的？按说老丫头不懂这个啊。

“呣怎么不知道，小时候我见何老师家里养着一缸小金鱼，鱼不欢势不爱吃食，何老师让小玥往鱼缸里撒点阿斯匹林就好了。”

真聪明，他山之石用来攻玉，老丫头触类旁通还会给鸟儿看病呐。

倏忽之间，他逸兴湍飞遐思万缕了。既然自己用非所学不能给人看病何不给鸟儿——给猫给狗给猴给松鼠给各种观赏动物看病呐。这突发的奇想使他要多激动有多激动，跟老丫头在一起，可以共同开创未来全身心地投入，这难道不也是事业？北京只在北三环上有家观赏动物总医院，那里路远交通不方便，私人动物诊所才有几个开业的，他跟老丫头干嘛不办一动物诊所专门为动物救死扶伤呢。

太妙了，没机会给人看病咱们救动物。

第二天晚上他又钻到老头丫屋里去。

“你学过鲁迅先生那篇《藤野先生》吗？”第一回，他跟老丫头谈到文学、鲁迅。

“学过呀，老师还让呣背过结尾呐。”老丫头轻轻把眼一合又睁开凝视着窗外，“每当夜间疲倦，正想偷懒时，仰面在灯光中瞥见他黑瘦的面貌，似乎正要说出抑扬顿挫的话来，便使我忽而良心发现，而且增加勇气了，于是点上一枝烟，再继续写些为正人君子之流深恶痛疾的文字。”

“哎呀小丽，你……你真厉害。”绝不是恭维，他万也想不到老丫头记忆力这么好。

“呣就念过初中，可初中的语文外语呣倒是都记住了。”老丫头那得意都不是骄傲而是纯真。

“哎，鲁迅在那篇文章中说什么？”

“纪念藤野先生，立志弃医从文呐。”

“我也要学习鲁迅弃医。”

“当作家，可不你大学毕业能耍笔杆子。”

“不对，我是对人弃医。把目标转到鸟兽的身上。”

“干嘛？”老丫头没有听明白。

“辞职跟你一块儿养鸟儿给鸟儿看病给猫啦狗哇猴的当大夫。”

“真的？”老丫头一扬脖胸前那两个大久保结实地突跳，太突然，她不敢相信。

“真的。”他点头，郑重其事。

老丫头由惊愕又变得迷惘了。想不到光宗的变化一个跟着一个的。飞鸟事件之前光宗也挺好的，虽然是个小白脸可一点儿也不油。她妈偏瘫的那年他还没毕业，礼拜天回来常到她家给妈听心脏量血压，还教她用空掌轻扣妈的背，说卧床病人肺部容易粘连不这样做感染肺炎就麻烦了。当时她就崇拜光宗佩服光宗，她也曾梦想当一个女大夫。那职业多崇高多神圣！人家光宗有本事这辈子干上那行了。后来光宗毕业分到第二化工学校当了校医，倒是发现他愁眉不展没什么情绪。再也没有多想，他们差着年龄差着档次，谁也没有注意谁。屋子隔着三尺多的夹道平时没话，真成了她最喜欢的《桃花源记》那篇课文，老死不相往来了。

突然往来起来她惊喜得不敢相信，但光宗没骗人打心眼儿里娇她惯她喜欢她。从来没有这么幸福过，跟光宗撒娇敢情比跟爸和姐们撒娇那个的多。

想到将来却又有些羞惭，在家呆了几年始终没有正式工作。人家光宗大学毕业是大夫，他怎么跟同学同事们说？能说娶一媳妇是养鸟儿的？这些天她正琢磨着，要不再让爸给上边发几发糖衣炮弹，不是外地户口都用钱买，爸花几万还不能给她找一工作？实在不行她宁愿再受居委会大妈们那“黄土高坡”的刺激去，她爱光宗，不能对不起光宗哥。

——又太突然了。光宗竟要辞职跟她一块儿养鸟儿来，不给人看病当兽医，大学不是白上了？他再爱自个儿也不能做出这样的牺牲啊。

“你干嘛非要……”这个突然太突然了，她不明白。

“为了爱你。”这情话没有激情却很冷静。

老丫头噘起了小嘴儿：“你当你的校医不照样能爱姆？”

“咱俩一块儿干出番事业来，我查卫生查腻了，人生得有追求。”

老丫头还是那么迷惘。她爱鸟养鸟是发自内心，没工作在家喂喂小鸟儿不闷得慌、钱不钱的她从不过问也没想过，更没想到什么事业跟追求，八竿子打不着。光宗冷不丢冒出这事业跟追求来，这话听着都生了。

“咱俩也能干出一番事业来。”

她看着他的脸，找北斗。

“开一个观赏动物小诊所，南城还没有一家呐。”

“开诊所？”

“对啊。我也教你内科外科，你也穿上白大褂戴上听诊器，咱们从鸟儿开始扩展到给一切观赏动物看病，这是饲养宠物的连锁工程连锁反应。”

“真的？”她由迷惘而惊疑，由惊疑而又有些惊喜。

“真的，咱俩开，你不是心疼它们受伤生病吗？”

“光宗哥……”她娇娇地倚在他怀里，真好玩儿，要是真能开所动物医院那会多有意思哟！挂号听诊处方开刀取药，她梦寐以求能穿上白大褂，对，跟着光宗能干出另外一番事业来，这样生活不就有了追求了？

最使老丫头难于平静的，是光宗捻着她脖根的小绒毛对她说：“没有你，我就没有这番魄力和勇气，你当铁饭碗那么好砸呐。”

“姆要死了呢？”

“那我也立刻死掉。”

天，还有比她更幸福的女孩儿吗？她摽着光宗的脖子说：“你要死了哇，姆也不活啦。”

——四爷老在外屋偷听，这两句也被他听到了。那天晚上一抽身差点儿把一盆饲料给弄翻了。牙碜得他俩耳朵都呼呼地发烧，“死掉”“死掉”——老天爷，老丫头谈恋爱他竟然跟着惊心动魄，这叫什么事儿！

这件事当然瞒不过光荣。老丫头哪都好，就是没工作没文凭，再说四爷这出身成分也太有点儿那个了。父亲当时给他们哥儿俩起名字不就打着耀祖光宗？如今当大夫的光宗要低就，实在有违父亲的初衷，连他这个当哥哥的也不光荣啊。

心里别扭，光宗始终不跟他交底细。现在这年头男女老扎一堆儿不是好事。虽然光宗、老丫头都正派，可是什么也架不住长，看看电影电视里演的都是什么，连他这结婚多少年的都刺激,不是亲嘴就是上床,再怎么着这玩意儿也不能放得太开。挠攘着他还有点儿怪光宗;蔫土匪,瞧跟老丫头那腻糊劲儿,连亲哥哥都撂了,至于吗?

静红跟他的看法不一样。人家双方互相看着好就得了,知根知底儿,又不是过去那“有父从父、无父从兄”的时代了,你一当哥哥的何必瞎操这份儿心?为这,俩人还曾拌过嘴:

“我看着老丫头就挺好,人性好模样俊,人家比光宗差不到哪儿。”

“你又跟着瞎搀和,一个初中一个大学,这不让人看着笑话?”

“谁笑话?”

“他们同学他们同事街坊四邻亲朋好友人家怎么看我怎么看他?”

“谁看你了谁看他了?只要人家俩人好,现在连电视里不都在唱但愿你过得比我好?”

“废话,这都岔到哪儿跟哪儿。”他挠攘,脾气一天比一天大。

静红闭嘴,真不说话。

“跟你说了多少回,四爷解放前是打鼓儿的,京油子,解放后是掏粪的扫街的,光宗跟老丫头太掉价儿。”

静红闭嘴,还不说话。

“这会儿不是解放前,光宗不要求文凭至少也得找个有正经工作的。”

“那你我都不正经啦?”

“你胡扯,咱俩没赶上好时候,光宗不是上了大学啦!”

静红惊异光荣一天比一天变得暴躁。你挠攘了玩去逛去外边折腾够了再回来,干嘛吹胡子瞪眼把火气都撒到自个儿跟伙计身上?瞅着什么都长气,一天到晚跟她挑不是,真是应了那句话,易同甘苦难共富贵。二十年来他没发过脾气,谁知如今这是怎么了?

她委屈,光荣脾气再大也不敢跟光宗嚷,只是拣软的捏欺侮她。

光荣是不敢和光宗嚷,多少年了,让着弟弟惯着弟弟这也成了习惯定势。谁让他大。这些日子只是眼睁睁实在忍无可忍再也看不下去光宗跟老丫头腻腻味味发展下去,那天他终于把刚要去鸟屋的兄弟拉住了:

“光宗,你不能老是这么着。”

“怎么着?”

他压低了声音:“你真看上老丫头了跟她搞?”过去他只是劝他跟小玥好,这次单刀直入把事情挑明了。

“啊,怎么啦?”光宗竟然漫不经心的。

“不成啊光宗,她那是什么家,咱们是什么家。”

“哥你比我大比我清楚啊,四爷是打鼓儿的掏粪的城市贫民,咱爸是开杂货铺的小业主资产阶级。不知哥你现在以什么为荣觉着出身贫苦不光荣还是资产阶级又光彩了是怎么的？”

“嗐。”这搅和的都是什么跟什么。他觉得光宗怎么也变了，本来多文静多老实谁不说他像一大姑娘，如今可倒好，戏谑调侃玩世不恭那口气神态叫什么？看不惯。

光宗也“嗐”了一声乜着他，说呀。

“我是说她在家待业没工作。”

“哥，那叫失业不叫待业，咱国家人太多一部分人失业是正常的，随着改革的深入还会有更多的人被优化下来，老丫头失业就不该被人喜欢‘老’在闺中啦？”

“瞧瞧瞧你又挖苦哥，我是说怎么着你也得找一教师呀大夫呀干部什么的。”

“哥，我跟她就伴儿，正准备辞职报告打着一块儿养鸟儿呐。”

什么？他两只眼睛都瞪圆了，吕家唯一的大学生堂堂的大夫要辞职？不。

“你说的是……”他伸出手来哆嗦了。

“哥，这是真的，”光宗上来托住了他的胳膊，“哥，我知你全是为我好，可是哥你听我说。”

不知怎么的，光宗的两手也哆嗦了。他也爱哥尊敬哥，知道哥在一切事上都让着他。此刻他突然发现哥老了，两鬓已然滋出白发，过去怎么没理会？哥那眼睛没有年轻时亮，下眼睑的泪囊也凸起来。哥这辈子多不易，为了他哥做出了多少牺牲，事事想着他这个弟弟哦……

那晚他没到老丫头那鸟屋去，哥也哭了他也哭了。多少年了，他还没跟哥一块儿哭过呢。

……

老丫头在那边等到十二点才关灯，臭光宗，今儿个怎么就不过来了？人家还等着跟你学内科学外科还等着让你欺侮然后扎你怀里撒娇呢。

关灯半天了，老丫头还噘着鲜鲜的小嘴骂着臭光宗，上瘾了习惯了，不撒娇人家哪睡得着？

9

老何老于是后来才知道小玥又给靴子也补开了外语。这叫什么事？靴子学外语干什么？他开旅馆他卖汽水碰得着几个外国人？再说小玥真是恨死人，靴子再坏你也不能那么坑人呐。一个课时一百块钱，大学教授也开不出这价儿来。跟她闹了多少次，你说一句她有八句等着呢！她说靴子愿意靴子难教二、四、六晚上是黄金时间就该开这价儿。没辙，张嘴就惹气，人人憋着一肚子气。可是，老何那脾气哪忍得住，那天绕到前院索性从靴子这方做工作。

“胜利，忙着呐？”

“哎哟何老师，进来坐。”靴子受宠若惊，老何从没正眼看过一次小卖部。

老何真进屋来坐下了。他看看堆得满满当当的汽水罐头糖果烟酒，更感到四面袭来的全是压抑:“胜利啊,你也在跟小玥学外语?”

“嘿嘿……是呀。”他努嘴,把帮忙的一伙计支到他妈屋里去。

“干嘛用?”

“用处大啦,嗬那旅馆尽来老外,美国的英国的俄国的,一般工作人员不会也就不会了,我这经理就应该用更高的标准要求自己了,您说对不对?”靴子没白当几年经理,知道什么时候主动出击是最好的防御。一句话就听出音儿,老何不愿让小玥给他补外语,明摆着。

“小玥太不像话,如果你真乐意学,也不能由着她的性子要报酬。”虽然不待见靴子,但小玥用这种方式坑他绝不可取,怎么着也是多少年的老街坊。

“何老师,知识学问没价儿您最清楚,小玥要的哪儿多,几壶茶钱。”

“几壶茶钱?”

“可不是,那回我上帝王喝了半拉钟头茶就花了一千零五十,跟小玥给我补外语怎么比?”

“一千零五十?”这于老何是天文数字。

“我敢蒙您吗?真的。”

是真的。去年夏天靴子开着他那夏利上了亚运村,渴了停下车看见一座二层灰黑两色的西式饭店,说洋不洋说土不土外边还安着一个狮身人面的小喷泉。他晃悠过去一看,亮闪闪的铜牌子上写着“帝王饭店”。谁想还没站定那门卫让他靠边,说这地方不是参观的。他长气,参什么观?西苑去过京伦去过兆龙去过丽都去过,你这瘪瘪塌塌一破帝王有什么?现如今这看门护院的也成了势,不参观我进去使唤使唤它。

他大摇大摆进去了。里边那丫头倒是又热情又水灵,他刚从旋转门旋过去,俩服务员一左一右迎上来,一个管他叫先生,一个称他为密斯特,笑容可掬把他往里请。坐下之后人家问他喝茶还是喝冷饮。他全懂,这里边喝什么都比外头贵十来倍,一听可口可乐七十,一瓶桔子水八十五,摆的是谱儿拿的是劲儿,其实这些玩意在外头都卖几块钱。索性喝茶,为的是多呆会儿这儿凉快,再说这俩漂亮妞含情脉脉倒值得多看会儿。他要了壶茶慢慢儿咂,俩密斯手执两把银壶一左一右频频续水还笑眯眯地一劲儿斟,闹得他都有些不好意思了。不讲究七茶八饭九(酒)满嘛?茶要七分满饭要八分满酒要满得流出来,哪有热情周到得他刚抿口茶赶紧就满上的?也烫啊!倒也好,他索性连抽三根骆驼多蹭会儿。坐了半个多钟头,他双手搭肩要多绅士有多绅士:“算账。”“算好了先生,一千零五十。”他把两手拿下来:“什么?”“一壶茶七十五,十四壶茶正好一千零五十。”“你们是几星的?”“五星级。”“谁定的?”“中国旅游局。”“我连半壶都没喝就一千零五十?”“按我们给您续水的次数定,先生您没去过五星级?”“我给一千一,那五十小费算你们伺候大爷了。”“谢谢先生,哦,谢谢大爷。”要多窝有多窝,没想到今天栽在这儿。不过他没骂,慢慢捻钱慢慢撂在桌上,既然绅士了就不能掉价儿要绅士到底。回来他越琢磨越不是味儿,哪有喝半壶茶黑他一千零五十的,再说五星级哪有趴趴叽叽两层的?还是一更开眼的哥儿们给他消了气:“帝王哪有住高楼大厦的?那帝王的茶叶是以色列耶路撒冷的,帝王的服务比钓鱼台国宾馆还高级,人家没坑你。”

这么一说他也踏实了,风光了绅士了帝王了,反正他比帝王还黑还敢宰那咱们就堤外损失堤内补呗,一通心里立马儿平衡了。

眼下他把这事抡出来,一点儿不掉价儿反而成了他绅士他款大的点缀、资本。老何还说什么,小玥讲课至少比茶座有价值,那就不管了,谁叫有钱难买乐意呢。

老何出门碰见四爷,不管的他还是上四爷屋里又把这事叨咕了一遍。四爷头些年尽跟老何拆兑个三头两块的应急,还不完的情,打心眼儿里感激人家,听老何谈起这事,“嗐”的一声把对方拦下了:“何老师,咱甭细掰扯小玥靴子英语价钱什么的,我七十了您也快六十了,现在不兴那叫倒计时,您操什么心?管他们呐,您看我这五个丫头管谁了?不全活得好好的,漫说她一个钟头要一百,要一千碍您什么事?”

“她不是我闺女嘛,咱街里街坊不该行出这种事儿。”

“您这又是瞎心瞎肠,瞅㑇老丫头了没有?至今在家待业我不操心,为她操心我操得过来吗?咱根本就甭搀和他们的事。”这话是解老何心宽儿可是四爷嘴没对心,他一心全是为了老丫头。

“我是说人穷志不能短,怎么着咱也不能红口白牙的。”

“这您就又错了不是?死要面子活受罪,也别说,您有学问跟㑇这号儿的论事不在一个台阶上,那叫什么来着?对,不同档次。”

“四爷,您这不是损我吗?不提这事不提这事,走,看看您那鸟儿去。”他走马观花理解不了,四爷干嘛玩儿这么多鸟儿;老丫头前几年干嘛在街道刚干几天就不干了;这二年四爷干嘛又生产开了面包虫,腻味呀——整个儿一接受不了不理解,越看心里越乱他哼哈几声出来了。

回到家这气又转到小玥身上去。“死要面子活受罪”,这话从四爷嘴里说出来一点儿不奇怪,可小玥也一天到晚用这句话噎他们老两口,真气人!也别说,最近他进退维谷跟小玥闹着自己却遇到了更让他挠头的事——

其实是好事,可算分了房,两居室一个单元的,足足盼了一辈子。

老河沿儿这一带的房多次,冬天漏风夏天漏雨解放前算得上第二个龙须沟。可那时候房管局三天两头检查修理,看着屋里太脏太暗还找上门来吊顶子糊顶棚。这些年谁还管?漫说漏风进雨了,墙倒房塌了也没人答理你。尤其是老伴儿有风湿病,一辈子想住到那有暖气的楼房里。可是一拨拨的楼房轮不上他们的份儿,官本位连锁出房本位,得先紧着那些校长书记的。可气的是当头儿的们闹上套房就走人,新头儿来了分房又是他们的。这回老于马上五十五这就退休了,房子终于分下来。谁想改革的阵痛让他们赶上了,从这次起分房得买居住权,两居室先交一万五。

说出来寒碜,老俩一辈子的积蓄只有两千三。怎么办?没想到小玥掏出五千来,还说过些日子还能拿回五千来。老何老于莫名其妙,小玥当导游是挣过几回钱,可她置了立体声录像机又买了几次衣服哪还有钱?问她哪儿来的她不说,直到那天从前院回来才说挣的靴子的。老俩那气,跟她吵,闹,呛呛半天她竟然说钱跟靴子要少了,明年接着讲一课时至少得给一百三。

不要,靴子那钱臭,经小玥的手熏得更黑,能用这钱买房子?用它买了住上他们更得犯高血压心肌梗。

怎么办?他跟老于天天愁。晚上老俩睡不着,房子不能放弃唯一的办法是跟光荣借。俗话说上山擒虎易开口借钱难。当年四爷缩缩叽叽跟他们借钱的窘样历历在目,如今决策已定老两口谁去借钱这回推让个没结没完。"这么着,你跟静红说去,她跟你最投脾气。""人家那是尊重,你不看着光荣长大的,还是你们熟。""你跟他也不生分,当年他尽问我功课一口一老师的如今我不好跟他开口哇。""噢,他跟我不也一口一个于老师,就你那面子值钱是怎么着?""其实呀——""也甭其实了,你去吧。""小玥正给小真当家教,咱这节骨眼儿上借钱人会不会想到别处去?""还真是,靴子又插一杠子咱去不是成心吗?"

三出九进,老于为秦少游那"无边丝雨细如愁"击节叫好,为能住楼又难开口他们真是愁得不能再愁了。

最后,相敬如宾的老俩打破重重顾虑公平合理地决定还是把光荣请到家里来,分担难堪共承窘迫一咬牙这话就出去了。更何况,他们还有下一步方案让光荣放心,他们已经想好出路借完很快就还他。

光荣被请来老何还真是开门见山:

"光荣啊,学校分了房子就是得买居住权,我们钱不够想先跟你借一万。"

"哎哟何老师,我这就拿去,没有比这再好的事儿。"一向稳当的光荣真站起来,发自内心地为他们高兴,何老师于老师这样的早就应当分楼房。

"你坐下,"老何赶紧起来把他按到沙发上,"还没说清你别急,一年之内吧,我们准还上。"

"何老师这是哪儿的话?您跟我借是赏我脸,是看得起我光荣啊。"

老于把话接过来:"我跟你何老师合计着啊,也干点第二职业什么的,赶紧还上踏实。"她把瘦小的身子埋在沙发里,倒也没怎么太尴尬,多少个不眠之夜做出了这最后的具有进取意义的决策,索性也坦坦然然了。

"什么还不还,"光荣觉着她那前半句话真新鲜,"于老师想——"

"办一书亭报摊儿,嗨俩都是教书的,毕竟还得跟文化沾上点边儿。"老何说得认认真真的。

"开书亭?"光荣把两条黑眉毛耸了耸,复位之后还是一上一下。

"啊,我们也琢磨不少日子了,"老于把身子往上抻了抻,"你没看报纸,人家科学院那教授都能卖馅饼,我们也确实受启发。"

“受启发?”他把烟掏出来。素常到何家来他不好意思主动抽烟,人家何老师不抽自己也得拘着点儿,今天他憋不住,嗤的一声划着了火柴。

老何老于是受了启发,还冲破了巨大的阻力呐。

正在为谁跟光荣家借钱推让着,报纸上登出科学院一教授暑假卖馅饼的消息。知识分子待遇就是差,自谋生路自力更生可不得自己解放自己吗。老何老于之所以下定决心是因为政策放开,他们要凭着一双手勤劳致富,不昧良心,现在又提倡第二职业他们面对现实得琢磨借完钱怎么还人家。尤其是上边有了文件有了精神这么干不违法。只不过,文化人还得跟文化连带上,要是建个书亭报摊的卖晚报、《读者文摘》《南方周末》《中国电视报》什么的一能搞活二会提高人们的素质,现在社会上最急需的是文化。

想不到,阻力出在又当导游又当家教的小玥这儿。“你们这是从极左跳到极右。”

老于这回也气急了,他们怎么又从极左跳到极右啦?

“小玥,你又跟呣这么说话呐。”老何那天倒没火,他想听听女儿的“左”“右”。

“你们要是辞职退休,卖鱼虫卖老玉米去我都不管,如今一边儿在学校玩儿命一边儿又想卖报纸,你们有那么大本事吗?”

“那怎么不成? 鼓励第二职业我们安排好时间光明磊落啊。”

“你们是大学毕业,你们是脑力劳动者,都这岁数了不能再凭两只手卖力气。”

“人家大学教授都劳动我们就不能动手了?”老何把那篇报纸又拿起来。

“我不看我知道,真有本事不干那事儿,杨振宁李政道绝不会把时间浪费在擀皮儿和馅翻饼烙饼上。”

“你,你不能那么糟践人,报上登了人家是教授。”

“哪登了也不怕,这叫智力浪费,自个儿给自个儿掉价儿呐。”

“我们响应号召,我们靠双手劳动,我们就是想试试想闯闯。”老于也不急了,她知道吵来吵去什么问题也解决不了。

“当初你们何等清高何等君子因穷何等不坠凌云之志,可报纸上突然一条新闻,上边突然一个精神,你们突然就突然得那么不得了。”她竟跟父母叉起腰来,“你们爱干什么就干什么,我不取报不卖报不看摊儿,到时候有任何事我都管不着。”

那天倒没吵。小玥是好面子,毕竟姑娘家家的他们能理解。但她没有面对生活没有面对借钱要还这一不容拖延的实际问题当然站着说话不腰疼。这回索性开通到底小玥任性他们也任性一回,认准了干报摊儿,一年之内把借来的买房钱还回去。

想不到眼下跟光荣一提这事他也愣住了。光荣干的不就是个体嘛。老何又拿起那张保存多日的报纸说:“可不是受启发,你看人那大学教授不都下了海。”

光荣接过来苦笑摇头把它放在沙发上,全北京谁不知道这件事? 心中酸酸地很同情。有谁体会过小真一遭班主任表扬——反而被同学戏谑嘲讽回家跟他哭跟他吵埋怨他开饭馆的那滋味儿？再有钱他也是人下人，让人看不起活着还有什么奔头儿。现如今这人真是奇了怪，没钱的眼红有钱的；有钱的又自惭形秽瞧不起自己。他自己要是高级教师搞教育，无论如何不会干个体，何老师于老师这是怎么啦？

“何老师，您办书摊儿到底要干嘛？”

“嘻，多种因素。”老何不好说唯一的目的就是先把借的钱给还上。

“借钱不让您还，您会认为我看不起您，不过您慢慢儿还，十年二十年甭着急。”

“人家教授体验生活我们也要体验体验，还不单单是为了还你钱。”老于赶紧把话碴儿又接过来。

“体验？做买卖就得上上下下伺候人，要多不易有多不易，要多下贱有多下贱，不瞒您说，这些年我受够了。”

他从来没有这么滔滔不绝，把工商税务市容市政城建街道联防饮食派出所纠察队那方方面面上上下下细说一遍，这些年怎么过来的？把心力都掏尽了。

“卖个书哇报的全有定价，也不会传染什么甲肝，我看不会有那么多麻烦。”老何还胸有成竹的。

“这牵涉到新闻出版音像磁带沟沟坎坎的更麻烦。”他不好说何老师于老师木，正经书卖不出去夜里多少违法书摊儿摆出来？上边是一个行动又一个行动地打击查禁，可打击得过来吗？如今多少人知道倒卖烟土会挨枪子儿，可就是有不怕死的敢豁敢干。疯了，多少人见钱眼开全疯了。

“我们就是卖个晚报、《读者文摘》什么的，光荣，你的心情能理解，我和你何老师决心已定索性想试试看。”瘦小枯干的老于精神抖擞一锤定音，那心气还颇有些迫不及待。

光荣回来那叫不摸头脑，小玥她爸妈这是怎么想的哟！

……

说干就干，老何找来几个毕业生真在布头胡同把口盖起了一个书报亭，营业执照一个月内就取回来，正赶上政策宽松哪像光荣说的那么麻烦。一两天里就开张，利用下午卖个晚报、《南方周末》的，不信不能把钱挣回来。

小玥始终没搭一把手，她的态度既明朗又坚决：反对。

10

谁也没在意，小玥这老师跟靴子这学生的关系越来越黏糊，连四爷都没往别处想，不可能，绝对。

小玥最初是想坑靴子，谁让他流里流气打小就跟她捣乱呐。给他补课那么敢开牙本来是想把他吓回去，不承想他答应了。靴子痛快那天晚上她心里却毛了——这不自投罗网吗？

连爸妈都知道，直到去年靴子还跟她这儿起腻呢。

去年，靴子买了辆夏利，白色的。

一天，她刚下班推车出了校门，就见那辆白夏利旁走过一个人，靴子。她扭过脸去不理他。自从靴子有了自己的汽车，他三天两头隔着院墙嚷："谁家用车言语声儿，老街坊们没的说。"嗓门儿大得马路对过都听得见。小玥听他一嚷就大放立体声，放美国黑人歌手万斯可的《唾弃施舍》，弄辆破夏利显摆什么？她奔驰奥迪什么没坐过，再巴结也不坐你的臭夏利。今天下雪靴子真贱，竟把夏利开到校门口，没见过这么没脸没皮的。

"小玥……老师。"靴子还上来缩着脖子，竟然一手把她车把扶住了。

"拦路抢劫是怎么着？我可不认识你。"她把两道修长的眉毛拧起来。

"我是怕……雪太滑……"

"我不认识你。"

"不是那个……"

"你撒手。"

"雪天骑车太玄呐……"

"你松手。"她突然两手握住车把向右一搡，靴子被撞脚下一滑扑地坐在地上了。

她看也没看迈腿上车，后面几个学生围上来哈哈哈地笑靴子。路太滑，她不敢回头不敢快骑不敢下车，又怕靴子恼羞成怒开车追来报复她。没有。后面笑声平息靴子没出一点儿声，直到她拐进一条小玥同白夏利仍然没动静。到家她真后怕了，刚才那一搡太突然，可别把靴子摔坏了。

谁想没端起饭碗靴子回来了，隔着院墙又在喊："这天忒玄，用车的言语啊。"

放下心来她又长气，世界上竟然还有这么没血没肉的厚脸皮。

连想都不愿想靴子，耍过多少次二皮脸，他有病。

这次给靴子补外语，逾时俩月更觉得他有病。她开始还怕他死皮赖脸要流氓，谁想两个多月靴子不只斯文，麻烦的是他反应迟钝，吞吞吐吐连二十几个单词都没学会。小玥再也坐不住，那天下课她搭住双肩没动弹：

"你成心是怎么着？"

"我怎么啦？"靴子其实眼挺大，就是支着俩搧风耳很独特。

"有你这么心不在焉的？"

"人没使劲儿是孙子。"

"俩月你记住什么了？"

"人害怕……"

"怕什么？"

"怕你呗……"他那声音像蚊子。

她把长长的头发捋到肩后："我有什么可怕的？"

“人也不知道……”

“既然怕我那还学什么？下月拉倒。”她一按桌子站起来，这不成心装蒜吗？

“别，别……以后，我一定……克服害怕。”

她瞪他，竟然发现他那鼻子尖上渗出一层汗茸来。因为害怕才不会以后要克服害怕，从当初唯恐别人忽视了他的存在到如今对她害起怕来，他不是有病是什么？

那天回来她躺在床上倒是第一回琢磨开了靴子，害怕？靴子生出害怕的情绪来——真奇妙。

因为靴子真奇妙了，她第二天找到了初中时的同学齐月亮。多少年她跟齐月亮没来往，皆因月亮初三时跟她表哥发生了那事学校闹一沸沸扬扬她不念了，早早工作早早当了孩子妈。前些天偶然听一同学说齐月亮曾和靴子一块儿工作过，所以她找到月亮家想知道一些靴子的真奇妙，至少靴子是个谜。她现在反正认为他真有病确实是够奇妙的。

好像月亮知道她要来正等着并且巴不得小玥来找她。炫耀完她倒服装成了款姐的得意之后，她才回过头来骂靴子："这辈子我头一个感激的人就是你们都管丫挺的叫靴子的那个刘胜利。"

“哦？”

“这小子不给我使坏不把我优下来我还倒不了服装成不了款姐呐。”

“是吗？”小玥不是装傻，她哪知向阳的故事多着呐。

“世界上要有第二个比他还坏的，姐们儿我今儿磕死这儿。”

“哦？”

“你跟他一院一点儿不知道？咱初中不学过一词儿叫罄竹难书吗？刘胜利丫挺的就罄竹难书。”月亮开始滔滔不绝义愤填膺地揭露控诉靴子的罪恶。说得两腮绯红唾沫四溅俩妈妈嘟噜嘟噜直晃荡，一口气臭卷他俩钟头。当然，她跟西安那文物倒儿爷进入角色投入进去不想拔出来那段儿她略去没说。

“那他怎么还得了那么多红旗奖状呐？”小玥觉得靴子的演出不单奇妙而且精彩，精彩得不能再精彩。

“一屁股蹲屎上了，丫挺的逮着一个拐卖妇女儿童流氓强奸罪恶累累的持枪在逃犯。”

“那也不能把他自个儿干的坏事全都遮了啊。”

“上边说他功大于过，何玥，你不知这里有多黑暗，上下串通互相利用他们全是一伙的。”

小玥点头，有些事是不好说。

“说句公道话，开始刘胜利还不太坏，本来丫挺的连避孕套都不认识，还把人用剩下晾干了的当他妈气球吹着玩儿。”月亮早已不亚于当年骂靴子傻逼的那徐姐，把靴子那段单纯的傻逼傻逼的单纯也抡出来。

小玥心直跳。月亮你可真是的，人家还没结婚呐。谁知怎么回事，她心跳脸红着却没拦月亮，主要是靴子吹气球的故事太精彩。

从月亮家出来，她憋不住咯咯地笑，世界真奇妙生活真精彩。靴子两样都占了，靴子真奇妙靴子真精彩。

第二天再给靴子补课，她先自心神不安了，奇妙跟精彩搅和的。两人在屋里坐下，她突然说了句靴子绝对意想不到的话："你想让我改变对你的印象吗？"

他好半天才下意识地缩回自己的脚，现在脚上穿的皮鞋是意大利进口的，六百三，绝对不臭了："啊……愿意啊。"

"你明白我的意思吗？"

他点头。知道她对他的印象要多坏有多坏，能改变当然求之不得啦。

"那你得答应我一条件。"

他点头，什么条件都答应。

"回答我的问话必须是真的，不准撒谎。"

"成。"不撒谎这没什么。

"你发誓。"

"我发誓，要跟你说一句瞎话我操我妈。"

她咯咯地笑，露出两排晶莹的牙齿："别说脏话文明点儿。"

"嗳。"他温柔得像只绵羊就差垂手肃立了。

"你有多少钱？"

"二百万，不然我玩得起夏利吗？"他脱口而出绝没撒谎，哪找这样的机会向小玥表白自己款大——巴不得。

"哦……"她愣了，万也想不到二百万，"那你是凭劳动挣的还是坑蒙拐骗的？"

"拐骗倒没有，全是坑蒙的。"

"嗯？"她又是一惊，又没想到靴子这么回答她，"在旅馆里坑蒙旅客敲诈勒索？"

"那是零头是幌子，我这小卖部就赚海了。"

小卖部赚海了？小玥在他面前倒吸起凉气来。院里人都知道，靴子那冷饮器灌的是凉水，兑点儿颜料糖精一夏天就能赚几万。可是，二百万光凭一冷饮器赚不来，二百万这数把她吓了一大跳："别的还有什么是假的？"

"批发矿泉水，那连颜料跟糖精都用不着。"

"呃？"她情不自禁上上下下打量他，"矿泉水怎么能作假？"

"光用凉水就齐了。"

"封口呢，矿泉水的瓶子得封口哇。"

"练摊儿一哥们儿有封口机，一天能封二十箱矿泉水，不，是自来水。"

"什么？"她简直不认识靴子了。

"就这么发的，一天能批出几吨自来水。"

好半天,她才在裤子上搓搓手,出汗了:“是真的?”

“你不让我发誓了,有一句瞎话操我妈。”

“那你……”她自己变得吭吭哧哧了,“你干嘛把这事告诉我?”

“因为……我怕你,因为我……发了誓,因为我说真话你才能相信我,反正我在你眼里已经坏透了。”后两句话他不再结巴了,掏的全是心窝子。

傻愣着的成了小玥,她相信这是真的,可靴子怎么能这么傻把这么不可告人的玩意儿说给她?好半天,她才轻轻吁着说:“那工商税务的不查你?”

“有时也被查着过,可我在单位立功受奖大节好,灌点儿凉水就不叫个事情了。再说他们就那么回事儿,弄俩红包好对付。”靴子越来越流畅,反而对小玥的不理解也不理解起来了,她不是聪明极了吗?

那天晚上没教外语,小玥在那儿长了大见识。简单或复杂、愚蠢或油滑都难以概括靴子。甚至卑鄙下流奸诈无耻龌龊肮脏都不足表现涵盖一个靴子,坏得还有点儿可爱,靴子在她眼中不但奇妙精彩还添补进一点儿可爱在里头。

临走她正视着靴子说:“你愿意我真正改变对你的印象吗?”

“当然——呐。”小玥从惊异中摆脱出来他又有些害怕了。

“既然坑蒙了二百万,那你以后就绝不要再干一次这样的事。”

“成,一定。”

靴子那天晚上回到旅馆没再执法,躺下来眼前像过电影。小玥那眼神是变化了。他不敢跟她说瞎话。可他壮着胆子的一通交代倒使她那眼神改变了。睡,今晚再有任何敌情都不过问,刚才那两个钟头好累。

小玥却度过了一个漫长的白夜:奇妙的靴子,精彩的靴子,坏得不能再坏,坏到了可爱程度的靴子——这个世界真奇妙,奇妙得她睡不着。

11

光荣都瘦了,挠攘的。

报社那兵团战友见他这般挠攘,给他送来法国大哲学家罗素的一篇文章《享受痛苦》。他没看几眼就撂下了。痛苦是痛苦,挠攘是挠攘,痛苦能享受但罗素老先生没有亲自体验过挠攘,所以他根本不懂什么是挠攘。挠攘是心乱是骨头缝儿酸是躺下之后腿没地儿放脚没地儿搁翻饼烙饼,只可意会难以言传,它比痛苦还难忍受无数倍不然怎么没有一位哲学家写出一篇《享受挠攘》来?

——看着什么都堵得慌。

光宗让老丫头勾走了魂儿,竟然跟他探讨起弃医从鸟弃医从兽的事情来。越来越离谱儿,这已经不单纯是什么对象不对象。挠攘着他恨四爷,老丫头咯咯咯地干不出这么阴的事情来。真是的,越瞅四爷那大胖脑袋小眯糊眼儿这事越像他撺掇的。那天他忍无可忍跟光宗说:“四爷解放前是流氓无产者,什么事情没干过?”其实他真想骂四爷是流氓,那“无产者”是捏着鼻子加上的。想不到光宗嗤着鼻子说："哥，过去你说话从没这么损，从没这么糟践过四爷。""我说这话是真的。""你说过他是打鼓儿的，哥，我搞的是老丫头不是他爸不是流氓你甭说啦。"

这件事似乎已难逆转，他缄口不语索性闹一松心了。那也成，到时你住到老丫头那鸟屋去"倒插门儿"，他还省得为他买单元了呐。

小玥更可气。尽管勺不着边，但糟践啦可惜呀。论长相论人品论本事，百里挑一千里挑一万里挑一是选美的材料，这不糊涂吗？他靴子即便成了哈默、福特、洛克菲勒你跟他也是一朵鲜花插在牛粪上。

开始他不相信，只信小玥是耍靴子坑靴子。谁料人家出出进进坐开了靴子的白夏利。多次听何老师在后院仰天长叹："我没本事我造了孽，我不要脸我没骨气哟……"

何老师于老师越忿忿他心里边越挠攘。他甚至想跑到后院添油加醋，使其父女母女势不两立，最终使小玥悬崖勒马，否则他——出出进进鼻子底下实在受不了这份刺激啦。

不应该不可能不合理也没有道理，小玥不应该跟靴子靴子不应该得到小玥世事太不公平这月亮和地球和太阳和银河系和整个宇宙都倾斜了残缺了。

之所以最终还是控制住自己没上后院火上浇油皆因小玥一礼拜仨晚上正在给小真补外语，怎么着也得替孩子想，如今唯一的动力奔头儿不全是为了儿子吗？

还有一出儿，和乐越来越乱更让他长气。

四五年来和乐一直雇着六个工。最信得过的还是春节让联防扣下给人洗鱼分鸡的那个建国。傻憨厚，做事从不奸滑每天都干一大汗淋漓。他的工资最高，管吃管住一月三百，开春时宣布他为门市经理干得更欢了。再一待的长的是小芸，山西的，白白净净弯眉大眼挺文静。每天小芸在门口张落客，那外地人一看服务员干净顺溜不禁不由地就爱进和乐。来了二年这个丫头干活利索却从不多言多语的。光荣待见她，有时还在底下塞给她二三十，对建国都没这么过。绝对没歪心。他跟她说过，好好干，有合适的在北京安个家，现在也不兴什么户口不户口，不才二十吗？再过两年一定给她寻摸一个合适的。没糊弄，他真惦记给她找一可靠的有钱的，不就是说话有点儿侉，再呆两年变过音儿来捯饬捯饬谁也辨不出她是柴禾妞儿，比不少北京丫头都俊。

和乐雇的这三男三女住一屋。餐厅后半截吊起一层大跳板，拉门吊灯壁纸，不知道的谁也想不到上边是睡人的。当初他改建设计这空中大吊床就是为了利用空间住伙计。

最初，这空中楼阁中住的都是女的。他为男伙计在西罗园外租了一间农民房。谁料农民兄弟随着商品经济的大潮也变得越来越刁钻，一间八米的土坯房由一月一百长到二百又要到三百二，一年下来四千块钱被他黑走了。更麻烦的是误事，赶上个下雨下雪的耽误买卖。他一琢磨索性甭捣那份儿乱，女的住阁楼男的住下边再买几个折叠床一年省下四千最大的实惠是方便。当时静红一听又不同意，都是大闺女大小子的不合适，公共厕所远，几个丫头晚上有危险不出去，这么着一勺烩人家还怎么解溲哇。光荣没想那么多，仨在上边仨在下边不还有五合板拉门呐，这跟楼上楼下有什么区别？想想他们在内蒙，天地乃一大痰桶一大厕所也，兵团战士在一望无际的大草原上哪找厕所去，逮哪儿哪拉逮哪儿哪滋这事静红你不也这么过来的？反正那间农民房已经退了，建国跟俩伙计就支行军床睡在餐厅里，这事他做主已经定下了。

刚一块儿住下的那几天，他还真有点儿放心不下。夜里十一点这些人发完面做好第二天的准备竟然不困，叽叽嘎嘎上边下边且贫且逗呐。他绕到前边听了几次想闯进门去骂一顿，又一琢磨甭急，明天干活儿一懒逮着他们再把这事儿捯出来。谁想第二天这帮人不累不困，比原来干活儿还有劲儿。他耗了一礼拜逮了一礼拜枉费心机，夜里且贫呐且逗呐第二天龙腾虎跃一点儿不影响战斗力。

事后他笑自个儿愚，当初在兵团男女战士一块儿干才出活儿，分开就打蔫儿自己不也经历过？明白过来甚至追悔莫及，早知这么住更能激发战斗力，何苦几年来花那么多钱租房去？

没想到这么住了没仨礼拜，综合治理的发现和乐天天早晨往外抬行军床抱被子，一主事儿的找到他的头上来："老吕啊，咱这餐厅可不能当卧室呀。""是是是我知道就是那家农民房人家不租了。"他赶紧给人黑提包里塞上条骆驼。"你这是让我赶上了，半生脸儿来了罚你一本儿(一千)回过头来我可就不好替你说话了。"来人确实为光荣着想。这一阵儿北京饭馆雇工越来越多住房越来越挤，不少老板就让伙计睡灶间睡餐厅那吃饭的桌子，晚上一拼就成了床板，讲什么卫生，有的饭桌还放尿盆，不知道的吃着还香着呢。最近饮食公司和综合治理查的就是这件事，怎么着吃喝拉撒不能全在一个屋里呀。

来人走后静红催他赶紧找房去，他懒得动，正挠攘着哪有那心气。索性全上吊床，中国这事不过是紧一阵子松一大会儿，谁撞枪口上谁倒霉。静红一听坚决反对，男女全塞里边可不是小事儿。见静红不干他又发脾气，成，那你上外边找房去。静红近来事事让着他，只得千叮咛万嘱咐地让他立规矩。当天晚上他把这三男三女叫到一块儿上到阁楼内开了个会，铁定下三条死规矩：第一男的在左女的在右对头睡；第二建国为界男的不准过去女的不准到左边来；第三男的撒尿必须下去到外边上厕所，女的出去危险照样可以用尿盆。丫头小子们个个答应得倍儿脆，他又单独把建国叫下来另嘱咐："现在公安的联防的正打击作风问题，你这个门市经理一要以身作则二要坚持原则，不出事发你奖金出了事我把你送到派出所。"建国确实傻实落，两只离得远远的眼睛使劲儿眨了眨，说掌柜的有我在你奏(就)一百个放心吧。

光荣不放心，继续在门外听动静，只是又隔了吊床上的一层拉门里边声音不怎么大。还行，建国还挺有威信。

令他万也想不到的是建国辜负希望，毛病就出在他身上，当初要不让他把边儿还不至于捅出这样的大娄子。

建国是汗脚，平时不洗这回一上吊床特意买了块力士香皂，晚上把脚丫洗得干干净净才上梯子。六个人拉上吊床门照样贫，只不过那俩安徽来的男伙计一个十五一个十六毕竟小，闹腾一会儿也就睡着了。建国二十三了春秋正盛，挨着小芸那仨丫头怎么也睡不着。好不容易熬得眼皮一涩，紧里边那丫头翻身哗哗哗地把尿盆往被窝里一搁尿开了。他一激灵，声音入耳真像一股冰凉的泉水溅到他身上。尤其是挨着他的小芸要是撒泡尿，激得他浑身直哆嗦，后半夜再也睡不着。没三天，他头晕脑胀白天干活再也打不起精神来。唯一能抖起他激灵的还是小芸，他乏着身子观察小芸脸色不好也显得倦怠。逮空子他问她晚上睡得好不好，小芸把嘴唇噘起来："你老翻身俺也睡不着。"他哼哼叽叽赶紧打岔，原来把小芸都给影响了。

接下来几宿他照样翻饼，想不到右边伸过来一只脚，在他后背一蹬赶紧缩回到界内了。他不敢动了僵在那儿。那边一会儿一泡又是三次泉水淙淙，把他又浇得一个激灵刚住又接着下一个激灵。第二天他又偷偷问小芸："夜里你做嘛踹我呀？"小芸低头红脸冲他骂："你再不踏实我还踹。""谁让你们老尿泡？""你还管着窝尿咪？"他一整天都在琢磨小芸那骂。尿泡怎么叫"窝尿"山西人把撒尿叫成"窝尿"是不是他们老在被窝里尿？蒸着包子他耳朵边一会儿是山洪暴发，一会儿是泉水叮咚，不管轻重缓急反正全是小芸的"窝尿"声儿。

连着三天小芸都没"窝"，他又抽冷子对她说："你进步了，三宿没窝我都给你记着呐。"小芸照他后背抡了一拳："不羞不羞。"她抽回手来直吸溜，建国那后背的肉好硬，像铁铸的。

夜里他刚翻了两回身，一只脚丫子又蹬过来。不过那只脚踹他一下没有完全收回去，他觉出后脊梁骨有些钻凉风。他蔫蔫地翻身伸手往这边摸，那只脚好像跟他捉迷藏，一点儿一点儿往回缩，最后他突然一下把那只脚扣住了，像捺住了一只白鸭子。那小白鸭竟然没有动，只弯弯趾头算是被俘之后做出了挣扎。老天爷！他另一只手也上来捧住了，滑腻柔软这真丫子比小白鸭嫩比老板曾经犒劳过他们伙计的北京烤鸭香多喽……

他不以身作则吃了一阵丫子之后先自坏老板的规矩。同了头越了界跟小芸钻到一个被窝里。当然那事情干得鬼鬼祟祟战战兢兢一惊一乍的。纸里包不住火，没一个月吊床上的人都知道了。建国挨个作揖说自己混蛋再也不犯规。建国正毛着小芸先没精神了。老恶心，脸色儿黄白黄白的，还吐。静红先觉出不对劲儿，她把小芸叫到后边问她怎么难受要带她到医院看看去，小芸摇头扑嗒扑嗒掉眼泪，不用看没法看，她跟建国捅下大娄子。

光荣听说立马把建国找了来，问他到底谁掉了头越了界，建国吓得又眨那一对不大团结的眼睛说："我呗，似(是)我犯的规。"

"你？"

"壳(可)不似(是)呗。"

“你,你怎能干出那种事?”

“我睡不着……”

“流氓,你是流氓!你犯了罪,一会儿我就把公安局的叫来抓了你!”光荣气急败坏竟然嗓子都劈了。

光荣的血压都高上来,他还从没这么控制不住,他要炸他要炸。

这事窝得慌。不可能把建国送到派出所,那他这老板不是自投罗网吗?窝死喽!

为这,静红还跟他吵了一场热闹的。她唠唠叨叨埋怨他,说闹大发他是宿奸的教唆犯。他更是冲了肺管子,他知建国表面实落其实心里那么坏?是他那分得那么远的两眼把他蒙蔽了。静红还坚决不让小芸走,不但花五百块钱找一黑大夫给小芸做了手术还让她歇俩礼拜照发工钱——“当女人难做女人难”,她一是护小芸二是成心跟他甩咧子,让他看看,三天两头说他变了他变了。

他运气。谁变了?咱俩里有一个是变了,你关静红才变了呢。

瞅见她就不顺眼,她怎么变成这样唠唠叨叨婆婆妈妈简直把他烦死了。

当年,他们相识在内蒙乌拉特前旗一望无际的大草原。

那时的静红,鞭实灵巧,跳《草原上的红卫兵》就她活泼奔放飘逸轻盈。印象太深了,静红那左手牵缰右手扬鞭的动作帅气潇洒,两只晶亮的眼睛真像《老残游记》中那说书的白妞,白水银里养着两丸黑水银。顾盼流莹。当时他们男生在下边议论说,看人家关静红,两只眼像唱戏的化了妆,闪闪烁烁真像扑了什么粉。小巧玲珑顾盼流莹,他如醉如痴被迷住了。待到后来俩人真好了静红问他:“你干嘛非跟我好呢?”他热血沸腾:“你像玉荣,草原英雄小姐妹中的妹妹,勇敢的小玉荣啊。”“人怎不像那姐姐呀?”其实,静红生日比他还大俩月。“不,你像玉荣你就是妹妹,世界上没有人比你再小巧玲珑。”

那一阵他五迷三道的,爱不够静红的小巧玲珑。

谁知这小巧玲珑敢情后患无穷。要老小巧着还成,您别发福哇。现如今倒好,个头儿一矮的人发了福像半截信筒子。瞅静红那俩妈妈嘟噜嘟噜打着晃儿,肚皮松松塌塌也往下坠,现在女人都讲“条儿”。甭提,说信筒子都过誉了,其实整个一大秤砣。那么忙里忙外跌爬滚打地折腾熬夜不吃饭光喝宁红减肥茶就是不掉肉,怎么没气没囊呢?当年那顾盼流莹的大双眼皮现如今又双上两层去,成了烧饼铺卖的螺丝转儿,一瞅就饱一瞧就够。都这模样了您就别叨唠啦,可倒好,白天叨唠晚上叨唠站着叨唠躺下还叨唠,烦不烦,你就不知人这儿挠攘脚没地儿搁腿没地儿放从骨头缝儿里往外泛酸吗?

头些日子还出了那么一件事,丢人。你要稍微利落点儿水灵点儿有点儿“条儿”人能把咱这老北京给黑了给宰了?让人当成贫下中农傻冒了,想想就呕吐——

一个多月前,静红上了趟大栅栏。别看和乐跟大栅栏隔不了几站地,可她一头扎进买卖里一晃儿五六年了没来过。从前门一下车她就傻了眼,好家伙,人山人海万头攒动四处吆喝到处都在大甩卖大出血。几年不见怎么这样了？那天她是来给小真买鞋的。如今这鞋劣质产品居多上脚就坏，她这是亲自跑趟内联陞要为小真买双李宁牌的旅游鞋。谁想刚进珠宝市，一个三十多岁的女同志上前托住她的胳膊说："哎哟大姐，我想麻烦您一件事。"

吓一跳，这人亲热得她不好意思。

"大姐吔，我这儿急了半天了，要给我妈买块料子不知道买多少，您这身量胖瘦跟我妈一模一样，麻烦您耽误两分钟，替我妈量个尺寸成不成？"

她看看那女人，高高的身量又白又瘦，一脸的焦灼惊喜还有些诚惶诚恐。可她多少年都抽不出身来上趟大栅栏，哪有这个闲工夫。便笑盈盈地说："同志真抱歉，我家里还有急事呐。"

"大姐吔，两分钟的事儿，您替我妈量衣裳，我这就把您当我妈还不成？"

"哎哟可别别别……"她拍拍前襟只得转身，再忙也得帮人家，不然对不住这句话。

进到前边一家国营商店，那女同志带她走到一个柜台前要买的是深灰色的毛哔叽。三十四块钱一米，价签上还写着凭券限购五米，无券的价钱是四十八。那女人借过售货员的皮尺一边量着静红的尺寸一边说："大姐吔，没您这么好心的，我有两张优待券，那一张索性您买了去。"

她用手捻捻那哔叽，厚实挺括确实不错，只是颜色老了些。她摇摇头刚说不想要，那售货员走出来把料子搭在她胳膊上："哎哟大妈，您做身西服穿那叫没治，皮尔·卡丹做出了预测，明年流行深灰色。"那丫头又一抖那料子，"您要穿上年轻十岁。"

她不爱听小年轻的们管她叫"大妈"，一切往事犹如昨天如今她才四十多岁。可后边那句"年轻十岁"又让她情不自禁地抬手捻布，色儿还挺正，就是显得暗了点儿，色儿一深自己还怎么年轻呐？

谁想那售货员并不一劲儿撺掇，她扭脸对那三十多岁的女人说："你不给她量好了吗？交钱交券你要多少？"

"嗐，干脆还是要五米，少要也是糟践了。"

"你剩下那张券卖我吧，五块。"售货员跟那人侧着身子轻轻说，其实静红听见了。

静红微微有些不平静，这个时候还倒券，看看价签上的差价，她花五块钱这一赚是多少？

"大姐呀您真傻，耽误您这么半天我心里真不落忍。"那买布的只递过去一张券，"五块钱一张你可压得够狠的。"

"瞧你那小气劲儿。"售货员量好五米嗤的一声撕下来，"你留着那券当画儿看？"

"那成，干脆我要了这张券，也买下五米做衣裳。"刹那之间她做出决定，买吧，她一身光荣一身,多少年油渍麻花没添衣裳了。

谁料那售货员不干了:“刚才你不是不要吗？人家要把那张券倒给我。”

“哎呀我说同志,人家帮我量了衣裳,我让她买了心里踏实,我家里还有券,过两天没人买再送你两张还不成。”

“别打哈哈了,你这一崩子走了谁给我送券来?”

“嘿,到时候准送你几张,我们家里的那位是专管这个的。”

俩人争得挺厉害,静红越听越想买。这些个售货员真了不得,明目张胆的贪、占。买,这料子她今儿非买下。

那个买布的还是向着她。她终于花了一百七十块钱买下五米哔叽来。心里还怪不踏实的,不就帮人量量尺寸就占了这么一个大便宜,分手时她反倒对人家千恩万谢的。

谁想回到家来她绘声绘色把这五米哔叽的来龙去脉跟光荣一说,光荣都没把布打开看看就抱起来拽到地上了:“你呀你,那是托儿!”

“你疯了!”她惊愕地捡起那布抱在怀里头,“你疯了!”

“我问你,现在买什么东西要过券?”

她咽口唾沫想回击,却一下噎住了。

“那券是哪发的?”

她没看,谁知那是哪儿发的。

“大甩卖大出血大削价你却买回限卖的东西看你本事有多大。”

她只是深深地看着他。

“粮票好几省都作废了,北京一分钱一斤都没人要,你傻了,我没疯你才疯了呢。”光荣越说火气越大。

“你疯了,你管不着!”她明白上当了,当时糊里糊涂怎么没想到？可是,可是光荣不该这么嚷嚷啊。

“人家把你当成老赶了,贫下中农贫下中牧你刚从蒙古包里钻出来!”

天呐,她一下子酥软了,这叫什么话？这比打她骂她还让人腌心歟……

不在被人坑走多少钱。她被戏弄被羞辱那俩女骗子亵渎了她的人格伤害了她的感情。从来没有过,比当众虐待蹂躏还难以承受的一种伤害,伤害在感情上心灵上——她老了丑了土了怯了才被托儿一眼相中,不必自己欺骗自己了,老丑怯土还不够,之所以被捕获还有种说不清道不明的因素在里头,到底是什么,一句话是涵盖不了的。

可是,作为丈夫的光荣那么恶狠狠,感情上已受伤害他干吗还要戕害她的灵魂呢?

她再无言,泪如泉涌。为失去的青春失去的风采和剪不断理还乱的一言难尽。

为这事她好几天没言语,不气了只想哭,不哭出声只把眼泪咽到肚里去。那天晚上小玥给小真补完功课对她说:“静红嫂你甭窝心,看我治治这些托儿们去。”

她一惊。治托儿？那托儿跟里边是勾着的，小玥怎么能治托儿？

没想到过了三天又到了礼拜，小玥把四爷静红小真光宗老丫头连那养鸟儿的俩丫头召集到一块儿，连她一共八个人浩浩荡荡上了前门。走前她给每人都化了化妆，怎么怯怎么捯饬：光宗扣一绿帽子，老丫头戴一花头巾，小真拎一人造革的大黑包，四爷叼一长烟袋。俩制造面包虫的丫头最现成，一看就是外地的。她自己架一大墨镜，嘴唇涂得红红的。她还嘱咐大伙儿少开口，说话必须侉腔噎调的。这支队伍来到珠宝市，小玥按照静红的指点果然立马儿跟托儿搭勾上，倍儿顺利。那托儿一见静红带来这么多老乡特高兴，小玥赶紧跟她说今天至少要找八张优待券，看着料子好他们八位老乡一共要买四十米。那托儿转脸就找来八张券，小玥操着东北口音说，你得找人来一对一，尽管料子是不错，可你们不买我们全买走毕竟怕上当是处理的。那托儿见小玥把"人"说成"银"，东北味十足还真把她当成一浓妆艳抹的柴禾妞。那托儿一口答应说好办，五分钟不到叫回七个托儿。原来租出的这一处柜台总共就雇了十四个托儿，每天他们用这种办法赚海了。那女人一瞅这帮花头巾绿帽子长烟袋，一点儿没往别处想，高兴今天又抄上了。

小玥装得那个像，比赵本山相那对象的口音还地道，把在场的托儿们全蒙了。待那八个人一人五米一人五米扯完四十米，小玥也五米一扯五米一扯要了八回。成匹的太沉。每人分担一部分才好夹好抱呐。待到这四十米料子都包好，小玥让每人夹上一卷挥手上楼："走，找他们经理去。"

八个托儿和售货员都傻了。万也想不到他们自个儿被人托住了。找到经理小玥就问一句话："买布要不要优待券，是不是布匹公司规定的？"经理一看来头不小，双手一摊一推六二五："没有这回事，卖布的柜台租出去了，河北的，我是经理管不着那段事儿。"小玥指着他的鼻子说："你真不知道？""不知道。""你真管不着？""管不着。""那成。"她挥手又把队伍带下楼，上去扛起一大卷毛"哔叽"，跟那卖货的丫头说："走，经理不管咱们上工商，看看工商管不管这种事。"

租柜台的跟托儿都傻了，谁敢去不能去。从没碰上这么厉害的。四爷一见他们赖着不动，把烟袋锅子啪地摔在地上了："走，你们不去我们去。"小玥让光宗扛着那卷料子又挥手："走，咱们去。"

——他们也没去，八个人抱着扛着那么多"哔叽"出珠宝市上小巴，十分钟就回到和乐。静红一直战战兢兢嘀咕着："这哪成，不是去找工商吗？"

小玥冲她一嗤鼻子："全是勾着的，要不家家国营商店租柜台家家派出十几个托儿？咱们把这化纤布在门口一卖，五块钱一米他们坑你的钱不就找回来？从来就没有神仙皇帝。"

全院人聚在一块儿那叫痛快，连挠攘着的光荣也乐了，还是小玥行，就得那么以毒攻毒才出得了这口恶气，不然让人踹这一脚心口疼。

谁想晚上小玥把他叫到门外对他说："光荣哥你可真不对。"

他一愣，怎么啦？再说小玥比他小着二十多岁从没开口批评过他这光荣哥啊。

“静红嫂本来就因青春的流逝而失落,你怎能再从情感上伤害她?托儿们只是戏弄她亵渎她,可你却残酷地挖苦她,讽刺她。”

“小玥,你!……”这话太苛刻了。小玥怎能这么指戳他。不叫卡在辈儿上他跟她爸都能称兄道弟了。

“光荣哥你太不像话。”

哟呵,小玥一本正经义正辞严目光凛凛你怎么就不看看自己?我再不像话也没你不像话,你要像话能见钱眼开坐人靴子那汽车四城兜风跟那种人打成一片如火如荼的?

“小玥,你可不该这么跟我说话。”不叫她正教着小真,不叫拘着何老师的面儿,他会把“不像话的是你”这六个字给她实实着着拽回去。

“我就该这么跟你说话,我就要替静红嫂说话。”她把长长的披肩发一抡,甩手把他撂这儿了。

他回屋又跟静红吵,凭什么把两口子的气话跟小玥说?静红又委屈,说心里别扭那天去买晚报只跟于老师念叨了几句,她自己从没跟小玥说。他更火儿,跟于老师说什么?该挨坑,你不絮叨你不老相你不农民你不家妇那托儿就不会把你相中了。嘁!

这不,这回建国小芸的事情可让她抓住了把柄,叨唠叨唠叨唠,人活着已经够没劲够罪孽再叨唠他简直就没了路——挠攘。

俩耳朵眼儿入不进别的声儿,充斥的全是奶奶那句话:豁(活)着哈(干)么吔,闹(挠)——攘的慌。

12

与其说靴子爱小玥,不如说那是一种崇拜与向往。小玥神圣小玥神秘。如今小玥真坐着他的夏利到处玩到处转,他仍然不敢碰一下她的手。太神圣。

又工作又练摊儿的多少年了?靴子什么样的女人没见过。顺溜的不少,但谁都没有小玥那神圣与神秘。

看看小玥那走道的神态,立腰挺胸脚尖微撇,带出的那种叫什么气质风度的玩意儿一般丫头没有。一练摊儿的哥们儿那天在王府井见着他跟小玥了,过两天见着靴子说:“你小子艳福不浅呐,芭团的东方的还是电影学院的,看一眼把人醉死。”

——所以至今他也没敢正眼看一眼,怕醉死,一醉好事就弄砸了。不过跟哥们儿他还是愿意说她是芭团的,演电影的不见得有小玥那身腰:“唉,芭团的,不过就演出小天鹅,那么回事儿。”

能让小天鹅陪着他不成了王子啦?不然,王子在小天鹅面前身上总是皱皱巴巴的,常罪孽。

小天鹅老给他提那无法回答的问题:

“你这辈子要干什么?”

干什么？当经理开小卖部，不干这他能干什么？

“你就没点儿追求了？”

他摇脑袋。追什么求什么？一辈子就想追你小天鹅，如今追上了心里还老不踏实。

“二百万你打着怎么花？”

“这不买了夏利了，再买单元买电器剩下的就先攒着呗。”

“这二百万的自来水钱就全归你了？”

“那可不……其实也——”还是没法儿说。他不敢说全归谁，归他不成，归她怕她生气，其实归他俩才好呐。

跟小玥坐在一块儿难受。小天鹅既不爱谈家长里短，也不跟他谈艺术谈文化谈哲学了。不懂。当初倒是谈过几回，她一谈那梵高、塞尚、莫奈、罗丹、高更的，他一句搭不上，索性她也不谈了。

发愣，跟小玥在一块儿他老紧张老皱巴老发愣老是战战兢兢的。真可气，怎么就品不出那爱情的死去活来天翻地覆来？从来没有投入过，现在都兴投入，他在小天鹅面前怎么就投入不了呢？

他教会了小玥开汽车，小玥拿下本来她开他坐更是不舒服。在她面前手里永远抓挠着点儿什么才好呐，坐在她身边抓挠不着方向盘两手空空的那难受。

一天晚上他没顶班带小玥去了华夏卡拉 OK。过去自个儿来他还真敢拿起麦克风“扔”几嗓儿，闭上眼真的假的还挺陶醉。今儿个不敢了，怕出丑，怕那破锣嗓子和仪容形象给小玥留下坏印象。小玥却大大方方，嗓子一般但不走调很动情。他请小玥喝了人头马、XO，小玥能享受他却始终习惯不了这洋酒。跟光荣聊这玩意儿说得到一块儿，又苦又涩没喝头儿。

出来经过东交民巷，他说有点儿热想请小玥下来过过风儿。小玥陪他下车溜达最后坐在街心公园一处四面环树的长椅上。四面好黑，五步之外就什么都看不清楚了。小玥抬头看星星，架起两臂搭在椅背上：

“你信宇宙爆炸说吗？”

“嗯……”什么叫宇宙爆炸说？他根本没有听说过。火山地震就够可怕的了，怎么宇宙还会爆炸呢。

“这是宇宙形成的一种理论。”

“是吗？”他忙活的是敌情、自来水，从没关心没见过没听说有关宇宙的理论。

“宇宙本来是由极微小的一个个粒子组成的，由于二百亿年前的一次大爆炸才炸出时间与空间。”

“是吗？”他都没点头，绝对不理解听不懂。

“你觉得天上的星系和宇宙的空间密度之比是多少？”小玥像唱歌时那么投入，她架着双臂仿佛穿行在星空里。

“嗯……”还是不大懂，什么叫密度？

“宇宙比星系,是一百比一。”

“差不厘儿。”影影绰绰又明白了点儿。可跟自己想的不一样,宇宙那么大星星那么小又那么少,不该跟大海与沙子相比才合适?

“宇宙还会延伸你信吗?”

太痛苦了,宇宙是空的怎么还会延伸难道它跟抻面似的越抻越长是怎么着?别谈宇宙了祖宗吔我难受。

“我知道,我知道你从来没有过宇宙感。”夜幕中,她招回目光瞟他一眼。

他往回缩缩,是没宇宙感,没想过宇宙不懂得宇宙上哪儿找这宇宙的感觉去?

小玥又把目光撒出去,长吁口气把遐思逸兴拂得好幽好远。

那叫难受。看人家那男男女女搞对象的多热乎,大街上勾肩搭背撕扯不开有的在汽车上地铁上就K死,令人神往。眼下伸手不见五指四面环树曲径通幽,这环境不成莫斯科郊外那夜晚了?可小玥她偏爱宇宙不答理他,他哪儿敢想入非非,糟践了,大好时光都糟践了。

就这么别别扭扭皱皱巴巴干坐着,后面传来窸窸窣窣的衣服声树叶声,他刚一竖耳朵一道雪亮的电光打进来——

“干吗的?”

他吓一跳,妈爷子吔。

小玥一动都没动,只把眼睛微微闭上了:“别晃人眼,你们是干吗的?”

“联防的,你们在这儿干吗呢?”几条汉子已经围上来。

“查户口?”小玥依然没有动。

“太晚了我们有责任。”

“恋爱呢。”她把两条胳膊拿下来。

“恋爱专找这黑地儿?”

“不找这地儿上哪去?你谈恋爱专在光天化日之下天安门广场上边是怎么着?”

“你!……”

“再无理取闹我我可要告你们,这样做侵犯人权你懂吗?”

四个执行任务的全泄了火。第一次,他们没见过小玥这样的。原来这树丛下是男女偷情的一个点儿,四面环树一些生活作风不严肃的人常上此处苟且来。联防的盯住不放确实使一些不法分子落网在这里。多次了,此处演出过跪地求饶屁滚尿流提拎裤子的重头戏,谁想今天这对男女作风正派严肃恋爱不但没越轨那女的还他妈反咬一口挺厉害。撮火,没辙,四个忠于职守的工作人员只得蔫头耷脑回去了。

靴子那叫佩服小天鹅。不叫她从容不迫他早跑了,禁不住这一道电光一声吼,义正词严法律威慑吓得慌。他自己至今还一直扮演着执法的角色,除了当年那女中尉男上尉,个个吓得屁滚尿流的。

可是越佩服小玥，小玥越崇高越伟大越神圣，这不成那叫什么来着，那个维纳斯雕像啦，美得不能再美，美得神圣不可侵犯你都不敢摸不敢碰不敢爱，这叫什么恋爱不是活受罪嘛？

前些年他还看过一电影——《爱情你姓什么》，现在他一天到晚念叨这句话，爱情啊你姓什么，爱情这甜蜜的事业到他这儿怎么就一点儿也不甜蜜呢？

靴子没看过弗洛依德的《爱情心理学》，他对小玥的崇拜爱慕达到了偶像化的程度，自然把他跟小天鹅的距离拉大了。完全印证了弗氏理论，如此下去他会从心理到生理都失去爱的勇气和能力，这么下去不但难受还很危险呐。

再难受也没辙。近在身边的小玥不但可望而且可看甚而端详就是不可即，歌词中唱那水中月雾中花不整个一小玥吗？

小卖部最近换一河南丫头叫爱香。那丫头身腰倒也高高挑挑的，一条大长辫子粗粗地拖到屁股上。就是一嘴板儿牙上有斑纹，怎么弯弯曲曲黄里吧唧像一圈圈地图画在上边了？过去跟他一块儿生产矿泉水的吉生那天看见爱香说："瞅背影儿还值一竿子。"英雄所见略同，从后边看看还凑合。这丫头干活儿还挺麻利，让干什么就干什么一点儿折扣也不打。靴子他妈喜欢这丫头："比前几个闺女身腰儿都好，我看要娶这么个媳妇人家挺配你。""您瞎搀和什么呀，我的事您甭管。"他妈天天叨唠不让他再迷人家小玥，用他妈那话说，别说你趁辆汽车了，你就是有架飞机也装不下人小玥。门不当户不对。他一听就长气，本来跟小天鹅这儿周旋就累一精疲力竭，你当妈的还给儿子败什么火？这些日子一个劲撺掇他跟爱香好，光身腰儿挺势就成啦？您没看见她那板儿牙上有地图？嘁。

爱香是招靴子妈待见，她会伺候老人。除了在小卖部忙里忙外，抽空跟老太太聊天解闷儿还给老人家捶腿捶背。老太太越来越喜欢。什么北京的河南的，娶了爱香连她老了都有靠，搀着上茅房倒屎倒尿能指着靴子这样的？

因为老太太看上了爱香，只要白天靴子回来一跟爱香在小卖部进货出货，她就再也不上这边来。现在不是兴接触兴了解兴感情吗？让儿子跟爱香多接触多了解，自然就有感情了。

爱香并不贱，只是听话。不管靴子支使什么事，她都一口一个"嗳""嗳"地答应得挺脆声。——又能体贴人，她还说掌柜的老上夜班白天挺累的别老盯着，有她一人就够了。不光练嘴身体力行，这么一来靴子还真不那么赶落了。批发零售日清月结爱香把小卖部归置得干干净净的。靴子常常早晨从向阳回来先踏踏实实睡上一觉，下午才精精神神再帮爱香干一阵。日子一长看着爱香那地图也不那么明显了，细咂摸眉眼说不清什么地界儿还有点儿像小玥。至少不腻了，爱香刚来一开口他就饱，花哪儿也别花牙，这不成蛐蛐儿里那"老眯子"啦。如今看顺了眼他也有一搭无一搭跟她聊："到底多大啦？""二十。""属什么的？""属鼠。""河南什么地界儿的？""商丘。"从前小卖部雇过好几个伙计。凡是丫头大多猪不闻狗不咬，不是矮就是胖要不黑得赛糖梨。烦了也常掐一把拧一下，解闷儿。那时候他妈一直不放心，还真怕儿子招惹上。也是一天到晚叨唠他嘱咐他。他一听就烦，可能吗？什么样的没见过，掐掐拧拧是解解闷儿。如今换了爱香他没再解闷儿，连小玥自个儿都跟联防的说他们恋爱呐，跟小玥都恋爱上了，他怎么可能再掐下人丫头的？

一天，他早上回家喝了杯茶到自己屋一头就睡下了。昨天晚上又有敌情，折腾一宿那双鸟男女竟然又臭又硬既不认罚还说他们非法拘留——那就送，刚从联防回来还真累了。躺下那叫香，这一觉四个钟头过去了。外边天阴阴的像锅底，他睁开眼半天还以为是黑夜。朦朦胧胧，床沿上坐着一个人，挺括的腰身乌黑的长发是小玥，小玥今儿怎么没上班？他刚要叫一声寻思不对，头发虽长却梳着辫子这不是爱香吗？

他使劲眨眨眼把眉毛拧起来，几点了下板儿了爱香不在小卖部盯着坐这儿干嘛呐？他伸出胳膊看看表，才十一点。一弯膝碰碰爱香说："谁在那边盯着呢？"

"大娘哩。"

"你坐我这儿干吗呢？"

爱香突然肩膀一抽颤起来："俺心里闷……憋得慌。"

"怎么啦？"

"俺娘病了，要俺回去……"爱香一抽一抽背对着他，一股女人特有的气味通过双肩的抽动催过来。

"你怎么知道的？"

"来了电报。"爱香没回身，把张电报纸从腰侧递过来。

他接过一看电文只有四个字：母病速归。既然如此那就回去呗。

"没关系别着急，既没病重也没病危，叫你回去走你的。"过去那些伙计偷奸耍滑不辞而别什么样的没有？他见多了。爱香如今拿着电报来请假，她明大义咱们更得通情达理呀。

"俺不去。"

"你妈不是病了吗？"

"俺走了放心不下大娘。"

嘿，靴子使劲儿眨了眨眼，哪找这样的伙计去？他不由自主坐起来："我妈有什么让你不放心的？"

"她是小脚下雨下雪倒屎倒尿太危险。"

"你妈病了不是更要你伺候？"

"俺不，离不开俺大娘。"

靴子一听心里一酸，再一咂摸不对，家里来一电报说死了病了您不回家，多少战士凭这手提了干入了党？我不是连长团长，也不为你这样的战士创造机会。不过，看着爱香一抽一抽真难过，他的心又软下来："既然你不回去那就给你妈寄一百块钱去，我给。"

"俺不要。"

“嫌少?”

“俺挣的不少了……还觉着对不住大娘。”

哟嗬,如今人人见钱眼开搂钱没够,这儿还真有一知足的。他双腿一绕跟爱香坐成了并排:“你真不要钱?”

“俺真不要。”

“那你上我这儿哭什么?”

“俺不说咧,俺憋不住……”

他低头注意到了爱香的两条腿,修长浑圆白皙,农村人不都是泥腿子,她怎么长了小玥那般的两条腿?只有小玥那腿才该这样啊。突然晕头转向了,他伸手轻轻一抚,爱香倏忽站起来:

“你做嘛欺侮俺?”

两条白腿一闪出去了。

他呆愣愣地坐在床头,爱香后影儿头发双腿都像小玥,如果蒙上脸他还真会以为她就是小玥。

简直全他妈见了鬼。小玥是水中月雾中花,能跟她谈恋爱却一指头都不能摸,而这背影儿像小玥的也那么牛逼不许人碰。不成,非要摸摸她那腿。谁知这两天老太太也跟着撺掇,从夸爱香的身腰转到了她那腿:稀罕死人来那腿又白又匀溜。

有几回还真掐着了爱香那腿。她羞得捂脸低头连脖根子都涌起一层红晕来。真好玩,她一扭脸那背影更像小玥了。这些天他还想起四爷一句话。小时候他上茅房去撒尿,听四爷在里边正跟一块儿蹲坑的老诸葛说:“什么寒碜好看的,关上灯全一样,你想她是谁就是谁。”老诸葛放着一个响屁大声笑:“好小子,一宿一个梦,你艳福不比皇上小。”靴子当时还没醒过谜儿,只是那两句话跟老诸葛那怪笑给他留下的印象太深了。这些年来见多识广他什么都明白了,这叫阿Q精神自我开心自寻出路自己解闷儿。

干吗不关上灯拿爱香当一回小玥?多少天来琢磨着四爷那话他鬼使神差真要尝试一次。下定决心之后的第二天,他跟小玥学完外语假装上班没过二十分钟又回来了。爱香见他在家便也一直不睡。耗到十二点他把爱香叫到自己屋一拉灯,爱香又撕又扯无声反抗,整整折腾一个钟头直到把他左手抓破好几块皮才一切归于平静。

第二天靴子还一摊泥着,爱香早早起来帮靴子妈倒了痰桶。老太太也成了靴子的徒弟,接着隔断听靴子跟爱香折腾了一宿,心里还挺高兴的。当年她跟靴子爸结婚一见他是罗锅,要多恶心有多恶心。一夜夫妻百日恩,跟罗锅睡了一宿就再也不觉罗锅怎么不好了。此时听着那屋的动静一块石头算是落了地:这回总算把感情儿培养接触成功了,真接触真成功。所以老太太并不问爱香晚上怎么没回屋跟她一床来睡觉——正巴不得,再说闺女家家的这几天最臊得慌,多少年前她就经着了,感受颇深。

谁也没理会，小玥更想不到靴子跟爱香已经那个了。直到一个礼拜之后爱香不辞而别，小玥才发现小卖部又缺了人手。她问靴子怎么回事，靴子挠脑袋不知道。尽管过去也有不辞而别的，可爱香这回走得太突然——莫名其妙。

他的钱都锁在保险柜，一分钱爱香也没偷。兴许是看她妈去了？那也得说一声让人放心呐。

不过小玥发现靴子老用右手挡着左手背，她看出是抓的问怎么回事他始终支支吾吾的。她既没深想也没深究，顾不得，自个儿家里正闹得天翻地覆呢。

13

老何老于本以为卖个书报最省事，岂料什么钱也不是好赚的。还真像光荣分析的，现如今有多少正经看书的年轻人？老于当年还是个文学爱好者，学文的搞文的嘛。那时候每期的《北京文学》《上海文学》她都要买，刚粉碎"四人帮"那会儿看篇小说就激动多少天且陶醉且兴奋一阵儿。现在哪还见得着这些杂志？跟邮局想批发几本人家说"别"，这玩意儿订还有零售准砸您手里。人家还跟她说，烹饪编织幼儿读物海湾战争红墙文学易经手相都过时了，现在最火的是《股票风云》跟《房地产经营法》，要卖您批点这书没问题。他们没要，那么薄的的书零售八九块人家谁买？索性先卖报纸探探路子再说。四爷认为他们的判断对，要想凭卖书赚钱就得走黑道，他们不是那种人。

出乎意外，卖报老俩就费了劲遭了罪受了治出了事。几块钱都不是好挣的。先说那晚报没准点儿，有时三点到有时四点来，上百个卖报的在邮局门口排长队，拿到手五百份报纸老何准闹一个气喘吁吁。一张晚报赚二分四，五百张都卖了才赚十二块钱。要是赶上个刮风下雨的那叫崴，报纸湿了人家不要，雨下大了谁还非得上街买报纸？砸手里五十张那四百五十张白卖了，这钱哪是好赚的？可恨的是小玥就是不搭一把手，要是她帮着取趟报他们也不至于这么赶落了。

这两天老两口又跟小玥置气，连街坊四邻都接受不了，小玥竟然坐人靴子那汽车满世界兜风去，简直把人丢死喽……

今天中午，小玥刚回家端起饭碗，老于就笑不叽儿地瞅着女儿："你们那法儿的叫什么掉价儿，小玥你跟靴子混在一块儿可真也够掉价儿的。"

"见仁见智嘛，靴子有靴子的价值。"

"可不是，有钱自然就有价儿。"

"没错。"小玥不急，现在他爸一提靴子就气哼哼，而妈跟她来酸的，那好，她也酸。

"台湾拍那《情义无价》多感人，小玥去年你不也看了？"

"哟，妈您不骂人国民党反动派吗？"

"我说的是那故事那人情教育人，世界上什么都有价儿，就是情义是无价的。"

"我不这么看，情感友情爱情亲情在人类社会中是可以度量的。"

“哦？我长见识。”

“妈您甭‘哦’，您干吗爱上我爸？”

“你问得太好了，你爸留过苏，是学生会主席，二年级就在全校闻名了。”

“爸要不是这样呢？”

“正因为他是。”

“有多少没留苏没当学生会主席的就比爸差多少？您怎么不爱？”

“小玥，你也太不像话了。”老何又有些急，并不是因为小玥踩咕他，而是小玥那口气神态让人看着不舒服。

“爸您别急，我在跟妈探讨问题。”

“当然我有我衡量人的标准。”

“对，学生会主席留苏都是爸的价值，您的标准取向冲的是这个价值。”

“这是糟践你妈！”

“我不怕，让她说，我喜欢的是才，我尊重的是知识。”

“这正证明了我说的，什么东西都有价值。”

“所以靴子那价值更大更是实实在在的，所以你坐人家汽车坐出了感情，这感情也就生出价值了，是不？”

饭凉了，谁都撂下了筷子，尽管没吵但对这个问题的探讨越来越深入越来越严肃。

“是这么回事，上海一个百万元户的征婚广告招来六百多女教师女记者女医生女演员的求爱信，您说这爱情有没有价值？”

“鼠目寸光见钱眼开，她们把朴素纯真的感情亵渎了。”

“多少老少边穷地区的男人朴素纯真，这些男人的感情又是多么纯真朴素？也怀有朴素纯真感情的女人为什么不去找他们？我嫁陕北窑洞去，您干吗？”

“胡搅蛮缠。”老于终于有些沉不住气了。

“您干嘛张罗着我跟甘阿姨的儿子好，不就因为他爸是局长，甘阿姨的丈夫儿子都是山西老乡，您还撺掇这档子事情吗？”

“不识好歹，你闭嘴，滚出去！”老何像每次一样暴跳如雷，今天的火气更大是因为小玥看他俩累成这样就愣不搭上一把手，比人老丫头待她爸差远了。

老于不再言语可还是憋一肚子气。竟然咬缠那件事？怎么越来越不懂好歹，还戏谑奚落起父母对她的爱抚关心来？

——这叫什么事。

小玥竟然抄起书包真出了门，她还委屈正不打着吃饭呐。骑上车子好疏懒，回学校。今天的争吵不是她挑的头，是妈先酸不溜丢挖苦她。实在不想争懒得想，这两年在学校都再也不参与那些什么巴勒斯坦搞绑架对不对、叶利钦受不受俄罗斯人民支持、美国人民为什么抛弃布什选择克林顿、伊拉克会不会战事再起——管他呢，她只愿爸妈健康愉快自己只想把课教好，何必为那些八竿子够不着的事情瞎操心?

她不是看上了靴子的钱又是看上了靴子的钱;她不是看上了靴子又是看上了靴子,既然靴子很精彩很奇妙——精彩奇妙得不可救药,所以她才答应跟靴子好,因为人本来就是矛盾就很复杂,而她自己又有追求有抱负不同寻常很独特。

如今底层的什么人赚了大钱,靴子那样的。如果他没本事没头脑能买汽车?不是人人凭着灌凉水都能赚上百万,而靴子恰恰赚到了,这不正是他的本事吗。

她不相信情义无价。漫说在人类社会中,即便动物界不也是如此,为什么开屏美丽的孔雀好求偶,为什么强壮的公牛公鹿公羊公猴能够独占一群雌性——竞争。商品社会的人们不单单在竞争商品,同样也在竞争感情和爱情。在社会夺取异性的竞争中,决定优劣的是个人拥有的社会能量而不是自然能量。尤其是今天,时代的生活和潮流起着不容忽视的决定作用。她就这么看,不像那些给百万元个体户写求爱信的那些女同胞们假惺惺酸溜溜地说什么爱你的志气呀毅力呀事业心呀——天方夜谭,世界上有事业心而阮囊羞涩的男人遍地都是,你们干吗偏偏相中了百万元户的事业心?——透过金钱看到的事业心比透过别的东西所看到的事业心要有魅力多少倍。

她不选择自己,她看上了靴子的钱,更重要的是了解他恰恰没有事业心。自己没钱却又想干一番事业,两相互补才能撞碰出火花来,不然她干吗屈就于靴子?爸爸妈妈不理解,常人也觉得她理悖。这是需要时间的。

不用说社会上那么多追她的人,就拿光宗来说他就比靴子强百倍。跟他能有爱情幸福吗?他有房吗有钱吗首当其冲他最没事业心。用他的话说就是浑身憋足了劲儿就是没处使,跟了光宗他们如何建设自己的未来和生活?

那天在门口碰面光宗跟她说了老丫头的事。她冲他撇嘴笑笑说你还怕我吃醋怎么着?想不到光宗跟她说各得其所,靴子比他强老丫头比她强他们两人的选择都是最佳的,并且嘱咐她要坚定不移无怨无悔不要害怕她爸她妈的顽固保守讽刺打击。他说他自己就跟光荣经常舌战不屈不挠才冲破了艰难险阻的。

比她还坚定比她还超前。光宗说他下月就辞职,四爷答应把鸟屋拆了盖一个上下六间的二层楼,让他和老丫头开一个观赏动物小诊所。名字都起好了,叫多多。她听了那叫兴奋,差点儿把自己的打算都告诉他。话到嘴边又憋住了,还没跟靴子商量,自己不能烧包再说也得尊重靴子呀。

万也想不到,下午上完课她还在琢磨着这感情可以度量的问题,老丫头找到学校来:“小玥,何老师摔着了!”

她匆匆忙忙往家赶,到家四爷光荣已把爸送到医院又回来了。骨折,腓骨小头骨折,爸的左脚已经打上石膏了。

“爸!……”她的心好酸。爸很疼,他那眉头微蹙着。

妈在一旁默默地掉泪,她好后悔,中午自己不赌气,兴许爸还不会骨折呢。

还真是。中午她没吃饭就走了,老何老于哪还吃得舒坦?收拾完了已经两点,老何骑车上邮局取晚报。一等就是俩钟头,他别扭着心里就发慌,眼睛就发花,双腿就打软儿。快四点了报才来。他捆好报纸夹在车后往回骑,老于早在报亭子里边等急了。谁想他迈腿下车右腿抬得矮了些,被后面的报纸一挡失去平衡连车带人都倒下来。好玄!从他身边开过去的汽车离他只有二尺远。

老于踉跄着赶出来,老何疼得竟然站不起身,脚崴得好厉害。老于哪还顾得上报纸,求一过路人到马路那边叫光荣叫静红。全院的人都赶了来。靴子开汽车把老何送到最近的友谊医院,大夫一看脚脖子肿成那样立刻拍片,结果腓骨小头骨折,车蹬子一歪给垫的。老何本来就血压高,这一骨折冠心病也犯了,刚才吃下冠心平才缓过来。

小玥鼻子酸酸的,哭了。因为爸爸疼因为妈妈伤心因为自己赌气还因为许多因为,怎么办?这许许多多的因为令她负疚让她委屈,还像加强了的大气压令她压抑和沉重。

第二天她去取了晚报,让妈留在家中伺侯爸爸。叫卖着晚报她说不出什么滋味,违心负疚的是女儿,怎么着也得让爸爸妈妈得到一点儿欣慰吧。

靴子也凑到报亭第一次跟她开起了玩笑:"你不用吆喝那不想买的也来买,有人来来去去都买三份儿啦!"

"呸。"她把他轰出报亭了,这才更证明她那天生丽质所拥有的价值被最大限度地贬值了,"你懂这是莫大的悲哀吗?"

靴子在外面嘻嘻嘻地还不走,莫名其妙地玩深沉,夸她美怎么倒悲哀起来了?

14

光荣挠攘着还得为男伙计找房子。建国小芸的事情真恶心人。开除了建国也没留住小芸,半个月后她养好身子不干了,说要上白洋淀边上去找建国。又让光荣感慨半天,那么受看的小芸认准了俩眼远得一个能左顾一个能右盼的建国,谁知她怎么想的?多好的一闺女可惜了儿的糟践了。

光宗老丫头小玥靴子建国小芸,所有的组合都是畸形的拼凑,世界都变得扭曲了,因为眼前的所有拼凑都不和谐。不,不和谐还不够它不合理很荒谬。他常常闭上双眼来拒绝,无济于事,他拒绝不了这千真万确的活生生,因为它们活生生地千真万确。既然这一切不和谐不合理变得那么千真万确,那他自己的一切看来更加不合理不和谐。天呐,乱糟糟这都是什么样的演绎推理和逻辑?

自己才真不和谐更不和谐。静红哭丧着脸挺着肚子絮絮叨叨更像妇女更像农民了,被托儿捕获谁能料到,作为猎物丈夫的他受的是什么刺激?小玥率领全院公民抢回那么多战利品那是出了她个人青春一代新潮的大风头,而于他——这轰轰烈烈的胜利又何尝不是炫耀羞辱散德行?都以为小玥为静红扬眉吐气了,有谁知道他心里更如碰翻了五味瓶?

窝囊,挠攘。

几天来折手折脚。建国小芸是俩好劳力。劳务市场一会儿在建国门一会儿在宣武门,他四城转,再找俩好伙计才能使和乐像原来那样流水——正常运转。也是的,当初如果不轰建国哪有今天这麻烦?即便找着合适的还得为他们每人办六个证,前前后后要费多少心力和唾沫?

今天跑了四城都没找着合适的。他从天坛北墙往家走,步子懒懒散散的。挠攘的慌,真想歇了和乐不再干。刚刚过了金鱼池那一站,一个围着块粉头巾的姑娘走到他面前:"师傅,您找保姆吗?"

他一愣,自己是正找人可找的是伙计:"你要当保姆?"

"啊,只要能吃上饭。"

他上上下下打量她。虽然长得不比小芸白却健康、丰满,脸上的一对酒窝深深的紧绷绷,给人的感受是青春是弹性。

"我倒是正需要个人,干饭馆。"

"是吗大叔,我成吗?"

"你是哪儿来的?"听不出她的口音,好像是普通话却又有点儿郊区味儿。

"延庆的,我们山里头还穷呢。"

"我开的是包子铺,平常不休息,管吃管住一月一百五,你乐意?"

"那敢情好。"

他再仔细端详她,挺顺溜也不侉,浑身洋溢着青春与弹性。挺好,劳务市场那么多还没一个这样的:"你乐意就跟我去,就你一人进城的?"

"大叔要我啦,就我一个进城的。"她一笑两个酒窝更圆更紧更深了。

不到五分钟,就说妥这么一个可心的,顺气,多少天没有这种感觉了。带她沿着天坛走,那姑娘东瞧瞧西望望,指着那不高的灰色围墙问:"这里头是公园吧?"

"天坛呐,你没来过?"

"天坛?这里就是天坛呐!"她情不自禁地放慢步子,充满猎奇与惊羡,"我们学的课本上还有天坛呢,它离大叔那饭馆还远吗?"

"远倒是不远,"他挠挠头,"你想去?"

"不……以后再说,您不是忙吗。"

与她并行,他感觉到她四肢都辐散出弹性,传递到脚底,踩出的步子很柔韧。和着柔韧他自己突然年轻了:"没关系我有空儿,一会儿就到门口我带你上里边转转去。"绝对没有畏葸,他也愿意持续一会儿年轻。

已是薄暮。他陪着她进了天坛西门。说不出的舒畅。他问她家几口人多大了,给她讲祈年殿回音壁,她聚精会神地听,灿灿烂烂地笑,有弹性的步幅带得他转完回音壁也不累。

时间也变得吝啬了!往外走时都夜幕低垂了。他买了面包香肠可乐,怕她饿陪她在一只林中长椅上坐下来慢慢吃。她吃得好慢好香好有兴致,竟然把咬了半截的香肠举到他嘴边:"大叔……掌柜的,您也吃啊。"

他脸一热，谁知怎么回事，犹豫片刻真的张嘴咬了一口：“嗯嗯，香香，好吃好吃。”心咚咚的，他有些做作了，分明在努力使自己的神态口气声音都尽量年轻些。

橘色的灯光在林外漫散出的光很柔软。他仿佛嗅到了身旁女子的弹性，弹性也有味儿，像香橡皮，香味能够触摸到。真想就这么坐着多待会儿，真不愿听静红的絮叨不愿挨近她那松松塌塌的身子了。松塌使人厌倦疏懒乏味而弹性使他陶陶地想畅畅地呼吸一阵，那弹性不是有香橡皮的味道吗？没多想，其实想本身是追求是向往是自我感受是圣洁崇高的，并没有什么不道德。——又有一丢丢儿地心悸与愧疚，从没跟静红以外的任何女人上过公园，今天邂逅了这位柴禾妞怎么突然变得那么兴奋那么大方那么开化，说话都成心柔柔地有些酸溜溜？

不知不觉，他感到左臂柔柔地有些微热，咦，那个女孩子靠紧了他。好紧张刚想闪开却又没动，就这么心咚咚地僵持着，简直失去知觉了。多少年再也寻找不到体味不出的那种感觉，天呐……

谁也没言声儿，充满了弹性的脸颊竟然仰起来擦到了他的肩，扛负着千斤之重的快感，简直支撑不住，刚一侧身想推开——咔嚓，闪光灯亮后突然上来两个戴箍的：“你们在这儿干嘛呢？”

“流氓，是他把我骗到这儿来的！”柴禾妞腾楞一下跳起来，“我不认识他！”

老天爷，“咔嚓”的时候他就蓦然觉得世界轰毁了——全完了，这一切突如其来有口难辩已被人家拍下来。怎么办怎么办怎么办？跌跌撞撞踉踉跄跄连推带搡，如果不是被押着，他会一头撞死在路边的石凳上。怎么见家人怎么见街坊，本来他一辈子光明磊落堂堂正正欸……

黑灯瞎火天旋地转不知要上哪儿。他几经挣扎无法挣脱被两名大汉擒得死死的。突然他踉跄着求饶：“师傅……放了我，我给钱，啊？”他想起有些执法人员素质不高有受贿的，要能“私了”他不惜代价，他不爱钱钱多了没用他是丈夫是爸爸是哥哥活着得有个好面儿哟！想不到人家不干，要他待会儿坐下来详细交代。他耷拉着脑袋再也没有抬起来，交代什么？第一次怎么就掉进套儿里让人家抓住了？昏天黑地双腿如泥他是被人拖到一处地方的。直到进入一间屋子坐定他都没把脑袋抬起来。万没想到门一开随着一声“怎么回事”，他猛一抬头如同遭了雷击——靴子，他来的是靴子的向阳，进来审他的竟是靴子！

“光荣哥，你！……”靴子突然冲押光荣的几个人一挥手，“滚蛋，你们给我，给我出去！”

谁能想得到，靴子把网撒到外面了。

因为靴子经营有方所以服务公司老把那些关系户和家属子女分到向阳来。人浮于事干什么？靴子只能把范围扩得更大。现如今那“贫下中农”什么不偷？海陆空全方位洗劫。空中的高压线变压器，与上下水有关的圆井盖铁篦子，陆上的站牌子铁栏杆，只要能卖钱，变废为宝变宝为废变到废品收购站就能换钱。那些土老帽儿就不知这是犯法这是冒险。打击不过来，国家不是不管，配备不过来那么多人力和警力。还有那坑蒙拐骗的弄虚作假的杀人越货的乱伦奸淫的，形形色色破坏社会主义法制的，虽然是少数，可北京人流动人口多，这极少数的比例也够防不胜防的。

怎么办？靴子在小玥面前保证再也不用自来水当矿泉水之后果然戒住了这种坑人的事，可在单位维护治安增加效益他不但继续着还把经营范围扩大到社会上。好处有四：一有利于社会安定维护秩序打击犯罪分子的嚣张气焰；二能调动积极性使向阳职工生活充实人人都有事情做；三能增加效益使奖金源源不断而且数目要尽可能地多一些大一些；第四条最重要就是使职工在执法中守法提高觉悟增强斗志受到锻炼与考验。基于这四项好处向阳职工不管在白天夜晚店内店外都能随时随地发现敌情，干油了的还分成小组深入社会略施小计将光荣这样“色大胆小”的猎物诱入圈套敲一竹杠。今天出去“钓鱼”的延庆女和那俩男哥们儿利用这种办法已不只一次在天坛的那张长椅上捕获色狼，可谓战果累累经验丰富成绩卓著。谁料这回让光荣赶上了，他们也不知这只“色狼”是靴子的街坊呀。

“靴子……你，你把套儿下到我的脖子……上！”羞辱，怨怒，愤恨，光荣一下子全明白了。

“光荣哥，你不知道，不是成心，这绝对是误会哟……”

相视良久他们都低下头。尽在不言中。解释半句都多余。兴许就这么悄寂无言地静默了二十分钟，倒是光荣先掏出烟来点上狠狠地嘬了几口。不管靴子多坏自个儿多恨他，他栽在靴子手里了。当时他若能挣脱真会一头撞在天坛的石头桌子上。化险为夷转危为安的此时他又后怕，万一设套儿的不是靴子而是别人，他就身败名裂了。

令他羞惭的是延庆女一眼便相中了他。为什么？——挂相儿，他们一眼就看出他是个体户暴发户精神空虚百无聊赖寻寻觅觅挠攘了，不然那套儿怎么一撒自己就入套被擒了？刹那间都不怨恨靴子了，凄惶哀怨自惭形秽，还笑静红是家庭妇女是贫下中农，自己成了挂相儿的大款，色迷瞪眼的暴发户，北京不正兴什么傍大款傍家儿吗？自己不一下就被人家傍上——不，傍上不失身分而是被人套上了。

静红被托儿托住丢人，他被小蜜套住岂止用丢人二字就把一切涵盖得住？他堕落，这又是往哪堕落怎么一个堕落呢？

从向阳出来他没回家，又到一家通宵的酒馆坐下来。要酒之前他闻闻袖子，是不是这西服革履的都熏渍上笼屉味儿，不然茫茫人海之中自己怎么那般鹤立鸡群一下就被延庆女相中了？不，不必再冥思苦想了，不是已找出症结的所在——挂相儿了？

……

他走后靴子又把那延庆女叫来臭骂一顿，可她，嗤嗤嗤地抿嘴儿笑，笑出一身青春一身弹性：“刘经理，赖哱啊，您那街坊都多大岁数了，哱要真是当年齐月亮那号的，嗯呵嘻哈哈……”

“别糟践我哥哥，”靴子大吼一声，“人家不是那号人！”

延庆女吓出屋，靴子点起支烟来也纳闷儿。按说，按说光荣他不是晚巴晌儿陪着姑娘逛天坛的人，怎么回事？是邪门儿。不过细想想也是有变化，光荣这一阵抓心挠肠竟跟他打听起毛片儿，头几年为毛片儿他可还跟自己不依不饶呐。想想今天晚上的事儿，事出有因，光荣他是不是也想腐化堕落，不知不觉犯了自由化的错误呢。

不，今天这事绝不能让静红知道，也绝不借给光荣看那《潘金莲》什么的。自个儿坏透了不可救药想改已经改不了，光荣哥一家都好家庭是幸福的。人不能都坏了，尤其是光荣哥这样的不能坏。明天早上一要再找光荣赔礼道歉，二要跟光荣说静红嫂好极了，世界上最好的嫂子就是静红嫂。不管他脸上挂得住挂不住，他骨鲠在喉一吐为快一定要说而且迫不及待。

靴子没想到，早上回去哪还顾得了光荣，早有大轴子等着他回来。

15

爱香回来了，今儿个一大早坐着辆奥迪从商丘来。

门口停下的那辆黑奥迪把正要买油饼去的老丫头吓了一大跳，先下来两个武装警察，跟着爱香挺着肚子出来了。

“爱香？……”老丫头疑疑惑惑，俩月不见爱香脸儿黄黄的怀孕了？

“嗳，小丽……”爱香答应一声又垂下眼，样子好可怜。

这时正在门脸忙活的靴子妈听见声音赶紧出来了：“爱香，你这是上了哪儿，可把人给急死喽……”爱香走后靴子没几天就过去了，可老太太确实至今还惦记着那闺女。

“你儿子呢？”爱香没抬头。

“快进屋，胜利一会儿就回来。”老太太立马觉出不对，又见旁边站着俩警察，心里咕咚一下子。

爱香跟那俩警察果然进了屋，老丫头也赶紧跑回来告诉她爸：“爸，瞅着不对，爱香跟俩警察一块儿回来啦。”

“哦？”四爷正专心致志喂鸟没理会外边来了警察。

老丫头没等她爸再说什么，赶紧又过来把消息告诉光宗。光宗已经歇了在家筹办诊所，刚才影影绰绰听见老丫头在院门喊什么爱香，眼下听老丫头一说也蹙起两道眉毛来：不好，要是真有什么麻烦，这里头还有小玥，小玥也够倒霉的。

麻烦大了。

他仨人进屋不接烟也不喝茶，就是仨字：等靴子。没十分钟靴子还真回来了。一进屋那俩武装警察二话没说就掏出一张传票，郝爱香是军人家属，她的丈夫已经通过部队和地区武装部把他给告了，破坏军婚，商丘地区法院传他去一趟。

靴子看看那俩警察，再看看脸儿黄黄的郝爱香，心“扔”的一下就凉了。怎么碴儿？爱香已经结婚还是军属，她不只身一人来的北京她妈病了都不回去吗？

“我……我怎么你啦？”他装傻，这事突如其来呀。

“你知道怎么俺了。”

“你不说我知道？”他毕竟见过世面，女人就怕三头对案，再怎么着她们也要脸面。

“你知道俺也知道。”

“我不知道。”

“俺说不出口。”

“你说，天塌下来我顶着。”看看一左一右俩武警，百分之八十是假的，死磕，大不了不就一死吗？

“你强奸俺。”

“不是你乐意的？当时你怎么不告我？”他撮火。除了第一次爱香抓挠了几下后来她主动得幸福得都颠三倒四了。

“俺哪扭得过你……”爱香晃着身子肚子微微挺出来，“伸出你那左手来，那天让俺抓下好几块屁（皮）。”

“别胡说了你！”他下意识地赶紧把手心翻到上边来。

“刘胜利同志，这件事情好解决，”一个胖武警把话接过来。“不管你强奸她还是她勾引你，现在她在部队的丈夫告的是你，破坏军婚。”

“她勾引我我倒破坏军婚？”好像听说过，军婚这玩意儿可厉害，碰不得，怎么让他赶上了？

“对，就算郝爱香勾引了你，你使郝爱香在她那一段没与其丈夫在一起的时间内怀了孕，所以她的丈夫才上诉你破坏了军婚。”另一个年轻的比胖子的口气还严肃。

“不是俺勾引他，不信看看他的手……”爱香对那武警的分析很不满意。“看看他那屁（皮）……”

“我们不查证不看皮你也甭争竞，到底是你们两人共同破坏军婚还是强奸军队家属咱们到法庭上再说。”

“这是圈套，那不是我的孩子……”靴子脑瓜子嗡嗡的。

“没关系，咱们到法庭再说，要是他丈夫诬告你，你照样可以反诉再告他，”胖子已经站起来，把那张传票拃给他，“你先到商丘去一趟，愿意转到北京两地会审也可以。”

“这就去？”

“我们没有拘捕的权利，你先去单位请个假，当然，今天你若不跟我们走，超过三天就算拒绝出庭了，也有不少被告拒绝出庭的。”

妈爷子，这回算是坑到自己头上了。不，他突然冷冷地笑起来：“我不去，骗子，骗子！”

“那好，就算你拒绝出庭了啊。”俩警察一挥手，把哭哭啼啼的爱香叫起来。

“别介……等一会儿，再等等……”他突然变得凄凄惶惶的。尽管不相信，但他却被人家下的套儿套住了。外地尽是土皇上土政策，爱香要跟公检法的勾搭在一块儿先拘你几年有什么辙？就怕黑家伙跟穿官衣的勾好了闹你一哑巴吃黄连能把人给窝死在那儿，你再有本事也束手无策。倏忽，他瞥见一直吓得傻愣愣不会言语的妈，光荣那话，不光他自个儿一人的事，还有他妈呐，他惹娄子妈还活得下去吗？接着，他又想到了小玥，小玥呢，事情闹大不把自己无限崇拜的小玥也臭啦？不，明知黑也得认黑，昨大晚上光荣哥被在天坛逮着不也跟他那部下求饶，多少钱都给只要放他一马就成吗？

“诸位坐下……嘿嘿，嘿嘿……别急，我出钱，现在不都讲究经济赔偿，这不是贿赂是合理合法，嘿嘿……你们要多少？”

“一分钱也不要。”年轻的那小子比胖子还严肃。

不要一分钱？那他们就是真的了。可报纸上登了多少，要是真的公检法的更厉害了：“同志……大哥”他扑通一声跪下了，“我用钱减刑用钱赎罪还不行？两位大哥代我跟她丈夫私了，不然……我一走我妈就麻烦啦。”那悲劲儿惨劲儿真似诀别。

老太太竟然也身子一歪跪下了，节骨眼儿上才说出话：“同志……他干了错事他赔钱，你们就抬抬手让他过去吧！”

“现在倒是有私了，私了你打着出多少？”胖子口气果然缓和了。

“您说，您开价儿……”

“不定强奸，单破坏军婚一项就得判你十年，一年一万吧。”

什么？这俩王八蛋也太敢开牙了，一年一万就是十万，他们也黑得太过分啦。

人家早看出他神色的变化，年轻的用手一摸兜，里边那录音单单重复刚才靴子那句话：我甩钱减刑用钱赎罪还不行？两位大哥代我跟她丈夫私了，不然……我一走我妈就麻烦啦。

连着放了三遍，年轻的那小子这回口气倒不严厉了：“其实谁愿意跟你私了，是你要腐蚀我们国家机器的。”

“哎哟大哥，我的哥哥噫，我给，我拿。”明明知道这是讹诈，可是脖子被人掐住了，他受不住这种刺激的煎熬，万一小玥知道一切就全完蛋了。

打开保险柜，掏出十万他递过去，真他妈黑河南的比北京的还黑呐。

人家从从容容装钱，并跟他说回去通融通融再商量。他心里那气那根那窝那撮火恨不能把这仨人给嚼了。又没辙，眼睁睁活生生送人出门上车刺他一刀狠的屁股一冒烟扬长而去了。

转身回来四爷把他迎住了：“怎么回事？”

“四爷……没事儿……”他进院拉门回到自己屋。

“我知道你想瞒。刚才我就想进来，说清楚，怎么回事今儿个你必须给我说清楚。”四爷两只小眼睛瞪得倍儿圆。

“四爷……没事儿呐……”话音儿是哭腔的,说什么怎么说?

“你不说我也全知道,让人黑了多少去?”

靴子他妈还在喘:“四爷,十万……十万,谁让他不知深浅呐……”老太太追悔莫及,不能全怪靴子,当时她还一个劲儿撺掇,老眼昏花,愣没看出爱香早不是闺女了。

“烧包,废物!”四爷那小眼都红了,拿起桌上那张传票闻了闻,“你闻闻,还有萝卜味儿,心里美刻的!”

靴子一点儿不惊奇,他早有这种准备了。不是自己钻进套里了,公家私人一勾就坏了:“我是怕……万一。”

“万一个屁!”

“人家录音……啦,有把柄。”从来看不起四爷的他可怜兮兮的那叫窝囊。

“录他妈的逼,你小子熊,你不是条汉子,该豁的时候你不敢豁,换我非闹他一个鱼死网破。”

“四爷……我……万也想不到四爷说出这样的话,四爷是条汉子,节骨眼儿上四爷是条响当当的汉子,他耷拉着两条长胳膊猫腰,是比四爷矮了一截。

“靴子他妈,”四爷要多气有多气,“你也整个儿一母猪眼,他不会鼓捣你还不懂,那小母老婆一个多月就显怀了,你怀靴子几个月上挺的肚子撅的屁股?”

“四爷吔你别说喽……”靴子妈捶着腿又哭起来,“甭管人家几个月,谁让咱破坏的是军婚哟……”

“军婚他妈逼,清水全让你给搅和浑了的。”四爷知道,前一阵她一口一爱香屁颠儿屁颠儿的。

静红把门拉开了:“四爷怎么啦?大妈您别哭了。”

“谁也甭管,糊涂妈养烧包,出去,都给我出去。”

连下不了地的老何都知道了这出闹剧,太及时了,给小玥一个现身说法,看她还跟靴子不跟了。

小玥三天没到前院来,靴子惶惶地又不敢去找她。怎么办?这事还是让小玥知道了。没脸请光荣只好让四爷出主意。四爷说好办,不管结局如何你得跟人家兜底,反正你不是童男了,那就听天由命吧。

第四天晚上四爷真把小玥给请过来。靴子一五一十把跟爱香的事情和盘托出,吹就吹,活该!吹了砸了也是报应,谁让自己干出对不住小玥的事情。

一切又出乎他的预料,待他把来龙去脉掏干净,小玥平静地瞅着他的眼睛说:“你还想跟我结婚吗?”

“我不敢,我不配……”

“你现在还剩多少钱?”

“二百二十万,”他突然想起刚让人家黑走十万,“不是……二百一十万……”

“你知我值多少万?”

他支棱着两个耳朵犯呆,那怎么算价钱,不农村那人贩子才看人论价儿呐。

“你为什么爱我?”

“你……美呗……”他喃喃着不敢对视她的目光。

“对,我的美丽就是价值就有价值,你认可不认可?”

他点头,没错儿,小玥的美丽是无价的。

“二百万全归我,我要办一所学校,像湖北四川那样的封闭式的,不能让下一代人再像你这样没教养没文化。”

“成啊,你说怎么着就怎么着。”没想到,没想到小玥还同意跟他好。

“下一步我就要租校舍,一手转户头一手跟你登记结婚。我可不会像爱香那样坑你一家伙。”

“真的?”他用双手捂住了耳朵,登记结婚?天,这是做梦——这是真的哟。

小玥把手伸给他,他不敢摸竟然往后缩。她淡淡地一笑,推门从屋里出来了。

她把一切都想好了。她有能力修养追求进取天生丽质这些实实在在的价值,金钱何尝不是发挥自身价值的最好中介,靴子是最好的载体,他们结合到一起互相满足了对方的需求。这种爱情当然不浪漫,但有多少浪漫的爱情衍生出美满的婚姻幸福的家庭?她对靴子谈不上爱可他坏得有滋味——奇妙精彩的靴子不是也有意思吗?靴子多少年倾慕自己追求自己,至少也使她感到一些欣慰。她不想花力气追求文学作品中的甜蜜,即便是那些大腕歌星影星们,有几人说自己很幸福得到了真正的爱情?太累,爱情是脚踏实地的生活与创造,她领着靴子创造事业创造生活创造未来,又何尝创造不出爱情?暂时跟着自己的感觉走,人生事业爱情不都要通过创造谛造探索才能得到才能成功吗?

多少天来她心中便有了一幅美妙的蓝图,光宗办诊所她办学校,办一所兼教音乐舞蹈绘画书法外语的高层次文化艺术学校,高额聘请中外专家教授任教,专收百万元家资的大款大腕儿的子女入学,那些人不过是财大气粗的精神乞丐,她要把这些人的子女培养为有文化有教养有道德有高层次情趣和审美取向的新一代,彻底扭转中国有钱群体品位低下的可悲可怜可怕境况。

从上学时就有这样的理想和憧憬,她要自己办学办一所高档次的独辟蹊径的学校。自从和靴子傍到一块儿,她才觉得自己要实现理想就要做出常人难以理解并会嗤之以鼻的牺牲。她不怕,相信通过自己的努力会把一切改变的,包括把靴子变成一个新靴子。

当然,这件事绝不会轻而易举成功肯定充满困难与艰辛。但是跟光宗一样,她能全身心地去搏斗去闯满怀信心地为自己热爱的事业而一往无前,不管成功与否,这从事这投入这过程本身就使她享受了创造的快感。谁知什么时候她便萌生了这样的感悟:享受不到创造的快感,那将是人生最大的遗憾,遗憾终身。

天空中飘落下小米粒儿大的雪霰,轻盈而又坚实。她伸手接捧住雪霰又赶紧抛出去，别化了，它们团团的似一件件白玉做成的微雕，玲珑剔透，这美好这精致应当尽可能的持久些。大自然是慷慨的，可精致美好的人生却又那么难得，人生要能雕琢出这般的精致与美好，绝不是轻松的。祝愿心想事即成……

她站在门口木然地看着越下越密的雪霰，是啊，一切都很庞杂，租校舍买钢琴请老师发广告办执照，在这具体与庞杂之中，她要从事的是一项大工程。她深知，自己肩上的担子有多重……

对了，她突然又想起一件事：送小真一台英文打字机，用光荣给她的酬金买，小真应该学会英文打字，个体户都像光荣这样对孩子下心就好了。这不是不要报酬变换方式还回去，而是发自内心的一种馈赠。应该的，为了鼓励小真更好地把外语学下去。什么时候去买？时间紧得不能再紧，现在，现在就去晚上好送到小真手里头。

她拥着飞雪走出胡同，脚步很坚实，又不失轻盈。

16

靴子的事儿闹了一个沸沸扬扬，谁也没在意到光荣的变化。他没像每回那样数落靴子，反而蔫不出溜儿上灶间调馅、和面蒸包子。静红都醒不过谜儿，一年多了他从不下灶间，这儿天不言不语干开了活儿，准是挠攘劲儿过去了。

四爷每天晚上西服革履的去遛鸟儿，今儿个把光荣也叫出来："走，跟我一块儿遛遛去。"

他打一愣儿还是跟出来。本来就不情愿与之为伍，更兼四爷勾走了兄弟，他心中一直怨怼着：太是一块老姜了。不过，这两天斥挞靴子他又觉着四爷热血直肠还挺侠肝义胆的，走，遛就遛，生米成熟饭马上就是亲戚了，再怎么着也得顾面儿，终究不能撅四爷。

四爷提拎两只太平鸟儿，挺好看，每只鸟儿脑后有撮毛，不是哨鸟是观赏鸟。俩人出门往南上了河沿儿，刚一清静四爷把笼子一挂跟他在条石凳上坐下了。他也正不愿意遛，寒碜，还是找地儿坐下好。

"光荣，打你挠攘的那天起，我就知道你挠攘了。"四爷慢悠悠地掏烟，点。

他看看四爷也抓过烟来点上一支，什么意思？他刚压住挠攘，四爷干嘛又提挠攘？真后悔当初把挠攘告诉四爷。

"再这么挠攘下去就褶子啦。"四爷嘬烟，看着对岸那上访的人们在露天下生火，做饭，心思好像飘得远远的。

他一"咯噔"，这话外有音儿啊！本来坐在石凳上还凉，刹那觉着都烫了。

"唉……"四爷长长地叹出口气，目光却没招回来。

他又一冷，多少年听够了四爷那长吁短叹，可这声叹息震心。

"你知道这二年，每天晚半晌我出来干嘛？"

他愣着，不是遛鸟儿吗。

“七十的人更想有个伴儿，可我怕弄来一个病秧子，即便硬朗可我要先死了呢？”他不像对光荣说，好像在跟自个儿叨唠着，“撂下她叫怎么着？再说也不能拖累老丫头。”

光荣半张着嘴像听天书，万想不到四爷有这心思还跟他说出来。不都快七十了吗？这岁数续弦的不都是那知识界文艺界跟老干部？

“什么三寸金莲儿，我一辈子就想摸摸女人那天足，可是……”这时四爷才把目光收回来，“可是不成欧，人人都是这样，饱暖思淫逸，我这个掏粪的也跟你们一样，常不死心，心常不老哦。”

光荣都傻了，那么阴那么油的四爷掏这话都什么岁数了？

“强忍着，我学了交际舞，三步、四步、华尔兹，解闷儿呗，从来不敢跨前一步越了轨，为谁想？我得为老丫头活个光明磊落呀……”他摸摸领带抻抻西服，这就是佐证，要不他置备这身行头干什么？

万难预料却又绝对相信，四爷那叹息是沉重的。倏忽，一点儿也不觉四爷荒唐，那话多实在，为老丫头活个光明磊落，人可不得这么活着，为道德的规范为亲人的幸福约束自个儿压抑自己，这不就是奉献牺牲吗？

“你吃腻了喝腻了，对人家静红也腻了，是不？”

“哦，不，没，四爷……”

“这没错，我不还想摸摸天足吗？”四爷把他挡下了，“只是咱得替人家想想，她老了丑了不是跟你一块儿熬的奔的，让这穷日子折腾的？谁也经不住岁月。她要有外心你怎么想，什么事都得调一个儿。”

“四爷，我……”

“你怎么也没怎么着，我什么也都不知道，只是卖老嘱咐你。”

“哦……”他凉了，四爷什么都知道了。

四爷是全知道了。向阳那延庆女跟月亮好，月亮她爷们儿也玩鸟儿，“智取光荣”的第三天晚上四爷就全知道了。能不赶紧嘱咐光荣吗？什么错儿都出在一念之上。

“光荣啊，你也四十好几了吧？”

他点点头，岂止四十好几，都四十六七了。

“比不得小玥、靴子、老丫头、光宗，他们那茬儿算新派儿，正赶上年富力强好时候，可着性儿地折腾，尥着蹦儿地胡造没事，你呐，奔五十的人可不禁摔跟头。”

他倒吸口气打了个冷战，那天的事儿想想太让人后怕了。

“有钱的挠攘，烧得慌，没钱的‘晕头’着把眼都急红了，连何老师都‘晕头’了，您想赚钱也不至于卖报哇！”四爷眊眊挤得更细了的小眼，“钱不是不能赚，毛病出在他不是那材料儿，人人都‘晕头’了，‘晕头’喽！”

“四爷，我是烧包我是‘晕头’我还挠攘，不知我该怎么办，您说我该怎么办？”

“这仨月你抽得出身来不，把和乐撂给静红成不成？”

“怎么不成，我早大撒巴掌了。”奇怪的是有什么重要的事要他离开三个月，跟四爷上内蒙贩鸟儿去？那也用不了仨月呀。

“音像公司要拍个电视剧，我是《人鸟之间》的主演，你瞅着像不？”

什么？他陌生地转过脸米。刚才说起三步、四步、华尔兹，如果对方的语气不是那么实在自然，他无论如何不信当年掏粪的四爷，如今跳开了交际舞。不可思议，北京街头的露天舞场是都被老年人占领了，可参加的人有文化，层次高，再不济也当过职员干事什么的，四爷竟然也入了这个圈儿，怎不令人惊异呀？眼下他又提什么电视剧，当主演，——天方夜谭。他疑心面前坐的不是四爷，要不就是听差了。

“这档子事儿是真的，人家答应给我两万我挡了，交换的条件是搭上你，让你也扮一养鸟儿的。”

“我？”

“你呗，要不让你脱身仨月干什么，这剧还是连续的。”

他看看四爷又抬头，天上那一弯新月竟然变成三角的，都绿了，老半天他才又把脑袋侧过去：“这事儿……是真的？”

“如今的四爷我，能拿这事涮人吗？”四爷淡淡地笑，掏出手绢掸掸盖儿鞋。

——千真万确，华都音像公司的导演邬国钦在鸟儿市上体验生活找感觉，一眼就把四爷贼上了，难得的本色主角儿，更在他那鸟儿玩儿得绝，这老爷子身上出活儿出戏出玩意儿，准入戏。请名角花钱多还不知老先生找多少日子感觉呐。一拍即合，四爷一点儿不怵。报酬不要条件是他得再带个配角儿来。那位邬导前天跑到和乐吃了顿包子，一瞅光荣也挺合适，一看就是插过队的受过累的发起来的老三届，再加上光荣那鼻直嘴大的黑红脸儿，齐活。急着让四爷找他通话儿给回信。今儿个四爷叫出光荣来就是为这事，同意了他们爷儿俩一块看剧本，说实话，有不认识的字还得指着光荣呐。

“四爷，我……成吗？”光荣的心咚咚直跳，十来年没这么激动过。上电视当演员，这不跟做梦一样吗？

“我成你就成，多少人花钱去买名？咱不介，是他们找上门儿来磕咱们。放开喽，全为你，挠攘得慌拍拍电视多解闷儿。”

“唉，成……”

暮色渐深，四爷掩掩西服站起来：“走，先看看四爷我跳舞去，咱们也潮潮。”

他也站起来，说不出什么滋味儿，更道不出什么感觉，刚才还不甘与四爷为伍，此时真不好意思与人家同步。差一截。多少人论说事业上的成败，又有多少人还在研究着生活的艺术。其实四爷最成功，他活得比多少人都潇洒都艺术，怎么就没发现，四爷是他面前的一本大书……

越有墨水越不识货，自个儿没发现，何老师他们就更难领悟这“大书”的学问了。木，他们都木。

腾起的黄沙弥漫着夜色，天宁寺立交桥下的灯光都变得昏黄了。伴着优雅的华尔兹舞曲,中老年人的舞步格外舒缓与轻柔。他第一次这么贴近地注视,他们不冷？也不怕这风沙迷眼睛？

四爷撂下鸟笼子攥攥他的手:“我找舞伴去,给你露一手儿。”

他点头。不知是那轻柔的舞步还是华尔兹的舒缓旋律与节奏,他的心片刻就静下来。真是的,一个人一种活法儿,他只顾赚钱没在“活”上下功夫,要不一劲儿挠攘呐。

自个儿到底怎么活？每个人的活法儿都是不同的。看着四爷满面春风地引来一位丰腴妇女,他突然又慌乱起来,挠攘起来了。

顶戴钩沉

1

本来,石桥旧货市场最西头的旮旯里,只有俩卖鱼虫的,湿湿兮兮缩缩叽叽矮人半截。随着市场的拓展,西头又冒出鱼市猫市狗市鸟市虫子市。这二年更新鲜,死的活的新的旧的物什全叉在一堆儿,不分片不归类,这家旧货摊子挨着的是一卖鸟儿的;那俩卖金丝熊和荷兰猪的中间夹一练古玩字画的;对过那狗摊儿旁边又是倒腾做古工艺品的——五色杂陈鸟啼虫吟,要多热闹有多热闹。到此光顾的老外们不嫌脏不怕挤,除了在旧货摊儿上遴选文物之余,还捎带着逗逗波斯猫摸摸板凳狗。有心的鸟儿贩子专门训练八哥说两句"骨朵白""好阿哟",招老外开心,冷不丁还真能坑那高鼻深目的洋哥洋姐们一头子。到石桥来的国人也越来越多,大多双重身份,既买又卖不用起照,在林林总总的摊位面前,熙熙攘攘的人中到处是抱着只猫的牵着条狗的,要不就举着三五只太平鸟,倒腾,石桥立交下琳瑯满目沸沸扬扬,不亚于大栅栏儿王府井。人们都在兴致勃勃地倒腾。

卖虫儿是倒鸟儿衍生的。不少鸟儿专吃荤,自然鸟儿市把虫子市也带起来。什么面包虫蝼蛄蜘蛛知了蚂蚱这儿全有。大的论个儿,小的论斤。饲料,练鸟儿的大户老得用虫子。自打头年开始,七爷在石桥一露便成了响当当的人物,倒蛐蛐儿练鸣虫,摊儿一撂地把所有练活物的全镇了,倒虫儿的不低人一等,七爷卖的虫儿不是喂鸟儿的,当年慈禧太后都稀罕——听响儿掐架的,五十一百的都有,哪能论斤统统论个儿,好的开价十张"四人头",绝不亚于一对犀牛鹦鹉,厉害不?

七爷是蛐蛐儿的玩家行家专家,人家祖上是紫禁城世代的蛐蛐儿把式。老祖儿供奉内廷,专门侍候老佛爷玩蛐蛐儿,恩加过六品顶戴,如今七爷摊前还挑着这只顶戴佐证,大内当年还有养牲处鹰鹞处养狗处造办处如意馆珐瑯作,你们哪位练猫练狗练鸟练古玩字画的效力过紫禁城?我这六品顶子是佐证。

绝对不是唬人,七爷烂熟于心的全是蛐蛐经。自打他练开了蛐蛐儿摊儿,带给耳朵的统统大开眼界大长见识。不管什么蛐蛐儿,七爷都能一眼瞟出优劣,论及品相让你回回晕。就拿那麻头一类的蛐蛐儿来说,七爷能辨出红麻头黄麻头青麻头紫麻头白麻头栗麻头黑麻头竹乌麻头柏叶麻头和胡湾麻头,而那红麻头又优于一般麻头,但红麻头若跟紫中带黄的麻头一比却又要逊色得多。紫黄麻头要跟紫黄麻头比起来,那紫带滑色润泽轻凝的更是上品,大紫大黄的麻头颜色失于生硬,少韧性儿。一般人瞅蛐蛐儿通身上下全一个色儿,谁分得清光麻头就有这么多差别在里头?还没完,不管是哪类麻头,都得看头上的条纹丝路,红头黄丝路青头白丝路乌头银丝路,丝路的搭配既要自然又要清晰,纤细如丝得透顶——单单一个顶,七爷又能给你刵划出顶似蜻蜓样,毛丁又起斑,更兼形色正,打遍世无双的学问。谁听着不晕?大内的传授。

七爷的蛐蛐儿大多是从山东泰安、河北易县倒来的。个个触须必叫碰尾回斗,没孬虫儿。连那些年轻的新派儿们都五体投地。斗蛐蛐儿刺激,练蛐蛐儿又来钱又生趣。每天,七爷摊儿前里三层外三层水泄不通,买的听的看的,罐里罐外全是学问。那天一天津小伙儿带来只蛐蛐儿,递到七爷跟前一打盖儿,那蛐蛐儿竟有小油葫芦那个头儿。七爷眯眼,只见它头圆项宽腰腿粗壮,岂止个头儿大,还是上谱的土狗蝼蛄。虽然其体形硕大却不笨拙,刚一揭盖便左突右撞,油得不能再油,还往上够着要蹿罐儿。看热闹的也称奇,够个儿。七爷拿起探子跟那天津小伙儿说:“探探成吗?”“随便了您呐。”七爷轻一探须,那只土狗身子一顿,张开两片蜈蚣般的钳牙嘟嘟起来。七爷就势微一侧罐儿,迎头照一眼盖上了盖儿:“你要卖我?”“是呀您呐,我们天津都知道你七爷是北京城玩虫的老大,所以才进贡献宝来。”七爷抿嘴一笑:“品相不赖,一文不值。”“你说嘛?”七爷拍拍他肩膀:“本来是只好蛐蛐儿,可它连着掐败多少蛐蛐儿了?”“十六只。”“结了不是,掐坏了牙松了,松牙口个儿再大也没杀伤力。”

不容对方开口,七爷给他上开了课。这只土狗形似蝼蛄,个儿又大体又粗,可刚才一探两片牙张得太开,而且开合迟缓已然不溜,这叫牙松了过力了斗伤了。它遇见屃的还能咬一阵儿,碰上牙口紧的准输。七爷还说这只土狗盆里搁长了三尾,交配过度外强中干已然体败力衰了。天津小伙儿哪服气,非要七爷挑只好的一决雌雄见高低。七爷不干,小伙儿当着众人叫板。七爷只得信手亮出一只小蛐蛐儿。小伙儿又不干,说不是一个重量级别的,七爷眼一闭:就是它。

两只蛐蛐儿放入斗盆,因为个头儿悬殊还真咬了好一会儿,最终七爷的小红蛐蛐儿真把大土狗的一片钳牙掰下来。好栽,天津小伙儿臊眉搭眼连脖子都红了,怎么土狗一上北京就变成了囊膪?刚才还腆脸要三百现?

七爷没睬咕。还是那句话,掐频了配频了,调养不好把只土狗糟践了。待那小伙儿走后七爷又跟众人说:“三分天赋七分在养,老让蛐蛐儿在下三路上泄劲就是不常掐也伤元气,跟人似的哦。”

“没错,”枝子最崇拜七爷,“瞅刚才小子那德行,他就色迷瞪眼的,土狗跟他一样,拔火罐子老拔着,火太大虚透啦。”

众人皆笑,嘻嘻!哈哈!呵呵!

2

老范近来也往七爷摊前凑,是男人就爱瞧蛐蛐儿。

石桥旧货市场一开，老范就成了这儿的胡同串子。罗着个腰成天在各摊儿踅摸。讨价还价买点小零碎儿，后来索性拿一包袱皮在地上一铺，也倒腾开了铜钱烟壶印章石砚，小打小闹儿，倒来倒去不趁一件好东西。连枝子都常斥挞他："有本事倒点儿官窑立件儿（罐、瓶瓷器），瞅你叽叽缩缩那神气。"老范就会嬉皮嬉皮，民窑趴件儿（盘、碟瓷器）都买不起，哪有财力倒官窑立件儿？再说他老范也木，这石桥一天到晚来老外，哪个练古玩字画的不会对付句好都有都 OK 的？他老先生说话先吭吭哧哧，跟人比划都不利落，想闹大赚儿？嘁！那天俩灰发灰眼的北欧人跟老范摊前看铜钱，相中几枚光绪通宝。老范伸出一个巴掌外加一个指头，告诉买主，六块钱一枚。俩老外一个劲儿说"闹"，高个儿的撕张纸写下一行奇怪的数字：

1 =5;2 =9;3 =12

老范左看右看闹不明白。一怎能等于五，二怎能等于九，三跟十二差得就更远啦。他连连摇手说不对，旁边的枝子再也憋不住："傻不傻呀你，人家外国朋友跟你侃价儿呐。"

老范还没醒过闷儿，这叫怎么个侃法，看不懂他写的什么意思啊。

"木头，"枝子瞪他，"人家说买一个五块买俩九块买仨就四块钱一个啦。"

老范如梦方醒，哪懂这弯弯绕，不成，光绪通宝六块一个就够便宜了。

死犟屌。枝子腻味老范不是做买卖的材料。近来活玩意儿走俏，老范也跟着掺和，除了倒旧货也卖开了金丝熊荷兰猪珍珠鸟，全是一只一对儿地小鼓捣。不伦不类，样样不精，逮着什么着豁什么。为此枝子还给他起了一外号："瞅你抱只鸽子一戳那架势，整个儿一范进，往后你就是范进了啊。"

老范不在乎，爱叫什么叫什么，反正他一天到晚串摊儿摆摊儿，闲下来便到七爷这里看蛐蛐儿。

今天，他在外围巴着红眼看了半天，直到快晌午清静下来才凑到前边。七爷见人少了拿瓶二锅头对嘴呷，右手捏块熏排骨慢慢啃。他也不睐老范，吭吭哧哧肉肉叽叽整个儿一范进，老挤到他这儿干吗，腻。

老范不抬头，蹲在七爷摊前踅摸那些蛐蛐罐儿。七爷那罐子也讲究，尽是老罐儿，不用摸就觉出爽手，不用掂就给人一种沉甸甸的厚重感。大的小的圆的方的高的矮的各式各样，灰的黄的黑的红的浅粉豆绿五色杂陈。老范上上下下逡巡，两眼落到一溜瓷罐上。左数第三个是只三角形磨圆罐。它高四寸，三边约长四寸五分，通体白色为地，盖上彩绘着三朵浮云，三侧立面均为干枝梅花，可三面干枝上的梅花分别为淡粉色、月白色、蜡黄色；花朵或舒展蓬开，或含苞欲放，或半开半闭，或掩映交合；有的花团紧簇，有的散淡疏落。老范情不自禁地伸手一触瓷釉，赶紧把胳膊又抽回来。随着缩手他又低头，把目光落到眼前一只六角青花瓷罐上。

这一切都被七爷乜在眼中，只是不瞅他。直到老范磨磨叽叽想要发话，才把搭在板车上的两腿收回来。

"人家是买蛐蛐儿，你是看罐儿上的画。嘁！"

“是呀,不是……我是……”老范吸吸鼻子,抬手把脖子搓了搓。

“老范你该干嘛干嘛去,啊。”七爷呷口酒,把刚放下的腿又架到板车上。比枝子还不待见老范,你到底算哪一码?人家枝子练古玩真真假假虚虚实实扑腾到手十来万,老范你四处踅摸拣人家摊上的踹货,现在又捎上了倒猫卖鸟,一壶不开算哪出?这阵看我七爷玩虫儿越玩越火又蹭过来。玩儿去,甭想上这儿打主意。

“七爷,那梅花罐子……有看头。”老范迷上那只三角磨圆瓷罐子。

“是好看,西太后赏我老祖儿的。”

“那你……”

“甭想,刚带两天来就让你贼上了,没门儿。”

“我是说——”

“我只卖蛐蛐儿不卖罐儿,三分天赋七分养,卖熟罐我这买卖还做不?”

甭管是泥罐瓷罐,七爷很少连罐儿卖。熟罐子才能养好虫,使出来的罐子跟没养过蛐蛐儿的生罐就是不一样。这几个瓷罐儿原来没带来过,怕板儿车颠来颠去把瓷釉磕碰了。眼下买卖越做越火,也就顾不得泥罐瓷罐方的圆的全装车,先赚钱,只要能闹钱还管它磕瓷不磕瓷的呢,顾不得。

“七爷,我看看这罐子行不?”老范到处踅摸古玩倒给老外,可傻兮兮至今也没倒出名堂来。今天又贼上了七爷这只瓷罐子。

“看?你不早看够了吗?”七爷知道,上午在圈外这会儿在眼前,老范巴着红眼看了俩钟头,还有什么可看的。

“看一眼,拿起来,啊?”

“非要拿你就拿,别打盖儿,那里是只紫金翅,油着呐。”

老范一手撑地一手拿罐儿,掐死了把那只梅花罐抓过来。捧在手中慢慢儿举,拧着脖子看罐底,小心翼翼地又把它放下来。

“大明宣德罐,甭想打主意。”七爷又捏起一粒花生米,扔到嘴里嚼得脆脆的。

“什么宣德罐,你看旧货摊上带款的瓷器有多少。”

“全是仿制,我这是大内的货,老佛爷赏给先人的。”

“我就是稀罕这熟罐,其实全一样,七爷不是老念叨,熟罐才能养出好蛐蛐儿?”

“嘿——我说犯劲,你老小子上这儿绕腾我?我这二百多罐子全是熟的,你怎么单挑它?玩儿去。”

“七爷,其实,呵呵……”

“你甭跟这儿其实呵呵的,我这罐儿就卖老外,你要买,一万,拿钱来,连蛐蛐儿都搭你。”

老范一拄双膝站起来:“哪没这种有款的罐儿,我还不因为它是熟罐儿吗。”

枝子从那边走过来,猫腰问七爷怎么回事:“老范又跟这儿犯什么劲?”

“可不吗,他想绕腾我这只大明罐儿,懂吗他,我开口一万,他闷了,哪天咱等来老外真卖他一万,挑着六品顶子的摊儿上没踹货。”

“就是，七爷您绷住了，哪天招来老外缠住黑他万二八千的。”

“黑？这是大内出来的官窑，真罐儿，你小子也拿我打糠灯是不是？”

“对对对，不叫黑，您明正言顺卖它三头两万的。”枝子在这儿练了几年古玩，经的见的多了，七爷这梅花罐旧货摊子上不少，到处是大清乾隆大清康熙大明万历大明宣德的赝品，坑蒙拐骗弄虚作假浑水摸鱼，黑呗宰呗扑腾呗，七爷这只罐子也是只踹货。只不过他佩服七爷在蛐蛐经上的功夫，尽是见识尽是乐儿。

七爷没在意旧货摊上还有没有他这种款识的蛐蛐罐儿，有也都是假的，自个儿这绝对是真的，皇宫出来的能有假东西？哪天真有老外光顾蛐蛐儿摊儿，真打着卖它个万儿八千的。最好等来日本人，日本人最精最识货。遗憾的是没一个老外造访蛐蛐摊儿，不认，人家兴斗牛斗鸡斗骆驼，就是不认斗蛐蛐儿，自然也来不及端详他这真瓷器。不过不急，早晚能等来懂眼的。

3

中秋之前，七爷这方寸之地更火了。当场设赌。前两年，北京玩蛐蛐儿的就步起老佛爷的后尘，设赌局。有押几十的有赌上百的，人生不就寻一刺激吗，赌蛐蛐儿惊心动魄更刺激。

七爷卖蛐蛐儿很少跟着赌。有那捧来罐子非来叫板的七爷也极少赌，拖不过了赌一局，必胜无疑他顶多要十块，工商税务的也睁只眼闭只眼瞅一乐儿。可是，别人互相在摊前赌，七爷占了大便宜，多少人现买现赌，他这买卖火得不能再火了。

老范迷得连买卖都做不踏实了，三天两头到这儿看赌局。赶不走轰不动，最后被七爷挤对得让众人都替他脸红：你老上这起什么腻，倒腾你那铜钱猫狗去，再占地儿我可让你打票了啊。

老范还是嬉皮嬉皮，刚走一会儿又来了。一次他没来，反倒麻烦了——

那天枝子正跟七爷摊前看赌局，北边闹闹哄哄嚷起来。七爷怕漫延到摊前碰了罐儿，打发枝子瞅瞅去。枝子循声过去钻进人堆，竟然是老范，被人把脖领子揪住了。

“走，可把你老丫挺的逮着了！”红头胀脸的是一大胡子。

“你干嘛？有话你好说嘛……”老范脸色煞白，怀里紧紧抱只波斯猫。

“好说？我还抽你老兔崽子呢！”大胡子喝了点酒却绝没有醉，“大伙儿瞅瞅，可惜了这么大岁数，偷哦家波斯猫上这儿卖钱来，你老丫挺的缺不缺。”

“你瞎说，是哦家的……”老范虽然不瘦，可跟那彪形大汉一比差多了，加之底气不足，身子缩下来一截。

喵，喵，他使劲搂猫，可那小猫直挠他。

“今儿你不给猫，我把管治安的叫来你就踏实了。”大胡子只是抓住领子并不真拽，一是怕对方真趴下，二是扯着嗓门儿寒碜他。

“你干吗，我没偷。”

“范进，今儿你改戏又卖猫啦。”有人起哄，旧货市场成天架不断，热闹。

枝子虽然不待见老范，可老范窝囊，可怜兮兮没有坏心眼儿，看着大胡子这么猖，心里别别扭扭较起劲儿。确实，北京城这阵子尽是偷猫偷狗的，拿到这石桥倒腾出手。那怎么着，谁不坑谁不骗连自个儿都算上，没有一个好东西。再说老范窝窝囊囊也不至于干这事，大胡子你上旧货市场抖什么份儿？心里窜着火，他上去轻轻拍拍大胡子：“哥们儿，即便他真偷你只猫，也不至于又拽又搡的，六十多的人了您要给弄一屁蹲儿，棺材板子钱你抄上了。”

大胡子展展两条又粗又长的眉毛看看枝子：“哟呵，你倒挺宽宏大量的。”

枝子年轻块头儿不比对方小，又抬胳膊把那人腕子抓住了：“我让你撒手，他真偷了有国法，兴不着你动手动脚的。”

“对，松手，松手！”摊主们虽然时时勾心斗角尔虞我诈，可跟生主儿一致对外没说的。

大胡子松开老范的脖领子：“你们别成帮搭伙欺侮人，这猫我养一年了。”

枝子反把两手叉在腰上了：“你的猫？我跟他是老街坊，老爷子养它三年了。”

“你！……”大胡子脸都憋紫了，“昨儿晚上大白出来就丢了，今儿我上这儿找来，一眼就见到他抱着，不信你扔地上看它找谁。”

“我不撒是我买的别人的……”脸色还没缓过来的老范紧紧抱住那只猫。

枝子没想到大胡子这裁断有点儿突然，有点儿袭击，让人实在措手不及，愣怔片刻跟老范说：“甭怕他，你把这猫撂地上。”

“我不介，”老范叽缩得更小了，“是我的。”

“呸，让你放你就放，”枝子上手一掐那猫从老范怀里拎出来，“闪开闪开，让他试。”

人群立马自动向后拥出一个圈，枝子信手把猫往老范脚下一扔，想不到那小东西扭脸蹭一家伙蹿到大胡子身上去。

好一大憋，老范低头枝子噎得半天说不出一句话。

“走，找治安的去，他偷猫。”大胡子抱着大白贴到脸上。

枝子抻着脖子眨了眨眼，从兜里于扽出一张五十的：“哥们儿，放他一马，冲我面子，啊。”

“那不成，公事公办，走。”大胡子瞥瞥钱摇头，哪有在大庭广众之下私了的。

“哥们儿，他是一老绝户，有话咱哥儿俩那边说，”枝子又冲众人嚷，“该干吗干吗去，没事了还踪这儿干嘛呐！”

趁人群一松动，他一搀大胡子胳膊出来了，没多大工夫私了了，回来戳着老范那肉鼻子说：“瞅你老丫挺那操像，六七十了不可人疼，让我跟着一块儿栽。”

“枝子，我给你钱，我谢谢你啦……”老范哆哆嗦嗦把五十块钱捧过来。

“掖起你那臭钱，人家没要，今儿就应该让你老丫挺进回局子。”

“嘻嘻，嘻嘻，嘻嘻……”老范一句话说不出来，整在枝子身边嘻嘻了一个多钟头才回去。

4

再上七爷这儿来,老范更受挤对了。本来七爷就不拿正眼看他,这回连眼皮都不再抬起来:“多大材料儿,瞅瞅你那点子起色。”可不是吗,这岁数了偷人只猫来卖俩钱花,就是没起色没材料儿。

老范也皮了,开始脸上还红一阵白一阵,老说他给你来一死猪不怕开水烫,给你俩耳朵,成天扎人堆里看蛐蛐儿。

七爷心里一直提防着,这老小子一直盯着那只梅花罐儿,连猫都偷,可别把这大明的宝贝给“顺”走了。

中秋第四天,老范早早拎一沉甸甸的大提包在七爷面前站定了。他慢慢蹲下,从提包里捧出四只蛐蛐罐儿。七爷被眼前的东西一晃,不得不把眼皮抬起来——三角磨圆梅花罐儿,跟他那只一模一样的。老范不言声儿,捧起一只罐子递过去。破天荒第一回,蛐蛐儿把式没急着看虫先看罐儿。一样的釉色一样的光泽一样的图案一样的造型一样的新旧,并排一放竟然分不出哪个是哪个。他惊疑地看了半天,双手高擎看款识,大明宣德年制六字别无二致。嘿,七爷撂下又托起自己那只,毫厘不爽绝对的一模一样。他看一眼老范,又把两只罐子拎在手中一块儿拿,再换手,一般儿沉。瓷胎的密度是一样的,这是区别真品赝品的重要标志。七爷又分别让老范帮着放在掌心掂,然后放下哨哨敲,如出一罄清脆悦耳声音带着水纹同是那样舒畅远扬。他惊疑半天一摆手,让老范把那三只罐子全递过来,五只瓷罐放做一排再验款、掂重、听音、摸釉、辨图,全一样。七爷双手拄膝两眼那烁烁之光减了一半。毕竟祖上供奉过内廷,虽然不精,但他对古玩瓷器还是小有所志,比那些二五眼们强多了。本来还想用这大明的梅花罐赚日本人一万,谁想老范一下抱来四个,甭管真的假的,这玩意儿臭街了。

运了半天气,七爷让人把枝子找了来。枝子一到,七爷指着那五个梅花罐,问他哪个真哪个假哪个是他的。枝子逐个详审款识之后捧起罐子挨个摸、弹、捻、嗅、舔、掂,足足咂摸了半个钟头,闷那儿了。连个砂眼的差异都挑不出来,谁知哪个是真哪个是假哪个是七爷那一个。七爷那气越出越粗,你枝子还是古玩市场的后起之秀鉴赏明星,整个儿一二五眼,连你都是踹货,闷了吧,这么半天竟然连个屁都放不出一个来。

——也真够难为枝子的。辨不出哪个是七爷的没法张嘴。要说都是假的吧,七爷怨怒,当初他一直哄骗七爷说这罐子是真的,碰小日本能卖个万儿八千的;要说全是真的七爷更憋,老范有两对七爷才一个,这不让七爷撮火吗。

运了半天气的七爷又平和了。也甭难为枝子了,他七爷玩的是蛐蛐儿练的是蛐蛐儿,没指着罐子发财,只想对机会才赚老外一头子。管它真的假的谁多谁少干吗?你老范上这儿拿几只破罐子抖什么份儿?

他稳稳当当把四只罐子递回去,又把眼皮垂下来:"范老爷子您干吗?"第一回,斥挺变成调侃,"拿这几只罐子气我来?"

"七爷,不……是,"老范两腿早蹲麻了,身子一歪坐在地上,"这里有蛐蛐儿。"

"有蛐蛐儿怎么啦,又改戏倒蛐蛐儿上我这儿卖?"七爷根本没打开一只罐儿。老范能有什么好玩意儿。

"斗哇,掐蛐蛐儿。"老范坐在地上脖子一缩都没了。

"跟我赌,叫板来啦?"

"嗯,试吧试吧。"

邪了。第一极少有人敢和他七爷叫阵的,二来老范肉肉孬孬从来是观众,今儿个他竟要赌蛐蛐儿,太阳从西边出来了。

"我光卖不赌,你知道。"七爷心里那叫气,比老范趁四个梅花罐儿还别扭。这不骑脖子拉屎吗,除了那一掷千金的款爷钱多得挠攘了,上这儿叫一板闹一乐儿,北京城的玩主儿谁敢上这儿抖激灵。可怜可笑,老范又犯劲了只能可怜他。

"我这苏州蛐蛐儿还没遇上对手呐。"

七爷恨不能咬他一口,这话欺人太甚了:"你成心是怎么着?"

"没对手就是没对手。"

"二百一局,十头八块我不赌。"

"成,我这苏州蛐蛐儿准赢你。"

嘿——真勾火。平时摊前赌一注都是二十、三十,怕工商管理的。有个别人非叫阵到头上他七爷变成低于五十不赌,虽然必胜无疑但是伤蛐蛐儿。今儿个老范这么不可人疼,那就别怪他七爷不仗义,赌,别说你是苏州的,就是非洲美洲南极洲的我也给你撂趴下。

等到老范打开左手第一只梅花罐儿,七爷心里还真忽悠一下子。老范这是上哪淘换的,真是苏州产的牵牛青——

只见那牵牛青一口白牙镶一圈血边,青头白丝穿头贯顶,粗粗的颈项脊背高隆,黑褐色的羽翅舒展修颀,再看它那爪尖锋利如朱赤草,花路清晰略带红色,最难得的是足末钩刺是三个,了不得,这牵牛青是三叉腿。

七爷不动声色地瞥一眼老范,邪了。

原来,一般的蛐蛐儿足尖都为两根钩刺抓附地面,而天生三根钩刺的实在万里挑一,抓附力增强一倍,这种虫极具战斗力。所以七爷心一忽悠,好蛐蛐儿。

枝子一直没言声儿。从刚才审罐儿到刻下品蛐蛐儿,七爷都从没这么在意过,还真有点儿非同一般呐。

七爷眼珠一动拿起膝右一只澄泥罐儿,打开让老范看看,个头儿比三叉腿还小一点儿。

四周早围上一圈人,有懂行的知道七爷这回可没掉以轻心,他亮出的是只地蚕变。这地蚕变头如密蜡项似青毡,翅如黄金肉淡腿白,浑身黄雾薄纱轻罩,更兼身体宽厚腿粗脚壮,如地蚕转化故得其名,是蛐蛐儿中咬上便不撒嘴的骁虫猛将。

动真格的了。七爷极少自己赌。赌也不用地蚕变。

两只蛐蛐儿双双放入斗罐儿中,都很沉着都没动。地蚕变轻捋长须,三叉腿踢踢后尾旁若无物。围观的人们谁都敛气屏声,凡是沉得住气的蛐蛐儿都不乍盆,不乍盆的蛐蛐儿咬起来一般都是死去活来的。七爷不慌不忙,老范攥着拳头使劲儿,怎么还不快掐呀。

做中人的枝子也沉不住气了,用探子一拨三叉腿的后尾,它不回头,反而崩地一踢,枝子的手都有感觉。他索性用探子往它两尾之间一顶,推着它往前走了几步。七爷用脚踢他,光明磊落,没这么向着他七爷的,伤蛐蛐儿他心疼,三叉腿是只好蛐蛐儿。

就在三叉腿被迫前行的当口,四条须子搭做一处,一场厮杀开始了。地蚕变宽厚的身体冲力极大,它上前一冲两只蛐蛐儿竟然搭成120度架着咬起来。翻腾扑跌左旋又转,它们咬做一条链滚成一个圆,扭曲在一处厮打成一团,分开的时候只是刹那,刹那容不得任何一方振翅矜鸣,刹那使看的人得不到片刻喘息。

突然,地蚕变利用一个刹那的侧身一闪,三叉腿扑空冲到对方腰际,地蚕变摆头一口狠狠咬住三叉腿的脖子。三叉腿连滚几周,地蚕变竟然没有撒嘴,直到翻滚着双双撞到罐壁,三叉腿才就势把地蚕变甩脱。地蚕变追上去又咬,三叉腿倒着一踢,地蚕变险被掀翻,仄歪一下,站定足爪再追,三叉腿沿着罐壁逃跑了。

嘟嘟嘟,地蚕变振翅,不再追。

"好,二百!"枝子带头叫起好来。

"嘘——"七爷抬头看看没穿官衣儿的,狠狠地瞪了枝子一眼,温言温语对老范说:"范爷念你第一回叫板,钱免了,败蛐蛐儿归我,咱们就算清了这局。"

老范早已满脸通红,一件和尚衫溻在前胸后背上,他从提包里扽出两张"四人头"乜七爷:"不是我这蛐蛐儿差,新买的几个罐子是生的,它不服生罐子!"

七爷没见过老范这大脾气,生罐熟罐是很重要,更关键的还在老范不会养。其实他那只三叉腿比地蚕变的品相强多了。第一眼看三叉腿的刹那,他就惊叹好虫难得,但他又一眼看出三叉腿小腿内侧隐隐现出两条淡红血线,若再喂上一个礼拜的蟹黄,这只蛐蛐儿就所向披靡了。三分天赋七分在养,这只蛐蛐儿稍嫩,老范不谙门道应该再养养。所以他以"老棒"的地蚕变应对,地蚕变胜在"老棒"上。眼下他不接钱只把三叉腿取在罩中说:"范爷,要只蛐蛐儿就结了。"

"七爷,你瞧不起我?"老范脑门子上的汗流下好几道,"我连蛐蛐儿都给你,我输在生罐上!"他拿起空梅花罐往地上一掼,叭,碎了。大明款识的罐子粉碎了。

七爷懵了,枝子懵了,围观的众人都懵了。七爷最纳闷儿,生罐用用不就成了熟罐儿,甭管输赢,摔得哪门子蛐蛐罐儿?老范平常没这脾气火性派头哇。

"范爷……"

"赌这只,还二百。"

七爷游移的目光落进第二只蛐蛐罐儿。又一愣,哎呀,杭州红孩儿!通体色青双尾上翅颈项微钩伏爪前倾,开罐儿便有股咄咄欲搏的虎虎生气。殊异的是它的左翅上有一赤色朱砂斑,状如苳麻鲜艳夺目。这就是有名的红孩儿,七爷从未见过,只在大内蟋蟀秘谱中得知世间还有这么种蛐蛐儿。不是万里挑一,而是数载难逢。他好一阵子眨眼睛:“范爷,哪弄的?”

“甭打听,来呀。”老范拧着脖子神经了。

枝子再也压不住火:“欸,又摔罐儿又牛逼的你干吗?不就上两趟龙潭湖吗?我知道那儿有南蛮子往北京倒蛐蛐儿,瞧你这行市涨的!”

“没你事没你事。”

七爷反倒没了脾气。他那心思全落在红孩儿上。可是,一双慧眼使他马上又瞟出红孩儿刚从南方来到北京尚不适应,眼外有晕圈,长途颠簸与水土不服造成的。经验告诉他,红孩儿前几天吃的是熟籼米,而来到北京卖主和老范喂它吃的是毛豆,再加罐儿生没调过来,红孩儿亟需的是休息。他发自肺腑又跟老范说:“范爷吔,罐儿生在其次,它还水土不服呐,五百卖我,不赌了成不?”由衷喜欢,不忍心再伤一只好蛐蛐儿。

“没那事,四只全掐完了算。”老范撩起和尚衫抹汗。

“七爷,我说他犯劲了您还不信,您瞅他得寸进尺那猖劲儿。”枝子目睹老范偷猫被抓的那副惨象,更是受不了这口气。

七爷眼珠一转拿出一只紫龟背。这只蛐蛐儿背如甲纹脖子短粗,但头形不圆顶额尖削,状如乌龟动作迟缓,腿足圆长牙色金黄。它擅冲撞,冲撞起来比厮咬还厉害。刚一放入鹅黄斗罐,紫龟背就嘟嘟嘟叫起来。

枝子一愣,七爷跟他说过,这鹅黄斗罐最容易让水土不服的外地蛐蛐儿乍盆儿,一般不使,万不得已遇上恶主儿才黑他一招儿。看来今天迫不得已了,要不怎么换了这斗罐儿?

老范迫不及待要把红孩儿放进去,七爷却一手把斗罐儿捂上了:“范爷,输了我给你五百,赢了我就要这只蛐蛐儿。”

“连钱带蛐蛐儿。”老范不是昨日的老范了。

岂料七爷又从身后拿出一只染了鹅黄磁漆的铁丝罩,一取红孩儿它就在罩内乱爬乱钻。刚一磕入罐内,紫龟背冲上一顶,红孩儿噌地窜到罐沿上。七爷早有准备将其罩住,听着紫龟背嘟嘟一叫问七爷:“还掐吗?”

“你再把它搁进去。”

七爷又一磕,手没抬开红孩儿就又蹿起来,惊恐地弹回罩子里。七爷又问:“还放吗?”

嘭,老范又把红孩儿那只三角磨圆梅花罐碎在地上了:“生罐儿,不是我这蛐蛐儿坏!”

七爷不客气,把红孩儿赶紧放入一只澄泥罐儿安慰老范:“别急别急,十天半月这生罐就成熟罐儿了,您别又砸又摔的,钱免了。”

“免?”老范真没掏钱又打开第三只梅花罐儿,“再赌我也不要钱,我要你那熟罐子。”

七爷噗哧乐出来:“要哪个?”

“大明的。”老范一指七爷那只梅花罐,“那是用玉泉山泉水沏茶泡过的。”

七爷使劲盯着老范一下子明白了。演戏呐,老范一点儿没犯劲没犯傻,醉翁之意不在酒,摔俩假罐绕来绕去还是要绕走自己这只大明罐儿,好阴呐。

可是——又疑惑,让枝子都验看了,老范四只罐子跟自己一模一样分毫不差,要是真的他能把两个都摔了?再者说,即便都是真的,老范敢摔俩他七爷有什么犹豫的?这一点差别倒是千真万确的,听老辈说大内的罐子是用玉泉山沏的茶水泡过了,那样罐体温润适宜养蛐蛐儿。不过关键在养还不在罐上呀。思摸着他两眼落到罐内的蛐蛐儿上,手一捂嘴差点儿笑出来,这回竟是只醉猫脸,就剩一条大腿半拉身子歪歪着。掐什么?任何一只蛐蛐儿都能将其咬个半死不活的。

确实,这醉猫脸品相极为一般,秘谱中有猫食薄荷而醉之说,指的是蛐蛐儿脸生白纹一副醉相,更兼这只虫通体油亮,违背了蟋蟀体色要“色如枯叶,有色无光”的要诀,劣种再兼一只夯,这只蛐蛐儿扔的过儿。

“用它掐?”七爷彻底松弛了。

老范点头。

“那有一个条件。”

“你说。”

“你不想要我这宫里出来的大明罐儿吗?我就用这只罐儿里的蛐蛐儿跟你掐。”

“成。”老范纳闷,哪只上阵由他七爷定,这叫一个什么条件?

“慢着,你要赢了这二百多只熟罐全归你。”

“我也有一条件,你要赢了我输一万。”老范从提包中亮出一百张“四人头”。

刹时鸦雀无声,老范他疯了。

七爷赶紧让枝子把老范那钱塞回去,这让穿官衣儿的看见还了得。老范疯了,但他七爷赢了也不能这么要他的钱,没劲。只是他跟枝子都纳闷儿,老范连猫都偷,现在哪来的这么多钱?

老范一劲儿催,醉猫脸跟七爷那只阴阳牙都放到另一只敞口斗罐中。两只蛐蛐儿又没动,可几个懂眼的一看就摇头,没劲了,老范哪知七爷梅花罐中养的是只阴阳牙——

阴阳牙何虫也?它是山东产的一种五色麻头,厉害在它的一对牙钳竟然一片红一片白,厮咬格斗勇健毒辣。因其牙双色齿锋犀利,与其交口的蛐蛐儿即便势均力敌也会遍体鳞伤,阴阳牙就如在口中安了两把快刀子。

醉猫脸与阴阳牙都慢慢儿地沿着罐壁蹭,突然,醉猫脸蹬着一条夯先向阴阳牙扑过来。阴阳牙向后一顿,上去就钳住了醉猫脸的一条腿,醉猫脸向右一栽险些就被翻一个儿。可是,它那一条大夯撑住的身子真如醉了一般,仿佛并不疼,疯狂地反咬住了阴阳牙的脖子。

阴阳牙岂为等闲之辈,它就势向后一甩,两色牙钳并未松开,醉猫脸的一条前腿被切下一截来。

人们顾不得唏嘘,醉猫脸虽然前倾后歪失去了平衡,却依然仿佛一切都不觉,趔趄着冲踉跄着咬,如一团鳔胶粘住对方不松开。阴阳牙以迅雷不及掩耳的速度又撕又咬,醉猫脸的须断了尾折了,可它晃晃悠悠就是不退却。与对方咬做一处既不成团也不为链,——一簇光,两只蛐蛐儿化做深浅交合的一簇光,翻腾着纠缠在一块儿。

七爷把嘴唇咬住了,不在输赢——邪,这一只夯的醉猫脸怎么跟老范一般神经了！可蟋蟀秘谱上从没有过疯蛐蛐儿的记载啊。

厮咬竟然持续了五分种,伤痕累累的醉猫脸醉着咬,一步都不退。体力渐损的阴阳牙反而力不从心了。片刻分离之后它不似初始那样立刻扑冲,只张着双色牙吓唬对方做防御状。浑然不觉的醉猫脸还醉着,蹒跚着步子后劲儿反而更足了。它上去咬住对方的下颌往起掀,两只蛐蛐儿立起身子支成一架人梯状。阴阳牙艰难地歪着脖子再也撑不住,两条后腿一软被砸在罐底下。醉猫脸就势扯须撕爪,阴阳牙翻身蹬腿逃窜了。

醉猫脸振翅矜鸣,阴阳牙蜗居不动。

七爷脸色黄黄地说不出话,绝不在于这二百多个蛐蛐罐儿,胜负也为兵家之常事,只是栽了祖宗的面儿,摊前挑着顶戴呐——醉猫脸是一条大夯欸!

“全归你,连车都是你的了。”七爷凄惶、失落、迷惑却仍不失悲壮,输得起,即便没有中人看客也不会矫情,他七爷真吃真喝真赚是条真汉子。

“我自己说的,就要你这一只梅花罐儿。”老范哆哆嗦嗦把那只罐子捧过来,小心翼翼地放入提包又掏出那一万块钱,扔到七爷怀里头,“清喽,清啦……”他突然把眼睛捂上了。

没容七爷反应,几个穿官衣的突然冒出来;“谁也不准动,大庭广众之下赌注上万,啊?”

“来得正好,”老范抹了两把湿湿的眼睛转过身,“你们全是管理市场的?”

“甭废话,你老家伙还有偷猫的前科。”

“闭上嘴,听我说!”老范突然凛凛然拨开众人,上了七爷身边那辆板儿车。

治安税务工商的全纳闷儿,这老小子要的什么妖蛾子? 老范凛厉地让人把他那只提包也拎上车,双手捧起那只梅花罐儿,声音突然哽咽了:“真正的大明宣德罐儿……你们……谁真懂谁认得?”他翻过罐底让人看,“真罐款识是一次烧成的,假罐儿全是民初的仿制品,后补的款儿,后补的款识哟……”

悄寂中,枝子挤到前面,两眼木木地盯住老范又拿出的赝品,真是的,虽然字体、颜色都一样，可七爷那罐儿的款识与瓷釉水乳般化为一个整体，远看似阴文近看像阳文，若隐若现若即若离，而老范自己那罐儿款识平平地没有凸凹感，不经老范点破谁也没察觉，确实如平摆浮搁贴上的。天，怎么单单让老范发现了？

“再看罐内，真的中间光滑如砥假的底心烧出一个小圆圈！”

枝子再细看，天！这细微的差异谁也没在意，而且赝品那圈在釉下，摸不到看不清，他从来没从器件内部辨识过瓷器，老范难道是行家？

“四十万，这只罐子就值四十万……”

谁也无话，面前的一切是童话。

七爷半张着嘴一动不动，四十万？他一直憋着卖老外，小日本，万儿八千就觉得大赚。

老范猫腰放罐儿又从提包中拿出一个褪色无光的珐琅印色盒，打开之后用双手掂：“我花八块钱买下它，金胎的，卖主掂分量都不会，真正景泰年间的景泰蓝，国宝哇，金胎国宝让人当成废铜给卖喽……”

人人无言，旧货市场到处是真的假的新的旧的景泰蓝，都是铜胎怎么老范一趟摸就买出金胎来？

哆哆嗦嗦，老范又从兜里摸出一块灰白玉佩，举起在阳光下一照，灰白中映出一道暗红的血丝，想不到，真好看。

“真正的血沁汉玉，十万块钱的东西我花十块……就买下了！”他气喘嘘嘘，“老外们在石桥叨咱多少珍品，捞了多少便宜去！”

一个穿官衣儿的再也耐不住这种寂寞，他们从没在低处做过这样的听众：“让你在这儿讲演呐，你下来，在石桥坑蒙拐骗赌博闹事你还露脸呐！”

“讲演？”老范冷冷地盯住他，“我要控诉你们，文物流失国宝流失，你们不懂你们不管！”

穿官衣儿的哪受过这等羞辱，打头的那个上来一把拽住老范的裤腿：“你下来，造谣惑众你下来。”

老范淡淡一笑：“砸坏一件国宝，”他指指车上的提包，“吃不了你全兜着！”

天，老范是什么人，连穿官衣儿的也全被他镇住了。那人讪讪地松手：“您下来，咱……有事上管理处，堆这儿也影响交通哇。”确实，车前已聚了几百人。

老范苦楚地摇头，又从兜里抓出一把铜钱：“贞祐通宝、高冒吉利、大唐钱库、天兴宝会，每枚都值几万，你们全让它们在眼皮子底下，让外国人仨瓜俩枣的钱弄走喽……”

还是枝子先从惊诧痴迷中跳出来。“范爷，您下来歇歇，有话咱跟他们坐下说去。”

老范大汗淋漓下了车，穿官衣儿的赶紧上来搀扶他，他歪歪斜斜步子突然蹒跚了，嘴里还在叨咕着：“写了多少信找了多少人……懂的没有权，管事的全不懂欸……”

面前早已闪开一条路，他像对别人说，也像自言自语念叨着。

5

后来枝子就见过老范一面。枝子不想再练古玩了，说不上为什么。他想跟老范学学养蛐蛐儿，老范对什么都造诣高深炉火纯青，养只醉猫脸那样的蛐蛐儿每天赌一局就齐了。老范对他说自己对蛐蛐儿一窍不通，七爷才是一代宗师呐。至于醉猫脸为什么能赢阴阳牙，跟偷猫一样，事情干得没起色。枝子你也甭打听，不是迫不得已绝对不能干，即便是赌，也要光明磊落有骨气。

那面之后老范再也没在石桥露面，谁也不知他住哪，有人说他出国了，有人说他病倒了，有人说那大明罐儿在故宫珍宝馆里搁着呐，不信你就看看去。

北京又兴开了养冬虫，七爷还是老大，一年四季照样出摊儿卖蛐蛐儿。有人告诉他老范那小子不地道，据说是给醉猫脸吃了巫丹误服的那种药，才把阴阳牙掐败的。七爷扬手，打住！不许提！

谁也没理会，七爷摊前挑着的六品顶戴不见了，枝子早就发现了，他没问，也永远不打算问七爷。

九三春日子五味斋

北 疆 怨

1

真窝心,这叫什么事儿!

依吴连轩的脾气,这件《莽原》挂屏就不应再让三木一男过目,何必呢,既然烙错了一个地方,那就是废品,就应内销,即使赔上三万,也不能丢了厂子的信誉。可是,女儿艳艳跟他磨了好几天,翻来覆去把他的耳朵磨出了茧子:挂屏上烙错的那个字,漫说是日本人,就拿咱们全厂的人来说,有谁看出来了?要不叫他那天上上下下当着二三十口子"砰"地一拍桌子,眼珠子恨不能努出来,谁知道那个读"现"音、当"现"讲的字非得写成"见"呢?日本人这两年把多少次品鼓捣到中国兜售,就是钻了咱们不懂行的空子。以其人之道还治其人之身,咱们怎么非得跟自个儿较真儿?再者,这件《莽原》挂屏是三个月前与日方帝国饭店签下的合同,现在到期不拿出货来让人家验收,不是照样有损信誉、违反合同?

吴连轩别扭的是,临去杭州开会之前,他把《莽原》的草图、比例都向艳艳交代得一清二楚,而且特别嘱咐她,不要把题诗写错。结果呢,偏偏在艳艳——这位责任工艺师的调度下,捅出了这么一个大漏子。这几天,女儿的话确实使他的心动了几动,真是的,也真是这么回事。但真正使他动心的,还是艳艳坐在沙发扶手上,轻轻摇着他的手,拖长声儿的"爸——爸——"的娇样儿,尤其是"爸"的尾音还带着一个小拐弯,使他的心陶陶的,唉,世上还有什么使人心动的力量,比得过父爱的执着、深沉、强烈……

此刻,三木一男倒背着双手,无声地、用那双细长的眼睛审视着这件长八米、宽四米的烙花挂屏,呈现在光亮素洁的木质画板上的,是一幅莽原:远山,低平而绵延,一望无际的草原和远山相连。远山是天地的媒介,把原野和天穹衔接。天穹是博大的,大朵的厚重的白云散逸在它的怀抱,和草原上的羊群互为映衬——天穹中放牧着羊群;原野上弥漫着白云。在这天地交融、动静相谐的画面中,渗透着一股雄浑、壮阔的气息和真假若幻、扑朔迷离的魅力。疏疏落落的蒙古包、凝眸遐思的牧羊女、迎风摇曳的牧草野花,既使人感到生命的力量,又给人以静谧、空灵的感觉。一切都是用铁笔烙出的,没有任何颜色,但通过气氛的渲染、构思的精巧、天然色调的反衬,使人感受到蓝天、绿草、白羊与蒙古包的鲜红篷顶是那么鲜明、醒目、亲切……

三木一男是一丝不苟的。他作为专营中国宫廷菜肴的东京帝国饭店总经理，不仅谙熟华夏名菜，对中国的历史、文学也颇有研究。近年来，他听说以吴连轩为首的烙花工艺风靡欧美，尤其是他以草原风光为背景的作品更是别具特色、独树一帜，所以半年前花三万美元订购一幅《莽原》挂屏，准备挂在帝国饭店的二楼舞厅。这次提货，他亲自从东京飞赴所为何来？要知道，日本人把广告的颜色、服务员的发式、地毯的薄厚都当做买卖成败的要素，更别提舞厅内的装饰！——他要亲自验收。

随着三木一欠身、一移步、一抬手、一摸腮的每一个动作，艳艳的心都要紧缩一下。这家伙真是——贼得厉害！五分钟、十分钟过去了，她注视着三木一男脸上由惊喜、冷厉、平静，最后又浮现出一丝淡淡的笑容这一变化，自己的呼吸也慢慢地舒缓了、轻松了。在后面坐着的吴连轩，却是平静得出奇。今天他和艳艳一道陪三木验货，没像女儿那样，殷勤地向对方详细介绍这幅作品的特色、立意、意境，只能由三木自己体会；毛病，也让他自己去挑，听其自然，这是他静坐在后面，任三木审视的既定态度。

约摸二十分钟，三木一男才转过瘦小的身子，摘下架在窄鼻梁上的眼镜，说："太妙了，贵国烙花工艺堪为艺苑一绝，尤其是吴先生的北疆风格烙花，少说也要再在欧美风靡上半个世纪！"他极瘦，窄窄的额头下，是一双细而灵活的眼睛。头发稀而不白，透出一派年逾花甲，却思维敏捷的狡猾与矍铄。四十年前，他作为日本大藏省的文书，到华北地区进行过"考察"，说得一口流利的汉语。

"谢谢。"吴连轩站起来，走到三木面前邀他一同坐下。三木没坐，看着他的眼睛又歪头竖起了大拇哥："吴先生的大作果然名不虚传，虽然没上半点颜色，却让我的视觉中出现了蓝天、绿草、白羊、红花的斑烂。不可思议的杰作，简直使人如醉如痴，如梦如幻！"

"谢谢您的夸奖。这是我的构思，但不是我亲手烙制的作品，它是我的女儿，"吴连轩扶扶女儿的胳膊，"和几个人协作的制品。"

"噢——，怪不得，怪不得呢！中国有句俗语：将门出虎子，名师出高徒。吴小姐，不简单！"他握住艳艳的手。

"和爸爸比起来，我还差得多！"艳艳一高兴，两只秀气的眼睛更亮。

"不，只差一点点！"突然，三木一男话锋一转，松开艳艳的手，远远地退到样品室的门口，盯着挂屏右上方的那首北朝民歌，说："天苍苍，野茫茫……"

"三木先生，您到底要不要这件挂屏？"吴连轩惊叹对方的造诣、才华，可天生的暴烈秉性又使他不情愿在这位异邦人面前忍受奚落。

吴艳呢，简直急出了眼泪，这个狡猾的三木，他看破了一切！

"吴先生，对，吴小姐，智者千虑必有一失。贵国汉字如繁星之众，同音异字，古今别义者甚多，只错了一个'见'字，我们好商量，再商量，呵呵。"他笑了，他无意间发现的这一小疵，实在是个讨价还价的机会。

"那好,三木先生,您准备出多少钱?"对于吴连轩来说,三木一男的几声"呵呵",不仅是对自己、对艳艳的讪笑,简直是亵渎了烙花艺术的尊严。

"贵国残次产品不是时兴处理吗?按残品处理给我,美元两千!"三木一男压得好狠,他轻轻地一攥拳头,仿佛纵身一跃,把全身的重量一块往下压去。

什么?吴连轩的头发根都竖了起来,他禁不住上前一步,压低眉毛看着三木的眼睛:"三木一男先生,这件烙花挂屏,少一美元也不卖!合同上不是写得明白吗,我们甘愿赔你五千美元罚金!"

"吴先生,不,一万五,两万,两万五……"三木一男被对方突发的暴怒弄懵了,他悔不迭地往回给价。

一切都晚了。吴连轩让吴艳陪三木去办理赔款手续,一握三木的手,转身出去了。

2

身兼厂长和总工艺师二职的吴连轩是说一不二的。从单一的烙花筷子到今天上万种烙花制品的涌现,要首推吴连轩在艺术上的探索和孜孜以求的创业精神。解放初期,是他在自家的油灯上把铁钎烧红,在野冬青木上烙花,拿着烙成的筷子到街上去卖。后来,组织了生产合作社,又建起了一个只有六间房子的小厂。一天学没上过的吴连轩对工笔、写意、水粉、木刻潜心模仿、研究,博采众长,以己为主,把人物、山水、花卉,博古依次重现在冬青木上。随着他的烙花技艺日臻绝顶,他又将牛郎织女、黛玉葬花、伯牙访友,维妙维肖地烙制在座屏、挂屏、吊屏、围屏、家具这些大件制品上。多少年来的实践,使他的烙花技艺由粗疏而精细、自凌乱而和谐、始形似而逼真,色泽光润、大巧若拙;浓淡相宜、浑然天成。尤其是他对草原风光的烙制如神来之笔,别具一股雄浑遒劲的神韵,被世界上许多收藏家所称道,誉之为东方的米勒,火焰中生出的艺术妙品。这些年来,他锐意出新,使烙花厂盈利年逾百万,自然受到大伙的拥戴。遗憾的是,他不苟谈笑,严肃、冷厉的性格实在让人有些怵他。平时,他话极少。不管转到哪个车间,他都要不动声色地把你手中的作品审视一遍。稍不遂意,他就会把插销一拔,让你把手中的活儿停下,冷冰冰地对着你的脸,问:"这一笔,怎么烙得这样深?"你若答对不出个一二三来,他会让你赔料、返工。你呢,只能老老实实地服从。

一次,二车间的于会明把一个八宝盒盖上的蝴蝶须子烙粗了,吴连轩把自己那宽脑门、高颧骨的脸贴到离小于不到一尺远的地方,问他是怎么回事。谁知小于那天的气儿怎么那么不顺,他把脖子一歪,一耷拉眼皮,说:"我知道?一使劲儿,就大发儿了呗!""你说什么?敢给我再重复一遍!"老吴的嘴唇一抿。于会明当时也真邪,他乜了吴连轩一眼,一挽袖口说:"没听见,那就结了。"说完一扭脸,想先上趟厕所再说,不料身后"扑"地一声,好家伙!那只八宝盒的盖子早被吴连轩一拳砸下,弄了个粉碎。"谁跟你结,你给我赔!"他本来黑红的脸膛倏然泛出紫色!这拳头，这色气，谁见着不吓得慌？平时，全厂就极少有人敢“泡汤”，如今吴连轩这一拳又砸下去，谁还自找不痛快，在他鼻子底下“炸刺儿”！

话说回来，发怵归发怵，大伙心里个个佩服老吴，感激老吴，要不叫人家的声誉、本事和治厂有方，人人不经不由儿地月月闹一百多奖金，可着全市打听去，哪个厂子有他们这么滋润！

——差一点儿，吴连轩当着三木一男的面，把挂屏右上角的那首《敕勒歌》又一拳头砸了。他气三木的傲慢、揶揄、狡猾；更气的是吴艳和《莽原》制作组这五六个人的粗心、渎职。当时，他尽全力保持平静，控制住了自己的情绪。没想到，他中午回家取图样，艳艳也跟着追回来：“爸，告诉你一个好消息！”

正在气头上的他哪儿听得下这个：“我早和会计打过了招呼，扣你一季度四百五十块钱的奖金！”

“扣，扣吧，扣一百年也没关系，有您这位后盾，钱不够花了，花您的！”艳艳撩撩长长的睫毛，根本不在乎，每月她发多少钱，花多少钱，从来没有算计过。“真的，爸，美国檀香山的D公司副总裁来了电话，说他要那幅《莽原》，一会儿就来看画。”

D公司！吴连轩一惊，檀香山D公司，这是烙花制品八年来的老主顾。这家公司信守合同，买卖公平，尤其对他的北疆派作品，多次以优惠价格收买，这次，怎能把烙制有误的东西让人家买去？他问艳艳：“他们怎么知道了这件日本人不要的挂屏？”

艳艳把脑袋一晃：“您说巧不巧，三木一男不但和D公司副总裁住在一个旅馆，还正好是十二层上两个相邻的房间！”

“那好，下午我亲自见他。”吴连轩扔掉手中的牙签儿，点上一支雪茄，深深地吸进一口烟去。

出乎意料，檀香山D公司的副总裁杰克，竟是一位二十四岁的年轻人。这小伙子有一张轮廓清楚的脸：深陷的眼窝、凸起的高鼻、乌黑的头发，配上一圈“勃拉多瓦”式的胡子，既不失白种人的灵秀，又兼有一股西班牙人的伟岸、剽悍。尤其是他那微黑的肤色，仿佛是不同人种色素的中和。更使吴连轩吃惊的是，与之打了十来年交道的D公司总裁，就是这位年轻人的父亲，他竟然是位中国人。因为杰克的母亲是位苏格兰人，他才长成今天这副模样，汉语说得不比三木差。

“杰克先生，我首先要向你讲清，你想买到手的这件挂屏，是日本人不要的次品。我们准备内销，不想出售给你们。”吴连轩一见杰克，头一句话就是把情况讲清。

“吴先生，没关系，我非常想马上见到这件作品。”杰克把双手叉在胸前，迫不及待地要看看挂屏。

吴连轩只好和吴艳一同陪杰克来到样品室。杰克一步迈进屋去，迎面的《莽原》立刻攫住了他。博大、宏肆、粗犷、豪放的构图和他剽悍的形象、性格产生了共鸣。蓝天、远山、羊群、牧草和他那么贴近，那草香、野花、酥油的气息仿佛扑面而来，看着看着，他情不自禁地张开手臂，恨不能把面前的一切都要揽到怀里——“敕勒川，阴山下，天似穹庐，笼盖四野。天苍苍，野茫茫，风吹草低见牛羊”。

他，怎么如此熟悉这首北朝民歌！艳艳欠着身子，睁大眼睛看着杰克。他明明是闭着眼睛，情之所致信口而吟的！

吴连轩也有点儿奇怪。多少人不能把“见”字念出“现”的音来；更没有几人能把“野”字念成“亚”，可杰克，他朗诵得多妙！他把“天似穹庐，笼盖四野(亚)”念得声、色俱生，诗、画相配，简直让人身临其境！他的父亲，当是一位对北国风光、民俗多么熟悉的中国人！

好久好久，杰克仿佛才从生机盎盎的意境中挣脱出来，忽地转过身，一把抓住吴连轩的手说：“吴先生，没关系！不就是把‘见’字烙成了‘现’吗，没关系！父亲让我用五万美元把这幅作品买下。”

五万！这个数目又是吴连轩与艳艳没有想到的，何况是件残品！吴连轩又从口袋里摸出一只雪茄，把它叼在嘴里，嗤的一声点上，指着那件挂屏问：“你的父亲，怎么也知道了这件事情？”他莫名其妙，难道中午杰克给檀香山挂了电话？

“吴先生，我的父亲回国观光，和我一起住在白孔雀宾馆。”

“那你，原来就会背《敕勒歌》的？”吴艳的兴致还在那首诗上。

“这是爸爸最喜爱的一首诗，”杰克用双手把满头乌黑的卷发向后一拢，“小时候，他就常带我到佐治亚州的牧场度假。可父亲说，那里的牧场像田园，不雄奇，不开阔，只有敕勒川，才配用《敕勒歌》吟诵！”

怪不得，怪不得他们父子经营的 D 公司，成为北疆派烙花的最大主顾。吴连轩看着虎彪彪的杰克，着实有感于他的慷慨和他们父子的所志所好。但是，多少年来，烙花厂是凭着艺术上的探索、追求和职工的劳动换来了应有的财富。施舍，他从不接受！

“杰克先生，如果你不嫌这首《敕勒歌》上烙错了一个字，我们仍然标价三万美元，多一分钱，我都拒收！”他一晃宽宽的肩膀，声音虽低，却是斩钉截铁。

“吴先生，本来父亲还让我出两万美元学费，请求在贵厂学习两个月的烙花技术。您若答应，五万美元就算包括我的学费，好吗？”杰克一眼就看出，吴连轩是说一不二的。

“有意思，你也想学烙花？”吴连轩上下打量着杰克，“来吧，我收你这个徒弟，不要一文学费！”他拍拍杰克的肩膀。

“上帝，不收学费，这是真的？”他啪啪打了两个响指，兴奋地跳起来，又轻轻地撞了撞艳艳的肩。

艳艳一惊，真行，这些随便惯了的洋家伙！不过，她并没感到厌恶，谁知道，她从第一眼见到他，就对他那“勃拉多瓦”式的小胡子感到有趣，多来劲儿！

“不过，你先要当着我的面，亲手画一张画儿。”吴连轩不等杰克继续渲泄他的兴奋，冷冷地看着他。

“行，吴先生！”他并不怵。

3

杰克真行！当着吴连轩和艳艳的面，他画了一张工笔的“鸳鸯戏水”，尽管没用浓墨重彩，可画中的湖水波光潋滟、鸟羽纤细如丝，画风工而不板，于规整细腻中弥漫着潜在的活力。不简单！吴连轩点了点头，艳艳情不自禁地用英语向他祝贺：“Very Good！”杰克没有半句谦虚的话，什么“不行啦”“瞎画啦”，而是兴奋地举起了两个拳头，使劲甩了甩，说：“真高兴，我真高兴！”

杰克怎么会画工笔？那还得从八年前谈起。七七年，他的父亲开始经营烙花制品的买卖。一天，他放学回来，见到客厅里的大屏风换了一个新的：牙黄色的屏面上，是一幅晚霞满天的“晚秋图”。他越看越觉得画中的意境迷离幽远，简直是远离尘嚣的仙境所在。“妙极啦，爸爸，这叫什么画？”父亲告诉他，这是中国独特的工艺品烙花，是用烧红的铁钎，在青楠木上烙出来的图画。拿烧红的铁钎烙出画来？杰克听了别提有多新鲜，他当即唤来园丁要拿铁钎试试，他的父亲瞪了他一眼：“简直是乳臭未干，哪里像你想得这么简单！”接着便详细地告诉他，没有中国画的基本功，烙花谈何容易！猎奇心使杰克参加了一所由中国人办的业余美术学校。八年来，他不仅学了工笔、写意、水粉、油画，他都能涂上几笔。这次随父亲到中国观光，他梦寐以求的就是学学烙花。

就这么简单，吴连轩当即拍板，同意他在厂内参观学习。吴连轩心里刚要琢磨让谁做杰克的老师，杰克仿佛猜中了他的心思，看看身边的艳艳，向他请求说：“吴先生，如果让这位小姐做我的老师，我将感到格外荣幸。”

“好吧！”没等吴连轩回答，艳艳跨前一步，拽拽杰克的胳膊，说：“走，咱们这就先到各车间转转！”突然，她又舔舔嘴唇，“欸，对了，你会踢足球吗？”

“足球？”杰克一愣，猛又蹬了蹬腿说，“会，会！”

吴连轩刚一皱眉，这两位一见如故的年轻人早腾腾地跑出去了。

从小死了妈妈的艳艳简直不像个女孩子。打小儿，逮蜻蜓、粘知了，最爱玩的游戏就是看人家斗蛐蛐。五年前从美术专科学校毕业，放着美术出版社的编辑她不干，非要到爸爸的厂子学烙花。不管吴连轩怎么反对，她说死说活非要来：“您在这厂当头儿与我有什么关系？咱们市要再有一个烙花厂，我还不愿在您鼻子底下起腻呢！”

就这样，她分到烙花厂工作。自然，要说起绘画、烙花，她秉承父业，心有灵犀，没有几年时间，她被公认为全厂出类拔萃的几个技师之一。让吴连轩头疼的是，她是那种“概儿不论”的女孩子，篮球、排球打着不过瘾，又在全厂拉起了一个女子足球队，跟大小伙子们一块儿踢。厂里有块空地，她当成了足球场，只要她一上，不管下班多晚，差不多的小伙子都围在场边看热闹。“倒钩，好铲，盖啦！”“穿裆、穿裆，黑桃皇后！”大伙都管她叫黑桃皇后——这叫什么事！

黑桃,是说她长得黑;皇后,是她有一般女性所不可企及的魅力与风度。与其说艳艳长得漂亮、标致,不如说她生得健美。微黑的脸蛋上,嵌着两只又大又黑的眼睛,长睫毛在阳光下一垂,能映出两溜清晰的阴影!好看的嘴唇、晶亮的牙齿,配上两个深深的酒窝,要多俏有多俏。最动人的,是她一米七零的个头:修长的腿、浑圆的肩、凸起的乳峰把上衣总是绷得紧紧的。她每走一步,微颤的前胸都会辐射出一股咄咄逼人的弹性。这样的姑娘,谁不愿意多瞟上两眼?用六车间专爱给女人"打分儿"的葛旭峰的话说:"你瞅吴艳的胸脯上,像安上俩六个圈儿的弹簧,人家那'条儿',是他娘怎么长的!"

从上美术学校的时候起,吴艳便从异性的余光中了解了自己的身价。来厂之后,不少年轻小伙儿拐弯抹角地托人传话,想跟她交朋友。她呢,一个也没答应:"托人干什么?男人没点儿男人的气魄!大伙儿不说我是《海盗》中的葛奈尔吗?我,也专爱葛奈尔式的男人!"

杰克,就是一个葛奈尔式的男人。从他见到艳艳的刹那,他就暗暗地吃了一惊。真美,她像一个健美的毛利人!本来,父亲这次回国观光,就有叶落归根的打算,并透露出想让杰克找个中国妻子的心愿。当时,他一听就炸了:"不、不,我不喜欢中国人那细长的眼睛,缺乏质感的面孔!"想不到,他见到的吴艳,却是位一顾倾城的东方美人。从烙花厂回来的当晚,他就迫不及待地对爸爸说:"爸爸,你不是要我找个中国妻子吗?找到啦,她就是烙花厂的工艺师,名字叫吴艳!"接着,他滔滔不绝地把艳艳的性格,长相又细说了一番。不想父亲沙客新并没大喜过望,却冷冷地对他说:"中国的恋爱、婚姻可不像美国那样简单!你要彬彬有礼,尊重他人,千万不能闹出事来!"

不过,杰克来到中国的第二天,就狂热地爱上一位姑娘,这倒是沙客新始料不及的。他若真找上个烙花的姑娘,这岂不正遂自己的心愿!当天晚上,沙客新比杰克还激动,尽管他习惯把喜怒哀乐深深地埋在心底。子夜三点,他还是轻手轻脚地摸下席梦思床,吞下两片安眠药。

即便没有沙客新的嘱咐,杰克也不会做出太出格的事情——艳艳的烙花出神入化,令他入境!每当他看着吴艳潜心做画的时候,一股恬淡,专一的表情使她那么庄严、超然。随着通红的铁笔在木板、宣纸、丝绢上的勾划,不时腾起一缕浓淡相间的烟雾,作画的艳艳像在云霞中,离他那么近,又那么远;那样清晰,又那样朦胧。杰克也仿佛超然物外,一动不动地坐在那里,观察、体会着她的每一个动作。艳艳中午吃饭晚,他也不觉肚子饿;艳艳下午画上六个钟头,他也能坚持到她彻底画完。每次,都是艳艳拔下插销,放下铁笔的瞬间,他才如梦方醒,再接通电源,在残旧宣纸上练起烙花来。

触类旁通,一个月,杰克已经掌握了运笔的规律、烙色的浓淡、快慢的节奏和火候的深浅。同车间的米师傅、宣师傅看了他的八幅习作,都夸他的指腕灵活、起笔利落。米师傅逢人便说:"看这大胡子老外了没有,比厂里有的不三不四的公子哥强得多，人家学过中国画，不差气，有两下子！”宣师傅好像更摸底儿：“他呀，‘串秧儿’他爸爸是中国人，当过齐白石的徒弟！”

——不管怎么说，反正杰克的烙花不赖，这洋毛子有股钻劲儿。

一天下午，杰克又在艳艳身边看她烙花，直到下班的铃声响过，车间的人都陆陆续续地走了，艳艳才抹了抹头上的汗水，撂下手中的铁笔说：“怎么样，这张《小溪》？”杰克早被这件以原始森林为背景的座屏迷住了。他腾地站起来，推开那件座屏，把一条宣纸铺在面前，自信地说：“小姐，我也能，同你画得一样！”

艳艳用手绢掮着红朴朴的脸蛋儿，一开一合的长睫毛下，那双晶亮的眼睛又圆又大：“咱们先去吃饭，回来之后，你画到几点我陪到你几点！”

“不，小姐，你去，你先去！”杰克转过身去，脱掉外衣，管自在宣纸上烙起来。

不知过了多少时间，艳艳早把他俩的饭从食堂买回来。她看着杰克站在画台边，宽阔的脊背微微前倾，汗水从脖子上流下来，浸透了他的花格衬衫，随着嗤、嗤、嗤的熨烙声，第二幅《小溪》的轮廓勾勒了出来——

古老的原始森林，一条小溪在落英缤纷的白桦树下流淌，静静地流淌，晨曦轻泄在苍郁的密林，如丝如缕，如雾如纱……悠远、隽永的诗意浸透纸背，仿佛在向四处的空间弥散、弥散……

“杰克，真棒，你烙得比我还好！”突然，她一捶他那宽厚的脊背，“好极啦！”

蓦地，从艺术氛围中一惊的杰克回过头来看到吴艳那两只黑亮而灼人的眼睛，真美，真美啊！

“我画得真是那么好？”他放下手中的笔，向她移近一步。

“真的，真的美极啦！”她闻到了杰克身上的汗味儿。

“那首先，要归功于你的！”他面前的艳艳，是那样地健美、新鲜，他也嗅到了她呼出的气息。

“最根本的，是你的基本功扎实，会画毛笔画儿，还画得漂亮！”

“不，我画得不美，不漂亮……”杰克的呼吸突然粗重起来，“最美的，是你，是你！”他猛地跨前一步，用汗湿的双臂把艳艳拢在怀里，疯狂地吻起了她……

一切，是这样突然；一切，又是这样自然，惶惑、羞怯，混着一种本能的爱与渴望，使艳艳木然地站在那里，并情不自禁地抱住了杰克。

第一次狂吻的异性可能都是这样，思维出现了空白，就像心脏出现了间歇一样，当时的艳艳只是轻轻地闭上了眼睛，什么也没想。

4

没有不透风的墙，第二天清晨，艳艳和杰克在车间内接吻的事便在全厂传开了。

吴连轩呢，却是在两天之后，他从市里开会回来才知道。

一大早，冯玉秀就在楼道口截住了吴连轩：“老吴，这两天你没在，厂里闹哄得开了锅!”她的脸上边窄下边宽,眼皮和眉毛在露出一点点儿的眼睛上形成两组醒目的平行线。

“是吗?”吴连轩淡淡地说,他知道,冯玉秀总爱这样一惊一乍。

全烙花厂,吴连轩最烦的就是这位早已过了更年期的冯玉秀。她作为党委办公室主任,多次向公司反映吴连轩“只抓钱不看路”,把每周半天的政治学习给抹了。只是因为吴连轩经营的烙花厂是特艺公司的一根台柱子,上面不好轻易得罪他,最终也就没能把他扳倒。当然,吴连轩的脾气也容不下她这号人物,有话当面说嘛,何必事无巨细都向上边打小报告?他想把她调走,也难尽遂人意。何哉?有关冯玉秀的掌故还颇有点儿意思——

二十四年前,从农村来到城市的冯玉秀和一位复员军人结了婚。不想她的丈夫从小就有癫痫的毛病,多次发病,使冯玉秀追悔莫及。就在这时,丈夫一次病发在马路上,一辆汽车急驶而过,轧断他的双腿,造成终生残疾。本来就悔不迭的冯玉秀悲痛欲绝,简直要上吊!就在她决定要和这位瘫子离婚的时候,一位报社记者造访了她。慌乱中她敷衍了几句违心的话,不想三天之后,市《青年报》上以“志同道合心相依”为题,发表了一篇她勇于牺牲个人幸福,坚守革命情操的文章,使她在批林批孔运动中,成为一朵“见行动”的爱情奇葩,一时在全市传为佳话。

连冯玉秀自己都奇怪,她陡然之间高大了许多,因祸得福,她那位一天到晚挨斥挞的丈夫受到无微不至的关怀和照顾。“四人帮”被粉碎之后,冯玉秀又以“革命伴侣肝胆相照”的事迹和精神被遴选为区人大代表、市妇联委员。说来也怪,她对自己的要求越来越高,视野自然越来越开阔。从对家庭和丈夫尽义务而扩展到整个工厂和社会。一想到自己的身份,一股义不容辞的责任感便会油然而生:谁谁谁在外面做过时装模特儿,谁谁谁买了辆“小道儿”进来的摩托车,哪位有夫之妇和一个未婚小伙逛了趟商场,她都要详细调查、了解、汇报,向公司或向区人大打报告。有一次,烙花厂组织春游。中午没招待八位汽车司机吃饭,副厂长佟安给了每个司机五块钱,请他们自便。冯玉秀知道了此事,闯到佟安的办公室问他:“汽车公司的车钱我们该付的付了,那四十块钱的账往哪儿下?”佟安知道她又横生是非,没好气儿地说:“做事得尽人情,该下的白条也得下!”好家伙,这下可惹恼了冯玉秀,她不但跑到汽车公司告了那八个司机收小费的状,还把此事陈书市纪委、市人大,责令汽车公司退回那四十块钱,醉翁之意不在酒,把以吴连轩为首的厂头儿们折腾了好一通!

这次,她听到艳艳与杰克的事情之后,当即把目击者、烧锅炉的老孙头找来:“就单是亲嘴来着?”“那就够臊人的了,还要怎么着?”“你看了多半天?”“瞧您说的,我哪儿能舍着老脸一个劲儿地看!”“你是怎么看见的?”“车间的门大敞摇开,我那么一过,不就看见了呗!”“你从那儿过的时候是几点?”“唉呀,我昨儿晚上跑肚,憋不住了上茅房,哪儿顾得上看钟点儿!”

听完老孙头的汇报,她便给公司党委挂了电话,此事非同一般,中国人和美国人亲嘴，这难道是闹着玩的！

公司党委让她把情况如实告诉吴连轩，共同帮助吴艳，杜绝今后再发生这样的事情。这不，她早早地迎候在楼道口，先探了探老吴的口气。

“艳艳和杰克在一块儿，简直是越来越不像话！”

“呃？来，有什么情况，我们屋里谈。”吴连轩把她让到自己的办公室。

“关于这件事嘛，还不单是我个人的意见。”冲下的眉毛、眼皮，这两组平行线就能使人感到抑郁，再加上她一张口，嘴角就会堆起两片白沫子，——吴连轩更为反感。

“好吧，有什么事情请你直说，”他不客气地坐在皮靠椅上，叉起五指，把双肘架在写字台上，“不管你代表谁的意见。”素来，他都不想在这位人大代表面前唯唯诺诺，用他自己的话说：厂长，我是实打实的烙花厂厂长，让我前怕狼后怕虎地做人，我吴某人干不出那种窝囊事来！

“嗯……是这么回事，星期三晚上，你的女儿吴艳，在车间里和那个叫、叫、叫什么来着？”她成心。

“谁叫什么？”他憋气。

“就那个哪国的来着？”她用手点着太阳穴。

“美国人杰克！”

“对，和美国人杰克接吻、拥抱！”她突然把声音提高。

“什么？你再说、再说一遍！”其实，他听得一清二楚，只是不敢相信，不敢相信自己的耳朵。

“艳艳和杰克，在车间里接吻，拥抱！”她慢慢地，一字一句地重复！

天！吴连轩的头炸了。第一次，他觉得自己精神疲惫、体力不支，无力地瘫软在写字台上，他用近乎请求的口气对冯玉秀说：“老冯，请你，先出去一会儿……”

咀嚼他人的痛苦，能给某些人带来极大的快乐。冯玉秀慢慢地，一步一步地往后退。她看见吴连轩的大嘴叉向下弯弯，又用门牙紧紧地咬住下唇，——该！这能怨谁呢，连自个儿的闺女都管不住，全厂的风气能好得了？这回呀，傻了吧！她轻手轻脚地拉开门，轻手轻脚地退出去——让他哭去吧！

5

吴连轩懵了！艳艳真的能干出这种事来？接吻就意味着恋爱，恋爱就意味着结婚。艳艳怎么可能跟一个外国人结婚，这是多么荒唐的事情！退一万步说，即便真的可能，他只有艳艳一个亲人，怎么可以想象，她将离开自己，到远隔太平洋的美国去安家！

太突然了，他努力回忆着艳艳这些天的表情，变化，没有任何异常，她一直那么任性、爽快、活泼，一天到晚闲不住，说说笑笑、蹦蹦跳跳。是不是，是不是冯玉秀无中生有搬弄是非呢？艳艳还小，怎能干出那种事来！吴连轩抬起稍向前撅的宽下巴,点上一支雪茄,多少年来,他从抽“关东”变为抽雪茄,一般的纸烟绝不沾口,那玩艺,不给劲……不!冯玉秀不敢轻易把是非搬弄到自己头上,尤其是这样的事情!他忽地站起来,跨出门去刚要下楼,蓦地又站住了,推开隔壁宣传科的门,叫干事小信把吴艳找来。

艳艳来了,五分钟后。她若无其事地推开门,坐到吴连轩对面的椅子上:“干嘛呀,爸?”说着,退下自己的两只套袖。

金秋的阳光从窗口射进来,屋里的光线好极了。吴连轩坐在写字台前,默默地抬起压得眼球发沉发坠的眼皮,把目光缓缓地移到艳艳的身上——啊!他突然心里一激灵,今天的艳艳陡然间长大了,她那秀气的黑眼、高耸的乳胸、黑亮的鬓发,俨然是个早已长成的大姑娘了,可是,自己素常眼里的她,怎么老是那个梳着小抓髻儿,拽着自己的胳膊打摽悠的小孩子?

好一会儿,他才垂下厚重的眼皮,第一次这么吞吞吐吐地说话:“听说,你跟杰克……”怎么再往下问?跟已经长成了的女儿!

“怎么啦,爸,这两天,有人说杰克是流氓,我也道德败坏,我恨死了他们!”她拧起了两道好看的眉毛。

“我问你,你和杰克……”他有些恼,恼艳艳倒告起他人的状来。

“爸,你该制裁造谣惑众的人!”她的脸微微有些胀红。

“我问你,我问的是你自己的事情!”他砰地一拳打在写字台上,震得笔筒、玻璃杯都摇晃起来。

“您问我什么,我和杰克接吻了!我要和他结婚!”

“结婚?”吴连轩欠起身来,两只胳膊撑在桌沿,梗着脖子探过头来。

她郑重地点了点头。对视着他的眼睛,毫无惧色地看着他。

——时间是短了点儿,她对杰克的了解是不多的。但她佩服杰克的绘画功力,鉴赏造诣。不单是国画,他能把列宾、苏利柯夫、波提切利的每一幅作品,讲出一个动人的故事。他有一股橡胶般的韧性,不需要他动手、动口的时候,他坐在那里看她烙花,能一天不吃不喝、不笑不动。杰克告诉她,好多中国人羡慕外国的工作、生活、汽车,但外国工人一天六小时的工作量,就是可钉可铆的六小时,像中国一些工厂中打牌啦、下棋啦、聊天啦,是绝对没有的。他和爸爸要求公司职员遵守制度,他本人也绝不特殊,练就了一身能忍能磨的韧性。在艺术的境界里,他是超然的、忘我的,像个贪婪地吮吸着乳汁的孩子。一旦从艺术的氛围里迈出,他又像头美洲的雄狮,激情澎湃、热烈颠狂,一下子攫住了她。刹那间,她陶醉了,折服了,谁能违心地讳言,十八岁的女孩子,不渴望着那样的吻!她二十二岁了哟……杰克告诉她,为了她,他决心舍弃美国的一切,也到烙花厂来,和她永远在一起,探索一辈子烙花工艺。她的心,怎能平静下来!

她和杰克拥抱后的第二天,四车间和她要好的高梅偷偷把她叫出车间:“昨晚的事,全厂都吵吵开了,真是个傻闷儿,白让那大鼻子占了便宜!”

"我可不这么看。"

"那你这辈子,就和一个老外生活在一起?"高梅比艳艳大一岁,她是那种性格内向、办事稳妥的女孩子。

"他爸爸也是一个中国人!只要两相情愿,爱,不该受到国界的限制!"

"恋爱需要时间,就这么几天的工夫,你了解他什么?"

"有的人你和他生活一辈子,也掏不出他一句心里话;有的人,一句话都不用表白,就能使你听到他的心音。"她还把杰克和他爸爸要来中国定居的情况告诉高梅。一句话,她要嫁给杰克!

此刻,她索性把自己的决定告诉了爸爸,不能隐瞒,她也不会隐瞒。她预见得到,爸爸会做出的激烈反应。

吴连轩的眼神由惊讶而变为茫然了。他宽宽的脑门上,皱纹不多,却很深很深,像三根横在眉骨上的筷子。嘴角轻微地抽动着,只要一激动,他的颜面肌就犯抽搐的毛病。好久好久,他抬起左手,那只光光的,五个指甲都连根秃掉了的左手,哆哆嗦嗦地去摸写字台上的玻璃杯……

艳艳还是一动不动地坐在那里,打吧,摔吧!爸爸暴怒起来,是一匹谁也驯服不了的野马,市委书记、公司经理,他都敢粗脖胀筋地顶撞。慢慢地,他的秃手指触到了那只玻璃杯,轻轻地,一点儿一点儿地往上举,艳艳不由自主地闭上了眼睛,他要摔到地上,还是要掼到自己脸上?天!毕竟,在那刹那的刹那,她还是有些心悸……

心,在剧烈地跳,怎么还不摔,不响,凝固了的时间,对她比任何痛苦都难撑、难熬。爸爸,你怎么还不摔,摔呀,砸吧……噗!

一声异样的声音,使她惊恐万状地睁开眼睛……啊!鲜血从爸爸的左手像几条小溪般流淌下来,玻璃杯,被他攥碎了!

"爸!"她扑过去。

"滚,你给我出去!"吴连轩细长的眼睛挑圆了,他忽地把左手的玻璃片摔在地上,又颓然地坐在了靠椅上。

……

"吴厂长和艳艳闹崩了,左手扎了十来个大口子!"

"这事全赖那个洋家伙,我早就看出他不是个好鸟!"

"艳艳也真有稀的,人家这叫什么?——跨国恋爱!"

"就是嘛,找个外国爷们儿,又有钱,又刺激!"

随着吴连轩到医务室去包手,杰克、艳艳的事越传越热闹。冯玉秀可有了事儿干,从一车间到九车间,她名义上是随便转转,实际上是来搜集反映,当然,人们对杰克的义愤、对吴艳的嘲讽使她觉得问题的性质越来越严重。可是呢,吴艳早又回到四车间,若无其事地在那里烙花,杰克更自在,他仿佛根本不知道发生了什么事情。吴连轩自己捏碎了玻璃杯,难道这能代替女儿受到了惩罚,事情就这样不了了之吗？又是那种义不容辞的责任感，使冯玉秀推开了吴连轩的房门——

“老吴，何必跟自己过不去？你那手得打破伤风针。”冯玉秀头一次看见吴连轩独坐在办公室里发呆、发愣。

他没有抬起头来，手，火辣辣的疼；但更疼的，是心。

“得采取果断措施，吴艳回到车间，照样跟杰克又说又笑地一块儿烙花呢！”

吴连轩遇到了一生中最棘手的难题。他何尝不急、不恨？不然，怎能把手中的玻璃杯噗地一声攥碎？几次，他都想跑到四车间，大喝一声把杰克赶走。可是，理由呢，就因为他和艳艳接了一次吻？再说，D公司不但是烙花厂最大的主顾，值得敬重的是他们父子对北疆流派的烙花做了热情的推广、宣传——D公司是友好的、值得信赖的。难道这件事情，应该影响两个国家友好企业之间的关系？要怨，唯独该怨艳艳，是她，不自尊，不自重，才闹出这样的事情来！

“老冯，你派人，再把艳艳叫来。”一股无名火，又蹿到了他的嗓子眼儿。

“刚才，你怎么又让她回去了？”她可抓住了对方的短处，以人大代表的口气，进行习惯性的质询。

“你这是，什么意思？”

“杰克是怎么来的？不但厂里人不明不白，连公司都不清楚！”她上窄下宽的脸上，眉毛、眼皮、嘴角一块儿向下耷拉，竖向组成的平行线，横向看上去，又像三个排列有序的“八”字。

此时，她并不急于解决问题，更不想帮吴连轩排忧解难；追究责任，于她来讲是当务之急。

“我是一厂之长，我有权决定杰克的去留！”他拧起眉头，前额上的三根“筷子”扭曲了，像三个平躺的“S”。

“老吴，要不是杰克，艳艳哪能干出那种事来？厂里嚷嚷遍了，责任主要在杰克，你冷静下来，干嘛那么大火气？”她知道吴连轩敢作敢当、软硬不吃的倔脾气，话锋一转，口气又软下来。

艳艳，艳艳，厂里嚷嚷遍了！吴连轩一阵耳鸣，眼前又有些发花，是啊！怎么单单在艳艳身上，发生了这样伤风败俗的事情。他恨她，可他更爱自己的女儿，这不全是渊源于杰克！对，是杰克的不期而至，搅起了这一场轩然大波，让他走，让他走，不能让他把艳艳带坏，拐走！

6

北方的秋夜是怡人的。没有仲夏的蚊虫，没有春日的大风，它奉献给人们的，是高远、清爽、静谧……

吴连轩躺在床上，全身仿佛抽去了所有筋骨，酸疼得难以翻身。像小时候，在草原上放牧羊群，撞上了正在发情的公骆驼，左躲右闪地奔跑了一整天……

他，是生在内蒙敦达浩特的蒙族人，名叫乌兰尔干。从他牙牙学语的时候起，他就不知道谁是自己的爸爸、妈妈,就做了德格拉沁王爷的奴隶。四十多年前,德格拉沁过的是什么日子!三天两头,附近的郡王、贝勒、贝子拜会他,贿赂他,巴结他,他和日本人、国民党全有瓜葛,是个通天的人物!他的弟弟德格乌里做了国民党绥远地区的副司令。

给德格拉沁"拍"的人多,他手里的珍玩自然也多。他呢,最疼的是自个儿的独子沙格齐尔,不管别人进奉什么,他都留给独子玩赏。

一天,乌兰尔干背着满满一筐牛粪回来,帐篷里传出一阵清脆悦耳的声音:"叮咚、叮咚、叮咚",他顺着帘缝一看,天!沙格齐尔少爷手中托着一个金灿灿的小方钟,钟门敞开着,里面出来一个黄头发、蓝眼睛的小男孩,他手中的鼓槌向上一挥,就发出一声"叮咚"的钟响。九岁的他越看越新鲜,待小人敲完鼓,钟门合上之后,沙格齐尔用个亮晶晶的东西在钟下一捅,钟门又开了,小男孩又走出来,"叮咚、叮咚、叮咚……"

"混蛋!"他一惊,糟了,胖胖的二格格在骂他,不容他回身,啪!一个耳光勺在他的脑袋上,背上的一筐牛粪使他失去了平衡,踉跄几步,栽到帐篷里——砰!沙格齐尔猛地一惊,手中的金钟掉在了地上……

他的漏子捅大了!

十六岁的沙格齐尔躺在地上打滚。钟里的小人摔断了一只胳膊!

当晚,戴着脚镣的他被拖进帐篷。王爷、福晋、格格、少爷全都坐在火盆后。一闪一闪的火苗使沙格齐尔苍白的刀条脸发绿。他比乌兰尔干高出一头,当着王爷的面,他带着哭腔说:"你,干嘛成心撅断小人儿的胳膊!"

他没有答话。事前,巴拉老爹对他说过:"孩子,千万不要犟嘴,不然,王爷会割下你的舌头!"战栗,使他的牙齿得得作响。

"小畜牲,这只金钟五百头牛,一千只羊都换不来,你赔,你赔!"德格拉沁王爷的脸油光晃晃,"烫死他的指根,掀掉他的指甲!来人!"

"不要你们,"沙格齐尔少爷推开走上前的下人,"你们先按住他的左手!"骄奢成性的沙格齐尔要亲自下手。别看他只有十六岁,可王爷的娇纵使他恣意横行。三天前,他把女奴索娅当马骑,不小心摔下来,他上去一口咬掉了索娅的半个耳朵!

烫指根,是德格拉沁王府的家传酷刑。奴隶、下人触怒了他们,就会用烧红的铁钎沿着甲指一划,用钳子把指甲拔下来,从此,指甲再也不会长出,落下一辈子残疾。

四只大手把乌兰尔干的小手钳住。他踢腾着双脚:"少爷,饶命,饶命啊……"

火盆上架着的铁钎早已烧红,沙格齐尔的刀条脸由绿变黄,他轻轻地把铁钎抽下,噌地一挥,一步步朝乌兰尔干走来:"小杂种,我让你摔!"

呀!随着一阵灼肉的煳味儿,九岁的小乌兰被烫死了左手的五个指根。他只哭嚎了一两声,就什么也不知道了……

不知过了多长时间,他睁开自己的双眼,夜,像一张巨大的黑网,罩住了草原和一切。钻心的疼痛使他不敢看自己的左手,好半天,他发现视野中不只是满天的星星,还有巴拉根仓老爹的一双眼睛!

“老爹,我,我,疼啊……”两串泪水流下他的脸蛋儿。

“孩于,忍着点儿,今晚,我带着你跑,离开这儿,孩子,你醒醒……”年轻的时候,巴拉根仓是王爷府上的一名摔跤手,在多少次盟会上得过九次冠军。如今,他老了,不中用了,得了哮喘病,德格拉沁让他看羊圈,天天不给他吃饱。

小乌兰用右手紧紧抓住巴拉根仓老爹的手,从老爹口里知道,昨晚沙格齐尔正要烫他右手甲根的时候,王爷的弟弟突然带着一支骑兵从张家口赶来,好像有什么急事。少爷这才把手一场,命人先把他从帐内拖出,并把铁钎朝火盆里一插,说:“明天晚上再说!”

“巴拉老爹,我走……我要跟你走……”突然,他用烫烂的左手指抠住老爹的胳膊。

“嗨!……”巴拉根仓用粗糙的双手托起他的伤手,“孩子,咱们爷儿俩,豁吧!”

当晚,巴拉根仓偷出一匹马来,把他搁上马背,自己翻身骑上,在夜色中向南逃去……

后来呢,不知跑了多少天,马死了,巴拉根仓拉着他往南走。几个月过去了,两年的时间过去了,转了多少村、多少乡、多少镇,他也说不清。直到他俩结结巴巴地能说几句汉话,不再到处帮工,在古北口住下来的时候,巴拉根仓老爹患肺病死去了。他披着半片破袍子,在巴拉根仓老爹的坟前哭了三天,怎么办?十二岁的他,饿得撑不住,把棉袍撕下几块,大口大口往下吞。

刚巧,一个到古北口奔丧的河南人发现了他。那人把他上上下下看了个够,问他:“没家?”他嘶咬着棉袍,点了点头。

那人看他的左手五指光秃秃的,一个指甲都没有,寻思了半天,看着他的眼睛问:“干活儿,碍事不?”

他呼地站起来,用左手五指抠着身体后的槐树皮,手破了,鲜血浸透枯皮,落在地上,像几片红叶……

“有种!跟我走,有你的饭吃!”

他跟着这位老艺人学烙花,一烙,就是六年。

欢乐也有,却是那么短暂。艳艳不到一岁的时候,妻子又离开了他。是他,一把屎一把尿,把艳艳拉扯大,他离不开她,在个人生活中,唯有女儿,才能使他感受到家庭的存在、温暖……

一次,在厂党委的座谈会上,冯玉秀大谈什么“共产党员的精神支柱”,他一言没发,直到宣布散会,他才一拍大腿说:“我本人,还没那么高的境界,要说柱子,我心里不是一根,倒有两根。”大伙见他并不是开玩笑,就拽住他让他把心里的“柱子”抖落抖落,他一笑,摆摆手说:“算啦,算啦,还是别拿这么严肃的问题当笑谈。”

不料，冯玉秀将开了他的军："老吴，你没发言，憋在心里不舒坦，向来，你可都不是个打折扣的人哦！"他一听，索性解开中山装的一排扣子说："这里头的两根柱子，一根是烙花，一个是我那没心没肺的艳艳！"

艳艳太不像个女孩子了，除了烙花、画画能把她安稳住，唱啊跳啊、踢球、赛跑，他听着是噪音，看着不舒服。可一旦离开了这种噪音，他会更受不了——空虚、寂寞，不，是惶惑！

起风了，并不大，外面的杨树叶沙沙地响。吴连轩坐在沙发上，雪茄烟的红光一明一灭……他的舌头麻了、木了，可心、肺却需要尼古丁的刺激。怎能平静呢？昨天下午，他不客气地赶走了杰克。晚上，艳艳没有回家吃饭，直到十一点，她回来了，一句话也没说，关上自己的房门躺下了。本来，他打算掰开揉碎了帮她分析利弊，想不到，艳艳插上了门，他满腹的话无处发泄，气冲冲地走到女儿门前，蓦地又打了个激灵，艳艳她……他屏住气把耳朵贴近门缝，啊，他悬着的心放下了。跟着竟又有些发酸，艳艳哭呢，那声音极细、极轻，多么亲切，又多么生疏。三年了，不，五年，他没听到艳艳哭过，那么细、那么轻，颤他的心，震他的耳膜……

夜，由漆黑变得发灰，一明一暗的烟头减弱了亮度，他从门庭的沙发上站起来，蹑手蹑脚地再把耳朵伏在女儿的门缝，静极了，她睡了。只有他，听得到女儿熟悉的鼻息声。他震颤的心房舒缓了一些，可灰蒙蒙的夜更使他茫然，怎么办？怎么办呢？

7

天明了，他有些头晕。要在往常，只要他一醒，就要把艳艳叫起来，不然她会睡到九点。今天，他没叫她，她哭了大半宿，让她多睡会儿。昨天，他恨艳艳不自重，一把攥碎了玻璃杯；此刻他疼女儿，从来没有这么疼过。艳艳小时候，要哭，就号啕大哭，他越打她越哭，一旦哄好了她，满脸的泪花没干，就又嘎嘎嘎地笑起来。这次她哭得那么轻、那么细，像连绵不断的细丝缠他的心……

左手不能沾水，他用右手醮湿一块毛巾，在脸上抹了两把，又使劲用牙刷刷自己的牙龈、舌头，烟好像把舌头、上腭都熏肿了，麻厚感使他觉得嘴里生出一层硬皮，他想把它们撕下来……

他轻轻地把房门撞上，做为一厂之长，成心让女儿多睡一会儿，——宁肯迟到，这是第一次。连下楼，都是轻轻地，唯恐梦乡中的艳艳听到。四楼、三楼、二楼；一阶、两阶、三阶，他的脚下发软，从没这么累过。终于下来了——咦！信，他懒懒地抬起眼皮，发现信箱里插着一个大大的信封，他抬手拽出，怎么，昨天刚把杰克赶走，今早他就寄了信来？他走出楼门，撕开信封——好一手漂亮的毛笔字：

尊敬的吴先生：

您好！

首先，恕我贸然打搅，我叫沙客新，是杰克的父亲。

我是一个经营中国地毯、瓷器的美籍华人。一九七七年，我的商船“珍珠”号在夏威夷东南触礁，使我的公司濒临破产的困境。在绝望中，我发现在檀香山旧货市场上，有一只先生您亲手烙制的座屏。我用低价购进，又以高价售出。接着，便开始大量定购先生独创的北疆流派制品，配以电视广告，我从七八年到今天，年年盈利美元一百多万。是您的艺术，使D公司时来运转，起死回生。我这次到祖国来，就是要把我的一半财产捐助给中国的烙花工艺，就是要向您表达我的感念之情！

我想要犬子杰克娶一个中国姑娘为妻，我在美国三十多年，饱受了人情冷暖、世态炎凉，我愿让我的儿子和我一块儿——落叶归根！想不到，他竟然一眼看中了您的千金，吴艳小姐，我是多么大喜过望，这不仅是民族血液的交融，他们都爱艺术，都有志于烙花，若真能使他们结为秦晋之好，更是艺术与生命的结合。

吴先生，您答应吧。我年事已高，别无奢望。只想将一半产业五百万元，捐助贵厂，繁荣烙花事业。另一半，留给杰克和您的女儿。

草就一书托吴艳小姐带给先生。渴望您能屈尊，得以让我与您面晤。

即颂

秋安

沙客新

10月23日

吴连轩一下呆住了。这封信是艳艳带回，有意放在信箱里的，她昨晚到“白孔雀”宾馆去了？她死心塌地地要跟杰克？看起来沙客新经营北疆流派的烙花确实发了大财，人老了，想落叶归根的心情可以理解，但要把五百万美元捐给烙花厂，这可是件非同小可的事情！再说他老了，杰克还年轻，杰克不是纯正血统的中国人，他一旦想离开中国，甩掉艳艳又怎么办？

天！怎么如此挠头的事让他赶上了！杰克不像个轻浮人，艳艳要下死心跟他好，自己有什么权力拆散？可是不同国籍的人能结婚吗？当然能，他知道过去和现在都有过这种极个别的情况。而这种“极个别”，为什么偏偏要轮到艳艳头上？麻烦！沙客新、杰克、D公司，真是无中生有，添了多少乱！

他出楼向东走，穿过两条胡同，猛地又站住了，今天上午，要到公司汇报，他得出西口，坐2路无轨去呀！糊涂，全乱了，脑瓜子像灌满了浆糊。“嘿，嘿！”他往上推了推帽子，亮出横着三根“筷子”的脑门，重重地在上面捶了两把。

……

九点整，沙客新父子到烙花厂来找吴连轩。邻近厂部办公楼的车间里的人有人看见了杰克，消息马上又传开了——

“那洋毛子又来了，怪不得他是串秧儿，他老子又黑又瘦，是个中国人！”

“这大老外弄女人，不到手不死心，什么劲头儿，全家出动！”

谁接待他们父子？平日，不管是行政、业务，吴连轩有一条原则：非要厂长拍板的事我来，其他事情你们干。这回的事是大是小？D公司总裁不谈生意，要找吴连轩谈谈杰克与吴艳的婚事！几位副厂长全撤了。这也难怪，谁插得进手去！

冯玉秀巴不得有这样一个“斥敌”的机会，是她，把沙客新父子引到自己的办公室的。

“夫人，您贵姓？”沙客新年近七十，背有些驼，尽管很瘦，但宽阔的肩膀隐现出他年轻时的强健体魄。

“对不起，请您不要叫我‘夫人’。我叫冯玉秀，请您叫我冯同……，不，不，叫我老冯好了！”她顿悟到，她不是他的同志。

“对，夫人，不！”

她的脸上浮出三组平行线，对方一再这样称呼她，简直是不怀好意，“您有什么事情？找吴厂长干什么？”那口气，像刑讯。

“我要吴艳小姐做我的夫人，太太！”杰克早忍不住了，艳艳在背后管她叫“冯老太太”，他也这么叫。他讨厌她那副满脸愁苦的样子，真讨厌。

“杰克先生，你当这儿是你们美国，想干什么就干什么？你的行为在全厂引起了很坏的影响，懂吗？”她气愤地把一只短胳膊叉在腰上。

“你，你！”杰克腾地从椅子上站起来。

“坐下！”沙客新冷厉地瞥了他一眼，恭敬地欠了欠身，对冯玉秀说，“我到底，什么时候能见到吴连轩先生？”

“您到底有什么事情，可以对我说。”

“您能代表吴连轩？”

“对，昨天决定杰克离厂，就不是他一个人的意见！”

“原来，原来是你！”杰克像狮子一样蹿到冯玉秀面前，握紧了拳头——

“杰克！”他的父亲一把拽住了他的胳膊，“出去，你出去！”

“爸爸，她，她……”杰克的眼神都有些乜斜。

“如果你不想和吴艳小姐结婚，那么我就回去。”父亲唰地松开了他的胳膊。

“不，爸爸，”他瞬间抑制住了自己的感情，“好，我出去，我出去……”他狠狠地瞥了吴玉秀一眼，使劲用膀子撞开门，却又极轻极轻地掩上了。

冯玉秀很遗憾，她并不怕挨打，一拳可以打出一个英雄，她尝过这种代价的甜头，只是还不够味儿，不来劲儿。她真想让杰克也来这么一手，抬高她的身价。可是他的老子却缠住了她。

“请您转告吴先生，我昨天已经委托经纪人办理D公司的产业，我将把五百万美元捐送给贵厂，请吴先生相信。”

“真的？原来是这么回事？”冯玉秀惊得咬住长长的上嘴唇，几乎大气都不敢出。

“对,剩下五百万,送给杰克和吴艳小姐。”沙客新那晶体浑浊的眼球闪出了一线希望,他蹒跚着向前跨了一步,伸出骨节粗大的手,拍出一个“五”来。

“这也是真的?真的?”她挑着眉毛、眼皮,两组平行线成了水平。

“请相信我。夫人!”他伸出手去,要握冯玉秀的手。

“太好了!”她没介意对方又称她为“夫人”,几步走到门口,拉开房门,说,“下午你再来,吴厂长下午就回来!”

没等沙客新走出门来,她管自下楼,腾腾腾地跑了。

8

吴连轩下午刚到厂,艳艳就跑到他的办公室来:“爸爸,爸爸……”她一头伏在桌上,像昨晚一样,低声地抽泣。

“艳艳,艳艳!”他抚摸她一起一落的肩头轻轻地叫着她,她怎么又跑到自己的办公室来哭,他实在听不得这种声音。可是,他又不想改变自己的决定,他不信赖沙客新、不信赖杰克,把艳艳和他们联系到一块儿,简直不可思议!

“艳艳,本来我想昨晚在家跟你谈,可你,”他摸住女儿的手,“先去干活,嗯?”他像小时候那样哄她。

“爸爸!”艳艳突然抬起头来,两眼肿得通红,“厂里的人传遍了,说我为五百万美元,才跟杰克要好的,欺侮人,太欺侮人!你们为什么全不理解我?”她边说,泪花边扑簌簌地往下掉。

“有这样的事?”他一惊,早晨收到沙客新的信,他心里有了个大致的轮廓。

“还有,他们说你,也是为了钱!”

“我,为了钱?”他头上的三根“筷子”先是一点儿一点儿地向上平移,陡地,又拧成了三个放平的“S”。好半天,他才冲艳艳点了点头,“去,先回去烙花,听爸爸的话。”

艳艳走了。他找来了副厂长古明道和总支委员文新,他们告诉他,沙客新父子上午来过,冯玉秀接待了他们。没有二十分钟,杰克和他父亲走了。以后呢,五百万美元的消息传遍了各车间。事情的经过就这么简单。

“去,你们把冯玉秀给我请来!”他又是砰地一拳,砸在沙发桌上。

上哪儿去找冯玉秀?她在厂子散够了风,早把这消息带到市里去了。

物理学上经常出现作用力与反作用力,生活中何尝不是如此!冯玉秀的“上串下连”使全厂闹得沸沸扬扬,竟然像一股反作用力,倒把吴连轩推向了女儿一边——

怎么不成呢?艳艳要和杰克好,他们违背了什么道德规范?或远或近,艳艳终归要离开自己,在女儿的婚事上,他最怕的是她远走高飞,可她毕竟不是笼中的鸟。再说,沙客新父子的爱国热忱是值得称道的,他落叶归根,要把一半资产捐赠给烙花厂，自己有什么权力拒绝？沙客新要儿子找一个中国妻子，这难道不是眷恋故国人情的拳拳之心？杰克与艳艳相爱是年轻人的一时冲动？不，他从杰克的眼神里，看到的是执着、诚实，尽管也有桀骜、暴烈、粗野……

太气人了，冯玉秀这个人！他摸摸自己的太阳穴，一根大筋跳得崩崩的，对，去烙花。每当他气儿不顺的时候，就到总工艺师的工作间烙上会儿花，把门一闩，那里是他独特的天地，完全属于他一个人，没有人事的干扰，没有喧嚣的噪音——悠哉游哉。艺术是情感的宣泄，他可以拿起笔来，淋漓尽致地把胸中的一切积郁宣泄出去。每次他闷闷不乐地进去，出来准像换了一个人，连脾气都会好上几天。怪不得古明道每见他又要发火的时候，都会轻轻地问上一句："老吴，怎么着，烙会儿花去？"

他也不瞒人，常跟人说："气头子上一进那屋，气儿准消，谁知是怎么回事，铁笔一抓在手里，什么乱七八糟的都忘了！"

嗤、嗤、嗤，他在一扇吊屏上做画。还是草原，草原上千变万幻的景色是他取之不尽的创作源泉：一股清澈的山泉从峡谷中蜿蜒流出，曲曲折折，向东南的开阔原野流去，越流越远，越来越宽。草丰羊肥，岸边，一群绵羊熙熙而乐，有的相牴为争、有的安然跪卧、有的埋头吃草、有的矗立远眺。暮霭中，云霞满天水天一色，多么动人的一幅《牧归图》！

宣泄，实在是一种感情的宣泄。他把胸中一切哀怒喜怨宣泄到画面上，都能产生出一种独具特色的艺术效果。或雄浑、或壮阔、或苍凉、或幽远，是一曲曲九曲十八旋的牧歌！他不是用手在烙，而是用"心"，烙出了这些带有音乐声响的艺术画面。

整整一个小时，他完成了这幅《牧归》吊屏，没容他关掉插销，笃、笃、笃，有人在敲门。

他没生气，排除了胸中的积郁，神清气爽。

门开了，他却有些吃惊，是杰克，旁边那个老头肯定是他的父亲沙客新！

"吴先生，你好！"沙客新的一双起了老斑的手伸过来。

"你们……，"他莫名其妙，他们怎么知道他会在这儿。

"吴先生，是古副厂长告诉我们，说您在这里烙花。"杰克看着他的眼睛回答道。

"请进，请进。"他握着沙客新的手走进屋来。

直到面对面地定坐，他才看清杰克父亲的面孔，那是一张在海外奔波了多年的面孔，大西洋的风吹黑了他的脸，但一块块明显的老斑并没被黝黑的肤色遮住。他脸上的皱纹是细碎的，像纹络碎密的"哥窑"瓷器，皱纹辅以老斑，使吴连轩一看，便觉出老人一生的惨淡经营、世事坎坷。切近感，突然一种切近感油然而生。

"沙先生，您的信我收到了，您的爱国热忱，使我深受感动。至于杰克和艳艳的事，只要他们两人真诚相爱，我不反对！"他也不知道，他为什么如此痛快地答应了。

"OK！"杰克双肩一夹，双手又攥起了拳头，"万岁，上帝万岁！"

“吴先生，谢谢，谢谢。”沙客新站起来，紧紧地抓住他的双手。

“第一件事，我要请上级领导做出决定。第二件事，还是那句话——我不反对！”他也紧紧地握住了对方的手。

“吴先生，您的手，这是怎么回事？”沙客新双手捧住他包着纱布的左手。

“唔，没事儿！”他的脸不由地红了一下，怎么向他解释！

“等一等，等一等，”沙客新触到了他没被纱布包着的五个手指，他翻过他的手背，轻轻地摸了摸，又凑到眼前一看，“吴先生，您，是汉人？”

“不，我是敦达浩特来的！”吴连轩瞬间像触电一样，噌地把手抽出来。

“你，你叫什么名字？”沙客新瞪圆那双晶体浑浊的眼睛。

“呵、呵、呵呵呵，”他放声大笑起来，那声音令杰克惊奇，叫沙客新恐怖，“我叫乌兰尔干，沙格齐尔，你还没把我忘掉！”他的两眼雪亮。

“杰克，杰克。”沙客新的脸色蜡黄，一下瘫软在椅子上。

“爸爸，爸爸，你怎么啦？”杰克急了，他看见吴先生和爸爸的异样表情，心里呼地一沉，——又出了什么变故？上帝！

9

沙客新正是沙格齐尔，在巴拉根仓和小乌兰逃走的当晚，他带着几十名骑手向西追了三天。敖格拉沁王爷告诉他，巴拉根仓是从乌拉特前旗流浪到这里来的，他们肯定往西逃了。方向反了，当沙格齐尔又回到敦达浩特的时候，他知道晚了，去吧，两只臭羊，走不出草原，他们就会冻死，饿死！他踢翻了一只奶锅，烫坏了女奴索娅的脸，心中的怒气才算消尽。

三年后，他参加了西北军，凭着一股杀气，很快当上了少校团副。不料好景不长，国民党节节败退，父亲德格拉沁倾其所有，到敦煌找他：“孩子，我们逃吧，逃到西藏，那里有活佛、喇嘛保佑我们。”

汉化了的沙格齐尔看不上西藏那块地方，他在敦煌结识了一个盗取壁画的美国人西斯科，西斯科告诉他，只要以他家的珍宝做押，他可以带他们全家到香港，去美国，那里遍地黄金，是个“日不落”的地方。沙格齐尔听信了西斯科的话，劝说父亲德格拉沁和全家来到了香港。想不到，三天之后，西斯科与人合伙盗窃了他全家下塌的西亚公寓，朝珠、瓷器九十八件，金银器皿四千两，一夜之间不翼而飞。沙格齐尔第二天去找西斯科，打算要回做抵押的三十二尊小金佛，西斯科早没影了。德格拉沁一气之下，吞金自杀，丢下一位福晋、一位格格做了乞丐，沙格齐尔把剩下的散碎珠翠一敛，无可奈何地逃到美国。

沙格齐尔，在西北军时就已改名沙客新。他凭着剩下的家私，做起了地毯和瓷器的生意。本来华人就不招人待见，他哪儿还敢露出蒙族人的家底。凭着他自幼读书练画，有些鉴赏文物的功夫，他自称是满族王公后代，在美国几起几落，一熬就是四十个春秋。

先是在洛杉矶，他与一位马戏团的女演员邂逅。这女人金发碧眼，比沙客新还高出半头。婚后三个月，她不辞而别——失踪了。接踵而来的是四万美元的债务借据。他拒绝替她偿还，可是他经营的这家地毯商店却倒了霉，不是今天没电，就是明天停水，要不就是橱窗被毁，霓红灯被砸，当他恍然大悟那坏女人与这些捣蛋的玩意儿早已串通好沆瀣一气挤兑他的时候，他又蒙受了两万美元的损失。怎么办？不拿出那四万块钱，他是安生不了的，还呗！不然他们绝不饶他。

已过而立之年，他把公司灰溜溜地迁到波士顿。这里的房主是个三十不到的寡妇。这寡妇体态丰腴，名叫珍妮，有一双水汪汪的褐色眼睛。每晚，住在楼上的珍妮都下楼来送给他一壶煮好的咖啡，算是他每月租用楼下铺面多付二百美元的回敬。为什么多付？他人地生疏，不懂波士顿的房价行情。天长日久，他熬不住独身的寂寞，等珍妮那晚又从楼上下来的时候，磨叽了半天才说："夫人，你，我，我爱，我需要你……"

珍妮倒真痛快。当晚，他们就成了夫妻。第二天，他催着妻子去教堂举行仪式，可珍妮惊奇地翻着她那褐色的眼睛："爱，不就是接吻、拥抱、睡觉吗！这和上教堂有什么联系？"

"你不已经成了我的妻子？"他的心猛地往下一沉。

"No，我不过是寻求一点儿刺激。"

"刺激？"

"对，你们男人不是愿意和白人、黑人都睡睡觉，我们女人嘛，也一样，想尝尝你这黄种人的滋味！"

天！他不理解，当年他的父亲德格拉沁，尽管有福晋、格格，但妻是妻，妾是妾，毕竟有个身份。在这里，怎么一切章法都没有了呢？

珍妮跟他生活了一段时间，腻了，给他生下一个黑头发的孩子——杰克。沙客新以为这回珍妮会跟他过一辈子了，母亲怎么会离开自己的儿子。想不到珍妮产后三个月就与一位土耳其商人结了婚，并要他在三个月内把一楼的房子腾出来。他请律师，上法院，丢掉五万美元仍然给人家败诉腾房。理由是：诱奸房主，使波士顿多了一个私生子杰克。他气急败坏地还要上诉，旁边一个专营中国饭菜的华人饭店老板告诉他："倾家荡产，把钱花在律师身上，你胜诉了管什么？老老实实，重打鼓另开张是真格的！"

带着杰克，他又来到了檀香山。从小饭来张口衣来伸手的沙客新哪儿带得了孩子？他雇了一个纽约贫民窟来的保姆。前事不忘后事之师。他需要一个女人，男人离开了女人，就等于没有了魂！但他得找个没有钱、没有依靠的女人降服她。何况，年轻的保姆又温柔又漂亮，露易丝，多么中意的露易丝！

露易丝和他去了教堂，但这对他家庭的稳定性不起任何作用。一天下午，他从费城坐飞机回来，走进院子一看，露易丝正和杰克的钢琴教师接吻！他怒冲冲地把手中的提包摔过去，想不到露易丝又捡起来砍到他的脑袋上。他气疯了，如此卑下的露易丝竟敢也这么放荡,对丈夫不忠,她是纽约贫民窟里来的保姆啊！这成什么体统!

露易丝的摊牌也使他大吃一惊——

“在美国,没有你们封建帝国里的等级,难道只许地位尊贵的人去吻别人、爱别人,不许我们出身卑贱的人追求更新鲜、更刺激一点儿的爱?”

“你是我的妻子!”

“妻子不属于丈夫,在美国,属于丈夫一人的妻子是傻瓜。”

“你这是不道德!”他不敢再朝她摔什么,因为他发现她始终把自己摆在和他地位相当的位置。

“道德？我们美国的道德和你们中国是两码事。”

晚上,露易丝又和他睡在了一张床上,但她告诉他,他太老了,比她大二十多岁,她觉得不满足。她需要杰克的钢琴教师,查理森那样年轻健壮的小伙子!

和露易丝,就这样分道扬镳了。

多少年来,沙客新在经营生意上历尽了沟沟坎坎。股票跌落、美元贬值,使他的腰塌了,背驼了。家庭生活的不幸又催他生出满头白发。八年前,一艘货船的沉没令他走上濒临绝境的末路,是北疆流派的烙花使他的公司起死回生。件件是别具特色的艺术珍品,没有一件残次产品使他的公司蒙受损失。更使他动心的是,草原风光、北疆原野使他眷恋起自己的故乡热土。是祖国的艺术使他在海外发迹,他是富有的,他拥有一千万的美金。但内心,他越来越感到贫乏。从露易丝走后,他不但不再想成家,就是看一眼她们,女人,他都感到寒心。在梦中,他遇到了敦达浩特家中的女奴索娅,那个被他咬下半个耳朵的姑娘。他跪着向她求饶,她伸出一只手拉起了他,却一转身轻飘飘地走了——像一朵云,一片霞。他又扑在地上爬着追她:“索娅,索娅,请你宽恕我,宽恕我吧……”

那一晚,他发了心绞痛,亏了是星期六,杰克在家,把他送到紫蔷薇医院抢救,使他又活了过来。从那一天起,他动了返回祖国的念头。其实他让杰克学习中国画,也想到了将来,也就是现在。他不愿杰克重蹈自己的覆辙,他希望他有个一劳永逸的家,学一门不会坐吃山空的手艺,为自己传宗接代……

想不到,一切都这么突然,这么奇巧!

懂事的杰克一眼就相中了吴艳。他本人昨天晚上在“白孔雀”宾馆也见到了这位姑娘。她,热情爽朗,不卑不亢,具有东方女性的健美,使他失去多年又重新唤起一种骄傲,做为一名中国人的骄傲。吴艳、杰克、烙花、工厂！这是多么美妙如愿以偿的结合!

可是,吴艳的爸爸竟是乌兰尔干,挽救了D公司命运的竟是乌兰尔干的北疆烙花。天！上帝怎么做出如此折磨人的安排!

其实,沙客新摸到吴连轩光秃秃的左手指时,他只是一阵激灵,一刹那的绞痛。四十多年前,德格拉沁王府里被烫死甲根的岂止是乌兰尔干一人？再说,别的盟、旗里难道就没有这种刑法？更何况，他看了半天吴连轩，不是，他不是那个脏孩子，一点一滴乌兰尔干的影子都没有！只是，刹那间，他瞥了一眼对方的右手，右手的五个指甲是光润红活的，不由地，他又是一惊。

可是，这也不足为证。

倒是吴连轩，从沙客新一摸他的左手，一瞥他的右手，跟着又问他是不是汉人的刹那，认出了他，他就是沙格齐尔！

细瘦的刀条脸略略向里凹进，尤其是他右侧的一颗虎牙，使他倏地回到德格拉沁的帐篷里，杏红色的火苗一闪一闪，沙格齐尔举着通红的铁钎，龇着一只支起上唇的虎牙，一步一步向他走来。眼前的这个人，不正是沙格齐尔！

“沙格齐尔，你回来得好！”一生、半个世纪的恨可有了复仇的地方。新中国成立以后，他也一直在找，还回过敦达浩特一趟，他要亲手杀死自己的仇人。可是德格拉沁一家的去向谁也不知道，只听浩特的人们讲，新中国成立前夕他们举家南逃，至于沙格齐尔，在更早的时候就参加了国民党，当了什么军的少校。他沮丧地回来了。别看每个手指只是少了小小的指甲，落下几个不深的伤疤，可是，光秃秃的左手指，揭、抠、掐、挠、抓、划的功能都失去了，给他的生活、工作、学习带来意想不到的苦恼。每每感到不便的时候，他的思绪就会被拉到四十多年前，他的眼前就会闪出沙格齐尔的那张刀条脸。

今天，这张龇着虎牙的刀条脸就在他的面前，沙格齐尔还要捐赠给自己的烙花厂五百万美元，笑话！这是老天爷刻意的安排，还是要向自己开一个令人腌心的玩笑？他的呼吸一点儿一点儿地粗重起来，蓦地，他又揉了揉眼睛，这难道是真的？不，他绝不接受，沙格齐尔是自己不共戴天的仇人！

“沙格齐尔！”

“乌兰尔干，是你，我的兄弟，我的，恩人……”沙客新仿佛从昏睡中苏醒过来，他伸出两只生满老斑的手，浑浊的眼球里，闪出的光是哀婉的、凄切的。

“爸爸，吴先生！”杰克懵了，他不知他们互相称呼的是谁的名字。

“多少年，我找了你多少年，想不到，今天你自己撞到我的屋里，沙格齐尔，你比草原上的豺狼还狠，比蝎子还毒！”他撩起右手的一只拳头，上下牙咬得咔咔直响。

“吴先生，您，怎能这样和我父亲谈话！”杰克忍不住了，他侧身护住沙客新，拉出一副如临大敌的架势。

“杰克，你躲开。乌兰尔干，我既然决心回到祖国，就有勇气反省自己的过去，无论受到多么严厉的惩罚，我都……死而无怨……”他灰蒙蒙的眼睛里，滚出两颗亮亮的泪花。

杰克怔住了。

吴连轩眼前的沙客新是衰老的、虔诚的。他坦坦然然地迎上来，倒使吴连轩有些猝不及防，打他、骂他、啐他？不，这不是那个骄奢毒辣的沙格齐尔了，银发、皱纹记载了他大半生的艰辛遭遇，岁月磨光了他那张牙舞爪的棱角，他身边有一个身强力壮的儿子，他可以抵赖、否认、逃避——都没有。他伸出自己的双手，请求他的宽恕。

多少年来，吴连轩就是个硬骨头碴子，自然，他也喜欢硬汉。此时面前的沙客新，不是面无人色地告饶，而是坦诚地自责。至少，在回顾自己过去的时候，沙客新是条汉子。

去吧，让他们尽快走开，让那令人煎心的过去永远泯灭，——清了，这笔账算清了。从沙客新脸上落下的两串泪水中，他得到了足够的补偿。还能怎样呢，这是当年的沙格齐尔在自己面前最好的赎罪。

"沙客新先生，你们走吧，我还有事要做。"延长这样的场面有什么意思！

"乌兰，不，吴先生，你，宽恕我了？"沙客新使劲挺直微微前倾的脊背。

他郑重地点了点头。

"谢谢你，谢谢！"他晃着满头银发，要去握他的手。

他侧过身，把右手插进兜里，有什么必要呢，宽恕不能同友谊划等号。

沙客新伸出的双手悬在胸前："吴先生，杰克和吴艳的事呢？"他老了，执着甚至有些迟钝。

他意味深长地摇了摇头，怎么可能呢，他是怎么想的！

"我对贵厂的赞助，您也不接受？"沙客新的问话几近痴呆。

"我请你们离开，我还要工作！"谁知怎么回事，一股无名怒火又从胸中升起，他额上的三根"筷子"一下子又被拧弯了。

"不，吴先生，不……"他蹒跚地靠近他。

吴连轩厌恶地转过身去，拿起画桌上的铁笔，嗤、嗤、嗤在一块废画板上狠狠地划了三下，三股烟雾腾起来——这么半天，他没关插销，铁笔的热度极高极高，三道深深的烙痕煳了、黑了。

"这是您烙花的工具？"沙客新两步挤到他的身边，冷不丁，从他手中夺过铁笔——

嗤啦——肉焦的烟雾腾空而起，铁笔划过他的五个手指！

"爸爸！"杰克反应过来的时候，早已经晚了。

吴连轩呆了，愣了，意识里一片空白。他不敢相信自己的眼睛。

沙客新紧紧地咬住嘴唇，豆大的汗珠从他脸上细密的皱纹间弯弯曲曲地流下来。蓦地，吴连轩上去捧起他烫得露出红肉的伤手，轻轻地吹了两口，急切地说："杰克，快去找吴艳，把医务室的大夫请来！"

他扶着沙客新坐到椅子上，掏出自己的手绢为他擦汗，舔舔自己的嘴唇，又咸又涩，反正是从上面流下的，谁知是泪，还是汗……

潇洒西妞妞

1

大清国那阵子，入选紫禁城的宫女先要到妞妞房接受礼仪典制、举止坐卧的编排和训育，故此北京内城骑河楼的妞妞房胡同便应运而生了。可西妞妞胡同历来没有过妞妞房，缘何得名不得正解，这渊源时下无人顾及，它热闹得不能再热闹，谁还有闲心考证“西妞妞”的什么出处呢。

金发碧眼的真西妞妞纷至沓来，谁也甭气不忿儿。西妞妞胡同招老外，招金发碧眼的大洋妞，这是真格的。

西妞妞不同于任何街巷上的集贸市场，它经营的是旧货、古玩、字画、杂项，能不火吗，老外们把琉璃厂都冷淡了，三天两头来逛西妞妞。六爷在西妞妞独领风骚。其实六爷才二十七岁，之所以被人称“爷”，皆因款大，现如今可不款大的是爷，没钱的是孙子，商品经济商品社会嘛。

六爷在西妞妞正中北向的寸金之地，一间二十平方米的简易木板房，匾书“元隆”二字，屋内是琳琅满目的石盎晶章，陶瓷牙雕，古玩字画，用他自个儿那话说，三天不开张，开张吃三年，没治。

不过，这两天六爷的牙床子又肿了，连腮帮子都显着大。袁紫不再跟他 kiss，成天坐着高档车在街上兜风，他受不了，袁紫是他的，她答应过要嫁给他。

人的感情就是这般变化莫测，当初是羡慕老外巴结老外，如今见到他们就牙根痒痒。不是大不列颠那小子，袁紫每天得上元隆跟他待一阵子，现如今她像片轻飘飘的树叶，悠悠冉冉落到老外的怀里去，能不牙疼上火？忘恩负义呀！

这些日子他解着恨地宰老外，黄宾虹、吴湖帆、任伯年、程瑶笙“真迹”全都上万，不买拉倒，不要卢布不要相机不要第纳儿，凡是俄罗斯、东欧的国际倒爷一律跟他们要美元，没有的玩去，他恨透了这帮外国佬。

今儿个正烦着，老艾溜达到元隆来。几辈儿人了，他们住在一院是发小儿。后来老艾当了导游，他练开了古玩，哥儿俩搭勾在一块儿做买卖。想不到老艾太黑，带一拨老外来买点东西，开口就要五百一千的回扣。玩去，哥儿俩掰了，你走你的阳关道，我走我的独木桥。

他看不起老艾，不就会几句“骨朵白”“普利子”“三扣儿”吗？本人比你不差气，这二年跟俄罗斯倒爷打交道，他还会“斯巴西巴”“哈拉朔”跟“仨鸡切丝”呢。

没什么新鲜的。要是他六爷当导游,更把老外蒙一大晕头。老艾不懂青花瓷五色玉,更不明白秦砖汉瓦怎么回事,小打小闹还觉着人五人六,嘁,玩儿去。

"六爷,哥们儿给你带来件好东西。"老艾进门嘿嘿一笑,从提包里掏出两只红绸子裹着的锦匣来。

六爷不爱搭理他。老艾不懂,少拿这二五眼的玩意儿上这套近乎。他不正眼瞧,这小子死皮赖脸,掰了还上元隆干吗来。

想不到随着老艾打开锦匣的瞬间,六爷愣愣地又使劲挤挤厚眼皮,咦,难得一见的墨玉,墨玉雕成的狮子,一看就是有年头的东西。

"嘁,"他紧瞄几眼又变得无所谓,把身子懒懒地倚在柜台上,凭着这几年练出的眼力,这当是一对隋唐之前的墨玉笑狮,雕琢得既古朴又精巧——

两只光洁莹润通体乌黑的墨玉石狮足有拳头大小,它们扬头蹲卧笑口半开,卷起的舌尖微抵上膛,会笑的双眼祥和地注目远方,每只狮子的颈处各系一条銮带,銮带下悬一只圆圆的响铃,随着笑声似在震响,而銮带两侧斜飘两条缨穗,微风中的笑狮更显得矫健飒爽。两只狮子的前足还各踩一个绣球,嬉笑之中不失威仪,威仪之隙又寓匿着顽皮。加之玉质的光润、雕琢的古朴,这对墨玉狮子焕发着一股诱人的光彩,观赏价值质料价值不说,文物价值便非同小可。

随手,六爷把窗帘一拉,又侧身把门带上了:"哪儿来的,老艾?"虽然他说得依然漫不经心,可老艾听出话里的颤音。

"洛阳北邙,河南老农那儿淘换的。"老艾不做神秘状,他捏着大宽下巴抻六爷。

"玩儿去,你当我是大鼻子,北邙那地界儿我去过。"其实他没去过,可如今玩古玩练古玩的不提北邙掉价儿,那地界儿源源不断出土真东西。

"让我玩去是不? 成,那我送到别地儿去。"老艾一吸鼻子装匣子。

"慢着,"六爷轻轻甩手一架柜台,"你打着要多少?"

"你真打着留下?"老艾边说边把匣子盖上,裹起红绸。

"出价儿?"

老艾托腮,左手食指中指叉在一起在他面前一竖:"这么多。"

十? 他有点儿懵,当然绝不能十块,当初这小子就带过一个人来卖件东西,出手就要一巴掌(五百),今天这"十"是什么意思?

"一千?"

老艾撕开一包中华,出手扔他一支,淡淡冲他一笑,自个儿先把烟咬上。扑,打火机又在两人之间点着了。

不是一千是多少? 六爷没有伸头点烟,悬着夹烟的手,心却扑腾起来,这小子到底要多少?

老艾自个儿点,嘬紧腮帮子深深一吸,两股烟雾又从鼻孔滋出来。

"有话说别慎着,你别上我这装大尾巴狼啊!"六爷款大,趁夏利,还买了一套两居室的单元房。老艾再瞎折腾也是小打小闹,你还别上我这儿抖激灵。

“十万。”

什么？六爷一双小眼睛瞪得溜圆，练了几年古玩，从没做过这么大的买卖。老艾拿对破狮子上这儿瞎掰划，蒙谁来啦？走，你趁早还是那句话，玩儿去。

哗，他信手一拉窗帘一打门闩，刚才还怕管文物的来检查，凡是1840年以前的东西不准随便买卖，眼下他巴不得进来一个文管的，把老艾丫挺这对狮子没收，丫挺的太黑，谁也没有他这么敢开牙。

老艾一点儿不慌，从从容容把两只锦匣包好，又嘬足两口烟冲他一扬手：“你不后悔是吧，我还以为你练得真精了呢。”

撂下这句话，他一拉门出去了。

六爷却直着俩眼纳开了闷儿。别看老艾成天跟老外、打交道，可他城府比自己差多了，尽往桂林来京的画贩子那里领人。人老外也不都是傻子，真懂古玩字画的日本人、欧洲人多了。一锤子买卖拉不住主顾。去年老艾带一拨子欧共体的来元隆，买点儿东西老艾跟自己要两千回扣。这都哪跟哪呀，一共才卖了几件东西！吹，元隆不用你带人来，你也不用上这儿赚回扣——可是，今儿个老艾那神态矜持得不一般，那对墨玉狮子也绝对是好东西。就是丫挺的开牙忒狠，有要十万的吗？就冲你老艾那大下巴，是挣十万的脑袋吗？

蹊跷着他把铺子撂给伙计，出门上了东头的典雅。典雅是浩子开的，也是两间不大的简易房，但是美容美发在西妞妞一带小有名气。自从练开了古玩，六爷再也看不上那些倒百货弄烟酒练服装的小倒儿——档次太低。那帮子人甭管你练什么，甩开膀子真得卖把子力气，油渍麻花风吹日晒那钱挣得容易？工商、税务、交通、市容、街道、市政，多少衙门祖宗“嘿唬”你折腾你，干不得，钱倒是也能赚，累得人吐血呀。

高中毕业没考上大学，找不到工作他练开了鲜货。一年四季跟瓜果梨桃转磨，赶落得他连抽口烟的工夫都没有。就拿夏天倒西瓜来说，两月倒是能闹个万二八千，日晒雨淋蚊叮虫咬，遭多大罪受多少累不说——腰折了，一季下来腰都直不起来了。

后来玩古玩玩成了大款，他想想这帮练摊儿的就替他们难过，钱不能这么个赚法，这不玩命搭命吗！

浩子这美容美发还干得过儿，浩子是经济学院毕业的大学生，辞了财政局的差使开典雅，聘了两个广东技师，不光做飞泉、瀑布、乱妆、晚妆、麦妆、蛇妆，外带纹眉纹眼线，那什么赚头？浩子的大学没白念，加上他爸的博大精深，典雅的买卖不比练古玩的生意差。

六爷来典雅刮刮脸，浩子把他让到最里边，抄起块白单子给他围在脖子上：“六爷的活儿我亲自来。”

他佩服浩子，浩子比耗子还精。这二年练发廊浩子跟广东技师精心学艺，做头发纹眼线的功夫青出于蓝而胜于蓝，看看门口的那些照片，他又拓展出什么涡流、爆炸、豪雨、雪霰,还有什么拜伦《海盗》里的曼杜拉、葛耐尔,最有创意的是贴鬓的古罗马皇帝贴图士——高雅、性感、简约、梦幻。连金发碧眼的大洋妞都招来了——艺术,典雅的发型照全成了艺术照。老有人以为开的是照相馆,还打听这里照不照相。更厉害的是典雅的发型还上了电视,那影星歌星都踅到他这儿做头发。

六爷看看镜子对他说:“抬举我了,兄弟的活儿是顶级的。”他舒舒服服往后一仰,浩子还学了按摩,浩子按摩也舒服。

“六爷这脑袋中国有几个?”一双修长的手像女人,捋着他的太阳穴、睛明穴、风池穴滑动,“多少人上赶着,还巴结不上呢。”

他闭眼,呼吸,心却依然松弛不下来。眼前晃动的还是袁紫,还有老艾的那对狮子。袁紫太薄情寡义,老艾那俩狮子真是北卬的?心神不定一睁眼,正好对上浩子的目光。可能自己心神不定,要不浩子那眼神意味深长呢。他先沉不住气了:

“浩子,你见着袁紫了吗?”

“啊。”

“什么时候?”

“上午到家找我爸,没找着又追到典雅来。”

袁紫在北大学的是考古,浩子爸是北京市考古所的研究员,兼着北大的客座教授。现在他们都专门扎堆西妞妞。要不六爷三天两头老跑典雅,典雅的消息最灵通。

六爷看看镜中的自己,隐隐生出一阵凄惶。老了,本来眼睛就小,细端详大眼角还有点儿往下耷拉,听人说皮肤一松弛,人的眼角就会往下垂。二十七岁的他怎么皮肤松驰了眼角也往下耷拉了?其实,什么松弛啊老化啊全都是听浩子掰扯的:浩子说人的生长过程就是死亡过程也就是衰老过程;浩子说二十岁的女子眼角就开始隐现出第一条鱼尾纹;浩子说二十五岁的年轻人头上就开始长白发;浩子说二十七岁的时候百分之二十的男人就开始歇顶,头发就越变越细越来越稀;浩子说的最最惊心动魄的一条就是,婴儿出生三个月,心脏主动脉就开始一步步硬化了……

真可怕,今天他越看自己的眼角越耷拉,老天爷,怎么一下子他就变老了!

“她永远得麻烦你爸,没完没了地求教呗。”他最门儿清,袁紫有问不完的问题。关于老了的思考其实挺不愿意继续,只是不想在浩子面前显得太急,其实他心里早就急得不能再急。

“这回没有,她说跟我爸汇报,就要跟那位马克先生结婚了。”

什么?他一愣怔差点儿弹起来,推开浩子的手一把扯下白围裙:“结婚,就是那个什么马克?”

“六爷你坐下,半拉脸还没刮完呐。”浩子赶紧放下刀子,知道他俩好,又想不到六爷的反应这般强烈。

“没门儿,袁紫是我的,没我就没她的今天,我这就揪回她来问问她,人活着到底有没有良心。”一抹脸他转身出了大门。

“六爷,你那脸还有一半,一半呐……”浩子追出来,“哎,你还没给钱呐,三十,三十……”

2

没容他揪,袁紫自己就回来了。

袁紫大学毕业去了甘肃、河南、陕西好几个考古所实习,最后回北京倒开了古玩。西妞妞来了这么标致的女倒爷,一开始大伙儿都新鲜——

姑娘家家的玩这个,这不跟个爷们似的,这不越来越油越来越痞,越来越下九流吗!

人各有志,钱是最大的奴隶主,是人都能招得来,一点儿也没什么新鲜的!

据说还是什么北大毕业的,竟然跟卖西瓜的混到一块儿,林子大了什么鸟儿都有!

任人议论,是她自己跑来的。

一开始她真没钱,认识了六爷,六爷上了台阶,她也有了回旋的余地和空间。

天长日久,是她鼓捣六爷倒腾旧货、古玩的。不然六爷再怎么折腾,也买不了房子,夏利。

最初,六爷在西妞妞卖水果,他们相逢在一个绿意葱茏的夏季,西瓜正甜。

那天好热。她走到摊前挑了一个无籽瓜,要六爷破开一小口看看怎么样。六爷瞄一眼让她放下,信手抄起一个并不圆正的瓜告诉她,这西瓜才又沙又甜呢。她奇怪,这卖主不掂不拍不听,拿眼一扫就知道好赖,骗她。她才看不上这歪瓜。

看着就不舒服:“我就要我挑的那个。”

对方也不答话,抓起那瓜用刀一划接着一磕,里面是白瓤,连瓜籽都是白色的。

她讪讪,不好意思。这不糟践了,再搁几天就不这样了。对方又托起那个歪瓜,说你不信我的我白送,如果不信回家吃去,生了不甜原封不动给拿回来,他再送她十个算是误工费。

暮霭中她有点儿脸红,真让人不好意思。毁了个生瓜又白送一熟瓜,自己不能白占便宜啊。

“我给钱,你约约。”

万也想不到那人光着膀子一拍腰,宽宽的板儿带脆脆地响,拽出的一句话竟然是:“一俩西瓜算什么?本人款大。”

浅薄得天真,牛皮吹得蛮可爱。她嗤嗤一笑真没给钱真抱着西瓜回家了。甜甜蜜蜜地吃了又回来了。

夜幕下的六爷正在卸瓜,大汗淋漓。他像从水里刚捞出来,路灯下,乌黑油亮的膀子闪闪烁烁。站在卡车上的他猫腰直身,起落扔瓜的动作又潇洒又柔韧。只是水洗的通身使她不好只做旁观者,身不由己也上了车:“老板,你歇歇。”

他一愣,可是汗把眼睛都眯了,竟然真一屁股坐在车帮上。

一道道弧线从她手中抛出去，虽然衣服瞬间粘在身上，可抛出蜜甜抛出翠绿抛出舒爽好痛快。谁知抛出多少翠绿之后，她抱起一个十多斤的翠绿又是一抛——砰！翠绿炸开了，蜜甜飞溅把一片翠绿都砸了。天，手软一滑帮了倒忙，她一惊脸都变白了。

想不到卖西瓜的根本没起来，顺手抄起一个好瓜一拍一砸掰下一大块："辛苦了您！"接着他把那些沾了瓤的西瓜用T恤挨个一擦，接着和下面的人抛，一切像没发生过。

没一会儿卸完车，他吩咐伙计看摊儿，谢谢她帮忙请她去星巴克喝咖啡。几杯饮料消费二百多。她没有拒绝是不好意思，损失了人家的西瓜更是盛情难却。只是觉得破费太大，这么几杯饮料就好几百，一个卖西瓜的不应该这么花，多晒多累。

"真谢谢你，这活干得多累。"她早感知了，不然不会把翠绿滑脱。

"不累是瞎话。"

"那你不会干别的？"

他两手一摊淡淡一笑，凭力气。其他行当他早打听过，各有各的麻烦。他倒水果驾轻就熟，不用点头哈腰的，也没有卫生啦污染了的各种枝节："我弄瓜果梨桃的不也成了款爷。"

"你有多大款？"

"五万！"

她看看他那油渍麻花的脸，突然觉得这个从不认识的人不容易，而且跟他并不很生分。犹豫了不一会儿，她也不知道为什么，竟然跟他说："倒旧货古玩吧。不能光凭卖力气。"

他挠头，不懂，他一点儿不懂也太突然。

她告诉他，她懂她会，上大学学的就是这专业。

"你教我？……"

"啊。"

"你跟我一块儿？"

"啊。"

"真的啊？"

"啊。"

……

一切都是真的。

六爷真在西妞妞租下两间门脸房，在袁紫的手把手下干起了古玩。他知道了什么是秦砖什么是汉瓦；明白了汉玉之所以珍贵是因为它有血沁；还有五大名窑扬州八怪；田黄鸡血紫晶绿松；五颜六色的珠翠，里边的学问大着呢。没几年，卖西瓜的六子成了六爷，他这位大款可不只趁个三头五万了。

款大了情趣自然也就提高了。耳濡目染，山水写意中的远山无纹，远水无波，远人无目，远树无枝也越咂摸越是那么回事——鉴赏，艺术，那些练百货练烟酒练瓜摊的哪懂这些？臭苦力下九流低层次。

袁紫借劲也赚大了，大到多少谁也不知道，反正六爷在她身上不惜本。

六爷的夏利车里经常坐着袁紫，他露脸，哪个倒爷搞上过北大毕业的？何况袁紫还楚楚动人气质非凡天生丽质的。

开始他还真的不踏实。不管倒爷多有钱，档次高的女人看不上你——

“你真爱我吗？”

她点头。

“爱我哪点呢。”

“你有钱，咱俩合伙能干成事业，”她爱闭眼，长长的睫毛能把下眼睑遮出两片阴影来，“你这个人特别讲义气。”

这些话他问过多少遍，可总觉心里不踏实。袁紫是名牌大学的高材生，按说她不该爱上自己，再说他俩合计干了什么事业？赚钱就是事业？事业那东西不是宏伟壮丽神圣庄严舍生赴死奉献牺牲轰轰烈烈吗？

不过，不踏实归不踏实，光彩照人的袁紫除了那事别的什么都跟他做过了。还答应春节结婚，嫁给他，能不信？袁紫还真疼他呢。

想不到突然杀出一马克，想不到浩子说袁紫马上就要跟那小子结婚了，当然不成，袁紫应当是他的。

袁紫现在来了，没有容他去找她。他也没地儿去找她。

一腔怨气怒火泄去一大半，和平常一样，她温柔平静地一瞟他，他便规矩老实正正经经的。

“今天做成什么买卖了？”白炽灯下，她和他并排坐在柜台两侧屏风后的一张双人沙发上。

“老艾来了，他拿来一对北邙出土的墨玉狮子。”

“成色怎么样？”

“符真地道，黑似纯漆。”他的确成了行家，一是袁紫的熏陶，二是干了这几年，他谙熟了符为玉的颜色，真正的好玉或赤如鸡冠或黄若蒸栗，或白同羊脂或黑似纯漆，从符上去看，墨玉狮子的玉质实属上乘。

“手感呢？”

“温润滑腻，一弹还当当挂着水音。”玉石撞击其声舒畅远闻，这条他也牢记把握得很准。

“造型呢？”

“苍劲古朴，绝对有魏晋之风。”句句都是行话，透着懂。

“他要多少钱？”

他也跟老艾一样，把右手食指、中指一搭，竖在袁紫面前。

袁紫立刻明白了，不成，风险太大，十万的数目非同小可。

待她告诉他绝对不能要，而且那口气坚决得不能再坚决，他心中才一动，她还是爱他，一如既往向着他。

老艾一直惦记着袁紫，可是袁紫不喜欢当年的这位高中同学。都上高中了还老“特儿喽”“特儿喽”地黄龙过河，不“特儿喽”的时候也爱用舌头舔，真腻味。不知他怎么上的高中，不知他怎么毕业又当了导游。大宽下巴一撅，人五人六搭勾上老外觉着成了气候。多少次在西妞妞碰上，老艾也以老同学的身份相邀，去什么贵宾楼、马克西姆，她都婉拒了。见着他就想起“特儿喽”，别看他长成了一米八的块头，其实还远不如六爷实在。

“这两天你可真够忙的啊。”憋不住，六爷还是把话题引到袁紫本人身上来。

她脸一红：“什么时候闲住过，再忙也从没把你给忘了啊。”

“那你怎么连面都不露啦？”

“我这不是来了吗？”

他想问她跟马克那小子到底怎么回事，想问他浩子说的是不是真的，想问她当初答应他的诺言兑现不兑现，可她娇柔的一句话，让他什么都顾不得说，一把将她揽过来：“人家想你，我想你……”

她抬起胳膊把他架开了：“我想看看你新买的房子去，我还没见什么样子呢。”

看他新买的房子？天，半年来他把那方天地经营得像一座宫殿，三天两头磨着袁紫看看去。她不去，今天这是怎么了，巴不得，巴不得她去光顾呢。

坐上他的红夏利十分钟就到了方庄。这个小区的不少单元卖给了六爷这样的大款。当他开门把吊灯拧亮时，袁紫惊喜地四面环顾，两室一厅的空间里，壁纸、地毯、沙发、家具、一切都是乳白色，而那吊扇、冰箱、顶灯、壁灯又都是血青色。兴许是袁紫的陶冶，也有六爷对她审美取向的迎合，反正一切都自然、典雅、温馨、柔和。

她走进卧室松爽地坐到弹弹的席梦思上，冲他妩媚出一口晶亮的牙齿，双腮旋起两个浅浅的酒窝：“不简单，你也高雅起来，贵族起来了，满会搭配审美了嘛。”

“你满意吗？”

她点头。

“你喜欢吗？”

她笑笑。

突然，他甩下丝洗夹克一屁股坐到她身边：“袁紫……”从来不敢强迫，今天他在这乳白血青里，紧张地把她拥倒在床上。

心乱跳，准备着一场吵闹与拼争，真如此他真不敢。岂料完全没有。袁紫一头浓密的秀发绽放在床上，她竟然轻轻地闭上了双眼，长长的睫毛在血青色的柔光下又撑开了两叶淡淡的阴凉。

他倒呆了，傻傻地愣愣地不知所措。

……

第二天早上，她跟他坐进红夏利，袁紫告诉他，她真的要跟英国人马克结婚了，已经登记,婚礼就在星期天。

什么?

他不信,昨夜她已经对他毫无保留得让他都措手不及,此时这话非疯即傻,不可能,这到底是怎么回事?!

这到底是怎么回事?不可能,他不信!

……

又不得不信。三天后袁紫真跟那个马克结了婚。婚礼在西苑饭店办的,浩子亲自参加亲眼所见。场面隆重盛大还很豪华。

他愤怒都来不及,到底怎么回事?他懵得不能再懵,袁紫到底是怎么回事啊!

3

梁先生更油,连浩子都油不过他爸。

身为考古所的研究员,梁先生混迹于西妞妞实在不协调,他的身份在那儿呐。上午还去北大滔滔不绝讲着文物、鉴赏、考古,下午抽冷子就踅到西妞妞“改落”玩意儿。什么君子固穷,什么学者清高,老先生早就钻到钱眼里了。

不少人瞧着有气,浩子与他爸一搂一挣沆瀣一气,谁有这爷儿俩有主意!

西妞妞全是古玩旧货摊儿,唯独浩子占了块地界开发廊,浩子纹眉毛做眼线争分夺秒赚钱,转手他爸掖着票子倒文物,珠联璧合相得益彰,上阵父子兵这爷儿俩比谁不精明?

六爷那两下子能蒙二五眼蒙老外,在梁先生这儿绝对要弄不开。当初他还跟袁紫说过,甭迷信什么梁先生热先生,练古玩靠的是多经多见参照比较,专家教授你给他闹一以假乱真,照样丈二和尚,南北不分晕头转向。

袁紫听了扑哧一笑,他才刚出几天道,自以为就经多见广比谁都明白,忒浅。就她自己来说,跟梁先生学一辈子都赶不上老师的一半。没想到六爷先牛上了。

六爷不服。那天梁先生一到元隆,他拿出刚刚收上来的两页宋代拓片递到梁先生面前:“您瞅瞅,这东西卖给老外不糟践啦?”

梁先生有三副镜子:近视镜、花视镜、放大镜。他先把近视镜摘下换上花镜,将两副拓片远远地推开,又摘下花镜用放大镜细看。端详了约莫三四分钟,他鼓着长长的包牙说:“卖给老外还成,你刚才说什么糟践了?”

“啊,大宋朝的拓片呐。”

梁先生使劲绷绷上嘴唇,把最先摘下的近视镜又戴上了:“稍微懂点儿眼的外国人,还真不会当这份冤大头。”

六爷两只小眼立起来,二百块钱一张,他刚从俩广东客那里买来的。梁先生玩障眼法,真比浩子油多了。他立愣半天眼睛又冲下一弯,咪咪地笑成一条缝:“甭饶弯子了,您要不要吧?”

梁先生摇头。

“假了还是残了，您倒是让我明白明白呀。”多少次见过梁先生在西妞妞各个摊子前讨价还价，其实谁不明白，这都是梁先生老奸巨滑真真假假的春秋笔法。

“它根本不是宋代拓片。”

呃，六爷听着心里更堵，不买行可你别踩啊，他攥了下拳头说：“假的？您以为我向您卖赝品，我是向您讨教呢。”

梁先生摸摸宽脑门，一双灰暗的眼睛深不可测：“既然是宋代拓片，那它用的是什么纸？”

“宣纸啊。”

“什么墨？”

“徽墨啊。”六爷脱口而出，宣纸端砚湖笔徽墨，练古玩的再不懂这最最普通的文房四宝就别干了。

梁先生又把近视镜摘下来，“呵呵”两声盯着六爷，再也没看那拓片。

六爷被那双浑浊深凹的眼睛盯毛了：“梁先生，您别光呵呵，我等着听您的高见呐。”

梁先生这才挽回目光，轻轻一弹柜台的玻璃说：“宋代拓片碑文与刻像，用的是竖纹纸油烟墨，拓出的帖片墨色乌黑熠熠闪光，人们称之为乌金拓。”

他眨眼，没听过。

“用横纹纸，松烟墨拓出的东西色清而浅，因其不和油脂，浅轻如纱，所以世人又叫它为蝉翼拓。”

他弯嘴角，不知道。

梁先生把两张拓片拈起来：“他们是乌金拓还是蝉翼拓？”

他拧眉，怎么答？

“宣纸拓片的宋代碑帖我还没见过，鄙人我孤陋寡闻了啊！”

“梁先生博大精深，您这么说不是寒碜我？”他连脖子都红了。

……

尽管这两张拓片不赔钱，后来又被他倒腾出去了，可他服梁先生也恨梁先生。厉害，炉火纯青的行家。可真行家老来西妞妞，他们这二把刀的赚头不就少啦？干什么来！做大学问的不是不爱财，袁紫不还老说老先生都安贫乐道，不坠什么青云之志吗？嘁。

现如今袁紫飞了，他正七窍生烟的当口，梁先生又来了。他恨袁紫也恨梁先生。还是练摊儿的哥们儿那话对，学问越大越奸猾，瞅瞅梁先生教出的那学生，蒙他一六够又嫁一外国人，小市民小老百姓干得出来这损事儿？

今天，梁先生知道六爷正火儿着，只字不提袁紫的事，打过招呼便伏在柜台上看东西。梁先生这人也挺怪，真正的青花、粉彩他不买，常闹俩铜钱啦印色盒啦的小玩意，甚至一个挂件一把镇尺——不起眼。六爷问他要这些小东西干什么，他只是嘿嘿一笑：杂项，玩意儿，自娱自乐看着玩儿。

经不住这悄无声寂，他忍了半天把梁先生请到屏风后的沙发上："梁先生，没我袁紫她有今儿，她忘恩负义啊。"

梁先生叹了口气，他能怎么品评这件事？袁紫堂堂的北大毕业生，跟六爷混在一块儿倒古玩，热呼得最后要结婚，确实有些不般配。后来又插进一老艾来，他还不如六爷呢。谁想袁紫风风火火突然又跟马克结了婚，摸不着门儿。鉴赏文物他火眼金睛，可这年轻人的新潮观念，恋爱心理价值取向，他抡着蹶子也跟不上。谁知道她是怎么想的，她再尊重自己，可是个人生活他这个老师不清楚，只知道她跟六爷不错，直到现在他都蒙在鼓里呢。

"梁先生，他都跟我睡觉啦，我就不信她变得这么快。"

梁先生动动嘴唇不自在。现在的年轻人什么都敢干什么都敢说，他们家浩子不当他面的时候是不是也这样？

"就在她结婚前三天，她还虚情假意跟我说，不让我买老艾的墨玉狮子，她真够疯的，兴许跟老艾还有一腿呢。"

"不让你买狮子是真的，这件事跟我也说了，她怕老艾坑你呢。"

袁紫临走之前，是上他家又坐了会儿。他心里不是味儿。与其嫁给马克，还真不如跟了六爷。民族，风俗，地域，年龄，习惯，多少年来他不看好异国婚姻。袁紫的突然决定是让他有些反应不及。但是他没多说，不好参与。袁紫看出了老师的惊疑，只说了一句她要走自己的路，她说她绝不会后悔。

梁先生表示祝福，但是突然觉得袁紫又有些陌生，在这件事情的决定上。

因为要跟马克一起到欧洲度假，袁紫撂下墨玉狮子的话绝对真心。她跟梁先生说："梁老师，我就一件事情不放心，老艾要高价卖给六爷一对玉狮子，我怕东西是假的。"

什么真的假的，五色杂陈国人洋人老的少的男人女人都涌到西妞妞。泥沙俱下陈渣浮泛是个脑袋都钻到钱眼里，弄虚作假尔虞我诈，他希望这里一切都是假的，假的国宝就不会一而再再而三的流失了。

不过袁紫这话明摆着还惦记六爷，再怎么着也念点儿旧情，所以六爷提起这事梁先生赶紧补上一句，也算受人之托忠人之事了。

"什么真的假的，她管不着。能赚能宰我不管真假，我做买卖就是为的一个发，发大了什么都来了。"

梁先生不言语，现在谁不是为了赚钱，包括自己的儿子，浩子他在气头上不也更是什么都不顾。

"浩子推一头六十，刮一脸三十，这不也是宰人吗。"憋了一肚子火，也不再认同浩子是什么艺术不艺术了，梁先生装正经，那先管管你家儿子去。

"我是失教，你也可以给他提出来嘛。"

"我提出来？他挣多少钱您不知道，您跟他讲讲文明经商买卖公平的道理去呀。您教育您的儿子去啊。"六爷搂不住，其实人家是为他好，他却掉转矛头轰开了梁先生。反正心里有气,不说他要憋死了。

梁先生舔舔嘴唇噎住了。有短儿,浩子的发廊是宰人,六爷的话不大扯,一句不想再跟他争竞。他脸一红站起来,绕到屏风外的柜台前看铜钱,避开对方的气头。

柜台里,一只红漆盒内放的都是钱币。大大小小有近百个。他问六爷能不能倒出来细看,六爷知道他理亏打岔,一扬手告诉他"随便",没劲,道貌岸然一本正经,其实这老家伙是最大的倒儿爷,要不他整天走街串巷干什么。

几个几个,梁先生把漆盒里的铜钱都捻出来,满满当当码了一柜台。他重又戴上花镜细看,大志通宝、政平通宝、顺天大宝、天开通宝、宣和元宝、乾隆通宝、陈新公宝……这钱都是"线上"的文物,可这钱上文物谁管得住它在西妞妞的流失?突然,他在各类通宝、元宝中瞥见了细细的"五铢"二字,手指不由微微一颤,元隆竟然收上了五铢,六爷手里竟有五铢钱!

这五铢——是传世之宝哦!

伸手刚要掂那五铢,却拨了拨它旁边的一枚特大号的"一统天下"咸丰钱。那"一统天下"有杯口大,沉甸甸地足有三四两。他搁下花镜掏出放大镜照了半天,然后才伸手把"一统天下"拿起来。光光的亮亮的,文物价值观赏价值都非同一般。偌大的铜钱掂着看着都惹人待见让人稀罕。

半天,他放下"一统天下",又循着放大镜的移动上下看,诶,小小的一枚"鹅眼",又轻又小的"鹅眼"是好东西,他只在历史博物馆见过呢。

六爷心里虽然火儿着,但是两只小眼睛一直盯着对方,最懂眼的是梁先生,他贼上的没有差东西。见他捏起那枚"一统天下"的时候心里早就有了底,甭想捞便宜,他正憋着火气呢。

六爷当然也懂钱币价值。永顺通货跟天德元宝值钱,永安宝货跟大通镇库就更上了一个台阶。至于那康定元宝、高昌吉利更厉害,古钱古币他见多了玩多了,梁先生想找便宜没那么容易!

果然,梁先生挑大个的,他掂起"一统天下"问六爷:"这大玩意儿出不出手?"说着,他还握在掌心掂了掂。

六爷点头,梁先生成心。他的元隆是古玩店不是博物馆,什么东西不出手?兜圈子,对方开始打太极。

"您想要什么拿什么。"

"只可惜,铸缺了这么一点点。"梁先生把大铜钱平放在左手心,右手点着方孔上边的一个小麻点。

六爷只是哼了下鼻子——绝对放心,老家伙专擅春秋笔法,铜钱又不是铜镜,哪枚钱币不是麻麻约约的,鸡蛋里边挑骨头。

"还有一条浅沟。"梁先生又用指甲轻轻一划,钱边上确实有一条小细纹。

"梁先生,我卖的可是钱币,不是牙雕,玉雕,挑毛病您也得在点子上。"他不客气,少来这套,成心你就玩儿去。虽然不好意思跟梁先生说“玩儿去”,可心里早就想让他玩儿去,现在什么心境?根本没心思做生意。

“多少钱?”梁先生被噎得再难挑剔,不得不直来直去。

“八百。”他用对付大鼻子的办法宰他。窝火,梁家爷儿俩又搂东西又赚钱,不能让他们把便宜占尽了。何况他心情正不好忒不好特不好着呐。

“你……”梁先生忿忿,西妞妞不单元隆有“一统天下”,别的摊上再黑顶多也才卖到五百,六爷这是成心恶心他,他把眼镜往脑门上一推,“你真把我当老外欺负啊,你当我是力巴呐,啊?”

“让五十。”

“五百。”

“不卖!”

“五百五。”

“六百五!”他如临大敌斩钉截铁,爱买不买,就是不想卖你呢。

“那再饶两个小的。”梁先生顺手一捏,又捏起“五铢”跟“鹅眼”。

“那没门儿。”六百五卖的是这一个,他两手一摊,他倚在柜台上。

——当啷,梁先生轻扬手,把三枚铜钱按回到柜台上:“有你的,你把我当成什么啦!”他忿忿地转身。

“别介,拿走,谁让您是长辈,谁让我跟浩子是哥们儿呢。”他突然变了心思,这已经宰他一刀了,不能闹的太崩了,毕竟他还得活还得在这儿且混呢。

在最后一刻松了口,还因为这些钱是一个农民背一口袋论斤卖到这来的。白赚,多少也是白赚,赌气也不能扔钱呐。

梁先生掏钱,捡起那三枚铜钱点六爷:“宰我这个老相识,有你的。”

他第一次有了笑脸:“谁让您那浩子黑我呐,刮一脸就三十!”

梁先生拿着铜钱走了。六爷反而犯开了嘀咕,鉴赏专家古玩油子,没赚头能花六百五买仨铜钱走?“一统天下”是幌子,俩不起眼儿的小钱准是奇玩意儿,刚才怎么没忘了呢,糟了,这回又让老梁给蒙啦!

4

晚上,浩子回家听父亲告诉他,又得到两枚稀世钱币,是从元隆买来的。

梁先生雀跃不已。

那“五铢”钱可是有了年头,铸于汉武帝元狩五年(公元前 118 年),使用期历经两汉、两晋、南北朝与隋,货币价值竟达 739 年,是中国钱币史上寿命最长的“长寿钱”!同时,因其当时的政治、经济、文化、人文诸多因素的影响,五铢钱在形制、重量等方面开中国钱币标准化之先河。每枚钱币重 4 克,并为后世钱币所沿用,比亚细亚钱币标准制早了 200 年,被中外考古界称为“最最成功的钱币”!

“最最成功的钱币”被梁先生得到了,当然雀跃,传世奇珍哦!

另一枚鹅眼钱，小如鹅的眼睛，流行于刘宋时期，当时人们称该钱是：一千钱长不到寸，入水不沉随手破碎。这鹅眼“十万钱不盈一掬”，是中国钱币史上质量最轻的一种钱，正因为其“随手破碎”，绝难传世，所以谁要能有鹅眼一枚，当然弥足珍贵！

浩子绝对另一番心气儿——

浩子从小没了妈，父亲一人拉扯大他实在不容易。小学、中学、大学，父亲承担起为父为母的双重责任。他敬重爸爸孝顺爸爸，自个儿挣来的钱让爸爸随便花。可父亲永无休止地买古董敛旧货，把活钱都变成了死钱。要是真倒真赚那当然好，可他一门心思地要收藏。他不这么想，收藏能收出什么名堂，藏出什么名堂？活在当下要的就是钱的滚动与运作，他想钱多了办企业。谁也不知道，他和父亲从没想到一块儿去，人家还以为爷儿俩挎着膀子赚钱，其实满拧，爸爸只出不进，从来没有赚过一分钱。

不平衡。西妞妞的每个摊子都宰人，他的典雅也同样宰。但是人家宰完人黑完人置房子买汽车，人生不就是一吃喝玩乐？父亲却陶醉在收藏上。孝敬归孝敬，但是自己却没能像发了的年轻人那样，享受生活享受快乐。这一点，他真又有些不平衡。

父亲到底怎么想的，他多像巴尔扎克笔下的高老头。人那高老头是敛钱，而爸爸是敛旧货，而囤了半天不去赚钱不出手——这和守财奴又有什么区别？其实还不如高老头，人家地窖里藏的是金币，钱才是实打实的东西金光闪闪哦。

今天，爸爸又把几枚铜钱摆出来唏嘘。六百五，值吗？这都是自己一推子一推子，一剪子一剪子赚出来的啊。

什么“五铢”“鹅眼”，他不爱看听不进，值什么钱？他真怀疑老爷子有毛病。这么轻这么薄这么暗这么旧！第二天他乘父亲不备偷偷拿到琉璃厂国营文物商店，收购的两位老者如见奇珍赞叹不已。可是，要卖给他们人家的出价却只是两枚一共150元。

回家他跟父亲闹，可父亲急得红了脸：“你甭管，许多东西说不清！”

“说不清您就不该买，挣钱不是那么容易的。”

“你，你……花你点钱，不是我把你养大的？”

梁先生从没说过这般家长里短的言语。他急了。

浩子这才柔下来。这回爸爸真急了。不得不压住自己的火气。没办法，老爷子高血压冠心病，大气绝对生不得。

……

梁先生一肚子苦衷。他难得跟人讲道理，包括学经济的儿子，讲得通吗？跟谁都讲不通，自己最信得过的袁紫跟洋倒爷勾在一起倒文物，身为先生的他也只能眼巴巴地干瞅着，没办法，怎么能胳膊肘朝外拐？这不成了监守自盗啦。

想想跟袁紫的多少次争论，他寒心，年轻的想法儿怎么会突然之间超前到了这份上？不明白。

袁紫刚开始跟六爷一块儿倒旧货，把一些珍贵文物卖给洋人的时候，他怒不可遏，把她叫来以老师的身份声色俱厉教育她，可是袁紫不急，多少句话等着噎他呢——

“梁先生，午间半小时您没听，全国废品站每天按废铜价收上来的钱币有好几吨，百分之八十都运到冶炼厂熔化了。与其那样，卖给老外发财致富怎么啦？”

他当然知道，一直耿耿于怀痛心疾首哇。

“梁先生，您到洛阳伊川去过吗？那里的常峪堡村正兴办村建皮鞋厂，推土机把八座古墓推平了，老农捡走秦砖汉瓦都盖了猪圈鸡窝，根本没人管您信不信？”

他知道，是真的。

“梁先生，全国被盗被毁了多少文物？国家无暇顾及，我看还是把它们贩到卢浮宫、波伦多、大不列颠博物馆里边用恒温、激光保存着好，艺术是属于人类的，好东西搁那儿，不糟不毁不造不更保险吗？”

“你……”

“梁先生，我这么做才是真正的保护文物，日本人是抢走了我们很多珍本善本书，但是人家比我们的保护要好得多，让小日本好好保护着，有朝一日他们反正都得给咱们还回来！”

“你！……”

“您别急，明天我给您拿本书，省得您以为我成心气您。”

第二天，袁紫真给他拿来一本《十月》，打开一篇《疯狂的盗墓者——文物系列报道之一》，惊心动魄，洛阳孟津、北邙、伊川在呻吟在流血，多少座秦汉魏晋古墓被破坏被盗掘。他要炸，眼珠子都看红了急红了。

再也坐不住，他亲自跑了一趟孟津，在平乐乡外如获至宝发现了半快柿蒂纹画像砖，清晰的纹路精细的做工，一摸就知道是糯米浸汁烧成的。他捧着这小半块砖心乱跳，柿蒂纹是王莽摄政时的绘图作品，他在孟津随手就拣到了传世之宝哇……

万也想不到，一位路过的农民见他捧着砖发呆的痴劲儿，憋不住哧哧直笑。他刚一抬头，那人问他摩挲这砖头干什么。他小心翼翼地包报纸包手绢装书包，秦砖汉瓦当然是无价之宝无价之宝啊。

那位农民见他如此，摆手让他到西头一个村子转转去。他迷迷糊糊问干什么，那人不说，只是笑着让他去看看。为了采风他索性随着对方走，十分钟后饶过村头一座小学校，那人一指东边三家宅子的院墙说声“你瞧”，他一缩脖子愣住了，接着一探一探往前迈，最后踉踉跄跄扑过去——二米多高的院墙，一色的王莽柿蒂纹画像砖，至少砌了两千块！

天，天呐！……

撕心裂肺。袁紫那话当然说得他无言对答。刚毕业时她去过西北、洛阳好几个考古点，抢救过被老农当鸡食盆使用的战国陶器。她自有她的一番道理：面对着疯狂的盗掘愚昧的破坏我们怎么办？国家把收购文物的价格压得不能再低,凭什么不许卖给外国人？不光是为了卖钱,我这是义不容辞的保护!

说不通讲不清,连袁紫这样的都如此,能跟浩子掰什么理。

浩子不敢惹父亲生气,他的火气往冤大头身上撒。纹眉纹眼线做头发的你们不是爱美吗,那我就咬着牙的赚你们!

别人哪知道,他们爷儿俩常较劲,钱币的事情两人都憋了一肚子气。浩子给自己宽心,谁叫"生活是一团尽是那解不开的死疙瘩呢"。

半个月后他正在典雅看手下的杨师傅给一个胖姑娘纹眉,六爷在外面敲敲玻璃没进门,把他叫到外面去。出门他循着六爷手指的方向往西一看,一个金发碧眼的小洋妞正在家具摊前看镶大理石的绣礅呢。

他问六爷什么意思,是不是想引来做头发。谁料六爷小眼一眯问他那洋妞漂亮不漂亮。他一愣,凑过去一看,是不赖。虽然个头不高但是白皙的皮肤像透明的,娇滴滴的简直就是安徒生童话里的白雪公主。

六爷见他痴痴呆呆还犯傻,索性一手扶到他肩膀上:"你不是人精吗,今儿怎么晕头啦?"

什么人精,他是晕头,远远地那小洋人已经转过身,羞答答往这边瞄了几眼,谁知六爷玩的这是什么猫儿腻呀。

"她答应嫁我了,你瞅瞅盘儿亮不亮?"

哦——他不由退了两步,把两只胳膊架了起来。涉外婚姻,中国姑娘嫁老外,这样的事情越来越多,袁紫不就是这样？可中国男人娶洋姐,尤其是六爷这样的倒爷也要涉外——天方夜谭,实在不敢相信是真的。

"哪国的?"

"俄罗斯一带的。"

"俄罗斯一带……"

没容浩子再说,六爷早一摆手冲那姑娘喊:"乌莉亚,过来见见我这哥们儿。"

乌莉亚一笑,拎着宽摆长裙走过来。

浩子抻抻脖子使劲眨了几下眼,哎哟,白雪公主娇小玲珑楚楚动人还真可爱呢。

……

邪性,人跟人都是缘分。

六爷从来也没想过找个洋妞过日子,不可能、不敢想。这些天正为袁紫飞了撮着火,娇小可爱的乌莉亚不期而至。没往别地儿想,谁想到这透明的白雪公主还愿意跟他结婚呢。

梁先生买走铜钱的第二天,一个红头发又高又胖的老外带着一个棕头发蓝眼睛的姑娘进了元隆。六爷一眼就认出他们是东欧一带的国际倒爷。那神态气质跟西欧老美就是不一样。用他的话说就是老外之中的土拨鼠。这帮人大多在天坛外墙的红桥市场转,买论斤约的人造珍珠,买大包的仔服仔裤,只能拣那些物美价廉的东西,运到北京至莫斯科的国际列车上走零担,穷洋倒儿。所以今天一见这俩土拨鼠,六爷懒洋洋地连句“欢迎”“你好”都没说,根本没从柜台内站起来,没心情。

想不到,红头发走到柜台指指景泰年间的一对珐琅手镯问他多少钱,他伸出一个巴掌告诉他五百。红头发摇头,让他拿出手镯旁边一只镂空的银戒指,说要给身边的年轻姑娘试一试。六爷懒懒地拿出来,没想那小姑娘双手背在后面红着脸就是不试。红头发瞪眼,小姑娘一转身跑了出去。红头发紧跟着扑出门,一把揪住女孩的辫子跟拎小鸡子似的又把她悠回来,上手啪啪就是两个大嘴巴,蓝眼睛的姑娘的鼻子破了,鲜血滴滴答答流出来。

突然,面前的一切好突然!

不知所措的六爷慌了。赶紧接了盆凉水端出来,先让姑娘洗。不料那红头发不依不饶不让洗用手挡,六爷再也看不下去,站起身来猛地往红头发的大肚子上一踹,红头发哎哟一声坐在地上了。这时候,外面早听见了动静,过路的拥进好几个人,接着联防城管的也来了人。六爷气得脸煞白,端着洋姑娘洗鼻子的血水让大伙看,哪有这么野蛮的,这小子准是洋地痞,好人哪能这么流氓的!

所有人当然不向着洋地痞。六爷这脚不亚于醉打蒋门神,红头发一劲坐在地上喘粗气。

洋流氓站不起来,原来是这小子有疝气。六爷这一脚差点儿让他闷回去,不单脸青连脖子都紫了。好半天联防的才把红头发架回办公室。一问才知道他是格鲁吉亚的洋倒爷,而那小姑娘是爱沙尼亚一家社会福利院办的高中学生。小姑娘无依无靠自己来到中国,在红桥市场转悠了好几个月,正好红头发来后发现了她。见她娇小漂亮,给她买了几件衣服,想把她骗到格鲁吉亚当媳妇。今天转到西妞妞说是要给她买结婚戒指,明天一早就要带她取道新疆返回格鲁吉亚了。

小姑娘不乐意。红头发都多大年纪了,她不想跟着这个男人走,再是格鲁吉亚还不如爱沙尼亚呢。联防的对他们进行了一系列的遵纪守法教育,只是不好插手跨国婚姻的是非,即使属于拐骗这案子也忒麻烦,最后把他们放出来,赶紧回各自的国家去,别跟这儿添乱了。

六爷这会儿心情特愉悦。多少天没这么痛快过。此时站在门口正跟人们大谈飞起一脚踹翻国际流氓,保护妇女儿童利益的见义勇为时,那蓝眼睛的洋姑娘竟然又出现了。她急急慌慌地找到六爷告诉他,说只有六爷能保护她,她想嫁给他,否则那红头发还会跟踪她找麻烦。六爷乍着手指头不知所措,这么漂亮的小姑娘赖在他身边不走,他想不出招儿来怎么办。

他起了半天鸡皮疙瘩最后麻到脑袋上,纯粹是封神演义是神话!都是中国女人嫁老外,怎么到他这里事情就颠倒了?无论如何不相信,做梦也梦不出这邪行!

不过,西妞妞练摊儿的哥们儿却炸了——

爱沙尼亚多穷呐,她呆不下去才来中国呢,天上掉馅饼你不要,你真不接我接着！

北京涉外婚姻一天三对，报纸上登的，不信给你找报纸，中国越来越富这样的事越来越多！

开洋荤的事送到嘴里还有躲的，你不敢我立马跟她好，我还不白要，送你五万转让费！

佳华这话是真的，五万五万的他说了多少次。

他再也睡不着觉。

也是的，有钱什么事情办不了。不是没有男人娶洋妞的。正好这两天他看了一个电视纪实片。一个意大利妞爱上了一个语言文化大学的锅炉工，别人不理解都劝她不要跟锅炉工好。她说为什么？蓝领工人最光荣，我们许多欧洲孩子的理想志愿就是做蓝领，许多男孩子的第一志愿不是做建筑工人就是当汽车司机跟锅炉工。这位执意嫁中国蓝领的洋妞最后真嫁给了锅炉工，不然怎么可能上了北京台的电视节目？没有什么不可能。

再说，比起那个锅炉工，他要强上一百倍一千倍，没有什么不可能，只不过这么好的馅饼过去没有砸到过。

隐隐催化他做出这番决断的另一个原因还有袁紫，她甩了他嫁洋人，自个儿也如法炮制，娶一洋妞气气你。

把乌莉亚安置在旅馆里住下，他风风火火跑了好几趟民政局、大使馆、派出所。原来跟外国人结婚并不如他想象的那么复杂那么难。跟本国人一样，到各自的民政部门开个证明就行了。这不，乌莉亚要回爱沙尼亚，他把她带到典雅让浩子先见见。别瞅你浩子是大学生，梁先生还是什么大学教授、研究员，我六爷有钱有本事，娶美貌如花的洋妞做老婆，全中国有这份艳福的有几个？让你们瞅瞅。

乌莉亚妩媚动人，一口流利的普通话确实让浩子惊诧不已，袁紫嫁洋人六爷娶洋妞，改革开放的步子迈得真大，还怎么那么巧那么协调一致呢。

浩子羡慕，甚至有些嫉妒。

还不进来做做头？惊羡间他邀乌莉亚到典雅做个脑后高高挽起的“晚妆”，真美，这神仙事怎么都让六爷赶上了！

5

连六爷自己都觉着是梦，乌莉亚往返一个半月便开来了证明，俩人顺顺当当登记，谁想到这辈子娶一荣华绝艳的洋妞妞当老婆，够了，他没白活。

乌莉亚在红桥晃荡过一年多，不但中国话通了，连人造珍珠多少钱一斤，紫砂壶什么颜色的好，纱洗夹克四十块钱一件都清楚。可是来到西妞妞这古玩旧货世界她确实生疏，一时半会儿难上道。什么钧、汝、官、哥、定；什么山子、盆景、扇面；什么漆雕、牙雕、玉雕，她统统一个不摸门儿。这里的东西太破太旧，还是红桥集贸市场的商品琳琅满目，熠熠闪光才漂亮呐。

她不知道，红桥卖的是工艺品，新瓷器。而这西妞妞是旧货，真玩意儿多。自打跟了六爷，六爷把老家的一个表弟也辞了，索性小两口经营元隆。他一件一件给她讲真品、赝品，讲宣德炉、端砚、粉彩、青花。乌莉亚虽然聪明，可是记不下来，汉字认识的不多，更看不明白毛笔字和什么篆书隶书了。

一天，他到税务去上税，嘱咐她千万把柜台看好，按着标价上的价钱卖东西。

谁想他没走多大工夫，一位亭亭玉立的女士和一个瘦高的老外光顾了。乌莉亚眨着一双淡淡的蓝眼睛看那女人，高高的身材挺括的腰身，一头乌发潇洒地披在肩上，细长眉毛下的两只眼睛闪闪烁烁。她用英语和那男人指指点点看看说说，最后在一只鸡血石印章匣子前停下了目光。

六爷敛来不少鸡血石章料，总共有四五十块，分别标着 200 元、300 元、500 元、800 元、1500 元……最高的标到 8000 的都有。那两人一块一块地端详，翻看，乌莉亚好奇地看着他们。跟她自己和六爷相反，那中国女人黑头发，那男的是棕头发。人家买东西他们卖东西。自从嫁给六爷，连北京的长城、香山、颐和园都没去过。生意一天不能歇。当初自己一个人，还能在红桥市场玩玩转转游游逛逛，如今一天到晚守在柜台烦死了。毕竟她才十九岁。

她羡慕地看着那对男女又用汉语议论鸡血石——

“你们杭州风景天下闻名，它附近的昌化鸡血石也响誉我们欧洲呢。”男人的汉语拗口，乌莉亚觉得还不如自己说得标准。

“昌化冻石其实不只五种颜色，最上乘的属纯红，白中透红的也是上品。”

“如果黑紫在冻石中构成的图案好，那它也该有价值。”

“Dear，用我们北京的土话说，你是地道的中国油子呢。”

男人好像没听懂，笑眯眯地看着她。

女人挎起他的胳膊又点点他的胸：“油子就是油条，吃过豆浆油条吧，油条就是狡猾，聪明，机灵。”说着两人一块儿呵呵呵地笑起来。

乌莉亚扭过脸，羡慕，嫉妒，咫尺之间，她不愿意眼睁睁地看着他们这么亲密，放松。

“你们到底买哪块？”她突然转过身来用淡蓝的眼睛瞥他们。

唉，又高又瘦的男人这才注意到口音也跟他差不多的老板娘，这才注意老板娘跟他一样也是棕头发。他迟疑地看了半天，轻轻地柔声问：“小姐，你是女主人，拥有这么多好东西，真了不起！”

乌莉亚白了他一眼，咦，大门大开，六爷从外面回来了。

那位女人也从百宝柜的反光中发现进来了人，她款款地转身：“六爷回来啦，你好！”她伸手，却悬在了半空，对方没接。

——是袁紫，她还有脸跟马克一块儿光顾元隆，这不成心恶心他吗！

倏忽，他刚端起的肩膀松下来，瞅瞅马克那老气横秋的德行，袁紫有什么牛气的，还显摆来呐，她嫁老外自己也娶上了洋妞，比她袁紫一点儿也不差，其实她心里才不是滋味呢。

眨了几下眼，他大度地伸出了手。

“贵夫人光临敝店，给元隆抬面儿了啊。对，那叫蓬荜生辉了啊。”玩了几年古玩，六爷的言语也文雅不少，至少雅俗参半。

“许先生，你好！”马克也向他伸出手，友好地微笑，点头。

六爷大号许六合，除了认识他的老外对他以许先生相称，连练摊儿的许多人都不知道他到底姓啥名谁。也别说，从卖西瓜发了起，人们“六爷”“六爷”地这么叫开了，冷不丁有人称他名姓反而让他陌生。六爷是他，他就是六爷。见马克也向他伸手，他也大大方方地一握：“马克先生，这几个月把您累坏了吧，我这里多少好东西您可是落了空！”他胡捋一下脑袋指指乌莉亚，“这是我太太，爱沙尼亚小姐乌莉亚。

“六爷可真有魅力啊！”袁紫看看他，上去亲热地握住乌莉亚的手，“我还当你是——多好看的眼睛，蔚蓝色的天空。”

乌莉亚不好意思地低下头，白皙的脸蛋绯红。刚才还不高兴，谁知六爷跟这一男一女这么熟。

六爷心里跟明镜似的。其实袁紫什么都知道了。她那表情很造作。他意味深长地点点头，来元隆干什么？就是为看乌莉亚，那也好，不是说乌莉亚的眼睛蔚蓝色，像大海吗，那你也清楚清楚我许六合娶了不亚于你的大海，厉害不厉害。

寒暄过后袁紫朗朗地笑着说：“你这鸡血石怎么标的价？”口气跟原来一样，还似和他搭伙做买卖时一个样。

他一愣。按质地好坏大小形状呗。田黄，鸡血那是章料之中最好的石头。血多血鲜的价高，血暗血少的价低，他是一块一块细分的怎么啦？

袁紫跟原来一样一拉他胳膊，几人一块儿围上那堆章料。

她拿起一块浅灰“冻地”而血色不多的章料说：“你看这一面的血丝图案像什么？”她用手指着正面。

他眨着厚厚的眼皮琢磨，条状，云状，团状，雾状，看“血”就是这四条，这细细的几丝血谈不上什么条状，什么都谈不上，光有“冻地”可这血太少了。

“飞悬的瀑布，在下端又汇成一条潺潺的小溪，浑然天成的飞泉涌血，不着一刀，纯任天然！”

经袁紫这一点拨，连乌莉亚都看得一劲儿点头，是像一条飞速泻下的血泉，浑然天成的一幅图画！

“你再看看这一面。”袁紫把那长方形的鸡血石章料一拨，不用她开口六爷一抓后脑勺，咔咔咔地挠起来：

“像只小猴蹲着呐。”虽然猴子很小，但那绝对是只小猴。

“哦——像画的，画上去的一只小红猴！”乌莉亚拍起了手，激动得两腮红红的。

果不其然，另一面鱼脑“冻地”上是淡紫色的一片树，树下蹲卧着一只五官清晰的小绒猴,双手捧着一只又圆又鲜的大桃子,朦朦胧胧它在眨眼、吮水、啃皮,活灵活现栩栩如生。

从来没有注意过这些鸡血构图的内容,当初忽略了,真是越咂摸越有看头。六爷都忘了顾面子:“当初,也没经营过鸡血石,再说,你也没有掰开揉碎说过什么田黄啊鸡血的啊。”

“其实再翻过来还有图案。”袁紫刚要再翻转,马克碰碰她的胳膊说:

“我们买下它,好吗?”他把那块章料从她掌中拈起来。

袁紫靠在马克肩膀上,笑笑看看六爷说:“卖吗?”

“当然。”他大度地点点头。

“还按价签上的二百?”

“哦……”他哦啊两声淡淡一笑,“你们要不打价,当然得按价签卖。”甭管袁紫把它辨析得多好,再浑然天成也不抬价,他要的就是这个面儿。

袁紫让他装匣,却把二百美元放在柜台上:“其实,你淘换来这么好的东西,应该卖这个价,真的。”她郑重其事。

他一惊,还有这事?

乌莉亚更是惊奇,真的还有这样的事?

袁紫冲马克笑笑,把章料收好,向他们道了“拜拜”,两人一挎胳膊出门了。

背后,是好长好长的沉寂。

他失眠了。脑袋胀胀地,还嗡嗡。

二百美元,袁紫扔出二百美元什么意思?当然,若按她说的什么飞泉、猴子,还有那浑然天成,那块鸡血石能值到五百。为了弥补对他的歉疚,这二百美元算什么,更何况袁紫常说,感情这东西是不能用金钱衡量的。那么她是在施舍,同情,摆阔,还是有点儿旧情难忘?琢磨不出为什么。也许根本就什么都不为。不过有一点他还是看清了,袁紫本想毫无保留地再讲第三面上还有图案,那上边还有另外的浑然天成,马克抓起石头不愿让她再说了——说起文物辨析来,袁紫还是那个袁紫,对自己毫无保留。

如果身边没有乌莉亚,他真会下楼开车回元隆,再把那些色泽各异的鸡血石好好端详好好琢磨。袁紫常跟他讲什么审美,什么“美不自美,因人而彰”,他听不进,能大致看出个真假好赖就得了,搅和那么多乱七八糟的什么美学什么鉴赏的忒累,脑瓜子疼。正因为没有听袁紫的,他辨析大理石镶嵌的桌面、椅背、插屏、挂件的时候就联袂不出什么山岚雾障,江流涛涌,众星拱月,烟霞掩映。耐不下心看不下去。而这鸡血石的纹理似与大理石同宗,他只顾了看颜色,构什么图成什么景看不出来,差就差在审美上。想当初袁紫说什么他都爱听,唯一听不进的就是她不离嘴的审美。这一次的当众辨析印象太深了,原来鸡血石不光看它的血,更深一层的还有那浑然天成的构图,画面!

几个月来先是恨，又由恨变成了气，他一直憋着气气她，今天刚见面的时候不还憋足力气要报复？想不到袁紫三言两语便能舒化圆活，想气她想报复你使不上劲。袁紫走后遗下的只是空白失落与寂寞。还恨她什么？恨不起来，见上一面怎么竟又苦苦地想起她来了？

与乌莉亚结婚，他开了洋荤享受了快乐，每每把她带出去，他满足着人们的惊羡与嫉妒。谁有他这般的艳福？真正跟乌莉亚单独在一起，动物之后一切又都变得平平淡淡很没味儿，说不到一块儿想不到一块儿玩不到一块儿吃不到一块儿喝不到一块儿，她就像一束塑料花，花花绿绿鲜鲜艳艳，没有一点儿味儿。

梦中他遇到过好几回袁紫，一腔怨怒想撒却一次也没撒出去。有味道，长见识，清醒后他慌慌地不踏实。金屋藏娇腰缠万贯楼房汽车——烦！为钱奔波的时候总有使不完的劲，金屋藏娇腰缠万贯了全身上下却总酸酸懒懒泻里哐当的。

袁紫说过，金钱与知识，追求与创造，这一切协调同步生活才充实，如今袁紫离开了他，知识没了创造没了生活残缺了可不是不充实？

乌莉亚好像发现了他的心事，她用柔柔的小拳头砸砸他的腰，嗲声嗲气地在黑暗中问："你和那个叫袁紫的姑娘早认识？她对你很慷慨大方呢。"

"不知道，别打听。"

第一次，他对乌莉亚这么生硬。奇怪，自己怎么娶了个洋妞做老婆，人跟人是怎么凑到一块儿的？偶然，巧合，命运，缘分，这些东西到底可信不可信？突然，他感到心口有些发憋，间歇了，他又犯了心率不齐的毛病。

6

袁紫旅行结婚回来之后先上的梁先生家。听说六爷娶了一个爱沙尼亚的姑娘，不亚于古希腊奥德修斯那样的神话。可是静下心来又笑开了自己。这次欧洲之行什么没见到？什么国不国族不族，只不过什么事一到中国就新鲜了。自己能嫁马克六爷怎么不能娶洋媳妇？

及至见到乌莉亚她由衷地为六爷高兴。乌莉亚天真单纯，两只碧蓝的眼睛像大海，比北京那些油嘴滑舌的胡同串子强多了。

一星期之后她又到典雅做头发，当着浩子情不自禁地赞叹乌莉亚："比你们说的还漂亮，浩子你也潮它一回，潮过六爷才对呐。"

浩子给他上好卷的头上搭好毛巾，将一只烘干筒戴好了，自个儿只是苦笑。不可思议，再熟悉不过的六爷、袁紫，一个娶洋妞一个嫁老外，他们这步子快得胆子大得扑朔迷离。自己能潮出个什么？挣的还不够老爷子造的，天天上旧货摊上买破烂儿，不倒腾钱全糟践啦。

他没接袁紫递给他的细支摩尔，点上支自己的肯特："你们跟老外勾着往外倒，越倒腾越活泛，我倒想潮，冲我爸也潮不起来呀。"

"变相储存，你爸这是给你攒着呐，梁先生比谁不懂眼！"

“攒什么攒，文物商店给不上价，破烂都砸手里啦。”他把五铢钱、鹅眼钱的事情讲给她，件件东西都赔本。

袁紫在烟雾的缭绕下站起来，顶着烘干筒坐不住：“国家给不上价老外给，要不人家干吗都来西妞妞？将来你爸一旦把东西在西妞妞出手，价钱会翻上十几倍，几十倍。”

“我爸卖吗，人家藏床底下，敝帚自珍。”

“这我知道，收藏爱好，这是梁老师的追求。”她又坐下扶扶高耸的头盔。这话是发自心底的。她自己、六爷，还有绝大部分倒腾练摊的，都是为了钱攒到西妞妞。而梁先生不同，现如今这样的有几个？她佩服却不甘心仿效。快乐人生，她追求的不是明日快乐，而是更新潮的今日快乐。

“他追求我受罪，我有我的追求哇。”

“那你卖我，我和马克出大价钱买你爸的东西，你爸乐意吗，你敢卖你爸的东西吗？”

浩子怔住，他不敢，牢骚归牢骚，偷不得抢不得，怎么可能卖老爷子的东西？谁要真给他卖了，那不等于要了他的命。他摇头，不用跟袁紫解释。

袁紫把手叉起来：“你呀你，别再苦大愁深啦，好事在以后呐，就是你真敢卖，我也没胆子买啊，呵呵呵……”她笑出一身爽快。

浩子心中生出好多说不清的东西，袁紫真美，不管她说什么干什么，浑身透出豪爽与大气。

……

袁紫做完头，下午又跟马克在西妞妞溜达，想不到这回跟梁先生“火拼”起来，闹得人心里还真疙疙瘩瘩的呢——

就在元隆斜对过不远，新近摆出一个珍珠、砚台、烟壶摊儿。珍珠是人造的，砚台是易县的，烟壶是玻璃的。因其摊主是个腿有残疾的女人，单手拄拐不容易，市场管理才允许她摆了一个根本不经营旧货的工艺摊儿。

下午，袁紫和马克又转到这儿，扫了一眼本想再去元隆，可放烟壶的一只玻璃鱼缸被马克瞥上了，他横出一步用手一点，袁紫也反应过来。好东西，那么厚的口沿，它可不是新料器。

他俩凑到摊子前头，把鱼缸内二三十个玻璃烟壶一个一个拿出来，一只厚实沉稳的藕荷色敛口鱼缸完整地呈现在面前，好漂亮。

那是一只含苞的莲花鱼缸。藕荷色的莲瓣从四周向上敛起，花脉隐绕在光面内，粗脉色深细脉色浅，均匀地发散放射。最令人喜欢的是一尾鱼儿凸起在缸底，在光的反射下若隐若现，亦幻亦真。

袁紫轻轻咬住左手小指，成为文物的料器难得，她好像听人说过，这种缸底卧鱼鱼尾折光的鱼缸是乾隆年间大内烧制的珍贵料器，不亚于大清珐琅彩和青花瓷器。好东西，绝对是件好东西。

深谙中国文物的马克当然一眼也相中了它。他端起鱼缸在手中掂掂,又对着太阳反复照,审视它的光泽、造型、质地、密度。

仅从工艺分析,当是清廷在西方人指导下烧出的彩色料器。尤其是缸底的那条变色鳟鱼令人叫绝,中国的莲花配以西方的鳟鱼,这当然是件中西合璧的精品料器。

“多少钱?”袁紫接过鱼缸的手微颤,第一次,在西妞妞碰到玻璃文物,太难得了。

脸色黄黄的女人没准备,这只玻璃鱼缸是放烟壶的家什儿,面前的这俩人怎么相中了它?没价钱,这是“文革”那阵子在大街上捡的,一直在家放着没什么用,连个花盆都不顶。

“这个……”她吃力地站起来,“您要买就给二十,那么小一烟壶还八块呢。”

“二十元?”马克赶紧把钱夹掏出来。

“师傅,我出五十块钱。”一只手上来了,也抚住了那只鱼缸。

——咦,梁先生插进来,虽然不是抢,可那口气,架势实在近于无理了。

“梁先生……”

“我出五十块钱要它。”梁先生木然地看着袁紫,根本顾不得打招呼。

“先生,我先要的这只鱼缸。”马克展展眉毛,他没随太太去过梁先生家,不认识梁先生。这个人也太不礼貌了。

“我出的钱多,你卖给谁?”梁先生不看马克,他跟卖货的说。

懵了,残疾女人好半天才明白半路杀出个程咬金,这老头子要截老外,这般经历没有过。她“哦”“哦”两声不知所措,想不到那老外抽出五十美元在摊子上一放:“我也出五十,美元!”

瘦女人的脸色竟然由黄变白了,这么个玻璃鱼缸两个人抢起来,老外还拿出这么多美元来,她从来也没有过五十美元呐。是不是在做梦?

“我出这么多。”梁先生把西服敞开,从内兜掏出四百元也放在摊子上。

到底怎么回事,袁紫万也想不到,自己的老师不期而至和他们争上了这只鱼缸。真为难,刚才叫了一声“梁先生”,可梁先生根本顾不上与她招呼。怎么办,她插不上一句话。

卖主更是不知所措。这鱼缸还腌过咸菜呢,玻璃玩意怎么成了宝贝?亏了它的皮子厚,好几次磕碰都没坏。要谁的?卖给谁?她不知道。

“我出五百元。”马克的脸红了,从来没有一个中国人跟他争购过东西,头一回,他不接受,在中国。

“你也出人民币了?”梁先生见他换了人民币,口气反而轻松了,“我出六百。”

“梁老师,您……”袁紫可是挠了头。她困惑,梁先生不该如此,这又不是伦敦的拍卖行,怎么也得有个先来后到哇。要是自己,她二话不说得让梁先生,可眼下是马克,夹着个马克真为难。

“我出一千元。”马克脸上的微红渐渐隐去，马上平静下来，他平静地拍出一千。

“梁先生，您款大往外拍，浩子是您的坚强后盾，他出一千就卡住了，拍呀。”六爷也从元隆赶来了。有谁比梁先生油，真东西好东西什么都让他弄了去，这回又跟马克掐上了，好，拍一你死我活才热闹呐。

梁先生谁也不认识了，抬手把眼镜摘下来：“一千三，我出一千三。”

摊子前围了一圈人，中国人跟老外飙钱，邪行啊，能不好玩吗。

袁紫更加惶惶了，没见过梁先生这般急哧白脸的，这件料器到底值多少钱，到底有多珍贵，梁先生这是拼命的架势啊。

“两千元。”马克变得坦坦然然，轻轻松松。

“梁先生，您可是北京城有名的大教授，大学者，咱们可得扛住了啊。”六爷趁火打劫，他不知道这只玻璃鱼缸有什么价值，只是想看个热闹，这场面哪找去，西妞妞从来没有过啊。

一圈子人跟着起哄，有的人还嚷嚷：“老先生，您可得扛住喽，为咱中国争气，争面子儿啊！”

卖东西的女人呆若木鸡。她半张着嘴痴痴呆呆，两千块钱买这鱼缸，前些日子还差点送给街坊养鱼呢。

“两千二。”梁先生手微颤，他松开了西服内的衬衫。

“三千元。”

“三千四。”

“四千元，我出四千元。”瘦高的马克比对方从容，他抚住手中的提包。

围观的人们先是唧唧喳喳，此刻变得悄无声寂，四千？一个玻璃鱼缸值四千块钱？

梁先生眨眨灰蒙蒙的眼睛，左手紧紧扯住了自己的衣领：“五千，我出五千！”他花白的头发乱了，颠的，目光也阴冷阴冷。

人们又把目光转向了马克，想不到他突然抬高了声调：“一万元，我出一万。”

天，一万，多少人趁一万，花一万块钱买玻璃！

连袁紫也茫然了，马克跟梁先生较上了劲。没见过梁先生这样子，也没见过马克这样子！

“一万，厉害，大腕儿，大款，”六爷一嗓子把全场的沉寂打破，“梁先生，您可别怂了，不能栽了这个面儿！”不知什么心态。连他自己都说不清，只是想争斗别停止，刺激，他看的是刺激是热闹。

“对，扛，扛！”

“对，别怂下来啊！”

看热闹的胡嚷，为什么别怂谁也不明白。

六爷也顾不得什么袁紫了，他这一撺掇，看热闹的人更多了，本来就不宽绰的西妞妞都快堵上了，有人以为打了架，跟着拥上来看究竟。

谁也想不到，梁先生愣怔半天，脸色颓然变灰了。他愣愣地左顾右盼，揪住领子的手慢悠悠地顺到腰际又悬住，好半天才把头抬直了，没看马克而是看着袁紫："你们拿走，你们的啦……"

他转身，凄惶地往外走，不是拥得人多，他会踉跄不住。人们又一次没了声音，一条路让开了，他的步子终于走稳还快了。

六爷勾起小指"匪"了一哨，人们这才又"活"过来。最懵的还是那个残疾女人，千真万确的一场梦，一万块钱，它不是梦又是什么！

哦……梦，它可真的是个梦？

……

三天之后，袁紫来到梁先生家。

几天来，她心中好不是滋味。虽然争到了珍品，可梁先生炉火纯青的鉴赏造诣，博大精深的文物学识，使她受益无穷终生难忘。前几天的争购中，他们彼此却成了对手，而且自己还成了胜方，梁先生在大庭广众下成为了败者。漫说梁先生，自己的滋味好受吗？不舒服，这种不舒服千回百转。

想不到的是，梁先生见到她平平静静，告诉她这两天让浩子找了她好几回，他也正想找她呢。

她不好意思地道歉，正好跟马克去了一趟承德。其实，买完鱼缸的当天她就想来，只是没有来得及。

梁先生相信，尽管许多认识不同，但是袁紫是直来直去的性格，不会跟他弯弯绕。说着，他从一只大躺箱内取出一个被许多绵纸包裹的东西，小心翼翼地放平在躺箱上，一层一层地揭开绵纸，呈现出的竟然也是一只鱼缸——

咦，藕荷色的莲花料器鱼缸，花脉一束束地放射，粗线深细线浅，同样的一条鳟鱼，也凸现在缸底俏皮活泼着！

她的心倏忽一沉，怪不得梁先生争得惊心动魄，原来是一对！

他买下是为了凑成一对！成对的文物价值要翻多少倍！

梁先生果然烦她把那只鱼缸再拿来，是不是一对还得真把它们扣在一起比一比，毫厘不爽才是真的一对！

她急匆匆回饭店真把那只鱼缸取回来，这要求无论如何得满足梁先生，三天前马克实在不应该跟梁先生争购它。

两只鱼缸并派放到了书案上，一模一样别无二致。天造地设的一对鱼缸，本来就是一对！她脸上更是烧烧的，什么也说不出，说什么？西妞妞里头不管谁，都该是你死我活六亲不认吗？

她心里已经想好了，一会儿回去跟马克商量，这件东西得让给梁先生。梁先生是她无比崇敬的老师，更重要的是他手里已经有了一只，一对的价值无须再说明要高出多少倍，感情和道义要求她必须为老师付出，就是要为老师做点什么。

"梁先生，那天真……"

梁先生淡然地止住她，让她再仔细看看这两件器皿，她眨着长长的睫毛不敢看，好半天嘴唇竟然颤抖了，多么晶莹剔透的一对鱼缸！世间竟有如此的偶然巧合，它就应该属于梁先生，不管他有什么用，不管它翻出多少倍的价值来。

“梁先生……”

嘭！梁先生一拳砸在书案上：“看看它们，你仔仔细细再看看！”

她吓一跳，那天是在西妞妞，今天是在他家里，第二次见到了老人家的冷厉。他突然让她又看什么，他突然暴怒又为什么？

看看那鱼缸，怎么啦，不是本来的一对吗？

“看、弹、掂、捋。”又像上鉴赏课辨析瓷器，老师又道出步骤程序。

她莫名其妙地凑到近前，仔细端详，用手轻弹，贴耳细听，捻捋光面，捧掂分量，估算密度，验照颜色——更为梁先生惋惜，两只鱼缸肯定出自一窑，颜色形状没有丝毫差异，交换位置都分不出哪个是哪个。

梁先生若有所思，定定地看着她。

怎么啦，更后悔，还是不应该跟老师争它啊。

梁先生把一只水壶拎起来，站在书案前稳稳倒水，倒完又用脸盆接了两次，两只鱼缸都灌满了水。更好看，比紫晶石浅，比芙蓉石深，它们的颜色像璧玺，粉荧荧地闪烁。

梁先生还让她看，她懵懵懂懂犯开了疑惑，更好看了更剔透，他还让她看什么？她迟迟疑疑看了半天，最后把目光移向梁先生。

梁先生起身，把左面那只鱼缸吃力地捧起来，移到阳光满照的屋中空地上，接着又端起另一只，并排放在了一起。

水在微微晃动，她的眼睛瞪圆了——咦，缸底两条鳟鱼真的如潜水波，不，隐隐约约朦朦胧胧，突然发现不对！梁先生那只鱼缸壁上游着七条小金鱼：赤、橙、黄、绿、青、蓝、紫，七条金鱼七种颜色，他们半悬在水中栩栩如生，随着水波的微微晃动，微微变幻着彩虹的浅光。

她惊得目瞪口呆，看着自己那只鱼缸，除了水底的大鱼，别的什么也没有。奇怪，梁先生的鱼缸难道有机关？

缸中的清水完全平稳后，梁先生伸手按时间方向微微一转，灿灿的阳光下，小鱼又开始不断变换颜色，赤变橙，橙变黄，黄变绿……魔缸，她不敢相信自己的眼睛，梁先生怎么变开了魔术？

眼花缭乱！

哪里想得到，眼前的一切如梦如幻！

不知过了多半天，她才痴痴迷迷站起来，全然迥异的两只莲花敛口鱼缸，外表却丝毫看不出来。谁知放水之后还出了幻象，而自己这只呢，呆呆板板黯然失色。

倒出水去擦干鱼缸，两只又变得一模一样，什么都分辨不出了。

她的心怦怦，梁先生指指缸壁，让她随着手指的移动再看花纹——

哦……她喊出来，先是瞪大眼睛，又用两肘夹住自己的脑袋——看出来了，缸壁上的花脉巧妙地勾连成鱼的形状，循着手指的移动发现的，不然绝对不会发现那肉眼难以察觉的变化，因为纹脉是深隐在厚厚的玻璃光面之中的！

“梁先生……”

“以后不用再放水，你也能够辨清楚。”

“可您……”

“你这只是民国的仿制，隐纹机关，料器的制造在咸丰年间就失传了。”

“不过……”

越说她越不明白，既然自己这只是假的，干吗梁先生那天跟马克你争我夺互不相让，愣把价钱扛到五千，坑马克花一万块钱把它买下来？

“你可能很奇怪，”梁先生刚说了半句，她立刻把话接过来：“我能不奇怪吗？不明白您这是为什么。”

“我恨外国人，他们在对待中国文物上无孔不入，所以我才演戏，我就是想让他们吃大亏，就是不让他们买了真品去！”他真怒，太阳穴上的青筋都绷起来。

“他是我先生，您不该这样粗暴地指责，一概而论。”她愤怒老师的做法，这样不道德。

“他是文物贩子，比东欧俄罗斯的那些国际倒爷还要坏。”

她惊异地看着他，自己的老师这是什么水平，文物是民族的也是世界的，懂不懂在艺术面前人人平等，懂不懂艺术属于全人类。

“梁先生，在金钱上您坑了马克，从感情上您伤害了我，今天我来拜访老师，您可算是对我解着气地报复了一回！”

她的呼吸变得急促，可不是吗，多半天他才往鱼缸倒水，兜着圈子残忍！

“残忍？为了恪尽师德，我让浩子当天晚上就去找你，传道解惑，我迫不及待要给你补上这一课。”

“补课？”

“你对料器知道的太少啦……”

三言两语说得平平朴朴，痛恨老外搜寻文物，又要把自己的所知传授给学生，静下心想想是两回事。她能不相信梁先生这话出自真心？是真的。和老师接触这么多年，对文物的真赝他一丝不苟——做人，他真一次也没假过。

事归事，人归人，西方人就是这么思维的。梁先生不也这么思维了？撇开自己，梁先生还是梁先生，他是从里到外的梁先生啊！

“梁先生……”她上前两步握住他的手，一万块钱算什么？今天她的所得岂止一万块？为了传授知识，老师不怕得罪自己，如果梁老师不这样，永远埋葬这件事，让他们不明不白吃一辈子哑巴亏，那不才是不折不扣的阴险奸诈吗。

她最应该说的当是“谢谢”，她上去抓住梁先生的手：“谢谢您，梁老师！”

梁先生把深度近视镜又摘下来，扬扬眉毛，语重心长地把目光送向窗外：“袁紫啊，到国外为中国文物的回流干点事，别再往外倒腾啦，行吗？”

“梁老师，”她收回手，目光也变得冷峻，“我之所以嫁马克，是因为他有一座私人博物馆，收集了许多中国文物，弘扬了我们中国的历史、文化，难道这不是另一种形式的保护？”

“可你……”

“我和您一样，也在一件又件地争夺，结识了马克我才发现了中国文物的最好归宿。现在好东西我一件也不出手，我们没有倒文物，没有！”她的声音越来越大，超过了语重心长的梁先生。

“但是……”

“艺术属于世界，文物也是人类共同的财富。为了不被肆无忌惮地盗掘，毁坏，倒卖，我一定还要和马克一起携手干下去！”

“不……”

“不！”

浩子推门近来了，怎么回事，这俩人“不”“不”的干吗呢？他一点袁紫的胳膊：“哎哟，原来你在这儿呐，袁紫，找你找的我腿肚子都转筋啦。”

7

一报还一报，梁先生也该在西妞妞栽一面儿，什么真东西都让他改落走，这回让他窝口气，也算是跟所有人找平儿了。

这两天，六爷也在找袁紫，不怨不恨了，他玩古玩不能跟那些练烟酒练服装练水果的一般见识，结不成连理反目成仇，何必呢。看看现在，多少离婚的还上马克西姆、新侨的吃一顿“最后的晚餐”，那才真是高境界高层次。朋友，他跟袁紫还应该是朋友，何况她已经主动又来了元隆，细琢磨她跟自己还是有感情，谁不都旧情难忘吗？

没找着袁紫，老艾又来了。

其实，这些日子老艾来了好几趟，还领来过好几拨外国人。六爷一分钱回扣没给他，太黑。元隆的局面已经打开，不用你带照样来人。再者他早有察觉不得不防，瞅老艾那俩眼珠子，又贼上了乌莉亚，玩儿去，别上他这又打歪主意。

表面上，老艾还是磨叽那俩玉狮子。

六爷心里有数，先甭提那俩狮子是真是假，你老艾什么没倒过？干吗非把它们拽给我？玩儿去。虽然自己的鉴赏功夫跟袁紫没法比，但元隆的买卖越干越火是真的。在老艾这里，不当冤大头，是真东西你自己赚去，我就是不要你这俩狮子。

今天老艾又来了。真还又抱来了那俩狮子。六爷根本没客气，没让他再打包，漫说是墨玉了，即便是血沁汉玉价值连城也不要。就是不跟你打交道。

“六爷，听说那天梁先生在街面儿上现了大眼，这让老家伙真够撮火的。”老艾把东西往柜台上一放，开口先拿梁先生栽面儿的事情搭讪。

“你怎么知道的?”

“袁紫跟我说的,我跟马克是哥们儿。”其实,他根本没见到袁紫,那件事成了西妞妞的头号新闻,沸沸扬扬没有人不知道。

六爷突然来了精神:“我也助了老马一臂之力。”

“就是的,六爷你最大的特点就是俩字:仗义!”他吸吸鼻子,“只不过,一个人最难得的优点,又常常成为他致命的缺点。”

新鲜,蹊跷,怎么最难得又成了最致命?这句话一下提起六爷的兴致。那得听听他掰扯出什么道道儿来。

“为朋友两肋插刀最难得,代人受过拉屎拔节儿的也是哥们儿你啊。”

他点头,他是有点儿这角色,不是贬低他。

乌莉亚在一边抿嘴笑,她爱听老艾天南海北,也不反感他那两只有点儿上吊的眼睛一瞥一瞥。

“听人说你是站在马克的立场上看热闹的,就冲这件事,你仗义不?你自己说?什么人能干出你这样的事情来?”当着乌莉亚,他当然不点破,可是却说得六爷爱听。

他心里是舒服,因为鸡血石,他化解了不少跟袁紫的罅隙,老艾说得没错儿。

又一通让乌莉亚似懂非懂的热络之后,他们一下子又哥们儿起来。

自然,老艾又把话题扯到墨玉狮子上头来——

“六爷,西妞妞可着家数,谁有你的眼力跟魄力?”

“你别跟我上眼药,比我厉害的人多啦。你自己也一点儿不比别人差,完全可以不倒二遍手。”

“我有照吗?能开票吗?我倒,通得过海关吗?要不我想搭你呢。”

“十万我不趁,有你这么开牙的吗?”

“委托寄售还不成?我是在职的,哥们儿就用你的发票和执照。”

他巴搭眼,一个子儿不出,卖得出有赚儿,没人要拉倒,这倒可以考虑。他使劲嘬了口烟:“只不过,你这十万块钱的东西撂下,我担着多大的风险呐。”

“真沉不住气,你提两成,比信托公司那百分之十高一倍。”

“你说的?”他一只脚踩到凳子上,“那咱们可是君子一言,驷马难追了啊。”

他痛痛快快把狮子留下了。没有任何风险,出手白赚,比那“风险共担”强一百倍一万倍。

乌莉亚根本听不懂什么委托与分成,他三言两语就让她明白了。代售,多卖多得,开店以来还从来没有干过这样的事。

他把这对狮子放在正对门口的柜台上,不能标价不注年代,工商税务的来了就说八百,反正他们谁也不买。当然,只要外国人一到,他就云山雾罩地忽悠,老艾还鬼迷心窍涨到十五个,爱多少多少,卖多卖少都有赚儿,就拿着它解闷侃山呗。

还真让不少老外流连忘返。那对墨玉狮子越看越栩栩如生,让好几个老外唏嘘不已。可是六子一开口要得太高,万一被海关扣住,老外买它当然也犯嘀咕。

老艾隔三差五来看动静,来了几次六爷跟他皱了眉。东西好归好,就是太操心,这几天也有内宾来开眼,这么招人的东西安俩保镖看着才合适,忒累。几天下来他都瘦了,心累。

老艾用好话“填和”他。哥们儿不磁敢把东西放在这儿,想想倒也是,信任是最大的快慰。那天还真有一香港客人喜欢得不得了,爱不释手之余出到八万,六爷不干,费这么大心思掰话它,老艾又定成十五,那就跟着往死里侃,他一扎到底也跟着赚。不是香港人有钱吗?那就多出点血,不卖!

接下来那港客又松口到九万,十万,十一,看他那尖嘴猴腮的样,六爷也索性宁上来,还是不卖,咬住十五不松口,这些天的唾沫不能白费了。

不卖累心,担心,操心,这是真格的。

袁紫和马克也来看过。这二人玩味半天不敢买。一是价钱太高,二是拿不准。

袁紫觉得,墨玉材料真好,可它们到底是不是汉魏文物就说不准了。刚闹了一档子鱼缸的事情,她觉得自己不知道的东西还太多太多,且得摸索学习呢。

她劝六爷,把梁先生请来看看,这样买主卖主都踏实。

六爷不哼声,前些日子刚跟梁先生起完哄,人家能不记恨,甭找那份麻烦。再说累归累,没本的买卖怕什么,谈不上后顾之忧,假的又怎么啦,看人挨坑还是乐儿呐。

袁紫想的却又深得多,要让梁先生辨其真假,得长多少见识,无法用钱衡量的知识、财富。

不管袁紫怎么说,六爷没大心思,再说眼下也磨不开面子。晾些日子上典雅推个头,跟浩子先递个话,现在急急慌慌干什么,噎你几句不找不自在吗?

但是,这件东西又被马克看上了。只不过,刚出过鱼缸走眼,眼下十五万的东西还真是笔钱。马克这一阵也好煎熬,梁先生是袁紫最最敬重的老师;梁先生恨他这样的老外搜罗中国文物;而只有梁先生的鉴赏才当是一锤定音的权威,矛盾,马克在袁紫的纠结中也好困惑。他这几天多次跟袁紫摊手,麻烦,麻烦。

袁紫确实没有什么心气。即使买卖做成,赚大头的也是老艾。她不喜欢老艾。别看他是一导游,上学的时候英语就没及格过。她比六爷差远了,甭管干什么,六爷甩开膀子不惜力,老艾酸文假醋全凭一张嘴。再者人头也差,她自己跟六爷好的时候,老艾说六爷进过大狱从小就偷。还说他们那一块儿就数六爷家最小市民,什么六爷他爷爷是焊洋铁壶的,他奶奶是捡破烂儿的,他妈是卖票的,他爸是卖冰棍的。散人家这个干吗?她就腻味老艾小人乍富故作斯文。你老艾不是小市民?你高雅就不会住在老舍笔下的金鱼池、龙须沟!你老子不过是个卖文具的,不也是一个小市民吗?

说不上什么心态,她不愿意让老艾捞上一大笔,尤其是六爷告诉她,前两天一个香港人已经给到十一万,她心里还真有点儿嗔六爷,干吗揽老艾的事为他帮忙啊。

六爷无所谓了，累心归累心，借鸡生蛋，老艾这回要是真能卖一大笔，他不跟着白赚吗。

……

今天早上刚开门，一个脸色红润矮个子日本人来到元隆。六爷欠身，将客人直接引到狮子前头来。

好半天，矮墩墩的日本人盯住那对狮子不动，就这么愣着，没看多一会儿喘气越来越重了。

六爷轻手轻脚点烟，待他躲得远远地抽了几大口，日本人才伸出又厚又短的手在狮子身上一捋，食指拇指捻捻，眯起眼睛贴到鼻子尖，闭了闭眼把一只狮子轻挪，小心翼翼地捧起来。刚想拿到窗前照，又把它放下了，掏出一块大方手绢擦手——满手汗，手绢一擦马上打了摺。六爷再看他的脸，脑门上蒸出一层小小的汗茸，日本人发现了好东西，阳光下的一张脸都冒烟了。

半天，日本人揣起手绢才将狮子连下面的锦盒一块儿端起来。移步走到窗前的柜台旁放下，重又用手绢擦手，才把狮子取出来。他掏出一把精巧的小卡尺，量狮子的头、颈、背、肩、身、足的高与宽，又掏出一本满是日文说明的汉魏图谱，一丝不苟地比对起来。

六爷不搭腔，他深谙日本人的周详缜密与狡猾，稍一沉不住气，没准儿反倒惊飞了买卖。

连乌莉亚都让日本人弄紧张了。东洋人跟西洋人还真是不一样，他们更认真更谨慎。

日本人量了个够，才又把第二只狮子搬过来。接着打开一只三折放大镜，在两只狮子身上一点儿一点儿比对，搜索起来。

乌莉亚更紧张了，好像检查身体，听心脏，照透视，伴着日本人粗重的呼吸。哪有这样仔细的？六爷轻轻摆手，别出声，三开放大镜是日本人的随身带，别看小日本现在变得最有钱，可他们比哪国人都抠门儿，没有比他们再精的。

这期间，还进来两个老毛子，乌莉亚刚要凑上去搭讪，六爷一个眼神把她挡住，甭搭理，俄国倒爷纯粹起哄，他们只配买点人造珍珠什么的，进店也是看看。果然，俩老毛子拿一弯儿，扫看几眼就出去了。而这东洋鬼子细得不能再细，不知又审验了多半天，他才收起放大镜，用手绢点点脑门，把身子直起来。

如释重负，他面对着六爷："贵国东晋玉雕，很好的东西啊。"他开口就把年代说得差不离，懂行，是买主儿。

六爷点头，汉朝反正跟东晋挨着，甭跟他较这个真，你买下给钱才是真格的，得顺着，捧他才是呢。

"行家，您真通，好眼力。"

"它怎么卖？怎么没有价签呢。"

“不敢标价，”他提防地指指外边，“您比我明白，它早过了1840那个坎儿。”

对方淡淡一笑，他摆手叫六爷过来，用又短又粗的指头指着左面那只狮子的后背跟他说：“贵国把玉中之瑕称之为‘脏’，你看它的背上，是不是有三四块‘脏’？”

六爷伸长脖子，老外中谙熟中国文物的不少，可会说行话的人还从没见过。这小日本连玉中的瑕斑为“脏”都知道，厉害，道行绝非一般。

“右边那只的背上有绺，您可以用我这只布眼看一看。”

又蹦出“绺”来，老外当然也知道玉分层次，细小的浅纹是裂，可是把“裂”称之为“绺”的又是这位日本人。更奇的是他连三折小方放大镜叫做“布眼”，这也是古玩行里老先生的叫法啊。神了。

“俗话说白璧微瑕，瑕不掩瑜，哪块玉上没脏没绺？”他不能再擎着这日本油子鸡蛋里头挑骨头——得兵来将挡水来土掩了。

“先生要这么说嘛，贵国东汉时代的玉雕工匠，就已经能够剜脏去绺啦？”日本人轻轻地问，把眼睛冲他一眯。

——剜脏去绺！这话虽然听过，好像是指玉器雕刻过程中的工艺：避开裂纹剜去瑕疵，日本人真邪，连琢玉作坊里的行话都会！

他由衷佩服却折不下腰，这不成心斗嘴吗？买就买不买别这儿挑毛病，他笑笑：“没办法，有脏有绺你要不要？”

“先生，这一对狮子的价钱是……”日本人变了面孔，他没掏手绢，竟用手背往脑门上一抹。

其实六爷心里暗暗欣喜。小日本紧张什么？褒贬半天“脏”“绺”干吗？无非还是喜欢。挑毛病不外压价，日本鬼子跟他兜圈子。实则他不会撒手，买卖要来，有戏。

“先生，这对东西是我给人代卖的，十五万，一分钱也不能少。”他看清楚了，对方里面的衬衣都湿了。

日本人粉嫩的脸透着细嫩，说话也没有一开始那么利索了：“它的主人要价也太高了一些，我们日本人挣钱，其实也很不容易……”

六爷淡笑，语气平和却毫不改口，十五万就是十五万，连你自己都说是东晋的东西了，现在有几件东晋的东西？真正的文物，这才是最有价值的珍品。

“不可以再少一些？”

“绝对不可以。”

就这么僵僵地好半天，日本客人打开提包，用手捻捻里边的钱，无可奈何地苦笑一下，懒懒地合上包，摇头说了一声“再见”，悻悻地拖着步子出去了。

六爷心里一忽悠，跑了，应当让他还还价，真是的！就在他忽悠的一瞬，日本鬼子又回来了——咦！

“先生，我只有一万元人民币，当然，还有三千日元，我能不能……”

六爷突然撞出一脑门子火气，原来你就一万块钱，绕来绕去开涮呐，日本鬼子你玩去！

“先生，我的意思是，把它们作为定金，先放下……我的太太去了敦煌，五天之内……我交齐了十五万元，再来取货。”他结结巴巴，油湿的脸涨得通红。

押下定金，五天之内再来取货，这事他经着过，他又点上支烟，轻轻缓缓嘘出来，把一双眼睛眯得更细：“可以照顾国际友人，我们元隆破个例，不过呢，”他提了提腰带，“五天之内你要不来呢？”

“一定会来，一定会来的。”

“随你的便，定金可是从来不退。”

“可是在我们日本国……”

“中国有中国的规矩。”

日本人痴痴呆呆无可奈何，他愣了半天终于打开皮包把那一万人民币和三千日元统统掏干净，确实没多带钱，眼下全押光了。

六爷点完钱说句“一言为定”，日本人伸出手跟他要张票：“先生请写一张收据，我取货的时候再扣掉它。”

他刚要皱眉，一看钱又放平了心，对，关键写清五天不取定金不退，写张字据还更好呢。

对方掏出一张松村元会的名片，那上面写着什么“株式会社”，管他什么“会社”，知道他叫松村元会挺好。当下，他拿出纸笔，大笔一挥写下一张字据：

> 今收到松村元会先生定金人民币一万元，日元三千元，五日之内如不取货，定金不退，逾期作废。
>
> 许六合
>
> 1992年7月3日上午9时30分

虽然写得扭扭歪歪，可他反复看了几遍还蛮得意自己的措辞。可以，这两行字把事情说得一清二楚，挺好，连9点半的钟点都写上了，过一分钟钱也不退，过期不候白纸黑字让他拿好了呗。

松村元会接过收据，反复看了半天又轻轻抚抚那对狮子说：“那可绝不能再卖给别人，千万，一定，谢谢啦。”他紧张，红扑扑的脸白白的。

“定金为定，我许六合做买卖最讲信用。”

他一摆手，松村蹭着步子走出去，出门回头看一眼才下台阶，急走消失在西妞妞的嘈杂里。

8

下午，六爷又在西妞妞碰见了马克和袁紫，把上午的事情跟袁紫一说，袁紫微微簇起眉来摇摇头，深谙中国文物的日本人再滑头不过，无论如何还是应该让梁先生看看,东西如果真好,哪怕花二十万三十万也要让马克跟松村争过来。这件事情蹊跷,顾不得老艾到底能赚多少了。

二话没说,她扭头去找梁先生。

梁先生没在家,他又跑到典雅问浩子。浩子问她干什么,她一五一十把日本人押下定金要买玉狮子的事情告诉他。想不到浩子一听直往后缩:“这不是好事吗?你不是说文物流失到国外才能受到最完善最安全的保护,日本人富得流油,让他们买了去一定能得到最最妥善的保管。你千万别让我爸掺和。”

“哎哟浩子,你还成心干什么!”

“我成心是孙子,你采取你们该采取的措施,你的超前精神开拓思维我佩服,就是别找我爸,老爷子上西安开会去啦。”其实这两天他爸在西苑,他不能告诉他爸的去向,老爷子一掺和更乱,倒霉受害的是自己。好东西你们赶紧买下快出口,他发自真心赞成袁紫的理论,这是新时期保护文物的最好对策。

“浩子,你怎么这样啊!”她真急了。

“我哪样?你们出洋的出洋,玩车的玩车,我窝在这里卖苦力,挣点钱全让我爸搁‘死’了,我凭什么还帮你找我爸?”

“你爸那全是珍品!”

“珍品文物商店干吗给不上价?破烂儿,我的钱都换了破烂儿!”他正一肚子撒不出来的气呢,凭什么袁紫还来支使他给他上课!

惶惶惴惴。

文物无价,马克搜集中国文物就是如此,一只康熙青花在索斯比起价十五万英镑,争来喊去最终能抬到一百万,不被我们看重的文物在欧美价值连城,关键是人家重视!眼下,就是想让梁先生过过眼,那对狮子的价值到底是多少。

——又无奈,真急人,偏偏找不到梁先生。

……

六爷却没想那么多,卖与不卖自己稳赚。傍晚,他带乌莉亚去了新侨,吃了铁杂拌和罐焖鸡,乌莉亚满意,不比爱沙尼亚的西餐差。

九点半钟回家,他和乌莉亚洗了一个鸳鸯浴,柔情蜜意地做起爱来。乌莉亚虽然没有袁紫有味道,但是毕竟听话踏实漂亮,这不就是自己的福气?挺好,知足常乐无祸为福。今晚云雨起来如醉如痴比神仙还快慰……

朦朦胧胧,一夜好梦,不知不觉东方发白竟然过了一宿。他搂着乌莉亚又亲热了一阵,记起了良宵苦短那句话,怎么今天晚上一眨眼就过去了?蓦地一激灵,坏了!元隆少上了一道锁,昨晚出来保险门没关上!他匆忙披衣出门——嗨,刚下楼突然踩到一件东西,捡起来一看是只提包,急忙回身进屋,打开提包一看,老天爷,全是五十、一百的大票子,美元!

没容他细数,门砰砰砰地敲起来。他一个箭步蹿到床上,连人带钱揽进了被窝里。

砰砰砰……

砰砰砰……

砰砰砰……

敲门声越来越急了，他吓得把耳朵堵起来。

"哎，你醒一醒，醒一醒！"乌莉亚使劲一推，他才汗涔涔地探出脑袋，梦，怎么做了这么个梦……

砰砰砰——真的在敲门，而且很急促。

早狂跳了好一阵的心哪还静得下来，这么晚了谁在敲门？现在可绝对不是梦。他披上一块大毛巾，抻着脖子壮胆："这是谁在乱敲门？"

"我，开开门，艾子，我是艾子……"

老艾？他悬着的一颗心放下一半："什么事儿啊这么急？"又油然升出一团怨气，深更半夜折腾什么呀，讨厌！

"你开门，哥们儿我今儿有急事！"

他把门打开，老艾身着大裤衩子和尚衫，拎一大皮包慌慌张张闯进来。

他挡他，大半夜的别往里去啦，就在这赶紧说吧。

老艾早一托胳膊进了左侧的大厅："真对不住，三言两语说不清，不好意思吵了你们的觉。"

他这才悬起了心，怎么啦？

老艾抄起沙发桌上的烟点上说："墨玉狮子千万别卖了，我一哥们儿非要把它追回去。"

他一惊，哪跟哪，老艾不说狮子是洛阳北邙贩来的？怎么又冒出一个什么哥们儿，他也赶紧坐下点烟："狮子不是你的吗？哪又冒出一哥们儿？"

"实话跟你说，那是一哥们儿从西安买来的，据说是当地一小子从博物馆'顺'出来的，现在事发查着我那哥们儿啦，"老艾急得手抖，"这东西必须得给人家送回去！"

"你那哥们儿叫什么？"

"陈广继。"

"也练摊儿？"

"他在西安旅游局。"

"你怎么知道事发了？"

"刚才电报发到我们单位啦。"

六爷挠了挠头皮："电文写的是什么？"

"写着那个……"老艾一下卡住了，"上边他写着事已败露，请务必把狮子保存好……"

"电报上写着'事已败露'，那人邮电局不立刻会报给公安的？这不自投罗网吗!”

“不是那个……”

他磕磕烟,还费什么话,一切都再清楚不过,老艾听到了风声,他想把狮子要回去,编都编不圆。想反悔啦,没门儿!

“我说,那东西早卖了。”他从从容容,慢条斯理。

“啊!”老艾一推沙发站起来,“不可能,你没卖。”

“真卖了,昨天卖给一个日本人。”

老艾当然看他也再清楚不过,一抱脑袋在他面前蹲下了:“六爷,那东西真不是我的,你把它还给哥们儿……”他揪着头发,两眼急出眼泪。

“老艾,咱们谁跟谁,发小能蒙发小吗?”老艾的眼泪虽然使他微微一动,可立刻又平静了,“真卖了,真的。”

“送你这数,你把那狮子还我成不成?”

他万万没有想到,老艾哗地拉开皮包,竟然掏出一万美元,百元一张的大票,真的一万。

有点儿懵,老艾豁啦,下这么大本,刚一转念——不,这小子是厨房里的抹布,油透啦。

顺势,他把钱一推,:“你拿多少也没用,卖了就是卖了。”

“不,”老艾又一伸手,从皮包里又拿出一沓美元,“两万,再给你一万!”他横着两只红了的眼睛盯住他。

两万美元就是十五万。倏忽,他又想起老艾卖狮子的价钱,到底这狮子值多少钱? 老艾深更半夜来赎它?

“许六合!”老艾脸色煞白,“两万美元都白送你了,还不抬抬手让我过去啊……”他哐地一声坐在沙发上,拍着脑袋哭出声。

他的心再也难平静。两万美元是多少? 能买三辆夏利了。再说老艾也真够可怜的,一大老爷们掉开了眼泪——可是,他哪来的这么多钱,这是早有准备的谋划,老艾一天到晚跟老外交道,他的道多深水多深谁比得了? 他演戏,谁也油不过老艾!

“哥们儿,你说我能蒙你吗? 两万美元是多少钱,我要不真卖了,傻子才不白捡两万美元呢,我疯了,啊?”

“谁没卧槽的时候,你就见死不救是吗?”藕荷色的灯光下,老艾的脸色都绿了。

“真卖了,哥们儿我什么时候骗过你?”他亦或是铁了心不上当,亦或是再也回不了嘴。

“六爷,你就这么不讲情义?”老艾被折磨得终于无可奈何了,他突然哐哐把美元塞进书包,“我求你最后一遍,你真卖了?”

“我早说了多少遍。”

“好,卖了你拿钱来。”老艾突然在沙发桌上猛的一拍。

啊,他心里一"扔",怎么连影也没想到这上头?他措手不及,点烟:"卖了是卖了,买主给日元我不要,押他一串钻石项链,说好后天取。"

"根本没卖,狮子还在你手里!"老艾摸兜,真想掏出水果刀捅了他。

"没有哇,人家真的拿走了。"他不自然,明显是编的。

"你骗谁!你等着!"老艾气急败坏,拎起皮包往外走,砰地一声把门摔上了。

乌莉亚早从里屋跑出来:"怎么回事,我睡不着,我害怕……"

他挥挥手拉她再上床,才十二点半,再也无法入睡,真怕老艾找人去元隆行窃,老艾急红了眼,他疯了。

手里才有两万现金,第二天一大早上元隆看了一眼没事,他赶到马克、袁紫所在的北纬饭店,单独跟袁紫谈了昨晚的来龙去脉。袁紫一脸难色,她告诉他,西方人即使是夫妻、儿女、父母、兄弟,再亲近的人的人借钱也要立字据,下担保,付利息。跟中国人的观念是完全不同的。

他悻悻,至于吗?三两天的事情立字据可以,还给什么利息?马克可以不讲情面,可你袁紫上我那里买东西,不是已经捐弃前嫌了吗?跑的了和尚跑不了庙,就是我跑了元隆也不能人间蒸发呀。

袁紫看着他的表情,不得不跟他解释,中国人讲人情西方人重信誉,人情信誉是两回事。中国人讲面子常常打肿了脸充胖子,事后分脏不均反目成仇你死我活;外国人倒是事先拉得下脸,丑话说在前头,先小人后君子。诚信是基石也是保障,所以人家办事光明正大没是非。

捏着鼻子,他让她上了一节中西文化的道德规范课,立下字据向马克借了十四万,利息百分之三十,财产担保是元隆的文物还有住房和汽车。

袁紫没办法,西方人就是这规矩。她绝不想坑他赚他在他身上捞油水,只是帮。不过她还是嘱咐他别急着把那对狮子卖出去,她和马克还想再看看。

借到钱后的第二天,老艾并没来取钱。第三天晚上他才到,连点也没点,把钱装上只撂下一句话:"许六合你等着。"扭脸从元隆出去了。

乌莉亚看着六爷的黄脸好害怕,"等着"的意思是什么?他们等着什么呢。

六爷的心悬了一支烟的工夫便放下了。老艾有什么新鲜的,他能把元隆给砸了?敢给自己放点儿血?他在这里等着呐。

9

第五天早上九点一刻,日本人松村元会果然满头大汗跑进元隆。他举着那张字据紧张得脑门上湿成一片,进门就喊:"许先生,我来了,来取货。"

其实六爷正等着,等着再给他加码呢。

万也想不到,松村竟然一边擦汗一边说:"许先生,少一点可以不可以,十三万元怎么样?"

他一听就火了,正想往狠里宰上一刀,小日本倒想往下减,没门儿!那就再加三万十八万！这几天让他费了多少神操了多少心，他得抬，老艾白给二万美元都拒绝了，他且得抬，松村不干他要抬到三十万！

想讨便宜的松村红了脸，本想少出点钱反而又加三万，喏喏地磨："那就十四万元，少一万成不成?"

见他这般滑头，六爷不由得攥拳，那就一口咬定："十八万，少一分钱也不卖你了。"

松村一下子愣了，他也突然挥起拳头："你不讲信用，那把定金退给我，我不要了。"

六爷笑笑："你懂什么叫定金吗？没门儿！"

"好，你不讲信用，我这就去找警视厅！"

"你爱找谁找谁去！"

松村一听竟然愤怒地一转身，几步跨出门外真去报警了。

他一怔，又有些后悔，不宜闹大，毕竟这是违禁的东西，哪能闹腾到公安局？追出门口往外看，松村早走了——麻烦。

干脆转移，他用大皮包将两只狮子藏起来，匆匆忙忙装入汽车回家。一不做二不休，东西根本没在警察来了又能怎样?

中午他悄悄溜回来，万幸的是警察没来，下午也没动静。捱过第二天第三天，心刚放下又悬起来——来不好不来也不是好事情，这事到底怎么了结啊。

壮着胆子他又把狮子运回元隆。

摆出来后一个礼拜无人问津！

他突然沉不住气，这对狮子不能老在这里摆着啊。

摆着也没事。问题是——问题是还得赶紧让梁先生断清楚！他突然觉着心里没底了，空空的。

乌莉亚见他装好狮子又要出去，急着从柜台绕出来问他："你做什么去？慢一些！"

"马上，马上我就回来。"拎着提包没走出多远，正好撞上袁紫、马克，竟然还有梁先生！他"啊"了一声说："梁先生，我正要找……您呐……"又急又窘，当初真不该当众看梁先生的热闹。

梁先生笑笑，是袁紫约他上元隆，六爷慌慌张张干什么?

"梁先生，您看看我这对狮子，"顾不得返回元隆，迫不及待在一个摊子上的空地界掏出了玉狮，"您估个价儿，看它到底值多少?"

不回元隆就在这儿？梁先生愣了愣，眼睛还是移向了那对东西。

漫说是六爷，马克、袁紫都紧张得不敢喘大气——一锤定音，东西要是真好，他们之间可能又会有一场争斗。袁紫相信，梁先生绝不会再"坑"他们一次了。

没换花镜和放大镜。梁先生摸摸那对狮子的头，只是拿眼一瞥："玉料极佳，黑似纯漆的和田美玉。"

六爷的心一下子落下来。老天爷,梁先生一张嘴,他的心早就到了嗓子眼,要是说出一声“不”来,他非得栽在地下不可。

“梁先生,值多少钱?您要不?”梁先生成了他的救命恩人,少给钱也乐意,他命悬一线着呐!

“呵呵……玉质再好我也不要,六子,你最清楚,我要的是文物啊!”

文物?那它不是文物啦!他的耳膜都鼓起来:“那它不是……”

“不是什么?”梁先生一句话,又有几人凑过来。

“汉代的?魏晋的?”他的心空了半截,等着下面的判决。

“明以前的狮子有这条佩带吗?”梁先生指指狮颈上的那条环带。

“这个……”

袁紫心里也一“格登”,是啊。

“弄条佩带为的是挂这响铃。”梁先生点点玉狮脖子上的铃铛。

“哦……”

“缨穗,这又蹦出了缨穗。”

“可它……”

“它们根本就不是一对,雄狮右脚下面踩绣球,左脚下踩着一只小狮子,可它呢?”他指指另一只。

果不其然!只是换了只脚,雌狮竟然踩着的两只都是绣球!

六爷说不出话,听得身上都麻了。

“你以为是两汉,魏晋的?”梁先生转过身,“明以前的皆为吼狮,而这笑狮明明是不谙文物者的赝制。”

马克频频点头,何其精妙的透析。

袁紫也惊住了,画龙点睛。

“天呐……”六爷突然颤颤地哼了一声,一屁股出溜到地上,“老艾,松村,合在一块儿骗我,骗子哟……”

多少人围上来,元隆的六爷瘫在地上脸色煞白,这是出了什么事儿,他可是从来没有这样过。

市场的工商的税务的都来了,疏散人群维持秩序。他们只是走个过场,谁不认识春风得意的六爷,愿意让他散散德行。谁想梁先生突然大吼一声:“管事的今天都来了,正好!”

大伙一愣,老先生怎么啦?

“鸦片战争为界,1840是个框框,我问问你们,你们谁在西妞妞管文物?”

鸦雀无声。好半天,一个穿制服的压着帽檐尖着嗓子说:“我呀,怎么啦?”

“真真假假尔虞我诈,多少珍贵文物在西妞妞流失了糟践了,你懂吗?你管吗?”

“你是干吗的?”那人把大壳帽正了正,眼睛逼视梁先生。

“我是干吗的，我就干这个！”他掏出一个景泰蓝印色盒，“你看看它是什么？”

可能大壳帽从来没有经历过这气势，他的语调降下来：“这东西嘛，这东西它……我又不是倒它的。”

“景泰的，大明景泰年间的真东西，你管文物为什么还让它什么人都能买？”

“我……”那人有些懵，他也不研究这东西啊。

“你再看看这只碗！”说着，梁先生又从提包里哆哆嗦嗦拿出一只满是裂纹哥瓷小碗，“它是哪个朝代的，能值多少钱？”

“你问得着我吗？”那人被逼急了突然梗起了脖子。

“你管的就是经营范围，你管不着上这儿干什么？”

“你到底是什么人？凭什么跑来质问我？”那人把大壳帽往后一推，“那好，咱们回所里说，一块儿走。”说着，他上手就拉梁先生。

“少动我！”梁先生大喊一声，胳膊一甩——啪，哥瓷碗掉在地上了。他一跪一头栽在了地上。

天，所有人惊呆了。

接下来是嘈杂与混乱。不一会儿响起了急救车的鸣笛声，抬人，上车，忙乱之后竟然留下的是一片岑寂，包括六爷，一切突然得让他反应不过来。

……

袁紫跟着梁先生上了医院。

六爷痴痴呆呆让几个熟人搀回元隆。

乌莉亚哽哽咽咽不知所措。

傍黑了六爷才恍恍惚惚明白过来。他慢慢悠悠起身，直愣着眼睛自言自语：豁，拼出命去也得跟老艾丫挺的豁了。

奔到同一个胡同的老艾家，迎出来的是老艾的二哥。没想到二艾成心大声在院里跟他掰扯：

“老艾出国了，明天早上才到悉尼呐。有什么事上澳大利亚找他去，做买卖的不都真真假假有赔有赚吗。”

他越听越撮火，掏出怀里的刮刀捅过去，二艾闪身被刺到肩膀上：“救命呀，快来人呐……”

院里的几个街坊冲上来，七手八脚夺刀抱住了他：“放下刀，使不得呀，快来人，快来人……”

他没跑，跑什么？就是要跟老艾他们一家豁命的。

……

梁先生是突发脑出血摔倒的。抢救半个月终于恢复了神志，就是落下半身不遂的毛病，行动不便上不了课，也不能再去西妞妞。

袁紫天天上医院，眼见老师脱险她才把悬了半个月的心放下来。可是梁先生变得半痴半呆愣愣磕磕,她油然生出无尽的失落,太可惜了梁先生啊……

二艾被扎伤,拘留六爷半个月,艾家也没再起诉他,毕竟老艾跑了也有不是,一切找平找齐了。还是老老实实相安无事过日子吧,毕竟都是一条胡同的老街坊。

六爷一直做着梦。

进局子出局子晕头转向都不知道怎么进去又怎么出来的。还继续倒腾古玩吗?往后怎么个练法,梦,一直他都糊涂着。

脑子空白的当儿有时又明白。怎么还马克的钱?利息,汽车,元隆,白纸黑字一下子全完了。

袁紫和马克又去了印度,临行前托人把一个大信封口袋送到元隆,他抽出一看,五千块钱,还有一封信:

六合:

你好!

你一切平安没被追究我就放心了。

一个月后我回来,十四万元人民币及利息你要还,别搞歪的邪的,你有元隆的存货,汽车和房子。这不是没情义,人情和信誉是截然不同的两回事。信誉至上是文明的标志,也是立足社会的根本。在这一点上,我们必须向西方人学习。

之所以和你分开,是因为我们的终极追求太不一致了。在爱情上我是欠了你一些。但是我把处女的童贞献给了你——在我与马克结婚的前三天——算是对你的补偿与回报。你是我最初的恋人,我问心无愧地为你做出承担风险的奉献,至今不悔,还常常觉得有欠于你而惴惴。

算是两清了吧。我有了满意的归宿,你也做出了令多人艳羡的选择,我们永远是好朋友,你说呢。

平静下来去看梁先生,他于文物于西妞妞于我们,寥寥几句话说不清。他永远是我的老师,恐怕你也不会再恨他。投机,冲动,欺诈,贪婪,这些在梁先生身上都没有,他一辈子有追求,我们呢,我们永远要反思、警醒这一点。

五千块钱是我送给乌莉亚的,做女人难,她远离故乡的落寞更不容易。

别气馁,愿你重新上路。我们还年轻,你说呢?

袁紫

……

他无言地淌出两行眼泪,袁紫,梁先生,做人,活着,这一切他都没有细想过。多少年走过来,飞舞散落的全是钱、钱、钱,他折腾翻滚的舞台空间背景没有别的真的只是钱、钱、钱，瞬时什么都没了，怎么一下子全没了？

梁先生有追求，袁紫其实也有她的目标和追求。自己也有追求就是不知道追来追去要干什么。现在栽得这么惨，怎么追？

……

再有俩礼拜元隆就要整体盘出了，拾掇东西的六爷心空空的。他有信心从头再来吗？不知道，半个月了还没筹谋好下一步。

窗外，人来人往的西妞妞人流没减。

洋妞妞还是那么来来往往，西妞妞还是那么风流。

可是他呐，他抱住了自己的脑袋。

真想再回到警笛遗下的梦里，那样他不痛。

后　　记

几十年来写小说，我真的不知道自己写的是什么，更不知道自己的语言有什么特点，还有什么写作风格之类。只是前两年去良乡上课，素不相识的刘贤俊老师在班车上谈起我的小说，并提到他非常尊崇的当代语言学前辈大家邢福义先生对王朔和我在语言运用方面的研究与评价。我找到 2012 年 8 月 27 日的《光明日报》，新奇地览看邢福义先生撰写的《俚俗化北味说法“一 + 名”》的文章，着实有些意外。该文以王朔与我的小说中的一系列语句为例，从语言学角度深论“一 + 名”的运用及特点，并谈到“王朔、魏润身这些作家，对语言的发展是有所贡献的”。

惊讶之余我惭愧且迷惘——首先本人只是一个再平平不过的作者，再则我从来也没有琢磨过自己的小说语言有什么特点、属于什么流派及风格。惶惶中更觉小说在创作中的构思不仅受到幻觉的支配，同样驱动的是语言运用的无意识——这正是当局者迷旁观者清的明证吧。

《素琴无弦》与《自残》两书共选小说 23 篇，除了《埋葬沧桑》，其余 22 篇均发表在《十月》《当代》《长城》《芙蓉》《清明》等刊物上，其中《风骨》《顶戴钩沉》《素琴无弦》《私情》《北疆怨》《铲案》分别被《小说月报》《小说选刊》《中篇小说选刊》《作品与争鸣》《作家文摘》转载或连载。

短篇小说《私情》被收入人民文学出版社出版的《1985 年度中国短篇小说选》。

短篇小说《顶戴钩沉》被选入人民文学出版社出版的《1994 年度中国短篇小说选》。

短篇小说《风骨》由中国作家协会主编，被长江文艺出版社选入《1996 年度中国小说精选》。

中篇小说《铲案》被文化艺术出版社收入以《铲案》为总书名的“当代反腐题材小说选”。

本次出版的两部小说集得到了北京市专项项目“科研基地建设——科技创新平台——世界非物质文化遗产（老北京话）保护”的资助。项目负责人周建设教授作为语言学家，虽然原籍不是北京，但是对北京话的研究独具远见与魄力。他邀集包括冯蒸、于润琦、朱和中等专家学者一起布置方案，研讨课题，并每周派人到弥松颐先生家摄制“北京话详解词典”教学片。周教授作为首都师范大学“北京话研究中心”的负责人，始终身体力行，严格要求。本人两部小说正式出版之前，他仔细审看了样书，并提出改进意见。我历见了他的严谨用心与治学精神，在此向他及课题组所有参与对拙作出版付出心血的同志深表谢忱！

魏润身

2014 年 12 月

[illegible]